Astrid Fritz studierte Germanistik und Romanistik in München, Avignon und Freiburg. Anschließend arbeitete sie als Fachredakteurin in Darmstadt und Freiburg und verbrachte drei Jahre in Santiago de Chile. Heute lebt Astrid Fritz in der Nähe von Stuttgart. Im Rowohlt Taschenbuch Verlag erschienen bisher: «Die Hexe von Freiburg» (rororo 25211), «Die Tochter der Hexe» (rororo 23652), «Die Gauklerin» (rororo 24023), «Das Mädchen und die Herzogin» (rororo 24405), «Der Ruf des Kondors» (rororo 24511), «Die Vagabundin» (rororo 24406). Ihr neuester Roman «Der Pestengel von Freiburg» wurde 2011 bei Kindler veröffentlicht.

Mehr über die Autorin erfährt man auf
www.astrid-fritz.de.

«Eine der herausragenden Autorinnen des Genres.»
(Schwarzwälder Bote)

«Astrid Fritz widmet sich in ihren Romanen Charakteren, die ihr Schicksal nicht einfach hinnehmen wollen.»
(Münchner Merkur)

«Authentische Darstellung und perfekte Recherche machen aus diesem historischen Roman ein Kleinod.»
(www.leser-welt.de)

Astrid
Fritz

Die Bettelprophetin

Historischer Roman

Rowohlt Taschenbuch Verlag

Veröffentlicht im Rowohlt Taschenbuch Verlag,
Reinbek bei Hamburg, September 2011
Copyright © 2010 by Rowohlt Verlag GmbH,
Reinbek bei Hamburg
Umschlaggestaltung any.way, Barbara Hanke/Cordula Schmidt
(Illustration: Summerfield Press, Alinari Archives,
The Art Archive/Corbis; neuebildanstalt/Pufal; Louvre,
Paris, France/Giraudon/Bridgeman Berlin)
Satz Adobe Garamond PostScript, InDesign,
bei Pinkuin Satz und Datentechnik, Berlin
Druck und Bindung CPI – Clausen & Bosse, Leck
Printed in Germany
ISBN 978 3 499 25250 1

HAUPTMANN: Woyzeck, Er hat keine Tugend! Er ist kein tugendhafter Mensch.

WOYZECK: Ja, Herr Hauptmann, die Tugend – ich hab's noch nit so aus. Sehn Sie: wir gemeine Leut, das hat keine Tugend, es kommt einem nur so die Natur; aber wenn ich ein Herr wär und hätt ein' Hut und eine Uhr und eine Anglaise und könnt vornehm reden, ich wollt schon tugendhaft sein. Es muß was Schönes sein um die Tugend, Herr Hauptmann. Aber ich bin ein armer Kerl!

Georg Büchner, Woyzeck

Vorspann

März 1825, Landstraße in Oberschwaben

Der Mann hinter dem Haselbusch leckte sich die Lippen: Was hatte er da nur für zwei appetitliche junge Weibspersonen vor Augen. Nackt bis auf ein loses Hemd standen die beiden da, nur einen Steinwurf von ihm entfernt am Flussufer, und wuschen sich und zwei kleinen Buben Gesicht und Hände. Deutlich zeichneten sich die runden Brüste unter dem Leinen ab, die Haut ihrer bloßen Arme und Beine schimmerte hell im Licht der Märzsonne. Die Versuchung war groß, allzu groß, wäre da neben ihm nicht der junge Kerl gestanden, dieser Lorenz, der ihm erst vor kurzem aus der Residenzstadt Stuttgart geschickt worden war und dem er noch keinen Deut vertraute.

Ein andermal, dachte er und gab sich einen Ruck. Er musste dem Burschen Vorbild sein, schließlich war er, Anton Sipple, als langjähriger Oberlandjäger in königlichen Diensten erst neulich zum Stationskommandanten des Oberamts Ravensburg befördert worden und wusste, was er seinem Rang schuldig war. Und eben jetzt bestand seine Pflicht darin zu prüfen, ob es sich hier nicht ganz augenscheinlich um eine Vagantensippe handelte, um liederliche Weiber, die arbeitsscheu und ohne Moral durch die Lande stromerten und keinesfalls der sittlichen und geistigen Erziehung ihrer Blagen fähig waren. Erst vorgestern hatte er hier, an der alten Staatsstraße von Stuttgart an den Bodensee, eine Horde Bettler festgenommen. Deren verlauste Kinder hatten bei der Hanfreibe drüben in Staig Hühner stibitzt, um sie auf dem Ravensburger Markt zu verscherbeln.

Sipples Rechte griff nach dem Knauf seines Säbels. Dann reckte er Kreuz und Schultern, wobei sich seine Uniformjacke über dem mächtigen Bauch bedenklich spannte, und trat aus dem Gebüsch heraus.

«Halt! Keinen Schritt weiter!»

Die Frauen fuhren erschrocken herum.

«Mir habn nix verbrochen», stotterte die Ältere und legte schützend die Arme um die Knaben. Ganz offensichtlich war sie die Mutter der beiden, ihr hageres Gesicht war von Pockennarben gezeichnet. Dafür war die andere ausnehmend hübsch mit ihren langen, dunklen Locken, und Anton Sipple bedauerte erneut, nicht allein auf Patrouille zu sein.

«Eure Papiere!», donnerte er.

Die Frauen beeilten sich, ihre Kleider überzustreifen, dann kramten sie in ihren wenigen Habseligkeiten herum, die an einem Baumstamm abgelegt waren.

«Festnehmen?», flüsterte Sipples Begleiter.

«Nein, wart noch. Wir müssen die Instruktionen einhalten. Also, was ist?», wandte sich der Kommandant an die Frauen. «Sucht ihr die Stecknadel im Heuhaufen?»

«Irgendwer muss die Papiere geklaut haben», murmelte die Ältere mit hochrotem Kopf. «Mir sin Mägde, auf der Such nach Arbeit, keine Landstreicher. Das müsset Sie uns glauben.»

«Ich muss gar nix. Ihr wisst genau, dass es verboten ist, ohne Passierschein oder Heimatschein durch die Gegend zu vagabundieren. Reisegeld könnt ihr wahrscheinlich auch keins vorweisen.»

Die beiden Frauen blickten stumm zu Boden, während die Buben zu schluchzen begannen.

«Name und Herkunft! Und weh euch, ihr lügt!»

«Creszenz Schwende, aus Ulm», begann die Ältere.

«Und du?» Sipple stieß der anderen in die Rippen.

«Margarete – Margarete Weinhard aus der Schweiz.»

Dem Stationskommandanten entging nicht der erstaunte Blick der Älteren.

«Du lügst!»

Er schlug der Jungen mit der flachen Hand ins Gesicht.

«Maria, Maria Bronner», stammelte die nun unter Tränen. «Aus Eglingen auf der Rauhen Alb.»

«Maria Bronner also.» Sipple grinste. «Dann wollen wir mal in Erfahrung bringen, ob das der Wahrheit entspricht. Auf geht's, Lorenz, legen wir den Weibern Handfesseln an. Damit uns die Täubchen nicht wegflattern.»

Grob packte Sipple die Dunkle bei den Handgelenken und drehte ihr die Arme auf den Rücken. Während er ihr mit geübtem Griff die Fesseln anlegte, presste er sie enger als nötig gegen seinen massigen Leib. Deutlich spürte er ihren Busen an seiner Brust, roch den Duft nach Erde und Wind in ihrem Haar. Sipple unterdrückte ein Stöhnen. Wie lange schon hatte er kein Weib mehr unter sich gehabt!

«Fertig, Herr Kommandant!», rief neben ihm Lorenz mit heller Stimme, und Alfons Sipple trat einen Schritt zurück.

«Sie könet uns doch net einfach festnehmen», rief die, die sich Creszenz nannte. «Daheim warten Mann und Kinder auf uns.»

«Und ob wir das können. Nichts weiter als diebisches Gesindel seid ihr, das auf dem Bettel durchs Land zieht.»

In diesem Augenblick begann es wenige Schritte neben dem Baumstamm lautstark zu krächzen. Aus einem Lumpenbündel streckten sich zwei winzige Ärmchen und begannen zu zappeln.

«Ja, sabberlodd! Was ist das denn?»

Sipple stieß mit der Stiefelspitze gegen das Bündel. Das Kind, das ihn aus aufgerissenen Augen anstarrte, war höchstens vier, fünf Monate alt.

«Das ist mein Töchterle, die Theres.» Maria Bronner fiel auf die Knie. «Ich fleh Sie an: Lasset Sie uns gehn! Das Kind hat Hunger, und daheim im Dorf wartet mein Hannes auf mich, mein kleiner Bub.»

«Halt's Maul und steh auf! Lorenz, du nimmst den Wurm und die beiden Rotzlöffel da. Ich kümmer mich um die Weibsbilder. Und jetzt ab marsch nach Ravensburg!»

«Warum nach Ravensburg? Was sollen wir da?», fragte die Ältere mit ängstlicher Stimme.

«Ins Arbeitshaus kommt ihr zwei beiden. Da macht man aus einer Bagasch wie euch anständige Leut.»

«Aber die Kinder – die kleine Theres?»

«Die seht ihr so schnell nicht wieder. Weiber wie ihr sollten erst gar keine Bälger in die Welt setzen.»

Teil 1

Selig sind, die da Leid tragen.

I

Mai 1832, Eglingen auf der Rauhen Alb

«Ist das also dein letztes Wort, Nepomuk Stickl?»

Der alte Bauer nickte. «Gucket Sie sich die Theres doch an, Herr Stadtrat. Das Mädle verschafft's ja net mal, die Wassereimer zu schleppen. Zu nix ist die zu gebrauchen, net mal zum Wollekrempeln. Der Bruder ist da von ganz andrem Schlag.»

«Vielleicht hast du sie ja auch zu knappgehalten?» Der Stadtrat runzelte die Stirn. «Sie schien mir schon beim letzten Besuch arg mager. Viel zu schmächtig für ihre acht Jahre.»

«Was – was wollet Sie damit sagen?»

«Nun, du weißt ja wohl noch, was du und deine Frau – Gott hab sie selig – damals beurkundet habt? Ihr hattet euch verpflichtet, gewissenhaft auf Moral und Physis eurer Pfleglinge zu achten, auf ausreichende Nahrung und Kleidung sowie regelmäßigen Schulbesuch. Stickl, Stickl...» Er seufzte. «Du glaubst gar nicht, was mir in meiner Eigenschaft als Pfleger schon alles untergekommen ist! Grad für euch Bauern ist das Geld von der Stiftung doch ein rechter Batzen, der euch ins Haus rollt. Da gibt's Spitzbuben, die stecken das Geld ein, prügeln ihre Pfleglinge wie Sklaven zur Arbeit oder sogar auf den Bettel und lassen sie dabei halb verhungern.»

«Aber, Herr Stadtrat», stotterte der Alte. «Ich doch net. Ihr kanntet doch mein Weib, so eine herzensgute Frau. Aber jetzt, wo sie tot ist und meine leiblichen Kinder aus dem Gröbsten raus, muss ich doch auch schauen, wo ich bleib. Und vielleicht find ich ja wieder ein neues Eh'weib …» Er senkte die Stimme. «Das Mädle ist seltsam, mit dem ist nix Rechtes anzufangen. Man weiß nie, was der Theres im Kopf rumgeht. Vielleicht ist sie ja einfach ein bissle blöd.»

Theres kauerte hinter der zugigen Bretterwand, die ihre Schlafstelle von der Wohnküche trennte, und lauschte. Durch das Astloch in der Wand hatte sie ihren Pflegevater und den vornehmen Gast mit dem knielangen Gehrock und der fliederfarbenen Seidenhalsbinde genau im Blick. Vergangene Woche hatte ihnen dieser Herr vom Münsinger Kirchenkonvent schon mal einen Besuch abgestattet, und die ganze Zeit hatte Theres sich gefragt, was der Mann bei ihnen wollte. Nun aber wurde ihr schlagartig klar, dass es um sie ging. Und dass es nichts Gutes verhieß.

Sie ballte die Fäuste. Wie gemein der Alte war, sie vor einem Fremden dermaßen schlechtzumachen! Nur zu gut erinnerte sie sich noch an jenen Tag im letzten Herbst, als der junge Visitator des Armenkollegiums aufgetaucht war, unangekündigt wie immer, um nach dem Rechten zu sehen. Er hatte geschimpft damals, dass ihm die Theres von Mal zu Mal verwahrloster erscheine, und buchstabieren könne sie auch immer noch nicht. Ob sie denn nicht zur Schule gehe? Sehr wohl schicke er sie dorthin, hatte der alte Bauer geantwortet, aber sie sei halt wohl nicht gescheit genug für solcherlei Dinge. Theres war fassungslos gewesen: Sie durfte gar nicht zur Schule, weil sonst die Hausarbeit liegen blieb und das Garn für den Wollweber nicht fertig wurde.

«Stimmt das?», hatte der Beamte sie daraufhin gefragt. «Ja», hatte sie gestottert, mit einem Seitenblick auf den Pflegevater. – «Ist dir die Schule also zu schwierig?» – «Ja, Herr.» Und die Tränen waren ihr vor Scham übers Gesicht gelaufen.

«Jetzt hol das Mädchen her», hörte sie in diesem Augenblick den Stadtrat sagen. «Ich hab heute noch andres zu tun.»

Hastig sprang Theres auf, noch immer verwirrt von dem, was sie eben vernommen hatte. Da hörte sie schon die schlurfenden Schritte ihres Pflegevaters, und das Türchen zu ihrem Verschlag öffnete sich.

«Komm raus!», befahl der alte Bauer. «Der Herr Stadtrat will dich sehn. – Und sag ja nix Falsches», setzte er leise hinzu.

Theres ging mit gesenktem Kopf hinüber in den Wohnraum, gab dem Gast die Hand und machte einen artigen Knicks.

«Du weißt, warum ich hier bin?» Die Stimme des Mannes klang freundlich.

«Nein, Herr.»

Der Stadtrat warf Nepomuk Stickl einen missbilligenden Blick zu und fuhr fort: «Dein Pflegevater kann sich nicht mehr angemessen um dich kümmern, jetzt, wo die Bäuerin tot ist. Du sollst ins Staatswaisenhaus zu Weingarten gebracht werden, in die Vagantenkinderanstalt. Da lernst du alles, was du fürs spätere Leben brauchst. Mach also unserem Staat und unserem König keine Schande, hörst du?»

Sie nickte, während sie am ganzen Leib zu zittern begann. Sie hatte es geahnt, der Bauer wollte sie weggeben! Dann packte sie der nächste Schrecken: Von ihrem Bruder war mit keinem Wort die Rede gewesen.

«Was … Was ist mit Hannes?» Die Tränen schossen ihr in die Augen.

«Der Hannes bleibt hier», schnauzte Nepomuk Stickl.

Beruhigend strich der Stadtrat ihr übers Haar.

«Es ist zu deinem Besten, mein Kind.» Er wandte sich wieder an ihren Pflegevater. «Machen wir also Nägel mit Köpfen, Stickl. Unterschreib jetzt, dass du die Fürsorge für den Pflegling Theres Ludwig, Tochter der Landfahrerin Maria Bronner aus

Eglingen und des Taglöhners Jakob Ludwig aus Ravensburg, zum heutigen Tage aufkündigst. Hier, an dieser Stelle.»

Mit einem verlegenen Räuspern setzte der Bauer drei Kreuze an die bezeichnete Stelle. Dann fragte er:

«Und wie kommt die Theres hernach ins Waisenhaus?»

«Ich schick auf morgen früh einen Stadtbüttel. Gib dem Kind ausreichend Essen und Trinken mit, es ist ein weiter Weg.»

Damit schien für den Mann alles besprochen. Er wandte sich zur Tür, nahm Zylinder und Stöckchen vom Haken und trat hinaus. Theres sah ihm nach, wie er unbeholfen zwischen den Pfützen hindurch in Richtung Straße stakte, wo sein Einspänner auf ihn wartete.

«Was glotzt du so?», fragte ihr Pflegevater. «Hast net gehört, dass es zu deinem Besten ist? Auf jetzt, versorg die Hühner und dann ab in die Küche.»

Doch Theres achtete nicht auf seine Worte. Kaum war die Kutsche um die nächste Wegbiegung verschwunden, rannte sie los.

«Bleibst wohl hier, du Saubangerd!», hörte sie den Bauern noch brüllen, da war sie schon die Böschung hinaufgeklettert, mitten hinein in das dunkle Tannenwäldchen, das an ihren Hof grenzte. Keine Viertelstunde später erreichte sie die sonnenbeschienene Wacholderheide, wo ihr Bruder dieser Tage die Schafe des Dorfes hütete.

«Hannes!», keuchte sie. «Ich soll fort!»

Schwer atmend lehnte sie sich neben ihn an das warme Felsgestein. Ihr Bruder starrte zu Boden und schwieg.

Theres wischte sich die Tränen aus dem Gesicht. «Warum sagst du nichts?»

Hannes schüttelte den Kopf.

«Sag bloß ... Sag bloß, du hast es gewusst!»

«Seit gestern», murmelte er so leise, dass sie ihn kaum verstand. «Hab mich nicht getraut, es dir zu sagen.»

«Aber warum soll ich fort und du nicht? Warum dürfen wir nicht zusammenbleiben?»

«Ich weiß es nicht.»

Jetzt erst merkte Theres, dass auch ihr Bruder weinte. Hinter einem Schleier von Tränen schweifte ihr Blick über die sanften Hügel mit ihren hellen und dunklen Waldstücken, den Schafweiden und Wacholderheiden. Wie vertraut ihr dieses Bild war, wie schön das alles aussah, so im warmen Licht der Maisonne! Sie kannte nichts andres, ihr Lebtag war sie nie weiter als bis in die nächsten Dörfer gekommen, nicht mal bis in die nahe Oberamtsstadt Münsingen.

Sie schloss die Augen und erblickte plötzlich einen riesigen, düsteren Saal mit vergitterten Fenstern rundum, sich selbst inmitten einer Horde verwahrloster Kinder von Landstreichern. Ein Aufseher durchmaß mit energischem Schritt die Reihen und verteilte Karbatschenhiebe nach rechts und links.

Erschrocken riss sie die Augen wieder auf.

«Ich hab Angst», stammelte sie.

«Das musst du nicht, Theres. Ich komm dich besuchen.» Hannes nahm ihre Hand und drückte sie fest.

«Weißt du denn, wo dieses – dieses Weingarten liegt?»

«Nein. Trotzdem.»

Am nächsten Tag erschien gleich nach dem Morgenessen der Büttel, ein maulfauler, dickbäuchiger Mensch namens Hufnagl. Theres hockte auf der Schwelle der offenen Haustür, ihr kleines Bündel zu Füßen, und wartete, bis der Mann sein Krüglein warmes Bier ausgeschlürft hatte. In ihrem Innern schwelte noch immer die unaussprechliche Angst vor dem, was auf sie zukam, und davor, Hannes vielleicht nie wiederzusehen.

Theres wandte sich um. Stumm saßen sich Hufnagl und ihr Pflegevater am Tisch gegenüber. Sie waren allein. Ihre Stiefschwester Berthe und ihr Stiefbruder Marx, beide um viele Jahre älter als sie, arbeiteten bereits draußen auf dem Acker, und auch ihr Bruder hatte kaum seinen Napf mit Schwarzem Brei ausessen dürfen, da hatte ihn der Bauer schon zum Schafspferch befohlen. Nur ganz kurz hatten sie und Hannes sich zum Abschied umarmen dürfen, und als Theres ihren Bruder nicht loslassen wollte, hatte der Alte ihr einen schmerzhaften Streich mit der Weidenrute versetzt.

Lautes Stühlerücken ließ sie auffahren. Sie hörte den Büttel nach den Papieren fragen, die er im Waisenhaus abgeben müsse, und unterdrückte ein Schluchzen. Sie wollte nicht weg, das hier war ihre Heimat! In diesem kleinen Häuschen mit seiner vom Herdfeuer dunkel gebeizten Wohnküche und den beiden Bretterverschlägen, die als Schlafkammern dienten, in diesem Dorf auf der Rauhen Alb hatte sie ihr ganzes bisheriges Leben verbracht, und wenn sie jetzt alles so bedachte, war dieses Leben nicht das schlechteste gewesen.

Nicht dass sie ihrem Pflegevater eine einzige Träne nachweinen würde. Dazu hatte sie viel zu oft seine Weidenrute zu spüren bekommen – vor allem, nachdem die Bäuerin gestorben war. Wie oft hatte sie hungrig zu Bett gehen müssen, wenn sie angeblich wieder den Musbrei hatte anbrennen oder das Feuer ausgehen lassen. Aber Hannes oder auch Marx hatten ihr dann heimlich einen Brocken Brot zugesteckt. Nur die Berthe, diese blöde Kuh, hatte sie immer wie Luft behandelt. Hatte sie bei der Hausarbeit herumgescheucht und als «Bettelbastard» beschimpft, wenn sie ihren Befehlen nicht schnell genug gefolgt war. Genauso jähzornig wir ihr Vater war Berthe. Und dabei hässlich und dumm.

Und dennoch – Theres hätte sich niemals beklagt. Schließlich kannte sie es nicht anders, diesen Wechsel aus Arbeit, Schlägen und Mahlzeiten, die einen nicht satt machten. Ihrem Bruder und den meisten andern Bauernkindern rundum erging es nicht besser und nicht schlechter als ihr. Alle mussten sie sich krummschaffen bei der Heimarbeit für irgendwelche raffgierigen Verleger oder auf den steinigen Äckern, die hier auf der Alb nicht viel mehr hergaben als Flachs oder Viehfutter. Trotz alledem war das hier ihre Familie. Und Eglingen ihr Dorf. Jedes Kind, jedes Stück Vieh kannte sie hier, jeder Winkel war ihr vertraut.

Hinzu kam: Hier war ihre Mutter aufgewachsen, in einer kleinen Kate am andern Ende des Dorfes, bevor sie den Ravensburger Taglöhner Jakob Ludwig geheiratet hatte. Ein ganz junges Ding musste sie damals gewesen sein. Die meisten hier ließen allerdings kaum ein gutes Haar an ihrer Mutter. Stolz und hoffärtig sei sie gewesen und habe den Jakob hintergangen. Manche behaupteten gar, sie, die Theres, sei gar nicht dessen leibliche Tochter, in fremden Betten habe sich damals das Luder herumgetrieben, bis der Jakob vor Gram gestorben sei! Und so habe man sich nicht verwundern müssen, dass die Bronnerin irgendwann als Landstreicherin und Bettlerin im Zuchthaus gelandet sei. Als Theres einmal gewagt hatte, ihren Pflegevater zu fragen, wo ihre Mutter jetzt sei und warum sie nie nach Eglingen zurückgekehrt sei, hatte der nur hämisch gelacht. «Vergiss dieses Weibsstück. Die ist längst außer Landes gejagt, falls sie nicht gar am Galgen gelandet ist. Kannst Gott danken, dass wir dich und deinen Bruder aufgenommen haben.»

Nächtelang hatte sie daraufhin geweint und fortan selbst geglaubt, dass ihre Mutter tot sein müsse. Denn warum sonst hatte sie ihre Kinder nie wiedersehen wollen? Jetzt war ihr nur noch der Bruder geblieben, der fast vier Jahre älter war und sie immer beschützt hatte, wenn die Kinder im Dorf frech geworden waren. Wie konnte der Herrgott es zulassen, dass sie für immer von ihm getrennt werden sollte?

Gut zwei Stunden lang marschierten sie querfeldein, das kleine barfüßige Mädchen neben dem schwergewichtigen Büttel, bis sie die Zwiefalter Alb und damit die Staatsstraße erreichten, die von Reutlingen her auf Ravensburg zuführte.

«Du stinkst wie ein elender Seichhafen!», hatte der Mann sie irgendwann angeschnauzt. «Kei Sau wird uns da mitnehmen wollen.»

Da waren Theres die mühsam unterdrückten Tränen wieder über die Wangen geflossen. Was konnte sie dafür, dass sie nicht mal ein sauberes Sonntagsgewand besaß und nur alle zwei Wochen in den Waschbottich steigen durfte – als Letzte wohlweislich, wenn das Wasser schon kalt und schlierig vom Dreck der andern war?

Doch entgegen Hufnagls Befürchtung ließ sie alsbald ein Fuhrmann auf die halbleere Ladefläche seines Wagens aufsteigen, wo ihr Bewacher so weit wie möglich von ihr abrückte und sein Vesperpaket auspackte. Theres musste mit ansehen, wie er sich Wurststück um Wurststück in den Mund stopfte. Sie selbst hatte nur Wasser und Brot dabei.

Der Büttel kniff die Augen zusammen. «Was glotzt? Hat dir der Bauer nix eingepackt?»

«Doch, doch. Aber ich heb's mir auf, für später.»

Hufnagl nickte nur, und Theres überließ sich wieder ihrem Abschiedsschmerz und dem heftigen Gerüttel des Wagens auf der löchrigen Straße. Bis hierher hatte die Landschaft nicht viel anders ausgesehen als daheim. Jetzt aber begann sich die Straße in engen Krümmungen durch dichten dunklen Tannwald steil bergab zu winden, bis der Blick wieder frei wurde auf eine lichte Hügellandschaft, die sich im Dunst des weit ausladenden Donautals verlor. Theres wusste: Nun war sie in der Fremde angelangt. Brotbeutel und Trinkflasche waren leer, ihre Tränen versiegt, keine zehn Worte hatte Hufnagl bislang an sie gerichtet. Sie tastete in ihrer Schürzentasche nach dem Holzpferdchen, das Hannes ihr einst geschnitzt hatte und das schon ganz abgegriffen und speckig war, und fühlte sich so verlassen wie noch nie.

In der Oberamtsstadt Riedlingen am Donauufer nahmen sie ihr Nachtquartier. In Theres' Augen wirkte die Stadt mit den hübschen Fachwerkhäusern riesig, gewiss hundertmal so groß wie ihr Heimatdorf. Und wie laut und voller Menschen dieses Riedlingen war: Allein auf dem Marktplatz drängte sich mehr Volk als bei ihnen im Dorf zur Kirchweih! Spielende Kinder tobten zwischen Fuhrwerken und Handkarren herum, Trödler boten den Inhalt ihrer Bauchläden feil und schrien dabei mit den Karrenbäckern und Zeitungsjungen um die Wette, aus den offenen Fenstern und Hoftoren drangen Gehämmer und Geklopfe. Niemals würde sie in solch einem Trubel wohnen können. Umso verwunderter war sie, als sie auf dem Dachfirst des Rathauses das schwarzweiße Federkleid eines Storchenpaars entdeckte, das hier seine Jungen aufzog.

Nachdem der Büttel sie beide bei der Ortspolizei angemeldet hatte, wies man sie in ein kleines Wirtshaus nicht weit vom Markt ein. Dort bestellte Hufnagl ihr einen Teller Erdäpfel in Milchsuppe, sich selbst vergönnte er eine Platte mit knusprig gebratenem Schinkenspeck. Derweil schleppte der Wirt zwei Strohsäcke ins Nebenzimmer.

«Wenn's Wetter hält», der Büttel wischte sich den Bierschaum vom Mund, »bist morgen Abend im Waisenhaus.»

Theres erwiderte nichts, nur die Hand, mit der sie den Löffel hielt, begann zu zittern. Sie vermochte kaum, ihren Teller leer zu essen – allein das Wort «Waisenhaus» hatte ihr die Kehle zugeschnürt.

«Ich bin müde», flüsterte sie schließlich.

«Geh halt schlafen.» Hufnagl gab dem Wirt ein Zeichen, ihm den Bierkrug nachzufüllen. «Und weh dir, du machst Ärger.»

Als sich Theres auf ihrem schmalen Lager ausstreckte, hörte sie den Wirt nebenan fragen: «Was ist das für ein Balg, das Sie da mitschleppen?»

«Ein Vagantenkind. Soll nach Weingarten.»

«Ja, ja.» Der Wirt seufzte. «Die vermehren sich wie die Ratten, diese Landstreicher. Man sollt sie alle einsperren.»

Sie hatten Glück: Am nächsten Morgen nahm ein Tuchhändler sie bis in die nächste große Stadt namens Saulgau mit, wo sie ihre Wasserflaschen auffüllten und ihnen die Ortspolizei eine weitere Fahrgelegenheit auf einem Krämerkarren verschaffte. Theres hatte in der vergangenen Nacht kaum geschlafen, so oft hatte sie weinen müssen. Jetzt, am Nachmittag, begann sie der Hunger zu quälen. Bis auf einen Napf Hafergrütze in der Frühe hatte sie noch nichts gegessen, und sie wagte es nicht, den Büttel um ein Stück Wurst oder Brot zu bitten. Außerdem war ihr kalt. Ihre dünne Jacke schützte sie kaum vor dem kühlen Wind, der inzwischen aufgekommen war und über ihnen dunkelgraue Gewitterwolken zusammenschob.

Als sie schließlich bei einem Dorfbrunnen Halt einlegten und Theres vom Karren klettern wollte, gaben ihre Beine unter ihr nach, und sie sank zu Boden.

«Ist das Kind krank?», fragte der Krämer erschrocken. «Ich sag's Ihnen offen: Wenn die krank ist, nehm ich euch nicht weiter mit.»

«Ja, Heidenei und Kruzifix!» Umständlich stieg der Büttel

vom Kutschbock und half Theres wieder auf die Beine. «Jetzet reiß dich aber z'samme!»

«Ich will heim nach Eglingen», flüsterte sie.

«Spinnst völlig? Der alte Stickl tät dir die Tür vor der Nas zuschlagen. Hast net verstanden? Der will dich nimmer.»

«Soll ich Ihnen was sagen?» Der Krämer, ein hagerer Mann mit grauem Bart und Halbglatze, füllte seine Wasserflasche mit Brunnenwasser auf. «Das Kind hat Hunger. Dem sein Magen knurrt ja lauter, als mein Maultier wiehern kann. Geben Sie ihm denn nichts zu essen?»

Hufnagl zuckte die Schultern. «Der Bauer hätt ihr halt was Rechtes mitgeben müssen. Ich hab selber net genug.»

Kopfschüttelnd trat der Krämer an seinen Karren, öffnete eine Kiste und zog einen Kreuzerwecken und ein Stück Schwarzwurst heraus.

«Da, nimm!»

Theres stammelte ein «Vergelt's Gott!» und mehrfaches Danke.

«Schon recht! Füll dein Wasser auf, damit wir rasch weiterkönnen. Ich will vor dem Regen in Ravensburg ankommen.»

Viel zu schnell hatte Theres ihre Brotzeit hinuntergeschlungen und war doch noch immer nicht satt. Aber Schwindel und Magenknurren waren wenigstens verschwunden, und sie fühlte sich wieder bei Kräften. Einen kurzen Augenblick dachte sie daran, jetzt, wo sie fast am Ziel ihrer Reise war, vom Wagen zu springen und davonzulaufen. Sich irgendwo zu verstecken, bis der Büttel nicht mehr nach ihr suchte. Aber dann verwarf sie den Gedanken wieder. Wohin sollte sie schon gehen? Wie sollte sie zu ihrem Essen kommen, wo übernachten? Ihr fiel ein, dass sie ja Angst hatte, allein in der Dunkelheit. Und außerdem würde es bald regnen, vielleicht gar gewittern.

Sie wandte den Kopf. Von Westen, von der Alb her, wurde

das Dunkel immer bedrohlicher, und sie vernahm fernes Donnergrollen. Bei Sonnenschein hätte diese Landschaft um sie herum mit ihren weiten, saftigen Wiesen und den Seen und Weihern, die bald hinter jeder Baumgruppe auftauchten, bestimmt etwas Malerisches gehabt. Nun aber lag das Gras fast flach im böigen Wind, von graugrüner Farbe war es plötzlich, während die Waldstücke immer dunkler wurden und die Seen schwarz glänzten.

Da hörte sie ein Rauschen über sich. So tief, dass sie ihn fast hätte berühren können, zog ein Storch über sie hinweg. Sie wusste sofort: Es war derselbe, den sie am Morgen bei ihrer Abfahrt beobachtet hatte. Derselbe Storch, der droben auf dem Riedlinger Rathausdach die Flügel gespreizt und sich, als der Kaufmann seinen Rössern die Zügel auf den Rücken klatschte, in die Luft geschwungen hatte. Gerade so, als wolle er sich ebenfalls auf die Reise machen, hatte Theres da gedacht und sich trotz ihrer elenden Lage gefreut. Störche brachten nämlich Glück.

Jetzt war sie sich sicher, dass der riesige Vogel sie tatsächlich begleitet und beschützt hatte auf ihrer Reise nach Weingarten, denn als sie ihm nachschaute, hörte sie den Krämer sagen: «Wir sind bald da.»

Sie befanden sich am Rande einer Hochfläche, die hier jäh zu einem breiten Tal hin abfiel, und der Krämer deutete mit ausgestrecktem Arm auf die andere Seite, wo über einer bewaldeten Bergkette die blaugrauen Zacken der Alpen zu erkennen waren. «Heut ist Föhn, da ist weite Sicht. Seht ihr? Da drüben liegt Altdorf mit dem vormaligen Kloster Weingarten. Das war mal weitberühmt, wegen der Kirche und dem Heilig Blut. Jetzt verfällt's und steht halb leer, bis auf den Teil mit dem Waisenhaus.»

Wie ein Fingerzeig schob sich in diesem Moment ein Strahlenbündel der Nachmittagssonne durch die Wolken und ließ Mauern, Kuppel und die beiden Türme der mächtigen Klosteranlage golden schimmern. Vielleicht ist das ein Zeichen, vielleicht wird alles doch nicht so schlimm, dachte Theres, während der Storch noch eine Runde über ihren Köpfen drehte, als wolle er sich verabschieden, und dann in Richtung Tal hinuntersegelte.

Vor ihrem inneren Auge sah sie das sommersprossige Gesicht ihres Bruders mit dem ewig zerzausten Haar in der Stirn. «Im Sommer komm ich dich besuchen», hörte sie ihn sagen. «Das schwör ich bei Gott und allen Heiligen.»

Eine halbe Stunde später hatten sie die gefährlich steile Steige hinter sich gebracht. Am Rande eines kleinen Dorfes zügelte der Krämer sein Maultier.

«Ab hier müsst ihr zu Fuß gehen. Es ist nicht mehr weit bis Altdorf. Nehmt am besten den Feldweg da vorn.»

Hufnagl bedankte sich. In diesem Augenblick verdunkelte sich der Himmel, als werde es gleich Nacht, und es begann zu schütten wie aus Eimern.

«Herrgottsdonnerblitz!», fluchte der Büttel und sah dem Karren nach, der hinter dem Regenvorhang in Richtung Ravensburg verschwand. «Nix als Malör hat man mit euch Landstreichern. Jetzt könnt ich gemütlich daheim im Wirtshaus hocken, und was mach ich stattdessen? Zieh bei diesem Sauwetter mit einem Vagantenbastard durch die halbe Weltg'schicht!»

Er packte Theres grob beim Arm. «Los, komm schon, beweg deine Haxen.»

Sie konnte kaum Schritt halten mit dem großen Mann. «Es tut mir leid», murmelte sie.

«Leid – leid – dummes Gschwätz!» Hufnagl begann sich in Rage zu reden, während ihm das Wasser übers Gesicht lief.

«Man hätt dich grad hier im Schussental lassen sollen, damals, als die Landjäger deine Mutter und dich aufgegabelt hatten. Sackerment – wieso bleibst jetzt stehen?»

«Hier?»

In Theres' Kopf wirbelten die Gedanken durcheinander. Zeitlebens hatte sie geglaubt, ihre Mutter habe sie und Hannes in Eglingen einfach alleingelassen. Oder weggegeben wie einen alten löchrigen Schuh.

«Hier?», wiederholte sie.

«Was fragst so dumm? Hast net gewusst, dass du von der Straß kommst? Eing'sperrt hat man die Weiber und euch Blagen weggebracht.»

«Woher – woher wissen Sie das?»

«Weil mein Schwager Büttel in Ravensburg ist, darum. Und meine Schwester hat dich auf einem Eselskarren auf die Alb bringen müssen, die Arme. Die ganze Reise hast gebrüllt wie am Spieß. Die hätt dich am liebsten im nächsten Weiher versenkt!»

«Und … Und meine Mutter?»

«Was weiß ich? Jetzt halt endlich dei Gosch und komm!»

Theres blickte nicht nach links noch nach rechts, als sie die restliche Wegstrecke neben dem Büttel herstapfte und schließlich die Häuser der Ortschaft Altdorf erreichte. Sie konnte nicht fassen, was sie da eben erfahren hatte: Ihre Mutter war also gar nicht das herzlose Weib, dem seine Kinder gleichgültig waren. Bestimmt hatte sie bitterlich geweint, als sie eingesperrt werden sollte. Hatte um ihre Freiheit gefleht, darum, ihr kleines Mädchen behalten zu dürfen.

Ihre nackten Füße tappten über die regennassen Gassen, während der Büttel sich zum Rathaus durchfragte. Dort klopfte er mehrmals ungeduldig gegen das Tor, bis endlich jemand öffnete.

«Hufnagl mein Name, Büttel aus Münsingen. Sind Sie der Bürgermeister?»

«Seh ich so aus? Bin nur der Amtsbote. Der Herr Bürgermeister ist zu Tisch, im *Löwen*.» Der Atem des Mannes roch nach Branntwein, und der Unwillen über diese Störung war ihm deutlich anzusehen. »Was wollen Sie also?»

«Ich soll die Theres Ludwig ins Vagantenkinderinstitut bringen.»

Der Amtsbote musterte Theres und verzog das Gesicht.

«Ein Landstreicherkind also. Dacht ich mir's fast. Haben Sie die nötigen Papiere dabei?»

«Selbstverständlich. Hier – ihr Heimatschein. Und hier die Anweisung vom Münsinger Kirchenkonvent an das hiesige Oberamt und ans Waisenhaus. Das Mädle soll künftig dem Oberamt Ravensburg zugesprochen sein.»

«Als ob wir nicht schon genug verwahrloste Kinder hätten», murrte der Amtsbote. «Immer noch mehr werden hier angeschleppt.»

«Sie kriegen das Mädle zurück, nix weiter. Schließlich haben Ihre Leut es vor acht Jahren hier aufgegabelt, drunten bei Niederbiegen.»

«Kommt dieser Entscheid aus Stuttgart?»

Hufnagl nickte. «Liegt schriftlich bei.»

«Gut. Warten Sie hier in der Diele, ich bin gleich zurück.»

Die Kälte des Steinbodens drang Theres durch den ganzen Körper. Kurz darauf kehrte der Mann zurück, in langem Regenumhang und Kapuze.

«Brauchen Sie eine Bleibe zum Übernachten?», fragte er Hufnagl.

«Nein, ich will noch nach Ravensburg, zu meinem Schwager. Wie weit ist's bis dahin?»

«Eine Wegstunde.» Der Amtsbote nahm eine Laterne vom

Wandhaken. «Hier, für Sie. Es wird bald dunkel. Geben Sie sie morgen beim Oberamt ab.»

Der Büttel bedankte sich, und sie traten hinaus in die Abenddämmerung. Es hatte zu regnen aufgehört.

«Nun dann, Theres ...» Hufnagl wirkte mit einem Mal verlegen. Unbeholfen klopfte er Theres auf die Schulter. «Es wird schon werden. Halt dich immer nur schön brav, dann wird's dir net schlecht ergehn. Behüt dich Gott!»

Theres krampfte es das Herz zusammen, als sie dem fremden Mann durch die Gasse folgte. Vor ihnen auf einem Berg, hoch über den Dächern und jetzt in schwefelgelbes Licht getaucht, thronte das alte Kloster Weingarten mit seiner Kirche. Über einen mächtigen steinernen Treppenaufgang gelangte man hinauf.

Sie legte den Kopf in den Nacken: Der Anblick des riesigen Gotteshauses dort oben, das kaum von Menschenhand gemacht sein konnte, erschreckte Theres. Erst recht der Gedanke, dass dort herinnen eine solch unheimliche Kostbarkeit wie das Blut Jesu Christi aufbewahrt wurde.

«Jetzt mach schon!» Der Amtsbote gab ihr einen Stoß. «Ich will endlich Feierabend haben.»

Zögernd stieg sie die Stufen hinauf und fühlte sich winzig und wehrlos wie eine Laus.

2

Ankunft im Waisenhaus Weingarten, Mai 1832

Das hochaufgeschossene Mädchen mit den dicken, weißblonden Zöpfen verschränkte die Arme.

«Du bist also die Theres. Wo kommst her?»

«Von Eglingen.»

«Nie gehört. Hör zu, Theres. Dass du's gleich weißt: Ich bin hier die Stubenälteste und hab das Sagen im Schlafsaal. Verstanden?»

«Ja.» Theres nickte müde. Sie hatte nur noch den einen Wunsch, sich endlich in eines der Betten verkriechen zu dürfen. Schon im Amtslokal des Hauptinstituts, wo sie bei ihrer Ankunft vom Ökonomieverwalter Wilhelm Ludwig Heintz empfangen worden war, hatte sie sich kaum noch auf den Beinen halten können vor Erschöpfung und Hunger. Hatte die knappen Fragen nach Name und Alter, Herkunft und Konfession beantwortet und dabei nur noch an einen Teller warmer Suppe denken können.

Mit dem Satz «Alles Weitere morgen früh» hatte das untersetzte, ältliche Männlein mit Spitzbart und runder Brille auf der Hakennase das Gespräch schließlich beendet und nach der Hausmagd geläutet. Da hatte Theres ihren ganzen Mut zusammengenommen und ihn nach einem Abendessen gefragt.

«Was erlaubst du dir?» Die schnarrende Stimme bekam einen ärgerlichen Klang. «Zu Abend gegessen wird schlag halb sechs, nicht früher, nicht später. Wir sind hier schließlich keine Speisewirtschaft. Und jetzt geh mit der Magd und wasch dich, du stinkst zum Davonlaufen!»

Geduckt wie ein geprügelter Hund, war Theres der Frau durch eine Abfolge dunkler Gänge gefolgt, bis sie in einen Kellerraum gelangten. An der Wand standen große Öfen mit Wasserkesseln darauf, in einem glühte noch die Kohle.

«Zieh dich aus und wasch dich», hatte die Magd sie angewiesen. «Bin gleich wieder da.»

Das Wasser war noch lauwarm, und nachdem sich Theres im Halbdunkel einer Tranlampe sorgfältig gewaschen hatte, war die Magd auch schon wieder zurück. In der Linken hielt sie ein graues Nachthemd und Filzpantoffeln, in der Rechten einen Kanten Brot mit Käse.

«Verrat mich nicht», hatte sie gesagt, während Theres das Hemd überstreifte und sich dabei gierig Brot und Käse in den Mund stopfte. Dann war sie zum Mädchenschlafsaal geführt worden, wo sie jetzt in der offenen Tür stand, umringt von einer Horde neugieriger Kinder.

«Du schläfst am hinteren Fenster, bei der Sophie. Wenn was ist, läutest die Glocke hier bei der Tür. Und jetzt alle zurück ins Bett!», befahl die Hausmagd. «Du auch, Rosina! Und führ dich net immer so auf.»

Mit einem dumpfen Schlag fiel die Tür hinter Theres ins Schloss, knarrend wurde ein Riegel vorgeschoben.

Keines der Mädchen rührte sich.

Als Theres in Richtung Fenster gehen wollte, stellte die Weißblonde, die Rosina hieß, ihr ein Bein, und sie stürzte der Länge nach zu Boden. Im nächsten Moment spürte sie einen Fuß auf ihrem Rücken.

«Da ist noch etwas», hörte sie die Stubenälteste in affigstem Schriftdeutsch sagen. «Als Neue bedienst du mich, dass das klar ist. Und du sprichst mich mit Fräulein Rosina an.»

Der Druck auf ihren Rücken verstärkte sich.

«Ob das klar ist!»

«Ja.»

«Das heißt: Ja, Fräulein Rosina.»

«Ja, Fräulein Rosina», presste Theres hervor.

Die anderen kicherten, und Tränen der Wut schossen Theres in die Augen.

«Morgen früh übernimmst dann meinen Kehrdienst, verstanden?»

«Ja, Fräulein Rosina.»

«Gut. Und jetzt küss mir die Füße, danach darfst ins Bett.»

Der Druck auf Theres' Rücken schwand. Dicht vor ihrer Nase erschienen zwei Füße, denen selbst im Halbdunkel anzusehen war, wie dreckig sie waren. Angewidert drückte sie einen flüchtigen Kuss auf jeden Fußrücken und rappelte sich auf.

«Mein Gott, die Neue heult ja!», höhnte Rosina. «Was für ein Mammasuggele! Sophie, bring sie ins Bett, die Kleine muss Heia machen.»

Das dunkelhaarige Mädchen, das Sophie hieß und kaum älter wirkte als Theres, führte sie zu einem der Doppelstockbetten.

«Heut Nacht kannst mit unter meiner Decke schlafen. Aber morgen holst dir selber eine.»

Theres nickte, dann drehte sie sich zu Rosina um: «Und wie lang soll das gehen?», fragte sie leise. «Als deine Dienerin, mein ich?»

«Sabberlodd, was bist du dumm! Natürlich, bis die nächste Neue kommt.»

Alle brachen in schallendes Gelächter aus.

In diesem Moment steckte jemand den Kopf zur Tür herein und brüllte: «Ruhe jetzt, zum Donnerwetter!»

Die Mädchen sprangen in ihre Betten, und augenblicklich herrschte Totenstille. Mit klopfendem Herzen drehte sich Theres zur Wand. Sie würde hier nicht bleiben, niemals. Dann doch lieber irgendwo im Wald wohnen und vom Bettel leben.

«Keine Angst, das wird schon alles», hörte sie neben sich Sophie flüstern. «Die Rosina ist gar nicht so schlimm.»

Am nächsten Morgen in aller Frühe weckte sie der Lärm schlagender Topfdeckel.

«Los, aufstellen!», rief eine Frauenstimme von der Tür her. «Eins, zwei – drei!»

Bei drei standen tatsächlich alle Mädchen vor ihren Betten stramm und riefen: «Guten Morgen, Frau Wagner!» Theres, die erst spät in der Nacht in den Schlaf gefunden hatte, rieb sich die Augen. Gut zwei Dutzend Kinder zählte sie, alle in denselben hellgrauen, bodenlangen Nachthemden und dunkelgrauen Filzpantoffeln. Mit halblauter Stimme begannen sie ein Morgengebet herunterzuleiern, das Theres nicht kannte. Während sie zum Schein die Lippen bewegte, entdeckte sie zu ihrem Schrecken, dass die Fenster, durch die das fahle Morgenlicht drang, wahrhaftig vergittert waren! Im Geiste sah sie bereits die Aufseher mit Lederpeitschen vor sich, die sie gleich zur Arbeit antreiben würden.

«Was geschieht als Nächstes?», fragte sie Sophie leise, während sie in Zweierreihen der hageren Frau mit dem grauen Dutt folgten.

«Waschen, Beten, Essen, Schule – wie immer. Ach nein, heut ist ja Freitag. Da ist vorher Kirchgang statt Gebetsstunde.»

«Kirchgang?»

«Halt die Morgenpredigt in Sankt Martin. Immer dienstags und freitags, dazu am monatlichen Bußtag und am Geburtstag unseres Königs. Ist das bei dir daheim nicht so?»

Theres schüttelte den Kopf. «Ich durft nur sonntags und an den Feiertagen in die Kirche.»

«Wirst sehn: Das ist das Beste hier. Da kannst nämlich noch eine halbe Stunde weiterschlafen.»

Inzwischen hatten sie den Waschraum erreicht. Jetzt erst bemerkte Theres, dass hinter ihnen eine Horde Buben marschiert war und in dem Waschraum gegenüber verschwand. Einer von ihnen, ein hochgeschossener, schwarzhaariger Kerl mit dunklen Augenringen im bleichen Gesicht, drehte sich im Türrahmen um und streckte ihr die Zunge heraus.

«He, Theres!» Im Waschraum stand die Magd vom Vorabend

und winkte sie heran. «Hier dein Rock, Mieder, Hemd, Wäsche und Strümpfe. Das sollte passen, denk ich. Wenn nicht, kommst heut Nachmittag zu mir.» Sie legte die Sachen auf ein Holzregal, an dem eine lange Reihe von Namensschildern angebracht war. «Das ist der Platz für die Nachthemden und Handtücher. Für die Kleidung habt ihr Truhen im Schlafsaal. Du teilst dir eine mit Sophie – dein Lumpenbündel hab ich da schon reingetan. Übrigens kontrollier ich ab und an, ob alles ordentlich zusammengefaltet ist. Verstanden?»

Theres nickte.

«Ein Namensschild für Truhe und Ablage bekommst du morgen. Du kannst doch hoffentlich lesen?»

Das Gesicht der Hausmagd wirkte jetzt älter als am Vorabend und um einiges strenger.

«Ja.»

Das war schlichtweg gelogen, doch ihren Namenszug erkannte Theres immerhin.

«Gut. Ich bin übrigens Fräulein Susanna. Waschlappen und Handtuch gibt es jeden Samstag neu, alle vierzehn Tag dürft ihr warm baden, unten im Keller. Und jetzt geh dich waschen.»

Theres quetschte sich neben ihre Bettgenossin an den langgestreckten Holztisch, auf dem die Waschschüsseln aufgereiht standen. Kaum hatte sie die Hände in das eiskalte Wasser getaucht, packte sie jemand am Nacken und drückte ihr das Gesicht unter Wasser. Theres prustete und zappelte und schlug mit aller Kraft um sich, bis sie endlich freikam. Verzweifelt schnappte sie nach Luft und sah sich nach der Hausmagd um. Doch die war spurlos verschwunden.

«Das war deine Taufe.» Rosina stand hinter ihr und grinste mit den andern um die Wette. «Und jetzt wasch mir mein Gesicht.»

Theres nahm den nassen Lappen, den Rosina ihr unter die Nase hielt, und klatschte ihn dem Mädchen, in einem Anflug von Wagemut, mitten ins Gesicht.

«Na warte!»

Eh sie sich's versah, hatte die andre ihr die Arme auf den Rücken gedreht und sie ein zweites Mal mit dem Gesicht in die Schüssel gezwungen. Jemand schüttete einen Schwall Wasser nach, überall drang dieses eisige Wasser ein, in Nase, Augen und Kehle. Eine grauenhafte Angst packte sie, sie wollte laut schreien, aber es ging nicht. *Luft, Luft,* brüllte es in ihr, und sie spuckte und würgte und keuchte und spuckte immer noch, als sie sich längst auf dem nassen Boden vor dem Waschtisch krümmte.

«Das tust du nie wieder. Sonst schlag ich dich tot», zischte Rosina.

Keines der Mädchen lachte mehr. Sophie half Theres auf die Beine und trocknete ihr Gesicht und Haare ab.

«Deine Nase blutet», sagte sie plötzlich und zog das Handtuch weg. Es war voller hellroter Flecken. «Oje, das gibt Ärger.»

Theres hielt ihren schmerzenden Kopf über die Schüssel und betrachtete die roten Tropfen, die kreisförmige Ornamente ins Waschwasser zeichneten. Sie konnte noch immer nicht sprechen. Als die Nase endlich zu bluten aufgehört hatte, streifte sie sich das durchnässte Nachthemd über den Kopf und kleidete sich an. Die anderen hatten sich bereits draußen auf dem Gang aufgereiht, auch Sophie.

Mit zitternden Händen knöpfte Theres das schlichte braune Gewand zu, das an den Ärmeln bereits mehrfach geflickt war. Dann sah sie hinauf zu den beiden Fenstern, oben unter der Decke. Ein strahlend blauer Himmel war zwischen den Gitterstäben zu erkennen, und sie dachte an die Weite auf der

Rauhen Alb, an den unendlichen Himmel dort, an den Duft nach Wacholder und Wildblumen im Frühjahr.

«Wo ist die Neue?», hörte sie vom Gang her eine tiefe Stimme, und im nächsten Augenblick schon stand ein Bär von Mann im Türrahmen. Theres erschrak bis ins Mark: Der Mann, der Kleidung nach ein Knecht, starrte sie aus einem einzigen Auge böse an. Anstelle des andern Auges klaffte eine dunkle Höhle.

«Was ist das für eine Sauerei hier?»

Theres blickte zu Boden. In einer Pfütze lag zusammengeknüllt ihr Nachthemd, neben dem blutbefleckten Handtuch. Das Wasser auf den Fliesen hatte sich hellrot verfärbt.

«Das werd ich melden. Und jetzt raus zu den andern.»

Eilig schlüpfte sie in ihre Pantoffeln und ging hinaus, um sich in die Schlange der wartenden Mädchen einzureihen. Neben ihnen hatten sich die Knaben aufgestellt, die über Theres zu tuscheln und zu grinsen begannen.

«Verrat lieber nicht, was die Rosina mit dir gemacht hat», raunte Sophie ihr zu.

Theres antwortete nicht. Ihr war bald alles gleichgültig.

Wenig später betraten sie den weitläufigen Innenhof, dessen Längsseite von jener mächtigen Kirche begrenzt wurde, die sie am Vortag schon so beeindruckt und zugleich beunruhigt hatte. Jetzt läutete von einem der beiden himmelwärts ragenden Türme die Glocke zur Morgenpredigt. Mit gesenktem Kopf schlurfte sie in den viel zu großen Lederschuhen, die man ihr zugewiesen hatte, neben Sophie her. Sie bemerkte, dass die Pflastersteine in einem Muster gehalten waren: Einem Quadrat von vier hellen Steinen folgte eines aus dunkleren. Wenn sie es nun schaffen würde, bis zur Kirche immer nur die hellen Steine zu betreten, dann würde doch noch alles gut werden hier in der Vagantenkinderanstalt!

Plötzlich prallte sie gegen den Rücken ihrer Vorgängerin, die samt den anderen Mädchen abrupt stehengeblieben war.

«Pass doch auf, du Trampel!» Vor ihnen marschierte eine weitere Schar Kinder, ebenfalls in Zweierreihen und allesamt in dunkelblauen Kleidern mit hübschen weißen Spitzenkrägen, im Gleichschritt auf den Durchgang zum Kirchenvorplatz zu. Während die Vagantenkinder ihnen den Vortritt ließen, sah Theres zu ihrer Enttäuschung, dass ihre Schuhe halb auf den hellen, halb auf den dunklen Pflastersteinen zum Stehen gekommen waren.

«Das sind die Waisen vom Hauptinstitut», hörte sie Sophie sagen, als sie hinaus auf den Kirchplatz hoch über Altdorf traten. «Die glauben, die wären was Bessres als wir.»

Kühle Luft umfing sie im Kircheninnern. Noch großartiger als von außen zeigte sich Sankt Martin hier herinnen. Das Kirchenschiff, das auf mächtigen Pfeilern ruhte, war in blendendem Weiß gehalten, durchsetzt von den flammenden Farben der Deckengemälde, dem dunklen Holz des geschnitzten Chorgestühls, dem reichverzierten Orgelprospekt und dem Gold des Chorgitters. Die Pracht des Hochaltars war von hier aus nur zu erahnen, und die Kuppel schwebte dermaßen hoch über ihnen, dass einem schwindlig wurde, blickte man hinauf. Zu winzigen Ameisen wurden die Menschen, und Theres fragte sich, wie es sein konnte, dass ein solcher Gottespalast dem gemeinen Volk offen stand, ja selbst solchen Kindern wie ihr, den Kindern von Bettlern und Landstreichern. Dabei war Altdorf nicht einmal eine Stadt, nur ein Marktflecken.

«Wo ist das Blut?», flüsterte Theres Sophie ins Ohr, und ein Schauer durchrann ihren Körper.

«Das Blut? Ach so – die Reliquie. Da vorn, im Heilig-Blut-Altar. Zur Prozession am Blutfreitag wird sie rausgeholt und durch die Gassen und Felder getragen, damit jeder sie sehen kann. Jetzt komm schon.»

Sophie zog sie zu einer der hintersten Bankreihen.

«Müssen wir denn nicht stehen?», fragte Theres, nachdem sie sich bekreuzigt hatte.

«Jetzt haltet endlich die Goschen, Vagantenpack!», fauchte ein Mädchen zwei Reihen vor ihnen, wie ihre Nebensitzerinnen im blauen Kleid der Waisenkinder. Sophie streckte ihm die Zunge heraus und schob Theres zu den anderen Vagantenkindern in die Bank.

Als der Pfarrer mit kräftiger Stimme zur Predigt anhob, flüsterte Sophie: «Willst du meine Freundin sein?»

«Gern!»

Zum ersten Mal seit ihrem Abschied von daheim empfand Theres so etwas wie Freude. Sie hörte Sophie noch murmeln: «Ich hab nämlich bislang keine Freundin», dann fielen Theres vor Müdigkeit die Augen zu.

Heil unserm König, Heil!, schmetterte die Gemeinde aus voller Brust, und Theres schrak auf. Alle hatten sich erhoben, um mit dieser Huldigung an König Wilhelm, wie überall in den Kirchen des Landes, den Gottesdienst abzuschließen.

Sei bester König hier,
lang noch des Volkes Zier,
der Menschheit Stolz ...

Mit lauter Stimme sang Theres die letzten Verse mit, wobei ihr Blick über die Köpfe der Kirchgänger schweifte, auf der Suche nach Rosina. Doch deren weißblonder Haarschopf war zum Glück nirgends zu entdecken. Vielleicht lag sie ja krank im Bett.

Entgegen ihrer Hoffnung erwartete die Stubenälteste sie in bester Verfassung am Treppenaufgang der Erziehungsanstalt.

«Hast ja hoffentlich nicht vergessen, dass du meinen Kehrdienst machen sollst, oder?»

«Nein», murmelte Theres und drückte sich an ihr vorbei die Stufen hinauf.

«Dann aber schnell, sonst kriegst nix mehr ab vom Morgenessen. Die Besen findst in der Kammer neben dem Schlafraum.»

Der Flur vor den Schlafsälen lag wie ausgestorben da, nachdem sie die Treppe bis zum dritten Stockwerk hinaufgehastet war. Sie hatte völlig vergessen zu fragen, wo sich der Esssaal befand. Dabei war ihr inzwischen fast schlecht vor Hunger und erst recht bei dem Gedanken, die nächsten Wochen und Monate dieser dummen Ziege zu gehorchen.

Wütend zerrte sie Kehrblech, Handfeger und Besen aus der Abstellkammer und machte sich an die Arbeit. Der grobe Dielenboden sah nicht gerade aus, als sei er die letzten Tage sorgfältig gefegt worden, und binnen weniger Minuten war die Kehrschaufel voller Krümel und Staub. Ratlos blickte Theres sich um: Wohin jetzt mit dem Dreck?

Vom Schlafsaal gegenüber hörte sie ein Geräusch. Sie trat in den Flur hinaus und erschrak bis ins Mark: Vor ihr, im Türrahmen des Knabenschlafsaals, stand eine Art Gespensterwesen! Eine winzige Gestalt, zierlicher und kleiner noch als sie selbst, mit riesengroßen Händen, Füßen und Kopf, von dem hellrotes Haar wie Flammen in alle Richtungen abstand.

Erst ein einäugiger Riese, dann ein Zwerg! Die volle Kehrschaufel glitt ihr aus der Hand und fiel scheppernd zu Boden.

Das Gesicht des Kleinwüchsigen verzog sich zu einem belustigten Grinsen. «Was gibt's da zu glotzen? Hast noch nie einen Zwerg gesehen?»

Sie schüttelte den Kopf.

«Dann hab ich dich also erschreckt? Keine Angst, das geht

am Anfang jedem so. Am besten schaust mir ins Gesicht, das sieht noch am normalsten aus.»

«Ich – ich hab keine Angst», stotterte Theres. «Ich wollt dich eigentlich fragen, wo ich den Kehricht hintun soll.»

«Na, dann frag mich doch.» Der Junge verschränkte die Arme und zwinkerte ihr zu. «Na los, frag!»

«Wo soll der Kehricht hin?»

«Welcher Kehricht? Deine Kudderschaufel ist leer.» Er lachte und nahm ihr den Besen aus der Hand. «Wart, ich helf dir. Hast ja vor Schreck alles verschüttet.»

Er fegte den Dreck zu Theres' Füßen zusammen und schüttete alles in den Eimer neben der Besenkammer.

«Ich bin übrigens der Urle. Oder auch Ulrich, aber das sagt kein Mensch zu mir.»

«Ich heiß Theres.»

«Du bist neu hier, gell?»

«Ja.»

Sie schämte sich plötzlich, dass ihr die Gestalt des Jungen solche Angst eingejagt hatte. Sein Gesicht sah eigentlich ganz nett aus, mit den Grübchen in den Wangen und den großen grünen Augen. «Kannst du mir sagen, wie ich hernach zum Speisesaal komm?», fragte sie.

«Bist etwa noch nicht fertig mit Kehren?»

«Nein.»

«Wenn du willst, helf ich dir, und wir gehen zusammen zum Morgenessen. Oder genierst dich mit mir?»

«Nein, gar nicht.»

Wobei das allem anderen als der Wahrheit entsprach. Natürlich fürchtete sie den Spott der anderen Kinder, wenn sie gemeinsam mit diesem seltsamen Jungen beim Essen auftauchen würde. Aber jetzt gab es kein Zurück.

Wenig später stieg sie an Urles Seite die Treppen hinunter

ins Parterre, wo sich der Speisesaal befand, ein schmuckloser Raum, von dessen Wänden der Putz bröckelte. An einem Stehpult an der Schmalseite, wo sich auch der Durchgang zur Küche befand, wachte eine ältere Frau mit Küchenhaube und langer Schürze über die vier langgestreckten Tischreihen. Vierzig bis fünfzig Kinder hockten dort über ihren Tellern und löffelten schweigend ihren Brei – bis zu dem Moment jedenfalls, als Theres und Urle eintraten. Sofort brandete Gelächter auf.

«Da schau her! Unser Zwergle hat ein neues Gspusi!», rief der Schwarzhaarige, der Theres am Morgen die Zunge herausgestreckt hatte.

«Ruhe!» Die Faust der Küchenmagd krachte gegen den Pultdeckel. Dann winkte sie die beiden zu sich heran. «Ihr wisst: Wer zu spät zum Essen kommt, bei dem bleibt der Teller leer.»

«Ich hatte Kehrdienst», erklärte Urle. «Und die Theres auch. Es ging halt länger diesmal.»

Die Küchenmagd musterte Theres. «Dich kenn ich noch gar nicht.»

Theres wollte sich gerade vorstellen, als es durch den Saal raunte: «Achtung! Heinzelmännle und der dicke Fritz!» Sie wandte sich um: Der schmächtige Verwalter, der sie am Vorabend empfangen hatte, war eingetreten, an seiner Seite ein Mann, noch dicker als Büttel Hufnagl, dabei rotgesichtig und mit grauem Backenbart und Glatze. Jetzt schnaufte er vernehmlich, während die Kinder von ihren Bänken auffuhren und strammstanden.

«Guten Morgen, Herr Oberinspektor! Guten Morgen, Herr Verwalter!»

«Guten Morgen, ihr Kinder.» Der Dicke trat auf Theres zu. «Da haben wir ja unseren neuen Zögling. Theres Ludwig, nicht wahr?»

«Ja.» Sie machte einen tiefen Knicks.

«Und mit unserem Haus- und Hofnarren Urle hast du dich auch bereits bekannt gemacht, wie ich sehe. Nun – ich bin Oberinspektor Fritz, zugleich Hausgeistlicher dieses Instituts. Den Herrn Heintz kennst du ja bereits.»

Er räusperte sich.

«Wir haben dich bei uns aufgenommen, Theres Ludwig, um dich eine ehrbare, züchtige und gottselige Lebensführung zu lehren. Lasse hierzu deine Vergangenheit hinter dir, die von mancherlei widrigem Tun, von einem Leben ohne Zucht und Ordnung, geprägt gewesen sein mag. Wildwuchs muss beschnitten werden, dann aber findet sich in jedem von Gottes Geschöpfen der Kern zum Guten, auch bei euch Kindern von der Straße.»

Er wischte sich den Schweiß von der Stirn.

«Hier bei uns, im Rettungshaus für verwahrloste Kinder, wirst du herangezogen werden zu Arbeitsfleiß, Tugend und Gottesfurcht – Tugend und Gottesfurcht ...» Er schien den Faden verloren zu haben, und sein Blick schweifte suchend umher, bis er an der Küchenmagd hängenblieb.

«Gebührendes Verhalten gegenüber dem gesamten Hauspersonal ist oberstes Gebot», fuhr er fort. «Dies heißt: Allen Anweisungen ist in Gehorsam und ohne Widerstreben Folge zu leisten. Unser Lehrpersonal wird dich im Beten wie im Lesen, Schreiben und Rechnen unterweisen sowie im hausfraulichen Tagwerk, und zwar in aller Güte, aber auch mit der nötigen Strenge. Solchermaßen gefestigt, wirst du eines Tages als ein nützliches und arbeitsames Mitglied unserer gesellschaftlichen Ordnung diese Anstalt verlassen und deinen weiteren Lebensweg selbst in die Hand nehmen können.»

Er nickte, wie um seine wohlgesetzten Worte noch einmal zu bestätigen, und wandte sich dann zum Gehen. Da berührte Wilhelm Heintz ihn beim Arm.

«Verzeihen Sie, Herr Kollege, aber ich hätte da noch eine Rüge vorzubringen.» Theres zuckte zusammen. «Urban hat mir vermeldet, dass dieses Kind den Waschraum in einen unerhörten Zustand versetzt hat. Es habe ausgesehen wie nach einer Wirtshausschlägerei.»

Der Oberinspektor legte die hohe Stirn in Falten. «Nun, Theres, was hast du hierzu zu sagen?»

Theres stand da mit eingezogenen Schultern und warf einen Seitenblick auf Sophie. Die schüttelte kaum merklich den Kopf.

«Ich hatte Nasenbluten», flüsterte Theres schließlich.

«Nasenbluten?»

«Das kommt manchmal, wenn ich aufgeregt bin.»

Der Oberinspektor lachte dröhnend. «Aber mein liebes Kind – wenn du dich still und gehorsam beträgst, gibt es hier nichts, was du fürchten musst. Was meinen Sie, werter Herr Kollege? Ich denke, für dieses Mal lassen wir es gut sein. Versprichst du, künftig besser achtzugeben, wenn dich das Nasenbluten überkommt?»

Theres nickte und machte abermals einen Knicks.

«Im Übrigen», Wilhelm Heintz setzte eine vollends sauertöpfische Miene auf, «gehört zu einem tugendhaften Geist auch ein angemessenes Äußeres. Das nächste Mal will ich dich ordentlich gekämmt und mit Zöpfen sehen.» Er griff ihr dermaßen fest ins dichte Haar, dass es schmerzte. «Was für ein schönes, kastanienbraunes Haar dir der Herrgott geschenkt hat! Und du lässt es solchermaßen verkommen.»

Theres schluckte. «Ich – ich hab keine Bürste.»

«Dann hol dir heute Mittag eine bei der Hausmagd Susanna ab. Und denk dran: Jedes Kind hat seine eigene Haarbürste, der Austausch ist streng untersagt. Wir wollen hier schließlich keine Läuseepidemie.»

Er warf einen prüfenden Blick auf seine Handflächen und wischte sie an der Hosennaht ab. Dann nickte er dem Oberinspektor zu, und die beiden verließen den Saal.

«Läuse-Theres, Läuse-Theres!», zischte Rosina.

«Halt den Mund, Rosina!» Die Küchenmagd warf der Stubenältesten einen warnenden Blick zu. Dann wandte sie sich an Theres und Urle: «Ihr zwei geht jetzt in die Küche und holt euch einen Teller Brei. Aber flink, der Unterricht beginnt gleich.»

Theres hätte laut losheulen mögen. Es war alles noch schlimmer, als sie es sich vorgestellt hatte. Was würde wohl als Nächstes kommen?

Nachdem sie und Urle in kürzester Zeit den lauwarmen Haferbrei hinuntergeschlungen hatten, nicht ohne zuvor und danach zu beten, reihten sie sich zu zweit auf, um im Stechschritt zum Schulsaal zu marschieren. Dort, an ein Pult gelehnt, erwartete sie bereits ungeduldig ihr Lehrer, ein junger, schlaksiger Mensch mit spitzem Gesicht und dünnem Zwirbelbart auf der Oberlippe. Die Kinder eilten zu ihren Bänken, um dort strammzustehen, die Buben links, die Mädchen rechts, während Theres unsicher im Türrahmen verharrte.

«Guten Morgen, Herr Löblich!», riefen sie im Chor.

«Guten Morgen.» Der Lehrer blickte auf ein Papier in seiner Hand, dann musterte er Theres. «Willst du dort Wurzeln schlagen? Schließ die Tür und hol dir dein Schulgerät. Dann setzt du dich nach hinten, in die freie Bank.»

Er überreichte ihr zwei Bücher und eine Schiefertafel mit Griffel und Schwämmchen, und Theres tat wie ihr geheißen. Nachdem sie sich in ihre Sitzbank gezwängt hatte, musste sie, wie alle Kinder, ihre Fingernägel vorzeigen und erntete dafür zwei schmerzhafte Tatzen. Zu ihrem Trost bekamen auch Rosina und einige der Knaben das Stöckchen des Lehrers zu spüren.

Nach dem Morgensegen schließlich sagte einer der Buben mehrere Gebete auf, die die Klasse im Chor nachsprach. Mit aneinandergelegten Händen und tief gesenktem Kopf murmelte Theres leise irgendetwas vor sich hin, denn sie hatte weder die Gebete noch das anschließende Kirchenlied jemals gehört. Endlich stimmten sie das Vaterunser an – hiervon wenigstens kannte sie jedes Wort. Mit fester Stimme fiel sie in den Chor ein, und als sie beim «Amen» wieder aufsah, stand der Lehrer vor ihrer Bank. Seine hellbraunen Augen zwinkerten nervös.

«Du bist also Theres Ludwig, acht Jahre alt und kommst von der Alb.»

«Ja, Herr Lehrer.»

«Warst du dort auf der Schule?»

«Manchmal, wenn ich Zeit hatte.»

«So, so. Wenn du Zeit hattest.» Lehrer Löblich verzog den Mund zu einem spöttischen Grinsen, wobei er eine Reihe kleiner, spitzer Zähne entblößte. «Aber Lesen und Schreiben hast du ja wohl gelernt, oder?»

Theres dachte fieberhaft über eine Antwort nach, die nicht gelogen wäre. Schließlich sagte sie: «Ein bisschen.»

Einige begannen zu kichern. Der Oberkörper des Mannes schnellte herum.

«Hier lacht keiner außer mir, verstanden?», brüllte er. «Wie heißt unsere siebente Betragensregel? Jodok!»

Der schwarzhaarige, lange Kerl mit dem bleichen Gesicht sprang auf. «Seiet untereinander friedlich und gefällig und vermeidet alles grobe Betragen.»

«Genau. Und nun zu dir, Theres. Ich weiß nicht, wie es in deiner Dorfschule gehalten wurde, aber bei uns gilt Folgendes: Das oberste Gebot sind Ruhe und Gehorsam. Ihr seid fast fünfzig Kinder hier, aber ich verlange eine Stille, als wäret ihr nicht da. Wirst du aufgerufen, erhebst du dich und hältst dich gerade. Ich dulde keine Zappelei. Willst du auf eine Frage antworten, hebst du deutlich die Hand, ohne Geschnipse. Für Trauerränder unter den Nägeln gibt's Tatzen, wie du eben erfahren hast, auch dein Schulgerät hältst du reinlich und in Ordnung. Im Übrigen bin ich nicht nur euer Lehrer, sondern auch euer Aufseher. Ich habe mein Zimmer auf demselben Stock wie eure Schlafsäle. Sollte während der Nachtruhe etwas Ungebührliches geschehen, hast du wie alle andern die Pflicht, die Glocke zu läuten und mir oder der Lehrfrau Wagner Meldung zu erstatten. Verstanden?»

«Ja, Herr Lehrer.»

«Noch etwas: Wie du siehst, sind alle Vagantenkinder in einer Klasse zusammengefasst. Wer von euch sich wider Erwarten durch besonderen Fleiß und Geistesgaben auszeichnet, hat die einmalige Gelegenheit, in die Waisenschule zu wechseln. Dort haben wir drei Klassenstufen, die den jeweiligen Begabungen des Schülers entsprechen. Und jetzt geh mit mir an die Wandtafel und zeig, was du kannst.»

Mit klopfendem Herzen folgte Theres dem Lehrer nach vorn.

«Mit welchem Buchstaben beginnt dein Name?»

Sie nahm ein Stück Kreide und malte langsam, unter grässlichem Quietschen, ein großes T an die Tafel.

«Sehr schön. Und wie heißt dieser Buchstabe?»

Theres schwieg. Hinter dem Rücken des Lehrers sah sie, wie ihre Klassenkameraden sämtlich zu grinsen begannen. Nur Urle und Sophie bewegten lautlos die Lippen, als wollten sie ihr etwas sagen. Aber sie verstand sie nicht.

«Ich – ich hab's vergessen.»

«Vergessen!» Der Lehrer stöhnte laut auf. «Ist das zu glauben? Wie kann man den Buchstaben vergessen, mit dem der eigene

Name beginnt?» Er begann zu brüllen: «T wie Theres – in was für einer Deppenschule warst du eigentlich?»

Seine Stimme wurde wieder ruhiger. «Gut, gut, jeder hat das Recht auf einen zweiten Versuch. Schreib mir ein großes A.»

Jetzt schossen Theres die Tränen in die Augen. Voller Scham schüttelte sie den Kopf.

«Ich kann das Abc nicht», flüsterte sie.

«Was? Lauter!»

«Ich kann das Abc nicht.»

«Noch lauter! Stell dich vor die Klasse und wiederhol diese ungeheure Aussage.»

Lieber Herr im Himmel, lass mich jetzt sterben, dachte sie, als sie einen Schritt nach vorne trat. Die feixenden Gesichter rundum verschwammen zu hellen Flecken.

«Ich kann das Abc nicht», rief sie mit bebender Stimme. Dann durfte sie zurück in ihre Bank und war froh, allein zu sitzen, so sehr schämte sie sich. Für den Rest des Vormittags, während der Rechenstunde und der Leseübungen aus Katechismus und Bibel, wurde sie weder aufgerufen noch sonst irgendwie von ihrem Lehrer beachtet. Eine einzige Aufgabe hatte er ihr übertragen: ihre Schiefertafel abwechselnd mit großen und kleinen A's zu beschreiben, alles sauber auszuwischen und wieder von vorne zu beginnen.

Endlich läutete die Schulglocke. Die Kinder erhoben sich, um zu beten, dann stürzten sie nach draußen. Nur Theres blieb sitzen. Ihr Handgelenk schmerzte, als sie das letzte kleine a auf den Schiefer presste. Inzwischen hatte der Lehrer sein Pult aufgeräumt, von draußen drangen das Geschrei und Gelächter der Kinder herauf.

«Morgen übst du das B, übermorgen das C. Nach vierundzwanzig Schultagen wirst du das Abc dann hoffentlich beherrschen.» Lehrer Löblich nahm Bibel und Katechismus von ihrer

Bank. «Die brauchst du ja vorerst nicht. Und jetzt raus mit dir.»

Unten im Hof gingen die Zöglinge, getrennt nach Buben und Mädchen, nach Waisen- und Vagantenkindern, in kleinen Gruppen spazieren. Genauer gesagt, marschierten sie in gleichmäßigem Schritt zwischen zwei verkrüppelten Lindenbäumchen auf und ab. Ganz offensichtlich durfte man hier weder toben noch spielen.

Theres entdeckte ihre neue Freundin bei Rosina und winkte ihr verstohlen zu. Als eines der Mädchen mit dem Finger auf sie zeigte und die anderen zu kichern begannen, wandte Sophie ihr den Rücken zu. Enttäuscht ließ sich Theres auf die Stufen der Eingangstreppe sinken und legte den Kopf auf die Knie.

«Stehst du wohl auf!» Lehrer Löblich verpasste ihr eine Kopfnuss. «Die Recreation ist nicht zum Schlafen gedacht. Los, reih dich irgendwo ein und beweg dich!»

Keine halbe Stunde später rief der Lehrer sie wieder zusammen. Theres begriff, dass man sich immer dem Alter nach aufstellen musste, und so kam sie wieder neben Sophie zu stehen. Hinter ihnen befanden sich nur noch zwei jüngere Mädchen, dem Aussehen nach Zwillinge.

«Jetzt haben wir bis zum Mittagessen Handarbeitsstunde und die Buben nochmal Lernstunde», sagte Sophie leise. «Kannst du stricken?»

Statt einer Antwort fragte Theres: «Bist du jetzt nicht mehr meine Freundin?»

«Doch, schon.» Sophie schob die Unterlippe vor. «Aber die blöde Kuh von Rosina braucht das ja nicht zu wissen.»

Der restliche Tag verging, von Mittag- und Abendessen abgesehen, mit vielerlei Gebetsübungen und Arbeit. Letzteres hatte für Theres immerhin etwas Vertrautes: An endloses Schuften war sie gewöhnt, auch wenn sie im Nähen, Spinnen und Stricken nicht sonderlich geschickt war. An diesem sonnigen Frühlingstag indessen hatten sie Glück. Statt zurück in die Näh- und Spinnstube ging es am Nachmittag hinüber in den Garten, wo sie neue Maulbeerbäumchen für die hiesige Seidenraupenzucht setzten. Obwohl Theres die Hand vom Schreiben schmerzte, genoss sie die warme Maienluft wie ein unerwartetes Geschenk. Hier duftete es nach Kräutern und Blumen, genau wie in den Bauerngärten ihres Dorfes, und auf der sonnenbeschienenen Mauer am Ende des Gartens saß ein Amselpärchen und sang um die Wette.

Der Streich einer Weidenrute gegen ihre Schulter brachte sie in die Wirklichkeit zurück.

«Du hast die Arbeit wohl auch nicht erfunden», keifte die Lehrfrau Wagner, die zusammen mit Lehrer Löblich die Arbeit beaufsichtigte. Bereits in der Nähstunde hatte sie Theres mehrfach gerügt.

«Entschuldigung», murmelte Theres. Aus dem Augenwinkel sah sie, dass das Amselpärchen verschwunden war; auch wirkte die Mauer plötzlich schmutzig-grau und unendlich hoch.

Von Rosina wurde sie glücklicherweise für den Rest des Tages in Ruhe gelassen, bis auf die Sache mit dem Brot beim Abendessen: Neben jedem Teller lag eine Scheibe Graubrot, nur nicht an Theres' Platz, dafür hatte die Stubenälteste zwei Scheiben vor sich liegen. Theres tat so, als habe sie nichts bemerkt, innerlich aber bebte sie vor Wut. Den ganzen Tag über waren sie kaum einen Atemzug lang ohne Aufsicht gewesen, nicht mal auf den Abtritt im Hof, eine Bretterhütte mit sechs stinkenden Holzkübeln darin, durften sie ohne Begleitung. Auch jetzt beim Essen wachten sowohl Küchenmagd als auch Aufseherin über ihr Betragen – und da wollte keiner gesehen haben, wie Rosina ihr das Brot gestohlen hatte?

«Das hat sie bei mir am Anfang auch gemacht», flüsterte Sophie und reichte ihr den Rest von ihrem Brot. «Nimm das, ich hab eh keinen Hunger.»

Todmüde fiel Theres an diesem Abend ins Bett. Die Hausmagd hatte das Licht gelöscht, doch ein Streifen Mondlicht fiel durch das Fenster geradewegs auf ihr Kopfkissen und ließ sie nicht einschlafen. In ihrem Kopf wirbelten die unzähligen Eindrücke des Tages durcheinander, und tief im Innern schwelten Heimweh und Einsamkeit. Ihre Hände umklammerten das Holzpferdchen. Sie dachte an ihren Bruder. Ob Hannes sie auch vermisste? Wehmütig drückte sie die Figur an ihre Lippen und wollte sie eben unter dem Kissen verschwinden lassen, als Sophie fragte:

«Was hast du da?»

Theres reichte ihr das Pferdchen hinüber.

«Das hat mir mein Bruder Hannes mal geschnitzt. Es ist ganz wunderschön.»

Sophie seufzte. «Hast du's gut.»

«Kannst gern auch damit spielen. So oft du willst.»

«Das mein ich nicht. Ich mein, weil du einen Bruder hast. Ich weiß gar nix von meiner Familie.»

3
Waisenhaus Weingarten, Frühsommer 1832

*I*n den nächsten Wochen, zwischen Schulstunden und Arbeit, religiösen Unterweisungen und Mahlzeiten, erfuhr Theres von ihrer Freundin alles, was wichtig war: so etwa, dass die Waisenkinder tatsächlich etwas Besseres waren, denn sie stammten aus Bürgerhäusern oder ehrbaren Bauernfamilien. Deren Alltag verlief, bis auf die kurzen Erholungszeiten im Hof und die Andachten und Bibelstunden, strikt getrennt von dem der Vagantenkinder. Sie wohnten in einem anderen Gebäudeteil, waren je nach Alter und Leistung auf drei Klassen mit je eigenem Lehrer aufgeteilt, und nachmittags, wenn die Vagantenzöglinge arbeiten mussten, hatten sie wiederum Unterricht. Vor allem aber: Ihre Kleidung war um einiges hübscher, jeder von ihnen hatte ein eigenes Bett für sich selbst, und Fleisch und Süßspeisen erhielten sie auch weitaus häufiger – in ihrem eigenen Speisesaal, wohlgemerkt.

Über all das konnte sich Sophie furchtbar erregen, doch Theres focht dies überhaupt nicht an. Waren die Waisenkinder doch ebenso eingesperrt wie sie selbst, und das war hier in Weingarten das Allerschlimmste. Die Arbeit im Freien hatte sich im Übrigen, von der täglichen Fütterung und Pflege der Seidenraupen abgesehen, als Ausnahme herausgestellt. In der Regel verbrachten die Mädchen den Nachmittag bei Lehrfrau Wagner, um Baumwolle zu verspinnen oder Strümpfe zu stricken oder gar, was Theres am meisten verhasst war, um die Kokons der Seidenraupen abzuhaspeln; die Knaben mussten zu Industrielehrer Schlipf in die Arbeitsstube, um Stroh zu flechten oder Papier zu Pappen zu kleben.

Dabei hatten die Buben noch häufiger Schulunterricht als sie, die Mädchen, die neben der vormittäglichen Handarbeitsstunde zusätzlich Küchen-, Flick- und Putzdienste verrichten mussten. Kein Wunder, dass ein Großteil der Jungen bereits mit Federkiel und Tinte schreiben durfte.

Nach wenigen Tagen wusste Theres auch über das Hauspersonal Bescheid: Ganz oben, an der Spitze sowohl des Hauptinstituts als auch der Vagantenkinderanstalt, herrschte als königlicher Staatsbeamter der Oberinspektor und Hausgeistliche Christian Heinrich Fritz. Ebenfalls im Rang eines Staatsbeamten stand sein Stellvertreter, der Ökonomieverwalter Wilhelm

Ludwig Heintz, wie der dicke Fritz ein Reingeschmeckter aus der Stuttgarter Gegend und evangelisch gläubig. Die beiden Beamten lebten mit ihren Familien in Amtswohnungen jenseits der Kirche im sonnigen Südflügel des Klosters, wo es zum Garten hinausging. Die Familienangehörigen allerdings bekamen die Schüler nie zu Gesicht, ebenso wenig wie den Verwalter selbst, der wohl mehr Kaufmann als Anstaltsleiter war. Oberinspektor Fritz hingegen erteilte in seiner Eigenschaft als Pfarrer und Religionslehrer die regelmäßigen katechetischen Übungen und Bibelstunden.

Lehrer Löblich war, wie Theres erfuhr, lediglich Hilfslehrer und von den Kindern als unberechenbar gefürchtet. «Marder» nannten sie ihn, seines schmalen Gesichts und seiner spitzen Zähne wegen und weil er von jetzt auf nachher zubeißen konnte wie ein Marder.

Neben den Beamten und Pädagogen, den Lehrfrauen und dem Wundarzt gab es noch eine ganze Schar von Gesinde, wobei für die Vagantenkinder die Hausmagd Susanna, eine alles in allem recht gutmütige Frau, und der einäugige, gestrenge Hausknecht Urban zuständig waren.

«Was ist mit dem seinem Aug?», hatte Theres ihre Freundin gefragt.

«Das hat er im Krieg gelassen, in Russland. Aber er sieht trotzdem mehr als jeder andre – nimm dich lieber in Acht vor dem!»

Sofort sah Theres das Bild vor sich, wie auf einem mit Schnee und Eis bedecktem Schlachtfeld, inmitten von Leichen und abgeschlagenen Gliedmaßen, ein einsames Auge lag, und gruselte sich nur noch mehr vor dem Knecht.

Neben Lehrer Löblich und Lehrfrau Wagner hatten auch die Magd und der Knecht ihre Kammern dicht bei den Schlafsälen. Für Theres war dies eine gewisse Beruhigung zu wissen, denn sie hatte sich am dritten Tag schon geweigert, weiterhin Rosinas Kehrwoche zu übernehmen.

«Wirst schon noch sehen, was dir blüht», hatte die ihr gedroht, aber Theres beruhigte sich damit, dass sie zumindest des Nachts ihre Ruhe vor der Stubenältesten haben würde. Nach und nach allerdings begann sie die alte Wagnerin, die für ihre Rutenstreiche berüchtigt war, und Lehrer Löblich noch mehr zu fürchten als Rosina.

In dessen Unterricht wurde sie in der ersten Woche so gut wie nie aufgerufen, dafür mehrfach mit seinem beißenden Spott vor der Klasse lächerlich gemacht. Noch einer schien Luft für den Hilfslehrer zu sein: Urle, der Zwerg. Und das, obwohl Urle lesen, schreiben und rechnen konnte wie kaum ein andrer. Stumm hockte er in seiner Bank, zumeist irgendwie verträumt, als sei er ganz woanders. Manchmal aber, wenn Löblich ihm den Rücken zukehrte, äffte er den Lehrer so verblüffend genau nach, dass jeder an sich halten musste, nicht laut loszulachen. Dennoch wurde er von den anderen Jungen gemieden. Umso mehr verblüffte es Theres, dass er in der Schulstunde neben Jodok, dem Anführer der Buben, saß.

«Ist der Jodok dein Freund?», hatte sie ihn einmal gefragt, als sie beide nachsitzen mussten und Löblich sie für einen Augenblick allein gelassen hatte. Für Theres galt die Strafe, weil ihre Buchstaben angeblich allzu schlampig geraten waren, für Urle, weil er eine falsche Stelle aus dem Jesus Syrach abgeschrieben hatte.

«Im Gegenteil, der Jodok hasst mich.» Urle rollte mit seinen großen Augen. «Der Marder hat ihn nämlich gezwungen, neben mir zu sitzen, damit der Jodok nicht so viel Blödsinn macht. Mir ist's gleich. Neben mir will eh keiner sitzen.»

Er nahm Theres den Griffel aus der Hand und malte ihr ein großes und ein kleines F vor.

«So musst du's machen. Sonst lässt er dich auch noch während des Mittagessens hier hocken.»

«Danke.» Sie zögerte. «Hast du – hast du denn gar keine Freunde unter den Buben?»

Jetzt grinste Urle sein breites Grinsen. «Ich hab doch den Jodok. Besser einen guten Feind als einen schlechten Freund. Von einem Feind kannst manchmal mehr lernen. Hör mal, Theres: Wenn du willst, üb ich mit dir Lesen und Schreiben.»

«Wie soll das gehen? Wir sind doch nie beisammen.»

«Ach, das findet sich schon. Zum Beispiel nachmittags im Hof, wenn die Susanna mal Aufsicht hat. Oder am Wochenend, nach der Vesper. Wirst sehen, es ist ganz leicht.»

Nie zuvor in ihrem Leben hatte Theres derartig häufig beten müssen wie hier in Weingarten. An den Tagen, an denen sie nicht die Predigt in Sankt Martin besuchten, ging es stattdessen zur Morgenandacht. Gemeinsam mit den Waisen und dem Hauspersonal marschierten sie dann hinüber zum Betsaal im Hauptinstitut, einem weißgetünchten Raum mit Kanzel und schlichtem Kruzifix über dem ebenso schlichten Altar, der zugleich der evangelischen Gemeinde als Kirchenraum diente. Oberinspektor Fritz war nämlich nicht nur Hausgeistlicher für die Anstaltszöglinge, sondern zugleich Pfarrherr der Waisenhaus-Pfarrei Altdorf, einer der wenigen evangelischen Gemeinden im Oberschwäbischen. Auch Rosina gehörte dieser kleinen Gemeinde an, und aus diesem Grund hatte Theres sie auch nie im Gottesdienst zu Sankt Martin gesehen.

Während der Andacht pflegte eines der Kinder vorzusprechen, die anderen beteten nach: erst den Morgensegen, hernach Glaubensbekenntnis, Vaterunser und einen Psalm. Anschließend eine Lesung aus der Heiligen Schrift, zumeist aus den Sprüchen Salomos oder den vier Evangelien. Dasselbe dann, wenn auch verkürzt, vor dem Mittagessen. Nach dem Tischgebet endlich wurde das Essen aufgetragen, wofür ihnen keine halbe Stunde Zeit vergönnt war, bevor es mit einem Danket dem Herrn und Vaterunser abgeschlossen wurde. Auch das Abendessen wurde von Gebeten begleitet, wobei hier zusätzlich noch ein Kapitel aus der Bibel vorgelesen und danach gesungen wurde. Davor hatten sie schon eine Stunde lang katechetische Belehrungen samt Examinierung über sich ergehen lassen müssen, was durch Oberinspektor Fritz höchstselbst erfolgte. Vor der Nachtruhe dann endete der Tag mit dem Abendsegen, dem Vaterunser, einigen kürzeren Nachtgebeten aus dem Waisengebetbüchlein samt Psalmen und Rezitationen aus dem Katechismus.

Am Wochenende und an den Feiertagen war es noch schlimmer. Samstags besuchten sie die Vesper und lernten im Anschluss daran Teile des Evangeliums auswendig. Nach dem Abendessen dann las der Oberinspektor ihnen eine Predigt aus der Hauspostille vor, um einen Teil der Kinder hernach zu prüfen, abschließend gab es die üblichen Gebete und Lieder. Sonntags, nach der heiligen Messe in Sankt Martin, wurde im Betsaal das Evangelium rezitiert, die Kinder bezüglich der Sonntagspredigt abgefragt, dann wieder gebetet und gesungen. Den Nachmittag verbrachten sie erst bei der Sonntagsvesper, dann mit dem Auswendiglernen von Psalmen, Sprüchen und Lektionen, um sich um vier Uhr schließlich zu Übungen in Bibelkunde, biblischer Geschichte und Katechismus einzufinden, bevor es zum Abendgottesdienst ging. Höchst wichtig waren bei alldem die Bittgebete: Großzügige Bürger aus dem Umland, die dem Waisenhaus Geld- oder Sachspenden zukommen ließen, durften als Gegenleistung mit den Fürbitten der Anstaltskinder rechnen. Und sie, als arme Kinder, so ließ es der Herr Pfarrer und Oberinspektor in seinen Reden immer wieder durchschimmern, würden auf diese Weise lernen, dass alles, was ihnen gegeben sei, durch die Wohltat des Staates und großherziger Bürger gegeben sei.

«In Ewigkeit dankbar und Amen», hatte Urle einmal anlässlich solcher Worte gemurmelt – leider so laut, dass es dem Heinzelmann zu Ohren gekommen war, was dem armen Urle drei schmerzhafte Rutenstreiche eingebracht hatte.

Auch Theres wurde während all dieser geistlichen Unterweisungen und Übungen mannigfach gerügt. Allerdings nicht wegen ungebührlichen Betragens, sondern für ihre mangelhafte religiöse Erziehung. Aber war es denn ihre Schuld, wenn sie die wenigsten dieser Sprüche und Psalmen, Hymnen und Gebete kannte? Nicht mal in die Kinderlehr hatte der Pflegevater sie gehen lassen. Hinzu kam, dass ihr aus unerfindlichem Grund all diese geistlichen Worte fremd blieben, gerade so, als ob sie gar nicht ihr galten. Schon in ihrer Dorfkirche hatte sie die Worte des Pfarrers nie verstanden, war nichts davon in sie gedrungen, außer, wenn es mit Donnergewalt um die menschlichen Sünden ging. Jetzt fragte sie sich, ob sie nicht vielleicht tatsächlich ein wenig zu dumm für derlei Dinge war.

Dafür hatte sich ihre anfängliche Scheu vor der Herrlichkeit der Altdorfer Pfarrkirche bald gelegt. Theres begann, die Stunden in Sankt Martin regelrecht herbeizusehnen. Nicht etwa, weil sie hier ihre Ruhe vor der Stubenältesten hatte oder man ungestört sein Nickerchen verrichten konnte, sofern man nicht von einem der Aufpasser erwischt wurde. Nein, sie liebte den Kirchgang, weil sie damit den engen Fluren und den stickigen, ewig nach Schweiß und feuchtem Holz muffelnden Räumen der Anstalt für kurze Zeit entfliehen konnte. In Sankt Martin war alles so weit und hell und licht, fast wie draußen auf dem Feld, und mit viel Phantasie konnte sie sich den Weihrauchgeruch zum herben Duft von Wacholder und Wildkräutern umdenken. Hier vermochte sie frei zu atmen. Alle Ängste und Ärgernisse fielen von ihr ab, und sie stellte sich vor, dass der liebe Gott ihnen mit dieser Kirche einen Vorgeschmack auf den Himmel geben wollte.

Wenn dann noch von der rückwärtigen Empore der mächtige Klang der Orgel einsetzte, war Theres ganz bei sich und doch unendlich weit fort. Irgendwann begann sie in ebendiesen Momenten eine solch tröstliche Nähe zu Gott zu spüren, dass es ihr die Tränen in die Augen trieb – eine Nähe, die kein Pfarrer jemals mit all seinen leeren Worthülsen zu schaffen vermocht hatte.

Ansonsten, das hatte Theres rasch begriffen, galt Müßiggang in der Anstalt von Weingarten als größte Sünde. Wurde nicht gebetet, dann wurde gearbeitet, wurde nicht gearbeitet, dann hielt man sie zum Lernen an. Kurzweil oder Recreation, wie es hier genannt wurde, gab es so gut wie nie, und wenn, dann bestand sie nicht im Fangespiel oder Verstecken, wie bei ihr auf dem Dorf, sondern im gesitteten Hofgang unter Aufsicht. So blieben als einzige Glanzlichter des Tages die Mittags- und Abendmahlzeiten: Da kamen wahrhaftig, bis auf den Freitag, jeden Mittag Fleisch, Wurst oder Speck auf den Tisch! Dazu wurde meist Kraut oder Rübengemüse gereicht, zuvor eine Brühe mit Einlage. Zu Abend dann Brot mit einem Brei aus Getreide oder Hülsenfrüchten und für die Älteren unter ihnen ein Krug Bier. Der Sonntag unterschied sich nur insofern, als die Tische mit weißen Tüchern sauber eingedeckt waren und es statt des dunklen Brotes knusprige, helle Kreuzerwecken gab – die Waisen hingegen bekamen angeblich noch Süßspeisen und feinen Braten an diesem Tag, aber für Theres war schon das, was sie täglich auf ihrem Teller fand, wie ein Ausflug ins Schlaraffenland. Eine solch üppige Kost hätte sie sich nie träumen lassen.

Doch leider waren diese Glücksmomente allzu kurz. Der Großteil des Tages verging in ermüdender Gleichförmigkeit, nur unterbrochen von Rügen und Tadeln seitens der Aufseher oder von den kleinen Bosheiten Rosinas. Mal schüttete diese wie aus Versehen von ihrem Bier über Theres' Kleidung, mal lagen eklige Regenwürmer unter ihrer Bettdecke, oder das Nachthemd war klatschnass, als Theres es überziehen wollte. Doch um nichts in der Welt hätte sie die Stubenälteste verpetzt – denn damit, das ahnte sie, hätte sie nur noch Schlimmeres herausgefordert.

Nachdem die ersten beiden Wochen vorbei waren, stellte Theres fest, dass sie nicht einen einzigen Augenblick mit ihrer Freundin Sophie allein verbracht hatte, geschweige denn das Gelände des ehemaligen Klosters ein einziges Mal verlassen hätte. Und über die Nacht sperrte man sie sogar ein! Es war also doch wie in einem Gefängnis, auch wenn ihre Aufseher keine Lederpeitschen schwangen, sondern nur ihre kurzen Rohrstöckchen.

«Jetzt wart halt bis zum Blutfreitag, nächste Woche», hatte Sophie sie getröstet. «Da dürfen wir alle zusammen zur Prozession und danach auf den Blutfreitagsmarkt. Und im Sommer, an Lorenzi, gehn wir den ganzen Tag wandern und kehren sogar ein.»

Die anderen Kinder hatten schon bald gemerkt, dass Urle und Theres sich mochten, und hielten sich mit ihrem Spott nicht zurück. «Zwergenpärle» war noch das Harmloseste, was man ihnen hinterherrief, wenn sie mal, was selten genug vorkam, beisammenstanden. Theres versuchte, diesen Sticheleien keine Beachtung zu schenken. Umso stärker war ihr Mitgefühl für Urle. Nicht sosehr seiner missratenen Gestalt wegen, die ihn von weitem wie ein Kleinkind aussehen ließ, obwohl er doch schon fast zwölf war, sondern weil er, noch mehr als sie selbst, unter dem strengen Reglement und dem Eingesperrtsein litt. Erst vor wenigen Monaten nämlich war er hier angekommen, man hatte ihn gewaltsam aus einer Gauklerfamilie herausgerissen. Angeblich hätten seine Eltern ihn, den Jüngsten, zum Betteln und Stehlen ausgeschickt. Nach drei Tagen war er abgehauen, aber schon in Ravensburg hatten sie ihn erwischt und zur Strafe in die Arrestzelle gesteckt. Das erfuhr sie während eines unbeaufsichtigten Momentes beim Hofgang, am Tag von Christi Himmelfahrt. Sie hatten eben ihre katechetischen Übungen hinter sich gebracht und noch für einen Augenblick hinausgedurft an diesem sonnigen Spätnachmittag, bevor es zur Abendmesse gehen sollte.

«Überall im Land sind wir rumgekommen», erzählte Urle mit leuchtendem Blick, in dem zugleich ein Funken Wehmut lag. «Sogar in so riesigen Städten wie Basel und Nürnberg und Augsburg sind wir aufgetreten. Meine Leute haben einen grellbunt angemalten Pferdewagen, aus dem man eine Bühne bauen kann und auf dem in großen, goldenen Buchstaben unser Name steht: Die Pistoletti-Brüder.»

«Bist du auch aufgetreten?», fragte Theres.

«Aber ja! Als Rechengenie. Und als dummer August.» Er legte den Kopf schief und zog Mundwinkel und Augenbrauen so erbarmenswert tief nach unten, dass Theres fast die Tränen kamen. «Ich kann auch auf den Händen laufen und Salto vorwärts und rückwärts. Wenn wir mal wieder im Garten sind, zeig ich's dir.»

Der Glanz in seinen Augen verschwand. «Ich halt das hier nicht aus», sagte er leise.

«Weil die andern so bös zu dir sind?»

Er schüttelte langsam seinen großen, schweren Kopf. «Ich bin's gewohnt, dass man über mich lacht. Nur hat das früher dazugehört, zu meinen Auftritten, und hinterher gab's immer Beifall. Viel schlimmer ist, dass ich nachts keinen Sternenhimmel mehr sehe und frühmorgens keine aufgehende Sonne und keine Tautropfen auf den frischen, grünen Wiesen. Und meine älteren Brüder fehlen mir», seine Stimme wurde immer leiser, «und meine Eltern und mein Onkel, der Feuerspucker.»

Theres schluckte. «Das versteh ich gut.»

«Gar nix verstehst du», fauchte er plötzlich. «Überhaupt gar nix.» Dann rannte er davon.

Verdutzt sah Theres ihm nach. Hatte sie was Falsches gesagt?

«He, Zwergenbraut!» Ein schmerzhafter Stoß in den Rücken riss sie aus ihren Gedanken. Sie fuhr herum. Vor ihr standen Jodok und Rosina.

«Habt ihr schon das Aufgebot bestellt?» Jodok grinste hässlich.

Theres schwieg. Die beiden machten ihr Angst, wie sie sich so breitbeinig und mit verschränkten Armen vor ihr aufgebaut hatten.

«Oder», Jodok rückte noch näher, «habt ihr's schon getrieben wie die Karnickel im Stall?»

Rosina begann schallend zu lachen. «Der hat doch gar keinen Schniedel, als so eine Missgeburt, wie der is!»

Jodok zupfte an Theres' Zöpfen. «Oder aber er hat einen so dermaßen großen wie sein Kürbisschädel.»

Theres schlug ihm die Hand weg. «Ihr seid gemein! Der Urle sieht vielleicht komisch aus, aber er ist gescheiter als ihr alle zusammen.»

«Was willst damit sagen? Dass wir blöd sind?»

Theres starrte Jodok an. «Ja», platzte es aus ihr heraus. «Kreuzblöd seid ihr! Alle beide.»

Rosina klatschte ihr eine Ohrfeige mitten ins Gesicht,

woraufhin Theres einen ihrer Zöpfe packte und daran zerrte und riss und gegen Jodok trat, der sie festzuhalten versuchte. Mittenrein schoss plötzlich Urle, trommelte mit den Fäusten gegen Jodoks Brust und ließ schließlich sein Knie gegen dessen Schienbein krachen.

Jodok schrie auf: «Du Dreckskrüppel! Ich werd dir die Nas ins Arschloch prügeln!»

«Aufhören! Auseinander!», brüllte es, und schon prasselten Rutenschläge gegen ihre Köpfe und Rücken. Sie fuhren auseinander. Sämtliche Vagantenkinder hatten sie umringt, mittendrin und mit hochrotem Gesicht die alte Wagnerin.

«In Zweierreihen aufgestellt, Marsch, Marsch!» Sie hob erneut ihr Stöckchen. «Noch einen Mucks, und es gibt Arrest für alle. Wie könnt ihr euch nur solcherart aufführen, an einem Hochfest unseres Herrn?»

An diesem Abend, nach dem Löschen der Lampe, raunte Rosina in die Stille der Nacht:

«Habt ihr schon g'hört, dass der Schwarze Veri wieder umgeht?»

«Der Schwarze Veri?», flüsterte Theres.

«Sag bloß, du kennst den net!», entgegnete Rosina. «Der Räuberhauptmann aus dem Altdorfer Forst. Der kann nämlich net sterben und spukt hier in den Wäldern rum, mit seiner ganzen Bande.»

«Ich hab Angst», rief die kleine Pauline, die mit ihrer Zwillingsschwester im Stockbett über Theres schlief. Die Schwester war übrigens stumm und wohl auch ein wenig schwachsinnig.

«Dummes Zeugs! Es gibt überhaupt keine Gespenster», beruhigte Theres das Mädchen, wobei sie sich hierüber gar nicht so sicher war.

Keine halbe Stunde später ertönte ein leises Klopfen an der

Wand, dann ein Scharren. Mäuse, dachte Theres. Dann aber wurde das Klopfen lauter und regelmäßiger. Plötzlich spürte sie etwas Kaltes an ihrer Stirn – sie riss den Kopf in die Höhe und starb fast vor Schreck: Über ihr schwebte eine weißverhüllte Gestalt, die im nächsten Augenblick mit lautem Keckern davonhüpfte. Voller Angst stieß sie einen gellenden Schrei aus.

«Was ist denn jetzt schon wieder?»

Mit einer Lampe in der Hand, in rosafarbenem Nachtgewand und das offene, graue Haar zerwühlt, stand die Wagnerin plötzlich im Türrahmen. Ihr verhärmtes Gesicht zog sich zornig zusammen.

«Wer brüllt hier so, mitten in der Nacht? Rosina!»

«Das war die Theres. Die hat uns alle aufgeweckt, die dumme Kuh», antwortete Rosina.

Die Lehrfrau zog ihre Rute hinter dem Rücken hervor und trat zu Theres ans Bett.

«Spinnst du, mitten in der Nacht so herumzukrakeelen?»

«Ich – ich hatte Angst», stotterte Theres.

«Dann wirst du mir ja auch den Grund nennen können.»

«Das war, weil – weil ich bös geträumt hatte.»

«Ach – und dabei bist wohl herumgepoltert wie ein wild gewordener Stier? Steh auf!»

Gehorsam kletterte Theres aus dem Bett.

«Bück dich!»

«Au!» Der Rutenstreich gegen ihr Hinterteil brannte wie Feuer.

«Der war für deine unverschämte Ruhestörung. Und der hier» – sie schlug ein zweites Mal zu – «ist für deine Raufhändelei auf dem Hof heute. Und jetzt zurück ins Bett, aber schleunigst. – Ja, seh ich recht? Was ist denn das für eine Sauerei?»

Theres zuckte zusammen, in Erwartung eines neuerlichen Schlages, doch diesmal galten die erbosten Worte nicht ihr.

Sie sah aus dem Augenwinkel, wie Pauline grob aus dem Bett gezerrt wurde, während ihr zugleich ein beißender Geruch aus dem oberen Stockbett in die Nase stieg.

«Schon wieder das Bett vollgebrunzt! Zum dritten Mal in den letzten Wochen. Na warte!»

Mit geschlossenen Augen hörte Theres drei harte Schläge knallen, dann das Heulen des armen Mädchens.

Die Wagnerin holte tief Luft. «Morgen früh kommt ihr in Arrest, alle beide. Da ist nix mit Blutfreitag und Krämermarkt. Ich werd euch Lumpenmenschen schon lehren, was Anstand ist.»

Ohne ein weiteres Wort ging die Lehrfrau hinaus und ließ krachend die Tür ins Schloss fallen. «Ruhe!», brüllte eine Männerstimme vom Flur her, dann wurde es still. Nur das unterdrückte Schluchzen von Pauline war hin und wieder zu hören.

Theres vergrub den Kopf unter ihrem Kissen. Was für eine himmelschreiende Gemeinheit! Dabei galt ihre Wut, die ihr das Herz bis zum Hals schlagen ließ, gar nicht so sehr der Wagnerin als vielmehr Rosina. Die allein hatte ihnen das eingebrockt! Ganz genau hatte Theres das schadenfrohe Grinsen auf ihrem Gesicht gesehen, dazu das Laken, das halb aus ihrem Bett heraushing. Von wegen Schwarzer Veri!

Jetzt erst fiel ihr auf, dass ihre Freundin Sophie die ganze Zeit über keinen Mucks von sich gegeben hatte. Nicht mal aufgesehen hatte sie, als das vermeintliche Gespenst über ihrem Bett aufgetaucht war. Konnte es sein, dass sie in den üblen Scherz eingeweiht gewesen war? Dann war sie nicht minder schuld daran, dass die arme Pauline vor Schreck ins Bett gepinkelt hatte. Und vor allem daran, dass sie nun beide zu Arrest verdonnert waren. Wie sehr hatte sich Theres auf den Blutfreitag gefreut, darauf, endlich einmal rauszukommen aus diesen

Gemäuern! Fast noch ärger aber nagte an ihr die Enttäuschung über Sophie: War sie überhaupt noch ihre Freundin?

Während sich die anderen Kinder schlaftrunken auf den Weg hinüber zu Sankt Martin machten, um an der Morgenmesse teilzunehmen, brachte der Hausknecht Urban sie in den Karzer, tief unten im Kellergeschoss. Der Einäugige trieb sie zur Eile an, denn er wollte rechtzeitig zur Übergabe der Reliquie in der Kirche sein.

«Die Susanna bringt euch heut Mittag Brot und Wasser. Der Eimer da ist für die Notdurft. Weh euch, ihr macht irgendwelchen Unsinn. Dann könnt ihr noch drei Tage hier schmoren.»

Sie hörten, wie er von außen den Riegel vor die schwere Holztür schob, dann entfernten sich seine Schritte. Fahles Morgenlicht fiel durch das winzige Fenster unter der Decke – gerade so viel, dass das Bettgestell mit dem Strohsack darauf und ein Eimer zu erkennen waren. Mehr gab es nicht in diesem modrigen, nach Urin stinkenden Verlies.

«Was meint er mit Unsinn?» Theres stieß das Mädchen, das ganz rotgeweinte Augen hatte, in die Seite.

«Wahrscheinlich hat er dabei an Urle gedacht.» Pauline schluckte. Ihr Gesicht war blass. «Als der das letzte Mal hier eingesperrt war, hat er auf den Boden geschissen und alles vollgebrunzt. Dafür hat er dann gehörig Dresche gekriegt und nochmal drei Tage Arrest und danach eine Woche lang halbe Kost.»

«Der arme Urle. Und warum war er hier?»

«Den Marder hat er nachgeäfft, hinter dem seinem Rücken. Wie der immer so komisch die Lippen über den spitzen Zähnen hochzieht, weißt doch. Die ganze Klasse hat gelacht, und da hat's der Marder gemerkt.» Pauline hob den Kopf. «Hörst du's?»

Gedämpft, wie aus weiter Ferne, vernahm jetzt auch Theres den dunklen Glockenhall.

«Das ist die Gloriosa.» Pauline ließ sich auf den Strohsack sinken. «Jetzt ziehn sie mit Kerzen und Fahnen vor den Heilig-Blut-Altar, die Ministranten, die Fahnenträger und der Herr Pfarrer. Der holt dann die Reliquie raus, nimmt sie vom goldbestickten roten Kissen und erteilt mit ihr den Segen. Das ist so feierlich, dass man weinen muss. Weißt du, ich muss dann immer dran denken, dass da drin das Blut unseres Heilands ist, der für unsre Sünden am Kreuz gestorben ist.»

Das Mädchen fing nun tatsächlich wieder zu weinen an.

«Nächstes Mal bist du wieder dabei», versuchte Theres sie zu trösten. «Jetzt sag mir lieber, wie das Heilige Blut da reinkommt.»

«Ein römischer Legionär hat's aufgefangen, der heilige Longinus.» Pauline schnäuzte sich in den Ärmel. «Es ist nur ein Tropfen und mit der Erde von Golgatha vermischt. Irgendwer hat das dann in ein kostbares goldenes Gefäß getan und dem Kloster Weingarten geschenkt. So genau weiß ich das auch net mehr.»

«Und es ist wirklich Blut von Jesus Christus?»

Erschrocken starrte Pauline sie an. «Wie kannst du so was überhaupt fragen? Das ist das Heiligste, was es gibt!» Sie schloss die Augen, faltete die Hände und begann zu murmeln: *«Sei gegrüßt, o kostbares Blut, komme uns und den armen Seelen zugut ...»*

Theres schwieg. Das Glockengeläut war verstummt, und sie war plötzlich müde und traurig zugleich. Ihre Wut auf Rosina war längst verraucht.

«Jetzet singen sie», flüsterte Pauline. «Man hört's, weil nun das Kirchenportal geöffnet wird. Und draußen warten schon die Musikanten und Pilger.»

Sie lauschten beide dem feierlichen Gesang, bis er mit einem Mal abbrach. Ein helles Glöckchen klingelte.

«Und jetzt?» Auch Theres begann unwillkürlich zu flüstern.

«Jetzt wird das Gefäß den Menschen gezeigt. Der ganze Kirchplatz, die ganze Treppe sind voller Menschen, Tausende Pilger kommen jedes Jahr, um das Heilige Blut zu sehen, von ganz weit her sogar. Jetzt sind sie zu Fuß, aber stell dir vor, vor langer Zeit kamen die meisten zu Pferd! Fünftausend Reiter und mehr waren es immer, sagt der Herr Pfarrer.»

Theres sah sie ungläubig an. «Fünftausend Pferde? Aber die hatten doch gar keinen Platz hier in Altdorf!»

«Wenn ich's doch sag! Der Zug durch die Stadt und durch die Felder hatte gar kein End. Und das Heilig Blut hatte ein Schimmelreiter getragen, in blutrotem Samtumhang. Aber heutigen Tags ist das alles verboten, nur die Lanziergarde, die vorweggeht, darf noch zu Pferd sein.»

In diesem Augenblick setzte Musik ein. Deutlich waren Trommeln und Pfeifen zu hören.

«Das sind die Spielleute von der Grenadier- und Jägerkompagnie, mit ihrer schmucken blau-roten Uniform und dem hohen Tschako. Jetzt ziehn sie gleich stundenlang durch die Felder, die ganzen vielen Menschen, und singen und beten den Rosenkranz. Der Herr Pfarrer mit den Ministranten geht unter einem weißen Baldachin und hält die Monstranz mit dem Heilig Blut hoch in der Hand, um den Segen zu spenden für Haus, Hof und Felder. Ganz feierlich ist das alles, erst recht, wenn sie dann wieder nach Altdorf zurückkommen. Da sind dann die Straßen und Häuser geschmückt, mit Fahnen und Standarten, und die Bürgersmänner tragen alle Frack und Zylinder.»

Sie seufzte, und Theres fürchtete schon, sie würde gleich wieder in Tränen ausbrechen, aber Pauline fuhr fort:

«Wenn dann alle wieder vor der Kirch angekommen sind,

spendet der Herr Pfarrer den Schlusssegen über die Pilger. Hernach singen sie *Großer Gott, wir loben dich* und gehen wieder in die Messe. Danach ist Zeit zum Mittagessen, da ist dann der Tisch so reich gedeckt wie an einem Sonntag, sogar bei uns.» Pauline schluckte. «Und am End dürfen wir alle auf den Blutfreitagsmarkt – bis zum Abendläuten! Da gibt's nicht nur Zuckerwaren und Geschirr, sondern auch tausend Dinge, wo das Bild der Reliquie drauf abgebildet ist. Na ja, und halt auch Drehorgelspieler und Guckkastenträger oder Tierführer. Einmal hatte einer einen echten, lebendigen Löwen dabei, stell dir vor!»

Pauline blickte Theres aus großen, unglücklichen Augen an. «Wollen wir beten?»

Theres nickte und bekreuzigte sich: «Im Namen des Vaters und des Sohnes und des Heiligen Geistes.»

Dann setzte sie sich neben das Mädchen auf den Strohsack, legte die Hände aneinander und schloss die Augen. Gemeinsam sprachen sie das Glaubensbekenntnis, das Vaterunser und das Ave Maria. Immer schwerer wurden Theres die Hände und Augenlider, ihr Kopf sank gegen Paulines Schulter. Vor ihrem inneren Auge sah sie die Prozession, die sich wie eine endlose Schlange durch die sonnenbeschienenen Fluren wand, mit dem Pfarrer unterm Baldachin und den Ministranten in ihren weißen Chorhemden über dem roten Talar, mit den Massen von Pilgern, die ihnen folgten, sie selbst mit ihrem Bruder mittendrin – als sich plötzlich ein Gesicht vor ihr Auge schob: das zarte, traurige Gesicht einer jungen Frau, die sie nie zuvor gesehen hatte und von der sie doch wusste, dass es ihre Mutter war. Im nächsten Moment sank ihr Oberkörper auf das Bettlager, und sie war eingeschlafen.

Sie erwachte vom Klang der Glocken, die die Gläubigen zur Mittagsmesse riefen. Neben ihr lag Pauline, mit tränennassem Gesicht, und starrte vor sich hin. Theres berührte ihre Wange.

«Jetzt wein doch nicht mehr.»

«Es ist nicht nur wegen dem Blutfreitag. Ich hab immer solche Angst in der Nacht. Und wenn ich dann – wenn ich dann ins Bett gemacht hab, straft mich die Wagnerin. Dann hab ich noch mehr Angst.»

«Hör mal, Pauline.» Das Mädchen tat ihr leid. «Das gestern Abend, das war gar kein Gespenst. Das war die Rosina.»

«Wirklich?»

«Ja. Die wollte mich erschrecken.»

«Aber – aber dann müsst doch die Rosina Arrest kriegen. Warum hast das nicht der Wagnerin erzählt?»

«Weil ich auch manchmal Angst hab. Vor der Rosina zum Beispiel.»

Sie schwiegen eine Zeit lang. Schließlich flüsterte Pauline: «Die Rosina ist bald weg. Dann brauchst keine Angst mehr zu haben. Die ist nämlich bald vierzehn und muss in den Gesindedienst. Alle gehen hier weg nach der Konfirmation oder Firmung.»

Plötzlich richtete Pauline sich auf.

«Ich hab gesehen, wie du gestern im Hof auf die Rosina losgegangen bist. So mutig möcht ich auch mal sein!»

Der Rest des Tages verging quälend langsam. Nachdem die Hausmagd ihnen trocken Brot und Wasser gebracht hatte, geschah gar nichts mehr. Kein Laut drang mehr zu ihnen, die gesamte Waisenanstalt schien ausgestorben. Einmal nur verirrte sich eine Ratte in ihre Arrestzelle, packte einen Brotkrümel und verschwand wieder unter dem Türspalt. Gegen Abend, als sie kaum noch ihre Umrisse erkennen konnten, fragte Pauline:

«Darf ich deine Freundin sein?»

Theres zögerte. «Ich – ich hab schon die Sophie als Freundin.»

«Dann vielleicht, wenn ihr mal Streit habt?»

Ehe Theres etwas erwidern konnte, wurde von draußen der Riegel zurückgeschoben, und der Knecht trat ein, mit einer Lampe in der Hand. Zu ihrem großen Erstaunen war er nicht allein.

«Los, rein mit dir.»

Mit seiner freien Hand zerrte er Rosina hinter sich her. Ihr Gesicht war verquollen, und sie humpelte. Urban leuchtete die Zelle aus, warf einen prüfenden Blick in den Eimer und knurrte:

«Ihr zwei könnt wieder raus.»

Auf dem Weg in den Schlafsaal fragte Theres: «Warum ist die Rosina in Arrest?»

«Das geht dich nix an!», antwortete der Knecht barsch.

Von Sophie erfuhr sie wenig später den Grund: Die Stubenälteste hatte auf dem Krämermarkt einen Armreif aus falschem Silber gestohlen und war dabei erwischt worden. Eine gehörige Tracht Prügel und drei Tage Arrest hatte ihr das eingebracht.

Dann gibt es also doch noch Gerechtigkeit, dachte Theres beim Einschlafen. Und noch etwas Tröstliches war geschehen: Sophie hatte sie um Verzeihung gebeten, dafür, dass sie zu feige gewesen war, ihr Rosinas Plan mit der Spukgeschichte zu verraten.

4
Waisenhaus Weingarten, Sommer 1832

Die nächsten Wochen verliefen im strikt geregelten Ablauf des Alltags, und dennoch spürte Theres, wie sich etwas veränderte: Sie hatte begonnen, sich an das Leben im Vagantenkinderinstitut zu gewöhnen und die allerkleinsten Abwechslungen und Freuden zu genießen. Dazu gehörten die Unterhaltungen mit Sophie beim Hofgang oder, im Flüsterton dann, abends vor dem Einschlafen. Und natürlich, neben den Mahlzeiten, die wenigen Stunden im Garten, wo sie mit Urle zusammenkam. Bald kannte sie auch die Texte der täglichen Lieder und Gebete und leierte sie herunter wie die anderen Kinder auch, ohne sich dabei noch irgendwas zu denken. «Nichts als geistloses Hinterherplappern», hatte Urle einmal über die täglichen Andachten gescholten. «Da wird doch alles religiöse Gefühl erstickt.»

Dabei waren die katechetischen Übungen und Bibelstunden beim dicken Fritz gefürchtet. Nicht nur, weil man hier dem Spott und der Häme der anwesenden Waisenkinder ausgesetzt war, sondern weil der Oberinspektor keineswegs so gutmütig war, wie er anfangs auf Theres den Eindruck gemacht hatte. Wer nicht die richtige Antwort wusste, wurde meist am Ende der Stunde ein zweites Mal examiniert. War die Antwort wiederum falsch, gab es schmerzhafte Tatzen auf die ausgestreckte Hand. Dabei lächelte der Anstaltsleiter sein gütiges Lächeln. Theres, als immer noch neuem Zögling, schien er eine Schonfrist zu gewähren, und somit gab sie sich alle Mühe, bei den Prüfungsfragen aufzupassen.

Auch von Rosina wurde sie erstaunlicherweise seit ihrer Arreststrafe am Blutfreitag in Frieden gelassen. Es schien, als habe die Stubenälteste das Interesse an ihr verloren. Dafür hing nun das Zwillingsmädchen an Theres' Rockzipfel. Offen zeigte Pauline ihre Bewunderung für die um zwei Jahre Ältere, schenkte ihr beim Abendessen mal ein Stückchen Brot oder legte ihr eine Blüte aufs Kopfkissen. Das ging so lange, bis Sophie ihr eines Tages eine Maulschelle verpasste: «Lass die Theres in Ruh. Die ist meine Freundin!»

Obwohl Pauline ihr leidtat, hatte Theres' Herz bei diesem Satz einen kleinen Sprung vor Freude gemacht.

Bis Ende Juni mühte sich Theres unter dem gestrengen Blick von Lehrer Löblich mit ihren Schreibübungen im Abc ab, dann hatte sie es geschafft: Sie war beim ‹Z› angelangt. Gleich am nächsten Morgen hatte der Marder sie vor die Tafel beordert und dort mit schwungvollen Buchstaben ein Wort aufgeschrieben.

«Buchstabiere!», befahl er.

«Ein T – ein H – und dann …» Sie stockte, sah abwechselnd zur Schrifttafel, die linker Hand an der Wand hing, dann wieder auf das Wort vor ihr und spürte, wie ihr heiß und kalt wurde. Die Buchstaben des Marders sahen ganz anders aus als die an der Wand, viel spitzer und irgendwie, als ob ein Sturmwind von links nach rechts über sie hinweggetobt wäre. Jetzt begannen sie auch noch, vor ihren Augen zu verschwimmen. Dabei war sie sich ganz sicher gewesen, jeden einzelnen Buchstaben zu erkennen und schreiben zu können.

«Wird's bald?»

«Ein R?», fragte sie verunsichert.

«Hab ich recht gehört?» Löblich fuhr sich durch das strähnige Haar. «Hast du's etwa immer noch nicht begriffen? Das ist dein eigener Name! Gütiger Gott im Himmel – vier Wochen pädagogischer Mühe umsonst! Das ist ein E, und dann kommt ein R!»

Dabei rollte ihm der letzte Buchstabe wie Donnergrollen aus dem Rachen, und sein Zwirbelbart begann zu zittern.

«Aber —» Theres holte Luft. «Das sieht alles so anders aus als drüben auf der Schrifttafel.»

«Du wagst es tatsächlich, meine Schrift zu bekritteln? Finger her!»

Drei harte Schläge gegen die Finger der rechten Hand, drei gegen die der linken trieben ihr die Tränen in die Augen. Für den Rest des Unterrichts ließ Löblich sie auf dem Kniescheit knien, einem dreieckig angespitzten Holzstück. Sophie musste ihr am Ende aufhelfen und sie hinausführen, so sehr schmerzten ihre blutunterlaufenen Kniescheiben.

Nach diesem Zwischenfall machte Urle sein Versprechen wahr und lehrte sie, wann immer sich die seltene Gelegenheit ergab, wie man die Buchstaben zu Silben und die Silben zu Wörtern zusammenzog. Dazu malte er mit dem Finger oder einem Stöckchen irgendwelche Wörter in Sand, Staub oder Erde, wie und wo es sich gerade ergab.

«Du musst lernen, die Silben und Wörter als ganze Bilder zu erkennen. Dann kannst du lesen, ohne zu stocken», riet er ihr.

Als schließlich die Hundstage mit ihrer schwülen Hitze einsetzten, vermochte sie tatsächlich aus den vormals wirren Linien und Schnörkeln ohne großes Zögern den Sinn von Wörtern zu erkennen. Es war wie ein Wunder!

Doch leider gab der Marder ihr keine Gelegenheit mehr, ihr Können zu beweisen. Ihm war nicht entgangen, wer ihr Lesen und Schreiben beibrachte, und wie zur Strafe behandelte er sie in seinen Schulstunden nun erst recht wie Luft. Ohnehin zeigte er in diesen Sommertagen täglich weniger Neigung, seiner Klasse etwas beizubringen. Oftmals kam er zu spät oder entließ die Schüler vorzeitig und ohne sie zu beaufsichtigen in den Hof. Dann wiederum befahl er ihnen, als stille Übung ein Kapitel aus der Bibel zu lesen, verschanzte sich hinter seinem Bücherstapel am Pult und schloss die Augen – bis sein Schnarchen verriet, dass er eingeschlafen war! Einmal hatte sich Urle in einer solchen Situation erhoben und mit tiefer Stimme, die ganz verblüffend der des Oberinspektors glich, gerufen:

«Guten Morgen, ihr Kinder!»

Wie von einer Hornisse gestochen war der Marder da aufgesprungen, hatte mit seinen wässrig-grauen Augen um sich gestiert und, als er seinen Vorgesetzten nirgends entdecken konnte, gebrüllt: «Wer war das?»

Alle hatten sie geschwiegen, und selbst Jodok hatte nicht gewagt, seinen Banknachbarn zu verraten.

Vielleicht lag es daran, dass der Oberinspektor immer häufiger aushäusig war, unterwegs auf irgendwelchen Bürgerversammlungen im Oberamt oder in der Donaukreisstadt Ulm, und dass sein Vertreter, Ökonomieverwalter Heintz, sich nur für seine Rechnungsbücher interessierte – jedenfalls bröckelte die gestrenge Ordnung ihres Tagesablaufs mehr und mehr. Es ging das Gerücht, dass Löblich unten im Flecken Privatstunden bei jungen Mädchen gab, und das nicht nur, um sein Salär aufzubessern. Die Wagnerin wiederum hielt sich mehr bei den Küchenweibern auf, als dass sie in der unterrichtsfreien Zeit ihren Aufgaben als Hausmutter nachkam. Für die Vagantenzöglinge boten sich damit unverhoffte Freiheiten. Plötzlich konnten sie ohne Aufsicht im Hof herumtoben – zumindest so lange, bis von der anderen Hofseite her die Aufseher der Waisenkinder herbeigeeilt kamen – oder bei der Gartenarbeit ungestört schwatzen, weil die Wagnerin im Schatten der Kirschbäume döste oder mit irgendwelchen Mägden tratschte. Einmal hatte Urle nach dem Mittagessen Theres beiseitegenommen, mit triumphierendem Blick und einem rostigen Schlüssel in der Faust.

«Den hat der Marder auf seinem Pult vergessen. Es ist der Schlüssel zur Lehrerbibliothek», hatte er geflüstert und sie hinter sich hergezogen, bis sie vor der schweren Eichenholztür der Bibliothek standen. Der lange Flur war menschenleer, und so konnten sie unbemerkt aufsperren und sich hineinschleichen. Mitten auf der Schwelle war Theres mit offenem Mund stehengeblieben.

«Das sind ja Aberhunderte von Büchern, die ganzen Wände voll», stieß sie hervor. «Und wie das hier nach Leder riecht!»

Urle trat an ein Eckregal. «Da stehen meine Lieblingsbücher. Lauter Reiseberichte.»

«Warst du etwa schon öfters hier?»

Statt einer Antwort grinste Urle nur. Er zog einen der Bände heraus. *Reise um die Welt*, entzifferte Theres die goldenen, ins Leder gestanzten Lettern. *Von Johann Georg Adam Forster.*

«Wollen wir drin lesen?», fragte Urle, und sie nickte heftig. Doch kaum hatten sie das Buch auf das Lesepult gelegt und aufgeschlagen, als Stimmen vom Gang her sie auffahren ließen.

«Bloß weg hier!», zischte Urle. Sie rannten hinaus, ohne die Tür hinter sich zu schließen, und schafften es eben noch, sich in einer Mauernische zu verstecken, als die Wagnerin mit der Köchin um die Ecke bog.

«Na so was! Da steht doch die Tür zur Bibliothek offen!» Die Worte der Wagnerin kamen reichlich genuschelt über ihre Zunge, ganz so, als hätte sie zu Mittag ein Quäntchen zu viel Wein genossen.

«Hallo? Ist hier jemand? Herr Löblich?»

Theres drängte sich noch enger an Urle. Schließlich hörten sie, wie die Tür krachend ins Schloss fiel und die Köchin zu kichern begann.

«Der gute Wendelin wird immer schusseliger. Hat nur noch die Weiber im Kopf.»

Als es wieder still wurde im Gang, krochen sie aus ihrem Versteck.

«Verschwinden wir lieber von hier», sagte Urle.

«Und das aufgeschlagene Buch?»

Er zuckte mit den Schultern. «Dann sehen sie halt, dass jemand heimlich da war. Hast doch gehört, was die Köchin gesagt hat. Wenn einer Ärger kriegt, dann der Marder.»

Schade, dachte Theres auf ihrem Weg zum Hofgang. Schade, dass sie nicht mehr Zeit gehabt hatten. Für ihr Leben gern hätte sie einmal einen ganzen Tag in einer solchen Bibliothek verbracht.

Die mangelnde Aufsicht durch Lehrer und Hauspersonal brachte jedoch nicht nur Vorteile. Immer häufiger kam es zu blutigen Raufhändeln unter den Buben, worin zumeist Jodok, dessen unterwürfiger Freund und Spießgeselle Bartlome und auch Urle verwickelt waren, oder Rosina machte sich daran, ihr neues Opfer zu piesacken: die kleine Pauline. Außerdem griff an solchen Tagen, wo der Anstaltsleiter fort war, das Personal ungleich schneller zu Tatzenstecken und Rohrstock, selbst die Knechte und Mägde, die hierzu gar nicht befugt waren. Und auch dabei floss nicht selten Blut.

Theres machte das alles eher Bange, als dass sie die neuen Freiheiten genießen konnte. Wie eine Meute Hunde, die aufeinander losgelassen wurden, kamen ihre Mitzöglinge ihr manchmal vor. Und auch Pauline wirkte zunehmend verschreckt.

Dann, im Spätsommer, überschlugen sich die Ereignisse. Im Grunde begann alles mit den Vakanztagen, die den Schülern um Lorenzi herum gewährt wurden. Am Sankt Laurenztag selbst machten sie den langersehnten Ausflug ins Grüne. Für die Vagantenkinder sollte es zu einer Exkursion in den Altdorfer Wald gehen, die Waisen durften mit der Anstaltsleitung und ihrem Schulmeister an den nahen Rösslerweiher zum Baden.

Nach der Morgenandacht und einem reichhaltigeren Frühstück als sonst versammelte sich Theres' Klasse im Hof, wo Lehrfrau Wagner sie an der Seite einer der Mägde bereits ungeduldig erwartete. Ganz fremd sah die Wagnerin aus ohne die gewohnte grobgewirkte Baumwollschürze. In ihrem hochgeschlossenen, hellblauen Sommerkleid mit den Puffärmeln wirkte sie wie eine feine Dame, ihren grauen Haarknoten hatte sie unter einem Sonnenhütchen verborgen. Lediglich die Schnürschuhe passten nicht zu diesem vornehmen Aufzug.

«Ich kann's gar nicht glauben, dass wir heute raus dürfen», flüsterte Theres ihrer Freundin zu. Eben schob sich die Sonne über den Dachfirst der Kirche in einen makellosen Himmel, der einen herrlichen Augusttag versprach. Jeder von ihnen trug auf dem Rücken einen Tornister mit Wasserflasche und Brotzeit, die Magd schleppte das Gepäck der beiden Lehrer, zu Mittag dann wollten sie in der Hofwirtschaft Zum Fuchsenloch einkehren.

Sophie strahlte nicht minder. «Voriges Jahr hatte es gestürmt und geregnet, das war nicht so grandios. Aber Spaß hatten wir trotzdem.»

Als hätte die Wagnerin ihren letzten Satz gehört, verschaffte sie sich mit erhobenen Armen Ruhe und rief:

«Dieser Ausflug dient keineswegs nur eurem Vergnügen. Ihr sollt etwas über Gottes Natur lernen und euch körperlich ertüchtigen. Es geht in strammem Marsch voran, getrödelt wird nicht!» Sie spannte ihren Schirm auf. «Na endlich, Herr Kollege, da sind Sie ja!»

Hilfslehrer Löblich eilte mit seinen langen, schlaksigen Schritten auf sie zu. Auch er hatte sich eigens umgekleidet für diese Landpartie: Zu niedrigen Stiefeln und roten Strümpfen trug er karierte Kniebundhosen, über der Weste einen leichten, ebenfalls karierten Gehrock und statt des hohen Kragens mit

Halsbinde ein locker gebundenes, schreiend rotes Halstuch. Seinen Oberlippenbart hatte er für diesen Tag sorgfältig mit Wachs nach oben gezwirbelt, eine Schirmmütze bedeckte sein aschblondes Haar. Theres fragte sich verdutzt, ob er sich wohl für die alte Wagnerin so herausgeputzt hatte.

«Ihr habt gehört, was eure Lehrfrau gesagt hat», ergriff er das Wort. Dabei schielte er verstohlen zu Auguste, der hübschen jungen Magd, hinüber. «Vor allem aber vergesst nicht, dass ihr heute bei den Bürgern und Bauern dort draußen unser Institut vertretet. Benehmt euch also, sonst kehren wir schnurstracks wieder um. Und jetzt aufgestellt in Zweierreihen, die Buben vorneweg!»

Sie verließen das Anstaltsgelände unter dem Torhaus hindurch, vorbei an halbverfallenen Wirtschaftsgebäuden und einem modrig stinkenden Fischteich, wo sie sogleich zum Halten angewiesen wurden und sich eine längere Ausführung über die Geschichte des Klosters Weingarten und der einstigen habsburgischen Landesherren anhören mussten.

Theres hatte nur Augen für den herrlichen Blick ringsum auf das Tal und die Wälder. Wie sehr genoss sie die Aussicht unter Gottes freiem Himmel, fern aller Mauern und vergitterten Fenster!

Weiter ging es steil bergauf durch ein kurzes Waldstück in eine hügelige, sattgrüne Wiesenlandschaft. Das Landsträßchen war von Kirschbäumen gesäumt, ab und an zuckelte ein Bauer auf seinem Bernerwägelchen an ihnen vorüber, auf den Feldern schnitten die Menschen das Korn. Anfangs marschierten sie noch zügig vorwärts und schmetterten voller Inbrunst Wanderlieder wie *Geh aus, mein Herz, und suche Freud* in die warme Sommerluft. Doch schon allzu bald begann die Wagnerin alle Nas lang ihr Schirmchen in die Höhe zu reißen, als Zeichen dafür anzuhalten. Dann mussten sie hier einen Baum oder

Strauch, dort ein Kräutlein oder Blümlein bestimmen. Dabei konnte sich Theres endlich einmal hervortun, denn in der Natur kannte sie sich aus.

Am späten Vormittag erreichten sie das erste Dorf und füllten am Brunnen ihre Wasserflaschen auf. Schon bald näherte sich ihnen eine Horde barfüßiger Kinder, um sie aus sicherem Abstand zu begaffen. Theres spürte die Blicke wie Pfeile auf ihrer Haut. Die Älteren begann miteinander zu tuscheln, einer zeigte mit dem Finger auf Urle und rief: «Da schau her, a richtigs Zwergle!», und ein andrer: «Des sin Weingärtler.»

Dann ging es los: «Armenhäusler – Bettelpack! Armenhäusler – Bettelpack!»

Immer mehr Kinder fielen in den Chor mit ein, immer lauter, bis der ganze Dorfplatz von der gemeinen Schmähung widerhallte.

«Rasch, packt die Wasserflaschen weg und kommt weiter!», befahl die Wagnerin.

Doch es war zu spät. Der erste Rossbollen kam angeflogen, traf Urle am Kopf, ein zweiter landete inmitten der Mädchenschar. Unter Kampfesgebrüll stürzten sich Jodok, sein getreuer Vasall Bartlome und ein paar andre Buben auf die Angreifer; nach kurzem Zögern und zu Theres' Überraschung taten Urle und Rosina es ihnen nach, bis Lehrer Löblich mit seinem Wanderstock dazwischenfuhr.

«Rotzlöffel! Lumpengesindel!», kreischte er. «Einer schlimmer als der andre! Auseinander!»

Derweil flüchteten die Magd und die Wagnerin mit den Mädchen die staubige Straße hinauf und den nächsten Hügel wieder hinunter, bis der Dorfplatz außer Sichtweite war. Wie eine Schafherde drängten sie sich unter das schattige Dach einer Linde.

Theres war erschrocken und empört zugleich.

«Sind die Dorfkinder immer so gemein?», fragte sie Sophie. Die schüttelte den Kopf. «Nur manchmal. Es sieht halt jeder gleich, wo wir her sind.»

Da kam der Rest ihrer Gruppe den Weg herunter, vorweg Löblich im Stechschritt eines Soldaten. Jodok humpelte leicht, und an Urles Stirn leuchtete eine blutige Schramme im Sonnenlicht. Sein Blick funkelte vor Zorn.

«Hatte ich euch nicht gesagt, ihr sollt euch benehmen?», polterte der Marder los und bleckte die spitzen Zähne. «Damit ist unser Ausflug zu Ende, dass ihr's grad wisst. Und du, Urle, lässt dir von Auguste die Wunde säubern. Bist selber schuld, wenn du mir in den Stock rennst!»

«Aber Herr Löblich ...» Die junge Magd, die kaum älter war als Rosina und einst selbst zu den Vagantenkindern gehört hatte, strahlte den Lehrer an. «Haben sich unsre Kinder net einfach nur verteidigt? Es wär so schad um den schönen Tag. Und Sie selber – wie mutig Sie sich mittendrein gewagt haben! Wie ein Löw!»

Augenblicklich wurden Löblichs verkniffene Züge weich.

«Nun ja, dann will ich mal fünfe grad sein lassen. Aber keiner tritt mehr aus der Reihe, dass das klar ist. Ein Stündchen marschieren wir noch, dann machen wir Rast am Weiher.»

Der Truchsessenweiher erwartete sie kühl und schattig im Wald, dort, wo der riesige, dunkle Altdorfer Forst begann.

«Zieht euch die Schuhe aus und wascht euch Gesicht und Hände», befahl die Wagnerin, nachdem sie sich an einer flachen Uferstelle gesammelt hatten. «Damit ihr wie anständige Menschen ausseht nachher in der Wirtschaft.»

«Und weh euch, einer geht weiter hinein als bis zu den Waden», setzte Löblich nach. «Erst vor ein paar Jahren ist ein Musikant aus Altdorf hier ertrunken.»

«Es heißt», kicherte die Magd, «dass die arme Seel heut noch hier herumspukt. Bleibt also schön beisammen.»

Eine eiskalte Hand berührte Theres am Arm. «Darf ich bei euch bleiben?», fragte Pauline ängstlich.

Theres sah ihre Freundin fragend an.

«Meinetwegen», knurrte Sophie. «Aber fall uns nicht auf die Nerven.»

Sie zogen sich Schuhe und Strümpfe aus und stapften in das erfrischende Nass – die Mädchen vorsichtig, Schritt für Schritt, während die Buben in übermütigen Sprüngen hineinrannten, sodass es gehörig spritzte.

«Guck mal!» Sophie stieß ihre Freundin in die Seite. Etwas abseits des Ufers, auf einer geblümten Decke, lag ausgestreckt auf dem Rücken ihre Lehrfrau, die Hände vor dem Bauch gefaltet. Ihre Augen waren geschlossen.

«Sieht aus wie ein Toter im Sarg», sagte Theres.

«Das mein ich nicht. Da drüben, hinter dem Holzstoß.»

Jetzt hatte auch Theres die Umrisse der beiden Köpfe hinter dem Holz entdeckt. Es sah aus, als ob sie sich etwas zuflüsterten.

«Die küssen sich», flüsterte Sophie.

«Wer?»

«Mei, bist du dumm.»

Im nächsten Augenblick lösten sich die Köpfe voneinander, und man sah zwei Gestalten im Dunkel des Waldes verschwinden.

Sophie griff nach ihrer Hand. «Los, komm.»

Barfuß, die kleine Pauline im Schlepptau, rannten sie in den Wald hinein. Schmerzhaft piksten die Fichtennadeln und Steinchen gegen ihre nackten Fußsohlen, doch Sophie zerrte sie erbarmungslos vorwärts. Plötzlich blieb sie so abrupt stehen, dass sie beinahe alle drei gestürzt wären. Ganz in der Nähe, hinter dichtem Strauchwerk, war leises Keuchen zu hören, dann die hohe Stimme der Magd: «Ach, Wendelin, mein Guter – doch net hier! Was, wenn wer kommt?»

So leise als möglich schoben sich die Mädchen durch das Gesträuch – und was sie dann, zwischen Zweigen und Blättern hindurch, auf der kleinen Waldwiese zu sehen bekamen, ließ Theres den Atem stocken: Inmitten eines Haufens verstreuter Kleidungsstücke hockte die Magd, ihre Wangen glühten, das schwarze, offene Haar war zerzaust, das Mieder aufgeschnürt, sodass zwei blanke, pralle Brüste sich schamlos den Blicken preisgaben. Vor Auguste kniete in Hemdsärmeln ihr Lehrer, mit rechts und links herabhängenden Hosenträgern, und nestelte an seinem Hosenbund herum.

«Jessesmarie – der Marder!», entfuhr es Pauline.

Die Magd schnellte mit spitzem Schrei in die Höhe, schlug die Arme vor die bloßen Brüste und stürzte davon, während Löblich nur blöde in ihre Richtung glotzte.

«Du Schafseggl!», zischte Sophie, dann liefen sie los.

Völlig außer Atem erreichten sie den Weiher und mischten sich unter die andern Kinder, die noch immer am Ufer herumplantschten. Die Wagnerin schnarchte laut vor sich hin.

«Was, wenn er uns erkannt hat?», fragte Theres mit wütendem Seitenblick auf Pauline.

Sophie kaute an ihren Fingernägeln. «Dann – dann drohen wir ihm, seine Sauereien dem dicken Fritz zu verraten. Genau! Soll er nur kommen!»

«Das war Sünde», flüsterte Pauline. Ihr Gesicht war noch immer wachsbleich vor Schreck. «Ganz ekelhafte Sünde!»

Verächtlich sah Sophie sie an. «Halt doch die Gosch. Davon verstehst du rein gar nix!»

In diesem Moment erschien Auguste am Ufer und tat so,

als suche sie Kräuter. Etwas später dann, aus anderer Richtung, tauchte auch Lehrer Löblich auf, mit grimmigem Gesicht.

«Raus aus dem Wasser und fertig machen!» Er fuchtelte mit seinem Wanderstock in der Luft, als wolle er einen unsichtbaren Feind in die Flucht schlagen. «Wir brechen auf.»

«Jetzt schon?» Verschlafen hob die Wagnerin den Kopf. Ihr Dutt hatte sich gelöst, das Haar hing ihr in grauen Strähnen ins Gesicht.

Wie lächerlich, dachte Theres. Wie närrisch und lächerlich ihre sonst so gestrengen Aufseher mit einem Mal wirkten! Der Marder mit seinem wütenden Gefuchtel, ein Hemdzipfel hing ihm noch vorne aus der Hose; die Lehrfrau auf der Blümlesdecke mit ihren vom Schlaf zerknautschten Wangen; die mannstolle Magd Auguste, die jetzt ein Kinderlied zu summen begann und dabei kleine Blümchen abriss und ihren prallen Hintern in die Luft streckte.

«Was gibt's da zu glotzen?», fauchte Löblich Theres an.

Sie wandte den Blick ab und streifte Strümpfe und Schuhe über.

Eine Viertelstunde später strömten die Kinder in die Gartenwirtschaft von Hof Fuchsenloch und verteilten sich unter Lachen und Lärmen an drei langen Holztischen. Außer ihnen saßen nur noch ein paar Waldarbeiter beim Bier.

Löblich rief sie zur Ruhe. «Rosina, Jodok, Bartlome – ihr übernehmt das Kommando bei Tisch. Es gibt Eintopf mit Roter Wurst, Zitronenwasser für die Kleinen, Dünnbier für die Großen. Beim Essen will ich kein Wort hören, hernach könnt ihr auf die Wiese da drüben.» Er knallte den Stock gegen die Tischplatte. «Hinhocken und beten!»

Von ihrem Platz aus sah Theres genau in Richtung des runden Tisches, an den sich die Magd und die Lehrkräfte gesetzt hatten. Stocksteif thronte Löblich auf seinem Gartenstühlchen, und als jetzt Auguste unter der Tischplatte mit ihrem Fuß sein Bein berührte, zog er es weg, als habe er sich verbrannt. Nachdem das Serviermädchen drei große Bierkrüge angeschleppt hatte, trank Löblich den seinen aus, ohne abzusetzen. «Noch einen», hörte Theres ihn sagen. Kurz drauf schwebte der Duft von Braten und heißen Erdäpfeln an ihren Tisch herüber.

Ihr Eintopf schmeckte fad, das Zitronenwasser nach Waschlauge, und für jedes der Kinder schwamm gerade mal eine einzige Wurst im Teller.

Nach dem Dankgebet durften sie wie versprochen auf die Wiese am Waldrand. Theres' Blick hielt Ausschau nach Urle, bis sie ihn abseits der andern auf einem Baumstumpf entdeckte. Die Schramme auf seiner Stirn war blau und grün angelaufen.

«Tut es weh?», fragte sie.

Er schüttelte den Kopf.

«Der Marder hat dich mit Absicht geschlagen, gell?»

Urle verzog das Gesicht. «Die Gelegenheit konnt er sich nicht entgehen lassen. Dafür habt ihr ihn ganz schön erschreckt, vorher im Wald.»

Erstaunt riss Theres die Augen auf. «Du warst auch dort?»

«Ja. Und ich weiß auch, dass die Auguste nicht die einzige ist, mit der er rumtändelt. An die Rosina hat er sich auch schon rangemacht.»

«Nein!»

«Doch. Was meinst, woher die sonst neuerdings ihre guten Zensuren hat?»

«Und wenn – wenn wir das dem dicken Fritz melden?»

Urle lachte laut auf. «Wem wird der wohl glauben? Seinem lieben Collegen oder uns Vagantenkindern? Wir sind doch nur Dreck, lästiges Ungeziefer im Leben der honorigen Bürgersleut. Nur deshalb sperrt man uns doch weg!»

Sie schwiegen beide. Nach einer langen Weile fragte Theres: «Was willst du später mal machen, wenn du hier draußen bist?»

«Ich werd Kolonist in Amerika.»

«Kolonist?»

«Ja, halt auswandern. Mit einem großen Schiff übers Meer. Ich hätt mich schon längst auf den Weg gemacht, wenn das Meer nicht dermaßen weit weg wär.» Sein Blick glühte. «Es heißt, dass drüben in Amerika jeder mit offenen Armen aufgenommen wird, egal, ob arm oder reich, welche Hautfarbe er hat und wo er herkommt. Da wird einer wie ich auch unterkommen. Jetzt wart ich halt, bis ich erwachsen bin und ein Geld gespart hab.»

«Ha!», donnerte eine Stimme. «Einer wie du wird erst gar nicht erwachsen! Der krepiert schon vorher.»

Hinter ihnen stand der Marder. Er schwankte von einem Bein aufs andere.

«Was reden Sie da?» Theres starrte den Lehrer entsetzt an. Der beachtete sie nicht. Seine rotgeränderten Augen waren auf Urle geheftet.

«Weißt eigentlich, wie dumm du bist, Ulrich von und zu Pistoletti? Für alberne Hanswurst-Possen auf dem Jahrmarkt mag die Beschaffenheit deines Hirns vielleicht ausreichen, aber sonst verstehst du rein gar nix von der Welt!» Löblich wischte sich den Schweiß von der Stirn. «Als Kolonist nach Amerika – dass ich nicht lach! Hat dir noch keiner gesagt, dass Zwerge wie du jung sterben? Das hat die Wissenschaft eindeutig bewiesen. Die Natur trifft da schon ihre Auswahl. Frag nur unseren Herrn Amtsmedicus.»

Wortlos erhob sich Urle und stolperte auf seinen kurzen Beinen in Richtung Waldrand davon.

«Halt, warte!» Theres rannte ihm hinterher.

«Das ist doch Unsinn, glaub es nicht!» Sie packte ihn beim Arm. «So was sagt er nur, weil du klüger bis als er selber!»

Urle schüttelte ihren Arm ab.

«Was weißt du schon? Der Amtsarzt hat mir dasselbe auch schon gesagt.»

Für den Heimweg nahmen sie den kürzesten Weg zwischen den Feldern hindurch. Von ordentlicher Formation in Reih und Glied war keine Rede mehr: Löblich torkelte vorweg, eine albern kichernde Auguste auf den Fersen, ihnen folgten in dichtem Pulk die Kinder. Die Nachhut bildete Lehrfrau Wagner, die ihr Sonnenschirmchen jetzt als Stütze benötigte und zum Glück keinerlei Lust mehr verspürte, irgendwelche Vorträge zu halten. Ausgerechnet neben ihr stapfte stumm und mit verschlossenem Gesicht Urle. Theres wagte nicht, ihn anzusprechen.

Zu ihrer Verwunderung fielen die katechetischen Belehrungen vor dem Abendessen aus, und auch die Tisch- und Abendgebete wurden äußerst kurz gehalten. Sophie erklärte ihr, dass die Lehrer und das Gesinde nach solch einem Ausflugstag alle mehr oder minder besoffen seien.

«Bloß ärgern darfst sie dann nicht. Da ziehen sie dir gleich den Rohrstock über den Hintern.»

Noch zwei weitere schulfreie Tage waren ihnen vergönnt. Von den Mahlzeiten und Gebetsstunden abgesehen, waren sie mehr oder weniger sich selbst überlassen. Es hätte so schön sein können, zumal die Sonne von einem strahlend blauen Himmel lachte – hätte Urle sich nicht so seltsam benommen und Pauline sich nicht wie eine Klette an Theres gehängt. Beide schien der Ausflug in den Altdorfer Wald aus dem Gleichgewicht gebracht zu haben.

«Sollen wir zusammen beten?», fragte das Mädchen sie am zweiten Tag.

«Warum das denn?» Sie war einmal mehr auf der Suche nach Urle, der sich inzwischen völlig von den andern absonderte.

«Weil – weil wir im Wald eine solch schlimme Sünde gesehen haben!»

Theres schüttelte den Kopf. «Aber darum müssen wir doch nicht beten!»

«Doch. Für denen ihr Seelenheil. Außerdem ...»

«Was – außerdem?»

«Ich glaub, der Marder hat mich erkannt, da im Wald. Er schaut mich immer derartig bös an, das macht mir richtig Angst!»

«Ach was. Der kann gar nicht anders als bös schauen.»

«Betest trotzdem mit mir?»

«Meinetwegen. Heut Abend beim Schlafengehen.»

An diesem Abend, als sie bereits alle im Bett lagen, streckte Lehrer Löblich noch einmal den Kopf zur Tür herein.

«Ab morgen hat euer Lotterleben ein Ende, denkt dran», schnauzte er. «Jeden Einzelnen werd ich morgen früh in Lesen und Rechnen examinieren, damit ich sehe, ob ihr die Vakanztage sinnvoll genutzt habt. Gesegnete Nachtruhe!»

«Herrjemine!», flüsterte Sophie. «Der sieht aus, als hätt er einen gehörigen Kater. Das wird gewiss übel morgen.»

Zu einer geregelten Unterrichtsstunde sollte es allerdings gar nicht erst kommen. Pauline war nämlich am nächsten Morgen verschwunden, und der Grund hierfür war im ganzen Schlafsaal zu riechen: Sie hatte wieder ins Bett gemacht.

Löblich und die Wagnerin, beide völlig außer sich, warteten noch, bis sich ihre Zöglinge gewaschen und angezogen hatten, dann ließen sie sie ausschwärmen, um Pauline zu suchen. Es waren Jodok und Bartlome, die das verängstigte Mädchen am späten Vormittag in der Wäschekammer im Keller fanden und in den Hof schleppten.

«Aufstellen im Spalier!», befahl der Marder, nachdem er sie alle zusammengerufen hatte. Mit hochrotem Kopf hielt er Pauline am Kragen ihres Nachthemdes fest. Nicht einmal zu flüstern wagten sie jetzt, als sich die Buben links, die Mädchen rechts in eine Reihe stellten und mit ansehen mussten, wie Pauline vor die Wagnerin geführt wurde. Die Lehrfrau hob ihren Stock: «Umdrehen und bücken!»

Schon beim ersten Schlag stieß das Mädchen einen unterdrückten Schrei aus. Beim dritten Schlag heulte sie so laut auf, dass sich Theres die Ohren zuhielt. Da löste sich aus den Reihen der Knaben Urle. Wie ein Wiesel rannte er auf die Wagnerin zu, schnellte in die Höhe und entriss ihr mitten im Ausholen den Rohrstock.

«Immer nur prügeln, immer nur draufschlagen könnt ihr!» Seine Stimme überschlug sich, sein schmächtiger Körper bebte. Im nächsten Augenblick stand er beim Hauseingang.

«Immer prügeln, immer schlagen!», rief er, während er den Rohrstock über den Treppenstufen in kleine Stücke haute. Nur das Wimmern von Pauline war zu hören, als sich Löblich endlich aus seiner Schreckensstarre löste. Mit zwei, drei Sätzen war er bei Urle und drehte ihm die Arme auf den Rücken. Danach war er mit ihm im Hauseingang verschwunden.

Beim Mittagessen blieb Urles Platz leer. Sie erfuhren, dass man ihn auf fünf Tage bei Wasser und Brot in die Arrestzelle gesteckt hatte, und Jodok wusste zu berichten, dass der Wundarzt hatte geholt werden müssen, so bös habe man den Zwerg zugerichtet.

Mit kühlen Winden und Nieselregen ging der Sommer zu Ende. An Haimerami, dem Ende des Sommerhalbjahrs, verkündete ihr Lehrer im Beisein des dicken Fritz die Semestralzensuren. Einzeln mussten sie vortreten, die Mädchen zuerst, und sich mit gesenktem Kopf anhören, was Löblich mit gestrenger Stimme von seinem Blatt vorlas, woraufhin ein Lob oder ein Tadel seitens des Oberinspektors folgte. Dann durfte man sich wieder setzen. Zu Theres' Überraschung erhielt sie als Einzige keine Beurteilung – in Anbetracht der Tatsache, dass sie, wie Löblich erklärte, in heilloser Unbildung hier in die Anstalt gekommen sei, sowohl was theoretische Kenntnisse als auch praktische Fertigkeiten angehe, und man erst ein weiteres Halbjahr bezüglich ihrer Entwicklung abwarten wolle.

Der Oberinspektor nickte ihr huldvoll zu: «Nutze dies als Gelegenheit, mein Kind, künftig das Beste aus dir herauszuholen. Wir wollen die Hoffnung nicht aufgeben.»

Enttäuscht ging sie an ihren Platz zurück. Hatten sie nicht in kürzester Zeit Buchstabieren und Lesen gelernt? Kannte sie nicht fast alle Gebete, Psalmen und Lieder auswendig? Der Marder wusste das doch ganz genau! Wie einen simpelhaften Dorfdeppen hatte er sie vor dem dicken Fritz dastehen lassen.

Sie hörte nicht zu, als nach ihr noch die Zwillingsmädchen und dann die älteren Buben nach vorne gerufen wurden. Erst bei Urle hob sie den Blick. Wie dünn er geworden war und wie bleich. Selbst sein flammendes rotes Haar hatte an Farbe verloren, die schönen grünen Augen blickten stumpf. Seit seinem Arrest war es noch schlimmer mit ihm geworden: Sogar Theres ging er aus dem Weg, er sprach kaum ein Wort, seine sonst so flinken Bewegungen wirkten schwerfällig, als trage er eine unsichtbare Last mit sich herum. Seine lustigen Späße und frechen Bemerkungen, mit denen er sich selbst bei Jodok Respekt verschaffen konnte, hatten aufgehört, und Theres fragte sich, ob er vielleicht ernsthaft krank war. Sie hatte davon gehört, dass man auch an der Seele krank werden konnte.

«Bei dir, lieber Ulrich», hörte sie den Marder sagen, «haben wir den besten Beweis dafür, welch üble Verbindung Herkunft und Geburt eingehen können, wenn beide von Verwahrlosung und kranker Konstitution geprägt sind. Es gebricht dir an allem, was einen jungen Menschen zum nützlichen Mitglied unserer Ordnung macht. Dein grobes, unbotmäßiges Benehmen, verbunden mit frecher Großsprecherei, lässt für die Zukunft Finsteres ahnen. Hinzu kommt, dass du sowohl in meinem Unterricht als auch bei Industrielehrer Schlipf auffallend wenig Aufmerksamkeit und Gewerbefleiß zeigst. Deine Leistungen in den Lehrfächern Rechnen, Schreiben und Lesen sind durchweg mangelhaft, dito in Katechismus und Bibelkunde, allenfalls ausreichend erscheinen sie in den industriellen Tätigkeiten. Ich wage zu sagen, verehrter Herr Oberinspektor», wandte er sich nun an seinen Vorgesetzten, «dass der Junge fehl am Platze ist an einer Elementarschule wie der unsrigen. Für solche wie ihn, für solche, die unser Herrgott nur mit den allergeringsten Fähigkeiten in Geist und Körper ausgestattet hat, gibt es gewiss zweckmäßigere Einrichtungen, wie etwa die Anstalt in Zwiefalten.»

Theres war entsetzt. Aber weder sie noch ein anderer Schüler wagten es, dieser Ansammlung von Lügen zu widersprechen.

«Bedenklich, wirklich bedenklich.» Der dicke Fritz wiegte den Kopf hin und her. «Hast du hierzu etwas zu sagen, Ulrich?»

Urle hob den Blick, sah dem Oberinspektor fest in die Augen und schwieg.

«Sehen Sie – verstockt ist er obendrein!» Empört wedelte Löblich mit Urles Zeugnisblatt in der Luft herum. «Wie spricht doch Jesus in der Bergpredigt? *An ihren Früchten sollt ihr sie erkennen. Ein fauler Baum kann nicht gute Früchte bringen. Ein jeglicher Baum, der nicht gute Früchte bringt, wird abgehauen und ins Feuer geworfen.* – Geh zurück in deine Bank!»

Nach der Zensurenverlesung sangen sie noch ein Dankeslied, dann wurde der Unterricht vorzeitig beendet, da für das pädagogische Personal eine Konferenz anstand. Draußen im Gang fasste Theres Urle beim Arm und zog ihn zur Seite.

«Das war gemein vom Marder!»

Urle zuckte nur die Achseln. Seine Augen waren gerötet, als habe er geweint.

«Es ist mir gleich, was die Lehrer von mir denken.»

Schwatzend schlenderten einige Klassenkameraden an ihnen vorbei, ohne sie zu beachten – bis Jodok mit Bartlome im Schlepptau erschien.

«Dumm und dumm gesellt sich gern!», rief er mit lauter Stimme.

Einige begannen zu kichern und blieben stehen.

«Unser Urle hat ein Idiotenzeugnis gekriegt», fuhr Jodok fort, «und die Theres kriegt erst gar keins, weil sie so strohdumm ist – ihr zwei passt zusammen wie das Deckelchen aufs Töpfchen.»

«Deine Zensuren sind auch nicht viel besser», entgegnete Urle ruhig.

«Wie das Deckelchen aufs Töpfchen», wiederholte Jodok und blickte sich um. «Oder wie das Schlüsselchen ins Schlüsselloch.» Er stieß den viel Kleineren gegen die Brust, sodass der gegen die Tür zum Kartenzimmer prallte. Die Tür sprang auf.

«Oder auch wie die Rute in den Schlitz!»

Blitzschnell packte er jetzt Urle und zerrte ihn ins Halbdunkel der Kammer, wo die Wandkarten, Schaubilder und Tierpräparate aufbewahrt wurden. Dasselbe tat Bartlome mit Theres, die sich vergebens mit Händen und Füßen wehrte. Durch die offene Tür gafften und feixten die andern Zöglinge, ganz vorne Rosina.

«Lasst uns los», keuchte Urle, aber die beiden Jungen hielten sie fest im Griff.

«Komm her und hilf uns», befahl Jodok Rosina. «Zeigen wir unserm Brautpaar mal, was eine eheliche Pflicht ist. Wie man nämlich Kinder macht, kleine Zwergenbälger und idiotische Missgeburten.»

Theres wollte schreien, aber eine Hand presste sich ihr von hinten auf den Mund, und sie bekam kaum noch Luft. Was dann geschah, war dermaßen widerwärtig, dass ihr speiübel wurde. Obwohl sie zappelte und sich wand wie ein Fisch, gelang es Rosina, ihr den Rock bis über die Hüften hinaufzukrempeln, sodass ihr Unterleib splitternackt war. Als sich Rosina daranmachte, dem hilflosen Urle die Hose herunterzuziehen, schloss Theres die Augen, um das alles nicht mit ansehen zu müssen.

«Ja, da schaut her», prustete Jodok, «der Schniedel vom Urle hat Angst gekriegt! Ganz klein ist der geworden, ein richtiger Zwergenschniedel. He, Rosina, tu ihn doch mal ein bissle streicheln, so wie bei mir immer. Sonst wird das nix mit dem Kindermachen.»

Theres hörte Urle fluchen und spucken, dann drückte sie jemand mit gewaltiger Kraft gegen ihn. Sie spürte, wie Urles kalte Beine gegen ihre gepresst wurden, und wollte sich befreien aus der eisenharten Umklammerung, als die andern ihr schmerzhafte Schläge gegen Rücken und Hüfte versetzten.

«Ein bissle mehr im Takt, liebe Leut!», rief Jodok. «Los geht's: eins – zwei – eins – zwei …»

«Achtung, der Marder!»

Die Meute stob auseinander. Theres verlor das Gleichgewicht und stürzte samt Urle und einem Kartenständer zu Boden. Der konnte sich gerade noch die Hose hochziehen, als der Marder auch schon im Türrahmen stand. Fassungslos starrte er auf sie herunter.

«Das glaub ich nicht! Herr Oberinspektor! Sehen Sie sich das an.»

Als hinter Löblich auch noch das feiste Gesicht des Anstaltsleiters erschien, begann Theres haltlos zu weinen. Sie schämte sich in Grund und Boden.

«Das waren die andern», schluchzte sie und rappelte sich auf. «Die haben uns überfallen.»

Ratlos kratzte sich der Oberinspektor den Bart.

«Überfallen – so, so. Was aber habt ihr dann hier im Kartenzimmer zu suchen? Der Zutritt ist euch Zöglingen strengstens verboten.»

«Ich denke doch, der Fall ist klar.» Unsanft zerrte Löblich sie beide aus der Kammer und verriegelte die Tür. «Ein drastischeres Exemplum für sittliche Verkommenheit hätten uns diese beiden Objekte gar nicht liefern können. Ich fürchte, Herr Oberinspektor, ich bin am Ende mit meinem Latein und bitte Sie, die Bestrafung zu übernehmen.»

«Urle und Theres haben nichts getan.»

Wie aus dem Nichts war plötzlich Sophie in dem mittlerweile menschenleeren Flur aufgetaucht.

«Bitte glauben Sie mir! Das waren Jodok und Bartlome. Die haben sie in die Kammer gestoßen, und alle andern haben mitgemacht.»

«Du gehst gegen die eigenen Kameraden?», geiferte Löblich. «Pfui, schäm dich!»

In Theres' Ohren begann es zu rauschen.

«Nun, werter Herr Löblich», der dicke Fritz seufzte tief, «so ganz klar scheint der Fall doch nicht. Oder haben wir den Sachverhalt etwa mit eigenen Augen gesehen? Ich schlage daher eine Kollektivstrafe vor: Die Vagantenkinder bekommen heute zu Mittag und zu Abend nichts als trocken Brot und Wasser. Und in den Recreationspausen schicken wir die Buben zum Holzhacken und die Mädchen ins Waschhaus. Dort werden sie ihre überbordende Energie schon abarbeiten. Fürwahr», er nickte befriedigt, «das erschient mir eine wahrhaft pädagogische Maßregelung. So wollen wir es handhaben.»

Theres schnappte nach Luft, ihr Magen hob und senkte sich. Sie stürzte an den verdutzten Männern vorbei zum Ausgang, schaffte es gerade noch durch die Tür hindurch, da erbrach sie sich auch schon in heftigen Krämpfen über die Treppenstufen. Danach wurde ihr schwarz vor Augen.

Als sie wieder zu sich kam, lag sie in einem der Betten der Krankenstube. Die Krankenwärterin hob den Kopf.

«Bist endlich wieder bei dir?»

Theres nickte. Da bemerkte sie, dass ihr Körper in einem dünnen Leinenhemdchen steckte.

«Wo sind meine Kleider?»

«Hast dir alles vollgekotzt. Eine schöne Sauerei!»

Die Krankenwärterin fühlte ihr Puls und Stirn.

«Ich denk, du kannst wieder aufstehn. Hier, trink einen Schluck Wasser und zieh dir die frischen Kleider dort an. Ich bring dich in den Schlafsaal.»

Theres erhob sich. «Ist's denn schon Abend?»

«Ja. Zu essen kriegst aber nix mehr, dazu ist's zu spät.»

Theres hatte ohnehin keinen Hunger. Ihre Kehle brannte, auf der Zunge lag der Geschmack von bitterer Galle.

«Kommst jetzt endlich?», drängte die Wärterin. «Ich hab schließlich auch mal Feierabend.»

Auf kraftlosen Beinen folgte Theres der Frau durch die Gänge und Flure, bis sie endlich im Trakt der Vagantenkinder angelangt war. Aus dem Erdgeschoss hörte sie Männerstimmen in einem Streitgespräch, oben bei den Schlafräumen war alles ruhig.

Die Wärterin schob sie in den Schlafsaal und verschloss grußlos die Tür hinter ihr.

«He, Theres!»

Das war Rosinas Stimme. Theres gab keine Antwort.

«Ich warn dich, Zwergenbraut. Wenn du heut Nacht hier rumkotzt, schlag ich dich windelweich, verstanden?»

Stumm schlich Theres zu ihrem Bett und schlüpfte neben Sophie unter die Decke. Die nahm ihre Hand und drückte sie.

«Wenn ich ein Junge wär, hätte ich Rosina und Jodok heut verprügelt», flüsterte Sophie. «Das war so hundsgemein von denen.»

Augenblicklich hatte Theres wieder die demütigende Situation in der kleinen Kammer vor Augen und begann zu weinen. Das Schlimmste war: Sie fühlte sich selbst schuldig und irgendwie schmutzig. Alle hatten sie halbnackt gesehen, auch ihr bester Freund Urle. Es war wie ein Makel, den sie nie wieder loswerden würde.

«Jetzt wein doch nicht mehr», hörte sie ihre Freundin sagen. «Irgendwann ist's vergessen. Ich sag dir jetzt was: Mit mir haben sie so was auch schon mal gemacht. Und kein Mensch redet mehr drüber.»

«Wirklich?»

«Ja.»

Theres wischte sich im Dunkeln die Tränen aus dem Gesicht. «Danke, dass du uns verteidigt hast.»

«Ach was. Geht's dir jetzt besser?»

«Ein bisschen.»

«Sei froh, dass du in der Krankenstube warst. Das war nämlich ein ganz blöder Tag. Nur Schufterei im Waschhaus und nix zu essen. Aber zum Glück ist bald Königsgeburtstag, da gibt's ein großes Festessen. Und schulfrei ist dann auch.»

«Was – was ist mit Urle?»

«Weiß nicht. Den hat heut den ganzen Tag niemand mehr gesehn. Ich glaub, der schämt sich vor dir.»

Einen Tag vor den Geburtstagsfeierlichkeiten zu Ehren König Wilhelms hatten Komödianten im nahen Ravensburg ihr Gastspiel angekündigt, darunter wirklich und wahrhaftig Urles Familie! Die hatte bei Oberinspektor Fritz das Gesuch eingereicht, ihren Sohn in der Anstalt besuchen zu dürfen.

Auf dem Weg von der Morgenandacht in Richtung Schulzimmer hatte Urle Theres beiseitegenommen.

«Sind wir immer noch Freunde?», fragte er als Erstes und errötete. Sie hatten seit jenem Vorfall nicht mehr miteinander gesprochen.

Theres nickte.

Dann erzählte er ihr von dem anstehenden Besuch seiner Familie. Ein bisschen schmerzte sie diese Nachricht, denn sie musste einmal mehr an Hannes denken. Den ganzen Sommer über hatte sie vergeblich auf einen Besuch ihres Bruders gehofft und auch sonst nie wieder von ihm gehört. Und dass, obwohl sie ihm ein kurzes Briefchen geschrieben und mit Urles Hilfe einem Kleinkrämer übergeben hatte, der auf dem Weg in die Hauptstadt war.

«Du musst auch mit dabei sein, Theres. Du sollst sie alle kennenlernen – meine Eltern, meine älteren Brüder, meinen Onkel.»

Theres versuchte, sich mit ihm zu freuen. «Wann kommen sie?»

«Ich weiß nicht. Nach dem Unterricht will der Marder deshalb mit mir zum dicken Fritz.»

Als sie drei Stunden später Urles Gestalt mit den schmalen Schultern und den kurzen Beinchen hinter ihrem Lehrer über den Hof tippeln sah, ahnte sie: Der Marder würde alles tun, damit dieser Besuch nur ja abgelehnt würde. Und zugleich schämte sie sich dafür, dass dieser Gedanke fast etwas Tröstliches für sie hatte.

5
Waisenhaus Weingarten,
Königsgeburtstag am 27. September 1832

Nach dem Festgottesdienst strömten die Menschen aus der vollbesetzten Martinskirche hinaus auf den Vorplatz hoch über Altdorf, wo sich die Musikanten in ihren Paradeuniformen bereits in Reih und Glied postiert hatten. Drei Böllerschüsse zum Ehrensalut an den König im fernen Stuttgart krachten durch den feuchtkühlen Morgennebel, dann schmetterte man zum zweiten Mal an diesem Morgen den Choral *Heil unserm König, Heil!*, und der Festumzug setzte sich in Bewegung.

Quer durch den Ort sollte es gehen, mit den Trommlern und Bläsern vorweg. Den Waisen- und Vagantenkindern allerdings blieb nur ein kurzer Blick vom Martinsberg hinunter auf die mit Blumen, Fähnchen und Girlanden geschmückten Gassen, dann mussten sie zurück hinter ihre Mauern, um beim Aufbau zu helfen: Für den Mittag nämlich sollte im Innenhof eine veritable Gartenwirtschaft eröffnet werden, mit Bier- und Weinausschank, Wurstbraterei und drei Garküchen unter freiem Himmel. Erwartet wurden hierzu nicht nur die Altdorfer Bürger und Bauern, sondern verschiedene Honoratioren aus Gemeinde und Oberamt. Für diesen einen Tag würden sie alle gemeinsam im Hof zu Mittag speisen – die Waisen wie die Vagantenkinder, die Pädagogen wie das Gesinde, die feinen Herrschaften wie die einfachen Taglöhner. Sogar Apfelkuchen mit Zimt und Zibeben sollte es hinterher geben!

«Bestimmt bringen die hohen Herren heut wieder Geschenkle für uns!», freute sich Pauline. Sie und die anderen jüngeren Mädchen waren damit beschäftigt, aus Laub und Herbstblumen kleine Sträuße für den Tischschmuck zusammenzubinden.

«Beim letzten Mal gab's nur neue Bibeln.» Sophie schnaubte. «Ein hübsches Nastuch wär mir lieber gewesen.»

«Bist du dumm, Sophie? Was ist schon ein eitles Nastüchlein gegen eine eigene, nigelnagelneue Bibel?»

Sophie sah das Mädchen verächtlich an. «Du schwätzt daher wie der Pfaff in der Kirch! Oder, Theres?» Sie gab ihrer Freundin einen Stoß in die Rippen.

«Was?» Theres hatte nicht zugehört. Ihre Gedanken waren noch ganz bei Urle, der ihr eben auf dem Kirchplatz ein Geschenk überreicht hatte.

«Hier, für dich», hatte er gesagt und ihr ein zierlich geschnitztes Holzpferdchen in die Hand gedrückt, ähnlich dem ihres Bruders Hannes. «Damit dein andres Pferdchen nicht so allein ist.»

«Wie wunderhübsch! Hast du das selber geschnitzt?»

Urle nickte.

«Eigentlich», seine Stimme wurde rau, «wollt ich's dir erst zu Weihnachten schenken. Aber jetzt kriegst du's halt zum Königsgeburtstag. Als Erinnerung an mich, wenn ich mal nicht mehr bin.»

Theres sah ihn erschrocken an: «Was redst du da?»

Er schwieg.

«Ist das wegen dem, was der Löblich mal gesagt hat und der Medicus? Aber – du glaubst dieses Geschwätz doch nicht etwa? Du bist doch kerngesund!»

Bevor Urle noch etwas hatte erwidern können, war der Hausknecht Urban zwischen sie getreten: «Seid ihr taub? Ich hab gesagt, in Zweierreihen aufstellen. Zurück mit euch ins Institut.»

Inzwischen fragte sich Theres, ob ihr Freund womöglich vorhatte, aus der Anstalt zu entfliehen – und heute, wo hier alles drunter und drüber ging, wäre nicht die schlechteste Gelegenheit. Es musste Urle härter als jede Tracht Prügel getroffen haben, dass der Oberinspektor, in Absprache mit Lehrer Löblich, den Besuch seiner Familie abgelehnt hatte. Begründet hatte man diese Entscheidung mit Urles miserablen Semestralzensuren und den häufigen Arreststrafen in der kurzen Zeit seit seiner Ankunft.

Ein Klaps gegen die Schulter riss Theres aus ihren Gedanken.

«Das soll ein Tischschmuck sein?» Susanna, die Magd, betrachtete kopfschüttelnd, was Theres in den Händen hielt. «Das kannst unsern Kühen zum Fressen vorwerfen, so, wie das ausschaut. Und jetzt machet hin, Mädle, wir haben net mehr viel Zeit!»

Theres murmelte eine Entschuldigung. Sie hatte den Bastfaden so häufig um das Sträußchen gewickelt, dass das Ganze tatsächlich eher einem Strohwisch ähnelte.

Wenig später füllten sich die Bänke mit den auswärtigen Gästen. Die Honoratioren in Frack und Zylinder nahmen mit ihren Gattinnen an der Ehrentafel Platz, im Schutz eines Baldachins, die Tische der Waisen- und Vagantenkinder unmittelbar vor sich im Blickfeld. Die übrigen Tische und Bänke für das Personal und die Altdorfer Bürger hatte man rundum in Hufeisenform aufgestellt. An diesem Festtag sollten die Kinder einmal im Mittelpunkt stehen, hatte ihnen der Anstaltsleiter erklärt, und man erwarte daher von ihnen ein tadelloses Betragen.

Nachdem jeder seinen Platz gefunden hatte, durften sich

auch die Kinder setzen. Theres begann zu frösteln in ihrem dünnen Sonntagsgewand. Der Nebel hatte sich zwar verzogen, aber die Sonne vermochte es nicht, durch die dichte, milchigweiße Wolkendecke zu stoßen. Viel zu kühl war es heut für einen Tag Ende September. Oder lag es an dieser Unruhe, die sie mit einem Mal ergriff? Immer wieder ging ihr Blick in Richtung Urle, der nicht weit von ihr zwischen Bartlome und Jodok am Tisch kauerte. Mit wachsbleichem Gesicht stierte er ins Leere, die Hände hielt er über der Tischkante zusammengelegt, als bete er. Ganz alt sah er mit einem Mal aus. Theres winkte ihm zu, doch er schien es nicht mal zu bemerken.

Das Bimmeln eines Glöckchens ließ das allseitige Gemurmel verstummen, und Oberinspektor Fritz betrat das Rednerpodest.

«Von ganzem Herzen möchte ich Sie hier im königlichen Waiseninstitut begrüßen, zu diesem Ehrentage unseres hochverehrten und geliebten König Wilhelms. Ich danke Ihnen allen, dass Sie den Weg hierhergefunden haben, und kann kaum genug betonen, wie sehr uns Ihre Anteilnahme am Geschick dieser unserer Anstalt am Herzen liegt.»

Daraufhin folgte ein langer, umständlicher Bericht über die ökonomischen und pädagogischen Erfolge der vergangenen Monate, unter besonderer Betonung der zur Blüte gelangten anstaltseigenen Seidenraupenzucht, bis die ersten Gäste zu gähnen begannen.

«Hoffentlich ist der bald fertig mit seinem Gefasel», flüsterte Sophie Theres ins Ohr, «ich hab einen verdammten Hunger.»

«So möchten wir Ihnen nun also», ein seliges Lächeln trat auf das fleischige Gesicht des Oberinspektors, «mit dieser öffentlichen Mittagsspeisung ein Bild davon vermitteln, welche Früchte unsere Fürsorge getragen hat, gestützt von Ihren großzügigen Spenden. Denn mag auch die Arbeit für und an diesen

Kindern von manch einem als gering geachtet werden, so hat sie doch desto mehr Wert und Ansehen in den Augen Gottes. Denken wir nur an die Worte unseres Heilands, wenn dereinst beim Weltgericht über uns Recht gesprochen wird: *Was ihr getan habt einem unter diesen meinen geringsten Brüdern, das habt ihr mir getan.* Und ebendiese Geringsten, diese Ärmsten der Kinder Gottes haben wir bei uns aufgenommen. Die allermeisten von ihnen sind bedauernswerte Geschöpfe, ohne Eltern, ohne Freunde und Anverwandte – niemand, der sie tröstet und leitet. Kein warmer Herd, kein schützendes Dach überm Kopf wären ihnen vergönnt, gäbe es nicht Menschen wie Sie und mich, die sich um sie sorgten.»

Drüben an der Ehrentafel zückten die ersten Damen ihre Taschentücher.

«Andere, wie unsere Vagantenkinder, hat es womöglich noch schlimmer getroffen: Von den eigenen Eltern wurden sie sich selbst überlassen, bis hin zur völligen Verwahrlosung. Darf man solche Menschenkinder einfach aufgeben? Ich denke, Sie alle werden mir zustimmen, wenn ich sage: Nein! Unsere Christenpflicht ist es, Sorge zu tragen für das geistige wie für das leibliche Wohl dieser unserer Zöglinge. Durch liebreichen Zuspruch, durch strenge Aufmunterung wollen wir sie lenken hin zu Ordnung, Redlichkeit und Gottesfurcht, sie durch Anleitung in den praktischen Dingen des Tagwerks bewahren vor einem Schicksal als Bettler.» Er räusperte sich. «Bedenken Sie nur, was aus diesen Kindern geworden wäre, ohne die Anstrengungen unserer Anstalt, ohne die Wohltaten von Menschen wie Ihnen! Zu einer drückenden Last unseres Staates, womöglich zu einer Gefahr für unser Gemeinwohl würden sie sich entwickeln.»

Jodok gähnte ungeniert.

«Und so richten wir denn unsere größte Sorgfalt dahin, diese unsere Zöglinge zum Dank gegen Gott, zum rechten Gebrauch des Glaubens wie auch zur Demut gegen ihre Gönner und Vorgesetzte aufzuerziehen. Gerade diesen ärmsten Kindern Gottes müssen wir die Saat des Glaubens einpflanzen, um sie zu stärken.» Er wandte sich den Knaben und Mädchen zu. «Und nun, meine lieben Kinder, erhebet euch und lasst uns beten für euer Seelenheil und das eurer Wohltäter. Denn euer Gebet ist dem Vater im Himmel wohl angesehen.»

Aus den Kehlen von über zweihundert Buben und Mädchen hallte es über den Innenhof: *Der Herr segne und behüte uns, er lasse sein Angesicht über uns leuchten ...* Als sie nach weiteren Dankesgebeten, die zu Theres' großem Erstaunen von der kleinen Pauline vorgebetet werden durften, zum Vaterunser übergingen, erhoben sich auch die Gäste und fielen mit ein.

Theres hatte die ganze Zeit zu Urle hinübergestarrt. Während sämtlicher Gebete waren seine Lippen fest verschlossen geblieben. Nachdem sie noch alle miteinander *Großer Gott, wir loben dich* gesungen hatten, erhob sich Theres, um mit den anderen Mädchen beim Auftragen zu helfen. Ihre Vorfreude auf das Festmahl war verflogen, denn sie machte sich Sorgen um Urle. Dass er nicht mitgebetet hatte, würde erneut Ärger geben.

Als auch der letzte Gast mit Essen und Trinken versorgt war, durften sich die Kinder ihre Teller füllen. Und nicht nur das: Anlässlich der Feierlichkeiten war ihnen Nachschlag nach Belieben versprochen, dazu für jeden ein großer Krug guten, braunen Bieres. Theres stocherte in ihrem Teller herum, als Sophie sagte: «Hast du's schon gehört? Es geht das Gerücht, dass wir einen neuen Anstaltsleiter bekommen.»

Theres zuckte die Schultern. «Meinetwegen», entgegnete sie nur. Als ob das für sie, die Vagantenzöglinge, irgendwas ändern würde. Plötzlich stutzte sie. Urles Platz war leer, sein Essen hatte er nicht angerührt. Suchend blickte sie umher, konnte ihn aber nirgends entdecken.

Auch eine Stunde später, als mit einem *Danket dem Herrn* die Mahlzeit beendet wurde und alle zu singen anhoben, blieb Urle verschwunden. Was, wenn er tatsächlich auf und davon war?

Die ersten Gäste waren bereits aufgebrochen, da trat der Marder an Theres' Tisch. Seine Augen wirkten glasig.

«Wo ist dein Zwergenfreund?»

«Ich weiß nicht, Herr Löblich.»

«Ich warn dich, Theres. Wenn du mir was verschweigst, bist du dran!»

In diesem Augenblick hörte sie hoch über sich lautes Flügelklatschen, dann sah sie drei Tauben aus der offenen Dachluke herausflattern. Dahinter zwängte sich eine menschliche Gestalt aus der Luke.

«Urle!», schrie Theres.

Die Menschen im Hof rissen ihre Köpfe herum und starrten nach oben zum Dach des Instituts. Was dort geschah, ließ alle vor Entsetzen verstummen. Geschmeidig wie eine Katze glitt Urle über die Dachziegel zur Traufe hinunter, straffte seinen kleinen Körper, breitete die Arme aus, als seien sie Flügel, und stieß sich ab.

Theres hielt den Atem an. Unendlich lange schien Urle durch die Luft zu schweben, sein Bild verschmolz für einen kurzen Augenblick mit dem jenes Storchenvogels, der sie hierhergebracht hatte. Sie sah das Lächeln auf seinem Gesicht, ein Lächeln, das Theres galt, ihr allein. Endlich bin ich frei, schien es zu sagen, dann folgte ein dumpfer Schlag, als würde ein Sack Kartoffeln aufs Pflaster prallen.

Niemand rührte sich.

«Mörder!», brüllte Theres plötzlich, packte ihren Lehrer

beim Arm, schlug mit den Fäusten auf ihn ein, gegen seine Brust, schließlich mitten ins Gesicht, bis ihr jemand die Arme nach hinten riss – es war Urban, der Knecht – und sie mit sich zerrte. Während ihre Beine über das Pflaster schleiften, sah sie, wie eine der feinen Damen unterm Baldachin in Ohnmacht fiel, sah, wie alles hinüberstürzte zu dem freien Platz zwischen den Lindenbäumchen, hin zu diesem Bündel Mensch, das da lag. Das Geschrei und Gekreisch um sie herum schmerzte in ihren Ohren, jemand trat ihr auf den Fuß, ein Ellbogen prallte gegen ihre Schläfe.

«Mörder! Mörder!», hörte sie nicht auf zu schreien, während Urban sie an den schmerzhaft nach hinten verdrehten Armen die Stufen zum Eingangstor hinaufschleifte. Weiter ging es durch die menschenleeren Gänge bis hinunter in den Keller vor die Arrestzelle. Dort verpasste der Knecht ihr rechts und links eine Maulschelle, stieß sie auf die Strohschütte und beeilte sich, die Tür zu verriegeln.

«Mörder», wimmerte sie, ganz leise nur noch, bis die Silben in ein heiseres Schluchzen übergingen.

6
Waisenhaus Weingarten, Herbst und Winter 1832

Eine Stunde um die andere verbrachte Theres in der Arrestzelle, ganze Tage schließlich, in denen sie nur Urban zu Gesicht bekam, wenn er ihr Wasser und Brot brachte und den Aborteimer wechselte. Er sprach kein einziges Wort mit ihr und sie keines mit ihm.

Anfangs kreisten immer dieselben Gedanken in ihrem Kopf. Warum nur war Urle nicht einfach weggelaufen, zurück zu den Gauklern, zu seiner Familie? Wie verzweifelt musste er gewesen sein, dass er so etwas Schreckliches getan hatte! Immer wieder, wie unter dem Zwang einer höheren Macht, streckte Theres sich bäuchlings auf dem kalten Steinboden aus und stellte sich vor, wie es Urle empfunden haben mochte, so mit ausgebreiteten Armen durch die Luft zu fliegen und dann auf das harte Pflaster zu schlagen. Hatte er den Schmerz, als ihm alle Knochen barsten, noch empfunden? Und wenn ja, wie lange hatte er leiden müssen, bis der Tod ihn endlich gnädig zu sich nahm? Oder war der Tod gar nicht gnädig, hatte sein Leid im Tod erst richtig begonnen, weil Gott ihn aus den Qualen des Fegefeuers nicht entlassen wollte?

Nach zwei, drei Tagen schien ihr, als habe man sie vergessen, hier unten in diesem feuchten Kellerloch, und fast war ihr das recht so. Vielleicht würde sie ja, wenn sie nicht mehr aufstand von ihrem Strohlager und nichts mehr aß und trank, auch einfach sterben können. Das war allemal besser, als zurückzukehren in den Alltag des Waisenhauses. Allein die Vorstellung, den Innenhof, diesen Ort der Verzweiflungstat, betreten zu müssen, ließ sie erzittern. Das Schulzimmer, in dem kein Urle mehr seine Faxen machen würde, der Speisesaal, der Garten, der Gang vor den Schlafsälen: Alles würde leer und tot sein ohne Urle. Und den Anblick seiner Peiniger, den Anblick von Jodok, Bartlome und Rosina, von Löblich und der Wagnerin, ja selbst von Oberinspektor Fritz, würde Theres erst recht nicht ertragen. Sie alle hatten Urle, nur weil er anders war, mit ihrer Boshaftigkeit in den Tod getrieben, und sogar in sich selbst spürte sie etwas wie Mitschuld, weil sie es nicht hatte verhindern können.

Nicht ein einziges Mal in diesen Tagen und Nächten hatte Theres versucht, Trost und Beistand bei Gott zu suchen. Im Gegenteil: Je mehr sie Urles Selbstmord quälte, desto häufiger stieg ein ganz und gar sündhafter Gedanke in ihr auf: Es gab gar keinen Gott auf Erden! Dieser Herrgott hatte die Menschen geschaffen und sie irgendwann allein gelassen. Hatte sich in den hintersten Winkel seines Reiches zurückgezogen, weil er mit ihnen nichts mehr zu schaffen haben wollte, und sie, die Menschen, waren dazu verdammt, ohne ihren Hirten wie eine verlorene Schafherde durch die Welt zu irren. Vielleicht aber war Gott ja auch gestorben, und dann gab es auch kein Himmelreich, in dem man Frieden finden konnte.

Irgendwann begann Theres vor sich hin zu murmeln: «Es gibt keinen Gott.» Zunächst leise und vorsichtig perlten diese Worte aus ihr heraus, und sie duckte sich in Erwartung eines gleißenden Blitzstrahls oder unsichtbaren Faustschlages, der sie zur Strafe für diese Blasphemie niederschmettern würde. Da nichts dergleichen geschah, wurde sie wagemutiger. Klar und deutlich sprach sie die ungeheure Erkenntnis aus: «Es gibt gar keinen Gott und keinen Herrn Jesus und keine Jungfrau Maria!» Lauthals warf sie die Worte gegen die nackten Wände und begann schließlich sogar, dabei mit ausgestreckten Armen herumzutanzen.

Dann kam ihr ein neuer Gedanke. Wenn Gott Urle in seiner Verzweiflung nicht beigestanden hatte, ihn nicht bewahrt hatte vor diesem letzten grausamen Schritt – dann musste dies nicht bedeuten, dass Gott tot war. Vielleicht war dieser ihr Herrgott einfach nur ein böser Gott! Einer, der den armen Urle hernach auch noch zur Strafe ohne Erbarmen in der Hölle schmoren ließ!

Überraschend leicht gingen ihr die Worte nun von den Lippen. «Gott ist böse!» Und wiederum geschah ihr nichts. «Gott ist böse! Gott ist böse!», wiederholte sie etliche Male. Fast tröstlich klangen diese Worte schließlich, und sie kauerte sich auf ihrem Strohlager zusammen, um die restliche Zeit in einer Art Dämmerschlaf zu verbringen.

Sie erwachte von einer schnarrenden Stimme, wie sie nur dem Ökonomieverwalter Heintz gehören konnte.

«Das ist sie, die Theres Ludwig. Mit Verlaub, werter Herr Rieke: Sie stinkt leider ein wenig, nach dieser langen Arreststrafe.» Der Verwalter beugte sich zu ihr hinab. «Jetzt steh endlich auf.»

Theres blinzelte. Durch den Lichtschacht oben an der Wand erkannte sie, dass es helllichter Tag war. Neben Heintz stand ein wildfremder Mann von gut dreißig Jahren, schlank und aufrecht und sehr vornehm in seinem dunklen Gehrock mit weißem Hemd und weißer Halsbinde darunter.

Aufmerksam betrachtete der Fremde sie jetzt durch seine runde Brille: «Was hast du getan, Theres, dass du hier seit sieben Tagen eingesperrt bist?»

«Sieben Tage», murmelte sie nur verwundert.

«Das Biest ist gegen den eigenen Lehrer gegangen und hat ihn Mörder geheißen», belferte Heintz. «Wie ein Raubtier ist sie auf ihn los! Das hätten Sie mal sehen sollen!»

«Bitte, Herr Kollege – lassen Sie doch das Mädchen selbst antworten. Also, was ist? Sag es mir, Theres.»

Theres hatte sich inzwischen mühsam erhoben. Ihre Beine schienen sie kaum tragen zu können. Verwirrt starrte sie den Mann an. Sein glattes, braunes Haar war seitwärts streng gescheitelt, doch das bartlose Gesicht mit den runden Bäckchen und dem leicht fliehenden Kinn wirkte milde.

«Ich weiß nicht mehr», stotterte sie.

«Was ist das für eine dumme Antwort», fuhr Heintz dazwischen. «Wirst du unserem neuen Herrn Oberinspektor wohl sagen, was du getan hast?»

Dumpf erinnerte sie sich, dass Sophie ihr von dem Gerücht über einen neuen Anstaltsleiter erzählt hatte, und sie begriff, wer hier vor ihr stand.

«Es war alles so schrecklich», antwortete sie mit brüchiger Stimme. «Der Urle war doch mein Freund.»

Fragend sah der Fremde den Verwalter an. Der nickte mürrisch.

«Der Junge, der sich vom Dach gestürzt hat, war also dein Freund.»

«Ja.»

«Und du hast alles mit angesehen?»

«Ja, Herr Oberinspektor.»

Der Mann seufzte. «Das muss schlimm für dich gewesen sein. Weißt du denn noch», fragte er nach einer kurzen Pause weiter, »dass du deinen Lehrer, den Herrn Löblich, angegriffen hast? Und als Mörder beschimpft hast?»

Theres schwieg und blickte zu Boden.

«Sehen Sie, Herr Rieke? Ich hab's doch gesagt. Genauso verstockt wie dieser zwergwüchsige Krüppel!»

«Ich muss doch sehr bitten, Herr Kollege. Ein bisschen mehr Respekt vor den Toten. – Nun sieh mich an, Theres! Warum bist du so außer dir gewesen?»

«Weil – weil alle den Urle immer nur gehänselt haben», brach es aus ihr hervor. «Der kann doch gar nix dafür, dass er so komisch aussieht – ausgesehen hat.» Sie schluckte. «Dabei war er der klügste von uns allen. Und der Herr Löblich hat ihn immer nur geschlagen.»

«Und warum, glaubst du, hat dein Freund sich das Leben genommen?»

«Weil er so unglücklich geworden ist, wie es kein Mensch aushalten kann.»

Der neue Oberinspektor betrachtete sie schweigend. Dann wandte er sich an Heintz. «Glauben Sie nicht, dass dieses Kind viel eher seelsorgerischen Trostes bedurft hätte statt tagelanger Arreststrafe?»

«Aber – sie ist gewalttätig geworden! Das muss gebührend abgestraft werden.»

«Um jeden Preis?» Der Mann namens Rieke schüttelte den Kopf. «Gerade bei Heranwachsenden, deren Charakter noch im Reifen ist, muss das rechte Maß abgewägt werden. Milde bewirkt da oft mehr als Härte.»

«Sie kennen diese Kinder noch nicht. Roh und wild wie Tiere sind die, wenn man sie nicht im Zaum hält.» Der Spitzbart des Verwalters zitterte. «Bei unseren Zöglingen wäre Nachsicht ein Werkzeug des Teufels! Nur mit scharfer Correction, mit Strenge und Härte lassen sich künftige Übeltaten verhindern.»

«Da bin ich leider gar nicht Ihrer Ansicht. Ganz im Gegenteil: Einzig Liebe und Vertrauen bilden die Basis für Gehorsam. Ich fürchte, lieber Herr Heintz, ich werde einiges umkrempeln müssen in diesem Institut. Und vielleicht wird das manch einem hier nicht besonders schmecken.»

Der neue Anstaltsleiter drehte sich zu Urban um, der mit seinem schweren Schlüsselbund in der Hand im Türrahmen lehnte.

«Bringen Sie das Mädchen hinaus. Es soll ein Bad nehmen und frische Kleidung anziehen. Danach soll es eine warme Mahlzeit in der Küche bekommen.» Er wandte sich wieder Theres zu. «Wenn du dann gestärkt bist, kommst du zu mir in mein Amtslokal. Ich möchte mich noch ein wenig mit dir unterhalten. Du musst wissen, dass dies heute mein erster Tag hier in Weingarten ist, und ich denke, es ist nicht verkehrt, gleich einmal eines von euch Kindern kennenzulernen.» Er hielt kurz inne, bevor er sich an den Ökonomieverwalter wandte. «Ach ja, Kollege Heintz: Für heute Nachmittag ordne ich eine Trauerfeier für den zu Tode gekommenen Jungen an.»

Als Theres an diesem Abend neben Sophie im Bett lag, konnte sie kaum fassen, was alles geschehen war. Nach dem Bad und einer kräftigen Mahlzeit hatte sie eine ganze Stunde, bis zum Mittagsläuten, im Amtslokal des neuen Hausgeistlichen und Oberinspektors Gustav Adolf Cornaro Rieke verbracht. Sie hatte ihm gegenüber an dem schweren Eichenholzschreibtisch Platz nehmen dürfen und ihm vielerlei Einzelheiten über sich und Urle berichten müssen. Ganz allein und ungestört waren sie gewesen, und ihre anfängliche Scheu vor dem fremden Herrn war bald verflogen. Er hatte sogar tröstend den Arm um sie gelegt, als sie wegen Urle wieder zu weinen begonnen hatte. Von kurzen Zwischenfragen abgesehen, hatte Rieke selbst nur selten das Wort ergriffen, dafür sich hin und wieder Notizen gemacht.

Sie hatte ihm auch von ihrem Heimatdorf erzählt und von ihrem Bruder Hannes. Dass er sie im Sommer, noch vor den Erntearbeiten, hatte besuchen kommen wollen, und jetzt sei es doch bereits Herbst. «Er hat dich gewiss nicht vergessen», hatte der Anstaltsleiter sie beruhigt und gesagt, dass künftig ein jeder von ihnen, der noch Eltern oder Anverwandtschaft habe, zweimal im Monat die Gelegenheit zum Briefeschreiben erhalten solle und dass das Institut sich darum kümmern werde, die Post weiterzuleiten. Am Ende schließlich hatte Theres gewagt, die Frage zu stellen, die ihr auf der Zunge brannte: was mit Urle geschehen sei. Und erfahren, dass sein Leichnam zu seiner Familie gebracht worden sei, die ihn in seiner Geburtsstadt Konstanz bestatten wollte. So hatte Urle also doch noch heimgefunden.

Statt der üblichen Bibelstunde hatte Gustav Rieke am Nachmittag dann für Urle eine Trauerandacht abgehalten. Hierzu war, neben den Waisen- und Vagantenzöglingen, sämtliches Personal in den Betsaal einberufen worden, der in den Schein unzähliger Kerzen gehüllt war. Noch nie hatte Theres diesen Raum als so licht und warm empfunden.

Nachdem Rieke sich denen, die ihn noch nicht kannten, als neuer Anstaltsleiter vorgestellt hatte, begann er mit seiner Predigt.

«Selig sind, die da Leid tragen, denn sie sollen getröstet werden, spricht der Erlöser zu seinen Jüngern.» Sein Blick streifte die Reihe der Lehrer und Aufseher. «Doch Trost hat unser junger Zögling Ulrich bei uns Menschen nicht gefunden. So bitte ich dich, o Herr: Nimm ihn auf in Frieden und Liebe. Du bist die Auferstehung und das Leben. Wer an dich glaubt, wird leben, auch wenn er gestorben ist. Lass ihn aufwachen bei dir, o Herr.»

Seinen weiteren Worten, voller Mitgefühl und Wärme für Urles Nöte und Ängste, für dessen Träume und Hoffnungen, die sich hier auf Erden nicht hatten erfüllen dürfen, konnte Theres kaum noch folgen. Sie weinte still vor sich hin. Erst jetzt vermochte sie das zu empfinden, was zum Tod eines geliebten Menschen gehörte: eine unsagbare Trauer, die ihr fast das Herz zerriss. Immer wieder betrachtete sie das kleine Holzpferd in ihrer Hand, dessen zierlicher Kopf, dessen feinste Linien von Mähne und Schweif kaum von Menschenhand gemacht sein konnten. Und doch hatten Urles große, kräftige Hände sie geschnitzt, für sie, Theres, als bleibende Erinnerung an ihre Freundschaft.

Da begannen neben ihr auch Sophie und Pauline zu weinen und am Ende, als sie alle gemeinsam um sein Seelenheil beteten, sogar Rosina und einige der Buben. Selbst auf den anfangs versteinerten Mienen des Hauspersonals zeigte sich hier und da ehrliche Ergriffenheit.

Mit Gustav Riekes Amtsantritt wehte ein neuer Wind durch das Königliche Waisenhaus zu Weingarten. Als Erstes gestaltete er den Unterricht vollkommen um, nachdem er drei Tage lang die Schulstunden observiert hatte. Die Klasse der Vagantenkinder wurde aufgelöst und, je nach Alter und Kenntnissen, in die Klassen der Waisen eingefügt. Aus deren drei machte er vier Klassen. Theres kam zu ihrer Freude zusammen mit Sophie in die zweite Klassenstufe, die Oberlehrer Fidelis Heni führte, ein stiller, ernsthafter Mensch. Dessen Ehefrau Creszenz Heni wurde zu ihrer Lehrfrau in den nachmittäglichen Arbeitsstunden, an denen auch die Waisenkinder teilnehmen mussten. Rieke nämlich sah in der praktischen Arbeit das wichtigste Mittel zur Ausbildung der Menschenkraft und zur Vermittlung des wirklichen Lebens, wie er in seiner offiziellen Antrittsrede betont hatte. Wobei die Anstrengung für die Kinder nicht zu groß werden dürfe und sich Geistes- und Leibesbeschäftigungen zweckmäßig abwechseln müssten.

Überhaupt wurde hinfort keine Unterscheidung mehr zwischen Waisen- und Vagantenkindern gemacht – auch wenn die Waisen lauthals dagegen maulten. Alle hatten sie nun denselben Tagesablauf, genossen dasselbe Essen, wurden gleichermaßen versorgt und gekleidet. Für die Vagantenkinder bedeutete dies, dass auch sie nun die hübsche dunkelblaue Kleidung erhielten und im Schlafsaal jeweils ein eigenes Bett bekamen. Hierzu wurde eigens ein zweiter Schlafsaal ausgebaut, der künftig nachts auch nicht mehr verriegelt wurde, denn ein Waiseninstitut sei schließlich kein Gefängnis, wie Rieke den Kindern lächelnd erklärt hatte.

Auch sein Versprechen, ihre Briefe weiterzuleiten, hatte er eingelöst. Fünf engbeschriebene Blätter hatte Theres gleich bei der ersten Gelegenheit an ihren Bruder Hannes geschrieben und erwartete seither jeden Tag aufs Neue sehnsüchtig seine Antwort.

Jodok und Rosina durften schon bald in die höchste Klasse

wechseln, die der gelehrte Schulmeister Raimund Wurst unter sich hatte, und waren damit zumindest an den Vormittagen aus Theres' Leben verschwunden. Hilfslehrer Löblich musste die Kleinsten übernehmen, darunter Pauline und ihre stumme Zwillingsschwester. Auch das war Theres gerade recht, denn das Mädchen hatte sich am Ende an ihren Rockzipfel gehängt wie ein Kleinkind.

Für den Unterricht selbst forderte der neue Anstaltsleiter mehr Einsatz von seinen Lehrkräften und inspizierte dies auch durch unangekündigte Besuche in den jeweiligen Klassen. Etliche Neuerungen führte er ein. Der korrekte Gebrauch der deutschen Sprache sowie Zeichnen, Musik und Gesang, auch der von weltlichen Volks- und Wanderliedern, wurden zu neuen Elementarfächern. Die Schulstunden waren künftig von zwei Pausen unterbrochen, in denen sie im Hof Turn- und Leibesübungen machten. Außerdem ließ Rieke neue Landkarten und Schreibmaterialien, Musikalien und Blockflöten anschaffen, für die oberste Klasse auch physikalische Apparaturen, und eines Tages stand gar ein wunderschönes Fortepiano im Speisesaal.

«Liebe Kinder, wir können euch für eure Zukunft weder Reichtum noch Glück herbeizaubern», hatte er den Zöglingen in seiner Rede erklärt. «Aber wir können euch stärken, damit ihr euch dereinst selbst helfen könnt. In meiner Vorstellung sollen euer Geist, euer Herz und euer handwerkliches Geschick gleichermaßen gefördert werden. Denn ich glaube, dass nur die Erziehung des ganzen Menschen zu wahrer sittlicher Reife führen kann.»

Auch was die Arbeitsstunden am Nachmittag betraf, änderte sich einiges. Vielfältige Erfahrungen sollten sie machen, dabei Gewerbefleiß einüben und von einfachen Fertigkeiten wie Besen- und Bürstenbinden zum ausgefeilten Handwerk gelangen. Sie erhielten Einblick in ganz neue Gewerke: Statt immer nur

Strümpfe zu stricken oder Baumwolle zu verspinnen, lehrte Creszenz Heni sie nun Teppichherstellung, Tuchweberei, Schneiderei, Garten- und Landbau oder unterrichtete sie in moderner Hauswirtschaft. Das Arbeitslokal der Knaben wurde zu einer großen Werkstatt umgebaut, wo sie schreinerten und an der Drechselbank standen, um Sägböcke und Stühle, Kinderschlitten und Spielzeug zu fertigen. Bald kamen noch eine Seilerei, eine Schuhmacherei und eine Schmiede hinzu.

Einiges von den fertigen Erzeugnissen wurde nach wie vor verkauft, vieles indessen, wie Körbe, Hausschuhe oder Spielzeug, für den eigenen Bedarf behalten, genau wie die Erträge aus Gartenbau und Landwirtschaft. Das Beste aber war: Jedes Kind erhielt ein eigenes Beet, von dem ein Drittteil des Gewinns im eigenen Sparhafen landete.

Viel häufiger als zuvor kamen sie nun hinaus an die frische Luft. Nicht nur zur Gartenarbeit oder zum Landbau auf der Scholle, die Rieke unten im Tal gepachtet hatte, sondern noch weiter zu Arbeitseinsätzen rund um Altdorf. Sie sammelten Brennnesseln, Arznei- und Gewürzpflanzen oben in den Hügeln, suchten Pilze im dunklen Lauratal, wo angeblich ein Ritterfräulein namens Laura umging, weiß wie Wachs, mit einem langen, weißen Schleier, oder sie ernteten Seegras am Häcklerweiher, an dessen Ufer König Friedrich sich einst bei der Möwenjagd ergötzt hatte.

Überhaupt war Rieke ein Verfechter von Gesundheit, frischer Luft und Bewegung. Neben den Turnübungen ordnete er hin und wieder Exkursionen in die Umgebung an, in ihren Recreationspausen durften sie Fangen spielen oder *Der Fuchs geht um*. Die Sonntagnachmittage waren für Familienbesuche, Briefeschreiben oder Spaziergänge hinunter in den Ort vorgesehen. In kleinen Gruppen, ganz ohne Aufsicht, schlenderten sie dann durch die Gassen des Marktfleckens, der trotz seiner

Größe auf Theres recht ärmlich wirkte. Die meisten Häuser waren niedrig, mit Strohdächern und ganz aus Holz gebaut. Auf den ungepflasterten Straßen spielten barfüßige Kinder mit struppigem Haar, Hühner gackerten hinter den Lattenzäunen der Gärten, die verwinkelten Höfe bargen Werkstätten oder windschiefe Ställe für das Vieh. Am reichsten schienen noch, von dem prächtigen Schlössle der früheren Landvogtei einmal abgesehen, die Anwesen der Müller und Wirte; der ganze Rest hatte etwas von einem großen Dorf. Nicht einmal eine Poststation gab es hier, dafür mindestens ein halbes Dutzend Polizeidiener, von denen sie misstrauisch ins Auge gefasst wurden. Dennoch mochte Theres diesen Ort, der so malerisch am Osthang des Schussentals gelegen war, und freute sich jedes Mal aufs Neue auf ihren Sonntagsspaziergang.

Bei all den Umgestaltungen im Tagesablauf gerieten die geistlichen Unterweisungen und Bibelstunden merklich ins Hintertreffen. In den Morgen- und Abendandachten ging es nun auch um so praktische Dinge wie die Verteilung der Hausgeschäfte, um Tages- und Wochenereignisse, oder es wurde der Geburtstagskinder, der Neuen und Entlassenen gedacht. Über all diese Neuerungen war Theres kein bisschen unglücklich. Dass sie aber den Gottesdienst in Sankt Martin nur noch am Wochenende und an Feiertagen besuchten, bedauerte sie sehr. Die katechetischen Übungen wurden auf den Mittwochnachmittag beschränkt.

Hierüber war Rieke, der wie sein Amtsvorgänger evangelisch war, mit seinem Verwalter einmal in hitzigen Streit geraten. Ganz zufällig war Theres davon Zeuge geworden, als sie eines Vormittags vom Abtritt unten im Hof zurück zur Schulstunde geeilt war. Im Flur nahe dem Treppenhaus waren die beiden ins Gespräch vertieft gewesen und hatten sie nicht bemerkt.

«Ich bezweifle», hörte sie Heintz sagen, «dass die Kirche es für gut befindet, was Sie hier tun und vor allem lassen. Statt Bibel und Katechismus zu studieren, zeichnen die Kinder neuerdings Löwenzahnblätter oder singen so albernes Liedgut wie *Ein Jäger aus Kurpfalz*. Wenn das der Bischof oder der Dekan wüsste!»

«Lassen Sie das nur meine Sorge sein», entgegnete Rieke.

«Aber die Kinder brauchen Disziplin und die Unterweisung in den rechten Glauben! Alles andere ist Zeitverschwendung.»

«Zeitverschwendung, mein lieber Heintz, ist dieses geistlose Auswendiglernen von Bibelstellen, diese Auftragsbeterei! Das lähmt den Geist und lässt das Herz verkümmern. Ehrlich gesagt, war ich erschüttert», Riekes Ton wurde schärfer, «in welchem Maße sämtliche neuen Erkenntnisse in der Pädagogik an diesem Institut spurlos vorübergegangen zu sein scheinen. Junge Menschen zu isolieren und einzusperren, nenne ich keine echte sittliche Erziehung. Wir müssen diese Kinder bei der Hand nehmen, gerade die Vagantenkinder. Wir müssen ihnen Geborgenheit schenken und vor allem Bildung. Das ist doch das wahre Rüstzeug fürs Leben.»

«Perlen vor die Säue geworfen ist das!», rief Heintz so laut, dass Theres oben auf ihrem Treppenabsatz zusammenzuckte. «Diese Kinder sind gar nicht fähig zu höherer Bildung. Sie sind und bleiben der Bodensatz unserer Gesellschaft.»

«Ich warne Sie, Herr Kollege. So etwas will ich in diesem Hause nie wieder hören. Nach Können und Leistung sollten wir einen Menschen beurteilen, niemals nach seiner Herkunft.»

Heintz schnaubte. «Wenn wir unsere Zöglinge solchermaßen verzärteln, dann werden die Bettler und Landstreicher nur noch mehr Kinder in die Welt setzen! Außerdem: Was soll der ehrliche Bauersmann denken, wenn seine Kinder auf dem Acker oder neuerdings in einer dieser Fabriken schuften müssen, während die Zöglinge hier wie im Schlaraffenland leben, mit üppigster Kost und mit Kinderfest zu Erntedank und sogar einer Christbescherung für jeden Einzelnen – wie ich hab läuten hören!»

«Da haben Sie ganz recht gehört! Und jetzt entschuldigen Sie mich bitte, ich muss noch die Bibelstunde präparieren.»

Theres hatte nicht alles begriffen, was sie da heimlich belauscht hatte, aber sie ahnte, dass all die Neuerungen unter Rieke dem alten Verwalter gehörig gegen den Strich gingen – allem voran die Abschaffung der Leibesstrafe. Statt einer Tracht Prügel nämlich musste nun der Faule mehr arbeiten, der Unordentliche mehr putzen als die anderen, und bei noch gröberen Verfehlungen wurde das Essen entzogen oder Stubenarrest angeordnet.

Und tatsächlich: Noch ehe das Jahr um war, hatte Wilhelm Ludwig Heintz um Versetzung an das Waisenhaus in Stuttgart gebeten. An seiner Statt kam der Altdorfer Georg Boller, ein gelernter Verwaltungsgehilfe, der selbst als Waise aufgewachsen war. Und noch jemand war schon bald verschwunden: Theres' ehemalige Lehrfrau Wagner. Sie hatte eines der Mädchen wegen Äpfelklauens halbtot geprügelt und noch am selben Tag ihre Sachen packen müssen. Das war an jenem Tag Anfang Januar gewesen, als Theres endlich die ersehnte Antwort auf ihren Brief an Hannes bekommen hatte.

Leider waren es keine guten Nachrichten: Ihr Bruder hatte sie nur deswegen im Sommer nicht wie versprochen besucht, weil er sich mit der Sense in den Fuß geschlagen hatte. Die Wunde sei brandig geworden und man habe ihm die Zehen abnehmen müssen. Nun könne er keine weiten Strecken mehr wandern, aber er wolle sein ganzes Geld sparen, bis es für eine Passage mit der Postkutsche reichen würde.

Vielleicht gibt es ja auch bei uns eines Tages Eisenbahnen mit Dampfkraft, solche wie in England, mit denen man blitzesschnell von einem Ort zum andern kommt, entzifferte sie unter Tränen seine klar und ordentlich gesetzten Buchstaben. *Aber bis dahin schreib mir nur fleißig, meine liebe, liebe Schwester, ich werde jeden deiner Briefe beantworten. Und mach dir keine Sorgen: Wenn ich Glück habe, bekomme ich bald eine Anstellung als Dorfschreiber. Denn mit meinem verkrüppelten Fuß bin ich dem alten Sklaventreiber gänzlich nutzlos geworden.*

Im Frühjahr verließ Rosina das Institut, um auf einem dieser reichen, einsamen Höfe im Oberland als Magd zu beginnen, bald darauf folgte Jodok. Statt seiner übernahm Bartlome die Führerschaft unter den Buben, und von Jodok hörte man nur noch, dass er sich mit einem Lehrherrn nach dem andern überwarf. Wendelin Löblich verließ ebenfalls das Institut, nachdem er die zweite Dienstprüfung vom Hilfs- zum Unterlehrer nicht bestanden hatte.

Über all diesen großen und kleinen Ereignissen verging die Zeit. Es hatte Wochen und Monate gebraucht, bis Theres den Innenhof durchqueren konnte, ohne dass ihr bei jedem Flügelschlag einer Taube das Herz stehenblieb. Jedes Mal hatte sie dann den Kopf in die Höhe gerissen und den Schatten von Urles plumpen Körper auf sich niederstürzen sehen. Bis Urle ihr eines Nachts im Traum erschienen war. Sie brauche keine Angst mehr zu haben, dass er vom Himmel falle, hatte er ihr gesagt. Er sei jetzt angekommen und quäle sich nicht mehr. Da wurde der Schmerz über seinen Tod allmählich erträglicher.

Nur an jedem Königsgeburtstag sollte er wieder über sie hereinbrechen, und sie betete an diesem Tag nur für Urle und dessen Seelenheil. Dann merkte sie, dass wieder ein Jahr vergangen war.

Teil 2

Bittet, so wird euch gegeben. Suchet, so werdet ihr finden.

7
Im Pfarrhaus bei Biberach, Frühjahr 1838

«Bist du bereit, Theres?»

«Ja, Herr Oberinspektor.»

Die beiden Freundinnen umarmten sich ein letztes Mal, dann griff Theres nach ihrem Reisesack und folgte Gustav Rieke hinüber zum Tor. Sie wagte nicht, sich noch einmal umzudrehen zu Sophie, die gewiss auf der Treppe stand und ihr nachwinkte, denn dann würde sie nur zum hundertsten Male an diesem Morgen in Tränen ausbrechen. Dabei hatte sie sich schon die letzten drei Nächte in den Schlaf geheult. Und Sophie auch, das hatte sie genau gespürt.

Für ihre Freundin ging die Zeit in Weingarten ebenfalls zu Ende. Ökonomieverwalter Georg Boller würde Sophie morgen hinüber nach Tettnang bringen, wo sie ihren Gesindedienst in einem Bürgerhaushalt antreten sollte. Gestern erst, am Palmsonntag, hatten sie beide ihre Firmung gefeiert. Nun seien sie durch die Kraft des Heiligen Geistes fest in Christus verwurzelt und endgültig im Schoße der Kirche, in der Gemeinschaft der Gläubigen, aufgenommen, wie ihnen der Weihbischof mit Glanz in den Augen verkündet hatte. Doch für Theres bedeutete dies nichts anderes als einen Abschied, denn Konfirmation und Firmung – je nach Konfession – waren für alle Zöglinge der unverrückbare Zeitpunkt, hinaus in die Arbeitswelt zu treten.

Für die Knaben kümmerte sich die Anstaltsleitung um Lehrstellen bei hiesigen Meistern, für die Mädchen um eine Stellung im Gesindedienst, ins nahe Ravensburger Bruderhaus wurden die Kranken und Behinderten gebracht. Nur einige wenige blieben hernach noch im Institut, als Knecht oder Magd oder aber, wie Jodoks alter Kumpan Bartlome, als Schüler: Zum Erstaunen aller war er nämlich in die unter Rieke gegründete Präparandenanstalt aufgenommen worden und würde damit bald selbst Lehrer sein.

Längst hatten die Abgänger der Waisenschule einen guten Ruf bei den Meistern und Dienstherren und wurden gerne genommen, was allein das Verdienst von Gustav Rieke war. Der ließ es sich nicht nehmen, seine Zöglinge höchstselbst oder durch seinen Vertreter Georg Boller auf den Weg in ihren neuen Lebensabschnitt zu begleiten und nicht etwa, wie früher, einen der Knechte damit zu beauftragen. Wer von Rieke statt von Boller begleitet wurde, durfte dies durchaus als Auszeichnung sehen, und Theres konnte sich diese Ehre nur mit ihren Schul- und Industrieprämien erklären, die, von Rieke als Anreiz eingeführt, auch ihr im letzten Jahr für ihre guten Leistungen zuerkannt worden waren.

Unterhalb des Kirchplatzes wartete bereits ihre Kutsche. Theres nestelte sich den Umhang zu und wischte sich über die Augen. Es war kalt an diesem späten Aprilmorgen, aber wenigstens trocken. Somit würden sie bereits am Nachmittag das Pfarrdorf Ringschnait nahe Biberach erreichen, wie Rieke ihr erklärt hatte – die Straße dorthin sei in gutem Zustand. Nachdem er in seiner umgänglichen Art den Kutscher begrüßt hatte, half er ihr, den schweren Reisesack in den Gepäckkasten zu hieven. Zwei Garnituren Kleidung, Schuhe und Strümpfe enthielt der Beutel, alles fast wie neu, dazu Bett- und Weißwäsche sowie Theres' wenige persönliche Habseligkeiten.

Rieke hatte gerade den Schlag geöffnet, um Theres einsteigen zu lassen, als hinter ihnen ein munteres «Grüß Sie Gott, Herr Oberinspektor!» ertönte. Es war Jodok. Sein schwarzes Haar fiel ihm bis zur Schulter, das grinsende Gesicht war nicht mehr bleich und hohlwangig, sondern sonnengebräunt. Jetzt bog sich sein breiter Rücken unter der Last einer Rückenkraxe.

«Wohin bist du unterwegs?», fragte Rieke freundlich.

«Früher Vogel fängt den Wurm. Hab schon mein Geschäft g'macht mit der Fanny, der Sternenwirtin, und der Frau vom Habisreutinger. Jetzt will ich weiter nach Ravensburg.»

«Und was hast du in deinem Korb?»

«Sämereien, Dörrobst, Spezereikram. Mit meinen Lumpen und Hadern war kein Geschäft net mehr zu machen, wo doch hier im Oberamt eine Papiermühle nach der andern verreckt. Aber vielleicht handel ich ja bald mit Schreibwaren. Der Joseph Michel von Altdorf ist damit reich g'worden.» Er wandte sich Theres zu. «Sag bloß – bist du die Theres?»

Theres nickte nur.

«Heidenei! Was bist du hübsch g'worden! So hatt ich dich gar net in Erinnerung. Bist jetzt auch so weit, zum Gesindedienst? Bestimmt bei ganz feinen Herrschaften …»

«Genug geplaudert, Jodok», unterbrach Rieke ihn. «Wir müssen los. Alles Gute, und behüte dich Gott, mein Junge.»

Er sah Jodok nach, wie er in großen Schritten in Richtung Rathaus stapfte.

«Schade», murmelte er, während sie einstiegen. «Der hätte das Zeug zu einem Kaufmannsgehilfen gehabt. Aber vielleicht war schon zu viel schiefgelaufen. Wie ich ihn kenne, hat er nicht einmal ein Patent.»

«Ein Patent?»

«Eine Genehmigung. Die braucht man neuerdings, weil es in Altdorf zu viele Hausierer gibt. Der Gemeinderat hier hält sie für arbeitsscheue Müßiggänger, die das Bettelverbot umgehen und ihr Publikum belästigen.» Er schüttelte den Kopf. «Dabei bedürfen die Einödbauern dieser Art Handel ganz dringend. Außerdem fallen die Hausierer damit nicht der Fürsorge zur Last. Aber das Ganze ist und bleibt ein Gewerbe der armen Leut.»

Er gab dem Kutscher den Wink loszufahren. Als sie bald darauf die Landstraße nach Biberach erreichten, steckte Theres den Kopf aus dem Fenster und warf einen letzten Blick zurück. Die Sankt-Martins-Kirche, von den Leuten hier ihrer einzigartigen Größe und Pracht wegen «Schwäbisch Sankt Peter» genannt, blickte stolz ins Land – nicht mehr erhaben und einschüchternd wie bei ihrer Ankunft damals, sondern vertraut wie ein alter Freund.

Theres schluckte. Nach und nach waren ihr die Menschen im Waiseninstitut zu einer Art Familie geworden, mit Gustav Rieke als Hausvater. Wie ein echter Vater hatte er sich um seine Zöglinge gekümmert und das Gespräch mit ihnen gesucht. Jetzt fühlte sie sich hinausgeworfen in eine feindliche Welt. Was würde sie erwarten in dem fremden Pfarrhaus? Wie sollte sie es aushalten ohne Sophie, die ihr in all den Jahren zur Herzensfreundin und Schwester geworden war? Unzertrennlich waren sie geworden, hatten alles miteinander geteilt und sich beim Abschied geschworen, sich niemals aus den Augen zu verlieren. Auch wenn kaum mehr als eine Tagesreise zwischen ihnen lag, stieg in Theres plötzlich die schmerzhafte Angst auf, Sophie niemals wiederzusehen, und sie musste an sich halten, nicht erneut in Tränen auszubrechen.

«Mach dir keine Sorgen», hörte sie Rieke sagen. «Es wird dir gut ergehen bei Pfarrer Konzet. Er ist ein Mensch von Bildung, der sich sehr für seine Schule und Pfarrgemeinde einsetzt. Vertraue nur auf unseren Herrgott. Und jetzt schließ das Fenster. Sonst erkältest du dich noch.»

Sie tat, wie ihr geheißen. Draußen war die ihr so vertraute lichte Landschaft mit ihren Kornfeldern, Weingärten und Obstwiesen inzwischen dem dunklen Altdorfer Forst gewichen. Sie lehnte sich auf ihrem gepolsterten Sitz zurück und warf einen verstohlenen Blick auf Rieke, der ihr gegenübersaß. Er war ein gutaussehender Mann, sehr gepflegt mit seinem hellen Gehrock und dem glattrasierten Gesicht. Warum wohl hatte er keine Frau? Vielleicht ließ ihm die Arbeit im Institut keine Zeit, eine Familie zu gründen. Einen anderen Grund konnte sie sich nicht vorstellen.

Sie strich über den Geldbeutel unter ihrem Umhang. Einen wahren Schatz enthielt er: zwei Gulden und eine Handvoll Kreuzer, mehr als der Monatslohn einer Magd. Ein Viertel ihres Sparhafens nämlich war ihr, wie allen anderen Zöglingen, beim Abschied ausbezahlt worden. Der Rest kam auf ein Sparkonto der Ravensburger Oberamtssparkasse, auf das auch ihr Verdienst aus ihrer Gesindezeit fließen sollte.

«Ein hübsches Sümmchen hast du dir beiseitegelegt», sagte Rieke mit einem Lächeln. «Halte es nur gut zusammen.»

Theres begann ebenfalls zu lächeln. Sie wusste genau, wofür sie ihren kleinen Reichtum verwenden würde: Sie wollte endlich ihren Bruder besuchen, den sie nie wieder gesehen hatte. Von Rieke nämlich hatte sie erfahren, dass ihr als Dienstmagd freie Tage zustanden, und von Biberach aus war es nicht mehr gar so weit hinauf auf die Alb. Und noch etwas hatte sie sich fest vorgenommen: Sie wollte alles über das Schicksal ihrer Mutter herausfinden, an die sie in den letzten Monaten immer häufiger hatte denken müssen. Tief in ihrem Herzen spürte sie, dass sie noch am Leben war.

«Das ist die Theres Ludwig, mein lieber Herr Konzet. Ich bin mir sicher, Sie werden mit ihr zufrieden sein.»

Rieke ließ die Hand des Pfarrers los und legte den Arm um Theres' Schultern, als wolle er ihr Mut machen. Sie standen mitten in der guten Stube des Pfarrhauses. Draußen vor dem Fenster sah man bereits die Sonne hinter den Hausdächern verschwinden.

Theres knickste. «Guten Tag, Herr Pfarrer.»

«Grüß dich Gott, Theres.»

Peter Konzet war ein kleiner, dicker Mann mit kugelrundem Kopf und leiser Stimme. Auf der beginnenden Glatze hatte er sorgfältig sein schütteres Haar verteilt, und Theres fragte sich, wie alt er wohl war. Sein Gesicht hatte etwas von diesen tönernen Fasnachtsmasken. Nicht nur, weil es so rund und glatt war und ohne Falten, sondern weil – weil ...

«Wie alt bist du?»

Theres schrak aus ihren Überlegungen. «Vierzehn, Herr Pfarrer.» Plötzlich wusste sie, warum: weil sich nichts darin regte. Seit ihrer Ankunft hatte sich die Miene des Pfarrers kein einziges Mal verändert, hatte weder ein Lächeln noch Neugierde oder sonstwas preisgegeben. Wie warmherzig war dagegen Rieke! Augenblicklich krampfte sich ihr Herz zusammen bei dem Gedanken an den bevorstehenden Abschied von ihm.

Rieke reichte dem Pfarrer einen Umschlag mit Papieren.

«Hier in diesem Dossier finden Sie alles über Theres' Lebensgeschichte und Werdegang samt ihren Zeugnissen. Übrigens», er zwinkerte Theres zu, «hatte sie im letzten Jahr äußerst erfreuliche Leistungen in allen Elementarfächern.»

«Das Mädchen soll mir den Haushalt führen, nicht etwa die Predigten vorbereiten», gab Konzet ungerührt zurück. «Wenn sie nur fleißig und brav ist und ihre Gebete verrichtet, bin ich's zufrieden. Lieber Herr Rieke, Sie bleiben doch über Nacht? Ich habe das Gästezimmer herrichten lassen.»

Rieke nickte, und der Pfarrer fuhr fort: «Es ist noch ein wenig Zeit bis zum Abendbrot. Trinken wir einen Schluck von dem guten Seewein, den ich uns abgefüllt habe. Das Mädchen soll sich derweil von der Köchin seine künftige Arbeitsstätte zeigen lassen. Elisabetha!»

Eine hagere, ältere Frau, die zu Theres' Schrecken wie das Ebenbild von Lehrfrau Wagner aussah, streckte den Kopf zur Tür herein.

«Zeig der Theres ihre Kammer und dann Haus und Garten. Hernach soll sie dir in der Küche und beim Auftragen helfen.»

Mit dem Dienst im Pfarrhaus hatte es Theres gewiss nicht schlecht getroffen. Das Pfarrhaus, erst vor wenigen Jahren erbaut, war zwar groß, aber überschaubar und leicht sauber zu halten, zumal hier weder Tiere hausten noch Kinder ihren Dreck hereinschleppten. Im Erdgeschoss befanden sich Küche und Wohnstube, darüber Konzets Schlafkammer und sein Allerheiligstes, die Studierstube. Unterm Dach, neben der Gästekammer, schlief Theres. Außer fürs Putzen und Waschen war sie noch für den kleinen Gemüsegarten hinter dem Haus sowie für den Hühnerstall verantwortlich. Einkauf und Zubereitung von Mittag- und Abendessen oblagen der Köchin Elisabetha, die jeden Vormittag erschien und, nachdem das Abendessen gerichtet war, wieder verschwand, denn sie wohnte bei der Familie ihrer Schwester im Nachbardorf.

An Sonn- und Feiertagen sollte Theres zwischen Kirchgang und der Christenlehre am Nachmittag freibekommen, zudem waren ihr für den kommenden Sommer drei Vakanztage in Aussicht gestellt.

Auch an ihrer Unterkunft war nichts auszusetzen. Sie hatte ihr eigenes kleines Reich, mit Bett, Waschtisch, Schemel und einer hübschen, geschnitzten Truhe, in der sie ihre Sachen verstauen konnte. Gleich am zweiten Tag besorgte der Pfarrer ihr sogar eine Öllampe für die dunklen Abende – für Theres ein ungewohnter Komfort.

Und trotzdem weinte sie sich die ersten Tage in den Schlaf vor Einsamkeit. Noch nie in ihrem Leben hatte sie allein in einer Kammer übernachtet, von der Zeit in der Arrestzelle abgesehen. Noch nie so wenig gesprochen. Überhaupt – diese Stille! Kein nächtliches Kichern und Flüstern, keine Schritte auf den Fluren, ja nicht einmal tagsüber waren Stimmen zu hören, weil der Herr Pfarrer meistenteils außer Haus weilte oder sich in seine Studierstube verkroch. Und jetzt, in der Karwoche, erschienen selbst die Geräusche von der Straße oder den Nachbarhäusern her nur ganz gedämpft.

Es machte sie schier verrückt, diese Stille rundum. Zu Theres' Erstaunen tat sie sogar weh, drückte ihr gegen die Ohren, gegen die Schläfen, wurde schließlich zu einem hör- und spürbaren Ton, einer Art Brummen oder Summen. Um sich zu helfen, begann Theres leise vor sich hin zu singen. Zumeist drängten sich ihr immer dieselben Verse in den Sinn:

Jetzt reit ich nicht mehr heim,
bis daß der Kuckuck «Kuckuck» schreit,
er schreit die ganze Nacht,
allhier auf grüner Heid ...

Und dabei kamen ihr nicht selten die Tränen.

Am dritten Tag, als der Pfarrer früher als erwartet zum Abendessen heimkehrte, ertappte er sie beim Singen. Sie erwartete schon eine Rüge, doch er meinte nur, mit ernster Miene: «Wie schön ist es doch, wenn fröhliche Menschen um einen sind.» Das war das erste Mal seit ihrer Ankunft, dass er ein persönliches Wort an sie richtete. Ansonsten sprach er nur das Notwendigste mit ihr und Elisabetha. Als einem Mann von Bildung schien ihm wohl das Gespräch mit Dienstboten unter seiner Würde.

Elisabetha indessen redete gar nicht mit ihr. Sie starrte mit glanzlosen Augen über sie hinweg, wenn Theres etwas fragte, und zeigte ihr dann mit einer Handbewegung, was zu tun war. Es brauchte einen ganzen Tag, bis Theres begriffen hatte, dass die Köchin stumm war.

An Gründonnerstag, dem vierten Tag ihrer Dienstzeit, verhüllte Pfarrer Konzet ganz nach altem Brauch das Kruzifix in der Stube und hielt das Pendel der Standuhr an, damit ihr Schlagen nicht die Trauer um Christi Leiden störte.

«Früher war alles anders», brummte Konzet vor sich hin. «Da haben wir auch in unseren Kirchen das Kreuz verhüllt, nicht nur heimlich in der Stube. Die Glocken mussten bis Ostern schweigen, und die Kinder auf der Straße riefen mit Ratschen und Klappern zum Gottesdienst. Aber unsere ach so aufgeklärte Staatskirche schafft ja alle heiligen Riten ab. Kein Wunder, dass es den gemeinen Mann nicht mehr in die Kirche zieht. Ausbluten lassen sie unseren katholischen Glauben, zum Heiligen Stuhl in Rom haben wir Geistliche keine Verbindung mehr, zu braven Staatsdienern hat man uns gemacht, zu Pfarrer und Bischof ernannt durch des Königs Gnaden!» Er seufzte tief auf. «Jetzt lass uns beten, Theres, in Demut vor dem Herrn.»

Überrascht von diesem wahren Redeschwall kniete sie sich neben ihn unter das verhüllte Kruzifix und verrichtete ihr Gebet. Fünfmal am Tag musste Theres auf der hölzernen Gebetsbank niederknien, und sie tat dies gehorsam, auch wenn Konzet nicht zu Hause war. Wobei sie nicht wirklich an Gott dachte, sondern an ihren toten Freund Urle und hin und wieder an ihre Mutter oder an Sophie, die sie so schmerzhaft vermisste.

Nachdem sie das Kreuzzeichen geschlagen und sich wieder erhoben hatten, nahm Theres allen Mut zusammen und fragte:

«Warum ist die Elisabetha stumm, Herr Pfarrer?»

«Weil ihr als jungem Ding der Mann gefallen ist, als Soldat beim Russlandfeldzug. Sie trug ein Kind unter dem Herzen. Das kam ihr drei Jahre später ums Leben, als Mordbrenner ihr das Dach überm Kopf anzündeten. Seither spricht sie nicht mehr.»

An diesem Gründonnerstagabend begleitete sie ihren Dienstherrn zum ersten Mal in die Kirche Mariä Himmelfahrt, eine hübsche, altehrwürdige Dorfkirche. Für Theres erwies sich der Gottesdienst trotz Konzets flammender Rede kurz zuvor als eine einzige Enttäuschung. Sie hatte sich Trost erhofft, ähnlich dem, wie sie ihn im Gotteshaus von Sankt Martin oder später dann in den Bibelstunden von Gustav Rieke erfahren hatte. Hier indessen blieb alles leer in ihr, nichts wärmte sie, nichts rührte sie an. Hinzu kam, dass die Blicke aller an ihr, der Fremden, klebten, und sie glaubte, überall ein Tuscheln zu vernehmen, das nur ihr gelten konnte. Der Schriftlesung vermochte sie kaum zu folgen, die Predigt prallte in hohlen Wortfetzen an ihr ab. Bei den Antwortpsalmen und Fürbitten blieb sie stumm, gerade so wie Elisabetha neben ihr, und als sie nach der Eucharistiefeier die Hostie entgegennahm, lag diese ihr schal und trocken auf der Zunge. Sie war froh, dass der Pfarrer sie bei der Spendung nicht einmal anblickte, und beeilte sich hinauszukommen in den kalten, dunklen Aprilabend, bevor die Dörfler auf den Kirchplatz strömen würden.

«Du wirst sehen, bald schon fühlst du dich heimisch hier», hatte Gustav Rieke ihr damals zum Abschied gesagt. Kein bisschen hatte er recht behalten. Ein Vierteljahr war sie nun schon bei Pfarrer Konzet in Stellung, und alles hier fühlte sich noch enger als in Weingarten an. Zwar ging ihr die Arbeit leicht von der Hand, und auch an Elisabethas schweigsames Starren hatte sie sich gewöhnt. Dennoch fühlte sie sich wie ein Hund an der Kette. Ihr Tagwerk beschränkte sich auf Haus- und Gartenarbeit, ihre Wege führten sie nur höchst selten über die Nachbarschaft des Pfarrhofes hinaus.

Der winklig verbaute Dorfkern mit Kirche und Pfarrhof, Schulhaus und der Schildwirtschaft Zum Adler drängte sich auf einem Buckel am Rand einer engen Talmulde, die von einem Bach namens Dürnach durchflossen wurde. Weitläufig zerstreuten sich die übrigen Häuser in der Hügellandschaft, die mit Feldern und Waldstücken besetzt war. Die Höfe und wenigen Gewerbestätten und Mühlen zeigten sich in eher ärmlichem Zustande. Von Konzet hatte sie gehört, dass Böden und Klima rau waren und daher nicht viel hergaben. So waren die meisten Bauern im Dorf auf ein Zubrot durch Spinnen und Weben angewiesen, grad wie bei ihr auf der Rauhen Alb.

Mit den Heranwachsenden des Dorfes kam sie nur sonntags in der Kirche zusammen, beim Gottesdienst und nachmittags dann, wenn sie für eineinhalb Stunden mit Pfarrer Konzet den Katechismus paukten. Der schimpfte hernach jedes Mal, wie mangelhaft die Jugend heutzutage ihren Verstand gebrauche und dass wieder ein Viertel die Christenlehre geschwänzt habe. War der Unterricht zu Ende, stand man gewöhnlich noch eine Zeit lang in kleinen Gruppen auf dem Kirchplatz herum, nur Theres blieb allein. Sie, die beim Pfarrer wohnte, schien den anderen wohl verdächtig, und schon bald hatte sie ihren Schmähnamen weg: Pfaffenmägdle. Auch vor ihrem Dorfpfarrer schienen die Jungen wenig Respekt zu haben. So laut, dass sie es hören konnte, zogen sie über ihn her, und Theres fühlte sich damit nur noch ausgestoßener. Da niemand sie ansprach, wanderte sie nach der Christenlehre ziellos und ganz allein im Dorf umher – zumindest in den ersten Wochen. Dann bemerkte sie, wie jeder ihrer Schritte von den Dörflern argwöhnisch beäugt wurde, und zog es vor, ihre sonntäglichen Freistunden im Garten des Pfarrhauses zu verbringen.

Dort saß sie dann auf der wackligen Holzbank unter dem Nussbaum, neben sich die beiden Holzpferdchen, die sie tröstlich und schmerzhaft zugleich an ihre liebsten Menschen erinnerten. Neuerdings lag auch eine aufgeschlagene Bibel in ihrem Schoß. «Müßiggang ist aller Laster Anfang», hatte Konzet sie gerügt, nachdem er ihre Mußestunden im Garten beobachtet hatte, und ihr geraten, zu Gottes Wort zu finden, wann immer sich die Gelegenheit böte. Sie tat dies indessen nur zum Schein. Statt die Evangelien zu studieren, beobachtete sie heimlich die Hühner, hing dabei ihren Träumereien nach oder unterhielt sich im Stillen wie ein kleines Kind mit ihren Holzfiguren, die für Urle und Hannes standen. Wie es Sophie wohl erging? Ob ihr in Tettnang ein einfacheres Los beschieden war? Was hätte sie dafür gegeben, ihre beste Freundin bei sich zu haben!

Hier draußen im Garten fand sie wenigstens Licht und Luft zum Atmen, hatte ein kleines Stückchen Himmel über sich. Das war allemal besser als jene Friedhofsruhe in dem düsteren Haus, in dem nicht einmal die Dielen zu knarren wagten. Theres hatte bislang immer geglaubt, ein Pfarrhaus sei das Herz einer Gemeinde, wohin es die Menschen zog, wenn sie Rat brauchten oder in Nöten waren. Hier aber suchte man den Pfarrer nach dem Gottesdienst in der Kirche auf oder drüben beim Schulhaus, wo Konzet zusammen mit dem Dorflehrer die Kinder unterrichtete. Ins Pfarrhaus selbst verirrte sich allenfalls mal ein fremder Hausierer oder ein Wanderer mit der Bitte um ein Stück Brot. Auch Gäste und Freunde empfing Konzet nicht bei sich zu Hause. Stattdessen pflegte er sich montags hinüber in den Adler zu begeben, zum Stammtisch der Dorfoberen. Unwillig nur ging er dorthin, schimpfte jedes Mal, welche Zeitverschwendung diese Abende seien, und kam doch jedes Mal halbtrunken und laut durch die Diele polternd zurück.

Einmal, als der Adler geschlossen hatte, war der Stammtisch ins Pfarrhaus verlegt worden. Da saßen sie dann alle um den großen Tisch in der Stube: der alte Lehrer, der Dorfschultes, der Müller, der Sattler, der Dorfschmied und ein reicher Bauer aus der Umgegend namens August Wohlgschafft. Dieser große, kräftige Mann hatte sich ihr als Einziger, mit einem frechen Augenzwinkern, namentlich vorgestellt. Bis spät in die Nacht musste Theres auftragen, einen Krug Roten nach dem andern, und sich bald schon zweifelhafte Komplimente anhören, vor allem seitens des reichen Einödbauern.

«Jetzt sag du mir eines, mein lieber Konzet.» August Wohlgschafft hielt Theres am Handgelenk fest. Seine Hände waren schwer und fleischig. «Warum hast uns dieses hübsche junge Ding so lang vorenthalten? Willst das Mädle etwa für dich allein behalten?»

«Mir hier im Dorf han die Theres bislang au nur in der Kirch g'sehn», nuschelte der Müller.

«Ja, gibt's denn das?», dröhnte Wohlgschafft. «Das Mädle ist jung. So was muss unter die Leut. Und nicht allabendlich versauern bei einem alten Seggl wie dir.»

«Sprich nicht so liederlich daher.» Konzets Worte kamen langsam und verschwommen. «Die Theres ist brav und anständig, und das soll auch so bleiben.»

«Deshalb musst sie ja nicht einsperren. Lässt sie denn net mal auf den Tanz?»

Konzet schüttelte den kugelrunden Kopf. «Die hat das noch nie gewollt.» Er schenkte sich Wein nach, wobei ein Gutteil danebenging. Theres beeilte sich, einen Lappen zu holen und aufzuwischen. Hoffentlich hat das hier bald ein End, dachte sie.

«Und fleißig ist sie dazu, deine Theres.» August Wohlgschafft schnaufte vernehmlich und lockerte sich die seidene Halsbinde. «Tätest mir die mal ausleihen? Meine Weiber daheim machen keinen Finger krumm.»

«Jetzt lass aber gut sein, August. Du hast zu viel getrunken.» Dabei entfuhr Konzet gerade selbst ein unanständig lauter Rülpser. «Außerdem hast doch deine eigene Magd.»

«Aber net so eine fesche.»

Theres fand es schrecklich, wie da über sie geredet wurde, als sei sie Luft. Aber was konnte sie schon tun? Als endlich der letzte Gast zur Tür hinaus war, fragte sie ihren Dienstherrn: «Werden Ihre Freunde nun öfters herkommen?»

«Der Herrgott – bewahre!», japste Konzet. «Ein Pfarrhaus ist das, keine Schenke.»

Dann stürzte er an ihr vorbei in den Hof und übergab sich lauthals, noch bevor er den Abtritt erreichte.

Der Pfarrer hielt Wort. Jener Abend blieb eine Ausnahme. Theres aber fragte sich, was schwerer zu ertragen war: eine angetrunkene Altmännergesellschaft, die wenigstens Leben in die Stube brachte, oder tagaus, tagein diese Totenstarre ringsum. Inzwischen verrichtete sie ihre Arbeit ebenso stumm wie Elisabetha, saß schweigend beim Pfarrer am Tisch, wenn sie gemeinsam zu Mittag oder zur Nacht speisten, machte sich allein und mit gesenktem Kopf auf den Weg hinüber zur Kirche. Sie durfte gar nicht daran denken, dass sie mindestens zwei Jahre hierbleiben musste. So sah es der Vertrag zwischen dem Waiseninstitut und den jeweiligen Dienstherren vor. Rieke hatte ihr sogar fünf Jahre nahegelegt, denn dann würde sie von der Stuttgarter Katharinenpflege einen Geldpreis und einen Ehrenbrief verliehen bekommen, der bei der weiteren Stellensuche Tür und Tor zu öffnen vermochte.

Wenige Wochen nach dem Stammtischabend kam ein unerwarteter Gast: Gustav Rieke, der unterwegs nach Biberach war und bei seinem ehemaligen Zögling vorbeischauen wollte. Die Nachricht von Riekes Besuch bereitete ihr ein kurzes freudiges Herzklopfen. Gleich aber besann sie sich. Würde die Stille hier im Haus nach der Abreise des freundlichen Mannes nicht noch unerträglicher sein?

Theres musste ein Mittagsgedeck mehr auftragen, dann verschwand sie in der Küche, um Elisabetha zu helfen.

«Glaubst du, der Pfarrer wird sich über mich beschweren?», fragte Theres im Flüsterton.

Die Köchin schüttelte den Kopf und fuchtelte zugleich abwehrend mit den Händen, was so viel hieß wie: niemals! Mittlerweile verstand Theres ihre Zeichensprache recht gut. Überhaupt schien Elisabetha, bis auf das verhärmte graue Gesicht, gar nichts gemein mit ihrer damaligen Lehrfrau zu haben.

«Wie ich eben erfahren habe, ist der Herr Pfarrer zufrieden mit dir», sagte Rieke wenig später zu Theres, als sie mit Elisabetha am Mittagstisch Platz nehmen durfte.

Sie warf einen kurzen Blick auf den Pfarrer, der wie immer keine Miene verzog. Sie konnte kaum glauben, dass er so etwas gesagt haben sollte, andererseits hatte er sich tatsächlich nie bei ihr beklagt. Unter dem Tisch stieß Elisabetha sie mit dem Fuß an, was heißen sollte: Na siehst du!

«Gefällt es dir also hier?»

Sie zögerte einen Augenblick, dann überwand sie sich zu der Antwort, die von ihr erwartet wurde und schlichtweg gelogen war: «Ja, Herr Oberinspektor.»

«Gut. Wollten Sie dem Mädchen nicht auch noch etwas mitteilen, lieber Herr Konzet?»

«Ganz recht.» Der Pfarrer räusperte sich. «Angesichts deiner guten Führung – und ich hoffe, es bleibt dabei – möchte ich dir hiermit die drei Vakanztage endgültig gewähren. Wie ich erfahren habe, willst du die Zeit für eine Reise zu deinem Bruder nutzen. Ich werde mich persönlich um eine sichere Begleitung für dich kümmern. Sagen wir: gegen Ende Juli.»

8
In Eglingen auf der Rauhen Alb, Sommer 1838

«So, mein liebes Kind.» August Wohlgschafft zeigte auf einen Abzweig, nachdem sein Knecht die Kutsche zum Halten gebracht hatte. «Von hier sind es noch zwei Dörfer, dann bist schon in deinem Eglingen. Bis Sonnenuntergang solltest es geschafft haben. Und halt dich auf dem Weg, schließ dich Leuten an. Damit du mir nicht verlorengehst, gell!»

Theres reichte ihm die Hand und bedankte sich höflich.

«Schon recht. Vielleicht kannst dich ja mal erkenntlich zeigen, wer weiß?» Sein bärtiges Gesicht verzog sich zu einem Grinsen, während seine Tochter Balbina mit eisigem Blick an ihr vorbeistarrte. Theres wunderte sich längst nicht mehr über die eitlen, wohlhabenden Bauerntöchter aus dem schwäbischen Oberland, mit ihren bunten Sonntagskleidern aus feinstem Zitz und Seide und den schweren silbernen Brustketten überm Busen. Aber diese Balbina schoss den Vogel ab: Auf dem Kopf trug sie wahrhaftig eine Goldhaube, die sündhaft teuer gewesen sein musste. Wie ein hässliches Entenküken war sich Theres neben ihr vorgekommen, und dementsprechend hochnäsig hatte sich die junge Wohlgschafft ihr gegenüber auch benommen. Trotzdem war Theres dankbar, dass Balbina dabei gewesen war auf der langen Reise. Wer weiß, welche Anzüglichkeiten sich dieser Einödbauer sonst noch herausgenommen hätte?

Kurz nach Sonnenaufgang war er an diesem Morgen am Pfarrhof vorgefahren gekommen, mit seinem eigenen, überaus herrschaftlichen Landauer, vor den zwei kräftige Schimmel gespannt waren. Im Innern thronte seine älteste Tochter wie eine Prinzessin. Sie sollte ihrem Bräutigam vorgestellt werden, dem künftigen Erben eines reichen Hofes irgendwo auf der Alb bei Münsingen. Anfang Juli bereits hatte August Wohlgschafft dem Pfarrer von seinen Reiseplänen erzählt und sogleich vorgeschlagen, die Theres bis kurz vor Münsingen mitzunehmen.

«Ist das nicht eine wunderbare Überraschung?», hatte ihr der Pfarrer damals gesagt und sich dabei fast gar ein Lächeln abgerungen. «So vornehm wirst du wahrscheinlich dein ganzes Leben nicht mehr reisen.»

In Wirklichkeit hatte die Nachricht ihre Vorfreude auf den Besuch bei ihrem Bruder sofort gehörig gedämpft, denn sie konnte diesen Wohlgschafft nicht leiden. Lieber wäre sie tagelang zu Fuß nach Eglingen gewandert.

Was sie dann aber heute Morgen kurz vor der Abreise erfahren hatte, ließ diese Bedenken völlig in den Hintergrund treten. Sie war bereits zu Balbina in die Kutsche geklettert, als sie feststellte, dass sie ihre beiden Holzpferdchen vergessen hatte. Rasch huschte sie noch einmal ins Haus, die Treppe hinauf in die Kammer, steckte die beiden Figuren in ihre Schürzentasche und wollte eben die Stiege wieder nach unten, als sie aus der offenen Stube heraus den Einödbauern sagen hörte: «Hast eigentlich was in Erfahrung bringen können über der Theres ihre Mutter?»

«Leider ja. Ich habe endlich Bescheid bekommen vom Oberamt Münsingen. Dort war die Frau vor zwei Jahren in Arrest genommen worden, ihres Zustandes wegen hat man sie aber bald weggeschafft nach …»

Der Rest ging in Flüstern über. Theres verstand nur noch

einzelne Satzfetzen: «Kein Wort mehr – verrat nur ja nichts – sie glaubt, die Mutter sei verschollen oder tot.»

«Das ist gewiss besser so», war die Antwort des Bauern, danach hörte sie die Männer nach draußen gehen.

Theres verharrte auf dem Treppenabsatz, als habe sie der Blitz getroffen. Ihr Gefühl hatte sie also nicht getrogen: Ihre Mutter lebte! In Münsingen, ganz nah bei ihrem Heimatdorf, war sie gewesen! Aber – warum in Arrest? Was hatte sie verbrochen? Und was redeten die Männer da von einem Zustand, von Wegschaffen?

«Theres! Wo bleibst du?»

Die Stimme des Pfarrers klang ärgerlich. Noch immer völlig verstört von dem, was sie gehört hatte, hastete sie die Treppe hinunter, stotterte eine Entschuldigung und stieg in die Kutsche.

«Ist dir nicht wohl?», fragte Konzet.

«Doch, doch. Das ist bloß – die Aufregung.»

«Das wird schon alles. Vergiss nur nicht: Am Samstag früh Schlag neun geht die Kutsche von Münsingen zurück nach Biberach, vor dem Hirschen in der Hauptstraße ist die Poststation. Wenn du dein Geld zusammenhältst, müsste es für die Passage auf dem Kutschbock reichen. Und verlier um Himmels willen nicht den Reiseschein. Als dann, behüt dich Gott!»

«Behüt Sie Gott, Herr Pfarrer.»

Dann waren sie mit offenem Verdeck losgefahren, hinein in den sonnigen Morgen. Ihr gegenüber saßen Balbina und die Magd, neben ihr August Wohlgschafft, dessen massiger Körper bei jedem Schlagloch und in jeder Kurve gegen Theres prallte. Anfangs war ihr das nicht einmal aufgefallen, so sehr war sie in Gedanken an ihre Mutter vertieft. So gut wie gar nichts wusste sie von ihr, nur dass sie als Landfahrerin umhergeschweift war, als man ihr die Kinder weggenommen hatte, und jetzt wohl so um die vierzig Jahre alt war. Und dass sie als junge Frau sehr schön gewesen sein musste. Ob Hannes wohl mehr wusste über ihr Schicksal?

Irgendwann hatte der Einödbauer sie gefragt: «Wieso schwätzt du nix? Freust dich denn nicht auf deinen Bruder?»

«Doch, sehr.»

«Na, dann feiern wir das doch.»

Sogleich hatte er die dickbauchige Bouteille entkorkt, die er zwischen den Füßen geklemmt hielt, und Theres so lange genötigt, bis sie hin und wieder einen kleinen Schluck von dem süßen, schweren Roten nahm. Immer enger war Wohlgschafft an sie herangerückt, immer alberner waren seine neckischen Scherze geworden, ohne dass sie es gewagt hätte, sich zu wehren. Schließlich musste sie dankbar sein, dass er sie mitgenommen hatte und sogar verköstigte. Trotzdem war sie heilfroh, als sie jetzt endlich, am späten Nachmittag, aussteigen durfte.

Sie blickte der Reisekutsche nach, bis sie hinter einer Biegung verschwunden war, dann holte sie tief Luft. Sie war wieder daheim! Ihr großer Wunsch würde sich erfüllen: Nach über sechs Jahren würde sie heute ihren Bruder wiedersehen, würde zwei Nächte und einen ganzen Tag an seiner Seite verbringen dürfen. Ob er ihr Brieflein, in dem sie den Besuch angekündigt hatte, wohl rechtzeitig erhalten hatte?

Erwartungsfroh wanderte sie der tiefstehenden Sonne entgegen, durch die vertraute Landschaft, die so karg und rau wirkte und ihr doch viel näherstand als das liebliche, üppig grüne Oberland. Sie hatte keine Angst, ohne Begleitung zu wandern, schließlich war sie hier zu Haus, kannte bereits das nächste Dörfchen, hörte die Menschen rundum in der Sprache ihrer Kindheit schwatzen, und jedermann grüßte sie freundlich.

Nachdem sie den Hochberg überschritten und das letzte Waldstück durchquert hatte, erblickte sie vor sich ihr Dorf. Ihr

Herz begann bis in die Schläfen zu pochen. Ganz kurz zögerte sie: Sollte sie zuerst in das Haus ihres Pflegevaters, wo Hannes noch immer wohnte, oder hinüber zur Wacholderheide, dem liebsten Ort ihrer Kindheit? Sie entschied sich für die Heide, die noch von den letzten Strahlen der Abendsonne beschienen war, wogegen das Dorf bereits im Schatten lag.

Von weitem schon sah sie jemanden an den Felsen lehnen. Sie ließ ihr Bündel fallen, rannte quer über die Heide, rief dabei immer wieder «Hannes! Hannes!», bis sie vor ihm stand und die Arme um seine Schultern schlang.

«Endlich», flüsterte sie unter Freudentränen. Sie spürte die Wärme seines Körpers, seinen Herzschlag unter dem Hemd. Wie hatte sie es nur so lange aushalten können ohne ihn!

«Theres! Meine kleine Schwester!» Er drückte sie noch fester an sich. «Ich hab's geahnt, dass du zuerst hier heraus kommst.»

Irgendwann machte sie sich von ihm los und betrachtete ihn eingehend. Wie groß er geworden war! Und wie mager. Sein Gesicht hatte alles Kindliche verloren, es war blass, obwohl Hochsommer war.

«Du hast ja gar keine Sommersprossen mehr. Und deine Haare sind ganz lang.»

Er lachte. «Dich hab ich auch anders in Erinnerung. Hast mir gar nie geschrieben, dass du eine junge Frau geworden bist. Und dazu so hübsch.»

Theres spürte, wie sie rot anlief. «Wie geht es deinem Fuß?»

Unwillkürlich blickte sie auf seine abgetragenen Schuhe. Früher war er in der warmen Jahreszeit immer barfuß gegangen.

«Es geht schon. Hab mich dran gewöhnt.»

«Hat es sehr wehgetan, das mit der Sense?»

«Schon.»

«Aber jetzt ist alles verheilt, oder?»

«Ja.» Sein Blick wurde plötzlich stumpf. Dann stupste er sie in die Seite. «Hast du Hunger? Berthe hat was vom Nachtessen für dich aufgehoben. Seit gestern wissen wir, dass du kommst.»

«Berthe? Wohnt sie denn noch daheim?»

Hannes zuckte die Schultern. «Der ist kein Mann gut genug.»

Bei dem Gedanken, den Abend mit Berthe und ihrem Pflegevater zu verbringen, schauderte ihr.

«Lass uns noch eine Weile hierbleiben. So wie früher.»

Schweigend setzten sie sich auf den Boden, den Rücken an den warmen Fels gelehnt. Schließlich zog Theres die beiden Holzfiguren aus ihrer Schürzentasche.

«Schau – ich hab dein Pferdchen immer noch. Und das andre ist von meinem Freund, dem Urle, von dem ich dir geschrieben hab.»

Hannes wirkte gerührt.

«Dass du das aufgehoben hast!» Er legte den Arm um sie. «Das mit dem Urle – das muss schlimm gewesen sein für dich. Es tut mir so leid, dass ich dich nie besucht hab.»

«Dafür kannst du doch nichts.»

«Ich mein, weil mir nie das Geld für eine Kutsche gereicht hat. Weißt du, ich verdien nicht viel. Das meiste muss ich als Kostgeld abliefern.»

«Ist es wenigstens ein schöner Beruf, so als Dorfschreiber?»

Hannes wurde verlegen. «Schreiben muss ich nur ab und zu. Da fällt nicht viel an in so einem Dorf. Ich mach halt alles, was es so braucht. Die Feuer- und Nachtwache, die Zäune abgehen, die Zinsen der Schuldlasten eintreiben.»

Er verfiel wieder in Schweigen. Die Sonne tauchte als blutroter Ball in die Baumwipfel gegenüber, dann war sie endgültig verschwunden.

«Gehen wir?» Er fasste nach ihrer Hand.

Sie nickte. «Darf ich morgen mit dir zur Arbeit?»

«Das musst du gar nicht.» Jetzt strahlte er wieder. «Ich hab für einen Tag freibekommen.»

Theres entging nicht, wie umständlich ihr Bruder auf die Beine kam.

«Das ist, weil mir schnell der Fuß einschläft», erklärte er. «Nach einer Weile gibt sich das wieder.»

Doch als er dann in kleinen, mühsamen Schritten neben ihr herzuhumpeln begann, packte sie das Entsetzen. Ihr Bruder bewegte sich wie ein gebrechlicher alter Mann!

«Was ist damals genau passiert?», fragte sie. Ihre Stimme zitterte.

«Das weißt du doch. Ich hab mir die Sense in den Fuß gehauen.»

«Und dann?»

«Der Alte hat's verbunden.»

«Er hat keinen Wundarzt geholt?»

«Nein. Erst viel später, als mir schon der Brand ins Bein geschlagen ist.»

»Warum?» Dabei ahnte sie die Antwort schon.

«Weil's ihm zu viel Geld war, deshalb!» Hannes schrie die Worte plötzlich wütend hinaus. «Er hat sogar gesagt, dass ich selber schuld wär, wenn ich mich beim Heuen so dämlich anstellen würd.»

Erschrocken legte sie ihm die Hand auf den Arm. Dieses Scheusal!, dachte sie. Dieses alte, geizige Scheusal! Nur wegen ihm würde Hannes sein Lebtag nicht mehr richtig laufen können. Nur wegen ihm würde ihr Bruder wahrscheinlich niemals eine Braut finden und eine Familie gründen können mit einem eigenen kleinen Hof, wie er sich's immer erträumt hatte.

Es war fast dunkel, als sie das Häuschen am Dorfrand

erreichten. Eine Gestalt löste sich vom Türrahmen und kam ihnen entgegen. Es war ihr Stiefbruder Marx, den sie fast nicht wiedererkannt hätte. Ein gestandenes Mannsbild war aus ihm geworden, mit seinem dunklen Schnauzbart und dem kantigen Kinn.

«Was bist du groß geworden, Theres.» Er umarmte sie in aufrichtiger Freude. «Und fesch dazu. Da stehn die Burschen sicher Schlange!»

Drinnen in der Stube hockte Nepomuk Stickl mit missmutigem Gesicht beim Krug Bier.

«Kommt ihr auch endlich mal?», waren seine Begrüßungsworte.

Eine Welle von Wut und Ekel stieg in ihr auf. Wie verkommen ihr Pflegevater aussah! Als habe er sich selbst und seine Kleider seit Monaten nicht mehr gewaschen.

«Guten Abend», sagte sie nur, ohne ihm die Hand zu reichen.

Stickl kniff die Augen zusammen. «Ist das alles, was du nach sechs Jahren zu sagen hast? Mir, deinem Pflegevater, wo ich dich mit eigener Hand aufgezogen hab?»

Statt einer Antwort zog sie ein Päckchen aus ihrem Bündel.

«Mit besten Grüßen von meinem Dienstherrn, dem Herrn Pfarrer.»

Stickls Miene hellte sich auf. «Wenigstens was.»

Seine gichtigen Finger rissen das Papier auseinander. Zum Vorschein kamen eine Mandel hartgekochter Eier von Konzets Hühnern und ein Töpfchen mit Honig.

«Der weiß, was sich gehört, dein Pfaffe», murmelte er. «Schließlich muss ich dich zwei Tage durchfüttern.»

Theres hatte, nachdem sie mit dem Alten wegen Hannes' Unfall in Streit geraten war, schlecht geschlafen in dieser Nacht.

Erst hatte sie geträumt, dass ein Amtsdiener aus Münsingen sie holen kam mit den Worten: «Wir müssen dich wegschaffen.» Dieses letzte Wort wiederholte sich so lange, bis sie erwachte. Die kleine Kammer lag in hellem Mondschein, vom Bett nebenan hörte sie das leise Schnarchen der Stiefschwester Berthe. Sie zwang sich, an den morgigen Tag zu denken, den sie allein mit ihrem Bruder verbringen wollte. Als sie endlich wieder in den Schlaf gefunden hatte, träumte sie, wie ihr Pflegevater im Streit auf Hannes losging, mit einer blutigen Axt in der Hand. Ihr Bruder lag hilflos auf dem Rücken vor dem Tor zum Schuppen, sein linkes Bein unterhalb des Knies war nur noch ein blutiger Stumpf. Da holte der Alte aus und hieb den Keil in das andere Bein. Hannes riss den Mund zu einem stummen Schrei auf, sein Gesicht verwandelte sich dabei plötzlich in das von Urle, der seine Arme ausbreitete und langsam in die Luft schwebte, bis über das Dach des Schuppens, immer höher und höher. Dann verschwand er als winziger Punkt am Himmel.

Als sie erwachte, war es hell draussen und ihr Kissen von Tränen durchnässt. Am Bettrand sass Hannes.

«Du hast geträumt.» Er strich ihr übers Haar.

«Ja. Es war schrecklich.»

Sie richtete sich auf. «Wo ist Berthe?»

«Schon fort. Ich hab ihr gesagt, sie soll dich schlafen lassen. Komm, steh auf und iss was. Dann können wir los.»

Theres war froh, dass sie mit Hannes allein war, während sie vor der Herdstelle ihren Brei löffelte. Sie hatte jetzt wirklich Hunger, da Berthe ihr am Vorabend lediglich einen Rest wässriger Suppe übrig gelassen hatte.

«Sollen wir zur Kapelle rauf?»

Er schüttelte den Kopf. «Lieber in den Wald, hinten beim Rauhberg. Da kommen wir nicht an unserm Acker vorbei.»

Sie durchquerten das Dorf, vorbei an der frischverputzten Kirche und am einstigen Herrenschloss, das inzwischen als Schul- und Rathaus diente. Jeder grüßte sie freundlich, einige blieben auch neugierig stehen oder kamen herangelaufen, um mit Theres einen Schwatz zu halten. So bemerkte sie erst, als sie die letzten Häuser erreichten, wie mühsam für Hannes das Gehen war.

«Schaffst du es überhaupt so weit?»

«Ja», entgegnete er knapp.

Ihr Blick fiel auf die geduckte Lehmhütte linker Hand, und ihr Herz zog sich zusammen. Dort drüben war ihre Mutter aufgewachsen. Plötzlich scheute sie sich davor, ihren Bruder nach ihr zu fragen. Was, wenn die Wahrheit schlimmer war als die Ungewissheit?

Als die Mittagssonne immer heißer vom Himmel brannte, suchten sie sich eine schattige Waldwiese zum Rasten. Hannes hatte Brot und gekochte Erdäpfel eingepackt und breitete alles auf einem sauberen Tuch aus.

Theres kaute ohne großen Hunger auf ihrem Kanten Brot herum.

«Der Stiefvater hat gesagt, dass ich nicht mehr wiederkommen darf. Glaubst du, er hat das ernst gemeint?», fragte sie.

«Dieser Waldaffe! Der begreift ums Verrecken nicht, dass er nix mehr zu sagen hat. Es ist der Marx, der jetzt bestimmt, und der mag dich. Mir hat der Alte gleich gar nix zu sagen, und du solltest auch nicht auf ihn hören. Du bist nicht mehr sein Kind.» Seine Miene verdüsterte sich. «Ich find's schlimm, dass du so weit weg bist. Geht's dir wenigstens gut bei deinem Pfarrer?»

«Ja.»

«Du lügst.»

Sie wich seinem Blick aus. «Ich hab alles, was ich brauch. Es ist nur – es ist so eng da. Alles so schwer und düster, so ganz ohne Freude.»

«Ohne Freude», wiederholte Hannes und starrte ins Leere. Theres versetzte es einen Stich ins Herz, wie sie ihn so dasitzen sah. Um ihn von seinen Grübeleien abzulenken, fragte sie: «Willst du hierbleiben, im Dorf? Ich mein, für immer?»

Er schüttelte den Kopf. «Irgendwann geh ich weg, nach Münsingen oder in eine andre Stadt. Da findet sich ja wohl ein Lehrherr, der auch einen Krüppel aufnimmt. Oder ich geh als Arbeiter in eine dieser neuen Fabriken, wo man …»

«Red nicht so!», unterbrach sie ihn schroff. «Du bist kein Krüppel.»

«Doch! Genau das bin ich. Ein Krüppel, seitdem ich zwölf bin. Einer, der keine anständige Arbeit findet und über den die Mädchen lachen.»

Er verfiel wieder in sein dumpfes Brüten.

«Hannes?»

«Was ist?»

«Was weißt du über unsere Mutter?» Jetzt war es ihr doch herausgerutscht, einfach so.

«Nichts.»

«Sie war aber vor zwei Jahren in Münsingen, in Arrest.»

«Ach ja?» Seine Hand, die das Messer hielt, begann zu zittern.

«Und dann hat man sie von dort – weggeschafft. Weißt du, was das heißen könnte?»

«Nein!» Zu Theres Erstaunen füllten sich seine Augen mit Tränen. Sie packte ihn bei den Schultern und schüttelte ihn.

«Du weißt was, Hannes. Sag es mir!»

«Herr im Himmel, lass doch den alten Kram.» Jetzt wurde er wütend. «Sie hat uns weggegeben. Der Rest zählt nicht.»

«Wo ist sie? Wo ist unsere Mutter?»

Nach langem Schweigen gab er ihr endlich, im Flüsterton, die Antwort: «In Zwiefalten.»

Ungläubig schüttelte Theres den Kopf. Das konnte nicht sein! Nach Zwiefalten, das wusste sie seit ihrer frühesten Kindheit, kamen die Blöd- und Schwachsinnigen, die Irren, die um sich schlugen und spuckten und nicht mehr Herr ihrer Sinne waren. Zwiefalten, das war der Höllenort, mit dem man ihnen als Kinder und mit dem auch Löblich immer ihrem Freund Urle gedroht hatte. Die ehemalige Reichsabtei lag nicht allzu weit von hier, sie war damals auf dem Weg nach Weingarten daran vorbeigekommen und hatte sich ganz fürchterlich gegraust.

Sie ließ ihren Bruder los.

«Ich will sie sehen. Morgen früh geh ich nach Zwiefalten.»

«Tu das nicht! Ich war bei ihr – es war schrecklich.»

9
Königliche Staats-Irrenanstalt Zwiefalten, Juli 1838

Unten im Tal schmiegte sich die weitläufige Anlage an die waldigen Berghänge. Man sah sofort, dass das einstige Kloster sehr mächtig und reich gewesen sein musste. Mit der riesigen, doppeltürmigen Kirche und der Mauer rundum fühlte Theres sich sogleich an Weingarten erinnert. Während sie sich an den Abstieg machte, wurden ihr die Beine schwer. Eine unbestimmte Angst ergriff von ihr Besitz. Warum nur war sie nicht einfach nach Münsingen gegangen und dort in die Postkutsche gestiegen? Ganz davon abgesehen, dass sie nun erst am Sonntag im Pfarrhaus ankommen würde statt am Samstagabend. Das würde Ärger geben, dessen war sie sich sicher. Da mit ihrem Bruder über all dies nicht zu reden gewesen war, hatte sie sich bei Marx erkundigt und erfahren, dass es auch in Zwiefalten eine Poststation gab. Sogar zweimal, morgens und abends, ging im Sommer eine Kutsche in Richtung Biberach. Und teurer würde die Passage auch nicht werden.

Sie musste ein Stück weit die Mauer entlangwandern, bis sie an das Pförtnerhaus gelangte. Nachdem sie die Glocke geläutet hatte, öffnete sich ein Fensterchen neben dem Tor.

«Was gibt's?», fragte der ältere Mann streng.

Theres musste sich zwingen, laut und deutlich zu sprechen. «Ich möchte zu einer Kranken. Zu Maria Bronner.»

«Als Angehörige?»

Sie nickte.

«Warte.»

Gleich darauf öffnete sich mit lautem Knarren eine Tür, die in das Hoftor eingelassen war, und sie trat ein. Vor ihr führte ein kiesbedeckter Weg durch die Grünanlage mit schattigen Bäumen und ordentlichen Gemüsebeeten, an denen sich einige Gärtner zu schaffen machten. Erst auf den zweiten Blick erkannte Theres, dass sie alle denselben grauen Kittel trugen und runde Helme auf dem Kopf.

Der Pförtner winkte einen Mann heran, der bucklig und krumm neben einem Holzkarren stand und offensichtlich die Arbeit beaufsichtigte.

«Bring das Mädchen ins Haupthaus.»

Unsicher folgte Theres dem Mann in Richtung eines weitläufigen Gebäudes dicht bei der Kirche. Die Männer in den Kitteln gafften sie unverhohlen an, einige kicherten und zogen Grimassen.

«Schaffet weiter und glotzet net», rief der Mann ihnen zu. Da plötzlich sprang einer von ihnen, nicht viel älter als ihr Bruder Hannes, auf sie zu und versuchte ihr einen Kuss auf den Mund zu drücken. Sofort ging ihr Begleiter mit einem Stecken dazwischen.

«Weg da, Camill! Gleich kommst zurück in deine Zelle.»

«So a schöne Braut», hauchte der Angesprochene. In seinem Mundwinkel stand gelblicher Speichel. Dann zog er sich gehorsam zurück.

«Zu wem willst?»

«Zu Maria Bronner.»

Der Mann nickte nur und ließ sie in eine große Eingangshalle eintreten. Rechts und links zweigten Korridore ab, in denen Frauen in adretten weißen Schürzen und Häubchen geschäftig hin und her eilten. Geradeaus führte eine breite Treppe nach oben. Auf den Holzbänken entlang der Wand hockten Männer und Frauen unterschiedlichen Alters. Einige redeten laut, ohne dass Theres erkennen konnte, mit wem, andere starrten teilnahmslos vor sich hin. Ihr war, als würde sich eine eiserne Klammer um ihre Brust legen, die ihr die Luft nahm. Dennoch zwang sie sich, jedes der Frauengesichter zu prüfen, ob sie nicht in einem davon ihre Mutter erkennen konnte. Vergebens.

Eine Krankenwärterin kam auf sie zu.

«Sie will zur Bronnerin», erklärte der Mann an Theres' Seite.

«Die ist grad bei Doktor von Schäffer, zur Messung. Bist du eine Angehörige?»

Es fiel Theres unendlich schwer, die beiden Worte auszusprechen: «Ihre Tochter.»

«Dein Name?»

«Theres Ludwig, aus Eglingen.»

«Schon seltsam. Erst kam zwei Jahre lang kein Mensch zu der Bronnerin und jetzt erst der Sohn, dann die Tochter. Der junge Mann war allerdings schnell wieder draußen. Hock dich da auf die Bank und wart. Ich geb dem Doktor Bescheid.»

Sie schlurfte in den dunklen Korridor und verschwand hinter einer der zahlreichen Türen. Theres bemerkte, dass die

Flurfenster zugemauert waren. Und auch, dass die Pflegerinnen allesamt von ziemlich kräftiger Gestalt waren.

«Was heißt das – Messung?», fragte sie den Buckligen.

«Untersuchung halt. Größe, Gewicht, Temperatur, Appetit, Schlafverhalten, Betragen. Wird alles ganz wissenschaftlich aufgeschrieben.» Er schüttelte den Kopf, als halte er diese Prozedur für höchst überflüssig.

«Und die Menschen hier …» Sie blickte angespannt nach rechts und links. «Sind das alles – Kranke?»

«Ja. Die ruhigeren halt. Die richtig Irren sind in den Zellen.»

Dann ließ er sie ohne ein weiteres Wort stehen und ging wieder hinaus.

Mit weichen Knien setzte sich Theres auf eine freie Bank, ihr kleines Reisebündel zwischen die Waden gepresst. Ob ihre Mutter wohl zu den richtigen Irren zählte? War Hannes deswegen so schnell davongelaufen? Sie schrak auf, als sich ein dickleibiger Mann neben sie auf die Bank quetschte. Auf dem struppigen Haar trug er eine Papierkrone, die mit einem Band unterm Kinn befestigt war. Aus seiner Nase rann Rotz. Ihr erster Impuls war aufzustehen, doch der Mann beachtete sie gar nicht. Er stützte die Arme auf die massigen Oberschenkel und wiegte unablässig den Kopf hin und her, so vorsichtig allerdings, dass seine Krone um kein Quäntchen verrutschen konnte. Dabei brabbelte er in einer fremden Sprache vor sich hin.

«Theres Ludwig?»

Vor ihr stand, neben der Krankenwärterin von zuvor, ein schlanker Mann in weißem Kittel. Der stechende Blick unter der hohen Stirn begann Theres förmlich zu durchbohren.

«Die Tochter der Maria Bronner?»

«Ja», brachte sie gerade noch heraus.

«Ich bin Doktor von Schäffer, der Direktor der Anstalt. Deine Mutter ist heute nicht in bester Verfassung. Kannst du ein andermal wiederkommen?»

Die Eisenklammer schnürte sich noch enger um ihre Brust. «Ich komm von weit her, aus Biberach.» Sie begann zu stottern. «Was ist – was ist mit meiner Mutter?»

«Nun, an manchen Tagen ist sie sehr ruhig. An anderen wechselt sie zwischen Raserei und Schwermut. So wie in letzter Zeit.»

«Bitte, Herr Direktor! Ich muss sie sehen.»

Er schien zu überlegen. Dann wandte er sich an die Krankenwärterin. «Gut, versuchen wir es. Sie bleiben auf jeden Fall dabei, Schwester Barbara.»

«Soll ich die Bronnerin ins Conversationszimmer bringen?»

«Das ist mir zu unsicher. Sie soll in ihrer Zelle bleiben. Und notieren Sie alle Vorkommnisse auf der Zellentafel. Haben Sie die Arznei?»

«Ja, Herr Direktor.»

Die Krankenwärterin nahm Theres beim Arm und zog sie hinter sich die Treppe hinauf, bis sie zwei Stockwerke höher in einen langgestreckten Flur einbogen. Die Fenster linker Hand, wenngleich vergittert, ließen helles Tageslicht herein. An der Wand gegenüber reihte sich eine Tür an die andere.

Schwester Barbara zog einen Schlüsselbund hervor.

«Wann hast du deine Mutter zuletzt gesehen?»

Theres wollte antworten, aber sie brachte kein Wort heraus. Die Frau seufzte. «Vielleicht wärst du besser gar nicht gekommen.»

Dann sperrte sie die Tür auf, und Theres folgte ihr im Schutz ihrer breiten Schultern in den Raum, der schlauchartig auf ein Gitterfenster zuführte. Bett, Tisch und Holzschemel waren im Boden verankert, die grobverputzten Wände kahl bis auf einen gekreuzigten Heiland, vom unbenutzten Bett hingen Ledergurte herunter. Ringe mit Ketten konnte Theres keine entdecken. Überhaupt: Die Zelle schien leer.

«Steh auf, Bronnerin. Deine Tochter ist da.»

Schwester Barbara schloss die Tür hinter sich, und jetzt erst entdeckte Theres das Weib, das in der Ecke auf dem kalten Ziegelboden kauerte und den Kopf in den Armen vergraben hielt. Als die Frau aufsah, unterdrückte Theres einen Schrei: Das faltige, ledrige Gesicht einer Greisin, mit blutunterlaufenen Augen und ungekämmtem, grauem Haar, das ihr in Strähnen ins Gesicht fiel, stierte sie an. Über die linke Wange zog sich eine hässliche violette Narbe.

«Das ist nicht meine Mutter», stieß Theres hervor.

Die Fremde begann schrill zu lachen.

«Genau! Wer soll das sein? Ich hab keine Tochter.»

«Und wer hat mir erst letzte Woche wieder von der kleinen Theres vorgeheult, die der böse Mann mitgenommen hat? Los jetzt, steh auf.»

Schwester Barbara zerrte sie in die Höhe und verfrachtete sie in Richtung Bett.

«Da bleib sitzen. Und du, Theres, hock dich auf den Schemel.»

So sehr ihr grauste, so konnte Theres doch nicht die Augen lassen von dieser Frau, die aussah, als sei sie siebzig. Stumm starrte sie sie an, ohne etwas herauszubringen.

«Was glotzt die mich so an? Bin ich ein Affe?», fragte die, die ihre Mutter sein sollte, die Krankenwärterin neben sich.

«Lass sie schauen und sei still», antwortete Schwester Barbara, weniger streng jetzt als vielmehr sanft, und legte ihre Hand auf die der Kranken.

Nach und nach schlug Theres' Herz ruhiger, der beklemmende Druck um ihre Brust löste sich und ließ sie wieder frei atmen. Ihr Blick glitt über das alte, geschundene Gesicht, wieder und wieder, bis sie mit einem Mal fand, wonach sie gesucht hatte. Ganz deutlich erkannte sie plötzlich ihren Bruder in diesen Zügen, wenn er, genau wie ihr Gegenüber jetzt, in trotzig-herausfordernder Manier die Stirn zusammenzog und dabei die Lippen schürzte. Schmal und feingeschnitten war dieses Gesicht, und was ihr jetzt ungekämmt vom Kopf hing, mussten einst dichte, dunkle Locken gewesen sein, so dunkel wie diese Augen.

«Mutter?»

Die Tränen schossen ihr in die Augen und ließen das Gesicht vor ihr verschwimmen zu dem einer jungen Frau, die lachte und lebte und Spaß mit ihren Freundinnen hatte.

Verlegen wischte Theres sich die Tränen ab. Maria Bronner lächelte tatsächlich.

«So bist du endlich heimgekommen, meine kleine Theres.» Ihre Stimme klang heiser. «Heim zu deiner Mutter.»

Theres nickte heftig und streckte ihr die Hände entgegen. Auch die Hände ihrer Mutter waren schmal. Sie sahen so viel jünger aus als ihr Gesicht und lagen jetzt warm in ihren.

«Hab dich niemals weggeben wollen, niemals. Auch nicht den Hannes, meinen lieben Jungen. Die bösen Männer hatten mich ins Arbeitshaus geschafft und euch für immer von mir genommen. Für immer und alle Zeiten. Ich hab euch nie wiedergesehn.»

«Der Hannes war hier, Mutter.»

«Nein, nein, nein! Mein kleiner Bub war nicht hier.»

Theres sah hilflos auf die Krankenwärterin. Die schüttelte fast unmerklich den Kopf, als wolle sie sie warnen weiterzubohren.

Nach einem Moment des Zögerns bat Theres: «Bitte erzähl mir von dir.»

«Sag bloß – was willst denn wissen? Ich hab nix Schönes erlebt.» Sie schien nachzudenken. «Einmal, nach dem Tod meines Jakob, hatt ich nach Russisch-Polen auswandern wollen. Hatte vom Münsinger Oberamt sogar die Papiere dafür, weil ich ja eine arme Sau war und die feinen Herren nur Geld kosten würd. Da warst noch nicht auf der Welt, nur der kleine Hannes. Bin dann aber bloß bis Ulm gekommen.» Ihre Sätze kamen nun rasch nacheinander. Ohne Atem zu holen, reihte sie einen an den andern. Dabei war ihre Stimme erstaunlich ruhig.

«Da hat man mich nämlich nicht aufs Russenschiff gelassen, obwohl ich den Auswanderer-Pass hatte. Aber halt nicht genug Reisegeld. Ist das nicht zum Lachen? Die Württemberger wollten mich loswerden, die Russen wollten mich nicht haben. Die Ulmer haben mich und den Hannes sogar festsetzen lassen im Turm, dass ich nicht heimlich ausreißen tät. Da hab ich eine Bittschrift an unsern lieben König geschickt, damit er mich wieder ins Bürgerrecht aufnimmt. Hat mich mein ganzes Geld gekostet, weil ich ja selber nicht gescheit lesen und schreiben kann, aber es war eh alles für die Katz. Bin dann dahin zurück, wo ich mich auskenn: auf die Landstraß. Irgendwann – es war ein warmer Junitag, und überall hatt's nach Rosen geduftet – hab ich den Fidelis getroffen, einen Wanderhirt. Mei, war das ein schöner junger Mann! Mit dem bin ich rumgezogen, aber als ich dann einen dicken Bauch hatt von ihm, hat er mich sitzenlassen. Hab den Fidelis auch nie wiedergesehen, nur gehört, dass er auf freiem Feld vom Blitz erschlagen wurd. Heiraten hätt ich ihn eh nicht dürfen, weil die Gesetze so streng waren für die, die nichts zu beißen haben.»

Sie schwieg, und ihr Blick ging ins Leere. Sie schien weit weg zu sein. Dann fuhr ein Ruck durch den zerbrechlichen Körper.

«War ja ganz allein mit dir, den Hannes hatt ich in Eglingen gelassen. Hab mich mit Schmuggel über Wasser gehalten, an der Grenze zu Baden. Mit Kaffee und Zucker, das lief nicht schlecht. Die Grenzbauern dort haben's alle so gemacht, das war nix Schlimmes. – Ach herrjeh.» Sie seufzte. «Wie lang das alles her ist.»

Verstört fragte Theres: «Dann – dann ist Jakob Ludwig gar nicht mein Vater?»

«Aber nein. Nur der vom Hannes.»

«Und wo – wo bin ich geboren?»

«Der Hannes in Eglingen und du in – in …»

Sie dachte nach. Genau wie Hannes zog sie dabei die Nasenwurzel in Falten. «Im Oberland. Das Dorf hieß … Warte, mein Kopf gehorcht mir nicht immer gleich. Ja! Es war in Bietingen, bei Messkirch. Jetzt weiß ich's wieder. Dafür, dass du auf die Welt gekommen bist, bin ich zur Straf auf acht Tag ins Dorfzuchthäusle gesprochen worden, mit Schärfung durch schmale Kost. Weißt, Theres, eine Frau darf nicht einfach ein Kind kriegen, wenn's keinen Vater gibt.»

Wieder verfiel sie in Schweigen. Theres ließ ihre Hände los. Sie konnte es nicht fassen: Sie war gar nicht Jakob Ludwigs Tochter, sondern das heimliche Kind eines Wanderhirten. Das war noch viel weniger wert als eine Taglöhnertochter, und viel unehrenhafter.

Ihre Mutter beugte sich ihr nun entgegen. Sie strich Theres' Haube zurück und fuhr ihr zärtlich über Stirn und Wangen.

«So wie du hab ich auch mal ausgesehen», sagte sie. «So jung und schön und voller Leben. Das feste, kastanienbraune Haar hast von deinem Vater, meines war fast schwarz. Aber die dunklen Augen sind von mir.»

«Was war dann? Als ich weg war von dir?»

Hatte Maria Bronner eben noch ganz ruhig gewirkt, wie

eine ins Alter gekommene Frau, die ihrer halberwachsenen Tochter aus ihrem Leben erzählt, so ging jetzt eine plötzliche Veränderung mit ihr vor. Sie ließ Theres' Gesicht los, sackte in sich zusammen, mit glasigem Blick, und wurde mit einem Mal wieder zu dieser erbarmungswürdigen Kreatur, die Theres beim Eintreten vorgefunden hatte.

«Hab mich durchgeschlagen, bin von hier nach da. Mal allein, mal mit andern ledigen Weibern. Davon gibt's genug auf der Straß. Hatte auch Gesellschaft mit Männern, da gab's gutes Geld oder Essen dafür. Oder Arrest, mal auf drei Tage, mal auf acht. Auch wenn sie mich beim Straßenbettel erwischt hatten, weil's doch keine Arbeit nirgendwo gab, haben sie mich weggesperrt. Hab mal im Winter Wengertpfähle geklaut und im Wald frisches Holz geschlagen, das gab viel Geld. Da musst ich zum ersten Mal ins Zuchthaus, weil ich doch eine liederliche Landstreicherin wäre und eine Diebin. Aber ich war gar nie liederlich, glaub mir. Bei jeder Rast haben wir unsre Strümpfe und Röcke geflickt und die Schuh mit Schweineschmalz eingeschmiert. Als ich mal am See unten ein bissle auf dem Handel herumgezogen bin, mit Bändeln und Schnüren, da konnt ich mir sogar frischgesohlte Schuh aus Leder leisten! Ordentlich und freundlich war ich immer, wenn ich an die Tür geklopft hab.»

«Warum bist du nie nach Eglingen gekommen?»

Ihre Mutter stieß ein trauriges Lachen aus.

«Weil ich mich nicht getraut hab. Hättet ihr so eine Mutter haben wollen? Ihr hättet euch geschämt für so eine, die mit dem Landstreichergesindel rumzieht. Für so eine Diebin und Bettlerin, die immer wieder ins Loch gesteckt wird. Aber dafür bin ich im Leben rumgekommen. Ja, mein Kind, ich kenn sie alle, die Gefängnistürme, die Arbeits- und Arresthäuser, die Armenspitäler und Zuchthäuser. Bis Markgröningen bin ich gekommen, ins Weiberarbeitshaus, und am Ende ins Zuchthaus von Gotteszell. Ein schöner Name, gell? Nur – ein Gott war da nicht mehr.»

Schwester Barbara hob warnend die Hand, und Maria Bronner duckte sich.

«Verzeihung, Verzeihung, ich wollt die Herrin der Schlüssel nicht ärgern.» Sie kicherte plötzlich. «Aber hier ist meine letzte Station. Von hier geh ich schnurstracks in den Himmel. Oder in die Hölle, gell, Irrenwärterin?»

Zu Theres' Schrecken begann sie nun am ganzen Körper zu zucken. Schwester Barbara legte ihr den Arm um die Schultern.

«Lass gut sein, Bronnerin. Ich denke, der Besuch war jetzt lang genug.»

«Nein, weg – lass mich los, alte Hexe!» Maria Bronner schlug nach ihr. Dann wurde sie wieder ruhig.

«Sag, Theres – hast du nicht bald Geburtstag?»

«Nein, erst im Herbst.» Theres konnte kaum sprechen.

«Ganz gleich. Ich schenk dir was. Und dem Hannes auch.» Sie legte den Kopf schief wie ein kleines Kind, das bettelt. «Sperrst mir meine Truhe auf, Barbara?»

Die Krankenwärterin zog unter dem Bett einen flachen Kasten hervor und öffnete ihn mit einem ihrer Schlüssel.

«Schau, was ich hier Schönes hab.» Vorsichtig nahm Maria Bronner ein mehrfach gefaltetes Wolltuch heraus und legte es neben sich aufs Bett. «Zwei Erbstücke von meinem Vater. Und Erbstücke soll man weitergeben, wenn's so weit ist.»

Sie faltete das Tuch auseinander. Zum Vorschein kamen ein kleines Kruzifix und ein hölzernes Bildnis der Mutter Maria, dessen Farbe verblasst war.

«Komm näher und sieh es dir an.» Sie streckte ihr das Kruzifix entgegen. «Die Leut sagen, mein Vater hätt es in Mergentheim gestohlen, aber das ist gelogen. Der liebe Gott selber hat es ihm geschenkt.»

Wieder wurde Theres von dieser lähmenden Angst gepackt. Als ihr Blick auf das Kruzifix fiel, stockte ihr der Atem: Dem Gekreuzigten fehlte ein kleines Stück am linken Fuß, es sah aus, als habe ihm jemand die Zehen abgehackt. Genau wie bei Hannes!

«Genau wie bei Hannes!», rief ihre Mutter mit schriller Stimme. «Deshalb ist das Kruzifix für ihn und die Heilige Maria für dich. Und das Stöckchen hier auch. Es ist gesalbt. Los, los», befahl sie streng. «Pack es in dein Bündel.»

Theres tat, wie ihr geheißen. Ihre Hände zitterten. Dabei hörte sie ihre Mutter laut schwadronieren: *Schaff und bete jederzeit – so hilft dir Gott auch allezeit.* Bete zu ihm, zu unserem lieben Heiland, der für unsere Sünden am Kreuz gestorben ist. Und geh nur fleißig in die Kirch, Theres, und horch den Pfaffen zu, dass du dein Seelenheil kriegst. Hast du verstanden, du böses Kind? Dass du nur ja nicht endest wie deine Mutter, die Wurzeln und Gras gefressen hat und das stinkende, verdorbene Fleisch vom Abdecker und ihre Schuh und Röck gestohlen und ihr Lebtag geflucht, betrogen und gehurt.» Das Gesicht der alten Frau war zur Fratze verzerrt. «Und jetzt geh, verschwind aus meinem Leben. Lass dich nie wieder blicken, hörst du? Nie wieder!»

Die letzten Worte brüllte sie heraus, während Theres die Tränen übers Gesicht liefen. Sie stand da, mitten in dieser elenden Zelle, mit ihrem Bündel in der Hand und starrte erschüttert die Frau an, die jetzt aufgesprungen war und sie bei den Schultern packte mit lautem Gekreisch. Theres versuchte sich loszumachen, kam aber kaum an gegen die erstaunliche Kraft, die in dem schmächtigen Körper steckte. Die Krankenwärterin eilte ihr zu Hilfe, zerrte und zog an ihrer Mutter, versuchte, sie aufs

Bett zu drücken, und rief: «Rasch, die Zwangsriemen her! Um ihre Füße!»

Aber Theres konnte nur hilflos zusehen, wie Schwester Barbara mit der Rasenden kämpfte und endlich die Oberhand gewann. Mit zwei, drei harten Schlägen warf sie Maria Bronner bäuchlings aufs Bett, umschlang deren Handgelenke mit den Riemen, tat dasselbe noch mit den Fußgelenken. Dann war es von jetzt auf nachher still im Raum. Der Körper ihrer Mutter zuckte noch, wie bei einem verendenden Tier, ihr Geschrei aber hatte aufgehört.

Theres erwachte aus ihrer Erstarrung. Mit einem Satz war sie bei der Tür, riss sie auf, hörte noch, wie ihre Mutter ihr nachkeifte: «Hätt ich dich bloß nie in die Welt gesetzt!» – dann war sie draußen.

Nur weg von hier, nur weg! Sie stolperte die Treppen hinunter, vorbei an glotzenden Irren, rannte den weiten Kiesweg zurück zum Pförtnerhaus, trommelte gegen das Tor, bis der alte Mann endlich kam und sie hinausließ. Unwillkürlich nahm sie den gleichen Weg, den sie gekommen war, die Lunge stach ihr längst, doch sie rannte immer noch weiter, durch den Wald den Berg hinauf, bis ihre Beine nicht mehr wollten. Vor ihr öffnete sich der Wald zu der kargen Heidelandschaft der Alb, mitten durch die Hügel schlängelte sich das schmale Sträßchen in Richtung Eglingen. Wie eine Betrunkene taumelte sie vom Weg ab, rutschte einen Hang hinunter und brach endlich schwer atmend zusammen.

Als Theres den Kopf hob, zog mit einem letzten Feuerschein im Westen der Nachthimmel über ihr auf. Der Heideboden war noch warm von der Tageshitze, und sie war drauf und dran, wieder einzuschlafen. Dann aber brach mit schmerzhafter Wucht über sie herein, was sie in Zwiefalten erlebt hatte. Sie schluchzte auf, als sie die Gestalt der tobenden alten Frau wieder vor Augen hatte. Hätte sie nur auf Hannes gehört!

«Was soll ich tun? Was soll ich tun?», flüsterte sie immer wieder vor sich hin. Wenige Schritte von ihr entfernt lag ihr Reisesack, mit dem Vermächtnis ihrer Mutter darin. Sie könnte es einfach dort liegen lassen, auf dieser Wiese mitten in der Einsamkeit der Alb, und sich dann in Zwiefalten einen Unterschlupf für die Nacht suchen. Oder aber weitermarschieren zu Hannes und ihm das Kruzifix überbringen, denn es war hell genug: Ein runder Mond hatte sich über eine Reihe von Bäumen geschoben und tauchte die kahlen Hügel in silbriges Licht. Nur die Wacholderbüsche standen schwarz und starr wie reglose Wächter.

«Was soll ich tun?», murmelte sie erneut, während sie sich erhob. «Lieber Gott, was soll ich tun?», rief sie plötzlich mit lauter Stimme in die nächtliche Stille hinein. «Sag es mir, lieber Gott! Du hast meine Mutter zur Irren gemacht. Darum hilf mir jetzt auch!»

Sie warf den Kopf in den Nacken und begann, sich um die eigene Achse zu drehen, bis die Sterne über ihr sich vom Himmelszelt lösten und zu tanzen begannen.

«Zeig dich mir, wenn es dich gibt!»

Doch Gott gab ihr kein Zeichen. Stille und Einsamkeit um sie herum waren grenzenlos. Nicht einmal der Schrei eines Käuzchens vom nahen Wald her war zu hören. Mit Schwindel im Kopf sank sie in die Knie und zerrte das Wolltuch aus ihrem Beutel. Hell leuchtete ihr das Gesicht der Mutter Gottes im Mondlicht entgegen, mit einem Lächeln, das sie zu verhöhnen schien.

«Du lachst mich aus? Weil ich so dumm war? Warte!»

Sie schlug mit dem angeblich gesalbten Stöckchen auf das Bildnis.

«Siehst du, was ich mache, du Herr dort droben im Himmel? Siehst du es?» Sie schlug erneut. Ein Streifen heller Farbe auf Marias Stirn platzte auf. Dann nahm sie sich den Gekreuzigten vor. «Und hier dein Sohn, dein verkrüppelter Sohn. Die Zehen wurden ihm abgehauen, genau wie beim Hannes. Da! Und da!»

Beim nächsten Hieb zersprang das Stöckchen in zwei Teile, und Theres heulte auf.

«O nein, ich hab keine Angst vor dir, meinem Gott. Weil es dich nämlich gar nicht gibt. Und wenn es dich gibt, dann erschlag mich jetzt. Schlag mich einfach tot.»

Sie warf sich über das geschundene Erbe ihrer Mutter und heulte und schluchzte, dass es sie schüttelte. Als die Tränen versiegten, lag sie immer noch so da, unbehelligt von Gottes Zorn. Genau wie damals, in der Arrestzelle. War sie für Gott so unbedeutend, dass sie gegen ihn fluchen und zürnen konnte, wie sie wollte?

Kruzifix und Bildnis waren dreckverschmiert, und der Anblick ekelte sie, wie sie sich vor sich selbst ekelte. Nein, sie würde nicht zu Hannes zurück, sie würde das alles hier vergraben. Suchend sah sie sich um, als ihr Blick auf eine Matte von Heidekraut fiel. Dort riss sie zwei, drei Büschel aus und grub mit bloßen Händen im Boden. Die Nägel brachen ihr dabei, endlich schien ihr das Loch tief genug. Dann holte sie das Wolltuch, kippte seinen Inhalt hinein und warf das Tuch in hohem Bogen von sich. Mit ihren Schuhen scharrte sie die Erde zurück ins Loch und trat sie fest. Als sie sich wieder aufrichtete, wurde sie ruhiger. Sie beschloss, alles, was sie in den letzten zwei Tagen erlebt und erfahren hatte, zu vergessen. Alles, auch ihre Mutter.

Wie eine Traumwandlerin kehrte sie zurück auf den Weg, marschierte noch ein Stück weit in Richtung Zwiefalten, bis sie den

Waldrand erreichte. Dort legte sie sich neben einen Holzstoß ins Gras, schloss die Augen und wartete. Vielleicht würde sie ja ein Wegelagerer entdecken und erschlagen – dann wenigstens hatte alles ein Ende.

Einige Stunden musste sie da gelegen haben, in einem Zustand, der weder Schlafen noch Wachsein bedeutete, als ein «Jesses-Maria-und-Josef!» sie aufschreckte. Sie öffnete die Augen und fand über sich das erschrockene Gesicht einer Bauersfrau. Die bekreuzigte sich jetzt mit einem lauten Schnaufen. Hinter ihr schimmerte rosafarben der Morgenhimmel.

«Ich dacht schon, du wärst eine Leich! Was hams denn mit dir g'macht?»

Mühsam kam Theres wieder auf die Beine. «Gar nix. Hab mich verlaufen und bin eingeschlafen.»

«Dann bist gar net verletzt?»

«Nein.»

«Aber sag bloß – wo g'hörst denn hin? Doch net etwa in die Anstalt?»

Theres schüttelte heftig den Kopf. «Ich bin aus Biberach, muss zur Poststation.»

«Dann aber schnell. Mit viel Glück erreichst noch die Morgenkutsche.»

10

Im Pfarrhaus bei Biberach, Juli bis Herbst 1838

Gütiger Herr im Himmel! Die ganze Nacht hab ich nicht geschlafen. Fast hätt ich dir einen Polizeidiener hinterhergeschickt!» Pfarrer Konzet war außer sich. «Wo also hast du gesteckt? Mach endlich den Mund auf!»

Theres presste die Lippen zusammen.

«Warst du etwa gar nicht bei deinem Bruder? Steckt da ein Kerl dahinter? Na warte, ich werd dich schon zum Reden bringen.»

Sie schwieg auch dann noch, als Pfarrer Konzet den Rohrstock, den er immer mit in die Schule nahm, vom Fenstersims holte und ihr befahl: «Hinknien! Auf die Gebetsbank!»

Der erste Schlag brannte wie Feuer. Erstaunt stellte Theres fest, dass der Schmerz guttat. Als die Schläge rasch immer kraftloser wurden und Konzet den Stecken schließlich in die Ecke schleuderte, war sie fast enttäuscht.

«Ab in deine Kammer! Ich will dich für heute nicht mehr sehen. Das Abendessen ist auch gestrichen.»

Zur Strafe musste sie die nächsten Tage ihre Mahlzeiten allein in der Küche einnehmen. Einen größeren Gefallen hätte ihr Dienstherr ihr gar nicht erweisen können. Wenn es nach ihr gegangen wäre, hätte er sie auch in den Hühnerstall sperren können, bei Wasser und Brot. Hauptsache, sie war allein, musste mit niemandem reden, konnte sich ihrer dumpfen Teilnahmslosigkeit überlassen.

Einige Wochen später, der Sommer ging schon dem Ende zu, traf Post für sie ein: ein langer Brief von Sophie, der erste seit ihrem Abschied! Theres hatte ihr bereits zweimal nach Tettnang geschrieben, einmal ganz zu Anfang, im Frühjahr, dann noch einmal kurz vor ihrer Reise auf die Alb. Doch Antwort hatte sie bislang nie bekommen, und fast hatte sie sich damit abgefunden, dass das Schicksal sie für immer auseinandergerissen hatte.

Es war ein Montagabend und der Pfarrer wie üblich zum Stammtisch im Adler verabredet, als er ihr beim Hinausgehen den Umschlag überreichte. Zum ersten Mal seit ihrer Rückkehr von Zwiefalten spürte Theres wieder einen Funken Leben in sich. Sie beeilte sich, Küche und Stube aufzuräumen, setzte sich dann an den Küchentisch und riss voller Ungeduld den Umschlag auf. Tiefrote Blütenblätter rieselten ihr entgegen, mit dem süßen Duft nach Rosen. Sie lächelte voller Rührung, zugleich schossen ihr die Freudentränen in die Augen.

Liebste Freundin, die Blüten sind von meiner Lieblingsrose im Garten. Die blüht nun schon seit Juni den ganzen Sommer durch. Die sollen dich besänftigen, falls du bös auf mich bist. Ich weiß ja, ich hätt längst schreiben sollen. Aber es ist alles so aufregend hier. Und viel zu tun hab ich auch. Ist es immer noch so öd bei dir im Pfarrhof? Ich glaub fast, ich hab es besser getroffen. Hier im Haus herrscht immer Trubel. Mein Dienstherr ist ja ein reicher Kaufmann, eine kleine und eine große Tochter hat er und zwei Söhne. Und die Herrin empfängt fast täglich eine Gesellschaft zum Tee. Da braucht es natürlich fleißiges Dienstpersonal. Zum Glück bin ich nicht allein. Es gibt noch eine Kindsmagd und eine Köchin außer mir. Leider sind sie beide dumm und stockhässlich.
Ja, Theres, was soll ich sagen? Ich arbeit mich nicht grad tot, und die meisten Leut sind freundlich zu mir. Vor allem die Männer! Jetzt sag ich dir was unter Freundinnen: Bei den jungen Herren sind einige ganz schmucke Burschen drunter. Da würdest Augen machen! Die müssen bei der Hausherrin und ihrer Tochter immer ganz anständig tun. Aber bei mir sind sie dafür umso lustiger. Einige von denen würden mir am liebsten an den Rock gehen, das kannst mir glauben. Das hat aber auch sein Gutes. Bevor du ihnen auf die Finger haust, lässt dich ein bissle verwöhnen. Hab schon ein Seidentüchlein geschenkt bekommen, ein zierliches Halskettchen und Naschwerk ohne Ende. Ich muss dann jedes Mal an dich denken. Wie du da so eingesperrt hockst mit deinem grätigen Pfaffen

und deiner stummen Kochmamsell. Und erlebst so gar nix Schönes. Weißt was? Lass doch deinen Pfarrer sitzen und such dir eine Stellung in der Stadt! Tettnang ist zwar klein, aber ich kann ja mal die Ohren aufsperren. Oder du gehst nach Ravensburg, zur Base von meiner Herrin. Die Schönfärbers sind auch Kaufleute und suchen grad wieder eine Stubenmagd. Stell dir nur mal vor: Da könnten wir uns jeden Sonntag sehen! Nach Ravensburg sind's nämlich bloß zwei Wegstunden, wenn man stramm marschiert. Wir könnten uns auf halbem Weg treffen.
Jetzt schreib mir nur recht bald zurück, damit ich weiß, ob ich mich umhören soll für dich. Glaub mir, ein Bürgerhaushalt ist für ein junges Mädle allemal besser als ein katholischer Pfarrhof. Also, überleg es dir. Oder gibt's gar schon einen Kerl im Dorf, der dir gefällt?
Es umarmt dich ganz innig deine auf immer beste Freundin
Sophie!

Eine Träne tropfte auf das Papier und ließ die Buchstaben der letzten Wörter verschwimmen. Glücklich und traurig zugleich stimmten Theres die Zeilen ihrer Freundin. Wie gerne wäre sie in Sophies Nähe, aber sie konnte und wollte nicht den Vertrag brechen. Nicht, wo Oberinspektor Rieke doch so große Stücke auf sie hielt. Zwei Jahre würde sie schon durchhalten müssen – und jetzt hatte sie noch nicht mal ein halbes hinter sich.

Sie seufzte. Gleich morgen würde sie Konzet um Papier und Tinte bitten. Wenigstens hatte der Pfarrer sich wieder beruhigt nach dem «infamen Vertrauensbruch», wie er es genannt hatte. Vergangenen Sonntag hatte er ihr nochmal einen langen Vortrag gehalten, dass so etwas nie wieder vorkommen dürfe und dass er bis zu dem Zwischenfall eigentlich überlegt habe, sie beim landwirtschaftlichen Bezirksfest im Herbst für den Ehrenpreis der Dienstmägde vorzuschlagen. Nun allerdings werde sie sich, sofern sie sich gut betrage, auf das nächste Jahr gedulden müssen. Sie hatte bei diesen Worten brav genickt. Innerlich jedoch dachte sie bei sich, dass sie gut darauf verzichten konnte. Hatte sie doch gehört, dass diese Art von Ehrungen in der gleichen Gruppe mit den Viehprämierungen vonstatten ging. Dennoch war sie erleichtert, dass Konzet wieder versöhnlich gestimmt war.

Am nächsten Tag suchte sie den Pfarrer in seiner Studierstube auf, um ihn nach den Schreibutensilien zu fragen. Sein allerheiligstes Zimmer war in der Regel verschlossen, und nur in seinem Beisein durfte sie dort kehren und staubwischen. Sie betrat den kleinen, viereckigen Raum immer in einer Mischung aus Ehrfurcht und Unbehagen, denn alles darin verriet Bildung und vergeistigte Arbeit. Neben dem Fenster befand sich ein dunkel gebeizter Schreibsekretär, dessen Aufsatz mit zahlreichen Schüben und Fächern versehen war; davor, auf der Schreibplatte, standen Briefbeschwerer, Federkiele und Tintenfass und jenes Wunderding, dass Theres jedes Mal aufs Neue bewunderte: ein Tischglobus, der die ganze Welt zeigte. Die Wand links des Sekretärs verschwand vollständig hinter endlosen Reihen von Büchern. Die meisten waren in Leder gebunden, einige hatten sogar goldene Blattkanten. Neben Werken wie der Heiligen Schrift, dem Canisius, mehreren Beicht- und Gebetsbüchlein oder christlichen Erbauungsschriften hatte Theres auch Reisebeschreibungen sowie Werke von Menschen entdeckt, die Goethe und Lessing hießen, Fichte und Kant – alles Namen, die Theres nie zuvor gehört hatte. Die Wandseite gegenüber war mit einer Bildertapete bespannt, die Szenen aus Altem und Neuem Testament zeigten. Manchmal verlor sich Theres so sehr in der Betrachtung der Zeichnungen, dass sie darüber das Putzen vergaß. Dabei legte Konzet in seiner Studierstube, anders als sonst, höchsten Wert auf Reinlichkeit. Jedes Ding hatte seinen Platz und durfte nicht verrückt werden.

Als Theres an diesem Morgen, mit Besen und Wedel bewaffnet, anklopfte, saß er wie üblich an den letzten Vorbereitungen für seine Schulstunde. Üblicherweise unterbrach er seine Arbeit, sobald sie eintrat, lehnte sich in seinem gepolsterten Stuhl zurück und schloss die Augen, während sie putzte. Heute allerdings war er so versunken in seine Arbeit, dass er nicht einmal aufsah. Stattdessen sprach er halblaut vor sich hin:

«Ad 1: Grüßet den Lehrer beim Eintritt in die Schule oder saget den gewöhnlichen Lobspruch. – Ad 2: Erwartet stille und ruhig den Anfang des Unterrichts. – Ad 3: Beim Gebete stehet auf, faltet die Hände und betet andächtig nach, was vorgebetet wird. – Ad 4: Höret auf den Lehrer und tuet alles, was euch befohlen wird, willig und gerne, denn Gehorsam ist eine edle Pflicht. – Nein, das ist zu schwach. Besser: Denn Gehorsam ist die Hauptpflicht des Schülers. Genau! So, und jetzt noch das Verhalten in der Kirche. Ja, wo ist denn jetzt bloß mein Entwurf?»

Theres räusperte sich vernehmlich.

«Ach du liebe Güte, Mädchen. Hab dein Klopfen wohl ganz überhört. Ja, ja, komm nur herein und mach sauber. Wart, ich leg die Papiere zusammen, dann kannst gleich hier über den Tisch wischen. Weißt du, das ist die neue Schulordnung, die ich mit einigen Amtskollegen gerade entwerfe.»

Ganz kurz blitzte so etwas wie freudiger Stolz in seinen Augen auf.

«Übrigens: Gut, dass du da bist. Gestern beim Stammtisch hat mich mein alter Freund Wohlgschafft angesprochen. Er braucht für einen Tag eine zusätzliche Magd in der Küche, wegen der Hochzeitsvorbereitung seiner Balbina, und hat dabei an dich gedacht. Da wollen wir doch nicht nein sagen, oder? Wo er dich doch mitgenommen hat.»

Erschrocken starrte Theres den Pfarrer an.

«Was schaust du so? Ich werd schon auch mal ohne dich auskommen. Und ein paar Kreuzer für deinen Sparhafen springen sicher dabei heraus. Also, was ist?»

Sie nickte stumm. Erst nachdem sie mit dem Reinemachen fertig war und wieder im Flur stand, stellte sie fest, dass sie gar nicht nach Tinte und Papier gefragt hatte.

Das Anwesen von August Wohlgschafft lag auf halbem Weg nach Biberach, eine knappe Wegstunde westlich von Ringschnait. Die Tage waren jetzt, Anfang Oktober, schon spürbar kürzer, und um rechtzeitig zum Arbeitsbeginn dort zu sein, musste Theres im Stockdunkeln aufbrechen. Es war hundekalt nach einer sternenklaren Nacht. Nicht mal die Zeit für ein richtiges Morgenessen hatte der Pfarrer ihr vergönnt. Er hatte sie so nachdrücklich zur Eile angetrieben, als hinge von ihrer Mithilfe das Gelingen der ganzen Hochzeitsfeier ab.

So tappte sie denn, mit eisigen Händen und Füßen, bergan. Im Talgrund der Dürnach schimmerten Nebelschwaden im ersten schwachen Licht der Morgendämmerung, einzelne Bäume streckten ihre Äste aus dem milchigen Weiß wie Ertrinkende ihre Arme aus dem Wasser. Theres war heilfroh, als sie auf der Höhe angelangt war, wo bereits einige Menschen unterwegs waren und es von Osten her langsam hell wurde. Dabei verfärbte sich der Himmel in den herrlichsten Pastelltönen, so leuchtend und zart zugleich, wie kein Maler sie je würde hervorzaubern können.

An dem von Konzet beschriebenen Bildstock gabelten sich die Wege. Sie nahm den schmaleren, der in südliche Richtung führte – nicht ohne einen ängstlichen Blick auf das Marienbildnis zu werfen, das eben jetzt unter den Strahlen der Morgensonne erglühte. Die Muttergottes mit dem nackten Jesuskind im Arm schien ihr geradewegs in die Augen zu sehen, traurig und enttäuscht zugleich.

Keine halbe Stunde später erreichte sie eine flache Senke, offen und ohne Waldbestand, an deren Rande das Gehöft lag. Es war noch viel größer und stattlicher, als sie es sich vorgestellt hatte, und unwillkürlich zog sie die Schultern ein. An das Wohn- und Wirtschaftsgebäude schlossen sich Scheuer, Speicher und ein langgestreckter Stall, neben kleineren Schuppen gab es noch einen offenen Schopf für Wagen und Gerätschaften, ein Holzlager, einen Brunnen und sogar eine eigene, wenn auch winzige Kapelle. Der riesige, dampfende Misthaufen daneben war der größte, den Theres je gesehen hatte.

Fast widerwillig ging sie weiter. Seitdem die Sonne sich gezeigt hatte, hatte sie ihren Fußmarsch durch Wiesen und Felder genossen wie schon lange nichts mehr. Und jetzt sollte sie diesen herrlichen Tag in einer stickigen Küche verbringen, mit lauter fremden Menschen.

Vor dem Haupthaus wurde gerade ein Fuhrwerk abgeladen, umringt von einer wütend schnatternden Gänseschar. Sie stellte sich einer der Mägde, die geschäftig kreuz und quer über den Hof eilten, in den Weg.

«Ich bin Theres, aus dem Pfarrhaus zu Ringschnait, und soll hier aushelfen.»

«Da musst in die Küche, zur Lene. Die hat das Kommando.»

Sie folgte einem Mann mit einem Korb auf dem Rücken in den Hausflur, in dem man leicht vier Ochsen hätte unterbringen können, so geräumig war er. Die Tür linker Hand, mit hübschen Schnitzereien verziert, war verschlossen, die einfache Brettertür geradeaus stand offen und gab den Blick frei auf ein Getümmel von Menschen. Theres drängte sich hinein und fragte sich zwischen Kisten, Körben und Fässern nach dieser Lene durch, bis sie vor einem mächtigen gemauerten Herd mit mehreren Feuerstellen stand. Sie konnte es kaum fassen: Die Küche war fast so groß wie die im Vagantenkinderinstitut!

Eine dicke Frau mittleren Alters kam auf sie zu.

«Bist du die aus Ringschnait?», schnaufte sie.

Theres nickte.

«Ich weis dich nachher ein, jetzt stehst nur im Weg. Warte.» Sie drückte ihr ein Körbchen und ein Messer in die Hand. «Geh solang in den Garten und hol Kräuter. Hast überhaupt schon was gegessen?»

«Nein.»

«Da, nimm den Wecken. Später gibt's was Warmes.»

Sie schob Theres durch eine schmale Tür hinaus in den Gemüsegarten. Nachdem sie das Brot hinuntergeschlungen hatte, füllte sie ihr Körbchen und wurde bald darauf wieder hereingerufen. Die Mannsbilder waren verschwunden, die Kisten und Körbe ordentlich verräumt. Etliche Frauen standen schwatzend zwischen Herd und den beiden ausladenden Tischen, auf denen sich Berge von Gemüse häuften. In den Kesseln dampfte bereits das Kochwasser.

«So, jetzt kann's losgehen.» Die Dicke wischte sich die Hand an der Schürze ab und reichte sie Theres. «Ich bin die Lene, die Köchin hier auf dem Hof. Das da sind unsre Mägde Marie und Cathrin. Die andern fragst am besten selber, die sind von den Höfen rundum. Setz dich an den Tisch zum Gemüseputzen.»

Während Lene mit zwei Helferinnen am Herd stand und die nächsten Stunden mit den schweren Pfannen und Töpfen hantierte, es über dem Feuer zischte und brodelte und bald die verführerischsten Düfte aufzogen, hockte Theres mit den übrigen Mägden am Tisch und schnitt und putzte Unmengen von Gemüse. Zwischendurch musste sie nach draußen, frisches Wasser oder Brennholz holen, dann ging es weiter, bis gegen Mittag an jede eine Schale sämiger, fetter Suppe mit Wurststücken verteilt wurde. Dazu gab's kräftiges Braunbier, so viel man wollte. Theres begann Gefallen an ihrem Ausflug auf den Einödhof zu finden. Hier redete jede mit jeder, es wurde bei der Arbeit gelacht und gesungen, und ihre ärgste Befürchtung, nämlich dem Hausherrn oder auch seiner blasierten Tochter zu begegnen, hatte sich erst gar nicht erfüllt. Sie hätte niemals gedacht, wie angenehm einem die Arbeit von der Hand ging in einer solch fröhlichen Frauenrunde.

Als Theres kurz nach Sonnenuntergang den Pfarrhof erreichte, fühlte sie sich wohlig müde und zufrieden. Sie hatte gut gegessen, gut gearbeitet in netter Gesellschaft, und am Ende hatte die Köchin ihr zehn Kreuzer in die Hand gezählt. Das war mehr, als sie je erwartet hätte – an Lohn und an schönen Stunden.

II

Im Pfarrhaus bei Biberach, Winter 1838 / Frühjahr 1839

Kälte und Finsternis des Winters trafen Theres mit ganzer Wucht. Unter der Woche sah sie keinen einzigen Sonnenstrahl, und selbst an Sonn- und Feiertagen kam sie kaum nach draußen, da es viel zu kalt war, um auf der Bank zu sitzen. So blieb ihr nur der Kirchgang oder ihre Runde rings um das Dorf zwischen Mittagessen und Christenlehre. Aber wenn sie es früher aus tiefstem Herzen genossen hatte, an der frischen Luft zu sein, befiel sie dabei jetzt eine fast schon schmerzhafte Einsamkeit. Nach wie vor nämlich hatte sie keine Freunde im Dorf, und das traf sie inzwischen weit härter als die freudlose Stille im Pfarrhaus. Dabei hatte sie schon lange erkannt, dass das kühle und abweisende Wesen des Pfarrers nichts mit Dünkel ihr gegenüber zu tun hatte. Vielmehr war es eine Art Schwermut, die tief in ihm drinnen steckte und die jetzt, in der dunklen Jahreszeit, nur noch stärker zum Vorschein kam. Immer häufiger hörte sie ihn leise seufzen, ohne jeglichen äußeren Anlass.

Theres dachte noch oft an den Tag auf dem Einödhof zurück. An diesem einen Tag hatte sie mehr gelacht als in den ganzen Monaten im Pfarrhof. Auch Sophie war zu beneiden. Die hatte gewiss schon ein halbes Dutzend Freundinnen. Wie sehr Theres sie doch vermisste. Hier sprach keiner der jungen Leute mit ihr. Man grüßte sie nur, wenn es denn sein musste, und kehrte ihr ansonsten den Rücken zu.

Bis auf eine einzige Ausnahme. Da gab es einen Burschen, einen schlaksigen Jungen mit struppigem Blondhaar und hellblauen Augen, der ebenso wenig dazuzugehören schien wie sie. Er grüßte sie nicht nur freundlich, er lächelte dabei sogar. Seit längerem schon hatte sie das Gefühl, dass er sie beobachtete. Und irgendwann musste sie an Sophies Worte denken: *Gibt's gar einen Kerl im Dorf, der dir gefällt?*

Im neuen Jahr dann – der Winter hatte das Land mit Eis und klirrender Kälte im Griff – sprach er sie doch tatsächlich an. Es war nach dem Kirchgang, und da die Sonne von einem wolkenlosen Himmel schien, wollte Theres noch ein wenig hinaus auf die Felder, bevor die Welt wieder im Dunkel verschwand. Sie hatte gerade den Dorfrand erreicht, als er direkt auf sie zukam.

«Du bist die Theres, gell?»

«Ja.»

«Ich bin der Elie. Eigentlich Elias. Ich hab gesehen, dass du sonntags manchmal spazieren gehst. Darf ich mit?» Seine blauen Augen strahlten sie an.

Fast erschrocken schüttelte sie den Kopf und begann zu lügen: «Ich muss gleich ins Pfarrhaus zurück. Vielleicht ein andermal.»

«Schade. Dann nächsten Sonntag?»

«Vielleicht.»

Die nächsten Tage ertappte sie sich immer wieder dabei, wie ihr das Bild des Jungen in den Sinn kam und ihr ganz seltsam zumute wurde. Je näher der Sonntag rückte, desto unruhiger wurde sie. Seine offene Art hatte ihr gefallen. Und was war schon dabei, ein paar Schritte mit ihm spazieren zu gehen? Andererseits kannte sie ihn kaum, sie wusste nur, dass er mit seiner Mutter und vier jüngeren Geschwistern in der Mahlmühle wohnte. Außerdem sah man ihn nie beim Gottesdienst. Irgendetwas stimmte da nicht.

Am Samstagabend dann, als sie mit Pfarrer Konzet bei der Mahlzeit saß, fasste sie sich ein Herz.

«Warum kommt der Elias nie in die Kirche?»

«Elias?» Erstaunt sah er vom Teller auf. «Was hast du denn mit dem zu schaffen?»

«Gar nichts. Ich mein ja nur. Weil man ihn nie im Gottesdienst sieht. Und auch nicht bei Ihnen in der Christenlehr.»

Konzet schnaubte. «Weil er ein Falschgläubiger ist.»

«Ein Falschgläubiger?»

«Fast kann er einem leidtun, er und seine Geschwister. Die Mutter ist Witwe und stammt aus einer braven katholischen Familie hier im Dorf. Der Müller, dem sie den Haushalt macht, ist ihr Bruder. Sie war an diesen lutherischen Krämer geraten und zum falschen Glauben konvertiert. Als der verstorben war, hatte ich sie ins Gebet genommen, doch wieder in den Schoß unserer Heiligen Kirche zurückzukehren. Aber es war nichts zu machen. Jetzt muss sie halt immer bis Biberach, wenn sie in die Kirche will. Selber schuld.» Er seufzte tief. «Selber schuld auch, dass ihre Kinder keine Freunde finden im Dorf, so als einzige Evangelische. Dabei war der Elias gar nicht schlecht in der Schule gewesen.»

Theres dachte an Anstaltsleiter Rieke und dass auch der ein Falschgläubiger war, wie die meisten, die es aus Neckarschwaben hierher ins Oberland verschlug.

«Aber – glauben die nicht an denselben Herrgott? So wie der Oberinspektor Rieke?», fragte sie vorsichtig.

«Ach, Kind, das verstehst du nicht. Aber zu deiner Beruhigung: Ich schätze den Herrn Rieke sehr, und ich habe auch nichts gegen die Evangelischen. Nur passt eine Katze schließlich auch nicht in eine Hundemeute. Sollen die Evangelischen doch drunten am Neckar bleiben – wir hier im Oberland sind und bleiben altgläubig. Und nun hol mir bitte noch ein Krüglein Wein.»

Ein wenig auch aus Trotz gegenüber ihrem Dienstherrn ließ sich Theres am nächsten Tag von Elias zum Sonntagsspaziergang überreden. Sie durchquerten das Dorf auf kürzestem Weg und schlenderten ein Stück weit durch die Felder, die unter ihrer weißen Schneedecke in der Sonne glitzerten.

«Ist doch ein Glück, dass unser Gottesdienst in Biberach viel früher aus ist als eurer. Da komm ich grad rechtzeitig heim, wenn du mit Mittagessen fertig bist.»

«Noch einfacher wär's, du würdest bei uns in die Kirch gehen.»

Er zuckte die Schultern. «Ich würd eh lieber in Biberach wohnen oder in Ravensburg. Da leben Katholische und Evangelische alle beieinand. Das ist doch blöd, so wie hier. Ein Aussätziger bist, wenn du nicht denselben Glauben wie die andern hast.»

Theres nickte. «Bei uns auf der Alb ist's das Gleiche. In meinem Dorf sind alle katholisch, außer zwei Familien. Und im nächsten Dorf sind alle evangelisch. Da würd nie einer von uns hingehen.»

Elie blieb stehen. «Aber mit einem wie mir gehst du spazieren?» Er tat gekränkt.

«So hab ich das nicht gemeint. Ganz ehrlich nicht.» Fast hätte sie ihm gesagt, dass sie ohnehin nicht mehr so genau wusste, was sie noch glauben sollte.

Er lächelte. «Ich weiß.»

Schweigsam gingen sie weiter. Als es Zeit wurde, umzukehren, hielt er sie am Arm fest.

«Weißt du, dass es wegen dem Glauben bei uns schon die blutigsten Kriege gegeben hat?» Selbst durch den Stoff ihres Umhangs spürte sie die Wärme seiner Hand. «Dass sich Freunde und Nachbarn deshalb erstochen und erschlagen haben?»

«Auch hier bei uns?»

«Natürlich, überall. Aber solche Zeiten sind vorbei.» Jetzt lachte er fröhlich. «Es war schön, so still neben dir herzugehen. Als ob wir uns schon ewig kennen.»

Theres spürte, wie ihr Herz schneller schlug. «Ich muss los. Ich komm sonst zu spät zur Christenlehr.»

Sie trafen sich fortan jeden Sonntagmittag hinter der Werkstatt des Sattlers, wo das freie Feld begann. Bei Wind und Wetter wanderten sie hinaus und kehrten oft genug mit klatschnassen Strümpfen und schlammverspritzten Schuhen heim. Wenn Theres dann zur Christenlehre erschien, mit geröteten Wangen unter der Wollmütze, musste sie sich manche freche Bemerkung gefallen lassen. Das scherte sie nicht, schließlich hatte sie solche Häme schon einmal erlebt, damals mit Urle. Und erfahren, dass dadurch eine Freundschaft nur noch enger wurde. Manchmal sprachen sie und Elie über lange Strecken kein Wort miteinander, und das waren dann die Augenblicke, wo Theres sich wünschte, er würde sie bei der Hand nehmen.

Das tat er indessen nie. Aber auch so fieberte sie jede Woche dem Sonntag entgegen. Obwohl durch Elie der Winter seinen Schrecken verloren hatte, freute sie sich, als die Tage langsam, aber stetig milder wurden und länger. Sie begann wieder, bei der Arbeit zu singen – und diesmal nicht, um gegen die Stille anzukämpfen, sondern aus reiner Freude. Einmal legte ihr Elisabetha ein Blatt Papier auf den Küchentisch, auf das sie ein lachendes Gesicht gemalt hatte, ein Bubengesicht mit struppigem kurzem Haar. Dabei hatte sie Theres fragend angesehen. Theres war rot angelaufen, woraufhin Elisabetha drohend den Zeigefinger erhoben hatte, halb im Scherz, halb im Ernst. Ihr Dienstherr hingegen schien von alledem überhaupt nichts mitzubekommen, und darüber war Theres heilfroh.

Im März dann hatten sie sich zwei Sonntage hintereinander nicht sehen können, weil der Leinenweber, bei dem Elias als Taglöhner arbeitete, krank war und er bei der liegengebliebenen Arbeit aushelfen musste. Dafür belohnte sie das Schicksal beim nächsten Mal mit herrlichem Frühlingswetter. An den Waldrändern blühten die ersten Veilchen, die sonnenbeschienenen Wiesen luden zum Rasten ein.

Sie setzten sich nahe der Dürnach, die sich jetzt nach der Schneeschmelze wie ein richtiger kleiner Fluss gebärdete, auf einen Stein. Auf Elies Drängen hin erzählte Theres zum ersten Mal aus ihrer Kindheit, wobei sie ihre Mutter mit keinem Wort erwähnte. Dafür sprach sie umso mehr von ihrem Bruder.

«Ich glaub, du und Hannes, ihr würdet euch gut verstehen!»

Elias grinste, dann nickte er. «Wann siehst du ihn wieder?»

«Im Sommer – wenn es der Pfarrer erlaubt.»

«Dann komm ich mit. Wenn du das willst, natürlich.»

«Glaubst wohl, ich brauch einen Beschützer?»

«Nein. Aber vielleicht würd es dir ja gefallen, wenn ich dabei wär. Also?»

Theres blinzelte gegen den Himmel, der jetzt am Nachmittag zartblau glänzte. Genau wie Elies Augen.

«Ja. Das wär schön!» Sie senkte verlegen den Kopf, als sie merkte, wie Elie sie betrachtete.

«Theres?»

«Ja?»

«Darf ich dir einmal die Haube runternehmen? – Bitte!»

Noch ehe sie etwas entgegnen konnte, begann er das Band zu lösen, wobei seine Finger wie absichtslos ihr Kinn und ihre Wangen berührten. Dann zog er vorsichtig die Nadeln heraus, bis ihr Haar in dichten Wellen über den Rücken fiel.

«Du hast so schönes Haar. Es glänzt in der Sonne wie dunkles Gold.»

Seine Finger glitten durch ihr Haar. Ein Schauer fuhr Theres durch jede Faser ihres Körpers.

«Es gibt überhaupt kein dunkles Gold», sagte sie mit belegter Stimme und erhob sich. «Jetzt komm. Wir müssen ins Dorf zurück.»

In dieser Nacht konnte Theres nicht einschlafen. Sie wälzte sich von einer Seite auf die andere, hatte andauernd Elies Lachen vor Augen, das so lustige Grübchen in sein Gesicht zauberte, spürte seine Hände auf ihrem Gesicht, in ihrem Haar. Am Morgen fühlte sie sich erschöpft wie nach einer langen Wanderung, aber in ihrem Innern brannte ein Glücksgefühl, das sie in dieser Art nie zuvor gespürt hatte.

Gegen Mittag kehrte Konzet aus der Schule zurück, und Theres bemerkte sofort, dass etwas passiert war. Sein kleines, rundes Gesicht war rot vor Wut, als er sie in die Stube befahl.

«Wie lange geht das schon?»

«Was?», stieß sie hervor.

«Frag nicht so scheinheilig! Das mit diesem Elias.»

«Aber ...»

«Nichts aber! Bist du eigentlich von Sinnen? Dich in deinem Alter schon mit Kerlen rumzutreiben?» Er schnaufte so heftig, als bekäme er keine Luft mehr. «Du hast schon einmal mein Vertrauen missbraucht, und jetzt das! Das ganze Dorf spricht darüber. Dazu noch mit diesem Heiden, diesem Taglöhner, der nicht mal die Schule fertig gemacht hat! Ich sag's dir, wenn ich dich einmal mit ihm erwische ...»

Er hob die Hand, als wolle er sie schlagen. Dann ließ er den Arm wieder sinken.

«Du hast mich zutiefst enttäuscht, Theres.» Seine Stimme war nun wieder so leise wie gewöhnlich. «Künftig bleibst du sonntags zu Hause. Du gehst nur noch in meiner oder Elisabethas Begleitung raus, verstanden?»

Theres nickte stumm.

«Und jetzt ab in die Küche. Ich will dich für heute nicht mehr sehen.»

Elisabetha, die offensichtlich alles mit angehört hatte, nahm sie tröstend in die Arme, und Theres fing an zu weinen.

«Wie gemein er ist!», schluchzte sie. «Wir haben nichts Böses getan, wir waren immer nur spazieren.»

An diesem Tag beschäftigte sie nur noch ein einziger Gedanke: Ob es nicht das Beste wäre, von hier wegzugehen.

Als Konzet am Abend zum Adler hinüberstapfte, setzte sie sich auf die Türschwelle und starrte in die kalte, sternenklare Nacht. Plötzlich zuckte sie zusammen. Ein Steinchen landete vor ihren Füßen, dann ein zweites.

«Pssst!», hörte sie es linker Hand. Ihre Augen suchten das Dunkel neben dem Pfarrhaus ab. Hinter dem Holderbusch tauchte für einen kurzen Augenblick ein Gesicht auf – es war Elie!

Sie sprang auf und rannte hinter den Strauch.

«Elie!», flüsterte sie, doch er legte ihr den Finger auf die Lippen und zog sie hinter einen Schuppen abseits der Gasse.

«Der Pfarrer war heut bei meiner Mutter. Er war so wütend, dass sie geheult hat. Hör zu, Theres, wir dürfen uns nur noch heimlich treffen.»

«Aber – das geht nicht. Ich darf nicht mehr aus dem Haus.»

«Keine Sorge. Mir wird schon was einfallen.»

Sie schüttelte den Kopf. Was konnte er schon ausrichten, wenn sie wie eine Gefangene gehalten wurde?

Er griff nach ihrer Hand. Als hätte er ihre Gedanken gelesen, sagte er: «Der Pfaffe darf dich gar nicht einsperren», und strich ihr über die Wange. «Du willst doch auch, dass wir uns sehen, oder?»

«Ja.»

«Wir warten einfach eine Zeit lang ab. Mir wird schon eine Idee kommen, wie wir uns heimlich treffen können, glaub mir.»

Dann hauchte er ihr einen Kuss mitten auf den Mund und verschwand in der Dunkelheit.

Zwei Wochen später kehrte Theres nach dem Sonntagsgottesdienst zusammen mit Konzet ins Pfarrhaus zurück. Der Mittagstisch stand schon bereit, und Konzet wartete noch, bis sich Elisabetha auf den Weg zu ihrer Schwester gemacht hatte.

Er forderte Theres auf, das Tischgebet zu sprechen, danach schöpfte er mit einem Lächeln die beiden Teller voll.

«Nun, Theres, ich mag dir wohl ein wenig streng erschienen sein die letzten zwei Wochen. Aber du musst verstehen: Du bist noch sehr jung, und du stehst unter meinem Schutz. Ich will nur das Beste für dich.» Er machte eine kleine Pause, um zu essen, während Theres ihren Löffel erst gar nicht anrührte. Wie erstarrt wartete sie auf das, was nun folgen würde.

«Auch Elias' Mutter», fuhr der Pfarrer fort, «will das Beste für ihren Sohn. Und heimisch gefühlt hat sie sich ja schon längst nicht mehr in unserem Dorf. Heute nun ziehen sie weg, nach Wilhelmsdorf.»

«Wilhelmsdorf», wiederholte Theres tonlos, ohne zu begreifen, was sie da eben gehört hatte.

«Ganz genau. Zu den stillen Leuten, zur pietistischen Brüdergemeinde. Dort sind sie unter ihresgleichen, und Elias wird noch einmal zur Schule gehen.»

Theres war aufgesprungen. Mit lautem Gepolter fiel hinter ihr der Stuhl zu Boden.

«Halt! Wo willst du hin?»

Sie hatte die Klinke der Haustür schon in der Hand, als Konzet sie zurückriss.

«Bleibst du wohl hier!»

«Lassen Sie mich los, ich muss zu Elias!»

«Jetzt hab ich aber genug, du undankbares Gör!»

Mit eisernem Griff hielt er ihre Handgelenke umklammert und schleifte sie hinter sich her durch Flur und Küche, stieß mit dem Fuß die Tür zur Vorratskammer auf und drückte sie dort mit der ganzen Kraft seines kleinen, dicken Körpers zu Boden.

«So!» Krachend flog hinter ihr die Tür ins Schloss, der Riegel wurde vorgeschoben.

«Da drinnen bleibst du, bis du zur Vernunft gekommen bist», hörte sie ihn durch die Tür rufen. «Und wenn es Wochen dauert.»

12
Im Pfarrhaus bei Biberach, Sommer 1839

Dass Elie mit seiner Familie von einem Tag auf den andern aus dem Dorf verschwunden war, hatte Theres getroffen wie ein Keulenhieb. Fast noch schlimmer aber war, dass er ihr keinerlei Nachricht hinterlassen hatte, keinen Brief, keine Grüße, kein gar nichts!

Elisabetha hatte sie am nächsten Vormittag, als Konzet drüben im Schulhaus war, aus ihrem Gefängnis befreit. Nachdem ihr Theres versprechen musste, keine Dummheiten zu machen, rannte sie sogleich zu dem alten Nussbaum, der oberhalb des Dorfes am Wegrand stand. In einem der Astlöcher hatten sie und Elie sich kleine Zettel mit Nachrichten hinterlegt. Doch sie fand nichts. Danach suchte sie die Müllersfrau auf und fragte sie, ob Elie etwas für sie hinterlassen habe.

Die schüttelte den Kopf. «Bin froh, dass die weg sind. Meine Schwägerin hat eh net herpasst.»

Theres ließ die Frau, die noch irgendetwas vor sich hin bruddelte, stehen und ging langsam, mit gesenktem Kopf, nach Hause. Geweint hatte sie genug, all die Stunden in der Vorratskammer. Jetzt fühlte sie nur noch eine stille Verzweiflung in sich. Wahrscheinlich hatte sie Elias überhaupt nichts bedeutet.

Die Wochen vergingen, und das Leben im Pfarrhof war eintönig und öd wie eh und je. Über ein Jahr war sie nun schon bei Konzet in Stellung, doch es kam ihr vor wie zehn Jahre. Im Mai dann erhielt sie einen Brief von Sophie, in dem ihre Freundin in glühender Begeisterung von ihrem Verehrer schrieb, einem jungen, feschen Kaufmannssohn. Am Schluss dann stand noch der Satz, dass die Schönfärbers in Ravensburg schon wieder ein Mädchen suchten, da die eben erst eingestellte Magd nach wenigen Wochen auf und davon sei. Das sei wirklich nicht weit von Tettnang entfernt, wo sie, Sophie, angestellt sei. Wie schön wäre es doch, wenn die beiden Freundinnen näher beieinander wohnten und sich somit regelmäßig sehen könnten.

Für einen winzigen Moment war Theres versucht, diese Möglichkeit wahrzunehmen. Dann aber gewann das Gefühl von Mutlosigkeit, das sie seit Elias' Wegzug in den Fängen hielt, wieder die Oberhand. Ihr war, als würde das schwerfällige, düstere Wesen von Pfarrer Konzet immer mehr auf sie abfärben, und sie vermochte sich nicht dagegen zu wehren. Seinen Gottesdienst besuchte sie nur noch mit Widerwillen, konnte all die Worte von Christenliebe, Seelenfrieden und Heilserwartung kaum mehr ertragen, so falsch klangen sie ihr in den Ohren. Ebenso wenig vermochte sie der Anblick der Natur noch zu berühren. Alles um sie herum grünte und blühte und duftete wie ihr zum Hohn, die Sonne blendete, statt zu wärmen, der Gesang der Vögel klang wie Geschnatter und Gequake. Widerwillig verrichtete sie ihre Arbeit, benötigte für jeden Handgriff die zweifache Zeit, und wie immer schien der Pfarrer hiervon nichts zu bemerken.

«Bring noch ein Gedeck für unsern Gast, Theres. Und dann richte das Gästezimmer her. Sie bleiben doch über Nacht, werter Herr Seibold?»

«Gerne.» Der Fremde lächelte. «Ich fürchte, bei diesem Gewittersturm komme ich nicht mal bis Biberach.»

Wie um seinen Worten Nachdruck zu verleihen, krachte draußen erneut ein Donnerschlag. Theres, die im Türrahmen zur Stube stand, zuckte zusammen.

«Hast du Angst vor Gewitter?», fragte der Mann, der Seibold hieß. Er war wesentlich jünger als Peter Konzet, etwa um die dreißig, dabei nicht allzu groß, schlank und von aufrechter

Gestalt. Das schmale Gesicht war glattrasiert, und die hellen Augen, die Theres jetzt aufmerksam betrachteten, standen in auffallendem Gegensatz zu seinem dunklen, kurzgeschnittenen Haar.

«Ein bisschen», murmelte Theres.

«Das musst du nicht.» Sein Lächeln war warm, ohne jede Spur von Spott. «In Gesellschaft von uns zwei Gottesmännern wird dir schon nichts geschehen.»

«Sie sind auch Pfarrer?»

«Ja, in einer kleinen Gemeinde, im Oberamt Ravensburg. Ach, ich hab mich dir noch gar nicht vorgestellt. Patriz Seibold heiß ich. Und du bist die Theres, nicht wahr?»

«Ja.» Theres war von der offenen, freundlichen Art des Fremden verwirrt. Ihr entging nicht Konzets missbilligender Blick. Sie kannte ihren Dienstherrn inzwischen gut genug, um zu verstehen, was ihm hier nicht passte: dass sein Gast sich von gleich zu gleich mit einem so jungen Ding wie ihr unterhielt, dazu noch einer einfachen Magd.

«Jetzt halt nicht Maulaffen feil und trag das Essen auf», wies Konzet sie in scharfem Unterton zurecht. «Der Herr Seibold hat Hunger.»

«Ja, natürlich. Entschuldigen Sie.»

In der Küche hatte Elisabetha alles fürs Abendessen bereitgestellt: Das Brot war in Scheiben geschnitten, Wein und Wasser in Krügen abgefüllt, über der Glut des Herdes wartete ein großer Topf Kartoffelsuppe mit Speck und Wurststücken darin. Hoffentlich hat sie es noch vor dem Gewitter nach Hause geschafft, dachte Theres. Mehr noch als sie selbst nämlich fürchtete sich Elisabetha vor Donner und Blitz.

Nachdem Konzet und sein Pfarrerkollege mit Essen und Trinken versorgt waren, richtete Theres das Gästebett her und holte frisches Wasser und ein Handtuch für den Waschtisch.

Dann erst machte sie sich ans Abendessen. Dass sie in der Küche essen musste, wenn Konzet Besuch hatte, machte ihr nichts aus. Es kam ohnehin selten genug vor. Heute allerdings, wo der Sturm an den Fensterläden rüttelte und das ganze Mauerwerk zu erschüttern schien, hätte sie tatsächlich lieber mit am Tisch gesessen. Zumal dieser Patriz Seibold etwas Besonderes ausstrahlte, worüber Theres, während sie ihre Suppe löffelte, die ganze Zeit nachgrübelte. Ganz plötzlich kamen ihr zwei Begriffe in den Sinn: Gottvertrauen und Nächstenliebe – Begriffe, die ihr bisher immer hohl und leer erschienen waren. Mit Patriz Seibold waren sie auf einmal mit Leben erfüllt.

Innerlich schüttelte sie den Kopf. Sie hatte diesen Mann gerade mal ein paar Minuten gesehen, und schon verlor sie sich in Gedanken über ihn. Das ging sie alles gar nichts an.

Sie stand auf und machte sich daran, die Küche aufzuräumen. Die Tür nach draußen hatte sie angelehnt gelassen, um zu hören, wenn man nach ihr rief. Und weil das Gespräch der Männer sie beruhigte, auch wenn der Sturm jetzt nachzulassen schien.

«Wir haben wohl alle damit zu kämpfen, die Kirchen wieder zu füllen», hörte sie Konzet sagen. «Seitdem in den deutschen Landen unsere Heilige Katholische Kirche ihrer Macht enthoben wurde und vom sogenannten Kirchenrat, dieser staatstreuen Aufsichtsbehörde, gegängelt wird, wissen die Menschen doch gar nicht mehr, was sie glauben sollen.»

«Eben», pflichtete Seibold ihm bei, «mehr denn je geht es jetzt um einen lebendigen Glauben, einen Glauben von unten. Wir Pfarrer müssen uns mühen, die Menschen wieder zu erreichen. Was ist beispielsweise mit Ihrer Theres?» Theres in der Küche schrak auf. «Erreichen Sie sie in der Christenlehre, im Gottesdienst? Findet sie Trost im Glauben?»

«Ich denke schon.»

«Aber warum wirkt dann das Mädchen so traurig?»

Konzet seufzte. «Ach, das arme Kind. Elternlos ist es aufgewachsen, ganz ohne Herzensbildung. Ein Kind der Landstraße eben, wie es leider Gottes allzu viele gibt in diesen harten Zeiten.»

Dann hörte sie Konzet etwas flüstern und den Gast halblaut sagen: «Was für eine schwere Last für einen so jungen Menschen. Darf ich die Theres etwas fragen?»

Sie wurde hereingerufen. Seibold reichte ihr seinen vollen Becher Wein, doch sie schüttelte den Kopf.

Dann fragte er sie: «Wie würdest du beten, Theres, wenn du wirklich in Not wärest? Lieber mit eigenen Worten, wie sie dir frisch in den Sinn kommen, oder mit vorgefertigten Worthülsen?»

«Aber darum geht es doch nicht», fuhr Konzet dazwischen.

«Doch, eben darum: Die Menschen müssen Gott und den Glauben in sich spüren und sich darum mit ihren eigenen Worten an Gott wenden dürfen.»

Konzet schüttelte heftig seinen runden Kopf. «Gerade der einfache, der ungebildete Mensch braucht die Anleitung durch das überlieferte Wort. Das Übrige – Liturgie, Feiertage, Weihrauch, Schellenklang und prächtige Gewänder – ist auch notwendig, gewiss, denn all das spricht das Gefühl des Menschen an. In erster Linie aber soll er die Heilige Schrift, die Biographien der Heiligen, studieren, um Kraft zu schöpfen und den Glauben zu festigen.»

«Die Bedeutung des Wortes will ich nicht mindern», entgegnete Patriz Seibold sanft. Dabei lächelte er Theres unentwegt an. «Aber es ist doch zu wenig. Der Glaube muss sich aus den eigenen Wurzeln erneuern, in echter Frömmigkeit. Und dabei helfen gerade die heiligen Rituale, die volksnahen Elemente wie etwa Wallfahrten oder Prozessionen.»

«Da sprechen Sie ja gerade das Richtige an, lieber Herr Seibold. Diese ganzen Prozessionen neuerdings hier im Oberland, wie am Blutfreitag zu Weingarten, die Wallfahrt zur Guten Beth nach Reute, auf den Bussen hinauf, sogar bis ins schweizerische Einsiedeln, schaden in diesem Übermaß doch nur dem Arbeitsfleiß und der Sittlichkeit. Nein, da bin ich ausnahmsweise einmal ganz eins mit unserer Staatskirche. – Und nun, Theres, geh in die Küche und hol uns die Apfelküchlein zur Nachspeis.»

Theres hatte dem Fremden staunend zugehört. Seine Worte hatten etwas Unmittelbares, und ihm fehlte so gänzlich die herablassende Art, die sie bei anderen Geistlichen oft wahrgenommen hatte. Jetzt legte er die Hand auf ihren Unterarm, leicht und vorsichtig wie ein Vogel, der sich niedersetzt, und blickte ihr geradewegs in die Augen. Sie hatten die gleiche Farbe wie die von Elias! Ein Schauer fuhr ihr über den Rücken.

«Wir haben noch nicht die Antwort von Theres gehört. Also, wie findest du am besten ins Zwiegespräch mit Gott?»

Erschrocken sah sie ihn an. Sollte sie ihm enthüllen, dass sie gar nicht mehr betete? Dass, wenn sie die Lippen bewegte, hier vor dem Pfarrer oder drüben in der Kirche, ihr Inneres schwieg?

«Ich sprech die Worte, die man mich gelehrt hat», antwortete sie leise.

«Sehen Sie!», rief Konzet voller Triumph, während sein Gast den Blick nicht von Theres löste. Sie las darin Mitgefühl und auch Unglauben, und plötzlich war sie sich sicher, dass er ihre Notlüge durchschaute.

«Der Herr segne und behüte dich, Theres», murmelte er und wirkte dabei fast ein wenig traurig. Hastig und ohne ein weiteres Wort verließ Theres die Stube.

Als sie am nächsten Morgen hinunter in die Küche kam, war Patriz Seibold bereits abgereist. Sie spürte eine leise Enttäuschung. Hatte sie sich doch erhofft, noch einmal mit ihm ins Gespräch zu kommen. Ihr Blick fiel auf Konzet, wie er da mit eingezogenen Schultern am Küchentisch hockte und auf seine Morgensuppe wartete. Ein vages Gefühl von Mitleid überkam sie. Nein, dieser Pfarrer erreichte die Menschen seiner Gemeinde nicht, auch wenn er sich vielleicht nichts sehnlicher wünschte. Wie gern hingegen hätte sie einmal einen Gottesdienst bei Patriz Seibold besucht.

«Ist was?», raunzte Konzet unwillig.

Theres schüttelte den Kopf.

«Dann hör auf, Löcher in die Luft zu starren. Ich hab Hunger und wenig Zeit.»

«Ja, natürlich», murmelte sie und beeilte sich, seinen Teller zu füllen. Sie war versucht, ihn zu fragen, wo genau dieser Pfarrer Seibold seine Gemeinde hatte, doch der Anblick von Konzets verdrießlicher Miene hielt sie davon ab.

«Sag der Theres, sie soll noch eine Karaffe Wein abfüllen», hörte sie durch die geöffnete Stubentür den Einödbauern rufen. «Dann kannst jetzt Feierabend machen. Hast genug geschafft, die letzten Tage.»

Mit einem Stapel leerer Teller kehrte die dicke Lene in die Küche zurück. Sie sah wirklich müde aus.

«Noch einen Krug Seewein für die Herren», sagte sie laut, um dann leiser hinzuzufügen: «Gib acht, Theres, die Kerle sind schon reichlich besoffen.»

Theres nickte. Es war ihr zweiter Abend hier auf dem Einödhof und bereits recht spät. Wohlgschaffts Frau lag seit über einer Woche mit schwerem, ansteckendem Schleimfieber im Biberacher Spital, und zu allem Unglück hatte auch noch die Magd Cathrin den Hof vorzeitig verlassen, sodass die Hauswirtschaft in heilloser Wirrnis unterzugehen drohte. Da hatte sich

August Wohlgschafft hilfesuchend an seinen Freund Konzet gewandt.

Längst bereute Theres, dass sie zugestimmt hatte, für einige Tage auf dem Einödhof auszuhelfen. Zu verlockend war ihr anfangs das Angebot erschienen, dem düsteren Pfarrhof zu entfliehen und ihre Arbeit in der fröhlichen Gesellschaft vom letzten Mal zu verrichten. Dass sie allerdings dort würde übernachten müssen, unter einem Dach mit dem grässlichen Einödbauern, hatte sie nicht bedacht. «Kann ich nicht wenigstens abends heimkommen?», hatte sie ihren Dienstherrn vorsichtig gefragt. «Unsinn! Der weite Heimweg ist viel zu gefährlich in den Abendstunden. Bleib nur dort, auf dem Hof ist genug Platz zum Übernachten. Und der August Wohlgschafft wird sich sicher erkenntlich zeigen, wenn du dich fleißig anstellst. Er ist ein guter Mann, der Wohlgschafft, nur ein bisschen laut zuweilen.»

Bis zu diesem Abend hatte sie den Einödbauern zum Glück gar nicht zu Gesicht bekommen. Allerdings war die Arbeit diesmal alles andre als kurzweilig. Statt in geselliger Runde in der Küche zu hantieren, scheuchte Marie, die andere Magd, sie in der Gegend herum. Ohne jede Pause musste sie putzen, kehren, Wassereimer und Holzscheite schleppen, die Wäsche schrubben in der dämpfigen Waschküche, den ziegelhart getrockneten Gartenboden aufhacken und schließlich noch Marie beim Stallausmisten helfen. Kein Wunder, dass ihr schon jetzt, am zweiten Abend, alle Muskeln wehtaten. Und die Küche mitsamt der freundlichen Köchin hatte sie nur während der hastig eingenommenen Mahlzeiten zu sehen bekommen.

«Auf was wartest? Ach so, du weißt nicht, wo der Wein ist. Hinten zum Garten raus, gleich links die Treppe runter in den Keller. Nimm von dem kleineren Fass, das ist der süße, teure Wein. Der Alte hat nämlich Gäste.» Lene zwinkerte ihr zu.

«Nimm dir Zeit und koste ruhig ein paar Schluck – ein Becher steht hinter dem Fass.»

Das ließ sich Theres nicht zweimal sagen. Der Seewein lag samten auf der Zunge, ohne im Hals zu kratzen und zu beißen wie diese Säuerlinge, die sie sonst in ihrem Leben getrunken hatte. Als sie wieder hinaus in den Garten trat, fühlte sie sich plötzlich ganz leicht. Es wurde bereits dunkel, und ein kühler Abendwind machte der Hitze dieses Julitages ein Ende. Theres stellte die Karaffe ab, streckte die verschwitzte Stirn in den Wind und schloss die Augen. Ganz kurz sah sie Elies lachendes Gesicht vor sich, dann war es auch schon wieder verschwunden und damit auch der Moment von Heiterkeit, den der Wein und die frische Luft ihr beschert hatten. Hoffentlich hatte Wohlgschafft keinen weiteren Auftrag mehr für sie. Sie wünschte nichts sehnlicher, als sich in ihrem Bett auszustrecken und zu schlafen.

«Jetzt aber nix wie her mit dem Tröpfle», begrüßte Wohlgschafft sie, als sie in die Stube trat. «Den hast wohl in Biberach g'holt, dass du so lang gebraucht hast.»

Der Bauer lachte dröhnend, als habe er einen außerordentlich guten Witz gemacht, seine beiden Gäste fielen mit ein. Theres hatte die Männer nie zuvor gesehen, aus ihrem Dorf jedenfalls stammten sie nicht. Gekleidet waren sie wie vornehme Bürgersleut, mit ihren Seidentüchern und dem senffarbenen beziehungsweise weinroten Gehrock, den sie trotz der Wärme im Raum anbehalten hatten. Ihre sonnengebräunten Gesichter hingegen verrieten eindeutig den Landmann.

«Jetzt komm, schenk uns allen ein. Dir auch.»

Da erst bemerkte Theres, dass vier Gläser auf dem Tisch standen, drei benutzte und ein frisches. Die Karaffe hing ihr bleischwer in den Händen, als sie die Gläser füllte.

«Auf dich, mein Täuble.» Wohlgschafft hob sein Glas. «Weil

ohne dich wär hier nämlich der ganze Glombadsch zusammengebrochen. Und jetzt hock dich schon auf dein Hinterquartier, hier zu uns an den Tisch!»

Theres zog einen Stuhl heran und setzte sich an die freie Seite gegenüber der Eckbank. Zwischen Tischkante und ihr hätte noch eine ganze Kuh Platz gehabt.

«Also, meine lieben Freunde: Das hier ist dem Ringschnaiter Pfaffen seine goldige Theres. Na, was sagt ihr?»

Der jüngere der beiden, ein spindeldürrer Kerl mit Habichtsnase, bog den Oberkörper über den Tisch in Richtung Theres und stieß dabei fast die Karaffe um.

«Da hast ausnahmsweise mal net gelogen, August. Jung und zart, grad wie das Marienbild drüben in Sankt Gallus.»

Er streckte den Arm aus, als wolle er Theres ans Mieder fassen. Blitzschnell schlug ihm Wohlgschafft auf die Finger.

«He, he – net so höpfelig, junger Freund. Mir wollet doch gepflegt zur Sache gehen. Oder etwa net? Irgendwie zieht's hier gewaltig.»

Wohlgschafft erhob sich und schloss das angelehnte Fenster samt den Läden. Zu Theres Schrecken schwankte er beträchtlich. Die Köchin hatte nicht übertrieben: Alle drei schienen sturzbetrunken, auch der Dritte im Bunde, ein dicker, verschwitzter Kerl, der bislang nur stumm vor sich hin geglotzt hatte. Jetzt hob er den mächtigen Schädel, auf dem das feuchte Haar in Strähnen festklebte.

«Wie alt bist, Theres?», begann er zu lallen.

«Fünfzehn.»

«So, so. Fünfzehn. Bist ein schönes Mädle. Auf dein Wohlsein.»

Der Dicke trank seinen Becher in einem Zug leer und gebot ihr nachzuschenken. Dabei stierten seine winzigen Äuglein unentwegt auf ihren Ausschnitt.

«Was ist? Schmeckt dir dem Wohlgschafft sein Wein net?», fragte er sie.

«Doch, doch.»

Sie nahm einen Schluck. Hätte sie nur nicht vorher im Keller einen ganzen Becher geleert! Jetzt spürte sie, wie ihr der Wein in den Kopf stieg.

«Bist so lieb und stehst einmal auf?» Das war der Jüngere, der Dünne.

Theres erhob sich verunsichert.

«Und jetzt drehst dich einmal. Aber ganz langsam. Ah – schaut euch das an. Diese Linie vom Busen zur Hüfte – und erst der Hintern. Da möchte man ein Maler sein und alles nachzeichnen.»

«Aber net mit Feder und Tinte», kicherte Wohlgschafft.

Trotz der stickigen Schwüle im Raum fror Theres plötzlich.

«Ich geh dann mal wieder», flüsterte sie. Unwillkürlich wandte sie den Kopf zur Tür und lauschte. Drüben in der Küche war alles still. Die Köchin war sicher schon zu Bett gegangen, und Marie trieb sich wie immer mit dem Knecht irgendwo im Stall herum.

«Hier bleibst!» Wohlgschafft klatschte in die Hände. «Mir ham dir noch einen formidablen Vorschlag zu machen. Na los, Toni, sag's ihr schon. War schließlich deine Idee.»

Der Dicke erhob sich schwerfällig.

«Hör zu, Theres. Wenn du dich ganz nackert machst und uns vortanzt, kriegst von uns einen Großen Taler! Ehrenwort!»

Theres erstarrte. Sie konnte nur noch mit dem Kopf schütteln.

«Jetzt sei bloß net so schenant! Is doch nix dabei, Mädle. Die Cathrin hat das auch immer für uns g'macht.»

Als der Dicke sich jetzt auf sie zu wälzte und ihr mit beiden

Händen an den Busen grabschte, war sie mit einem Satz bei der Tür.

«Ich schrei den ganzen Hof zusammen!»

Der Mann schnappte nach Luft.

«Ist doch immer dasselbe mit euch jungen Dingern. Erst streckt ihr einem Busen und Ärschle entgegen und macht einen ganz schalu, und will man sich dann ans Auspacken machen, werdet ihr hysterisch wie eine alte Brunzkachel.»

Den Rest hörte Theres schon nicht mehr, denn sie rannte durch die Eingangshalle hinaus in den dunklen Hof, stolperte dabei über die Schwelle, rappelte sich wieder auf und erreichte endlich den Feldweg, der in ihr Dorf führte. Keuchend blickte sie zurück: Niemand war ihr gefolgt.

Tränen liefen ihr übers Gesicht, als sie sich in der Dunkelheit mühte, dem schmalen Weg zu folgen. Ihr war kalt in ihrem dünnen Kleid, und sie hatte Angst, dass die Männer ihr nachreiten und sie zurückholen könnten. Bei jedem Rascheln im Gebüsch, bei jedem Knacken unter ihren Füßen zuckte sie zusammen, und als vor ihr etwas Dunkles, Felliges über den Weg huschte, stieß sie vor Schreck einen lauten Schrei aus.

Endlich erreichte sie die ersten Häuser. Ihr Herzschlag beruhigte sich allmählich, und ihre Angst ging über in Wut. So leise als möglich schlich sie durch die stillen Gassen, um keine Hunde aufzuschrecken. In der Studierstube des Pfarrers flackerte noch Licht. Erst vorsichtig, dann immer energischer schlug sie den Eisenring gegen die Tür, bis sie im Innern unter Konzets schweren Schritten die Treppenstufen ächzen hörte.

«Wer da?»

«Theres.»

Der Riegel wurde zurückgeschoben. Vor ihr stand Peter Konzet in Morgenmantel und Zipfelmütze und leuchtete ihr mit der Laterne ins Gesicht.

«Um alles in der Welt – was ist denn passiert?»

Ohne eine Antwort zu geben, drückte sich Theres an ihm vorbei und stieg die Treppe hinauf.

«Warte! Ich verlange eine Erklärung!»

Auf der obersten Stufe drehte Theres sich um.

«Fragen Sie doch Ihren sauberen Freund Wohlgschafft! Sie hätten mich niemals dorthin schicken dürfen.»

Dann kletterte sie die schmale Dachstiege nach oben, stieß die Tür zu ihrer Kammer auf und zerrte in der Finsternis ihre Habseligkeiten aus der Kleiderkiste.

«Um alles in der Welt – was tust du da?» Konzet stand breitbeinig im Türrahmen.

«Ich packe meine Sachen.»

Konzet stellte die Laterne ab und setzte sich auf den Holzschemel. Sein Atem ging schwer.

«Auf der Stelle sagst du mir, was los ist.»

«Ich gehe weg, morgen früh. Ich fühle mich, als ob ich hier ersticke.» Sie wunderte sich selbst über ihren Mut. «Und dann – dieser eklige Kerl – wie kann so einer Ihr Freund sein!»

Mit offenem Mund stierte der Pfarrer sie an. «Ist er – hat er …?»

Ungerührt packte Theres weiter ihre Tasche. Jetzt, im Schein der Laterne, ging es fix.

«Ich versprech dir – ich lass dich nie wieder zu Wohlgschafft gehen. Ich werde ein ernstes Wörtlein mit ihm reden, glaub mir!»

Theres legte die beiden Holzpferdchen zuoberst und schnürte die Tasche zu. «Morgen geh ich», wiederholte sie tonlos.

«Bitte, tu's nicht! Wir beide kommen doch gut miteinander zurecht. Ich war doch immer zufrieden mit deiner Arbeit, wirklich. Und das mit den Schlägen letzten Sommer und dass ich dich eingesperrt hab – das alles tut mir selber am meisten leid.

Ich mach mir halt manchmal Sorgen um dich, weil du mir ans Herz gewachsen bist.»

So redete er weiter auf sie ein und begann am Ende sogar zu weinen. Doch Theres' Entschluss stand unwiderruflich fest. Als sie am nächsten Morgen bei Sonnenaufgang mit ihren Sachen im Türrahmen stand, sagte der Pfarrer bekümmert: «So geh denn mit Gott. Ich kann dich nicht halten. Aber du weißt, dass ich in Weingarten Meldung machen muss. Weil du doch den Vertrag gebrochen hast.»

«Tun Sie, was Sie tun müssen, Herr Pfarrer.» Sie reichte ihm die Hand. «Leben Sie wohl und – danke!»

13
Bürgerhaus in Ravensburg, Sommer 1839

So, so. Du hast also gehört, dass wir eine Stubenmagd suchen.» Kopfschüttelnd musterte die schlanke Frau mit dem hübschen, aber strengen Gesicht Theres. Frau Schönfärber wirkte riesig, wie sie da in ihrem leichten, hellblauen Foulardkleid drei Treppenstufen über ihr in der Haustür stand. Ebenso riesig wirkte das rosa verputzte Steinhaus, dessen beiden oberen Stockwerke mit der Traufseite wuchtig über das Eingangstor ragten. Unwillkürlich zog Theres den Kopf ein.

«Ja, gnädige Frau.»

Sie knickste abermals. Dabei begannen ihre Knie zu zittern. Den ganzen Tag war sie marschiert, und hätte nicht ein mitleidiger Bauer sie am Nachmittag auf sein Fuhrwerk aufsteigen lassen, hätte sie Ravensburg heute ganz sicher nicht mehr erreicht.

«Und wo, bitt schön, hast du das gehört?»

«Von den Allgaiers, aus Tettnang.»

«Ach! Dann bist du also mit meiner Base bekannt?»

«Das nicht gerade. Eher mit der Dienstmagd der Allgaiers.»

Die Frau verzog die schmalen Lippen zu einem spöttischen Lächeln.

«Du kommst also allen Ernstes auf Anempfehlung einer Magd? Mit Sack und Pack, als könntest du mir nichts, dir nichts hier einziehen?»

«Sie könnten es doch probehalber mit mir versuchen. Oder – oder brauchen Sie gar niemanden mehr?»

Hinter der Schulter der Hausherrin tauchte das hagere, backenbärtige Gesicht eines ältlichen Mannes auf.

«Wo bleibst du denn, Alwina?» Die Stimme klang ungeduldig. «Wir sitzen alle vor dem Abendessen und warten auf dich.»

Bei diesen Worten krampfte sich Theres' Magen schmerzhaft zusammen. Sie hatte bis auf ein Stück Brot noch nichts gegessen.

Der Mann schob sich an Frau Schönfärber vorbei. Er war um einiges kleiner als sie.

«Wer ist das?»

«Dieses Mädchen will bei uns als Magd anfangen.»

«Na, das ist doch wunderbar! Suchst du nicht seit Wochen händeringend nach einem Mädchen, liebste Alwina? Gerade jetzt, wo unsere liebe Tochter uns bald verlässt!» Er musterte Theres, und was er vor sich sah, schien ihm zu gefallen. Sein Mund verzog sich zu einem Lächeln. »Wie heißt du?»

«Theres Ludwig.»

«Konrad Schönfärber mein Name – meine Gattin Alwina Schönfärber. Bist du aus der Gegend?»

«Von Altdorf drüben.»

Das war zwar nur die halbe Wahrheit, aber gelogen war es schließlich auch nicht.

«Hast du denn gute Zeugnisse?»

«Eines nur, gnädiger Herr. Vom Pfarrer aus Ringschnait. Das war meine erste Stellung nach der Schulzeit.»

«Siehst du, Konrad?» Frau Schönfärber sah ihren Gatten triumphierend an. «Viel zu jung und unerfahren ist das Ding. Und dann – ein Pfarrhaus! Womöglich auch noch ein altgläubiges.»

«Ach, Alwina. Ob evangelisch-lutherisch oder römisch-katholisch – das hat doch in unserer Stadt nie eine Rolle gespielt», und dann, an Theres gewandt: «Lass uns das Zeugnis mal anschauen!»

Theres kramte aus ihrem Beutel den Umschlag hervor und reichte es dem Hausherrn. Zum Glück hatte Pfarrer Konzet ihr eine sehr gute Beurteilung geschrieben und in einem Anflug von Großmut sogar verschwiegen, dass sie vorzeitig gegangen war.

«... zeigte viel Fleiß und gute Aufführung ... durch ordentliches Betragen empfohlen ... willig und bescheiden ...»

Schönfärber blickte zufrieden auf. «Das klingt doch recht erfreulich.»

«Gut, gut, ich gebe mich geschlagen.» Frau Schönfärber seufzte, als habe sie gerade eine höchst unangenehme Entscheidung getroffen. «Ein Monat auf Probe, dann sehen wir weiter. Jetzt komm herein.»

Theres wusste nicht, ob sie erleichtert oder besorgt sein sollte. Diese Frau wirkte mehr als selbstsicher. Allein ihr Äußeres, ihre Gesten und ihre Miene drückten Dünkel und Hochmut aus. Auch das Innere des vornehmen Hauses, mit seinen geschnitzten Türen, dem breiten Treppenaufgang und den goldgerahmten Bildern und Stickereien überall an den Wänden, schüchterte Theres eher ein. Wenngleich ihr geübtes Auge sofort erkannte, dass hier schon längere Zeit nicht mehr gründlich geputzt worden war: Der Fliesenboden im Eingangsbereich war fleckig, auf Bilderrahmen und Bodenvasen hatte sich eine helle Staubschicht gelegt, und der Handlauf der Eichenholztreppe klebte unter den Fingern. Aus einem der Räume drangen helle Kinderstimmen. Theres wurde von Frau Schönfärber zur Küche geführt, die noch größer und besser ausgestattet war als die von Bauer Wohlgschafft.

«Das ist das Rösle, unsere Köchin.»

Die etwa dreißigjährige Frau, die gerade einen Teller Suppe löffelte, hätte keinen treffenderen Namen führen können. Alles an ihr war rund, glatt und rosig. Neugierig starrte sie Theres an.

«Und das ist die Theres. Sie wird probehalber bei uns als Magd anfangen. Gib ihr was zu essen und erklär ihr schon einmal ihre Aufgaben. Alles Weitere dann nach Tisch.»

In den nächsten Tagen sehnte sich Theres fast an den überschaubaren Pfarrhof zurück. Das riesige Haus des Fabrikanten Schönfärber sauberzuhalten schien ihr ein Ding der Unmöglichkeit. Zwar erfuhr sie von Rösle, dass zum Frühjahrs- und Herbstputz sowie zur großen Wäsche Taglöhnerinnen eingestellt wurden, ansonsten lag es allein an Theres, die Böden der unzähligen Zimmer und Winkel zu fegen und zu schrubben und all das Zeugs, das da massenweise auf Anrichten und Kommoden herumstand, vom Staub zu befreien.

Dreizehn Räume hatte Theres gezählt. Allein im obersten Stockwerk befanden sich drei Schlafkabinette: eines für die beiden Söhne, eines für die drei Töchter, das dritte für die Ehegatten. An Letzteres grenzte noch ein Boudoir für die Dame des Hauses. Darunter, im ersten Obergeschoss, befanden sich Küche, Wohnstube, Bücherkabinett und das Prunkzimmer, von Konrad Schönfärber stolz als sein «Staatszimmer» bezeichnet, von seiner Frau hingegen, ganz im Zeitgeist, als «Salon». Für diesen Raum musste sich Theres immer erst eigens den Schlüssel besorgen, denn er wurde nur zu ganz besonderen Anlässen geöffnet, für ausgewählte Gäste nämlich oder zu hohen Festen.

Als sie nach einigen Tagen zum ersten Mal, im Beisein Frau Schönfärbers, den Salon betreten durfte, hatte sie sich im Saal eines Fürsten geglaubt: Der holzgetäfelte Raum war um einiges größer als die Wohnstube. Von der dunklen Kassettendecke schwebte ein vielarmiger Kronleuchter über einem langgestreckten Tisch, an den zwölf moderne Stühle mit gestickten Blumenbuketts in genau gleichem Abstand gerückt standen. Die Beine von Tisch und Stühlen wie überhaupt aller Möbelstücke waren geschwungen und mit zierlichen Schnitzereien versehen. Gestickte Sinnsprüche, zwei Spiegel in Goldrahmen und Familienbilder in allen Größen schmückten die Wände, die breiten Fenster mit ihren grün-gelblichen Butzenscheiben ließen ein seltsam unwirkliches Licht herein.

So unwirklich wie all die Dinge, die auf Kaminsims, Kommoden und Zierschränkchen ausgestellt waren. Da gab es eine Schildkrötentabaksdose, eine ganze Sammlung von Prunkkelchen und Zinntellern, eine Zylinderuhr mit Goldgehäuse und vor allem unzählige bemalte Sammeltassen. «Zum Angedenken aus treuem Herzen», las Theres auf der einen, «Aus Liebe und Dankbarkeit» auf einer anderen.

«Dass du mir hier ja nichts durcheinanderbringst!», hatte Frau Schönfärber sie schroff gewarnt und Theres, als sie sich ans Staubwedeln machte, für diesmal nicht aus den Augen gelassen.

Unten im Erdgeschoss befand sich das Reich des Hausherrn. An seine Arbeitsstube, die zugleich als Kontor diente, grenzte ein kleiner Verkaufsraum mit Warenproben. Hinzu kam ein

Zimmer für Übernachtungsgäste. Hier unten allerdings hatte Theres nichts zu schaffen, vom Wischen der Eingangsfliesen abgesehen. Unterm Dach schließlich waren von der Bühne zwei Kammern abgetrennt. Die größere, durch die der Kaminschacht führte, bewohnte die Gesellschafterin und Gouvernante der Kinder, Fräulein Euphrosina genannt. Die ältliche Frau, die in ihrem hochgeschlossenen, braunen Kleid mit dem engen Mieder über dem Korsett dürr und steif wie ein Bohnenstecken wirkte, hatte Theres gleich am ersten Abend zurechtgewiesen: Sie möge doch bitteschön im Beisein der Kinder nach der Schrift sprechen. Theres hatte nur genickt und sich vorgenommen, diesem Weib so weit als möglich aus dem Weg zu gehen.

Sie selbst zog zu Rösle in die unbeheizte Mansardenkammer. Immerhin bekam sie ein eigenes Bett samt eigener Kleidertruhe zugewiesen. Jetzt, im Hochsommer, stand hier die Hitze unter den Balken, im Winter würde man sich wahrscheinlich zu Tode frieren. Trotzdem war Theres zufrieden, dass es die Köchin war, mit der sie die Kammer teilte, denn diese erinnerte sie in ihrer offenen, unbekümmerten Art von Anbeginn an ihre Freundin Sophie, auch wenn die beiden äußerlich das genaue Gegenteil darstellten.

Zu ihrem Erstaunen war Theres angehalten, ihre wenigen Kleidungsstücke wegzupacken und stattdessen Dienstmädchentracht zu tragen. Das hellgraue Gewand war zwar schon reichlich zerschlissen, dafür erhielt sie drei Garnituren blütenweißer Schürzen und gestärkter Hauben. Die Hausfrau schärfte ihr ein, nur ja Schürze und Haube zu wechseln, sobald sich der kleinste Fleck darauf abzeichnen sollte. «Schließlich ist es deine Aufgabe, die Türe zu öffnen, wenn es draußen schellt, und du sollst uns und unseren Gästen bei Tisch aufwarten.»

Über Aufwartung und Reinemachen hinaus wurden Theres

noch die mannigfaltigsten Arbeiten zugewiesen. Sie musste Rösle beim Buttern, Pökeln und Kerzenziehen helfen, Wasser aus dem hauseigenen Brunnen, Holz aus dem Schopf holen, ihren Anteil der kleinen Wäsche verrichten, hin und wieder Botengänge und mit Rösle zusammen die Einkäufe übernehmen. Auch zum Feinbügeln, Weißnähen und Flicken spannte die Herrin sie ein, und damit nicht genug, musste sie auch noch die Kleinsten hüten, wenn Fräulein Euphrosina ihre Lektionen für die Älteren abhielt.

Fünf Kinder hatten die Schönfärbers: den Erstgeborenen Klaudius, der im gleichen Alter wie Theres war und die Oberrealklasse im Karmeliter besuchte, seine um ein Jahr jüngere Schwester Kornelie, die zehnjährige Konstantia sowie die Zwillinge Kilian und Kunigunde, zwei maßlos verwöhnte Sechsjährige, die nicht nur den Dienstboten auf der Nase herumtanzten.

«Wir erziehen unsere Kinder nach den Grundsätzen von Fröbel: Die Kindsmagd soll den Kleinen Hüterin und Gespielin zugleich sein», hatte Frau Schönfärber Theres eingeschärft, und die Köchin, die dabeistand, hatte die Augen gerollt und Theres hernach zugeflüstert: «Eine Maulschelle hin und wieder würde diesen Blagen besser stehen.»

Wäre Rösle mit ihrer fröhlichen, warmherzigen Art nicht gewesen und die Aussicht, Sophie wiederzusehen – Theres wäre nach drei Tagen wieder auf und davon. Von früh bis spät war sie pausenlos auf den Beinen, nur beim Kirchgang zusammen mit Rösle, die wie die meisten einfachen Leute hier katholisch war, blieb sie von ihrer Herrschaft unbehelligt und natürlich nachts im Bett. Der freie Ausgang alle zwei Wochen sollte ihr erst nach erfolgreicher Probezeit gewährt werden. So hatte sie denn von Ravensburg in den ersten Wochen nicht allzu viel zu sehen bekommen.

Das Haus der Schönfärbers in der Marktgasse stand auf halber Höhe zwischen Rathaus und Obertor, einem der vier Stadttore. Hier in der Oberstadt zogen sich die Gassen bucklig und krumm den Berg hinauf, mit ihrem neuen, stets blankgekehrten Kieselpflaster. Die Häuser waren aus Stein gemauert, stattlich und hoch und allesamt mit Dachrinnen und Blitzableitern ausgestattet – das war, wie Theres erfahren hatte, die neueste Erfindung, um in den Gebäuden vor Gewittern geschützt zu sein. Die Unterstadt, die sich jenseits des weitläufigen Marienplatzes ausbreitete, wirkte wesentlich ärmlicher, mit ihren geduckten Häuschen aus Fachwerk oder Holz. Bis auf die Judengasse zeigten sich die rechtwinkligen Straßen dort löchrig und ungepflastert. Gänse und Enten schnatterten herum, Dunglegen mitten auf der Gasse versperrten die Durchfahrt, und so stank es hier an heißen Tagen fast unerträglich, vor allem entlang der Bachgasse, wo die Gerber unter freiem Himmel ihre Häute und Felle trockneten.

Die Stadt war rundum von einer einstmals imposanten Befestigung umgeben, doch mit dem Aufkommen neuartiger Feuerwaffen war diese nutzlos geworden. Die Gräben glichen stinkenden, sumpfigen Brachen, die äußeren Grabenstützmauern waren teils abgerutscht, teils von Bürgern zum Hausbau geplündert, die Wehrgänge eingestürzt oder von Seilern und Tuchern zum Seilspannen und Trocknen zweckentfremdet. An einigen Stellen der Unterstadt war die Mauer bereits bis auf Brusthöhe abgerissen und mit Rosensträuchern überwuchert. Nur die zahlreichen Türme der einstigen freien Reichsstadt ragten stolz wie ehedem in den Himmel.

Dank Männern wie Konrad Schönfärber, der sich mit anderen Handelsleuten und Fabrikanten zu einem Verschönerungsverein zusammengeschlossen hatte, war man dabei, die alte Befestigung nach und nach aus der Welt zu schaffen.

Ginge es nach den Mitgliedern des Vereins, sollten baldmöglichst auch die uralten Stadttore verschwinden, weil sie die Durchfahrt von schweren Güterwagen und damit den freien Handel nur behinderten. «Licht und Luft müssen in die Stadt», waren Schönfärbers Worte. «Nur so kann der Bürger gesund leben.»

«Morgen haben wir endlich Ruh vor der Schönfärberin mit ihren zwei kleinen Bettseichern», frohlockte Rösle, «den ganzen Tag lang.»

Sie waren auf dem Weg zur Vorabendmesse. Dreimal die Woche marschierte Theres zusammen mit der Köchin hinüber zur katholischen Pfarrkirche beim Frauentor: sonntags in die Heilige Messe, dienstags zum Rosenkranzbeten und samstags in die Vorabendmesse. Sie tat das nicht, weil der Gottesdienst dort sie sonderlich erbaut hätte, sondern einzig und allein, um ihrer Herrschaft zu entfliehen. Wie die meisten aus der Schicht der Kaufleute und Fabrikanten, der Staatsbeamten und Gebildeten – von den Einheimischen respektlos «Blutwurst» genannt, da sie alle versippt und verschwägert schienen – waren auch die Schönfärbers evangelischen Glaubens und besuchten die evangelische Pfarrkirche am andern Ende der Stadt.

«Wieso?», fragte Theres.

«Weil sie eine Sonntagsausfahrt zu ihrer Tettnanger Verwandtschaft machen.»

«Etwa zu den Allgaiers?»

«Zu wem denn sonst? Schon auf neun Uhr haben sie die Kutsche bestellt.»

Nachdem Theres an diesem Abend die Zwillinge zu Bett gebracht hatte, klopfte sie noch einmal an die Tür zur Wohnstube. Frau Schönfärber saß mit einer Stickerei am Fenster, der Rest der Familie um den Tisch: Konrad Schönfärber blätterte im Schwäbischen Merkur, seine Älteste in ihrer Klavier- und Singschule, Konstantia studierte die Verkaufsanzeigen in den Beilagen, und die Gouvernante fragte gerade den Sohn des Hauses aus dem Zumpt ab: «Viele Wörter sind auf is – Masculini generis!», dozierte sie mit erhobenem Zeigestöckchen.

«Was gibt's noch?» Alwina Schönfärber blickte unwillig von ihrem Stickrahmen auf. Ihr war anzusehen, dass sie das Hereinplatzen in ihr Familienidyll so gar nicht schätzte.

«Verzeihen Sie die Störung, gnädige Frau. Aber Rösle hat mir gesagt, dass Sie morgen nach Tettnang fahren.»

«Ja und?»

«Könnten Sie mir vielleicht einen Gefallen tun und dieses Brieflein mitnehmen? Es ist für meine Freundin Sophie, sie ist doch Stubenmädchen bei den Allgaiers.»

«Bin ich die Botengängerin meiner Magd?» Die Schönfärberin tat entrüstet. Dann blickte sie kurz zu ihrem Mann, der sie auffordernd ansah. «Meinetwegen – ich will mal nicht so sein», lenkte sie schließlich ein.

Ohne sich aus ihrem Lehnstuhl zu erheben, streckte die Hausherrin den Arm aus, und Theres beeilte sich, ihr das zusammengefaltete Papier in die Hand zu legen.

«Haben Sie recht vielen Dank. Und gute Nacht auch, allseits.»

Bis auf Konrad Schönfärber erwiderte niemand ihren Gruß, und sie wollte gerade leise die Tür hinter sich schließen, als der Hausherr rief: »Warte, Theres! Sei doch so nett und füll uns noch ein Krüglein Wein im Keller ab.»

«Hast du denn heut Abend keine Gesellschaft auf dem Museum?», fragte seine Frau erstaunt.

«Ach, weißt du, liebe Alwina – wir sitzen doch gerad alle so gemütlich beisammen. So oft wird das nicht mehr sein, wo doch Kornelie uns in wenigen Wochen verlässt.»

«Aber Papa», sagte nun die älteste Tochter, «Friedrichshafen ist doch nicht aus der Welt.»

Theres wusste inzwischen, dass es in besseren Kreisen üblich war, unter Freundesfamilien eine Zeit lang die Töchter zu tauschen, damit sie schon als Jungfern fremde Haushaltung lernten. Sie würde Kornelie keine Träne nachweinen, wenn sie im Herbst endlich das Haus verließ, denn die älteste Tochter kam ganz nach ihrer Mutter: schön, herrisch und hochnäsig. Faul war sie obendrein. Vielleicht würde ja die neue Haustochter, die im Gegenzug kam, ein wenig mit anpacken.

«Verzeihen Sie, Herr Schönfärber», wagte Theres die Unterhaltung zu unterbrechen. «Ein Krüglein vom Hiesigen oder vom Seewein?»

«Vom guten Seewein, bitte.»

«Und verschütte nicht wieder den halben Krug unterwegs», fuhr Kornelie sie an. «Sonst kannst heut Nacht noch das Treppenhaus putzen.»

Wenig später brachte Theres den Wein und holte Gläser aus der Anrichte. Wie wenig sie die Familie Schönfärber auch mochte – von dem Hausherrn einmal abgesehen –: In dieser Runde würde sie wenigstens nicht Gefahr laufen, mittrinken zu müssen.

«Ich weiß gar nicht, wie ich das alles schaffen soll nächste Woche», hörte sie die Hausherrin jammern, während sie die Gläser auswischte und auf den Tisch stellte. «Montag früh ist die Sammlung für die indische Mission, am Nachmittag Sitzung des verwahrlosten Kindervereins. Am Mittwoch geht es grad so weiter, da ist die Gründung der Beschäftigungsanstalt für brotlose Mädchen, und die Missionslotterie sollte bis Samstag auch vorbereitet sein. Und ausgerechnet jetzt bin ich dran mit der Runde der Krankenbesuche und der Visitation der neuen Suppenanstalt.»

«Ach, mein Schatz: Ich finde, du mutest dir zu viel zu.»

«Und was ist dann mit unserer Abendvorlesung über die Literatur der Chinesen?», maulte Kornelie.

Frau Schönfärber seufzte. «Ich weiß, mein Kind. Dann wird dich eben das Fräulein Euphrosina begleiten.»

Ihr Blick fiel auf Theres. «Was stehst du noch hier herum? Du kannst gehen.»

Die große Enttäuschung folgte am nächsten Abend, als die Hausherrin mit Konstania und den Zwillingen aus Tettnang zurückkehrte.

«Deine Sophie haben sie längst davongejagt. Das Luder hatte mit dem ältesten Sohn des Hauses angebändelt.»

«Nein!»

Theres stockte der Atem. Nur deshalb, nur um in Sophies Nähe zu sein, war sie doch hierher nach Ravensburg gekommen! Es war, als würde ihr jemand den Boden unter den Füßen wegziehen. Zugleich wurde sie fast wütend auf ihre Freundin.

«Wo – wo ist sie jetzt?»

«Woher soll ich das wissen? Wahrscheinlich treibt sie sich auf der Straße herum. Man weiß ja, wie es mit solchen Weibsbildern endet.»

Wenige Tage später musste Klaudius mit einem heftigen Sommerkatharr das Bett hüten. Alwina Schönfärber wies Theres an, ihm einen Becher heißer Milch mit Honig ins Knabenzimmer zu bringen.

«Ich hoffe, du wenigstens weißt dich zu benehmen», sagte die Hausherrin in drohendem Unterton, und Theres begriff sofort, worauf sie anspielte. Dabei hätte sie beinah laut aufgelacht. Klaudius war ein dicklicher, untersetzter Junge, der seine Nase nur in Bücher steckte und sicherlich nicht einmal wusste, was den Unterschied zwischen Mann und Weib ausmachte. Dabei mochte sie ihn eigentlich ganz gern. Wenigstens scheuchte er sie nicht in der Gegend herum wie diese verzogenen Zwillingsgören und verhielt sich höflich ihr gegenüber.

Ohnehin interessierte sie sich keinen Deut für Jungen. Wenn es einen gab, an den sie manchmal voller Wehmut denken musste, dann war das Elie. Aber den würde sie wohl nie wiedersehen. Und zwei- oder dreimal hatte sie nachts, zu ihrer Verwirrung, von Pfarrer Seibold geträumt. Er hatte erneut das Gespräch mit ihr gesucht und sie mit leuchtenden Augen angesehen – so wie damals in Konzets Stube. Trotzdem war sie sich sicher, dass sie nie wieder ein Mann interessieren würde. Nur: Was würde dann aus ihr werden, wenn sie alt war? Schließlich war der Lebensweg eines Dienstmädchens genau vorgezeichnet: Man blieb so lange in Stellung, bis das mit harter Arbeit Ersparte für Aussteuer und Heirat reichte. Der eigene Herd war oberstes Ziel einer jeden Magd, das war bei Rösle nicht anders als bei Sophie. Sie aber würde wahrscheinlich enden wie die arme, stumme Elisabetha, die bis zum Lebensende auf eine mitleidige Seele wie Pfarrer Konzet angewiesen war.

14
Bürgerhaus in Ravensburg, Herbst, Winter 1839/40

Nachdem Theres einen weiteren Monat hatte zur Probe arbeiten müssen, ohne einen Heller zu Gesicht zu bekommen, wurde sie Mitte September endlich feierlich in Stellung genommen: Bis auf die kurz zuvor abgereiste Kornelie nahmen sämtliche Schönfärbers Aufstellung rund um den Küchentisch, dazu die neue Haustochter Maximiliane, ein blasses, schwächliches Persönchen, die Gouvernante und Rösle. Selbst Musch, der fette Hauskater, kam hereingeschlichen, wohl in Erwartung eines Leckerbissens. Theres musste den Vertrag unterschreiben, der sie verpflichtete, die geltende Gesindeordnung einzuhalten, und der ihr im Gegenzug zwölf Gulden aufs Jahr gewährte. Ein Viertelgulden davon stehe ihr zum Monatsende zur freien Verfügung, Dreiviertelgulden seien von der Herrschaft auf die Dienstboten-Sparkasse zu übertragen.

Von Rösle wusste Theres, dass sie damit an der untersten Lohngrenze der hiesigen Mägde stand, aber was sollte sie machen? Frau Schönfärber jedenfalls tat, als habe sie ihr mit diesem Vertrag ein überaus großzügiges Geschenk gemacht und steckte ihr, nachdem sie unterschrieben hatte, auch noch ein Seidentüchlein zu – dasselbe, das Kornelie nie hatte tragen wollen, weil es von so grausig giftgrüner Farbe war. Dazu hatte es noch einen nachlässig geflickten Riss im Zipfel.

«So lasset uns denn auf Theres trinken, unser neues Stubenmädchen!»

Der Hausherr hob das Glas, und alle durften nun den sauren Burgunderwein verkosten, der einem beim Trinken den Gaumen zusammenzog.

War die Schönfärberin bis zu diesem Tag noch halbwegs bemüht gewesen, Theres etwas zu erklären oder ihr mit kühler Freundlichkeit zu begegnen, so schien ihr das von nun an nicht mehr notwendig. Vielleicht gab es ja in den Handwerkerfamilien, wo die Hausfrau noch mitarbeitete, statt das Gesinde zu überwachen wie ein Polizeidiener, mehr Gemeinschaftlichkeit, hier im Hause Schönfärber jedenfalls galt eine Magd nicht viel mehr als ein Sklave, der Befehle ohne Murren auszuführen und ansonsten Abstand zur Herrschaft zu halten hatte. Lob hörte sie nie, dafür umso häufiger Scheltworte und Vorwürfe. Bald wurden sogar die Mahlzeiten spürbar karger: Man müsse in diesen harten Zeiten das Geld zusammenhalten, hatte die Schönfärberin erklärt, und fortan waren Fleisch- und Wurststücke und andere Köstlichkeiten genau abgezählt. Für Rösle und Theres, die nach den Mahlzeiten die Reste in der Küche aßen, blieb nichts davon übrig. So begann die Köchin irgendwann, sich und Theres heimlich Butterbrote zu schmieren. Der Luxus schwarzen Kaffees am Morgen war hier dem Dienstpersonal ohnehin nicht vergönnt, und Theres dachte bisweilen sehnsüchtig an das Pfarrhaus zurück, wo sie jeden Sonntagmorgen mit dem Pfarrer ein Kännchen Kaffee genossen hatte, selbst wenn dieser gestreckt war mit Roggen und gelben Rüben.

Das Geld zusammenzuhalten galt ganz offenbar nur im Hinblick auf das Gesinde, besser gesagt: auf Rösle und Theres. Vor allem die Gäste wurden mit Leckereien wahrhaft überschüttet. So kam beinahe jeden zweiten Tag Selma Dafeldecker, die Freundin des Hauses, zur Teegesellschaft. Zumeist brachte sie noch zwei, drei andere Gäste mit, «hochinteressante Persönlichkeiten», wie sie vor aller Welt immer betonte. Dann musste Theres den Lesezirkel, wie die Schönfärberin ihren Kreis nannte, mit Ostfriesentee und Makrönchen oder frischen Mandelstückchen bedienen. Ohne das Stubenmädchen beim Aufwarten weiter zu beachten, schrieben die vornehmen Damen Leserbriefe an das Intelligenzblatt oder den Wöchentlichen Anzeiger, lasen gemeinsam in Romanen, Reisebeschreibungen oder in der Fröbel'schen Erziehungsliteratur, plauderten über Vorträge, die sie besucht hatten, oder planten ihre Spendenaktionen für arme Frauen. Alle waren sie glühende Verfechterinnen der deutschen Einheit, riefen mit Unterschriftaktionen dazu auf, sich deutsch zu kleiden, deutsch zu kaufen. «Auf dass jeder das Seinige zur Erstarkung Deutschlands beitrage!», hörte Theres einmal Alwina Schönfärber mit hoher Stimme schmettern. Dabei sprang sie tatsächlich auf den Stuhl und fuchtelte mit den Armen wie der Pfarrer auf der Kanzel.

Als der Herbst kälter wurde, wies die Hausherrin Theres an,

eine halbe Stunde früher als die anderen aufzustehen, um Küche wie Wohnstube einzuheizen.

«Wir können uns doch abwechseln», hatte Rösle gutmütig vorgeschlagen.

«Auf keinen Fall. Das wird den Winter über alleinig Theres' Aufgabe bleiben.»

Theres schwieg hierzu. Erst als die Schönfärberin außer Hörweite war, sagte sie: «Das wenigstens könnte doch die neue Haustochter übernehmen. Wozu ist die überhaupt hier?»

Rösle grinste. «Die würde doch schon mit einem halben Korb Brennholz auf der Treppe zusammenbrechen. Stinkfaul ist sie obendrein. Hält sich wohl für eine Künstlerin.»

Tatsächlich rührte Maximiliane im Haushalt keinen Finger. Stattdessen hockte sie stundenlang in der beheizten Wohnstube und malte gepresste Kräuter und Blüten ab, ohne dass ihre Zeichnungen die geringste Ähnlichkeit mit der Vorlage gehabt hätten. Auch Alwina Schönfärber schien ob der Trägheit dieses Mädchens zunehmend gereizt, ließ ihren Ärger allerdings an Theres ab, die das mit zusammengebissenen Zähnen hinnahm.

Eine Woche vor Weihnachten dann erhielt Theres den Auftrag, noch rasch vor Feierabend ins Detailgeschäft am Obertor zu laufen, um neue holländische Heringe, Fettglanzwichse und Farinzucker zu kaufen. Draußen wehte ein scharfer Wind, und da Theres in der Eile ihren Wollschal nicht finden konnte, band sie sich das laubfroschgrüne Seidentuch um den Hals. Auf der Treppe kam ihr die Hausherrin entgegen. Die starrte auf ihr Halstuch.

«Was soll der Aufzug? Willst du dich zum Soldatenluder machen?»

«Ich – ich weiß nicht, wo mein Wollschal ist», stotterte Theres.

«Ihr Mägde seid doch alle gleich! Bei der Arbeit unbotmäßig

und faul, aber kaum geht's aus dem Haus, putzt ihr euch auf und verdreht den Mannsbildern den Kopf. Eitel, liederlich und vergnügungssüchtig seid ihr – pfui!»

Sie riss ihr das Tuch weg.

«Aber – gnädige Frau – das haben Sie mir doch selbst geschenkt!»

«Dann nehm ich es hiermit wieder zurück. Und jetzt marsch, marsch!»

Als Theres vom Einkauf zurückkehrte, erwartete sie die Schönfärberin in der Küche mit verschränkten Armen und zusammengekniffenen Augen.

«Wie viel Geld hast du für den Krämerladen mitgenommen?»

«Einen Gulden und einen halben, wie Sie gesagt haben. Hier sind die zehn Kreuzer Rückgeld. Und hier das Zettelchen vom Krämer.»

Theres griff unter ihrer Schürze nach der Geldkatze und legte alles auf den Tisch.

«So! Und warum fehlt dann in der Cassa ein Viertelgulden?» Sie zog das Kästchen mit dem Marktgeld heran. «Zum zweiten Mal in dieser Woche! Hältst du mich für so blöde und glaubst, dass ich nicht täglich kontrolliere, seitdem du die Einkäufe machen darfst?»

Dieser Vorwurf war ungeheuerlich. Niemals hätte sie sich an fremdem Geld vergriffen. Ob etwa Rösle …? Nein, ausgeschlossen. Entschieden schüttelte sie den Kopf, was sowohl ihr selbst als auch Rösle galt.

«Du leugnest also? Und wie hast du dann das Zuckerzeug bezahlt, das ich in deiner Truhe gefunden habe?»

«Das – das hat mir der Adam aus dem Detailgeschäft geschenkt, neulich mal.»

Das war die reine Wahrheit. Der Sohn des Ladenbesitzers

hatte nämlich ein Aug auf sie geworfen. Zumindest behauptete das die Köchin.

Im nächsten Augenblick schlug Alwina Schönfärbers Hand gegen ihre Wange, dass es nur so klatschte. Entsetzt starrte Theres sie an.

«Wie gemein Sie sind», presste sie hervor, dann rannte sie aus der Küche hinauf in ihre Kammer. Wenig später erschien die Köchin, die offensichtlich alles mitbekommen hatte, und setzte sich neben sie aufs Bett.

«Mach dir nichts draus. Mich hat sie anfangs auch immer verdächtigt zu klauen.»

«Aber du glaubst mir doch?»

«Natürlich. Ich hab auch schon einen Verdacht. Die Maximiliane schleicht sich vor dem Schlafengehen immer nochmal in die Küche und trinkt einen Becher Milch. Ich bin mir sicher, die weiß längst, dass das Marktgeld hinter dem Dinkelsack versteckt ist. Gib acht: Heut Abend wird sie's nicht wagen, aber morgen verstecken wir uns in der Vorratskammer und warten. Dann können wir sie auf frischer Tat ertappen.»

«Selbst wenn – die Schönfärberin wird uns niemals glauben.»

«Du hast recht. Wir bräuchten einen Zeugen.»

«Vielleicht den Klaudius?»

«Gute Idee! Ich frag ihn gleich, ob er mitmacht. Er kann die Maximiliane eh nicht leiden.»

Klaudius erklärte sich tatsächlich einverstanden. Den nächsten Abend hockten sie umsonst in der dunklen, kalten Kammer, wobei sich Klaudius für Theres' Empfinden unnötig eng an sie drängte. Doch schon einen Abend später hörten sie nackte Füße über den Dielenboden tapsen. Unter dem Türspalt der Vorratskammer hindurch schimmerte ein schwacher Lichtschein, jemand hantierte leise in der Küche herum. Bald darauf öffnete sich die Tür zur Vorratskammer – und in der Tat: Im Schein einer Kerze erkannten sie Maximiliane.

Vor lauter Angst, vorzeitig entdeckt zu werden, presste sich Theres nun selbst an Klaudius. Aber die Haustochter ging zielstrebig auf den Dinkelsack in der anderen Ecke der Kammer zu, griff darüber hinweg und zog das Kästchen hervor. Klaudius sprang auf und packte sie beim Arm. Vor Schreck stieß Maximiliane einen gellenden Schrei aus.

«Brauchst gar nicht so zu brüllen, du Diebin!», zischte der Junge wütend.

«Ich wollte doch nur – ich – ich ...» Das Mädchen fing an zu heulen.

«Was ist denn hier los?»

Alwina Schönfärber stand im Türrahmen.

«Mutter, stell dir vor: Die Maximiliane war's! Wir haben sie überrascht, wie sie ans Marktgeld gegangen ist.»

Die Hausherrin sah fassungslos in die Runde.

«Das hat Konsequenzen, meine Liebe. Nein, wie abscheulich!»

Am nächsten Morgen schon wurde Maximiliane zu ihrer Familie nach Friedrichshafen zurückgebracht. Für Theres hatte die Hausherrin allerdings kein Wort der Entschuldigung übrig.

Mit Alwina Schönfärber wurde es nicht besser. Im Gegenteil – als nach Weihnachten all die Spendenaktionen und Wohltätigkeitslotterien vorerst ein Ende fanden und selbst ihr Lesezirkel in die Winterpause ging, nahm ihre Launenhaftigkeit nur noch zu. Den halben Tag verbrachte sie in ihrem Lehnstuhl am Fenster, den fetten, faulen Hauskater auf dem Schoß, und einmal hörte Theres sie zu ihrem Mann sagen: «Ach, diese schreckliche Winterzeit. Was soll ich nur den ganzen Tag machen? Nicht einmal das Lesen füllt mich mehr aus.»

Theres, die jetzt mit all dem Dreck, den die Menschen von draußen hereinschleppten, und dem ständigen Anfeuern in den verschiedenen Räumen noch mehr zu tun hatte als sonst, machte das wütend. Diese Leute hatten einfach zu viel Zeit und Müßiggang! Die lasen aus Langeweile, beteten aus Langeweile, taten Gutes aus Langeweile! Es ekelte sie an. Und ihr Mann tröstete sie auch noch!

«Der Winter geht vorbei, Alwina. Den nächsten Monat schon, hab ich gehört, ist ein bekannter Literat in Ravensburg auf Durchreise. Er hält freie Vorträge über Philosophie, speziell für das weibliche Geschlecht. Soll ich dich und Selma hierfür anmelden?»

«Das wäre reizend von dir, Konrad.»

Dieser Konrad Schönfärber war dermaßen gutmütig, dass er sich fast schon zum Trottel machte. Theres konnte sich sein unterwürfiges Verhalten nur damit erklären, dass er unglaublich stolz auf seine um so viele Jahre jüngere Frau sein musste. Gewöhnlich erfüllte er ihr jeden Wunsch, nahm sich immer Zeit für ihre Belange, und das, obwohl er als Einziger in der Familie wirklich hart zu arbeiten schien.

Aus eigener Kraft hatte er in einer ausgedienten Papiermühle unten im Ölschwang eine Baumwollspinnerei aufgezogen, die inzwischen florierte. Dazu betätigte er sich in seiner Eigenschaft als Stadtrat im Kirchenkonvent, der die Aufsicht über Schulen und Armenwesen führte, im Liederkranz sowie im «Verein zur Aufrechterhaltung der dramatischen Gesellschaft auf dem Theater». An seinen seltenen freien Abenden suchte er Unterhaltung auf dem Museum, wo man plauderte oder ausgelegte Zeitschriften und Bücher las, oder er traf sich zum Billardspiel im Kaffeehaus Hehl.

Auch für Theres wurde der Winter zur Qual. Viel zu selten kam sie hinaus, außer Rösle gab es niemanden, mit dem sie das bisschen freie Zeit, das ihr jeden zweiten Sonntag blieb, verbringen konnte. Selbst das war vorbei, als die Köchin schließlich mit dem jungen Postpraktikanten Jeggle auszugehen begann. Ihr blieb nur noch Klaudius, der sich mit ihr unterhielt wie von gleich zu gleich und sie mitunter vor seiner Mutter in Schutz nahm.

Der einzige Lichtblick in dieser Zeit war ein ausführlicher, liebevoller Brief ihres Bruders, der gerade rechtzeitig zu Weihnachten eingetroffen war. Sie selbst hatte ihm gleich nach ihrer Ankunft in Ravensburg geschrieben und dafür das ganze Zehrgeld des Pfarrers aufgebraucht. Auf vier engbeschriebenen Blättern, die sie wieder und wieder vor dem Schlafengehen las, berichtete Hannes vielerlei Neuigkeiten aus dem Dorfleben. Leider schrieb er auch, dass ihm das Gehen in letzter Zeit noch schwerer fiel und er daher jetzt endgültig in die Schreibstube des Dorfschultes verbannt sei, aber nicht darüber klagen wolle. Dennoch machte sie sich große Sorgen um ihn.

Sosehr sie sich über den Brief ihres Bruders freute, bekümmerte es sie doch zunehmend, dass sie von Sophie nichts hörte. Wie sollte sie auch? Die Freundin wusste ja noch nicht einmal, dass Theres nun in Ravensburg war. Wie sehr sehnte sie sich nach der Gefährtin mit der fröhlichen und zugleich frechen Art.

In diesem Winter wurde Theres zum ersten Mal in ihrem Leben ernsthaft krank. Es begann mit Schluckbeschwerden und damit, dass ihr die Stimme wegblieb. Die Hausherrin kümmerte sich keinen Deut darum, wurde irgendwann sogar wütend und unterstellte ihr zu simulieren. Erst als Fieberkrämpfe sie schüttelten, durfte sie endlich im Bett bleiben. Einen Arzt bekam sie nicht zu Gesicht. Dafür brachte ihr Rösle heimlich heiße Milch mit Honig oder kräftige Brühe, die sie eigenmächtig von der Suppe abschöpfte.

Aber das Fieber stieg und stieg, trotz Rösles lauwarmer Wadenwickel. Anfangs wehrte sich Theres mit aller Kraft dagegen, in diesen seltsamen Fieberschlaf abzutauchen. Immer dieselbe Gestalt erwartete sie dort, es war die Jungfrau Maria mit dem Jesuskind im Arm. Doch das schmale Gesicht mit den dunklen Locken und Augen kam ihr nur allzu bekannt vor. Eine angstvolle Unruhe ließ sie im Bett hin und her zappeln, wenn die Gestalt ihr näher kam, in seltsam ruckartigen Bewegungen. Dabei veränderte sich das Gesicht der Erscheinung, wurde bei jeder Bewegung älter, mit blutleeren Lippen und grauen Strähnen im Haar, bis sich irgendwann der Mund öffnete und zu schreien begann: «Verschwinde aus meinem Leben, du Bastard. Lass dich nie wieder blicken, nie wieder!»

Zwei Wochen musste sie das Bett hüten, und die Hausherrin hörte nicht auf zu jammern, wie schlecht sie es mit dieser Magd getroffen habe. Als Theres schließlich eines Morgens wieder bei Rösle in der Küche auftauchte, schlug die die Hände überm Kopf zusammen:

«Meine Güte, jetzt seh ich erst, wie dünn du geworden bist! Und bleich wie ein Gespenst! Du solltest noch gar nicht arbeiten dürfen, so, wie du ausschaust.»

Theres zuckte die Schultern. «Es geht schon wieder. Außerdem ...»

«Was außerdem?»

«Ich hab gehört, was die Schönfärberin ihrer Freundin gesagt hat. Dass sie mich vor die Tür setzt, wenn ich noch eine Woche länger krankfeiere.»

Die Köchin schnaubte wütend.

«Krankfeiern! Das sagt grad die Rechte. Die legt sich doch schon ins Bett, wenn ihr nur die Nase juckt! Warte.»

Rösle verschwand in der Vorratskammer und kehrte mit einem Stück magerer Rauchwurst zurück.

«Hier. Das hab ich versteckt für dich. Kräftig, aber nicht zu fett. Damit du keinen Rückfall kriegst. Ohne dich war's hier nämlich kaum auszuhalten. Und unheimlich war's auch, wie du nachts immer gehampelt und geredet hast. Sag – ist dir die Jungfrau Maria erschienen?»

Theres fuhr zusammen. «Nein!»

Sie wollte an diesen nächtlichen Alb nur ja nicht mehr erinnert werden. Im Stillen wunderte sie sich jedoch, wie Rösle davon wusste. Ob sie den Namen der Jungfrau im Schlaf ausgerufen hatte?

«Ach, übrigens ...» Rösle schnitt ihr die Wurst in feine Rädchen. «Da hat schon zweimal jemand nach dir gefragt. Jemand ganz Besorgtes.»

«Der Klaudius?»

Rösle grinste. «Der doch nicht. Obwohl – der hat sich auch Sorgen gemacht. Nein, rat weiter.»

Theres kaute auf der Wurst herum. Sie schmeckte, wie alles im Augenblick, nach Pappe.

«Na los, rate: hellbraune Augen, hellbraunes Haar – schmaler Schnauzbart ...»

«Adam?»

«Endlich! Und lächeln tust auch wieder. Sag bloß, der Adam gefällt dir.»

«Was du nur denkst! Er ist halt sehr nett. Weiter gar nix.»

Dabei mochte sie den Jungen aus dem Detailgeschäft wirklich ganz gern. Wenn er nur nicht immer so ernst wäre.

«Sag, Theres, stimmt es, dass er dich mal gefragt hat, ob du nach der Kirche mit ihm auf die Veitsburg gehst?»

Theres spürte, wie sie rot anlief. «Ja und? Aber die Schönfärberin hat es eh nicht erlaubt.»

Fassungslos sah die Köchin sie an. «Du hast sie um Erlaubnis gefragt?»

«Aber das musste ich doch!»

«Das geht die gar nix an! Oder bist du ihre Sklavin?»

«Du hast gut reden.» Theres wurde ärgerlich. «Du bist großjährig, ich nicht. Mir hält sie dauernd vor, dass sie verantwortlich ist für meinen Ruf und mein sittliches Betragen.»

«Sittliches Betragen – ha! Soll ich dir mal was verraten?» Rösle beugte sich an ihr Ohr und flüsterte: «Die ist selber verdorben bis ins Mark. Die betrügt nämlich ihren Ehemann.»

«Was? Du spinnst!»

«Leise. Wenn ich's doch sag. Mit dem jungen Gesangslehrer von der Konstantia hat sie's – sperr halt mal die Augen auf.»

Rösle hatte recht. Schon bei nächster Gelegenheit, als Giacomo Monteverdi seine Aufwartung im Hause Schönfärber machte, konnte Theres mit eigenen Augen sehen, wie beide, Mutter und Tochter, diesem schwarzgelockten Gecken verfallen schienen, der sich gleich einem Papagei stets in grellbunten Farben kleidete. Kaum hatte Theres ihn in die Stube geführt, wo Konstantia bereits mit vor Aufregung rotgeflecktem Gesicht am Fortepiano wartete, erschien auch schon die Hausherrin, zurechtgemacht wie für einen Staatsempfang.

«Bring uns ein Kännchen Ostfriesentee mit Kirschlikör», befahl die Schönfärberin, während der junge Italiener Theres mit seinen schwarzen Kohleaugen zuzwinkerte. «Und dann sorge dafür, dass wir nicht gestört werden bei den Gesangsübungen.»

Nachdem eine Stunde später die Pianoklänge samt Konstantias quäkender Stimme verstummt waren, versammelte sich die Gouvernante mit den übrigen Kindern zum Plaudern und Sticken in der Wohnstube. Seit Wochen schon stickten die Mädchen für die Fahnenweihe des Liederkranzes einen bunten

Blumenkranz auf weiße Seide. Alwina Schönfärber allerdings marschierte am Arm des Italieners hinüber in das kleine Bücherkabinett, um dort ihre wöchentliche Konversationsstunde in Italienisch abzuhalten.

Theres machte sich daran, Treppenhaus und Flurboden zu kehren und feucht aufzuwischen. Dabei hörte sie immer wieder Alwina Schönfärbers glockenhelles Lachen aus dem Bibliothekszimmer dringen. Schließlich konnte sie ihre Neugier nicht länger im Zaum halten und schlich mitsamt dem Putzeimer vor die schwere Eichenholztür, um zu lauschen.

«Attenzione: Tu – mi – piaci!», hörte sie Giacomos Samtstimme.

«Tu – mi – piaci», wiederholte die Hausherrin.

«Noch einmal: Tu mi piaci!»

«Tu mi piaci. – Und was heißt das?» Jetzt klang ihre Stimme ganz rau.

«Das bedeutet: Du gefällst mir.»

Die Schönfärberin kicherte, dann war eine Zeit lang nur noch leises Rascheln wie von Kleiderstoff zu hören.

«Mi piace molto. – Das gefällt mir sehr», hauchte die Männerstimme, und sofort kam das Echo der Schönfärberin: «Mi piace molto.»

«Was tust du da?»

Theres schrak auf. «Ich – ich putze, gnädiger Herr.»

«Tja, das sehe ich. Hier schwimmt ja bereits alles.»

Konrad Schönfärber versuchte streng dreinzublicken, was ihm wie immer misslang.

«Ist meine Frau im Hause?»

«Ja, Herr. Da drinnen. Sie hat ihre Konversationsstunde in Italienisch.»

«Ach, die Gute! Immer so fleißig. Nun, ich will sie nicht stören. Richte ihr aus, dass ich heute nicht zum Abendessen kommen werde. Außerordentliche Sitzung des Kirchenkonvents.»

«Sehr wohl, Herr.»

Die Schönfärberin und ihr Galan mussten wohl ihr Gespräch gehört haben. Mit fester, überlauter Stimme wiederholte die Hausherrin von nun an jeden Satz, das Kichern und das zärtliche Geflüster hatten aufgehört. Theres beeilte sich, fertig zu werden und zu Rösle in die Küche zu kommen, um ihr Bericht zu erstatten.

«Siehst du? Und das ist noch gar nichts. Einmal hab ich die beiden unten in der Eingangsdiele beobachtet, wie sie sich im Dunklen geküsst haben.»

«Ihr armer Mann», entfuhr es Theres.

«Ach was. Der wird schon auch nix anbrennen lassen.»

Am Palmsonntag überraschte Rösle sie in der Liebfrauenkirche mit bitteren Neuigkeiten.

«Ich hab mich verlobt», flüsterte sie, mitten in der Lesung der Passion Christi. Theres taten bereits die Beine weh, denn hier in der Stadtkirche musste man Kirchenstühle gegen Geld pachten oder eben stehen.

«Der Postpraktikant?»

«Der doch nicht. Du glaubst gar nicht, wie dumm der ist.»

«Wer dann?» Theres verstummte, als sich der Armenvogt näherte, der in seinem Nebenamt als sogenannter Kirchendussler kontrollierte, ob niemand während des Gottesdienstes schlief oder schwatzte. Als der Alte seine Aufmerksamkeit auf zwei keifende Hunde richtete, bohrte sie weiter:

«Jetzt sag schon, wer ist es?»

«Der Toni. Du weißt schon, der Arzneihausierer aus Tirol, der im Winter immer durchs Oberland zieht.»

Theres starrte die Freundin verblüfft an. Sie kannte zwar

den kräftigen, immer zu Scherzen aufgelegten Mann von der Haustüre her, aber dass sich zwischen ihm und der Köchin eine Liebschaft entwickelt hatte, davon hatte sie rein gar nichts mitbekommen.

«Und was heißt das jetzt?»

«Dass ich mit ihm nach Innsbruck gehe. Bald nach Ostern schon.»

«Nach Innsbruck», wiederholte Theres tonlos.

«Ja.» Rösles Wangen glühten vor Eifer. «Er will sich sesshaft machen dort, mit einem kleinen Ladengeschäft, und ich hab auch genug gespart die letzten Jahre.»

15
Bürgerhaus in Ravensburg,
Frühjahr 1840 – Frühjahr 1841

Nachdem die Köchin kurz vor Pfingsten tatsächlich gekündigt hatte und nach Innsbruck gezogen war, wurde für Theres das Leben doppelt schwer. Zum einen traf Rösles Abschied sie viel härter, als sie es je vermutet hätte, zum anderen hatte sie nach ihrer Krankheit noch nicht die alten Kräfte zurückerlangt. Viel schneller als früher war sie müde und erschöpft, nachts quälten sie Schlaflosigkeit oder schlechte Träume, sie fühlte sich so einsam wie seit ihrer Zeit im Pfarrhaus nicht mehr. Hinzu kam, dass die neue Köchin, die rasch gefunden war, sich als altes, mürrisches Weib erwies. Vorbei war es mit heimlichen Butterbrotscheibchen in der Küche oder abends im Bett, denn die Neue legte höchstens für sich selbst was auf die Seite. Außerdem ließ sie sich von Theres mit «Frollein» anreden und scheuchte die Jüngere herum, als sei sie höchstselbst die Hausherrin.

Wenn sie wenigstens gewusst hätte, wo Sophie steckte! Mit Klaudius' Hilfe hatte sie versucht, bei den Allgaiers in Erfahrung zu bringen, wohin deren einstiges Stubenmädchen gegangen sein konnte. Aber erfolglos. Entweder wusste es niemand, oder man wollte es einfach nicht wissen. Hier in Ravensburg war sie jedenfalls niemals aufgetaucht, davon hätte sie in all den Monaten, die sie hier nun schon lebte, mit Sicherheit gehört.

In diesen Maiwochen begann Theres, innerlich zu entfliehen. Genauer gesagt: sich fortzudenken, sich an die Orte ihrer Kindheit zu wünschen, in die lichten Wälder und Wacholderheiden auf der Alb, oder auch in jene fernen Länder wie Ostindien, Madagaskar oder Persien, von denen sie in den zahllosen Reisebeschreibungen drüben im Bücherkabinett erfuhr. Dort stöberte sie nämlich inzwischen, sobald sie die Schönfärbers außer Haus wusste und die Kinder nebenan bei der Gouvernante. All die Zeichnungen mit ihren fremdartigen Landschaften, Pflanzen und Tieren, etliche davon hübsch koloriert, die faszinierenden Bilder schroffer Felsengebirge, palmengesäumter Meeresufer oder stolzer Burgen über gewundenen Flussläufen, dazwischen die furchterregenden Porträts halbnackter Wilder – all das brannte sich nach einem kurzen Blick nur in ihr Gedächtnis. Anfangs musste sie noch die Augen schließen, um diese Bilder wieder vor sich zu sehen, doch bald schon vermochte sie dies sogar mit offenem Auge, während sie die Böden schrubbte oder Staub wischte. Wie schrak sie dann jedes Mal zusammen, wenn sie von den Kindern oder ihrer Herrschaft angesprochen wurde, und einmal hörte sie die Schönfärberin zu Fräulein Euphrosina sagen: «Dieses Mädchen wird immer seltsamer. Vielleicht sollte ich mich nach einem neuen umsehen.»

Da begann Theres heimlich das Amtsblättchen zu durchforschen, in dem Mädchen zur Aufwartung gesucht wurden.

«Fleißig und treu», «still und brav», «willig und bescheiden» hatten die Gesuchten zu sein, was Theres jedes Mal aufs Neue abschreckte, ihre Bewerbung in die Tat umzusetzen.

So kam der Sommer ins Land, dann der erste Herbststurm, und Theres putzte und flickte und wusch und half in der Küche wie eh und je. Dem glutäugigen Italiener hatte Konrad Schönfärber nach einem lautstarken Streit mit seiner Gattin inzwischen gekündigt – ohne dass irgendwer genau wusste, was vorgefallen war –, und Konstantia übte mit einem dicklichen, kleinen Mann deutsche Balladen ein oder sang stundenlang Kanons aus der Hering'schen Klavier- und Singschule, bis das ganze Haus entnervt war von ihrem *C-a-f-f-e-e, trink nicht so viel Kaffee! Nicht für Kinder ist der Türkentrank ...*

Fast zeitgleich mit dem Verschwinden von Giacomo Monteverdi hatte die Schönfärberin Theres verboten, noch einmal ohne Begleitung das Detailgeschäft am Obertor zu betreten. Anlass war ein Briefchen von Adam gewesen, das Theres unter ihrem Kopfkissen versteckt hatte. Darin hatte der junge Mann ihr in schwärmerischen Worten seine Gefühle für sie erklärt. Vor ihren Augen hatte die Hausherrin das Blatt in Fetzen gerissen.

«Was bist du nur für ein verkommenes Stück Mensch», hatte sie Theres angebelfert. «Diesem armen Burschen so schamlos den Kopf zu verdrehen! Ich werd nicht zulassen, dass du dich vor aller Welt zum Hurenweib machst.»

«Aber – ich hab nie was Schlimmes getan. Ich kann doch nichts dafür, wenn der Adam so etwas schreibt.»

«Schweig! Du lügst doch, wenn du nur den Mund aufmachst! Außerdem – glaubst du im Ernst, dass sich der junge Adam, als Erbe eines eigenen Geschäfts, mit einer hergelaufenen Magd einlässt? Wie kann man nur so dumm sein!»

Tränen der Wut waren Theres über die Wangen gelaufen.

Am liebsten hätte sie der Schönfärberin entgegengebrüllt, was für eine Heuchlerin sie war und dass es schon seinen Grund habe, dass ihrem Italiener gekündigt worden sei. Aber damit wäre sie von jetzt auf nachher auf der Straße gestanden.

Vielleicht hätte Theres es ja geschafft, sich gegen die kleinen Bösartigkeiten der Schönfärberin ein dickes Fell zuzulegen, wäre in den folgenden Monaten nicht eins zum andern gekommen.

Das Geringste war noch, dass sich Adam mit der Tochter des Chocolade-Fabrikanten Hoffmann verlobte, die fortan mit ihm im Laden stand. Wie um Theres zu quälen, schickte die Herrin sie nun fast täglich wieder dorthin, Besorgungen zu machen. Auch wenn Theres niemals in den schüchternen Jungen verliebt gewesen war, so verletzte es sie doch, dass Adam ihr künftig nicht einmal mehr ein Lächeln schenkte. Kurz darauf dann hatte Klaudius sein Lyzeum beendet und wurde zum Herbst hin in das Tübinger Stift aufgenommen.

«Ich werd dich vermissen», hatte er ihr zum Abschied ins Ohr geflüstert, und sie wusste, dass es ihr genauso gehen würde. Dafür kehrte zu Martini Kornelie nach Hause zurück. Sie hatte sich kein bisschen geändert, im Gegenteil: Wenn sie etwas bei ihrer Gastfamilie gelernt hatte, dann Befehle zu geben. Es konnte vorkommen, dass Theres mitten in der Nacht von ihr geweckt wurde, weil sie nach einer Tasse heißer Milch verlangte, oder dass Kornelie sie auf den Wochenmarkt zum Einkauf kommandierte, um sie gleich darauf ein zweites und ein drittes Mal loszuschicken, während im Haus die Arbeit liegenblieb. In solchen Momenten malte sich Theres aus, wie Kornelie vor ihren Augen unter die Räder eines Fuhrwerks geriet oder rückwärts die Treppe hinunterstürzte und sie, Theres, sich nicht einmal nach ihr bückte.

Der Winter kam, und seine kalten, dunklen Tage steigerten

Theres' Verzweiflung nur noch mehr. Sie musste fort von hier, doch hatte sie keinerlei Vorstellung, wohin. War sie damals im Pfarrhaus in einer Art dumpfen Trägheit versunken, so hatte nun eine nervöse Unruhe von ihr Besitz ergriffen. Ihre Bewegungen wurden fahrig, Gegenstände glitten ihr aus der Hand, sie fing eine Arbeit an, bevor die andre beendet war, nachts schreckte sie aus dem Schlaf hoch, das Essen schmeckte ihr nicht mehr. Hinzu kam ein hartnäckiger Husten zum Jahreswechsel, der sie bis zum Rest der Winterzeit nicht mehr losließ.

Anfang Mai kam das Fass zum Überlaufen. Die freundliche Jahreszeit hatte spät genug begonnen, dafür brach sie nun mit fast sommerlicher Wärme über das Land. Die Schönfärbers hatten für diesen Sonntag beschlossen, eine Kutschfahrt an den See zu unternehmen, da Klaudius seinen Besuch angekündigt hatte. Alle waren eingeladen mitzukommen, selbst die Gouvernante und die neue Köchin – nur Theres nicht. Vielleicht hätte sie das unter anderen Umständen traurig gestimmt, inzwischen aber konnte man ihr kein schöneres Geschenk machen. Sie würde einen ganzen Tag lang ihre Ruhe haben, und sie wusste auch bereits, was sie tun würde.

Ein paar Tage zuvor hatte sie nämlich im Bibliothekszimmer ein Buch entdeckt, dessen Titel so verheißungsvoll und befremdlich klang, dass sie sich vorgenommen hatte, darin zu lesen. Es war von einem gewissen Gottfried August Bürger und hieß: *Wunderbare Reisen zu Wasser und zu Lande, Feldzüge und lustige Abentheuer des Freyherrn von Münchhausen, wie er dieselben bey der Flasche im Cirkel seiner Freunde selbst zu erzählen pflegt.*

Sie hatte den Band einfach an sich genommen und in ihrer Kammer unter der Matratze versteckt. Bei der Unzahl von Büchern würde das ohnehin niemandem auffallen, und nachdem sie ihn gelesen hatte, wollte sie ihn unbemerkt zurückstellen an seinen Platz.

Am Sonntagmorgen musste sie vor Sonnenaufgang aufstehen und, statt die Heilige Messe zu besuchen, alles für die Brotzeit am See vorbereiten. Zusammen mit der Köchin briet sie Fleisch und Speck, kochte Kraut ein, Erdäpfel und Linsen, füllte Wein und Bier in Flaschen und süßes Kompott in Gläser.

«Dafür kannst ja dann den ganzen Tag faul herumliegen», hatte Kornelie mit einem hämischen Grinsen erklärt, als sie den Kopf zur Küchentür hereinstreckte und Theres zur Eile antrieb.

Pünktlich nach dem Kirchgang der Schönfärbers wartete die Kutsche unten in der Marktgasse. Theres half noch, die Körbe und Kisten hinunterzutragen, dann hatte sie frei. Zu ihrem Erstaunen scheuchte Alwina Schönfärber sie zurück ins Haus und legte von außen den Riegel vor.

«Du willst das Mädchen doch nicht einsperren?», hörte Theres den Hausherrn fragen.

«Auf diese Weise können wir sicher sein, dass nichts wegkommt. So oder so», die Hausherrin lachte höhnisch, «kommt kein Dieb hinein und unsere Theres nicht hinaus.»

Theres ballte die Fäuste. Man hielt sie also eingesperrt wie eine Verbrecherin! Sie ging zur Tür neben dem Kontor, die in den kleinen Hof führte, doch auch die war verschlossen. Nicht mal den Abort oder das Privet, wie die Schönfärbers es vornehm nannten, würde sie nun benutzen können. Von draußen hörte sie fröhliches Gelächter, dann ein Schnalzen und Peitschenknallen, bis die Wagenräder sich ächzend in Bewegung setzten.

Aufgebracht kehrte sie in die Küche zurück, um aufzuräumen. Außer einem Rest Gemüse, der im Topf klebte, und einem steinharten Brot von letzter Woche hatte man ihr nichts zurückgelassen. Ihr Blick fiel auf die Vorratskammer: Der Schlüssel war abgezogen, das Schloss verriegelt.

Die Stille im Haus war fast unheimlich, als sie Zimmer für Zimmer ablief und zur Gewissheit wurde, was sie bereits ahnte. Bis auf ihre Dachkammer und die Küche waren sämtliche Räume abgeschlossen. Wie konnten Menschen nur so niederträchtig sein? Selbst die Freude auf das Buch war ihr vergangen. Wütend gab sie dem Kater, der auf dem Fußabstreifer in der Diele döste, einen leichten Tritt, und das Tier sprang heulend davon.

Nachdem sie die Küche höchst nachlässig geputzt hatte, füllte sie Wasser in den Topf mit den Gemüseresten und brockte das Brot hinein, um es aufzuweichen. Das würde für heute ihr Mittagessen sein – sie hatte schon Übleres zu sich genommen. Dann ging sie nach oben, öffnete die Luke ihrer Mansarde und ließ die milde Frühlingsluft herein. Von dem Birnbaum unten im Hof hörte sie Vogelgezwitscher, und allmählich wurde sie ruhiger. Nein, sie wollte sich diesen Tag nicht verderben lassen.

Am späten Nachmittag endlich zog sie das Buch hervor und streckte sich auf ihrem schmalen Bett aus. Ein merkwürdiger Kupferstich fiel ihr ins Auge: Von der Spitze eines Kirchturms hing ein gesatteltes, reiterloses Pferd, während vom Erdboden her ein Mann mit seiner Pistole auf das Tier zielte. Theres begann zu lesen: *Ich trat meine Reise nach Rußland von Haus ab mitten im Winter an und ritt weiter, bis Nacht und Dunkelheit mich überfielen. Nirgends war ein Dorf zu hören noch zu sehen. Das ganze Land lag unter Schnee; und ich wußte weder Weg noch Steg.*

Des Reitens müde, stieg ich endlich ab und band mein Pferd an eine Art von spitzem Baumstaken, der über dem Schnee hervorragte. Zur Sicherheit nahm ich meine Pistolen unter den Arm, legte mich nicht weit davon in den Schnee nieder und tat ein so gesundes Schläfchen, daß mir die Augen nicht eher wieder aufgingen, als bis es heller lichter Tag war. Wie groß war aber mein Erstaunen, als ich fand, daß ich mitten in einem Dorf auf dem Kirchhofe lag! Mein Pferd war anfänglich nirgends zu sehen; doch hörte ichs bald darauf irgendwo über mir wiehern. Als ich nun emporsah, so wurde ich gewahr, daß es an den Wetterhahn des Kirchturms gebunden war und von da herunterhing. Nun wußte ich sogleich, wie ich dran war. Das Dorf war nämlich die Nacht über ganz zugeschneiet gewesen; das Wetter hatte sich auf einmal umgesetzt, ich war im Schlafe nach und nach, so wie der Schnee zusammengeschmolzen war, ganz sanft herabgesunken, und was ich in der Dunkelheit für den Stummel eines Bäumchens, der über dem Schnee hervorragte, gehalten und daran mein Pferd gebunden hatte, das war das Kreuz oder der Wetterhahn des Kirchturmes gewesen.

Ohne mich nun lange zu bedenken, nahm ich eine von meinen Pistolen, schoß nach dem Halfter, kam glücklich auf die Art wieder an mein Pferd und verfolgte meine Reise.

Theres schloss die Augen und hörte in ihrer Phantasie das Pferd leise wiehern und schnauben. So deutlich vernahm sie den Pistolenschuss, dass sie auffuhr. Aber es war nur das Buch, das zu Boden gepoltert war. Sie rieb sich die Augen, beugte sich aus dem Bett und schlug die Seiten erneut auf. Wieder fand sich ein ganz und gar unglaubliches Bild, und sie las:

Ein andres Mal wollte ich über einen Morast setzen, der mir anfänglich nicht so breit vorkam, als ich ihn fand, da ich mitten im Sprunge war. Schwebend in der Luft wendete ich daher wieder um, wo ich hergekommen war, um einen größern Anlauf zu nehmen. Gleichwohl sprang ich auch zum zweytenmale noch zu kurz, und fiel nicht weit vom andern Ufer bis an den Hals in den Morast. Hier hätte ich ohnfehlbar umkommen müssen, wenn nicht die Stärke meines eigenen Armes mich an meinem eigenen

Haarzopfe, samt dem Pferde, welches ich fest zwischen meine Kniee schloß, wieder herausgezogen hätte.

Trotz aller meiner Tapferkeit und Klugheit, trotz meiner und meines Pferdes Schnelligkeit, Gewandtheit und Stärke, gings mir in dem Türkenkriege doch nicht immer nach Wunsche. Ich hatte sogar das Unglück, durch die Menge übermannt und zum Kriegsgefangenen gemacht zu werden. Ja, was noch schlimmer war, aber doch immer unter den Türken gewöhnlich ist, ich wurde zum Sclaven verkauft ...

Gleich einer Horde Wildschweine sah Theres die Türken durch das Lager rasen, sie hieben mit ihren Prügeln und Säbeln um sich, brüllten laut durcheinander, einer rief: «Wo ist unser Gefangener? Ab mit ihm auf den Sklavenmarkt!», dann eine andere Stimme, eine schrille Frauenstimme: «Mein Buch! Mein Geburtstagsgeschenk! Mutter!»

Benommen öffnete Theres die Augen und blickte geradewegs in Kornelies empörtes Gesicht. Die hielt das Buch gegen die Brust gepresst, als sei es ein Schatz, den ihr jemand entreißen wollte.

«Mutter!», begann Kornelie wieder zu schreien.

«Was ist denn los?»

Im Türrahmen erschien Alwina Schönfärber, das Gesicht von der Sonne rotverbrannt, hinter ihrem Rücken Klaudius.

«Sie hat meinen Münchhausen gestohlen! Dieses Luder hat mein Buch gestohlen.»

«Ist das wahr?»

«Nein, gnädige Frau, ich hab's doch nur geliehen. Ich wollte ein bisschen lesen, nachdem ich alles aufgeräumt hatte.»

«Wie kommst du an das Buch, wenn doch das Bücherkabinett verschlossen ist?»

Theres schwieg. Wenn sie jetzt zugab, dass sie es bereits vor Tagen mitgenommen hatte, würde alles nur noch schlimmer.

«Impossibel! Wahrhaft impossibel! Los, raus aus den Federn, du faules Stück.»

Mit zitternden Knien stieg Theres aus dem Bett, als die Schönfärberin ihr das Buch auch schon rechts und links gegen die Ohren knallte. Theres taumelte gegen die Wand, der nächste Schlag traf ihre Schläfe, dann den Hinterkopf, dann wiederum die Schläfe, bis sie schließlich mit lauten Schmerzensschreien zu Boden sank.

«Hör auf, Mutter!» Klaudius sprang dazwischen und stellte sich schützend vor Theres. Kornelie begann zu heulen.

«Mein schöner Münchhausen.»

Sie klaubte das Buch vom Boden auf. Etliche Seiten lagen lose daneben.

«Bring sie in den Keller!», befahl die Hausherrin ihrem Sohn. «Dort bleibt sie bis morgen früh.»

Mit Klaudius' Hilfe rappelte sich Theres wieder auf. Ihr Schädel schmerzte, als sei sie kopfüber die Treppe hinuntergestürzt.

«Und den Schaden ersetzt du obendrein.»

«Aber Mutter», wagte Klaudius erneut zu widersprechen. «Sie hat doch das Buch gar nicht kaputt gemacht. Sie wollte es nur lesen.»

«Halt bloß den Mund! Das wird ja immer schöner. Eine tumbe Magd klaut unsere kostbaren Bücher, um zu lesen, statt zu arbeiten, und mein Herr Sohn verteidigt sie auch noch! Das hat Folgen für euch beide, das schwör ich euch.»

Hasserfüllt starrte Theres die Frau an.

«Rühren Sie mich nie weder an! Nie wieder!»

«Hoho! Die Magd wird aufmüpfig? Soll ich dir etwa die aktuelle Gesindeordnung vorlesen? Dir von meinen Rechten und deinen Pflichten erzählen?»

«Das brauchen Sie nicht. Ich wollte sowieso gehen. Lieber

auf der Straße betteln als noch einen Tag länger in diesem Haus arbeiten.»

Theres verbrachte die Nacht auf dem blanken Kellerboden. Es war eisig kalt, und hätte ihr Klaudius nicht heimlich eine Decke gebracht, hätte sie sich wahrscheinlich eine Lungenentzündung geholt. Aber auch so waren ihre Glieder steifgefroren und die Kopfschmerzen inzwischen fast unerträglich, als die Köchin sie am Morgen aus ihrem Verlies befreite. Dafür stand ihr Entschluss jetzt felsenfest: Sie würde kündigen.

Auf wackligen Beinen stapfte sie hinter der Frau die Kellertreppe hinauf, als es gegen die Haustüre klopfte.

«Geh schon und mach auf», befahl die Köchin. «Und klopf dir die Schürze sauber. Du siehst ja aus wie ein Ferkel.»

Draußen stand eine alte Magd mit einem leeren Korb.

«Ich soll die Altkleider fürs Spital abholen.»

Theres musste sich an den Türrahmen lehnen, so schwindlig war ihr.

«Ist dir nicht wohl?»

Die Magd musterte sie besorgt. Plötzlich kniff sie die Augen zusammen. «Maria?»

«Nein, ich heiß Theres», hauchte Theres.

«Ach, ich hätte schwören können … Aber es kann ja auch gar nicht angehen. Das mit der Bronnerin muss bald zwanzig Jahre her sein, damals war ich ja noch verlobt.»

«Die Bronner?» Theres umklammerte mit beiden Händen den Türrahmen. «Welche Bronnerin?»

«Die Maria Bronner. Du siehst ihr so gleich, dass mir mein Gedächtnis jetzt gradwegs einen Streich gespielt hat. Ich hatt damals im Spital als Magd angefangen, als die Büttel sie gebracht haben. Das arme Ding – so zugerichtet war sie, dass ich sie erst mal zwei Wochen pflegen musste, bevor sie in der

Arbeitsstube anfangen konnte. Nein, so was.» Die Frau schüttelte den Kopf. «Ich hätt schwören können, dass du die Maria bist.»

Theres glitt langsam am Türpfosten zu Boden. Sie hörte noch, wie die alte Magd um Hilfe rief, sah über sich eine Vielzahl von Gesichtern, auch das der Schönfärberin, aus deren Mund sie es keifen hörte: «Kannst das Miststück gleich mitnehmen in dein Armenspital. Die hat hier nichts mehr verloren.»

Danach wurde ihr schwarz vor Augen.

16
Ravensburg, Sommer 1841 bis Winter 1841/1842

Den ganzen Mai und Juni verbrachte Theres im Heiliggeistspital, zunächst in der Krankenstube für alleinstehende Dienstboten, am Ende dann, als es ihr etwas besserging, im Schlafsaal, den sie sich mit fast dreißig anderen Frauen teilte.

Der Spitalhof umfasste ein weitläufiges Areal in einer Ecke der alten Stadtbefestigung, zwischen Untertor und Spitalturm. Neben dem uralten Hauptgebäude mit seiner Hauskapelle, die im Wechsel von den Katholischen und den Evangelischen genutzt wurde, gehörten noch eine Mühle, ein Kindshaus, mehrere Stallungen und ein kleineres Nebengebäude dazu, in dem die Verwaltung des Armenfonds untergebracht war. Alles war in reichlich verwahrlostem Zustand. Der Putz fiel in Placken von den Mauersteinen, Dachziegel fehlten, die meisten Fenster schlossen nicht mehr richtig, und so zog es auch im Frauenschlafsaal gewaltig.

Umso erstaunlicher war die kräftige Kost: Abwechselnd gab es mal Fleischsuppe mit Einlage, mal saure Spätzle mit Kartoffelmus oder Gemüse, dazu ausreichend frisches Brot. Am fleischlosen Freitag wurde Erbsensuppe mit gebratenen Spätzle und Kartoffeln gereicht, sonntags Braten mit Salat, Apfelmus oder Zwetschgen. Verglichen mit dem kargen Fraß, den es am Ende im Hause Schönfärber für sie gegeben hatte, fühlte sich Theres hier wie im Schlaraffenland.

Was ihr genau fehlte, hatte der Amtschirurg nicht feststellen können. Eine überaus schwächliche Konstitution mit ersten Anzeichen von Auszehrung hatte er ihr bei der ersten Visitation bescheinigt, mitsamt einer durch Schlag oder Sturz hervorgerufenen Erschütterung des Gehirns. Theres hütete sich, die Ursache ihrer Kopfverletzung zu verraten, und so wurde ihr anfangs strikte Bettruhe verordnet, bei Schonkost zunächst und ausreichender Flüssigkeit. Hernach werde man sie bei gutem Essen und leichten Handarbeiten in der städtischen Armenbeschäftigungsanstalt langsam aufbauen.

Ganz wie der freundliche Chirurg es prophezeit hatte, ging es ihr nach zwei Wochen spürbar besser. So fand Theres auch nichts dabei, für ihre Pflege und ihren Unterhalt zu arbeiten, kaum dass sie die erste Stunde auf den Beinen war.

«Mach langsam, Kind», warnte der Amtsarzt sie. «Nicht dass du einen Rückfall herausforderst.»

Der Spitalvater, der sie in die Arbeitsstube zum Strümpfestricken führte, zeigte sich weniger einfühlsam.

«Wer in der Not ein Almosen annimmt, soll dafür auch arbeiten», hatte er geschnauzt. «Bist uns lange genug krank auf der Tasche gelegen.»

Er schien Theres dafür verantwortlich zu machen, dass ihre Dienstherrin keinen Heller für sie entrichtet hatte. Ein paar Tage zuvor nämlich hatte der Spitalvater die Schönfärberin ins Spital gebeten, um die Frage der hohen Unkosten zu klären, und die hatte daraufhin mitten in der Eingangshalle so lautstark gezetert, dass es im ganzen Haus zu hören war: Jede Woche gebe sie brav ihr Almosen an die Klingler und lege jedes Mal noch einen Heller drauf – von ihren wohltätigen Sammlungen mehrmals im Jahr ganz abgesehen. Darüber hinaus habe das undankbare Mädchen ohnehin gekündigt, am Tage vor ihrem Zusammenbruch. Daraufhin hatte man Theres aus der Krankenstube dazugeholt, barfuß und in ihrem schäbigen Krankenkittel.

«Ist es wahr, dass du gekündigt hast?», hatte der Spitalvater sie streng gefragt.

«Ja. Und jetzt möchte ich bitte meinen restlichen Lohn, Frau Schönfärber.»

«Hör ich recht? Was dir zusteht, liegt auf der Sparkasse.»

«Aber ein Viertel müssen Sie mir ausbezahlen!»

«Gar nichts muss ich. Wer weiß, was du uns außer Büchern noch alles gestohlen hast. Das werde ich wahrscheinlich erst wissen, wenn du aus der Stadt verschwunden bist. Hier hast du deine Sachen.» Die Schönfärberin schleuderte ihr ein Bündel vor die Füße.

Hoffentlich werde ich diese Frau nie wiedersehen, dachte Theres jetzt, als sie sich mit ihrem Wollknäuel neben einem Dutzend anderer Frauen auf der Bank niederließ.

«Ein Paar Strümpfe solltest du in zwei Tagen hinbekommen», hörte sie den Spitalvater sagen. «Aber wehe dir, du schluderst. Die Ann-Marie führt die Aufsicht hier, wenn ich nicht da bin. Bei Unbotmäßigkeit wird die Kost geschmälert, eine Arrestzelle haben wir im Übrigen auch. Und jetzt glotzt nicht so, ihr andern. Ihr seid nicht zum Spaß hier.»

In ihren letzten Wochen im Spital, in denen Theres zwischen Schlafsaal, Speisesaal und Arbeitsstube pendelte, ohne je einen Fuß nach draußen zu setzen, begegnete ihr hin und wieder die alte Magd, vor deren Augen sie zusammengebrochen war und die, wie sie inzwischen wusste, Clara hieß. Im Heilig-Geist-

Spital war sie das Mädchen für alles. Anfangs tat Theres so, als erkenne sie sie nicht, doch irgendwann hielt die alte Frau sie am Arm fest.

«Mädle, was hetzt du denn immer so an mir vorbei? Weißt denn net mehr, wer ich bin?»

«Doch, schon», murmelte Theres.

«Weißt, ich wollt dich schon immer was fragen. Bist vielleicht verwandt mit der Bronnerin?»

Stumm schüttelte Theres den Kopf.

«Schade. Ich hätt so gern gewusst, was aus der armen Frau geworden ist. Sogar die Kinder hatt man ihr weggenommen.»

Theres spürte, wie sich ihr Magen zusammenkrampfte. «Wie lange – wie lange war sie denn hier?»

«Net so lang. Sie kam bald ins Bruderhaus drüben, zur Zwangsarbeit. Da hab ich ihr manchmal was zu essen gebracht, sie war doch so zart und kränklich. Und dabei so ein feiner Mensch, immer hilfsbereit und freundlich.»

«Bitte!», stieß Theres hervor. «Ich will das nicht hören.»

«Warum wirst jetzt so bleich? Kennst sie doch?»

«Nein!» Theres' Stimme wurde schrill. «Hören Sie auf mit dieser Frau! Lassen Sie mich in Ruh!»

Pünktlich zum Ravensburger Liederfest Ende Juni schrieb der Amtschirurg sie für gesund, und die Armenkommission entließ sie aus der Obhut des Spitals.

Es war die alte Magd gewesen, die Theres die Stellung bei Wagnermeister Anton Senn vermittelt hatte. Clara hatte in Ravensburg ihr ganzes langes Leben verbracht und kannte hier Gott und die Welt. Obwohl sie nur eine einfache Frau war, hatte sie in den Bürgerhäusern einen guten Ruf, und man achtete auf ihre Meinung. Auf diese Weise hatte Clara schon manch eine der Hospitalitinnen in Lohn und Brot gebracht.

Für Theres schien sie sich ganz besonders verantwortlich zu fühlen, auch wenn sie zum Glück nie wieder ein Wort über Maria Bronner verloren hatte. Auch wenn Theres wusste, dass sie ihr einiges zu verdanken hatte, ging ihr Claras mütterliche Fürsorge gehörig gegen den Strich, erst recht, als sie sich auf die Suche nach einer Anstellung für sie machte. Immerhin war Theres ein Leben lang ohne eine Mutter ausgekommen. Und so folgte sie nun fast widerwillig dem Spitalvater ins Amtslokal der Armenstiftung. Dort würde Anton Senn auf sie warten, um sie in Augenschein zu nehmen.

«Ich rate dir, betrag dich ordentlich», knurrte der Spitalvater. «Der Wagner ist ein angesehener Mann in der Stadt, und wenn er dich nimmt, kannst du von Glück sagen. Hast du deine Zeugnisse?»

«Ja.» Theres holte den Umschlag aus ihrer Schürzentasche. Sie musste an das Pfarrhaus und an Peter Konzet denken. Wie gut hatte sie es im Grunde dort gehabt – wäre dieser Mann nur ein bisschen weniger schwermütig gewesen! Im Gegensatz zu Konzet hatte die Schönfärberin ihr ein höchst miserables Zeugnis ausgestellt: Sie zeige wenig Fleiß und sittliches Betragen, verbunden mit grobem Benehmen. Damit würde dieser Wagnermeister sie ohnehin nicht haben wollen.

Anton Senn war ein kräftiger, dunkler Mann mit Backenbart und kurzsichtigen Augen, die er beim Gespräch ständig zusammenkniff. Dadurch wirkte er auf den ersten Blick grimmig und unnahbar, doch sein Händedruck war fest und seine Begrüßungsworte überraschend freundlich.

«Du bist also die Theres Ludwig, von der die gute Clara erzählt hat. Wie alt bist du?»

«Im Herbst werd ich siebzehn.»

«Ein bissle dürr scheinst mir. Wo warst vor deiner Krankheit?»

«Bei den Schönfärbers in der Marktgasse.»

Senn lachte auf. «Dann wundert mich nix. Bei der Alwina ist Schmalhans Küchenmeister, zumindest fürs Dienstpersonal. Wie lange hast es denn dort ausgehalten?»

«Fast zwei Jahre.»

«Oho! Immerhin.»

Danach folgten Fragen, ob sie auch kochen und nähen, rechnen und schreiben könne.

Nachdem Theres alles bejaht hatte, wollte sie ihm die Zeugnisse reichen. Der Wagnermeister winkte ab.

«Lass stecken. Was die Alwina geschrieben hat, kann ich mir denken. Ich nehm dich, weil ich dringend jemanden brauch. Bin nämlich Witwer, und meine Magd ist erst neulich verstorben. Und meine Jüngste, die Einzige, die noch im Haus lebt, ist ein faules Stück. Also, was ist? Fängst morgen bei mir an?»

Theres nickte beklommen. Als der Spitalvater ihr einen Stoß in den Rücken gab, räusperte sie sich und sagte laut und vernehmlich: «Ja, Herr Wagnermeister. Sehr gerne.»

«Gut. Komm morgen Abend zu uns. Dann kannst dich vorher noch auf dem Liederfest vergnügen.»

Schon früh am nächsten Morgen war der Donner der Geschützsalven zu hören, mit denen vor den Stadttoren die eintreffenden Sangesgruppen begrüßt wurden. Theres musste, wie ein gutes Dutzend anderer Männer und Frauen auch, das Heilig-Geist-Spital verlassen, um Schlafraum frei zu machen für die vielen auswärtigen Gäste aus der Schweiz, aus Baden, Baiern und dem gesamten Oberschwaben. In der Eingangshalle fing Clara sie ab.

«Ich will dich nicht gehen lassen, ohne dir wenigstens Glück zu wünschen.»

«Danke!»

«Vertrau auf Gott und mach das Beste aus deinem Leben. Du wirst es schaffen, Theres, ich weiß das.»

Dann schloss die alte Frau sie fest in die Arme, und Theres überkam nun doch so etwas wie Rührung.

«Vielen Dank für alles, Clara. Dafür, dass Sie sich so eingesetzt haben.»

«Ach was. Die Leut sagen immer, ich misch mich in alles ein. Aber ich hab halt keine Kinder, keine Familie. Da such ich mir eben jemanden zum Kümmern. Warte, Theres, da ist noch was.»

«Ja?»

«Denk nicht schlecht über deine Mutter.»

Entsetzt starrte Theres sie an.

«Nun schau mich nicht so an. Deine Mutter war ein anständiger Mensch, das sollst einfach wissen.» Sie drückte ihr einen Kuss auf die Stirn. «Und jetzt lauf, genieß den schönen Tag.»

Als sie hinaus auf die Bachgasse trat, steckte ihr der Schreck über Claras Worte noch in allen Knochen.

Von überall her dröhnten Trommelschläge, der schrille Klang von Sackpfeifen und Blasinstrumenten schmerzte ihr im Ohr. Um sie herum drängten und schoben sich die Leute in Richtung Rathaus. Am liebsten hätte sie sich im nächsten Kellerloch verkrochen, so verloren fühlte sie sich jetzt in der Menschenmasse.

Plötzlich rempelte jemand schmerzhaft gegen ihre Schulter, und Theres blieb nichts anderes übrig, als sich von dem Strom mitreißen zu lassen. Zwar hatte sie im Spital von diesem großen Ereignis reden hören, das in ähnlicher Weise bereits in vielen Orten rund um den Bodensee stattgefunden hatte, doch dass heute die ganze Stadt auf den Beinen war, hatte sie nicht erwartet.

Auf dem Platz vor dem Rathaus schlüpfte Theres in eine

Hofeinfahrt, wo sie ein Plätzchen zum Innehalten fand. Rathaus, Waaghaus und der mächtige Blaserturm waren festlich geschmückt und mit Beleuchtungskörpern versehen, auf einer kleinen Tribüne hatten sich die Honoratioren der Stadt versammelt, um den geladenen Liederkränzen ihre Referenz zu erweisen. An der Spitze des Festzuges, der sich durch die beflaggte Straße wälzte, marschierte die Ravensburger Bürgergarde. Drei Tambourmajore gaben den Takt vor, im Gleichschritt folgten die Gardisten in blauer Uniform, Leibriemen und schwarzem Tschako. Ganz zuvorderst entdeckte Theres den Wagnermeister Anton Senn, mit stolzgeschwellter Brust, das Stutzengewehr geschultert wie ein Soldat, der in den Krieg zieht.

Eine festlich gekleidete Sangestruppe folgte der nächsten, während oben vom Mehlsack Böllerschüsse krachten. Jeder Liederkranz trug seine Standarte vor sich her, mit Ortsnamen, von denen Theres noch nie gehört hatte. Das Ende des Zuges bildeten die Männer des Ravensburger Liederkranzes, darunter auch Konrad Schönfärber, alle in Frack und dunkler Hose, mit roten Bändern im Knopfloch.

Unwillkürlich suchte Theres' Blick die Reihen der Zuschauer am Straßenrand nach bekannten Gesichtern ab. Die Schönfärberin war zum Glück nirgends zu sehen, und bis auf ein paar Frauen aus dem Spital und einige junge Leute aus ihrer Zeit im Waisenhaus kannte sie niemanden. Kein Wunder, war sie bei den Schönfärbers doch außer zum Einkauf und Kirchgang kaum hinausgekommen, kannte wenig mehr von Ravensburg als die Marktgasse und die Gegend um Liebfrauen.

Sie spürte, wie nun doch ein klein wenig Neugier in ihr aufstieg, und folgte der Menschenmenge in Richtung Stadttor.

«He, gib doch acht, du Trampel!»

Vor lauter Umherschauen war Theres der Frau vor ihr gegen die Ferse getreten, woraufhin die jetzt ärgerlich herumfuhr.

Sie war noch jung, mit dickem, weißblondem Haar unter der Haube.

«Rosina?»

«Ach herrje – die Zwergenbraut vom Urle!»

«Sprich nicht so!» Theres wurde augenblicklich wütend.

«'tschuldigung, war net so gemeint. Ehrlich! Arbeitest hier in Ravensburg?»

Theres nickte. «Und du?»

«Immer noch auf meinem Einödhof. Du, ich muss weiter, meine Herrschaft wartet. Kommst später auch zum Festplatz? Da spielt eine Kapelle zum Tanz. Und wir könnten ein bissle schwätzen.»

«Mal sehen. Vielleicht.» Theres war bass erstaunt über Rosinas Freundlichkeit. Fast schien es, als würde sie sich freuen über das Wiedersehen.

«Ach, übrigens, Theres: Rat mal, wen ich vorher getroffen hab?»

Ihr Herz klopfte schneller. «Die Sophie?»

«Nein, die doch net, die ist doch in Ulm. Den Jodok. Wie ihn grad zwei Polizeidiener in Handschellen abgeführt hab'n. Den hab'n sie erwischt, wie er einem die Geldbörse stibitzt hat, und zwar ausgerechnet dem Stadtschultheißen. Wie kreuzblöd von ihm!»

«In Ulm? Die Sophie ist in Ulm?»

«Wusstest du das net? Ich dacht, ihr seid solche Busenfreundinnen. Als dann, bis später. Ich muss los.»

Ulm! Das war ja elendig weit weg von hier! Warum nur war Sophie in eine so große Stadt gegangen? Dass sich Jodok als Taschendieb herumtrieb, überraschte sie weit weniger.

Der Festzug war inzwischen vor der evangelischen Pfarrkirche angelangt, deren Portal weitgeöffnet stand. Unschlüssig blieb Theres stehen, während die Sänger ins Advertisement Kircheninnere strömten. Bald darauf ertönte ein vielstimmiger, wunderbarer Gesang.

«Was ist das für eine Musik?», fragte sie die ältere Frau neben sich, die ein Blatt in den Händen hielt.

«Von einem, der Mozart heißt.» Sie blickte auf ihr Papier. «*O Schutzgeist alles Schönen*. Geh nur hinein, aber sei leis.»

Doch am Portal hielt ein Festordner mit blauer Armbinde sie zurück. «Deine Eintrittskarte», verlangte er.

«Eintrittskarte?»

«Für Kirche und Festgelände braucht es eine Eintrittskarte. 15 Kreuzer für Nichtmitglieder.»

Theres schüttelte den Kopf. «Ich hab kein Geld.»

«Dann musst draußen bleiben. So, bitt schön, weitergehen die andern, hier entlang.»

Enttäuscht setzte sie sich in den Schatten des Kornhauses auf eine Bank. So würde sie also auch nicht zum Tanz auf den Festplatz können, wenn das ein solches Vermögen kostete. Und damit auch nicht erfahren, was Sophie im fernen Ulm trieb. Sie zog den halben Kreuzerwecken aus der Schürzentasche, den Clara ihr zum Abschied geschenkt hatte, kaute in winzigen Bissen darauf herum. Dabei lauschte sie den Gesängen, die auch hier draußen erstaunlich gut zu hören waren.

Gegen Mittag ging das Konzert in der Kirche zu Ende. Gäste wie Sänger verteilten sich in den umliegenden Wirtschaften oder holten sich an den Ständen am Straßenrand eine Kleinigkeit zu essen. Theres knurrte der Magen, als ihr die Düfte einer Wurstbraterei in die Nase zogen. Sie war nahe dran, den Nächstbesten anzubetteln, doch dann verließ sie der Mut. Mit großen Augen starrte sie die Menschen vor der Wurstbude an, beobachtete, wie sie sich ein Stück knuspriger Wurst nach dem anderen hineinschoben und ihre Münder kauten und schmatzten. Da plötzlich fiel einem jungen Burschen eine halbe Rote aus der Hand. Blitzschnell sprang Theres zu ihm hinüber, bückte sich – und musste zusehen, wie ein kleiner, struppiger Hund ihr die Beute wegschnappte.

«Mistköter!», schimpfte sie und richtete sich auf.

«Du musst ja mächtig Hunger haben», hörte sie eine Männerstimme hinter sich.

Theres wandte sich um. Vor ihr stand ein junger Pfarrer, dessen hellblaue Augen sie besorgt musterten. Sie erkannte ihn sofort: Es war Patriz Seibold, jener freundliche Gast damals in Ringschnait.

Voller Scham blickte sie zu Boden. Was mochte der Mann jetzt von ihr denken? Aus dem Augenwinkel sah sie, wie er sich in Richtung der Verkaufstheke beugte und sich ihr dann erneut zuwandte.

«Hier. Für dich.»

In der Hand hielt er eine dampfende Bratwurst zwischen zwei Brotscheiben.

«Das kann ich nicht annehmen», murmelte Theres.

«Aber ja.» Patriz Seibold lachte. «Der Mensch lebt zwar nicht vom Brot allein, aber ohne geht es auch nicht.»

«Dann – haben Sie vielen Dank. Und vergelt's Gott.»

«Vergelt's Gott und lass es dir schmecken.» Sein schmales, bartloses Gesicht wurde wieder ernst. «Sag, sind wir uns nicht schon mal begegnet?»

Theres nickte, jetzt noch verlegener als zuvor. «Im Pfarrhaus. Bei Pfarrer Konzet.»

«Genau! Dann bist du die Theres. – Verzeihung: Dann sind *Sie* Theres. Sie sind ja ein richtig junges Fräulein geworden. Da kann ich unmöglich mehr Du sagen.»

Sie sah ihn verblüfft an. Dass er ihren Namen noch wusste!

«Ich vermute, Sie sind nicht mehr Magd im Pfarrhaus.»

«Ich bin jetzt in Stellung hier in Ravensburg.»

Er schien ihr nicht ganz zu glauben. «Und da haben Sie kein Geld, eine Wurst zu kaufen? Eine geizige Herrschaft, die seinem Dienstpersonal keinen Zehrpfennig auf ein Stadtfest mitgibt!»

«Ich fang meine Stellung erst heut Abend an. Ich war lange Zeit krank.»

Patriz Seibold hielt kurz inne. Dann griff er in die Tasche seiner Soutane und drückte Theres fünf Kreuzer in die Hand.

«Kaufen Sie sich hiervon etwas zu trinken, es ist heiß heute.»

Mit einem «Behüt Sie Gott» legte er ihr die Hand auf die Schulter, verharrte für einen Moment, als wollte er noch etwas sagen, um schließlich in der Menschenmenge zu verschwinden.

Es hätte ein schöner Tag werden können, hätte sich Theres inmitten der Menschenmenge nicht zunehmend einsam gefühlt. Ziellos war sie herumgewandert und am Ende beim Festgelände auf der Kuppelnau gelandet. Nie zuvor war sie hier herausgekommen, zu diesem großen Festplatz im Norden der Stadt, der von Linden und Akazien beschattet war, umgeben mit Alleen und herrlichen Gärten. Heute war er abgesperrt, und nur wer die verlangte Eintrittskarte besaß, durfte eine der beiden Ehrenpforten passieren. So sah sie nur von weitem Tribüne und Festhütte, beide mit Blumen, Fahnen und Girlanden geschmückt, doch zu hören war der Sängerwettstreit auch von hier, wo sich zwischen den Ständen der hiesigen Gastwirte ebenfalls viel Volk gesammelt hatte. Der vielstimmige Gesang rührte ihr ans Herz. Irgendwann setzte sie sich ins Gras, verbarg den Kopf im Schoß, damit niemand sah, wie sie weinte.

Es tat weh, so allein zu sein. Den ganzen Tag unter Menschen zu verbringen, die immer fröhlicher und ausgelassener wurden, die mitsangen und sich Arm in Arm im Takt der Musik wiegten, gemeinsam aßen und tranken. Vergebens hatte sie nach Rosina ausgeschaut, vergebens nach Pfarrer Seibold, der sie vielleicht getröstet hätte.

Fast war sie froh, als die Sonne hinter den Hügeln verschwand und ein kühler Wind die Sommerwärme vertrieb. Böllerschüsse beendeten den Wettstreit, und der ganze Platz samt den umliegenden Gartenhäusern erstrahlte in prächtiger Festbeleuchtung. Theres reihte sich ein in den Strom der Menschen, die sich unter lautem Gesang auf den Weg zu ihren Quartieren machten oder zu einem der abendlichen Festbälle. Auch drinnen in der Stadt waren Türme und Tore, die Gasthöfe und sämtliche wichtigen Gebäude eindrucksvoll illuminiert, doch all diese Herrlichkeit war nicht für Theres bestimmt.

Das Haus des Wagnermeisters am oberen Marienplatz lag still und dunkel. Vergebens schlug sie wieder und wieder den Eisenring gegen die Tür, dann gab sie es auf und hockte sich auf die Treppenstufe. Von nebenan, aus dem Gasthof *Zum Lamm*, drang fröhliche Tanzmusik, und sie konnte hinter den erleuchteten Fensterscheiben die Schatten der Feiernden sehen, wie sie hin und her sprangen.

Ein unterdrücktes Kichern ließ sie auffahren. Im Dunkel der Hofeinfahrt neben der Haustür erkannte sie zwei engumschlungene Gestalten, die sich ganz offensichtlich küssten. Rasch sprang sie auf die Beine, die beiden Schatten lösten sich voneinander, und eine junge Frau, vielleicht Anfang zwanzig, trat auf das vom Mondlicht beschienene Straßenpflaster.

«Was hast du hier zu schaffen?»

Das Gesicht der Fremden war ein wenig schief geschnitten und für Theres' Begriff viel zu stark geschminkt und gepudert. Zudem wirkten ihre Augen reichlich glasig.

«Ich bin Theres Ludwig, die neue Magd von Wagnermeister Senn.»

«Wer? – Heidenei, das hatt ich ganz vergessen.» Sie reichte ihrem Begleiter, der noch immer im Dunkeln stand, förmlich die Hand. «Recht herzlichen Dank dann also für Ihre Begleitung. Gute Nacht! – Und du komm mit. Bin die Jakobine Senn, die Tochter.»

Sie zog einen Schlüsselbund aus der Tasche und hatte ganz offensichtlich Mühe, das Schloss aufzusperren. Theres wollte helfen, doch die junge Frau stieß sie zur Seite. «Lass das.»

Als die Tür endlich aufsprang, stolperte Jakobine Senn hinein in den dunklen Flur und suchte unter lauten Flüchen nach einer Lampe.

«Dieser Simpel von Knecht. Dauernd stellt er sie woanders ab.»

Das Licht eines Öllämpchens leuchtete auf und schien Theres geradewegs ins Gesicht.

«Sabberlodd – bist du aber noch ein junges Ding!»

«Fast siebzehn.»

«Ach, ist eh wurscht. Ich zeig dir deine Kammer. Morgen früh fängst dann an in der Küche. Aber mich lässt gefälligst ausschlafen.»

Den ganzen Sommer über arbeitete Theres bei Wagnermeister Senn. Vom Hausherrn bekam sie wenig mit. Von früh bis spät war er in seiner Wagen- und Chaisenfabrik, die er im vergangenen Winter vor dem Frauentor gegründet hatte. Mittags musste Theres ihm einen großen Topf mit warmem Essen bringen, das für vier ausgewachsene Mannsbilder reichen musste: für den Meister selbst und seinen Gesellen, den Schmied und den Lackierer. Sie hatte nur wenig Erfahrung in der Kochkunst und an Jakobine keinerlei Hilfe. So war dies eigentlich der anstrengendste Teil ihrer Arbeit, aber zum Glück stellten die Männer keine großen Ansprüche. Und was die Hausarbeit betraf: Weder Vater noch Tochter schien es zu kümmern, ob sie putzte oder nicht.

Ein weiterer Vorteil war, dass man ihr gegenüber niemals unfreundlich oder ungerecht war. Sie wäre liebend gern für einige Zeit hiergeblieben, zumal sie sich in Ravensburg langsam heimischer zu fühlen begann. Aber bereits Ende September, nachdem sie drei Monate in Stellung war, fing das Unglück an: Anton Senn konnte ihren Lohn nicht bezahlen! Dass das Geld für die Markteinkäufe immer äußerst knapp bemessen war, war ihr bereits von Anfang an aufgefallen. Dass es indessen so schlimm um seine Geldmittel stand, hätte sie niemals vermutet.

«Aber – ich brauch ein neues Kleid für den Winter», stotterte Theres erschrocken, «und von den Schönfärbers hatte ich ja auch schon nichts bekommen.»

«Mach dir keine Sorgen», versuchte Anton Senn sie zu beruhigen. «Sobald ich den Auftrag für den Zweispänner unter Dach und Fach hab, kriegst du deinen Anteil, und ich zahl alles auf die Dienstboten-Sparkasse ein, was noch aussteht.»

Sie bekam allerdings auch in den nächsten Wochen keinen Kreuzer zu Gesicht. Stattdessen suchte er sie pünktlich zu Martini frühmorgens in der Küche auf und eröffnete ihr mit zerknirschter Miene, dass er sie nicht weiter halten könne. Seine Tochter Jakobine müsse künftig ihre Arbeit übernehmen.

«Es tut mir von Herzen leid, Theres. Es steht einfach übel um meine Fabrik. Vielleicht findest ja heut auf dem Gesindemarkt eine neue Stellung. Hier, das ist alles, was ich dir geben kann.»

Er drückte ihr ein paar Pfennige in die Hand. Theres konnte es nicht fassen. Sie hatte ihm vertraut, hatte sogar geglaubt, dass es wieder aufwärtsgehe, als Jakobine kürzlich mit einem nagelneuen Hut hereingeschneit kam.

Wortlos band sie ihre Arbeitsschürze los und warf sie auf den Tisch. Sie verließ die Küche, hörte den Wagnermeister noch rufen, dass sie gerne noch für ein paar Tage bleiben könne, falls sie kein Glück habe auf dem Markt, doch sie kümmerte sich nicht darum. Mit Tränen in den Augen stieg sie die Treppe hinauf in die Kammer und packte ihr Bündel. Nun war sie also wieder ohne Lohn und Brot, und das kurz vor Wintereinbruch!

Draußen tobte ein eisiger Sturm durch die Gassen, der den Regen ins Gesicht peitschte. Theres zog die Kapuze ihres zerschlissenen, inzwischen viel zu kurzen Umhangs über den Kopf und kämpfte sich durch das Unwetter hinüber in die Bachgasse, wo sich zu Martini und Lichtmess die Mägde und Knechte aus der Umgebung sammelten, um eine neue Stellung zu finden. Bei diesem Wetter allerdings war die Straße vor dem Gasthof Krone wie leergefegt. Eine Handvoll Frauen drängte sich unter einem Vordach zusammen. Für Theres war kein Platz mehr. So stellte sie sich mitten aufs Pflaster, Schuhe und Strümpfe durchnässt, das Wasser rann ihr vom Gesicht in den Kragen. Bis zum Mittagsläuten stand sie hier. Ihre Füße waren zu Eisklötzen gefroren, ihr Kopf schmerzte, ihr Körper zitterte vor Kälte. Währenddessen hasteten die wenigen Passanten achtlos an ihr vorüber.

«Hannes!», rief sie plötzlich. «Hannes!»

Der hochgewachsene junge Mann, der eben am Krückstock an ihr vorbeigehumpelt war, drehte sich um.

«Ich heiß Hans», sagte er erstaunt. «Was wollen Sie von mir? Ich kenn Sie doch gar nicht.»

«Ach Gott ... ich dachte ... eine Verwechslung.» Theres begann zu schwanken. Sie wollte hinüber ins Gasthaus, ins Warme und Trockene, sich für ihre paar Pfennige eine Suppe bestellen – aber sie kam nicht vom Fleck.

«Um Himmels willen, Sie sind ja ganz grün im Gesicht! Warten Sie, stützen Sie sich auf meinen Arm.»

Inzwischen hatten sich einige Neugierige um sie geschart,

und der, der Hans hieß, rief: «So helft mir doch, das Fräulein bricht gleich zusammen.» Dann fragte er sie: «Wo wohnen Sie denn?»

«Nirgends», flüsterte Theres.

«Sie muss ins Spital», mischte sich ein Herr in Zylinder ein. «Lass nur, Junge, ich bringe sie hinüber.»

«Nein ... nicht ... Spital», stöhnte Theres, doch der Herr achtete nicht darauf.

Das kurze Stück Wegs die Bachgasse hinunter schien nicht enden zu wollen. Theres konnte sich kaum auf den Beinen halten, als der Spitalsknecht öffnete und sie mit Hilfe des vornehmen Herrn aus ihrem nassen Kapuzenumhang schälte.

Dann spürte sie, wie sie hochgehoben wurde und wenig später in einem Bett zum Liegen kam. Jemand rief nach dem Arzt, stattdessen erschien über ihr, verschwommen und verzerrt, das Gesicht des Spitalvaters.

«Da schlägt's doch dreizehn – wen haben wir denn da? Wirst jetzt etwa unser Dauergast, Theres Ludwig?»

Theres wollte etwas erwidern, doch ihre Zähne schlugen nur unablässig gegeneinander. Erschöpft wandte sie den Kopf zur Seite und schloss die Augen. Sie schämte sich zutiefst – vor dem Spitalvater, dem vornehmen Herrn, vor sich selbst. Sie würde noch so enden wie ihre Mutter.

Den ganzen Winter verbrachte sie im Ravensburger Heilig-Geist-Spital. Dieses Mal war sie allerdings wesentlich länger in die Krankenstube verbannt, denn der Amtschirurg schien sich Vorwürfe zu machen, dass er die Schwere ihrer Kopfverletzung bei ihrem letzten Aufenthalt nicht erkannt hatte.

Im Spital gingen in diesen Wochen einige Veränderungen vor sich. Fenster, Türen und Dächer wurden instand gesetzt, die Wände neu verputzt und gestrichen. Von früh bis spät hämmerte und klopfte es irgendwo, wurden mit lautem Getöse Bretter abgeladen oder Hölzer zersägt, und an manchen Tagen waren Theres' Kopfschmerzen schier unerträglich. Doch auch diese Zeit ging vorüber, und zum Jahreswechsel durfte sie die Krankenstube verlassen.

In der Arbeitsstube der Armenbeschäftigungsanstalt hatte man inzwischen moderne Jacquard-Webstühle aufgestellt, mächtige Holzungetüme, in denen über lange Lochstreifen das Muster der Baumwollware wie von Zauberhand dirigiert wurde. Täglich zehn Stunden verbrachte Theres an diesen Maschinen, samstags dann ging es hinaus ins Freie zur Gartenarbeit oder zum Gassenkehren. Dabei musste sie sich vom Spitalvater immer wieder aufs Neue anhören, wie wenig Arbeitslust sie zeige.

«Faul und ungeschickt bist du», pflegte er zu schimpfen. «Starrst die halbe Zeit vor dich hin, als würde dir der Nachtgrabb erscheinen.»

Dabei lag es daran, dass sie sich auch nach ihrer Genesung oftmals erschöpft und fiebrig fühlte. Aber um nichts in der Welt hätte sie in die Krankenstube zurückkehren wollen, wo es nach Kot, Urin und Erbrochenem stank, wo die Bresthaften und Verwundeten Tag und Nacht stöhnten, jammerten oder vor Schmerzen schrien. In einem nur hatte der Spitalvater recht: Während der eintönigen Arbeit am Webstuhl suchten sie tatsächlich immer häufiger Gesichter heim. Mal sah sie den Bruder vor sich oder Urle, mal den freundlichen Pfarrer Seibold oder die widerwärtige Schönfärberin, immer häufiger dann auch die Mutter oder die kleinen, nackten Teufelchen vom Wandgemälde der Spitalskapelle, die die armen Sünderseelen beim Weltgericht ins ewige Höllenfeuer zerrten. Sie alle sprachen sogar mit ihr, nur ihre Mutter und die Teufelchen blieben stumm.

In der Zeit erfuhr sie auch, dass Wagnermeister Anton Senn seine Wagen- und Chaisenfabrik hatte schließen müssen. Zu hoch waren seine Schulden gewesen, zu heftig der Widerstand der hiesigen Handwerker, die ihm Steine in den Weg gelegt hatten, wo sie nur konnten. Am Neujahrstag beschloss Theres, Clara aufzusuchen, um nun doch alles über ihre Mutter herauszufinden. Auch wenn sie sich dagegen wehrte: Der Gedanke, dass die beiden sich gekannt hatten, hatte sie in den letzten Wochen umgetrieben. Doch die alte Magd war zwei Tage zuvor am gallichten Faulfieber gestorben. Fast schien es Theres, als wäre ihre Mutter mit ihr aus dem Leben geschieden.

Als das Frühjahr endlich kam, stand ihre Entscheidung fest: Sie würde der Stadt, die ihr kein Glück gebracht hatte, den Rücken kehren. Ein wenig bedauerte sie ihren Entschluss, denn das Leben in Ravensburg hatte ihr eigentlich gefallen. Aber es hatte nicht sein sollen: Die Unruhe in ihr, die sie so oft vom Schlafen abhielt oder ihr die Arbeit schwermachte, war hier nur noch stärker geworden. Gab es überhaupt einen Ort auf der Welt, wohin sie gehörte? Das Einzige, was sie sich jetzt noch wünschte, war, hin und wieder ihren Bruder sehen zu dürfen. Vielleicht war er ja ihre Heimat.

17
Oberschwaben, Frühjahr bis Herbst 1843

Der Bauer in seiner buntbestickten Weste mit der goldenen Uhrkette streckte die Hand aus.

«Dein letztes Zeugnis?»

«Hab schon länger keins mehr gekriegt. Hab halt immer hie und da gearbeitet, als Magd, oder hab gestrickt und genäht.» Theres schürzte trotzig die Lippen.

Sie ahnte, was jetzt kommen würde. Allzu oft hatte sie es in diesem vergangenen Jahr erlebt.

«Ja meinst etwa, ich kauf die Katze im Sack? Ich such ein Stubenmädchen und keine Landstreicherin.»

Theres zuckte die Schultern und wandte sich ab. So war das eben, wenn man bei dem einen Dienstherrn nie länger blieb als von Lichtmess bis Martini, beim nächsten von Martini bis Lichtmess. Oder noch viel kürzer.

«He, so warte doch! Eine Stallmagd könnte ich brauchen, im Saustall und für die Gänse.»

Eine Saumagd! So weit war es also schon. Ein Gefühl tiefer Verbitterung stieg in ihr auf. Hatte Anstaltsleiter Rieke bei ihrer Entlassung aus dem Waisenhaus nicht betont, ihr stünde eine vielversprechende Zukunft bevor? Aber wo war diese Zukunft? Hatte sie nicht alles versucht, was in ihren Kräften stand? Und jetzt wollte man sie nicht mal mehr als Stubenmädchen.

Nur – hatte sie eine Wahl? Sie war entschlossen, in der Riedlinger Gegend zu bleiben, zumindest bis zum Sommer. Von hier war es nicht weit die Alb hinauf, zu ihrem Bruder, den sie unbedingt wiedersehen wollte.

Plötzlich spürte sie, wie sich eine kleine Hand in ihre schob.

«Kannst du seilhüpfen?»

Ein etwa achtjähriges Mädchen in Kittelschürze, mit rötlichen Locken und riesigen dunkelgrünen Augen, sah zu ihr auf. In der freien Hand umklammerte es ein Hanfseil.

«Ich denke schon. Aber das ist lang her.»

«Auch auf einem Bein?»

Erstaunt blickte Theres das Mädchen an.

«Ich müsste es versuchen.»

«Dann zeig mal.»

Jetzt erst entdeckte Theres, dass das barfüßige Mädchen einen verkrüppelten linken Fuß hatte. Genau wie Hannes! Der Anblick versetzte ihr einen schmerzhaften Stich.

«Sephe! Komm sofort her!», befahl der Bauer streng. Das Mädchen ließ Theres' Hand los und humpelte zu dem Mann, der offenbar ihr Vater war.

Theres holte tief Luft. «Wann kann ich anfangen?»

«Jetzt gleich. Aber schlafen musst im Stall, auf dem Strohboden über den Kühen. Wir haben kein Bett mehr frei.»

Als sie an diesem ihrem ersten Arbeitstag im Schweinestall fertig war und die Gänse in ihren Verschlag getrieben hatte, wurde es bereits dunkel. Sie ging hinüber zur Viehtränke im Hof und schrubbte sich Gesicht und Hände, ohne den beißenden Gestank loszuwerden. Mit einem unterdrückten Seufzer richtete sie sich auf und sah sich um. Das Gehöft der Zinstags, eingebettet in eine lichte Hügellandschaft, war vielleicht nicht ganz so groß wie das des Einödbauern Wohlgschafft. Doch auf den ersten Blick wirkte es wesentlich freundlicher. Türen und Holzbalken des Haupthauses waren hübsch bemalt, vor den Fenstern hingen Kästen mit Frühlingsblumen, der gepflasterte Teil des Hofes sah aus wie frisch gekehrt.

«Was brauchst du so lang?» Im Türrahmen erschien eine junge Magd. «Dein Essen wird kalt.»

Sie folgte dem Mädchen in die Küche und setzte sich zu den andern an den klobigen Tisch, woraufhin deren Unterhaltung augenblicklich verstummte.

«Ich heiß Theres», sagte sie, nur um überhaupt etwas zu sagen.

«Das wissen wir längst», entgegnete einer der beiden Männer, und das war es auch schon. Für den Rest der Mahlzeit richtete niemand mehr das Wort an sie. Stumm löffelte Theres die Erdäpfel aus ihrer Mehlsuppe. Auch das kannte sie inzwischen allzu gut, dieses Abwarten, dieses Misstrauen ihr gegenüber. Es dauerte halt seine Zeit, bis man hier auf dem Land die Neuen im Kreis aufnahm, und manchmal erlebte sie es nie, weil sie bereits wieder ihren Abschied eingereicht hatte.

Den Gesprächsfetzen der anderen konnte sie entnehmen, wer hier welche Aufgabe innehatte. Da waren die Köchin und das Stubenmädchen, zwei Knechte, ein Milchmädchen, sie selbst als Saumagd und eine weitere Viehmagd. Bis auf das Milchmädchen, das sie zum Essen gerufen hatte, waren alle um einiges älter als sie.

Gerade wischte sie mit ihrem Brot den letzten Rest Suppe aus dem Napf, da sprang die Tür auf, und das rothaarige Mädchen trat herein.

«Na, Sephe, hast noch Hunger?», fragte freundlich der ältere Knecht. Das Kind schüttelte den Kopf und setzte sich Theres gegenüber. Unverhohlen starrte es die neue Magd an.

Theres musste lachen. «Sephe heißt du also.»

«Eigentlich Josepha. Bist jetzt endlich fertig mit Essen?»

«Warum fragst?»

«Weil du mir doch was zeigen wolltest.» Sephe hob die Hand mit dem zusammengerollten Seil hoch.

«Ach das. Na gut.» Sie stand auf und spülte ihren Napf im Wasserbecken aus. «Und wo sollen wir seilhüpfen?»

«Draußen in der Diele. Die ist groß genug.»

Die Köchin hielt sie mit griesgrämigem Gesicht auf. «Dass du in einer Viertelstunde in der Stube bist, gell. Zum Kleiderflicken.»

Theres nickte nur und folgte dem Kind nach draußen.

«Du zuerst», befahl Sephe.

Mit beiden Beinen gelang es Theres noch recht gut, den Takt zu halten, aber auf nur einem Bein verhedderte sie sich ständig im Seil. Sephe lachte.

«Jetzet schau, wie ich das kann.»

Gleich einem Wirbelwind schleuderte das Mädchen das Seil um den kleinen Körper und hüpfte dabei auf ihrem gesunden Fuß in die Höhe. Tack – tack – tack, machte das Seil auf dem Bretterboden, dann kreuzte Sephe, ohne anzuhalten, die Arme und sprang weiter durch die enge Schlaufe.

«Achtundzwanzig, neunundzwanzig – dreißig!» Keuchend blieb sie stehen.

«Großartig! Und zählen kannst du auch schon.»

«Gell! Und das, obwohl der Vater mich nicht in die Schule lässt.»

«So war das bei mir auch. Aber jetzt kann ich trotzdem lesen und schreiben.»

«Ich auch. Mein großer Bruder hat's mir beigebracht. Kennst den schon?»

«Nein.»

«Macht nix. Der ist sehr nett, wirst sehen. Aber dich wird er nicht nehmen wollen, der hat schon ein Mädchen.»

Sephe hockte sich auf den Boden. Ihre Miene wirkte auf einmal bekümmert.

«Ich werd nie heiraten können. Weil ich doch einen Krüppelfuß hab.»

«Unsinn!» Theres setzte sich neben sie. «Vielleicht wird der Fuß ja wieder besser. Du bist doch noch ganz jung. Und hübsch bist du auch.»

Sephe schüttelte ihre roten Locken. «Der Arzt sagt, das wird nicht mehr.»

«War es ein Unfall?»

«Nein. Ich hab's schon von der Geburt.»

«Sei nicht traurig. Soll ich dir mal was sagen? Mein Bruder Hannes hat auch so einen Krüppelfuß. Aber er kann trotzdem alles machen und wird auch eines Tages heiraten.»

«Hat er denn schon eine Braut?»

«Nein, ich glaube nicht.»

«Siehst du? Sag ich doch – solche wie uns will keiner.» Sephes Zeigefinger zeichnete die Maserung der Dielenbretter nach. Plötzlich lächelte sie. «Aber vielleicht könnte er ja mich heiraten, wenn ich groß bin. Ist er nett?»

«Sehr nett.»

«Gut. Dann soll er einfach warten, bis ich alt genug bin zum Heiraten.»

Theres war zum Lachen und Weinen zugleich. «Weißt was? Ich erzähl ihm von dir und deinen Plänen. Im Spätsommer will ich ihn nämlich besuchen gehen, oben auf der Alb.»

Der Sommer gab sich außergewöhnlich kühl und feucht. Theres war froh um die zehn Milchkühe unterhalb ihres Strohlagers, die sie des Nachts mit ihren Ausdünstungen wärmten. Ihre Arbeit hier im Stall war ungleich härter als die eines Stubenmädchens. An manchen Tagen, wenn der Hof vor den Stallungen im Matsch versank und es nicht aufhören wollte zu nieseln, fühlte sie sich selbst wie eines der Schweine, von Kopf bis Fuß bespritzt mit Gülle und Schlamm. Sie trug tagaus, tagein ihr altes Kleid, zum Wechseln hatte sie keines. Ihr eigenes Paar Schuhe wollte sie schonen und ging daher immer barfuß, weil der Bauer sich weigerte, ihr feste Stiefel zu beschaffen. Als sie ihn einmal um Seife und Handtuch gebeten hatte, damit sie sich vor dem Schlafengehen wenigstens am Trog waschen konnte, hatte der Mann nur gelacht. «Dem Stroh tut's nix, wennst dich mit dreckigen Füßen reinlegst. Die Kühe stört's net, wennst nach Sau stinkst. Und Mannsbilder wirst ja wohl net empfangen wollen da heroben, oder?»

Großbauer Zinstag war in der ganzen Gegend als Geizhals bekannt. So hätte er sehr wohl noch ein zusätzliches Bett in eine der Dachkammern stellen können, aber dazu schien ihm wohl jeder Heller zu schade. Zum Glück hatte Theres wenig mit ihm zu schaffen. Ihre Anweisungen erhielt sie vom Altknecht, und über den konnte sie nichts Schlechtes sagen. Die anderen, als eine eingeschworene Gemeinschaft, zu der auch die älteren Kinder des Bauern gehörten, ließen sie links liegen. Anscheinend war es ein Kommen und Gehen mit den Saumägden hier auf dem Hof. Außerdem hatte Theres gelernt, dass sie auf der Stufenleiter des Gesindes als Schweine- und Gänsemagd auf unterster Sprosse stand.

Aber sie hatte Sephe. Zwischen ihr und dem aufgeweckten Mädchen entspann sich bald eine enge Freundschaft, was von Bauer Zinstag anfangs mit Unwillen gesehen wurde, bis er auf den Gedanken kam, Theres zusätzlich als Kindsmagd in die Pflicht zu nehmen. Von Sephe erfuhr sie auch, warum man die Bäuerin nie zu Gesicht bekam: Sie war bettlägerig seit der verunglückten Geburt ihres Jüngsten.

«Der Alois ist jetzt im Himmel droben», hatte das Mädchen erklärt. «Da geht's ihm gut. Aber ich find's trotzdem blöd, weil ich gern jemanden zum Spielen gehabt hätt.»

Gleich zu Beginn des Sommers hatte Theres ihren Dienstherrn um zwei, drei freie Tage gebeten, weil sie ihren Bruder besuchen wolle. Dafür würde sie auch auf ihre freien Sonntagnachmittage verzichten. Und die Sephe würde sie auch gerne mitnehmen.

«Bist net ganz bache? Die mit ihrem Klumpfuß kommt ja net mal den Berg da drüben rauf.»

Zu ihrem Erstaunen hatte er ihr schließlich doch die freien Tage gewährt, allerdings erst für die Zeit nach der Kornernte. Seither lebte Theres nur noch auf den Augenblick hin, wo sie ihren Bruder endlich wiedersehen würde, nach bald eineinhalb Jahren.

Voriges Jahr nämlich, nachdem sie Ende März Ravensburg

verlassen hatte, war sie zuallererst auf die Alb hinauf. Den ganzen weiten Weg war sie zu Fuß marschiert, hatte die Nächte in Scheunen und Ställen übernachtet, sich von Wasser und Brot ernährt. Als sie dann endlich in ihrem Dorf ankam und Hannes in die Arme schließen durfte, war sie entsetzt gewesen über dessen Zustand: Klapperdürr war er, noch dünner als sie selbst. Nur sehr langsam vermochte er zu gehen und musste sich dabei auf einen Stock stützen. «Das ist nur, weil ich so schwer krank war bis vor ein paar Wochen», hatte er sie zu beruhigen versucht. Sie aber hatte nur daran denken können, dass ihr Bruder, der in einem Alter war, wo man als Bursche zum Tanz ausging, dort ein Mädel umschwärmte, um es anschließend nach Hause zu begleiten und vielleicht gar im Schutz der Dunkelheit zu küssen und zu umarmen – dass ihr Hannes zeitlebens zum Krüppel verdammt war!

Kurz vor der Dinkelernte schrammte sich Theres bös Schienbein und Arm auf. Es hatte an diesem Abend einen heftigen Gewitterguss gegeben, und sie war nass bis auf die Haut geworden. Als sie schlafen gehen wollte, löschte sie wie immer ihr Licht am Fuße der Leiter, da ihr bei Prügelstrafe verboten war, die Lampe mit hoch ins Stroh zu nehmen. Im Stockdunklen suchte sie sich den Weg nach oben, Sprosse für Sprosse, da geschah es: Fast schon oben, rutschten ihre nassen Fußsohlen ab, und sie schlitterte die Leiter hinunter.

Im ersten Augenblick spürte sie gar nichts, dann ein heftiges Brennen am rechten Schienbein. Mit zusammengebissenen Zähnen tastete sie nach der Lampe und zündete sie an. Die Haut über dem Schienbein war über die Länge einer Hand aufgerissen und begann an einigen Stellen zu bluten. Auch aus ihrer rechten Armbeuge quoll Blut.

Vorsichtig tupfte sie Arm und Bein mit einem Heubüschel

sauber, dann kletterte sie wieder hinauf. Inzwischen brannte die Wunde am Bein wie Feuer, doch sie wagte nicht, den Bauern an seinem Feierabend zu stören. Das hasste Zinstag mehr als alles andere, und schließlich wollte Theres nicht ihre Wanderung auf die Alb, die für nächste Woche verabredet war, aufs Spiel setzen. Außerdem war er ohnehin höchst gereizt, weil infolge des nasskalten Sommers die Ernte mehr als dürftig ausfallen würde.

So lag sie die halbe Nacht reglos auf dem Rücken im Stroh, Arm und Bein so ausgestreckt, dass die harten Halme nicht an der Wunde kratzten. Kaum war sie endlich eingeschlafen, weckte sie bereits der Hahnenschrei. Im fahlen Morgenlicht betrachtete sie ihre Verletzungen: So schlimm sah es gar nicht aus! Mit viel Mühe schaffte sie es die Leiter hinunter und humpelte über den Hof hinüber ins Wohnhaus. Dort erwartete sie, wie immer in der Früh, die kleine Sephe auf der Türschwelle, um mit ihr gemeinsam zum Morgenessen zu gehen.

«Jetzt läufst grad so wie ich.»

«Ich bin von der Leiter abgerutscht. Aber das geht gewiss bald vorbei.»

«Ja, das ist der Unterschied», sagte Sephe leise.

Theres sah keine Veranlassung, sich bei der Arbeit zu schonen. Schließlich hatte sie sich als Kind oft genug Knie oder Ellbogen aufgeschlagen. Die ersten Tage sah es auch aus, als würden die wunden Stellen rasch zuheilen. Dann aber, am Morgen des letzten Erntetages, erwachte sie mit Kopfschmerzen, und es fröstelte sie, als ob sie Fieber hätte. Mühsam schleppte sie sich an die Dachluke, die zum Haupthaus hin lag, und sah im Eingang Sephe sitzen.

«Sephe!»

Ihrer Kehle entrang sich nicht viel mehr als ein Krächzen. Das Mädchen blickte erstaunt zu ihr hinauf, und Theres winkte ihr kraftlos zu.

«Theres? Was ist? – Wart, ich komme.»

Erstaunlich behände kam Sephe gleich darauf die Leiter heraufgeklettert.

«Jessemarie, Theres! Du bist ja ganz heiß!»

«Ich glaub, ich hab Fieber.»

«Was ist mit deinem Arm passiert?»

In ihrer Armbeuge hatte sich die Haut leuchtend rot verfärbt. Ihr Schienbein sah nicht besser aus. In zungenförmigen Ausläufern war alles rot, an einigen Stellen sogar geschwollen, und fühlte sich heiß an.

Erschöpft ließ sich Theres auf ihr Lager sinken.

«Sag deinem Vater, dass ich heut nicht arbeiten kann.»

Sephe nickte. «Da wird er schön fluchen.»

Das tat Zinstag auch, als er am späten Nachmittag zu ihr herauf auf den Strohboden gestiegen kam.

«Himmelherrgottsackerment! Hättst dir keinen andern Tag aussuchen können? Wir brauchen heut jede Hand, und du liegst hier rum!»

«Es tut mir leid», hauchte Theres. Sie hatte die alte Pferdedecke bis zum Hals hochgezogen.

Inzwischen waren die entzündeten Stellen noch größer geworden und schmerzhaft angeschwollen. Es brannte wie Feuer, dazu quälten sie Schüttelfrost und pochende Kopfschmerzen.

«Die Sephe hat gesagt, du hättest so komische Beulen am Körper. Zeig her.»

Widerwillig streckte sie Arm und Bein heraus. Zinstag wich zurück, als habe sie den Aussatz.

«Dass mich der Hagel erschlag! Das sieht ja ekelhaft aus. Wenn das morgen net besser ist, musst zum Arzt.»

Am nächsten Morgen sah es eher noch übler aus, mit Blutblasen an einigen Stellen. Sie hatte die Nacht in fiebrigem Halbschlaf verbracht und war zu schwach, um aufzustehen. Irgendwann erschien Zinstag zusammen mit dem jungen Knecht. Gemeinsam schleppten sie Theres, eingewickelt in ihre Decke, hinunter in den Hof und legten sie auf den Heuwagen, vor dem bereits das Ross angespannt war. Dann verschwand der Knecht nochmals im Kuhstall und kehrte mit ihrem Reisesack zurück. Umständlich und darauf bedacht, sie nicht zu berühren, stopfte er ihn ihr unter den Kopf.

«Bring sie zum Riedlinger Amtsarzt», befahl Zinstag seinem Knecht. «Und auf dem Rückweg holst das Holz vom Krähenäcker. Und weh, du trödelst.»

Dann drückte er Theres, die rücklings und mit geschlossenen Augen auf den harten Brettern lag, einen Beutel in die Hand.

«Das Geld für den Arzt. Zurückkommen brauchst übrigens nicht mehr. Kranke Mägde können wir hier nicht brauchen.»

Als das Pferd anzog, hob Theres den Kopf. Unter dem Torbogen der Hofeinfahrt stand Sephe, mit tränenüberströmtem Gesicht, und winkte ihr mit ihren mageren Ärmchen zu.

«Vergiss mich net, Theres», rief sie. «Und werd wieder gesund!»

18
Oberschwaben, Herbst 1843

Als Theres die Augen öffnete, erkannte sie über sich das vertraute Gesicht ihres Bruders. Hinter ihm blendete eine weißgekalkte Wand ihr in den Augen, das kleine Fenster war vergittert.

«Wo – bin – ich?» Die aufgesprungenen Lippen brannten beim Sprechen.

«In Münsingen. Im Krätzezimmer des Amtsarztes.»

«In Münsingen?»

Hinter ihren Schläfen begann es wieder schmerzhaft zu pochen, und sie schloss die Augen. Verschwommene Bilder drangen in ihre Erinnerung – eine enge, überfüllte Krankenstube, eine junge Frau mit dem schütteren Haar eines räudigen Hundes im Nachbarbett, ein verwahrlostes Weib im Bett gegenüber, die Arme und Beine mit kupferfarbenen Pusteln und offenen Schwären bedeckt, die nässten und bluteten. Dann das Entsetzen, als die Frau sich plötzlich aufrichtete und ihre grässliche Fratze preisgab: Nase und Unterlippe waren bereits halb weggefressen von dem teuflischen Ausschlag.

Theres stöhnte auf.

«Du hattest solches Glück!» Hannes wischte sich über die Augen. «Ein Händler hat dich in einer Waldhütte gefunden. Er war auf dem Heimweg von Riedlingen nach Münsingen und hat dich wimmern hören. Da hat er dich auf seinem Wagen hierhergebracht. Weißt du denn gar nichts mehr davon?»

Sie schüttelte den Kopf.

«Das ist wegen dem hohen Fieber. Aber der Arzt hier sagt, du wirst wieder gesund.»

Plötzlich erinnerte sich deutlich an den kahlköpfigen Riedlinger Amtsarzt, der sich über ihr Bett beugte, ihr voller Abscheu die Worte «Franzosenkrankheit» und «Strafe Gottes» entgegenschleuderte. An die Krankenwärterin, die ihr Arme und Beine mit Quecksilberschmalz einreiben wollte und prophezeite, dass sie davon alle Haare verlieren werde – aber sie sei schließlich selber schuld. Da war Theres aus dem Bett gesprungen, hatte die Frau beiseitegestoßen, ihren Umhang vom Haken gerissen und war hinausgestürzt, hinunter auf die Gasse, aus der Stadt hinaus, immer der Donau längs. Irgendwie musste sie es bis in den Wald geschafft haben, daran konnte sie sich noch undeutlich erinnern. Auch an den furchtbaren Sturm, der ihr mit dem Glockengeläut vom nahen Kloster Zwiefalten ein unaufhörliches «Maria, Maria» zugebrüllt hatte, bis sie es schier nicht mehr aushielt. Danach war alles ausgelöscht.

«Hannes?»

«Ja?»

«Sie glauben, es wär die Franzosenkrankheit. Dabei hab ich nie bei einem Mann ...» Sie unterdrückte ein Schluchzen.

Hannes blickte sie erstaunt an.

«Was redest du da? Es ist der Rotlauf. Das kommt von den Wunden am Arm und am Bein. Weil die nämlich schmutzig geworden sind und sich entzündet haben.»

Vor Erleichterung begann sie jetzt tatsächlich zu weinen. Hannes strich ihr übers Haar.

«Hab keine Angst. Ich komme, so oft ich kann.»

«Aber ... Woher weißt du ... Warum bist du hier?»

«Sie haben in deiner Rocktasche deine Papiere gefunden, der Herr Medizinalrat und einer vom Münsinger Armenkollegium. Der hat noch gewusst, dass du aus Eglingen kommst, und da hat man dann nach mir geschickt.»

In den folgenden Tagen unterzog sich Theres zahlreichen Untersuchungen. Der Arzt, ein junger, freundlicher Mann, versicherte ihr, dass die Symptome ihrer Krankheit keineswegs auf Syphilis zurückzuführen seien, auch wenn dies sein Riedlinger Kollege fälschlicherweise behauptet habe. Vielmehr handle es sich eindeutig um fortgeschrittene Rotlaufentzündung mit Eiterung, auch Wundrose genannt.

«Mit strikter Reinhaltung und kühlenden nassen Umschlägen haben wir das alsbald im Griff.»

«Wie bald?», fragte Theres mit matter Stimme. Sie hatte große Mühe, wach zu bleiben. «Muss – wieder – arbeiten.»

«Nun, mein Fräulein, zwei Wochen Bettruhe werden Sie schon noch ertragen müssen. Danach allerdings müssen wir Sie ins Ravensburger Spital schicken. Arbeitsfähig sind Sie noch lange nicht.»

«Hier bleiben – bei meinem Bruder.» Sie begann krampfartig zu husten.

Der junge Arzt schüttelte den Kopf.

«Das geht leider nicht, Fräulein Ludwig. Sie sind dem Oberamt Ravensburg gemeldet, somit ist unser Armenfonds für Sie nicht zuständig. Nur – mit diesem Fieber können wir Sie nicht fortlassen. Deswegen bleiben Sie erst einmal hier. Und jetzt schlafen Sie. Ich komm heut Abend wieder.»

Hannes besuchte sie, sooft er sich freinehmen konnte. Es dauerte mehr als zehn Tage, bis der Amtsarzt das Fieber endlich im Griff hatte und Theres wieder ohne Mühe sprechen konnte.

«Jetzt muss ich bald weg hier», sagte sie traurig und starrte auf das kleine Stück Honigkuchen, das Hannes ihr mitgebracht hatte. «Meinen neuen Reiseschein hab ich schon bekommen.»

Hannes sah seine Schwester mitleidig an. Dann ging ein Leuchten über sein Gesicht: «Weißt du übrigens, dass du mir Glück gebracht hast?»

«Wie meinst du das?»

«Durch meine Besuche bei dir hab ich die Herren vom Stiftungsrat kennengelernt. Die suchen aufs Frühjahr einen neuen Secretär. Drück mir ganz fest die Daumen, dass ich die Anstellung bekomme.»

«Hier in Münsingen?»

«Ja. Ach, Theres, ich will schon so lange raus aus unserem elenden Dorf. Da bin ich doch für alle nur der verkrüppelte Hannes und ein Bastard dazu.»

Drei Tage später wurde Theres entlassen, mit einem Krankenbericht an das Heilig-Geist-Spital zu Ravensburg und der Bitte, man möge sie den Winter über aufnehmen, bis sie wieder dienstfähig sei. Dazu erhielt sie sogar ein Billet für die Postkutsche bis Ravensburg, wenngleich auch nur für einen Außenplatz auf dem Dach zwischen den Gepäckstücken. Am selben Morgen hatte ihr Bruder tatsächlich den Kontrakt für seine neue Anstellung als Schreiber und Secretarius unterschrieben.

Bei ihrem Abschied zog Hannes einen Beutel mit Münzen aus seiner Hosentasche.

«Damit du einen Sitzplatz in der Kutsche bezahlen kannst.»

«Das kann ich nicht annehmen.»

«Das ist das Mindeste. Du wirst bloß wieder krank, bei diesem Wetter die ganze Zeit auf dem Dach.»

Nachdem er sie hinüber zum Gasthof Hirschen begleitet hatte, wo sich die Poststation befand, war Theres froh um das Geld. Nasskalter Nebel stand in den Gassen und ließ sie frösteln in ihrem zerschlissenen Umhang.

«Ich mach mir immer noch Sorgen um dich», sagte Hannes, als er sie ein letztes Mal in den Arm nahm. «Versprich mir, dass du im Spital bleibst, bis du ganz gesund bist.»

Sie nickte nur und stieg in die Kutsche. Ein Ruck ging durch das Wageninnere, dann begann die Kutsche über das Pflaster zu rumpeln. Müde presste sie ihr Gesicht gegen das Fenster. Vor dem Gasthof stand ihr Bruder und winkte und winkte, bis der Novembernebel seine hagere Gestalt verschluckte.

Einst Stubenmädchen, dann Saumagd, dachte sie voller Bitterkeit, und nun schon zum dritten Male im Armenspital – konnte man noch tiefer sinken?

Teil 3

*Nun aber bleiben
Glaube, Hoffnung, Liebe,
diese drei; doch am größten
unter ihnen ist die Liebe.*

19
Oberamtsgebiet Ulm, Frühjahr 1844

Theres stellte den Korb mit den Eiern ab und überlegte. Wenn sie die Landstraße nahm, würde sie den Nachbarhof, wo sie die Eier abgeben sollte, erst bei Einbruch der Dunkelheit erreichen und im Stockfinstern heimkehren müssen. Oder aber sie nahm die Abkürzung auf dem schmalen Pfad quer durch das Ried, auf die Gefahr hin, abzurutschen in einen der moorigen Gumpen. Beides war gleichermaßen unangenehm.

Sie entschied sich für die Abkürzung, auch wenn sie sich schon etliche Male ausgesponnen hatte, wie es wohl war, wenn einen das Moor in die Tiefe zog. Zu der Angst vor der Dunkelheit kam nämlich noch das unweigerliche Gezeter der Bäuerin, wenn sie sich erst so spät ans Aufräumen in der Küche machen würde. Bei den Kleinbubs gab es nämlich nur eine einzige Magd auf dem schäbigen Hof, und das war sie. Wahrscheinlich würde sie es hier nicht mal bis Martini aushalten, das ahnte sie schon jetzt, nach gerade einmal drei Wochen. Für einen Hungerlohn und einen Saufraß rackerte sie sich ab, schlafen musste sie in einem Verschlag hinter dem Federvieh, und den Stecken ließ der Bauer nicht nur seine acht Kinder spüren, sondern auch Knecht und Magd. Fast war ihr, als wäre sie selbst wieder Kind im armseligen Haushalt ihres Ziehvaters Nepomuk Stickl.

Aber sie hatte viel zu oft vergeblich an die Türen der Bauern geklopft, nachdem sie Anfang März als gesund und dienstfähig aus dem Ravensburger Spital entlassen worden war, mit einem neuen Reiseschein und der Warnung, sich nicht wie dereinst ihre Mutter zu zwecklosem Umherziehen und Vagieren verleiten zu lassen. Aus unerfindlichen Gründen hatte auf einmal jeder im Heilig-Geist-Spital gewusst, dass sie die Tochter der Landstreicherin Maria Bronner war.

So war sie also Tag für Tag weitergewandert, immer in Richtung Ulm, um dort nach ihrer alten Kinderfreundin Sophie zu suchen, war immer hungriger und mutloser geworden, bis sie schließlich hier bei den Kleinbubs gestrandet war, auf diesem verlotterten Gehöft im Donautal vor Ulm. Ohne es sich erklären zu können, schreckte sie plötzlich davor zurück, Sophie aufzusuchen, die sie in adretter Dienstbotentracht vor sich sah, mit rundem, rosigem Gesicht und strahlenden Augen voller Stolz auf ihre Stellung in einer geordneten, reichen Bürgerhaushaltung.

Theres schickte sich eben an, auf dem schmalen Pfad das Ried zu durchqueren, in das sie einige Male mit den Kleinbub-Kindern zum Torfstechen abkommandiert worden war, als der Boden unter ihren Füßen zu federn und zu beben begann. Unsicher trat sie zwischen zwei Birken hindurch auf den Weg, als ein Reiter auf sie zu geprescht kam auf seinem schweißglänzenden, hellen Fuchs.

«Zur Seite!», schrie der Uniformierte, aber es war zu spät. Das Pferd scheute, stellte sich auf die Hinterhand, sie stürzte rücklings ins Gesträuch. Der Korb mit den Eiern flog zwischen den wirbelnden Hufen hindurch mitten in den Ufermatsch eines Tümpels.

Mühsam rappelte Theres sich auf, Arme und Gesicht waren von Zweigen zerkratzt. Währenddessen hatte der Mann sein Ross endlich zum Stehen gebracht.

«Du Satansbraten!», rief er, wobei diese Beschimpfung offensichtlich nicht ihr, sondern dem Pferd galt.

Er glitt zu Boden und klopfte dem Fuchs beruhigend den Hals. Über das hellbraune Fell lief ein Zittern. Es war ein wunderschönes Tier, das erkannte Theres auf Anhieb, obwohl sie von Pferden wenig verstand.

«Ach herrje, mein Fräulein, das tut mir aber leid! Haben Sie sich verletzt?»

Der Soldat nahm seinen Tschako vom Kopf und betrachtete sie in ehrlicher Beschämung. Er zählte bestimmt zehn Jahre mehr als sie, doch sein glattes Gesicht mit dem kleinen Schnauzbart über den vollen Lippen hatte etwas Jungenhaftes, und sein kurzgeschnittenes, dunkelbraunes Haar stand jetzt in alle Richtungen ab wie bei einem ungekämmten Bauernbuben.

«Es geht schon wieder.» Sie strich sich Schürze und Rock glatt. «Nur die Eier ... Der Korb dahinten ...»

Der Soldat folgte ihrem Blick, dann stapfte er etwas o-beinig zum Ufer hinüber, um den Korb aus dem Sumpf zu ziehen. Das Pferd hatte zu grasen begonnen, als sei nichts geschehen.

«Ich fürchte, da ist nichts mehr zu machen. Nurmehr Rührei drin. Dieser Satansbraten», wiederholte er kopfschüttelnd mit Blick auf sein Pferd. Dann stellte er den Korb ins Gras und reichte Theres die Hand.

«Gestatten – Kasimir ist mein Name, Kasimir von Eichborn. Rittmeister im dritten Reiterregiment zu Ulm drüben.»

Die Hand fühlte sich warm und trocken an und hielt für Theres Empfinden etwas zu lange die ihre umschlossen. So jung und schon Rittmeister!, dachte sie. Und dazu noch von Adel!

«Was sag ich jetzt den Bauersleut?»

»Ich werde für den Schaden selbstredend aufkommen. Nur hab ich jetzt keinen Heller mit mir. Aber morgen – morgen früh komm ich heraus und bringe den Bauern das Geld für die Eier. Mein Soldatenehrenwort.»

Theres schüttelte den Kopf.

«Das glauben mir die Kleinbubs nie und nimmer.»

Kasimir von Eichborn zog ein Tuch aus der Tasche seines knielangen Waffenrocks.

«Sie bluten ja!»

Behutsam tupfte er ihr die Stirn ab. Dabei kam er ihr beinahe unschicklich nahe, und Theres stieg der Geruch von Pferdestall, frischgeschnittenem Gras und Mannsbild in die Nase – was ihr alles andere als unangenehm war.

«Tut es sehr weh?»

«Nein, nein.»

»Wie heißen Sie überhaupt?»

«Theres. Theres Ludwig», entgegnete sie, um dann in einem Anfall von Trotz hinzuzufügen: «Ich bin leider nur Stallmagd – falls Sie mich für etwas andres gehalten haben.»

Der Soldat musste lachen, wobei seine dunklen Augen schmal wurden vor lauter Fältchen.

«Nur Stallmagd vielleicht – aber dafür wunderhübsch! Wissen Sie was, Fräulein Theres? Sie sitzen hinten auf, und ich bring Sie zurück. Dann kann ich Ihren Herrschaften alles erklären.»

«Auf dieses wilde Pferd? Im Leben nicht.»

«Da brauchen Sie keine Angst haben, jetzt hat er sich ja ausgetobt. Er ist ein lieber Kerl, aber halt noch ganz jung. Habe ihn erst letzte Woche bekommen. Der Büchsenknall eines Jägers hatte ihn so erschreckt, dass er mir durchgegangen ist.»

«Dann würd er aber besser vor den Pflug passen als für den Kriegsdienst», murmelte Theres.

Wieder lachte Kasimir von Eichborn.

«Ein Trakehnerhengst vor dem Pflug – das gäbe was! Nein, nein, der muss sich erst noch gewöhnen ans Soldatenleben.

Jetzt klopfen Sie ihm ein bissel den Hals, und wenn er Sie anschaut, streicheln Sie ihm über die Nüstern. Das liebt er.»

Tatsächlich blickten die großen, klaren Augen Theres jetzt freundlich an. Um die Nüstern herum fühlte es sich wunderbar weich an, wie Samt.

«Wie heißt er?»

«Sultan. Jetzt kommen Sie!»

Er schwang sich in den Sattel und reichte ihr die Hand.

«Setzen Sie den Fuß in den Steigbügel. Ja, so ist's recht.»

Als sie hinter ihm zum Sitzen kam, roch sie wieder seinen herben Duft. Sie wusste nicht wohin mit ihren Armen.

«Halten Sie sich an mir fest, es geht los.»

Wenig später trafen sie umringt von einer Kinderschar auf dem Hof ein. Theres schämte sich vor ihrem Begleiter in Grund und Boden für diesen verdreckten kleinen Bauernhof, der ihre Arbeitsstätte war. Hastig ließ sie den Rittmeister los und sprang vom Pferd.

«Sie brauchen nicht mitzukommen. Ich kann das allein erklären, das mit den Eiern.»

Aber es war zu spät. Mit aufgerissenen Augen kam die Bäuerin herangeschlurft, so schnell es ihre klobigen, viel zu großen Stiefel erlaubten. Bevor sie losblaffen konnte, hatte Kasimir von Eichborn das Wort ergriffen. Dabei blieb er hoch zu Ross sitzen, und die Bäuerin hielt respektvoll Abstand zu dem tänzelnden Pferd.

«Es hat einen kleinen Unfall gegeben, mit eurer Magd. Alles meine Schuld.»

«Was – was soll das? Wie sieht die Theres bloß aus? Was ist mit den Eiern?»

«Wie viel verlangen Sie dafür?»

«Zehn Kreuzer!» Die Antwort kam prompt. Dabei war dieser Preis maßlos übertrieben.

«Das Geld bekommen Sie, und noch einen Kreuzer drauf. Spätestens morgen Abend haben Sie es.»

Mit einem Lächeln in Theres' Richtung wendete er sein Pferd und trabte aufrecht davon.

«Na wart», zischte die Bäuerin Theres an. «Wenn dieser Lackaff das Geld net bringt, kannst was erleben.»

Der Rittmeister hielt Wort. Sie hatten gerade das Nachtessen hinter sich, als von draußen Hufgetrappel laut wurde. Die Kinder stürzten lärmend zur Tür hinaus. Theres wollte ihnen schon folgen, da packte die Kleinbubin sie beim Arm.

«Hier bleibst und rührst dich net! Das ist mei Sach.»

Aber die Bäuerin hatte nicht mit dem Eigensinn des Rittmeisters gerechnet. Kurz darauf befahl sie Theres heraus.

»Der feine Herr will dich sprechen.»

Kasimir von Eichborn stand mitten im Hof neben seinem bildschönen Ross und erlaubte gerade einem Kind nach dem andern, für einen Augenblick aufzusitzen. Das Pferd ließ die Prozedur überraschend gutmütig mit sich geschehen, das Gesicht des Rittmeisters strahlte dabei wie das eines kleinen Jungen. Dieser Mann hatte so gar nichts von einem großkopfeten Adligen.

«Grüß Sie Gott, Fräulein Theres!»

Er drückte dem Ältesten der Kleinbub-Knaben die Zügel in die Hand und schlenderte heran, aufrecht, breitschultrig, in leicht wiegendem Gang. In seinen dunkelbraunen Augen, die unablässig auf Theres gerichtet waren, stand ein Lächeln.

«Haben Sie sich von dem Schrecken erholt?»

«So arg war's ja nicht. Hauptsache, die Bäuerin trägt mir nichts nach.»

«Keine Sorge. Das hab ich mehr als gütlich geregelt.» Sein Blick verharrte auf ihrem Gesicht, glitt dann über ihren Ausschnitt, den Körper entlang bis hinunter zu den klobigen Holzpantinen. Theres wurde rot vor Scham. Vor allem, als ihr bewusst wurde, wie fleckig ihre ehemals hellblaue Schürze war und wie rissig der Saum ihres Kleides.

«Haben Sie sonntagnachmittags frei?»

«Eigentlich ja ... Das heißt, eigentlich nein, weil der Bauer ...», stotterte sie.

«Nun, dann haben Sie künftig frei. Auch das ist geregelt.» Er grinste vergnügt. «Ich hab der Alten gedroht, es dem Oberamt zu melden, wenn sie Ihnen nicht die freie Zeit gewährt, die Ihnen nach dem Dienstrecht zusteht. Na, was sagen Sie jetzt?»

Theres hatte es die Sprache verschlagen. Warum tat dieser Mann das? Warum setzte er sich, als ein Rittmeister von Adel, für eine hergelaufene Stallmagd ein? Und siezte sie noch dabei, als sei sie ein Bürgerfräulein.

«Ich muss zurück zu meiner Einheit», fuhr Kasimir von Eichborn fort. «Kennen Sie die alte Fischerhütte drüben an der Donau?»

Theres nickte.

«Dort wart ich am Sonntagnachmittag auf Sie. Mit einer kleinen Brotzeit. Werden Sie kommen?»

«Ich weiß nicht ...»

«Alsdann, bis Sonntag!»

Er strich ihr flüchtig über die Wange, wandte sich um und ging in großen Schritten zu seinem Pferd zurück, das bereits mit den Hufen scharrte.

Theres starrte ihm nach. Sonntag – das war ja bereits übermorgen! Sie schüttelte den Kopf. Niemals würde sie sich allein mit diesem wildfremden Mann treffen. Nein, so einfältig war sie nicht, dass sie nicht wusste, wie diese Soldaten in ihren schneidigen Uniformen unschuldige Jungfern betörten, um sie dann zu entehren und zu besudeln.

Zwei Tage später, auf dem Weg zu der uralten Dorfkirche mit ihrem wehrhaften Turm, verbot sie sich jeden Gedanken an den Rittmeister. Wie an den vergangenen Sonntagen auch würde sie heute nach dem Gottesdienst, wenn die Männer ins Wirtshaus strömten, mit der Bäuerin heimkehren. Sie würde das Mittagessen vorbereiten und hernach die Küche aufräumen und sich an die Flickwäsche machen. Allenfalls noch ein Stündchen mit den Kleinbub-Kindern in den Obstwiesen herumtoben, wenn das Wetter so mild blieb.

Als sie nach dem Essen alle Töpfe und Schüsseln gespült und verräumt hatte, legte ihr die Bäuerin ihre fleischige Hand auf die Schulter. Es fühlte sich an wie ein kalter Teigklumpen.

«Hast dich recht gscheit eing'schafft bei uns.» Ihr Lächeln wirkte erzwungen. «Sollst jetzt sonntags auch deine Freistund haben, wie sich's gehört.»

Theres nickte, ohne ein Danke über die Lippen zu bringen.

«Alsdann – bis zur Dämm'rung bist wieder hier in der Küch.»

Theres durchquerte den Hof, hinüber zu ihrem Verschlag, wo sie die Schürze abnahm, sich das Haar kämmte und aufsteckte, um dann ihre rosenfarbene Sonntagshaube aufzusetzen. Gestern hatte sie sie gewaschen und geschrubbt, bis alle Flecken aus dem Stoff verschwunden waren – für alle Fälle. Nun trat sie unschlüssig von einem Bein aufs andere. Nein, dieser Rittmeister sollte ja nicht glauben, sie würde springen, wenn er pfiff! Nur ein wenig spazieren gehen, durch die Obstwiesen in Richtung Ried, wollte sie – einfach so, ohne Eile und Ziel. Es wäre zu schade, an ihrem ersten freien Nachmittag hierzubleiben.

Vom Hof führte, neben dem Hauptweg zum Dorf, noch ein Pfad in Richtung Ried und weiter bis ans Donauufer. Den schlug Theres ein, nachdem sie sich vergewissert hatte, dass niemand sie beobachtete. Eine Zeit lang begleitete sie linker

Hand in der Ferne der Turm der Dorfkirche, und sie konnte sogar winzige Gestalten ausmachen, die wie sie selbst durchs Grüne spazierten. Für Ende April war die Luft schon angenehm warm, auch wenn die Sonne nur hie und da durch die zahllosen Wölkchen stieß, die an dem blassblauen Frühlingshimmel festzukleben schienen. Von den Ästen der knorrigen Apfel- und Birnbäume gaben die Vögel ihr Konzert, und jetzt erst fiel Theres auf, wie die Natur sich überall anschickte, zu knospen und zu blühen.

Ich bin kein kleines Mädchen mehr, sagte sie sich, ich bin neunzehn Jahre alt und weiß sehr wohl, wie man mit Mannsbildern umzugehen hat. Gegen eine gemeinsame Brotzeit am Sonntagnachmittag ist ja wohl nichts einzuwenden. Andere junge Frauen in meinem Alter haben längst einen Bräutigam an der Angel.

Den Gedanken, dass sie in Wahrheit kein bisschen mit Mannsbildern umzugehen wusste, dass sie gerade mal einen einzigen Kuss erlebt hatte, mit Elias, und mit Adam aus dem Gemischtwarenladen zweimal Händchen gehalten hatte, schob sie rasch beiseite.

Sie schlug den Grasweg ein, der zum Steg der Fischerhütte führte, und bemerkte nicht, dass sie auf einmal laut zu sprechen begonnen hatte: «Guten Tag, Herr Rittmeister, ich bin nur gekommen, um mich nochmals bei Ihnen zu bedanken. Es ist sehr gütig, wie Sie sich für mich eingesetzt haben, nun aber muss ich wieder zurück.»

«Aber, aber – soll ich dann mein schönes Vesper allein verspeisen?»

Theres erschrak bis ins Mark. Hinter einer Wand aus Schilfrohr trat Kasimir von Eichborn hervor und war ganz offensichtlich höchst amüsiert über ihr heimliches Geplapper.

Was für eine dumme Gans ich bin, schalt sie sich innerlich.

Laut entgegnete sie, mit gestrafftem Rücken und ernstem Gesicht:

«Das ist nicht recht, dass Sie mich so heimlich belauschen.»

«O Verzeihung – aber da hätte ich mir schon die Ohren zuhalten müssen.» Sein Lächeln war warm und offen. «Bitte enttäuschen Sie mich nicht, Fräulein Theres, ich hab schon alles gerichtet für unser kleines Mahl.»

Mit dem Kinn wies er in Richtung Fischersteg. Dann bot er ihr galant den Arm.

«Darf ich bitten, schönes Fräulein?»

Wider Willen musste sie lachen.

«Einverstanden, Herr Rittmeister. Aber nur, wenn Sie mich nie mehr ‹schönes Fräulein› heißen.»

«Und Sie mich nie mehr ‹Herr Rittmeister›. Für Sie bin ich Kasimir.»

Der Steg ging auf einen stillen Nebenarm der Donau, der seit langem schon vom Hauptfluss abgeschnitten war. Seither fuhren hier auch keine Fischer und Flößer mehr übers Wasser. Nur Angler kamen hin und wieder auf den Steg heraus, während die Hütte zusehends verfiel. Auf den Planken hatte Kasimir von Eichborn ein wahres Festmahl gerichtet, hübsch angerichtet auf einem sauberen, dunkelblauen Tuch. Neben dem Weinkrug warteten zwei Becher auf sie, ein Körbchen mit Kreuzerwecken, ein Brettchen mit goldgelbem Käse und geräucherter Wurst.

Sofort begann Theres' Magen zu knurren, was den Rittmeister abermals zum Lachen brachte. Er schien oft und viel zu lachen, das sah man seinem Gesicht an.

«Ich glaub, es wird höchste Zeit, dass einer wie ich daherkommt und Sie ein bisschen aufpäppelt.»

Sie ließen sich auf dem Steg nieder, Theres in größtmöglichem Abstand zu dem Mann, der ihr plötzlich gar nicht mehr so fremd vorkam. Kasimir von Eichborn schenkte ein, ihr natürlich zuerst.

«Auf das Frühjahr, die schönste der Jahreszeiten. Ist es nicht herrlich hier?»

Theres spürte dem Geschmack des Weines nach. Er war süß und lag weich auf der Zunge. Dabei schweifte ihr Blick über die dunkle Wasserfläche, die sich am andern Ende im Schilf verlor, hinüber zur Hütte mit ihrem halbverfallenen Dach und dem hübschen Pferd, das davor angebunden stand. Ein leichter Wind spielte in den Gräsern und trug den Geruch von Frühling heran.

«Kommen Sie oft hier heraus?»

«Viel zu selten, um ehrlich zu sein. Dabei ist es augenblicklich kaum auszuhalten in der Stadt. Waren Sie schon mal in Ulm?»

«Nein, aber ...» Sie brach ab. Warum sollte sie dem Rittmeister von ihrer Freundin Sophie erzählen, wenn sie nicht einmal wusste, ob sie wirklich in Ulm lebte.

«Die ganze Stadt ist nichts als laut und dreckig.» Er reichte ihr ein Stück Wurst. «Die größte Bundesfestung aller Zeiten wird gerade gebaut, mit vierzig Festungswerken rundum, mächtigen Wällen und Bastionen und Kasernen für die Garnison. Fünftausend Soldaten des Bundesheeres soll die Anlage dereinst beherbergen. Dazu soll bald schon mit der Württembergischen Eisenbahnstrecke begonnen werden, die mitten durchs Ulmer Gebiet führt. Da kannst du dann von Stuttgart nach Ulm und weiter bis an den Bodensee fahren, ohne dich auch nur einmal von deiner Bank zu rühren.»

«Ich würd mich niemals in solch ein Ungetüm setzen.» Sie nahm einen weiteren kräftigen Schluck Wein und spürte, wie ihr immer leichter zumute wurde. «Ich hab mal ein Bild von einer Eisenbahn gesehen, das sah aus wie ein Monster gradwegs aus der Hölle. Riesig und schwarz und mit dicken Rauchschwaden darüber. Die Menschen auf dem Bild waren winzig klein und sind alle davongelaufen vor Angst.»

«Ach was! Eines Tages wird das Reisen mit der Eisenbahn so alltäglich sein wie der Gang auf den Markt.»

Theres schüttelte den Kopf und lächelte. «Das glaub ich nicht. Das ist nur was für Abenteurer, die die Gefahr suchen.»

Er berührte ihre Hand, die nach einem Stück Brot griff. «Sie sind noch schöner, wenn Sie lächeln. Beantworten Sie mir eine Frage?»

«Wenn sie schicklich ist …»

«Haben Sie einen Bräutigam? In Ihrem Dorf?»

«Das war schon mal gar keine schickliche Frage.» Jetzt musste auch sie laut herauslachen und wunderte sich zugleich, wie leicht ihr dieses Geplänkel fiel. Ihr kam es vor, als würde sie diesen Kasimir schon seit langem kennen. Er hatte so gar nichts von dem dummdreisten Männergehabe, das andre Kerle an den Tag legten, sobald sie eine Uniform trugen und einen Säbel am Gürtel. Er war liebenswürdig, höflich, aufmerksam und behandelte sie fast gar wie ein Mädchen aus gutem Bürgerhause. Er nahm sie ernst.

Sie legte den Kopf in den Nacken und schloss die Augen. Der melodische Gesang eines Rohrsängers drang aus dem Schilf zu ihnen herüber, dann vernahm sie den ruhigen Flügelschlag eines Graureihers und seinen Jagdruf: kraik, kraik, kraik!

Als sie die Augen wieder öffnete, erblickte sie vor sich, keine Elle entfernt, das Gesicht des Rittmeisters, der sie aufmerksam betrachtete.

Sie wich zurück. «Was tun Sie da?»

«Ich dachte, du schläfst.» Das Du aus seinem Mund erschien ihr wie eine Berührung.

«Ich hab den Vögeln zugehört.» Sie griff nach ihrem Umhang, den sie neben sich gelegt hatte. Plötzlich war der Wind frisch geworden. Behutsam legte Kasimir von Eichborn ihr den Stoff um die Schultern.

«Essen und trinken wir noch etwas. Ich will das alles doch nicht wieder mit zurückschleppen müssen.»

«Sie? Ihr Sultan, wollen Sie wohl sagen.»

«Du bist frech!» Er schenkte ihr und sich den letzten Rest Wein ein. Als er ihr den Becher reichte, berührten sich ihre Hände.

«Danke, Herr Rittmeister. Ich weiß gar nicht ...»

«Kasimir», verbesserte er streng.

«Also, recht herzlichen Dank für diese Brotzeit, Herr Kasimir.»

Er lachte auf. «Du bist unverbesserlich. Wollen wir nicht einfach du zueinander sagen?»

«Aber wir kennen uns doch gar nicht.»

«Und wenn wir das ändern?»

Mit einem Mal hatte sie das Gefühl, dass die Situation doch nicht mehr ganz so ziemlich war, wie sie es sich eingeredet hatte. Brüsk erhob sie sich und strich sich den Rock glatt.

«Ich muss jetzt gehen.»

«Nicht so schnell.» Der Rittmeister hielt sie beim Arm fest. «Ich möchte dich wiedersehen. Nächsten Sonntag?»

«Ich weiß nicht ...»

«Hör zu, Theres: Ich werde hier sein, ob es stürmt oder Hunde und Katzen hagelt. Ich werde auf dich warten. Und wenn du nicht kommst, werde ich den Sonntag drauf wieder hier sein.» Seine Augen schienen sie anzuflehen, die Lippen unter dem dunklen Schnauzbart begannen zu zittern. «Ich muss dich wiedersehen.»

«Vielleicht.»

Er lächelte wieder. «Darf ich dich zurückbringen?»

«Lieber nicht.» Sie schüttelte den Kopf. Er bot ihr den Arm und führte sie über den Steg bis zum Grasweg.

«Dann also bis Sonntag.»

Im nächsten Augenblick hatte er ihr die Hände auf die Schultern gelegt, federleicht nur, hauchte ihr einen Kuss auf die Stirn und eilte davon zu seinem Pferd.

Noch am späten Abend schlug Theres' Herz so heftig, dass sie nicht einschlafen konnte. Sollte es wirklich sein, dass sich das Schicksal wendete und ihr mit Glück aufwartete? Nach all den freudlosen Jahren? Sie wusste nur eines mit Gewissheit, auch wenn sie sich noch so heftig dagegen wehrte: Sie hatte sich Hals über Kopf in Kasimir von Eichborn verliebt.

Am nächsten Sonntag wanderte Theres wieder zur Hütte hinaus und am übernächsten erneut. Sie scheute die körperliche Nähe dieses Mannes und sehnte sich doch nach nichts anderem. Dabei hätte nicht einmal eine Anstandsdame etwas auszusetzen gehabt an dessen Betragen, so galant und aufmerksam gab er sich weiterhin. Doch seine Blicke, seine scherzhaften Wortspielereien und die flüchtigen, scheinbar absichtslosen Berührungen verrieten ihr mehr als deutlich, dass auch er sie mochte.

Meist unterhielten sie sich über dies und jenes, in einer Leichtigkeit, die ihr gefiel. Er wirkte klug und sehr weltmännisch. Sie erfuhr, dass er einer Landgrafenfamilie im Unterland entstammte, sich schon als ganz junger Bursche dem Militär angedient hatte und viel in Deutschland herumgekommen war.

«Ich hatte mich mit meinem Vater nicht allzu gut vertragen, und so wollt ich immer schon in die Welt hinaus. Und zur Kavallerie wollt ich, weil ich Pferde liebe.»

«Dann hatte Ihr Vater sicherlich viele edle Pferde?»

Sie konnte sich noch immer nicht zum Du durchringen, so vertraut ihr Kasimir inzwischen auch war.

«Ja, ja, gewiss. Er hat sie gezüchtet.»

Auch über Ulm sprach er viel, dieser einst so stolzen Reichsstadt, die lange Zeit darniedergelegen habe und jetzt förmlich explodiere mit ihren zahlreichen modernen Fabriken und dem Bau der Festung, wofür allein Zigtausende von Taglöhnern und Handwerkern dorthin gezogen seien. Dazu wimmle es von Pionieren, die zum Festungsbau herbeikommandiert worden seien und sich nun die raren Unterkünfte mit der Ulmer Friedensbesatzung streitig machten. Ein andermal schwärmte er vom Münster, diesem riesigen, uralten Gotteshaus, das nun endlich von reichen Bürgern vollendet und bald den höchsten Kirchturm der Welt erhalten werde.

Irgendwann während ihres zweiten Treffens erzählte Theres ihm nun doch von Sophie, die sie als ihre Freundin aus Kindertagen bezeichnete, ohne zu verraten, dass sie zusammen im Waisenhaus gelebt hatten. Denn über ihre Herkunft hatte sie dem Rittmeister nur die halbe Wahrheit offenbart, nämlich dass sie ein Bauernmädchen von der Alb sei.

«Du glaubst also, sie lebt in Ulm?»

«Das hab ich zumindest gehört.»

«Dann werd ich mich die nächsten Tage einmal umhorchen. Das versprech ich dir.»

Bei ihrem dritten Zusammentreffen überredete er Theres zu einem kleinen Ausritt. Ein Angler hatte sich nämlich in ihrer Nähe niedergelassen und gaffte immer wieder neugierig zu ihnen herüber.

«Es gibt hier in der Nähe eine Sandgrube. Wenn die Sonne scheint, so wie heut, ist es dort fast sommerlich warm.»

Der Ritt dauerte einiges länger, als Theres erwartet hatte, zumal Kasimir von Eichborn sein Pferd in vorsichtigem Schritt hielt. Seinen taubenblauen Waffenrock hatte er ausgezogen und vor sich über den Sattel gelegt. Anfangs genoss Theres das Geschaukel auf dem großen Tier, mitten durch die Felder, unter diesem blitzblanken Himmel und einer Frühlingssonne, die sich schon alle Mühe gab, zu wärmen. Als sie aber merkte, dass sie ihr Dorf umrundet und hinter sich gelassen hatten, wurde sie unruhig.

«Wie weit ist es noch?»

Er bog einen Arm nach hinten und hielt sie um die Hüfte.

«Wir haben es gleich geschafft. Lehn dich nur an mich an, wenn dich das Reiten anstrengt.»

Theres spürte durch den Hemdstoff hindurch seinen muskulösen Rücken, und ihr Herz schlug sofort schneller. Sie kämpfte mit sich, eine kurze Zeit zumindest, dann legte sie ihren Kopf an seinen Nacken.

Kurz darauf gelangten sie an einen Hügel. Vor dichtem Strauchwerk zügelte Kasimir sein Pferd und half ihr beim Absteigen. Dann band er Sultan an einem Baum fest.

«Wir sind da.» Er klemmte seinen Rock unter den Arm und fasste Theres bei der Hand. «Komm!»

Sie mussten sich ducken, um das Gebüsch zu durchqueren. Dahinter bot sich Theres ein überraschender Anblick: Es sah aus, als habe eine Riesenhand in den Hügel gegriffen und einen Gutteil herausgerissen. Zu drei Seiten begrenzten Sandwände eine von der Sonne beschienene Fläche, auf der nur hier und da ein paar trockene Gräser wuchsen. Ansonsten: nichts als heller, warmer Sand. Nie zuvor hatte sie so etwas gesehen.

Der Rittmeister breitete seinen Waffenrock auf dem Boden aus und machte es sich daneben bequem.

«Der Rock ist für dich.»

Sie zögerte. Hier heraus kam sonntags sicherlich keine Menschenseele. In das blaue Licht des Himmels ragten ringsum steil die Wände, in denen überall kleine, schwarze Löcher klafften.

«Komm, Theres, leg dich her und mach die Augen zu.»

Sie legte sich mit gebührendem Abstand neben ihn auf den Rücken. Der Boden unter ihr war fest und weich zugleich, die Sonne wärmte ihr Gesicht, zwischen den Fingern spürte sie den feinen Sand. War es ihr jemals schon so gut ergangen?

«Und? Was hörst du?», fragte er nach einer Weile.

«Nichts.»

Es herrschte vollkommene Stille, kein Vogelgezwitscher, keine menschliche Stimme, nicht einmal aus der Ferne.

«Im Sommer wimmelt es hier von Uferschwalben.» Er wies auf die sandigen Wände mit den dunklen Löchern. «Die brüten dann da drinnen, und ihr Tschirpen ist kaum auszuhalten. Darf ich deine Hand halten?»

Bevor sie es erlauben konnte, hatte er sie schon umfasst. Weiter geschah nichts, und sie atmete bald wieder ruhiger. Als die Schatten, die die Steilwände warfen, länger wurden, drehte er sich ihr zu:

«Wenn du bei mir bleibst, zahle ich dir das Schulgeld an der Mädchen-Industrieschule. Da lernst du alles, was du als Dienstmädchen in reichen Haushalten wissen musst und kannst sogar Arbeitslehrerin werden oder Gesellschafterin.»

«Dann – dann meinen Sie es ernst mit mir?»

Er strich ihr zärtlich über das Gesicht.

«Ja. Aber wenn du nicht endlich du sagst zu mir, bin ich dir böse.»

Seine weichen Lippen berührten ihren Mund, ganz flüchtig zunächst.

«Sag mir, Theres: Magst du mich auch ein bisschen?»

Sie wollte schon antworten, ihm gestehen, dass sie die letzten drei Wochen nur an ihn gedacht hatte – stattdessen öffnete sie die Lippen und erwiderte seinen zärtlichen Kuss. Sie ließ ihn gewähren, als er ihren Hals, ihre Arme, ihren bloßen Ausschnitt streichelte, als er ihr Leibchen öffnete, bis ihre Brüste fast gänzlich entblößt vor seinen Augen lagen und er sie mit seinen Lippen liebkoste, bis ihr ganzer Körper zu beben begann.

Er drängte sich enger an sie.

«Ich will dich gut unterhalten und für dich sorgen», seine Stimme war heiser, «wenn du mir nur meine Frau sein willst.»

Während er sie weiterküsste, schob seine Linke ihren Rock hinauf, streichelte ihre Schenkel, zärtlich und fordernd zugleich, bis sie die Stelle erreichte, wo alles Begehren in ihr zusammenfloss. Sie stöhnte leise auf und schloss die Augen.

«Gefällt es dir?»

Sie konnte nicht antworten, so sehr verwirrte sie der Sturm, der nun in ihr zu toben begann. Sein Körper war warm und schwer, als er sich gegen sie presste und ihr die Beine auseinanderschob, sein Atem ging schneller. Dann, für einen kurzen Moment, löste er sich von ihr, bis sie im nächsten Moment etwas Hartes an ihrem Schoß spürte, etwas Drängendes, zunächst noch schwindelerregend schön. Doch plötzlich durchglühte sie ein solch brennender Schmerz, dass es ihr fast die Luft nahm. Sie wollte ihn wegdrücken, aber er war nicht mehr zu halten. Er lag jetzt über ihr, bewegte sich auf und ab, stöhnte laut bei jedem Stoß, und sie musste die Zähne zusammenpressen, um nicht zu schreien. Ihr war, als zerteile ein Dolch ihr Innerstes.

«Ich – liebe – dich», hörte sie ihn durch das Tosen ihres Schmerzes keuchen, dann endlich stieß er ein letztes Mal zu, als wolle er sie in den weichen Sandboden rammen, und sackte über ihr zusammen. Etwas rann warm an der Innenseite ihres Schenkels hinab.

«Es war das erste Mal, nicht wahr?» Er küsste ihr die Tränen aus dem Gesicht. «Nur beim ersten Mal tut es weh.»

Dann schmiegte er sich an sie und murmelte: «Jetzt bist du meine Frau.»

Kasimir von Eichborn behielt recht: Beim zweiten Mal, im Halbdunkel der Fischerhütte den Sonntag darauf, schmerzte es weitaus weniger. Und doch war es alles andere als schön. Die Umarmungen mit ihm, sein zärtliches Küssen und Liebkosen erzeugten in Theres eine unvergleichlich heftigere Leidenschaft, ein Maß an Aufwallung, Taumel und Glut, welches ins Unendliche zu steigern sie sich so sehr gesehnt hätte. Ein Taumel, der durch den Vollzug der Vereinigung jäh beendet wurde. Aber sie sagte sich, dass solche Dinge reifen müssten, zumal die Liebe zwischen ihnen zweifellos vorhanden war. Kasimir hatte ihr sogar versprochen, sich bald schon offiziell und öffentlich mit ihr zu verloben, im Rahmen einer kleinen Feier mit seinen Kameraden. Und sie hatte ihm, bevor sie sich ihm ein zweites Mal hingab, das Versprechen abgerungen, sich nur ja rechtzeitig in acht zu nehmen, um sie nicht in die Hoffnung zu bringen. Ohne zu zögern und mit einem liebevollen Lächeln hatte er dies beteuert, obwohl doch Theres vom Hörensagen wusste, welche Kraftanstrengung dies für ein rechtes Mannsbild bedeutete. Im gleichen Atemzug hatte er ihr sein Wort gegeben, sie für den Herbst an der Ulmer Industrieschule für Mädchen anzumelden.

«Dann musst du nie wieder Sauställe ausmisten oder dich so verlausten Bauern wie den Kleinbubs andienen. Was das andre betrifft», er hatte sie zärtlich zu streicheln begonnen, «ein schönes Vorspiel ist das eine, das aber nur dem Eigentlichen dient. Du wirst sehen, bald wirst du diesen einzigartigen Actus, wo Mann und Frau eins werden, ebenso heftig herbeifiebern wie ich. Hab nur Geduld.»

Beim dritten Mal erschien Theres das, was Kasimir als «Actus» bezeichnete, fast schon vertraut, auch wenn es ihr nicht die erhoffte Erfüllung brachte. Auch blieb es für dieses Mal merkwürdig nüchtern zwischen Kasimir und ihr: Mit dem Küssen hielt er sich nicht lange auf, mit Streicheln und Berührungen ebenso wenig, und ihr Mieder schnürte er erst gar nicht auf. Er schien gehetzt, machte den Eindruck, als habe er es schrecklich eilig mit der Liebe, und Theres war nur heilfroh, dass sie ihn in Liebesdingen auch gänzlich anders kennengelernt hatte.

Den folgenden Sonntag wartete Theres vergeblich auf ihn vor der Fischerhütte, ebenso wie den nächstfolgenden und den übernächsten und den ganzen Mai und Juni hindurch. Kasimir von Eichborn tauchte nie wieder auf.

20
Oberamtsstadt Ulm, Sommer 1844

«Rittmeister von Eichborn?» Der Soldat schüttelte den Kopf. «Kenne ich nicht.»

Theres stand vor dem Portal des turmhohen Lagerhauses und holte tief Luft. Kreuz und quer war sie durch Ulm geirrt, dabei immer auf der Hut vor hinwegpreschenden Reitern oder schwerbeladenen Fuhrwerken, die Brocken von weißem Kalkstein zu den Baustellen brachten und kein bisschen Rücksicht auf die Fußgänger nahmen. Hatte sich durchgekämpft durch die überfüllten Gassen der Innenstadt und sich am Ende die Ohren zugehalten in diesem brausenden, lärmenden Durcheinander, bis ein mitleidiger Passant sie schließlich gefragt hatte, ob er ihr helfen könne. Der hatte sie dann auch hierher zum Salzstadel geschickt, wo während des Festungsbaus Pferde und Waffenarsenal untergebracht waren, und gemeint, einen Rittmeister würde sie dort wohl am ehesten finden.

«Nein», wiederholte der Soldat, «den Namen Eichborn hab ich nie gehört.»

Ihr Blick irrte hin und her. Hier wimmelte es von Militär, zu Fuß und zu Pferd, viele der Soldaten sprachen mit bairischem oder österreichischem Zungenschlag. Wie sollte da dieser Mann, den sie mit dem Mut der Verzweiflung einfach angesprochen hatte, jeden Einzelnen kennen?

Sie schien ihm leidzutun, denn er wandte sich, obwohl er bereits im Gehen begriffen war, noch einmal zu ihr um.

«Nun, vielleicht irre ich mich auch. Ich bin Offizier im Ingenieurkorps von Major von Prittwitz. Möglicherweise ist Ihr Rittmeister ja einer von den Ludwigsburger Pionieren. Kommen Sie mit.»

Er führte sie in den Pferdestall, der im Erdgeschoss untergebracht war. Dutzende von Tieren standen hier zwischen den Säulen der Gewölbedecke, und ihr Auge suchte unwillkürlich nach Kasimirs hellem, elegantem Fuchs. Vergeblich.

Ihr Begleiter winkte eine Gruppe von jungen Männern heran, die dieselben Waffenröcke und Stiefel trugen wie Kasimir. Theres' Herz schlug schneller.

«Kennt ihr einen Rittmeister von Eichborn? Die Jungfer hier sucht ihn.»

Einer der Männer grinste breit. «Jetzet sag bloß – da kann doch nur der schöne Kasimir g'meint sein.»

«Aber a Jungfer ist die dann scho glei gar net mehr!», rief ein anderer, und alle brachen in schallendes Gelächter aus.

«Doucement, meine Herren, ich möchte doch um Haltung bitten», wies der Offizier sie zurecht. Er wandte sich wieder an den ersten Soldaten. «Was ist nun mit diesem Rittmeister?»

«Der ist gar kein Rittmeister net.» Der junge Soldat mühte sich sichtlich, schriftdeutsch zu sprechen. «Das bindet er nur den Weibern auf die Nas. Der ist ein ganz liedriges Bürschle und ein Lugenbeutel obendrein. Er heißt Kasimir Eichele und ist grad mal ein Second-Lieutenant.»

Theres war vor Entsetzen ganz bleich geworden. «Und wo – wo finde ich ihn?», stotterte sie.

«Da musst schon nach Ludwigsburg wandern. Den haben sie gestern z'rück in die Kriegsschul beordert. Bist übrigens net das einzige Mädle, das nach ihm fragt! Welcher Tag bist du?»

«Ich versteh nicht...» Sie ärgerte sich, dass dieser Bursche sie so unverfroren duzte.

«Bist du der Montag oder der Mittwoch oder der Samstag? Der hatte nämlich für jeden Wochentag 'ne andre.»

Tränen der Wut schossen ihr in die Augen. Wortlos schob sie sich durch die Männer hindurch und stürzte aus der Halle. Ohne zu wissen, wohin, lief sie durch die vollen Gassen, bis sie schließlich zur Donaubrücke gelangte und ihr sich ein Wächter in den Weg stellte.

«Halt, nicht so eilig. Ihr Passierschein.»

Jetzt erst entdeckte sie den Schlagbaum hinter dem Mann, mit dem bairischen Wappen darauf.

Sie schüttelte stumm den Kopf.

«Dann können Sie auch nicht weiter.»

«Theres? He, Theres! Bist du das?»

Der Ruf kam von der anderen Seite des Schlagbaums. Eine junge Frau in pastellgrünem Kleid, ganz nach der Mode mit knappsitzender Samtjacke darüber und einer mit plissierter Seide bezogenen Schute auf dem Kopf, wedelte aufgeregt mit dem Arm. Wäre da nicht der viel zu grell eingefärbte rote Federschmuck gewesen, man hätte sie für eine reiche Bürgersfrau halten können.

Theres traute ihren Augen nicht.

«Sophie?»

Die junge Frau schürzte ihre Röcke, zwängte sich durch den

Durchlass neben dem Wachhäuschen und trippelte auf sie zu, so schnell es ihre spitzen hohen Schuhe erlaubten.

«Nein, das fass ich nicht!» Sie warf sich Theres in die Arme. «Meine Theres hier in Ulm! Ich fass es nicht!», wiederholte sie.

Jetzt begann Theres richtig zu weinen, aber diesmal waren es Tränen der Erleichterung.

«Ach, Theres, meine liebe Freundin!» Auch Sophie begann zu schniefen. «Wie hab ich dich immer vermisst!»

Mit einem Spitzentüchlein tupfte sie Theres und sich selbst die Tränen ab. Theres bemerkte die falschen Ringellöckchen und die tropfenförmigen Silberohrringe und auch die etwas zu dick aufgetragene Schminke. Ihre Freundin trat einen Schritt zurück, um sie eingehend zu mustern.

«Aber – du weinst doch nicht nur wegen mir, oder? Herrschaftszeiten, du siehst ja richtig elend aus. So abgemagert und so – verzweifelt.»

Theres brachte kein Wort heraus.

«Sag jetzt nichts. Weißt was? Ich lad dich ins Caféhaus ein. Warte.» Sie zog aus ihrem Täschchen eine Puderdose und einen winzigen Tiegel mit Lippen- und Wangenrot und begann mitten auf der Brücke, Theres' Gesicht herzurichten. Der Wächter von eben grinste nun breit.

«Da gibt's nix zu feixen, Theodor, ich warn dich. Das ist meine beste Freundin. Puh, ist mir heiß.»

Sophie zog ihr Jäckchen aus und streifte es Theres über. «Steht dir gut.»

Theres nickte verschämt. Sie wusste genau, warum Sophie das tat. Weil sie in ihrem schäbigen, rinnsteinfarbenen Kleid aussah wie eine Vogelscheuche.

Nicht nur den Brückenwächter – halb Ulm schien Sophie zu kennen! Auf dem Weg zurück in die Stadt nickte sie hierhin und dorthin, manchmal mit einem versteckten Augenzwinkern, was Theres nicht entging. Die Frage, wie Sophie nur so hoch aufgestiegen sein konnte, hätte ihr normalerweise auf der Zunge gebrannt. Doch der Schmerz über Kasimirs infamen Verrat war weitaus stärker als ihre Neugier.

Bis auf drei alte Damen mit knittrigen Gesichtern saßen in dem hallenhohen Raum nur vornehm gekleidete Männer, die bei einem Tässchen verführerisch duftenden Bohnenkaffees über das Weltgeschehen plauderten oder müßig in der Zeitung blätterten. Und das an einem helllichten Montagmittag! Andererseits wunderte sich Theres seit ihrer Zeit bei den Schönfärbers über gar nichts mehr, was die bürgerlichen Kreise betraf.

Sie fühlte sich reichlich unbehaglich in dieser Gesellschaft, zumal die Blicke der Männer an ihnen beiden zu kleben schienen.

«Was darf's sein, Fräulein Sophie?»

Ein junger Kellner war an ihren Tisch getreten.

«Was meinst, Theres? Lieber Kaffee oder heiße Chocolade?»

«Ich weiß nicht. Chocolade hab ich noch nie versucht.»

«Dann bestell ich uns zwei Tassen davon. Dazu eine Platte mit Mandeltörtchen. Hier gibt's die besten in der ganzen Stadt.»

In der Porzellantasse schwamm ein dicker Klecks geschlagener Sahne, auf die ein dunkles Pulver gestreut war. Theres schob vorsichtig ihren Löffel hinein, um das Kunstwerk nicht zu zerstören, dann leckte sie ihn ab.

«Und?»

«Es schmeckt irgendwie bitter.»

«Du musst es mit der Sahne verrühren, die ist schön süß. Ach herrje, Theres, ich seh schon: Du hast nicht viel Gutes erlebt seit unsrer Zeit in Weingarten.»

«Das stimmt nicht», erwiderte sie trotzig. «Ich war Stubenmädchen in Ravensburg, bei den Schönfärbers, wie du's empfohlen hattest. – Aber da warst du ja längst nicht mehr in Tettnang», setzte sie fast vorwurfsvoll hinzu.

Sophie seufzte. «Herrje – das war eine dumme Sache, damals bei den Allgaiers. Reden wir lieber nicht drüber.»

Der Kellner brachte die Platte mit den kunstvoll aufgetürmten Mandeltörtchen. Dabei strahlte er Sophie an, als sei sie eine Grafentochter. Doch die hatte nur Augen für ihre Freundin. Belustigt beobachtete sie, wie Theres die Mandeltörtchen hintereinander wegaß, besser gesagt: in sich hineinschlang.

«Halb verhungert bist du auch. Hast du denn keine Arbeitsstelle?»

«Ja. Das heißt, nein. Bis heut Morgen hab ich auf einem Bauernhof nicht weit von hier gearbeitet.»

«Als Stallmagd?»

«Ja, als Stallmagd. Mein Gott, was guckst du mich so an? Ist das irgendwie schändlich? Oder stinke ich nach Gülle?»

«Was bist so empfindlich? Erzähl mir lieber, was du hier in Ulm machst.»

«Ich – ich hab dich gesucht.»

«Auf der Donaubrücke?»

«Überall.» Sie starrte auf das hübsche hellblaue Tischtuch. Neben ihrer Tasse hatte es dunkle Sprenkler abbekommen, und der junge Kellner würde mit ihr schelten. «Überall», wiederholte sie mit dünner Stimme. «Seit vielen Jahren schon.»

Sophie fasste nach ihrer Hand.

«Es tut mir wirklich leid. Ich hätte mich bei dir melden müssen, als ich von den Allgaiers weg bin – aber es war alles so ein Durcheinander.» Sie seufzte. «Wenn ich denk – fünf Jahre ist das schon her.»

«Es hieß, du hättest mit dem ältesten Sohn angebändelt. Und dann hätten sie dich weggejagt.»

«Pah! Von wegen! Der Kerl hatte mich ständig angelangt, und als mal die alten Herrschaften außer Haus waren, hatte er mich in sein Zimmer gezerrt. Da hab ich es zum ersten Mal machen müssen.»

«Was?»

Sophie schielte nach rechts und links, dann senkte sie die Stimme. «Seinen Schniedel kneten, bis es ihm kommt. Er hat mir fünf Kreuzer geschenkt und ein Stück Confect. Als er mich das nächste Mal geholt hat, wollt ich nicht. Da hat er mir gedroht, allen zu verraten, dass ich aus der Speisekammer einen Ring Wurst geklaut hab. Da hab ich halt mitgemacht, aber dafür zehn Kreuzer verlangt. Irgendwann einmal hat uns dann seine blöde Schwester erwischt, mittendrin, und alles verpetzt. Na, und da musst ich noch am selben Tag mein Bündel packen. So, jetzt weißt du's.» Um ihre Mundwinkel zuckte es. «Bestimmt verachtest du mich jetzt.»

Theres schüttelte heftig den Kopf. «Aber nein! Ich versteh's bloß nicht. Für zehn Kreuzer – so was Ekelhaftes!»

«Meine Güte, so arg war's auch nicht. Du tust grad so, als wär Weingarten ein Nonnenkloster gewesen. Oder hat dich der Marder nie angelangt?»

Theres fiel der Löffel aus der Hand. «Nein!»

Und innerlich setzte sie hinzu: «Der nicht.» Denn sie musste plötzlich wieder an Kasimir denken. Wie schamlos sie sich diesem Betrüger hingegeben hatte, war ja wohl noch weitaus verwerflicher.

«Schon gut, lassen wir das. Erzähl jetzt – was hast du vor? Willst du hier in der Stadt bleiben?»

«Ich weiß nicht. Zurück zu den Bauern kann ich nicht. Da bin ich heut Morgen abgehauen, ohne was zu sagen.»

«Und wo sind deine Sachen?»

Theres stieß ein bitteres Lachen aus. «Ich hab nix mehr. Das

Wertvollste, was ich hab, trag ich auf dem Leib. Alles andre sind Lumpen, das können die Kleinbubs meinetwegen verbrennen. Nur das hier hab ich noch – erinnerst du dich?» Sie zog die beiden Holzpferdchen aus der Schürzentasche und stellte sie nebeneinander auf den Kuchenteller. Die Farbe war nicht mehr zu erkennen.

Vorsichtig nahm Sophie die kleinere der Figuren in die Hand. «Du hattest damals gesagt, ich dürfte immer damit spielen – das hab ich nie vergessen. Und das andre ist von Urle, nicht wahr? Urle war der beste von uns, er ist bestimmt gleich vom Fegefeuer in den Himmel gekommen.»

Sie schwiegen, bis der junge Kellner kam, um abzuräumen.

«Du siehst müde aus», sagte Sophie. «Ich bring dich jetzt zu mir heim, da kannst erst mal wohnen.»

Sie erhob sich und tippte dem Jungen auf die Schulter. «Schreibst alles auf, gell, Franz?»

«Ja, natürlich. Bis später, Fräulein Sophie.»

Sophie nickte den übrigen Gästen zu und schob Theres in Richtung Tür. Als sie draußen auf der Gasse standen, fragte Theres: «Warum bis später? Kommst nochmal hierher?»

«Ja. Die Caféwirtschaft ist nämlich meine Arbeitsstätte. Seit zwei Jahren schon.»

«Ich dacht, da tragen nur Männer auf?»

«Am Abend nicht», entgegnete sie knapp.

Sophie wohnte in einer Seitengasse des Münsterplatzes in einem schmalen Fachwerkhaus. Im Erdgeschoss befand sich ein gemischtes Detailgeschäft, ähnlich dem, das Adams Vater in Ravensburg geführt hatte. Darüber gab es zwei Wohnungen, deren einzelne Zimmer an ledige Frauen vermietet waren.

«Ich wohn allein neuerdings. Ein richtiger Luxus, sag ich dir!» Sie schloss die Tür auf. «Hereinspaziert in mein kleines Paradies!»

Theres staunte. Der Raum war nicht sonderlich groß, besaß auch nur ein einziges Fenster, aber er war frisch geweißelt und damit sehr hell und freundlich. In der Ecke befand sich ein richtiges Bett mit Daunendecke, breit genug für zwei, darüber wachte der heilige Christophorus, in grellbunten Farben gemalt. Auf dem zierlichen Waschtisch stand eine schneeweiße Porzellanschüssel mit Goldrand, die gewiss unglaublich wertvoll war. Und statt einer Kleiderkiste besaß Sophie doch tatsächlich eine Kommode mit drei Schubladen, mit Messingbeschlägen und geschnitzter Zierleiste. Eine Vase aus dunklem Rauchglas mit roten und blauen Stoffblumen darin, Samt womöglich, verlieh dem Raum fast etwas Vornehmes. Nein, so sah wahrhaftig keine Dienstmädchenmansarde aus.

«Die Küche muss ich mir halt mit fünf anderen teilen und den Abort sowieso. Aber ich ess eh meist im Caféhaus.» Sie öffnete die Tür zu einer Abstellkammer und kam zurück mit einer Karaffe und zwei Bechern, die sie auf den Waschtisch stellte.

«Trinken wir auf unser Wiedersehen! Und dass wir uns nie mehr aus den Augen verlieren.»

Sophie setzte sich aufs Bett, Theres ihr gegenüber auf den einzigen Stuhl. Ihre Hände zitterten ein wenig, als sie den Becher mit Rotwein entgegennahm.

«Ich kann doch nicht einfach hier wohnen. Ich hab keinen einzigen Heller. Und ist's nicht verboten, Fremde aufzunehmen? So was wird doch kontrolliert in der Stadt.»

«Ach was. Hier im Haus verrät niemand was, außerdem kenn ich den Viertelsbüttel persönlich. Jetzt bist halt einfach mal mein Gast und dann suchst eine Arbeit.»

Theres nickte. «Ich hab gedacht, vielleicht könnt ich in eine der neuen Fabriken gehen. Als Arbeiterin bist freier und längst nicht bis in die Nacht am Gängelband der Herrschaften. Und man verdient auch mehr, gell? Von Kasimir weiß ich …»

Sie biss sich auf die Lippen, und augenblicklich schossen ihr die Tränen in die Augen.

«Ach herrje! Da ist ein Mannsbild im Spiel, dacht ich mir's doch gleich. Deshalb schaust so elend aus.»

«Nein, nein, das ist aus und vorbei. Da ist nix mehr.» Sie unterdrückte ein Schluchzen.

Sophie beugte sich vornüber und streichelte ihr die Hand. «Er hat dich sitzenlassen, dieser Kasimir, gell? Die Kerle sind doch alle gleich. Ist es einer aus der Stadt?»

Theres wischte sich über die Augen und schüttelte den Kopf. «Der ist gestorben für mich. Ich werd ihn vergessen und nie wieder drüber reden.»

Am Abend war Theres allein, und plötzlich brach das ganze Elend über sie herein. Sie konnte machen, was sie wollte: Immerfort hatte sie Kasimirs freches Lächeln vor Augen, hörte ihn flüstern: Sei meine Frau!, spürte seine zärtlichen Hände an ihrem Körper, seine leidenschaftlichen Küsse auf den Lippen. Bis von irgendwo ein hämisches Lachen ertönte und jener Satz, der sich endlos wiederholte: Der hat für jeden Wochentag eine andre! Wie hatte sie nur so liederlich sein können, sich für so einen herzugeben? Sich wegzuschmeißen für einen elenden Lügner? Die Scham brannte wie Feuer in ihr, hin und her wälzte sie sich unter der Daunendecke, bis sie sich endlich in den Schlaf weinte und nicht einmal hörte, wann Sophie nach Hause gekommen und zu ihr ins Bett geschlüpft war.

Am nächsten Tag erfuhr Theres Stück für Stück, wie ihre Freundin zu ihrem kleinen Wohlstand gelangt war. Anfangs vermochte sie kaum zu begreifen, was Sophie da bei süßem Milchbrei scheinbar gelassen und in gänzlich gleichmütigen Worten von sich gab.

Zunächst, nach ihrer Flucht aus Tettnang, sei sie eine Zeit

lang von Dorf zu Dorf gewandert, im Allgäu und am Bodensee, ohne recht zu wissen, wohin, habe mal hier, mal da gearbeitet.

«Auch als Stallmagd.» Sophie grinste breit. «Ich weiß also selber, wie es ist, nach Gülle zu stinken.»

Dann wurde sie ernst.

«Ich wär so gern zu dir, aber ich hatte mich irgendwie geschämt. Weil ich dir doch immer so großspurig geschrieben hab, wie gut ich's getroffen hatte mit meiner Stellung als Stubenmädchen bei feinen Leuten.»

Doch schließlich sei die Einsamkeit immer noch schlimmer geworden, und nach etwa zwei Jahren habe sie beschlossen, Theres in Biberach aufzusuchen.

«Ob du's glaubst oder nicht: Du bist immer meine einzige Freundin gewesen, und ich hatte plötzlich solche Sehnsucht nach dir. Ich hab mir dann den Weg erklären lassen zu deinem Pfarrer Konzet, aber das war ja umsonst, du warst längst weg von dort. Der meinte, du hättest irgendwas von Ravensburg gesagt, und der Gast, der gerade bei ihm war, auch so ein Pfaffe, hat das bestätigt: Er hätte dich erst kürzlich beim Ravensburger Liederfest getroffen, ziemlich traurig hättest du ausgesehen, und er …»

«Pfarrer Seibold?», unterbrach Theres sie aufgeregt. «Hieß er Patriz Seibold?»

Sophie zuckte die Schultern. «Weiß ich nicht mehr. So einer mit ganz hellen Augen und dunklem Haar. Er war sehr nett, hatte so was Sanftes. Jedenfalls wollt ich danach zu dir nach Ravensburg, ehrlich, aber dann kam was Dummes dazwischen.»

Sie zögerte. Dabei musterte sie Theres eindringlich, bis diese ungeduldig fragte: «Was ist? Jetzt sag schon.»

«Ich weiß nicht, wie ich dir das erklären soll. Ich mein, ich frag mich, wie viel du weißt von der Welt. Du kommst mir irgendwie so – so ahnungslos vor.»

«Ahnungslos», wiederholte Theres mit belegter Stimme. Sie gab sich einen Ruck und stieß hervor: «Red nur weiter. Ich bin nicht mehr das kleine Mädchen aus dem Vagantenkinderinstitut.»

«Also gut. Ich hatte mich verschuldet in der Stadt, bei einem Biberacher Wirt. Weil ich neue Kleider brauchte und so. Der hatte mir gesagt, wenn ich nicht binnen einer Woche das Geld beisammen hätt, würd er mir alle Büttel aus dem Oberland auf den Hals hetzen. Und hat mir gleich auch eine Marktverdingerin genannt, die könnt mir eine Arbeit vermitteln. Damals hatt ich mir noch nix Arges gedacht, weil so war's auch in Tettnang gelaufen, wenn man eine Stellung gesucht hat. Und dieses Weib hatte mir auch tatsächlich was in einer Strickstube vermitteln können, am Stadtrand.»

Sie kratzte ihren Napf mit dem Milchbrei aus.

«Wir waren dort ein Dutzend junger Mädchen, fast alle vom Land und alle irgendwie arm und halverhungert, manche noch halbe Kinder. Gestrickt haben wir auch – tagsüber. Ich hab erst gar nicht begriffen, warum gegen Abend immer wieder mal welche verschwunden waren, wenn es geklopft hatte und ein Bote unserer Gevatterin ein Zettelchen überbracht hatte. Bis ich selber dran war. Ein netter Herr will dich zum Essen und Trinken einladen, hat sie gesagt. Ein sehr reicher Herr, zu dem ich ein bissel nett sein sollte. Damit könnt ich mir ein hübsches Sümmchen verdienen. Eine Kutsche hat mich dann ans andre Ende der Stadt gebracht, zu einem Haus, wo ein ekliger alter Sack in einem Mansardenzimmer auf mich gewartet hat. Ich musste süßen Wein trinken, und er hat erzählt, dass er ein Kaufmann auf Durchreise wär und sehr einsam. Dann hat er gefragt, ob er mal ein bissel hinlangen dürft, und hat schon gleich seine Hand in mein Leibchen gesteckt und zu grunzen angefangen. Als ich ihn weggestoßen hab, hat er gelacht: Ein wenig Küssen und Spaßhaben hätt noch keiner Jungfer geschadet, und zwölf Kreuzer würd ich hernach auch kriegen. Ich bin dann davongerannt vor Schreck, aber am nächsten Tag bin ich doch wieder in die Strickstube.»

Theres hatte atemlos zugehört.

«Aber warum?»

«Himmel – ich hatte doch nix außer Schulden, und stehlen darf man nicht! Wovon sollt ich leben? Außerdem – diese alte Hexe hatte ja unsere Zeugnisse und Papiere einbehalten.»

«Hast du – hast du's dann getan?»

«Gebrauchen lassen hab ich mich nie, aber halt anlangen und ein bissel karessieren lassen. Mehr durften die ja auch gar net machen mit uns Jungfern. Na ja, bis auf einmal, da hat mich einer gewaltsam gebraucht. So stark, dass ich danach drei Tage krank war. Das Schlimmste: Der hatte die ganze Zeit eine Maske auf, damit ich ihn in der Stadt net erkenn, aber am End war die Maske verrutscht, und ich hab gesehen, dass er der Messner von der Stadtkirch war. Ich hab's dann der Gevatterin erzählt, auch dass ich vor Gericht wollte. Die hat mich nur ausgelacht und mir für meine Dummheit noch obendrein mit dem Stock eins übergebraten. Kein Richter würd mir glauben, weil wir hier aus dem Strickhaus überall als lose Weiber bekannt wären. Ich sollte's halt machen wie die andern Mädels auch. Mich irgendwann ausstopfen wie eine Schwangere und ein fettes Schweigegeld verlangen. Aber ich hab mich net getraut, auch wenn ich heut denk, dass das schön blöd von mir war. – Hast du gar keinen Hunger?»

Theres starrte erst den Milchbrei an, dann ihre Freundin. Ganz langsam begriff sie: Ihre kluge Sophie, ihre engste, liebste Herzensfreundin, hatte sich als feile Dirne in einem heimlichen Hurenhaus verdingt!

«Ich weiß net, ob du das verstehen kannst.» Sophie goss

sich und Theres den letzten Rest Kaffee ein. «Aber ab und an einem Fremden ein bissel zu Gefallen sein, so auf die Schnelle und dann auf Nimmerwiedersehen – das ist allemal besser als dem eigenen Dienstherrn ausgeliefert zu sein. Das kannst mir glauben! Außerdem war ja alles noch recht harmlos, ich kenn so viele, die sind aus Not der Gassenhurerei verfallen. Wo du richtig ran musst und sie dir das Geld hinterher im Dunkeln vor die Füße schmeißen, wennst überhaupt was kriegst. Was meinst, wie ekelhaft das ist! Und gefährlich obendrein. Jetzt glotz doch net so erschrocken, du bist doch gewiss selber keine genierliche Jungfer mehr!» Sie hielt inne und runzelte die Stirn. Zum ersten Mal während ihres Berichts wirkte sie verunsichert. «Oder bist gar wirklich noch eine Jungfer?»

«Geht's dich was an?» Theres spürte Wut in sich aufsteigen. «Weißt was? Ich versteh's wirklich nicht. Wie kann man nur so leben? Da würd ich eher als Waschfrau gehen oder als Taglöhnerin zum Straßenbau, als mich so – so besudeln zu lassen!»

Im nächsten Augenblick geschah etwas Überraschendes: Sophie wandte das Gesicht ab, und über ihre Wangen rollten Tränen. Theres sprang auf und nahm ihre Freundin in die Arme.

«Es tut mir so leid. Ich wollt dir nicht wehtun. Wirklich nicht.»

«Du hast ja recht.» Sophie schnäuzte sich am Ärmel. «Ich hätt's ja auch gern anders gehabt. Weißt, was immer mein Traum war? Lehrerin an der Industrieschule.»

«Meiner auch.» Wider Willen musste Theres lachen, und auch Sophies Augen begannen wieder zu leuchten.

«Komm, gehen wir auf den Markt und kaufen was Schönes ein. Und dann kochen wir. Ich hab bis heut Abend frei.»

Am Nachmittag begann Sophie sich für ihre Arbeit in der Caféwirtschaft herzurichten. Sie stand an ihrem Waschtisch und breitete ein ganzes Arsenal an Puderdosen und Quasten, Lippenrot und Kohlestiften vor sich aus.

Beim Mittagessen hatte sie Theres verraten, wie hundeelend sie sich am Ende in der Strickstube gefühlt hatte. Zumal sie bei jedem Mannsbild die Hälfte ihrer Einkünfte an die Kupplerin hatte abgeben müssen und damit ein halbes Jahr brauchte, bis sie ihre Schulden bei dem Biberacher Gastwirt begleichen konnte. Immer häufiger dann hatte die Alte gleich mehrere Mädchen zu einem Kunden geschickt, was ganz besonders widerlich war. Aber keines der Mädchen hatte gewagt, sich zu widersetzen. Als sie endlich die nötige Summe beisammen hatte und ein paar Gulden obendrein, wollte sie sich verabschieden. Doch die Gevatterin hatte sie nicht gehen lassen. Sie sei eins ihrer besten Pferde im Stall, und in Kürze sei sie alt genug, um sich von den Kunden richtig bedienen zu lassen und damit auch ordentlich Geld anzuschaffen.

«Ich hätt mir am liebsten den Strick gegeben. Aber dann hab ich Karl getroffen.»

«Ein – ein Freier?»

«I wo! Karl Bentele, dem das Café hier gehört. Der kannte die Alte wohl von früher her und hat ihr gehörig den Rost runtergemacht, damit sie mich ausbezahlt und die Papiere rausrückt. Und dann hat er mir Arbeit in seiner Caféwirtschaft angeboten.»

«Den Mann hat ja wahrhaftig der Himmel geschickt!»

Sophie hatte nur genickt, denn in diesem Augenblick waren zwei ihrer Mitbewohnerinnen in die Küche getreten, und sie hatten das Gespräch abbrechen müssen.

Jetzt allerdings fragte sich Theres, warum sich Sophie so aufdonnerte, sich so aufwändig schminkte und dieses bildschöne, hellgelbe Sommerkleid anzog, mit mehrstufigem Volantrock, engem Mieder und einem gewagten schulterfreien Ausschnitt, wenn sie doch hernach ohnehin Haube und Serviertracht anlegen musste. Schon das pastellgrüne Gewand vom Vortag war sehr hübsch gewesen, doch dieses hier musste ein Vermögen gekostet haben.

«Und? Wie gefall ich dir?» Sophie drehte sich elegant um die eigene Achse.

«Du bist wunderschön! Was musst du froh sein, diesem elenden Winkelbordell entkommen zu sein, bevor's zu spät war.»

«Das kannst mir glauben.»

Statt eine Haube aufzusetzen, steckte sich Sophie Seidenblumen ins Haar und legte sogar weiße Handschuhe an, die ihr bis über die Ellbogen reichten. Theres staunte immer mehr.

«Dieser Karl Bentele – ist der dein Bräutigam?»

Sophie lachte auf. Es klang irgendwie künstlich.

«Weder Freier noch Bräutigam. Mein Brotgeber, nichts weiter.»

«Aber wieso kannst du dir das alles leisten? Das hübsche Zimmer, die Kleider – all das?»

«Ach, Theres – du bist halt doch einfältiger, als ich gedacht hab. Gegen Abend, wenn ich arbeite, kommen nur noch die feinen Herren ins Caféhaus, zum Kartenspiel und Billard. Neben ihrem Wein und Confect wollen die auch noch was Schönes fürs Auge. Wenn da junge Mädchen auftragen, ein wenig zurechtgemacht und scharmant, so hebt das ungemein die Stimmung. Und das Geschäft.»

Ihre Ausdrucksweise wirkte auf einmal genauso fremd und gekünstelt wie ihr Äußeres.

«Und dabei verdienst du so viel Geld?»

«Doch nicht vom Aufwarten allein, du Dummerle. Ich muss mich schon hin und wieder dazusetzen und mit den Herrschaften poussieren.»

Theres war für einen Moment sprachlos.

«Also machst du grad das Gleiche wie bei der Kupplerin», stieß sie endlich hervor.

«O nein. Keiner schreibt mir was vor, und Bentele verlangt nix andres von mir, als dass sich die Gäste amüsieren und wohlfühlen. Ich hab es selber in der Hand, wie weit ich gehen will.»

«Und – wie weit gehst du?», fragte Theres mit dünner Stimme.

«Wenn einer recht nett ist, geh ich schon mal mit ihm ins Nebenzimmer. Glaubst gar nicht, wie dankbar die meisten schon sind, wenn man mit ihnen ein wenig scherzt und lacht und ihnen dran rumspielt, bis sie zufrieden sind. Zuallermeist reicht das schon. Der Mann hat, was er wollt, und für mich ist's eine saubere Sache. Denk ja nix Falsches. Ausziehen tu ich mich nie und auch nicht küssen lassen mit der Zunge. Da hab ich meinen Stolz. Obwohl's da schon seltsame Käuze gab. Einer wollt immer, dass ich ihn schlag und dreckige Ausdrücke an den Kopf werf. Und ein anderer, dass ich mit ihm beim Rumspielen am Schniedel das Kernerlied sing. Alle sieben Strophen – dann ist's ihm endlich gekommen!» Sie begann leise vor sich hin zu singen: *Preisend mit viel schönen Reden, Ihrer Länder Wert und Zahl, Saßen viele deutsche Fürsten, Einst zu Worms im Kaisersaal ...*

Theres ließ sich auf die Bettkante sinken. «Zuallermeist, sagst du. Aber manchmal – manchmal lässt sie doch richtig machen?»

Ein Anflug von Röte strich über Sophies hübsches, schmales Gesicht. «Jetzt bist päpstlicher als der Papst. Da gibt's grad mal zwei – die kann ich halt net so kindisch abspeisen. Der eine zahlt mir den Mietzins hier, der andre meine Kleidung.»

«Das ist Hurerei!» Jetzt, wo sie die Wahrheit begriffen hatte, war Theres nur noch entsetzt. «Ein Verbrechen dazu. Du kannst im Zuchthaus landen.»

«Wo kein Kläger ist, ist auch kein Richter. Wenn diese feinen Herren mir schon den Hof machen, weil sie zu Haus keine Lust mehr auf ihr Eheweib haben, dann sollen sie im Gegenzug auch bezahlen. Ich verrat sie dafür nicht. Außerdem: Womit könntest leichter Geld verdienen und auf die Ehe ansparen als damit? Als Waschfrau oder Dienstmagd etwa?»

Theres schwieg. Unzucht und Ehebruch waren schlimm genug, aber – gegen Geld? Auch sie selbst hatte schwer gesündigt. Sie erinnerte sich wieder, wie sie den Gang zum Gottesdienst nach ihren heimlichen Treffen mit Kasimir jedes Mal als schier unerträglichen Bußgang empfunden hatte. Erinnerte sich, wie sie jedes Mal zusammengezuckt war, wenn der Pfarrer gegen die Geißel der Fleischeslust gewettert hatte und wie sie zugleich angewidert war von all den alten Betweibern, die mit verkniffenen Gesichtern und lautem Gemurmel an ihrem Rosenkranz fingerten, als hätten sie irgendeine Ahnung von der Liebe. Und schließlich war bei ihr ja alles aus Liebe geschehen. War es nicht ein Ding der Unmöglichkeit, was die Kirche von ihren Schäfchen forderte: nämlich die Lust nur zum Zwecke der ehelichen Fortpflanzung zuzulassen? Keine Frau der Welt würde sich nur um der Empfängnis willen auf einen Mann einlassen, wenn nicht auch Begehren und Liebe mit im Spiel waren. Wo doch jede Geburt zum Wettlauf mit dem eigenen Tod werden konnte!

Sie zuckte zusammen, als Sophie mit lautem Scheppern das Geschirr ineinanderstellte. Ja, sie selbst hatte gewiss auch gesündigt, aber das, was ihre Freundin trieb, war schamlos und durch und durch lasterhaft!

«Ein Verbrechen vor Gott ist es allemal», stieß sie hervor.

«Du bist immer noch gleich schenant wie früher, Theres. Wenn Rosina und ich damals über die Heuchelei der feinen Bürgersleut gespottet haben und die Dinge beim Namen genannt, da hast du immer einen hochroten Kopf gekriegt. In den Augen der Pfaffen ist doch alles Sünde, was nur irgendwie mit Lust und Begierde zu tun hat. Aber Gott hat uns Menschen all das nun mal gegeben. Und warum sollt ich grad auf die Worte der Pfaffen hören, die kein Weib besteigen dürfen und nach nix andrem als gerade danach lechzen und gieren? Außerdem muss ich irgendwie überleben.»

Ihre Freundin hatte sich in Rage geredet, die rehbraunen Augen blitzten wütend. Theres konnte die Tränen nicht länger zurückhalten. Wie eine mächtige Welle schlug alles über sie herein. Ihre eigene erbärmliche Lage, ihr Liebesschmerz, die Erkenntnis, dass ihre beste Freundin offenen Auges in ihr Verderben lief.

Sophie setzte sich neben sie.

«Du verachtest mich, gell?»

Theres starrte zu Boden. Dann wischte sie sich die Tränen aus dem Gesicht und schüttelte den Kopf.

«Nein. Ich hab einfach Angst um dich.»

«Das musst du nicht.» Sophies Miene hellte sich wieder auf. «Ich weiß genau, was ich tu.»

«Aber – was machst dann, damit nix passiert? Dass du kein Kind empfängst?»

«Weißt du das etwa net?»

Theres schüttelte den Kopf. Ihr war, als hätte sie die letzten fünf Jahre droben auf dem Mond gelebt, so wenig verstand sie, das wurde ihr nun bewusst, von all diesen Dingen.

«Am besten lässt du den Männern ihr Johannesle gar net erst rein.» Sie grinste und legte ihr den Arm um die Schultern. «Jetzt im Ernst: Im rechten Moment, also wenn der Mann schneller und lauter wird, musst den Atem anhalten. Zugleich musst mit deinem Schoß eine drehende Bewegung machen. Das verhütet die Empfängnis. Eine alte Zigeunerin hat mir mal erzählt, dass die Frauen früher essiggetränkte Schwämme und Pessare genommen haben, aber damit kenn ich mich net aus. Nur auf eines verlass dich besser nie: Darauf, dass der Mann achtgeben würde. Also mit diesem Cotus ruptus oder wie das heißt. Das wär, als würd ein Wolf im Schafstall sagen, ich mag keine Lämmer und Zicklein, ich mag nur mal dran schnuppern. Auf die Weis wirst mit Sicherheit irgendwann schwanger. Was ist, Theres? Warum bist du so blass auf einmal?»

«Weil ...»

Theres' Hände krampften sich zusammen.

«Jetzt red schon. Du kannst mir alles sagen. Von mir weißt ja auch alles. Ist's wegen diesem Kerl, diesem Kasimir?»

«Vielleicht bin ich schwanger.» Sie keuchte ihn hinaus, diesen Satz, als habe er seit Tagen schon, seit Wochen in ihrem Hals gesteckt. Augenblicklich wurde sie ruhiger. «Vielleicht bin ich schwanger», wiederholte sie leise. «Genau das hatte er nämlich versprochen. Dass er achtgeben würd.»

«Wart ihr oft beisammen?»

«Dreimal nur.»

«Hör – bei dreimal wird schon nix passiert sein. Hast denn dein Monatliches schon regelmäßig?»

«Regelmäßig nicht grad, und auch noch net so lang.»

«Na also. Dann solltest dich auch nicht verrückt machen. Und jetzt muss ich los. Es wird sicher spät heut, brauchst also nicht zu warten.»

21
Oberamtsstadt Ulm, Sommer/Herbst 1844

Die ersten Wochen verbrachten sie viele schöne Stunden miteinander, vor allem, als Sophie schon bald nach Theres' Einzug einige Zeit zu Haus blieb, weil sie ihre unreinen Tage hatte – mit Einverständnis ihres Brotgebers im Übrigen. Schließlich kamen die meisten Gäste ihr beim Bedienen recht nahe.

«Da kann ich noch so viele Unterröcke und noch so dicke Stoffbinden tragen – es stinkt einfach!», drückte es Sophie in der ihr eigenen drastischen Art aus und grinste dabei belustigt, «na ja, in der Zeit hab ich wenigstens mal Ruh vor meinen beiden Galanen. Zum Glück gehören die net zu der Sorte von Rammböcken, die so lange saufen, bis sie auch auf Weiber steigen, die ihre monatliche Reinigung haben. Denen kannst als Frau noch so oft erklären, dass das unreine Blut giftig ist und Pocken, Pest und andre tödliche Krankheiten verursachen kann. Dass die Haut vom Schniedel abfällt und Monsterwesen gezeugt werden können.»

Theres sah sie erschrocken an. «Das alles hab ich gar nicht gewusst. Ich kenn nur, dass Spiegel blind werden und Messer stumpf.»

Unwillkürlich blickte sie in Richtung Waschtisch, doch der kleine Spiegel darüber blitzte und glänzte nach wie vor. Auch wenn das Monatliche für jede Frau eine mehr oder weniger große Last war, hätte sie sich im Moment nichts sehnlicher gewünscht als gerade das.

Ansonsten gab sich Sophie alle Mühe, sie von ihren quälenden Gedanken abzulenken. Sie schlenderten durch die Stadt, wo Theres anfangs beim Anblick jedes blauen Soldatenrocks unwillkürlich zusammenzuckte, oder sie setzten sich in den heißen Mittagsstunden an einen der Donaustrände, um zu baden und in alten Zeiten zu schwelgen. «Weißt du noch ...», begann die eine oder die andere, und dann tauschten sie ihre Erinnerungen an den Marder, an Rosina oder an Jodok aus, bedachten gemeinsam ihre schönen wie hässlichen Erlebnisse aus Kindertagen.

In der zweiten Woche, als Sophie wieder arbeiten ging, machte sich Theres ihrerseits auf die Suche nach einem Broterwerb. Sie durchforschte die Anzeigenblätter und klapperte sämtliche Webereien und Spinnereien ab, auch die neue Zementfabrik und die zahlreichen Baustellen rund um die Stadt – doch die meisten suchten männliche Taglöhner, und ohnehin war die Konkurrenz groß. Aus dem ganzen Umland nämlich, ja sogar aus der Schweiz und der Donaumonarchie strömten Arbeitssuchende in die Stadt und schnappten sich gegenseitig die besten Plätze weg.

Irgendwann schlug Sophie ihr vor, doch mal bei Karl Bentele vorstellig zu werden.

«Du brauchst wirklich nur bedienen und ein bissel nett sein. Zu was anderem zwingt dich keiner.»

«Nein!»

Sophie zuckte die Schultern. «Kannst es dir ja noch überlegen. Jetzt an den Sommerabenden sind wir drei Frauen eh ausreichend, weil's die meisten in die Freiluftschenken zieht, drüben im Bairischen. Aber wenn's dann wieder kühler und dunkler wird, bleibt kaum noch ein Platz frei in unserem Caféhaus. Da braucht der Bentele sicher noch eine nette Jungfer.»

«Lass gut sein, Sophie. Ich bin für so was nicht geschaffen.»

Als in dieser Nacht ihr Schlaf immer unruhiger wurde, erwachte sie irgendwann: Sophie kniete im Kerzenschein vor der Kommode, obendrauf hatte sie ein Heiligenbildnis gestellt. Theres hörte sie das Ave-Maria murmeln, danach verrichtete sie mit gesenktem Kopf ein stilles Gebet.

Leise, um Sophie nicht zu stören, richtete sie sich im Bett auf. Sie legte die Hände gegeneinander und bat den Herrgott im Himmel, sie für ihren Leichtsinn, für ihr sündiges Tun mit Kasimir nicht zu betrafen. So lange Zeit schon hatte sie nicht mehr mit dem Herzen gebetet, mit einer solchen Inbrunst. Tatsächlich schlief sie hernach getröstet ein, schlief tief und fest, bis Sophie sie am Morgen bei den Schultern rüttelte.

«Herrjemine, Theres! Jetzt hab ich fast gedacht, du wärst tot. Denn sonst bist doch immer viel eher wach als ich.»

Theres rieb sich die Augen. «Ich hab dich heut Nacht beten gesehen.»

Ein Schatten breitete sich über Sophies sonst so fröhliches Gesicht.

«Das mach ich immer, wenn ich spätabends heimkomm. Weil ...» Sie wurde verlegen.

«Weil du ein schlechtes Gewissen hast?», fragte Theres leise.

Sophie nickte. «Es ist nicht recht, was ich mach. Aber irgendwie komm ich da nicht mehr raus, verstehst?»

Als Theres schwieg, stand sie vom Bettrand auf und ging zur Kommode, wo sie die unterste Schublade aufzog.

«Hier liegen immer eine Kerze und ein Marienbild. Du darfst es herausnehmen, wann du willst. Weißt du, in der Kirche kann ich nicht beten. Da ist immer alles ganz leer in mir.»

Sie hielt ihrer Freundin das hölzerne Bildnis hin. In verblassten, abgeblätterten Farben blickte die Muttergottes mit dem nackten Jesuskind im Arm Theres entgegen, traurig und vorwurfsvoll, das Gesicht bleich wie der Mond. In Theres' Magen krampfte sich etwas schmerzhaft zusammen, und sie musste den Blick abwenden.

«Das ist gutgemeint von dir», sagte sie lahm. «Aber ich bete lieber in der Kirche.»

Nie wieder wollte sie einen Blick auf dieses traurige Bildnis werfen.

«Warum bist du so bleich jetzt?» Sophie griff nach ihrer Hand. «Ist's wegen deiner Sach? Machst dir immer noch Sorgen? Hör zu: Du ziehst dich jetzt an und gehst in die Küche runter. Da steht noch ein Topf mit Kaffeesatz. Koch uns einen Kaffee, ich bin gleich wieder da.»

Eine Stunde später war Sophie vom Markt zurück. In ihrem Korb lagen allerlei Kraut und Gemüse.

«Ich mach dir jetzt einen Brei. Aus Meerrettich, Garbenkraut und Rhabarber, das hilft. Du bist nämlich verstopft, vom falschen Essen. Viel zu viel Lauch und Salat haben wir in letzter Zeit gegessen, und kalt gebadet in der Donau hast du auch zu oft.»

Aber der eklige Brei half rein gar nichts. Im Gegenteil: Die nächsten Tage spuckte und würgte Theres, und selbst als sie schon längst nichts mehr im Magen hatte, war ihr ständig übel. Sophie wollte einen Arzt holen, aber Theres wehrte ärgerlich ab.

«Das ist nur von deinem Brei. Lass mich bloß in Ruh mit deinen Mittelchen.»

«Wie du meinst.»

Tatsächlich war drei Wochen später alles vorbei. Dafür konnte Theres nun keinen Blumenduft mehr ertragen. Jedes Mal, wenn sich Sophie vor ihren Stelldicheins damit besprühte, musste sich Theres die Nase zuhalten.

«So langsam benimmst du dich wie eine komische alte Jungfer», maulte Sophie. «Es wär wirklich besser, du hättest eine Arbeit. Dann würdest dich auch nicht immer in meine Angelegenheiten mischen.»

«Vielleicht wär's das Beste auszuziehen», entgegnete Theres bissig. Immer häufiger waren sie in letzter Zeit aneinandergeraten. «Ich lieg dir ja jetzt schon fast zwei Monate auf der Tasche.»

«Das tust du nicht, und das weißt du auch. Aber trotzdem brauchst nicht deine Launen an mir auslassen.»

An diesem Tag nahm Theres tatsächlich eine Arbeit im Waschhaus drüben im Fischerviertel an. Bald schon taten ihr alle Knochen weh, wenn sie abends heimkehrte, die Beine waren vom Stehen geschwollen, die Hände schrundig und rot von der Lauge und den scharfen Riffeln am Waschbrett. Dazu kam die ständige Müdigkeit.

Als der Herbst die Blätter golden färbte, musste sie zum ersten Mal ihre Arbeit zu Mittag abbrechen und nach Hause gehen, so heftig waren die Schmerzen in Rücken und Unterleib.

«Heilige Mutter Gottes!», rief Sophie, die ihr die Tür öffnete. «Du bist ja kreideweiß im Gesicht. Und ganz blaue Schatten hast du unter den Augen.»

Sie schob Theres in Richtung Bett. Dabei stieß sie mit dem Arm gegen ihre Brüste, und Theres verzog schmerzvoll das Gesicht.

«Das sieht gar nicht gut aus», sagte Sophie ernst.

Schwer atmend legte sich Theres nieder. Es gab keinen Zweifel mehr: Sie war schwanger von Kasimir, von diesem elenden, hergelaufenen Schürzenjäger. Gott hatte ihr Flehen nicht erhört.

In diesem Augenblick spürte sie zum ersten Mal, wie das Kind in ihrem Bauch sich regte.

«Du kannst mindestens zweihundert Gulden rausschlagen! Du wärst schön dumm, wenn du es nicht tätest.»

«Hör auf damit, Sophie. Ich weiß nicht mal, wo Kasimir jetzt steckt.»

«Dann find es heraus.»

«Soll ich in dem Zustand etwa nach Ludwigsburg laufen, mitten hinein in die Kriegsschule, und nach dem Kindsvater fragen, der mich verunglückt und sitzengelassen hat? Soll ich mich zum Gespött der Soldaten machen?»

Theres sog hörbar die Luft ein. Wäre Kasimir jetzt zur Tür hereinmarschiert – sie wäre ihm ohne Zögern an die Gurgel gefahren. Ihre Wut und Verzweiflung hielten sich inzwischen die Waage. Wochen-, ja monatelang hatte sie es geschafft, ihren Zustand zu verdrängen, doch inzwischen wölbte sich ihr Bauch unübersehbar rund unter dem Stoff ihrer Schürze. Ohne den Beistand ihrer Freundin wäre sie sicher verrückt geworden vor Scham und Angst oder hätte sich vom nächsten Hausdach gestürzt.

Sophie legte grobe Holzspäne in den Ofen, um die schwächlich zuckenden Flammen anzufachen.

«Mist», schimpfte sie vor sich hin. «Bei dem blöden Sturm zieht der Ofen rein gar nicht.»

Sie richtete sich wieder auf. «Hör zu. Ich begleite dich. Mein treuer Friedemann gibt uns gewiss das Geld für eine Kutsche.»

Als Theres heftig mit dem Kopf schüttelte, fuhr sie fort: »Du musst an dein Kind denken. Zweihundert Gulden Entschädigung sind da gar nix. Diese Hurenhengste denken doch alle: Kittel aus und Hose runter und nach mir die Sintflut. Und die Frau steht dann da mit ihrem Bankert. Es ist grad schad, dass du nie im Caféhaus gearbeitet hast. Dann könntest nämlich dein Geld von irgendeinem der hiesigen Mannsbilder einklagen – am besten sucht man sich einen Ratsherrn oder reichen Kaufmann. Für die sind wir einfachen Frauen doch eh alle Freiwild, da ist's nur gerecht, wenn man sich mal was zurückholt.»

«Sophie!»

«Schon gut. Ich glaub, du musst erst noch lernen, wie das Leben gestrickt ist.»

«Dein Leben vielleicht! Meins sieht anders aus – au!»

Mit einem qualvollen Stöhnen krümmte sich Theres zusammen.

«Rasch, leg dich aufs Bett. Zieh die Beine an. Ja, so ist's gut.»

«Was – ist – das? Kommt es jetzt – das Kind?»

«Unsinn. Es ist viel zu früh. Schnauf einfach ruhig durch.»

Sie holte vom Waschtisch ein feuchtes Tuch und legte es Theres auf die verschwitzte Stirn. Plötzlich wurde ihr Blick starr.

«Da ist alles nass an deinem Rock. Du musst sofort ins Spital.»

22
Oberamtsstadt Ulm, Winter 1844/45

Morgen würde sie die Gebärstube des Ulmer Heiliggeistspitals, wo noch drei weitere Mütter mit ihren Neugeborenen untergebracht waren, verlassen und in den Frauenschlafsaal wechseln. Sofern sie ausreichend Milch produziere, hatte der Stiftungsrat ihr zugestanden, dürfe sie im Spital bleiben und ihr Kind stillen, bis es zu Kräften käme. Was danach sein würde, stand in den Sternen.

Traurig betrachtete sie das winzige Wesen in ihrem Arm. Ihre kleine Johanne sollte hinüber ins Kinderhaus gebracht werden, Theres durfte sie dann nur noch dreimal tagsüber und einmal des Nachts zum Stillen aufsuchen. Sie selbst sollte die hohen Unkosten, die sie der Armenfürsorge verursacht hatte, in der Arbeitsstube mit Stricken abarbeiten.

«Immer dasselbe mit euch jungen Mägden», hatte der Spitalarzt sie während der Presswehen angeschnauzt, «erst sich schwängern lassen und dann nicht mal das zum Wochenbett Nötigste angespart haben. Und wenn ihr hernach wieder in Dienste geht, bringt ihr euren Lohn mit Luxus und wertlosem Tand durch, und die Gemeinde kann für die Bälger sorgen. Und das alles auch noch ausgerechnet am Weihnachtstag!»

Sie hatte dieses Kind nicht gewollt und doch von der ersten Sekunde an geliebt, als es nach zwei qualvollen Tagen endlich, am Morgen nach Weihnachten, auf der Welt war – Wochen zu früh und einiges zu schwächlich, wie Arzt und Hebamme einhellig erklärt hatten. Eiligst hatte man nach dem einzigen katholischen Pfarrer in der Stadt geschickt, weil man fürchtete, das Kind würde ohne das Sakrament der Taufe diese Welt wieder verlassen. Auf die Frage, wie es heißen solle, hatte Theres nicht gezögert: Johanne, nach ihrem Bruder Hannes. Dann war sie erschöpft eingeschlafen und erst wieder erwacht, als die kurze Taufzeremonie vorüber und der Pfarrer verschwunden war.

«Bete zu Gott, dass dein Kind die Brust annimmt», hatte die Hebamme ihr gesagt. «Sonst überlebt es die Nacht nicht.»

Das war vor drei Tagen gewesen, und Johanne war am Leben geblieben. Zwar waren Ärmchen und Beinchen noch dünner geworden, aber der Schrei nach der Brust dafür umso kräftiger.

Jetzt schlief Johanne, satt und zufrieden, die winzige Faust gegen die Wange gepresst. Liebevoll strich Theres ihr über den weichen, hellen Flaum am Schädel.

«Du wirst sehen, alles wird gut», flüsterte sie. «Wenn wir erst hier raus sind, gehen wir zu meiner Freundin Sophie. Die wird uns weiterhelfen, ganz bestimmt.»

In diesem Augenblick wurde von draußen schwungvoll die Tür aufgerissen, und die oberste Krankenwärterin trat ein. In ihrem Schlepptau hatte sie zwei Herren: einen älteren, sehr vornehmen in Frack und Zylinder und einen jüngeren, dürren Kerl mit blondem Backenbart, grauem, breitrandigem Filzhut und einer Mappe unterm Arm. Der setzte sich sofort grußlos an das einzige Tischchen im Raum und zog allerlei Schreibutensilien aus der Mappe.

«Ist sie das?», fragte der mit dem Zylinder.

Die Krankenwärterin nickte. «Theres, das ist ein Herr vom Kirchenkonvent. Du wirst ihm Rede und Antwort stehen, und wehe dir, du lügst. Verstanden?»

Die Frau nahm ihr den schlafenden Säugling aus dem Arm und legte ihn in die Wiege. Dann zog sie einen Stuhl für den Herrn vom Kirchenkonvent an Theres' Bett. Verunsichert richtete sich Theres auf. Was wollte dieser Mann von ihr?

«Du bist also Theres Ludwig», begann er mit seinem Verhör, ohne sich und seinen Begleiter weiter vorzustellen.

«Ja, Herr.»

«Geboren wo und wann?»

«Im Oktober 1824 in Bietingen bei Messkirch.»

«Wie getauft?»

«Katholisch.»

«Ehestand?»

«Ledig.»

Ihr fiel auf, dass der Mann starr an ihr vorbeiblickte, als gäbe es hinter ihr etwas ungleich Interessanteres zu sehen.

«Heimatrecht wo?»

Theres musste einen Augenblick nachdenken. Nach ihrem Heimatschein hatte sie schon lange niemand mehr gefragt.

«In Ravensburg», antwortete sie wahrheitsgemäß.

«Vater? Mutter?»

Sie stockte. Woran sie seit Jahren nie wieder gedacht hatte, schoss ihr nun schmerzhaft in den Sinn. Zwei Bilder tauchten vor ihr auf: das Gesicht eines hässlichen alten Weibes in einer kahlen Zelle. Und ein fröhlicher junger Mann, der seine Schafe durch die grünen Wiesen trieb.

«Jakob Ludwig aus Ravensburg», log sie. «Und Maria Bronner aus Eglingen.»

«Heimatgemeinde der Eltern?»

«Sie sind beide verstorben», log sie ein zweites Mal, und sie war selbst erstaunt, wie leicht es ihr fiel.

«Schule?»

«Elementarschule in Weingarten.»

«Waisenhaus oder Vagantenkinderinstitut?»

«Vaganteninstitut», murmelte sie.

Der Mann runzelte die Stirn. Dann fuhr er fort mit seiner Befragung über ihren weiteren Werdegang, ihre Arbeitsstellen, ihre Aufenthaltsorte. Der Blonde drüben am Tisch kritzelte eifrig alles mit.

«Ist es die erste Geburt?»

Da erst begriff Theres. Es ging um Johannes uneheliche Geburt, um das, was gemeinhin Unzuchtsvergehen genannt wurde.

Theres nickte befangen.

«Wer ist der Kindsvater?»

«Kasimir Eichele, Lieutenant der Kavallerie.»

«Wo stationiert?»

«Ich weiß nicht. Es heißt, er wär wieder in Ludwigsburg, auf der Kriegsschule.»

«Aha, ein Soldatenliebchen», kicherte der junge Mann vom Tisch herüber.

«Lassen Sie solche Bemerkungen, Bolz! Schreiben Sie: Kindsvater unbekannt verzogen.» Der Herr rückte seinen Zylinder gerade und erhob sich. «Ich denke, in diesem Fall greift das übliche Verfahren: Der Kirchenkonvent der Stadt Ulm beschließt hiermit, dass die Vormundschaft der leiblichen Mutter entzogen und dem Konvent übertragen wird – mit Begründung der Tatsache, dass die Verunglückte vorbelastet ist, weil selbst aus losen Verhältnissen. Das leibliche und geistige Wohl des Kindes mit allen diesbezüglichen Entscheidungen obliegen künftig der öffentlichen Fürsorge. Nach Abschluss des Verfahrens ist die gänzliche Verpflegung der Stadt Ravensburg zu überantworten, da Heimatgemeinde der ledigen Mutter.»

Theres sackte in sich zusammen. «Was soll das heißen?»

Ihre Frage wurde kurzerhand überhört. «Des Weiteren hat die ledige Magd Theres Ludwig die Unzuchtsstrafe von fünfzehn Gulden zu begleichen.»

«Fünfzehn Gulden! So viel Geld habe ich gar nicht.»

Der Mann vom Kirchenkonvent betrachtete sie kühl. «Du hättest dir dein schändliches Tun eben früher überlegen müssen.»

«Oder du wärst», sagte der Schreiber, «zum Entbinden nach Tübingen gegangen, an die Universität. Da wird die Strafe erlassen, wenn du das Balg zu Untersuchungszwecken der Wissenschaft überlässt.»

«Also, Theres Ludwig: Ich gebe dir eine Woche Zeit, das Geld aufzubringen und auf dem Rathaus bei Gerichtsaktuar Bolz einzuzahlen. Andernfalls droht dir eine Arreststrafe.»

Verzweifelt wartete Theres auf ein paar freie Stunden, um das Spital verlassen zu können und Sophie aufzusuchen. Man hatte ihrer Freundin nicht einen einzigen Besuch gewährt, wie um sie noch mehr zu strafen. Jetzt war Sophie ihre letzte Hoffnung, wie sie die fünfzehn Gulden Strafgeld würde aufbringen können. Sie besaß nämlich keinen Pfennig mehr; das wenige, was sie als Waschfrau verdient hatte, hatte sie Sophie als Kostgeld übergeben.

Nach einer Woche Arbeit in der Strickstube verkündete ihr

die Aufseherin endlich, sie habe frei bis zur Stillzeit ihres Kindes. Theres ließ das Abendessen ausfallen, schlich sich durch eine Seitenpforte hinaus und eilte im Laufschritt durch die verschneiten Gassen. Hoffentlich war Sophie zu Hause und nicht in diesem Caféhaus. Sie hatte Glück. Ihre Freundin war eben im Aufbruch, in einem dunklen Wintermantel mit Pelzkragen, den Theres nie zuvor an ihr gesehen hatte.

«Theres!» Sophie warf sich ihr in die Arme. Sie hatte Tränen in den Augen. «Ich hab alles versucht, dich zu besuchen, aber diese Hundsfötter haben mich einfach nicht reingelassen.»

Sie drückte Theres auf das Bett und setzte sich neben sie.

«Stell dir nur mal vor: Mein Friedemann wird mich heiraten! Er will mich nicht mehr mit andern Mannsbildern teilen, sagt er. Aber jetzt erzähl: Wie geht es deinem Kind? Ich hab gehört, es ist ein Mädchen.»

«Sie heißt Johanne.» Theres versuchte, sich mit ihrer Freundin zu freuen, aber es gelang ihr nicht. «Sie war erst ganz schwach, aber jetzt trinkt sie gut und nimmt zu.»

«Das ist schön! Weißt was? Mein Friedemann will mit mir in die Residenzstadt gehen und dort ein Konfektionshaus eröffnen. Du und deine kleine Johanne – ihr kommt einfach mit uns. Stuttgart ist eine große und reiche Stadt, da findest du allemal eine Stellung, auch als ledige Mutter. Oder du arbeitest einfach im Geschäft von Friedemann. Ja, genau, das wäre die Lösung.»

Theres begann zu zittern. «Das geht nicht. Der Kirchenkonvent will mir Johanne wegnehmen. Nach Ravensburg soll sie, in die Fürsorge. Ach, Sophie.» Sie kam nicht länger gegen die Tränen an. «Es ist wie ein Albtraum, der sich wiederholt. Wie ein Fluch. Mich haben sie meiner Mutter genommen, und meine Johanne nehmen sie jetzt mir weg.»

«Das darf nicht wahr sein!» Sophie starrte sie entsetzt an.

«Was ist das nur für eine Welt! Nein, bitte, hör auf zu weinen. Friedemann, der Gute, wird das regeln. Er hat Einfluss hier in der Stadt.»

«Da ist noch was. Heute spätestens hätt ich auf dem Rathaus fünfzehn Gulden Strafgeld zahlen müssen. Wegen – wegen Unzucht.»

Sophie schnaubte. «Diese bigottischen Halunken! Greifen noch den Ärmsten und Unglücklichsten in die Tasche. Was für ein himmelschreiendes Unrecht! Erst recht, dich und dein Kind auseinanderzureißen. Weißt du, was ich glaub? Selbst wenn sich dein Kasimir nicht vom Acker gemacht hätte – er hätte dich trotzdem nicht heiraten dürfen. Wegen den beschissenen Heiratsgesetzen nämlich, die's nur noch den reichen Laffen erlauben! Unsereins darf sich nicht heiraten, trotz Verspruch und Proklamation in der Kirch, bloß weil der Nahrungsstand nicht gesichert ist oder der Lebenswandel irgendwie liederlich. Und wenn dann Kinder kommen, nimmt man sie weg und gibt sie irgendwelchen raffgierigen Bauern in Pflege. Da bleibt den einfachen Leuten ja gar nix andres als das Auswandern. Hat ja nicht jeder so ein Riesenglück wie ich.»

Theres hatte ihrem wütenden Redeschwall nicht einmal zugehört. «Wann reist ihr ab?», fragte sie tonlos.

«Nächsten Montag schon. Theres, du darfst die Hoffnung nicht aufgeben. Wir haben noch vier Tage Zeit, ich schick den Friedemann gleich morgen los, dass er zum Kirchenkonvent geht.»

«Und – das Geld?»

Sophies Gesichtsausdruck war ratlos. «Fünfzehn Gulden sind eine Menge. Friedemann hat alles in den Umzug und in die Kontrakte gesteckt, dem brauch ich grad mit Geld nicht kommen. Wart mal.»

Sie sprang auf und kramte in ihrer Kommodenschublade.

«Acht Gulden krieg ich zusammen. Das Geld für meinen Reisekoffer und Proviant. Nimm es. Meinen Plunder kann ich auch irgendwie anders transportieren.»

«Das kann ich nicht nehmen.»

«Du musst. Oder willst du im Arresthaus landen? Sag auf dem Rathaus, der Rest kommt demnächst. Das wird schon gehen.»

Am nächsten Morgen machte Theres sich auf den Weg zum Rathaus. So viele schlaflose Nächte hatte sie inzwischen hinter sich, dass sie sich kaum noch auf den Beinen halten konnte. Sie fragte sich durch nach dem Amtszimmer des Gerichtsaktuars Bolz, wo sie nach einigem Warten endlich eingelassen wurde.

«Sieh an, die Theres Ludwig aus dem Spital!» Der junge Bolz zwirbelte mit seinen dünnen Fingern den Backenbart. «Wenn ich mich nicht sehr irre, hättest du gestern kommen sollen.»

«Ich hatte das Strafgeld nicht beisammen.»

«Und? Hast du es jetzt?» Er starrte ungeniert auf ihren Ausschnitt, woraufhin sie sich das Schultertuch bis zum Hals hochzog.

«Acht Gulden hab ich.»

«Acht Gulden – ja, sind wir hier auf dem muselmanischen Bazar? Fünfzehn hast du zu zahlen, sonst gibt's Arrest.»

«Der Rest kommt demnächst.»

«So, so.» Er schien nachzudenken. Schließlich nahm er sie beim Arm, schob sie zu der Holzbank an der Wand. «Setz dich.»

Verunsichert beobachtete sie ihn, wie er aus der Schublade seines Schreibsekretärs eine Holzkiste holte und vor sich auf die Tischplatte stellte. Darin befanden sich etliche Mappen aus grauer Pappe.

«Jot – Ka – El», murmelte er. «Ludwig – da haben wir's.»

Er zog ein Papier aus der Mappe.

«Du hast das sicher alles gar nicht gewollt, oder?», fragte er, und seine Stimme bekam einen honigsüßen Klang.

«Was meinen Sie?»

«Dein Lieutenant hat dich überrumpelt und dir dabei hochheilig die Ehe versprochen.» Er spitzte die Feder und stellte sie neben das Tintenfass. «Hast an die große Liebe geglaubt und dich dann hingegeben, diesem schneidigen Soldaten. Hast ihn all das machen lassen, was unser Herrgott nur im Stand der Ehe gewährt.»

Er lächelte breit und setzte sich neben sie auf die Bank.

«Glaub mir, ich versteh was von der Welt. Wenn man so jung und hübsch ist wie du, gerät man allzu schnell in eine solch missliche Lage.» Jetzt nahm er ihre Hand. Theres spürte den warmen Schweiß in seiner Handfläche. «Aber ich hab ein großes Herz. Wenn eine junge Frau sich einmal verfehlt hat, so möchte man ihr auch wieder aufhelfen. Sollen wir es also belassen bei den acht Gulden?»

Theres begann zu frieren, obwohl es in dem kleinen Raum stickig und warm war. «Das – das würden Sie wirklich tun?»

«Nun, ich könnte auf dieses Blatt Papier da drüben meine Unterschrift und das Amtssiegel setzen und somit bezeugen, dass dein Strafgeld in Höhe von fünfzehn Gulden ordnungsgemäß beglichen ist.»

Langsam führte er Theres' Hand auf seinen Oberschenkel. Zu ihrem Entsetzen hob sich das Tuch seiner Hose im Schritt augenblicklich und äußerst heftig.

«Ein bissle entgegenkommen solltest du mir trotzdem.»

Schon presste er ihre Hand auf die steinharte Wölbung und stöhnte auf.

«Nein!»

«Komm schon, du süßes Mäuschen, es wird dich nicht reuen ... ein bisschen Spaß ...»

Wie eine Eisenklammer hielt er ihre Hand umfangen und rutschte darunter mit seinem Schoß hin und her. Verzweifelt versuchte Theres, freizukommen, als es laut gegen die Tür klopfte.

«Zu Hilfe», schrie sie. Da ließ er sie los.

«Das meld ich dem Kirchenkonvent, Sie ekliger Sauigel!», rief Theres so laut, dass es der verdutzte ältere Herr hören konnte, der eben zur Tür hereinkam und den noch immer breitbeinig dahockenden Gerichtsaktuar anglotzte. Grob drückte Theres den Mann zur Seite und stolperte hinaus. Erst etliche Gassen weiter hielt sie inne. So widerlich diese Szene eben auch gewesen war, eines wusste sie gewiss: Die acht Gulden, die sie noch immer in der Rocktasche trug, würde sie Sophie zurückgeben können. Dieser Bolz würde sich nicht mehr rühren, da brauchte sie gar nichts anzuzeigen.

23
Spital Waldsee, Sommer 1848

«Wann hat das begonnen mit diesen Anfällen?», fragte der ältere der beiden Männer im weißen Kittel.

Der Gefängniswärter warf einen ängstlichen Blick auf die junge Frau, die man in der Krankenstube des Waldseer Spitals aufs Bett gebunden hatte. Inzwischen lag sie ganz ruhig, nur ihr Atem ging noch stoßweise.

«In der Arrestzelle, gleich in der ersten Nacht, Herr Medizinalrat Stiegele. Ich hatte sie ins Eisen legen wollen, weil sie doch so getobt hat, aber das Weib hatte eine solche Kraft, dass ich zwei starke Burschen zu Hilfe holen musste.»

Theres schloss erschöpft die Augen.

«Bringen Sie mich nach Ravensburg, zu meiner Tochter», stieß sie hervor. Ihre Lippen waren blutig gebissen.

Die beiden Amtsärzte, die neben dem Wärter am Krankenbett standen, beachteten sie nicht.

«Ich denke, verehrter Herr Stiegele, wir sollten einen Geistlichen hinzuziehen. Diese Art Krämpfe mit anschließenden Lähmungserscheinungen bis hin zur Bewusstlosigkeit könnten auch auf Besessenheit hindeuten. Hat sie nicht immer wieder vom Leibhaftigen geredet, der ihr auf einem Gottesacker erschienen sei?»

«Papperlapapp, Kollege Lingg! Verstellung ist das, pure Verstellung. Ich erleb das nicht zum ersten Mal, dass eine Delinquentin mit einer solchen Schmierenkomödie ihrer gerechten Strafe entgehen will. Gerade Frauen besitzen da ein wahrhaft schauspielerisches Talent.»

Doktor Stiegele beugte sich zu ihr herunter. «Sieh mich an!»

Theres blickte in sein rundes, schwammiges Gesicht. Sie schmeckte den süßlichen Geschmack ihres Blutes auf der Zunge.

«Du willst also nach Ravensburg?»

«Ja», hauchte Theres.

«Und warum, bitt schön?»

«Weil – weil da meine kranke Tochter ist. Meine Johanne.»

«Und wenn wir dich dorthin bringen lassen – bist du dann friedlich?»

«Aber ja.»

Stiegeles Oberkörper schnellte wieder in die Höhe. «Da sehen Sie es, Kollege Lingg. Sie verhält sich ganz normal, sobald sie glaubt, dass es nach ihrem Willen geht. Das Weib ist eine Simulantin, nichts weiter.»

Theres' Glieder begannen heftig zu zittern, bis schließlich ihr ganzer Körper vibrierte. Amtsarzt Lingg legte ihr beruhigend die Hand auf die Schulter.

«Bitte, werter Herr Stiegele! Ich will wirklich nicht Ihren langjährigen Erfahrungsschatz als Oberamtsarzt in Frage stellen – aber wir sollten, wenn nicht einen Geistlichen, so doch zumindest eine dritte Fachkraft hinzuziehen. Wie wäre es mit Oberamtsarzt Hofer aus Biberach? Er soll ein Spezialist sein auf dem Gebiet der weiblichen Hysterie.»

Theres versank wieder in ihren Dämmerschlaf. Mehr als drei Jahre lag nun Johannes Geburt schon zurück – Jahre, in denen das Schicksal Theres mehr als einmal an den Rande des Abgrunds geführt hatte und sie sich am Ende oft nichts sehnlicher gewünscht hatte, als zu sterben.

Jene Wochen damals im Spital, die sie mit ihrer Tochter verbracht hatte und die vielleicht die glücklichsten für den Rest ihres Lebens gewesen sein mochten, hatten bereits ausgereicht, um die engen, unzerstörbaren Bande der Mutterschaft entstehen zu lassen. Auch wenn ihr an gemeinsamer Zeit nur die Stillzeiten vergönnt waren, die sie dank der gutmütigen Kindsmagd über das Nötige hinaus ausdehnen durfte, so hatte sie ihre Tochter zu lieben begonnen wie sonst nichts auf der Welt. Niemals würde sie den Anblick vergessen, wenn Johanne, nachdem sie endlich mit einem kleinen Seufzer die Brust zu fassen bekommen hatte, die Augen schloss, zufrieden saugte und dabei ihre winzigen Fingerchen um Theres' Daumen schloss.

Doch dann kam jener frostig-kalte Tag Ende Februar: Sie hatte die Kinderstube betreten und Johannes Bettchen leer gefunden. Mit betretener Miene hatte die Kindsmagd sie angewiesen, sie möge doch die Spitalmutter aufzusuchen, um einige Papiere zu unterschreiben – das Kind hätte neue Eltern gefunden. Da hatte Theres zu schreien begonnen, hatte um sich geschlagen und niemanden näher als drei Schritt an sich herangelassen, bis sie kaum noch Luft bekam und ihr Schreien in verzweifeltes Wimmern überging. Diesen Schmerz beim Anblick des leeren Bettchens würde sie ihr Lebtag niemals vergessen: Ihr war, als habe man ihr ein Stück aus ihrem Leib gerissen und aus ihrer Seele dazu.

Man hatte sie nach ihrem Anfall damals umgehend aus dem Spital entfernt, indem man sie in aller Eile mit den notwendigen Entlassungs- und Reisepapieren versehen und sie mit ihren wenigen Habseligkeiten vor die Tür gesetzt hatte. Mutterseelenallein war sie nun in diesem Ulm, seitdem Sophie mit ihrem Friedemann in die Hauptstadt gezogen war. Ebenso gut hätte man sie in der Wüste oder in einem einsamen Wald aussetzen können.

Nachdem sie einigermaßen zu sich gekommen war, hatte sie sich auf den Weg gemacht: zunächst zu den Kleinbubs, die sie zu ihrer Überraschung ohne Aufhebens für eine Nacht beherbergten, dann weiter Richtung Süden. Irgendwo nämlich im Oberamt Ravensburg hatte man ihre Johanne zu Pflegeeltern gebracht. Wohin, hatte man ihr verschwiegen. Mehr noch – es war ihr gegen Strafe verboten, auch nur nach ihrem Kind zu suchen.

Ohne sich davon abhalten zu lassen, hatte sie vom Frühjahr bis Herbst die Höfe des Oberlands abgeklappert, bis hinauf auf die Alb. Hatte sich mit Gelegenheitsarbeiten über Wasser gehalten und dabei Augen und Ohren offen gehalten, ob nicht im Dorf ein fremder Säugling untergekommen war. Sie hätte Johanne auf Anhieb erkannt, mit ihrem rötlich schimmernden Flaum auf dem Kopf, dem schmalen Gesichtchen mit der hohen Stirn und dem apfelkerngroßen Muttermal auf dem Rücken. Doch ihre Suche war vergebens, im ersten wie im zweiten Jahr ihrer Wanderschaft. Dennoch hätte sie niemals aufgegeben, auch als sie sich eines Tages sagte, dass Johanne nun schon würde laufen und die ersten Worte sprechen können.

Jene drei Jahre hinterließen Spuren in ihrer Seele: Noch häufiger als schon in den Jahren zuvor wurde sie krank oder litt an Schlaflosigkeit und Erschöpfungszuständen. Sie kämpfte ums Überleben in diesen Zeiten der Not, in denen es immer schwieriger wurde, mit seiner Hände Arbeit sein Brot zu verdienen. Zahlreiche Missernten und Teuerungen und nicht zuletzt die verheerende Kartoffelfäule hatten das Königreich Württemberg wirtschaftlich niedergestreckt. Das Geld war nichts mehr wert, das Korn in den Schrannen wurde gehortet und von Spekulanten ins Ausland verhökert, während das Brot täglich teurer wurde und das Volk hungerte. Dazu suchten Schwindsucht und Hungertyphus die Geschwächten heim. Knechte und Mägde vom Land strömten massenweise in die Städte, auf der Suche nach Arbeit oder in der Hoffnung auf Almosen; Väter verließen ihre Familien, um irgendwo ein Auskommen zu finden; in den Städten vermochten immer mehr Menschen ihren Mietzins nicht mehr zu begleichen. Die Armut versteckte sich nicht mehr in den Lehmhütten auf dem Land oder in den zugigen Dachkammern der städtischen Hausarmen. Vielmehr war sie jedem und überall sichtbar geworden mit den Bettel- und Vagantenhorden, die durch die Straßen zogen und vor den Suppenküchen Schlange standen, mit all den Familien, die in ihrem jämmerlichen Haufen an Hausrat unter freiem Himmel oder in Bretterverschlägen hausten, bis die Polizei sie verjagte oder ins Arbeitshaus verfrachtete.

Bald begann die Verzweiflung der einfachen Leute, der Taglöhner, Kleinhandwerker und Fabrikarbeiter, in Wut umzuschlagen. Landjäger und Bürgerwehr hatten Mühe, die Tumulte allerorten einzudämmen, und schreckten dabei vor Gewalt nicht zurück. Doch die Saat aus Hunger, Empörung und bitterster Not war unwiederbringlich aufgegangen und nicht mehr auszurotten. Zugleich suchten viele Halt und Trost im Glauben. Theres wunderte sich bald nicht mehr über die vielen Wallfahrer unterwegs, über die vollen Kirchen, sofern der Pfarrer auch nur einigermaßen fähig war, seine Schäfchen zu begeistern. Vom Blutfreitag in Weingarten hatte sie gehört, dass nie zuvor solche Massen an Pilgern zusammengeströmt waren und dass man sogar wieder Reiter zulassen musste. Zugleich wurde der Ton rauer, nicht selten kam es zu wüsten Schlägereien zwischen den Anhängern der zahlreichen Glaubensrichtungen, die wie Pilze aus dem Boden schossen. Theres ließ das alles unberührt: Für sie gab es den einen undurchschaubaren Gott, den sie wieder und wieder um Hilfe angefleht und der sie wieder und wieder zurückgewiesen hatte.

So baute sie nur auf ihre eigene Kraft, riss sich nach jeder Krankheit, nach jedem Schwächeanfall aufs Neue zusammen und kam mit aller Härte gegen sich selbst wieder auf die Beine. Gefühle wie Trauer oder Verzweiflung ließ sie nicht zu, bis auf die wenigen Male, die sie ihren Bruder Hannes in Münsingen besuchte. In seiner Obhut vermochte sie all die Tränen zu weinen, die sie sich sonst versagte.

Irgendwann, es war zur Zeit der ersten Hungerkrawalle im Land, hatte auch Theres zu betteln begonnen. Zumeist wurde sie davongejagt, und einmal landete sie sogar in Arrest, auf drei Tage bei Wasser und Brot, wobei sie für Letzteres trotz ihrer Scham fast dankbar war.

Nach dieser Arreststrafe war Theres vorsichtiger geworden. Schon lange besaß sie keinen Passier- und Reiseschein mehr, der ihr erlaubte, sich außerhalb ihrer Heimatgemeinde Ravensburg aufzuhalten, und so musste sie bei ihrem Marsch über die Landstraßen ständig auf der Hut sein vor Landjägern oder patrouillierenden Flurschützen. Ihr wurde es zur Gewohnheit, den Menschen überhaupt aus dem Weg zu gehen, was wiederum die Gefahr barg, überfallen zu werden, als allein wandernde Frau. Doch außer ihrer Ehre hätte sie ohnehin nichts besessen, was man ihr hätte nehmen können.

Wenn sie bettelte, dann nur noch, wenn sie sich unbeobachtet glaubte, oder an den Türen der Pfarrhäuser oder einsam gelegener Gehöfte. Hatte sie hierbei keinen Erfolg, klaubte sie heimlich in den Wäldern Reisig und Holzreste zusammen und tauschte sie ein gegen Brot, auch wenn die Strafe auf Waldfrevel noch schärfer ausfiel als auf Bettelei. In größeren Marktflecken oder in Städten verdingte sie sich, wenn es denn Gelegenheit gab, mit Holz- und Wasserschleppen oder tageweise im Waschhaus – mit schweren und schlechtgelöhnten Arbeiten also, bei denen sie hinterher den Rücken nicht mehr gerade bekam.

In jenen Nächten, wenn sie wieder einmal mit schmerzenden Gliedern in irgendeinem dreckigen Rattenverschlag nächtigte, hatte sie begonnen, mit Gott und dem Leben zu hadern. Sie war jetzt beinahe dreiundzwanzig Jahre alt, Mutter eines kleinen Mädchens, das man ihr weggenommen hatte, lebte dahin ohne Familie, ohne Freunde, ohne Zuhause. Hatte sie sich früher oft damit getröstet, dass Gott sie nur prüfe, dass er noch etwas Besonderes vorhabe mit ihr, denn schließlich war sie jung, gesund und keineswegs dumm, so glaubte sie nun nicht mehr an die Zukunft. Was sollte das Schicksal ihr schon bereithalten? Wie dieser seltsame Mensch aus dem Buch kam sie sich vor, dieser Baron von Münchhausen, der sich am eigenen Schopf aus dem Sumpf zog. Nur dass bei ihr nach jedem Freistrampeln bereits der nächste Sumpf auf sie wartete.

Immer häufiger verfiel sie nun in diesen teils beängstigenden, teils tröstlichen Dämmerzustand, in dem die Außenwelt ihr zu einem faden, abgenutzten Bild wurde, das sie umgab, als habe es nichts mit ihr zu tun. Dann war ihr, als habe sich ihr Körper nach außen abgeschlossen. Regentropfen waren nicht mehr nass, Sonnenstrahlen wärmten nicht mehr. Dafür nahm die Innenwelt Gestalt an, indem selbst am helllichten Tag die Träume aus ihrem Schattenreich entwichen und sie umfingen mit Gesichtern und Menschen und Räumen aus alten Zeiten. Wenn sie unterwegs war, konnte es geschehen, dass sie mit Urle sprach, der neben ihr herging, oder mit ihrem Bruder oder mit der kleinen Sophie. Einmal war es ganz deutlich Sophie, in einem hellen Sommerkleid und großem gelben Hut, die sie überreden wollte, nach Stuttgart zu kommen.

In den Sommermonaten wurde das Leben ein Stück weit erträglicher. Im Schutz der Dämmerung stahl sie Feldfrüchte oder Obst von den Bäumen, stillte ihren Durst an klaren Wasserläufen, konnte bei den Erntearbeiten mithelfen. Sie kam halbwegs wieder zu Kräften. Noch vor dem nächsten Winter, schwor sie sich, würde sie zu Sophie und ihrem Friedemann in die Hauptstadt gehen. Denn die Hoffnung, ihre Tochter wiederzufinden, hatte sie endgültig aufgegeben.

Doch bis Stuttgart sollte sie gar nicht erst kommen. Stattdessen hatte sie den letzten Winter im Arbeitshaus verbracht, genauer gesagt: in der polizeilichen Corrections- und Beschäftigungsanstalt Rottenburg. Hatte dort zwölf Stunden am Tag, sechs Tage die Woche, mit immer denselben Handbewegungen Wollfäden zu Garn verzwirnt und die Nächte in einem eisigen Schlafsaal verbracht, in Gesellschaft von verarmten Witwen und Dienstboten, ledigen Müttern und aufsässigen Straßenkindern, von Blödsinnigen, Bettlerinnen, Huren und Betrügerinnen.

Und das nur, weil sie sich auf ihrer Reise in die Hauptstadt dieser zwielichtigen Person angeschlossen hatte, einer jungen bildhübschen Magd namens Wilhelmine. Schon gleich bei ihrer ersten Übernachtung in dem Universitätsstädtchen Tübingen hatte sie gemerkt, mit welch anrüchigen Diensten Wilhelmine ihr Auskommen fand, aber da war es bereits zu spät gewesen. Die beiden Schustergesellen, die sie anfangs so großzügig bewirtet hatten, waren schnell zur Sache gekommen: Der ältere der beiden hatte Theres einen speichelnassen Kuss auf den Mund gedrückt, ihr dabei ungeniert die Hand unter den Rock geschoben. Mit einem Aufschrei hatte sie ihn zurückgestoßen und war hinaus auf die finstere Gasse gestürzt, ausgerechnet einem Polizeidiener in die Arme. Damit hatte der Abend sein abruptes Ende gefunden. Nach drei Tagen und drei Nächten im Tübinger Arresthaus hatte man sie nach Rottenburg verfrachtet, auf ein Jahr Correctionsstrafe wegen Verdachts auf Unzucht und moralischer Verderbtheit – bei Nachforschungen war man doch tatsächlich auf das Strafgeld in Ulm gestoßen und sogar an einen Krankenbericht, in dem ihr erste Anzeichen von Syphilis bescheinigt wurden.

Nein, sie sei keineswegs eine Gefangene, hatte ihr der Anstaltsleiter Dekan Forthuber am Tage der Einweisung erklärt. Zu ihrer Besserung sei sie hier, um an Disziplin, Ordnung und Fleiß gewöhnt zu werden, und sofern sie ordentliches Betragen und Arbeitsfreude an den Tag lege, könne sich ihr Aufenthalt erheblich verkürzen. Dann hatte man ihr das Haar geschnitten und sie in einen mausgrauen Anstaltskittel gesteckt. Von der Stubenältesten war sie am selben Abend mit sieben Rutenstreichen auf das nackte Hinterteil willkommen geheißen worden, sodass sie ihre erste Nacht unter den vergitterten Fenstern, wo Pritsche an Pritsche stand, auf dem Bauch hatte verbringen müssen.

Von diesem Tag an hatte Theres ungefragt kein einziges Wort mehr gesprochen. Sie wehrte sich nicht gegen die Sticheleien und Boshaftigkeiten, denen sie als Neuling ausgesetzt war, noch gegen die Stockhiebe der Aufseherin, wenn sie zu langsam arbeitete. Wahrscheinlich hätte sie stumm und klaglos das vorgesehene Jahr abgesessen, wäre ihr nicht an jenem Morgen im März Johanne erschienen.

«Mama?» Ein kleines Mädchen mit goldblonden Locken, kaum vier Jahre alt, stand plötzlich neben ihrem Bett im fahlen Schein des Morgenrots und musterte sie.

«Wer bist denn du?»

«Kennst mich nicht? Ich bin die Johanne.»

Tränen des Glücks schossen Theres in die Augen. Sie richtete sich auf und nahm das Kind in die Arme.

«Ich hab gewusst, dass ich dich wiederseh», murmelte sie. Dann erschrak sie. Wie zerbrechlich das Kind war! Und wie heiß das kleine Gesicht! Die Wangen waren gerötet, die hellblauen Augen glänzten fiebrig.

«Bist du etwa krank?»

Das Mädchen nickte ernsthaft.

«Du zitterst ja. Wart, ich geb dir mein Betttuch.»

Theres zog das Tuch von der Pritsche. Als sie wieder aufblickte, war das Kind verschwunden.

«Johanne! Wo bist du, meine kleine Johanne?»

Mit bleischweren Gliedern stieg Theres aus dem Bett und trat in die Mitte des Schlafsaals, dessen übrige Betten leer waren. In diesem Augenblick schoben sich die ersten Strahlen der Morgensonne durch die vergitterten Fenster und wiesen ihr den Weg zur Tür. Dort stand das blonde Kind, das sich jetzt noch einmal zu ihr umblickte und winkte.

«Johanne, bleib hier! Wo willst du hin?»

«Ins Krankenspital, nach Ravensburg.» Das Mädchen tat einen Schritt auf die Tür zu. «Leb wohl, Mama», hörte sie noch, dann durchschritt die kleine Gestalt die Tür, ohne sie zu öffnen, und war verschwunden.

Als wenig später die Schläge von Topfdeckeln sie weckten, lag Theres zusammengekauert auf den Dielen, inmitten des Schlafsaals.

Für Theres war die Begegnung mit ihrer Tochter kein Traum gewesen. Johanne hatte sie gesucht und gefunden, und zweifellos war sie sehr krank. Sie musste so schnell als möglich zu ihr nach Ravensburg ins Spital, musste bei nächstbester Gelegenheit fliehen.

Drei Tage später war Sonntag, der Tag des Herrn. Zwischen Gottesdienst und Bibelstunde wurde ihnen an diesem Tag ein zweistündiger Freigang gewährt, der so frei war wie der Zug von Ochsengespannen unterm Joch: Im Gänsemarsch, die Arme über ihren Kitteln verschränkt, marschierten sie zum Tor hinaus, vorweg ein Sergeant, hintendran ein zweiter. Einmal rund um die weitläufige Anlage, die einst Grafen und Herzögen als Schloss gedient hatte, ging diese sogenannte Erholungspromenade, von dort hinunter zur Neckarhalde und quer durchs Städtchen zurück. Manchmal warfen Kinder mit Rossbollen nach ihnen.

An jenem trüben Sonntagnachmittag hatte früh die Dämmerung eingesetzt. Als sie den Uferweg am Neckar erreichten, der von Büschen gesäumt war, sah Theres die Gelegenheit gekommen. Sie hatte sich wie üblich als Letzte eingereiht, hinter ihr ging nur noch ihr Bewacher. Plötzlich war der hinter einen Busch getreten, um Wasser zu lassen. Lautlos wie eine Katze huschte auch sie mitten hinein in das dunkle Strauchwerk und kauerte sich auf dem Boden zusammen. Mit angehaltenem Atem beobachtete sie, wie der Sergeant wieder den Weg betrat und sich beeilte, aufzuholen. Ihm schien tatsächlich nicht aufzufallen, dass nun jemand anderes vor ihm ging – wie auch, wo doch die Frauen alle gleich aussahen in ihren grauen Kitteln und grauen Jacken.

Bald war der Zug aus ihrem Blickfeld verschwunden. Einige Minuten wartete sie noch, dann kletterte sie hinunter ans Flussufer, wo sie von etlichen Holzkähnen wusste, die dort vertäut lagen. Sie suchte sich ein Boot, das nicht mit Wasser vollgelaufen war, band es los, setzte sich hinein und begann mit bloßen Händen zu paddeln. Die Schneeschmelze in den Bergen hatte noch nicht eingesetzt, und so glitt das Boot ruhig auf der Strömung dahin.

Als die letzten Häuser Rottenburgs außer Sicht waren, legte sie am anderen Ufer an. Über dem hügeligen Waldgebiet zeichnete sich die steile Kante der Alb gegen das letzte Tageslicht ab. Weder Mond noch Sterne erschienen am Nachthimmel, um ihr den Weg zu weisen. Doch Theres fürchtete sich nicht mehr vor der Dunkelheit. Im Gegenteil: Sie fühlte sich umhüllt wie von einem Mantel, der ihr Schutz und Geborgenheit versprach. Dem Dunkel nämlich blieben die Menschen fern und damit auch ihr, im Dunkel fühlte sie sich ihren wenigen Freunden fast so nah wie im Traum, das Dunkel gab ihr mehr Trost und Wärme, als es jeder Sonnentag vermocht hätte.

Zwischen mächtigen, schwarzen Baumstämmen hindurch tastete sie sich vorwärts, den Blick angestrengt nach unten gerichtet, um nicht von dem schmalen Pfad abzukommen. Ein gutes Stück wollte sie noch marschieren, um sich dann im Unterholz eine geschützte Stelle zum Übernachten zu suchen.

Der Weg über die Alb war der mühsamste Teil ihrer Wanderung. In der kargen, trockenen Landschaft, die nur sehr spärlich besiedelt war, musste Theres oft den halben Tag lang marschieren, bis sie irgendwo ihren Durst stillen konnte. Vom

Hunger ganz zu schweigen. In den Wäldern klaubte sie Beeren vom Boden und von den Sträuchern, sofern nicht schon Vögel und Wild alles geplündert hatten, aß in der größten Not auch mal Gräser und Blätter, und wenn sie auf Häuser stieß, wartete sie die Dunkelheit ab, um sich in Backstuben, Mühlen oder Kornkammern zu schleichen und dort nach Essbarem zu suchen.

Einmal wurde sie dabei von einem Dorfschultes erwischt und musste zur Strafe drei Wochen lang beim Wege- und Brückenbau mitarbeiten. Als sie endlich weiterziehen durfte, war es bereits Ende April, und eine quälende Unruhe in ihr ließ sie nachts kaum noch schlafen.

Eines Abends gelangte sie zu einem Dorf, an dessen Rande sich Kirche und Gottesacker befanden. Bei Einbruch der Dunkelheit kletterte sie über die Kirchhofsmauer und suchte sich einen geschützten Schlafplatz zwischen den Gräbern. Es war nicht das erste Mal, dass sie auf einem Friedhof übernachtete: Zum einen kam des Nachts kein Mensch hier heraus, zum andern gab es etwas Unerklärliches, dass sie zu dieser Ruhestätte der Toten hinzog.

Kirche und Gottesacker befanden sich auf einer Kuppe, von der aus man weit übers Land blicken konnte. Als sie sich jetzt umsah, brach ein voller Mond durch den Wolkenteppich und tauchte die Welt in sein silbernes Licht. Ihr war, als hätte sie das schon einmal erlebt, dieses Licht, diese Einsamkeit, diese fast schon schmerzvolle Stille. Ihr Blick schweifte nach Westen, wo ein schwacher Schein den Ort der untergegangenen Sonne verriet. Zwei helle, schlanke Türme ragten dort eng nebeneinander in den Himmel, das ihr wohlvertraute Bild eines Doppelkirchturms. Sie schwankte, suchte Halt an dem Grabstein neben sich. Der Stein war erschreckend kalt. Augenblicklich begann sie zu zittern, ihre Zähne schlugen aufeinander.

«Zwiefalten», hörte sie hinter sich eine dumpfe Stimme. «Maria, die Gute. Maria, die Irre. Hörst du die Glocken von Zwiefalten?»

«Ja», presste Theres hervor. Sie hörte jetzt tatsächlich leisen Glockenklang. «Wer bist du?»

«Der, dessen Namen keiner nennt. Dein Beschützer.»

Sie zwang sich, den Kopf zu wenden. Zwischen den schwarzen Umrissen der Grabmäler und Wacholderbüsche irrte ihr Blick hin und her.

«Du bist auf dem richtigen Weg, auf dem Weg zu mir», flüsterte die Stimme erneut. «Erinnerst du dich? Dein Hader mit Gott, dein kraftvoller Fluch, dein Mut, sich dem Allmächtigen zu widersetzen? Das geschundene, bleiche Gesicht der Mutter Gottes, ihr Sohn im Arm, ihr Sohn am Kreuz, mit zerschlagenen Füßen? Erinnerst du dich? Erinnerst du dich?»

Die Stimme wurde schrill. Theres presste die Hände gegen die Ohren. Dennoch hörte sie die Worte: «Du gehörst mir», sah einen schwarzen Busch sich bewegen, Augen wie glühende Kohlen traten daraus hervor. Sie wich zurück. Ihre Füße schienen festgeklebt auf dem Erdboden, jede Bewegung kostete sie schier unmenschliche Kraft. Eine fahle Fratze löste sich aus dem Schwarz des Gebüschs, näherte sich ihr – da endlich ließ der Erdboden sie los, und sie vermochte zu rennen.

Quer über die Grabstätten rannte sie, hinüber zur Mauer, die jetzt, von der Innenseite her, viel höher und unüberwindlich schien. Gleich einem gefangenen Tier rannte sie die Mauer entlang, auf der Suche nach einem Schlupfloch. «Du bist böse. Du gehörst mir», rief leise und lockend die Stimme. Da prallte sie gegen einen Haufen Steine, kletterte hinauf, die Steine rollten unter ihr weg, doch sie bekam die Mauerkante zu fassen, stemmte sich hinauf und sprang auf der anderen Seite hinunter. Hart landete sie auf steinigem Untergrund, rutschte ein Stück weit einen Abhang hinunter, bis sie in einem schmalen Trockental zum Halten kam.

Sie rang nach Luft. Ihre rechte Handfläche war aufgerissen, beide Knie bluteten. Als sie aufstand, merkte sie, dass sie sich den Knöchel vertreten hatte und nur noch humpeln konnte. Sie befand sich jenseits des Dorfes, ein Hund schlug von dort wütend an, andere fielen mit ein.

Bis zu einem verlassenen Schafstall schleppte sie sich noch, dann ließ sie sich auf die Erde fallen. Sie hätte laut losheulen mögen, aber ihrer Brust entrang sich nur krampfartiges, trockenes Schluchzen. Ganz genau wusste sie, wer sie da gerufen hatte, wer sie beinahe zu fassen bekommen hätte. Sie blickte hinauf zu den Sternen, die kalt am Himmel klebten, ihre Hände tasteten über den harten Erdboden. Alles um sie herum war tot. Auch sie selbst war tot. Nur ihr Atem rasselte, nur ihr Herz schlug noch. Der Rest von ihr war abgespalten wie mit einer stählernen Axt.

Wäre sie nur auf dem Kirchhof geblieben. Dann hätte diese unerträgliche Einsamkeit wenigstens ein Ende gehabt.

Theres ahnte, dass ihr nicht mehr viel Zeit blieb. Sie war die letzten Tage in die Irre gegangen und nun in Aulendorf gelandet, einem Marktflecken abseits ihres Reiseweges. Aber wenn sie morgen gleich bei Sonnenaufgang losging, konnte sie es bis zum Abend schaffen nach Ravensburg. Sie musste nur der Schussen flussabwärts folgen, hatte ihr die alte Frau auf dem Krämermarkt erklärt.

Der hatte sie geholfen, ihre Irdenware zusammenzupacken und auf eine Karre zu laden, und sich damit einen Kanten Brot verdient. Jetzt saß sie unter dem Blätterdach eines Ahorns, vor sich das uralte Aulendorfer Schloss, das seltsamerweise mit der Pfarrkirche zusammengebaut war und so gar nicht zu den einfachen Häusern rundum passen mochte. Nachdem die letzten Krämer den Markt verlassen hatten, zog sie ihre Errungenschaft aus der Schürze: ein rosenrotes Ziertüchlein mit Spitzenbesatz, in dessen eine Ecke ein blumenumkränztes «J» eingestickt war – ein «J» wie Johanne.

Dieses Taschentuch hatte sie am Stand neben dem der Häfnersfrau entdeckt. Sie hatte es gesehen und gewusst, dass sie es haben musste für ihre kleine Tochter. Die Gelegenheit kam, als der Marktmeister seine Runde machte, um das Ende der Marktzeit anzukündigen und dabei die Lizenzen zu kontrollieren. Nicht weit von Theres war deshalb ein lautstarker Disput ausgebrochen, der alle Aufmerksamkeit auf sich zog, und Theres hatte zugegriffen.

Sie würde das hübsche Tüchlein Johanne schenken, als Andenken an sie, ihre leibliche Mutter. Denn Theres hatte sich fest vorgenommen, sich dem Kind gegenüber zu erkennen zu geben, selbst wenn dies ein Strafgeld nach sich ziehen würde.

«Was für ein wunderschönes Taschentuch!», sagte eine Männerstimme hinter ihr, und im nächsten Augenblick schon wurde sie hart an beiden Armen gepackt und in die Höhe gezerrt. Vor ihr standen der Marktmeister und der Krämer vom Nachbarstand.

«Nur dumm, dass du es nicht bezahlt hast!», zischte der Krämer und riss ihr das Tuch aus der Hand.

«Ich hab's nicht gestohlen», protestierte Theres. «Es lag auf dem Boden, nachdem Sie zusammengeräumt hatten. Ich hab's nur aufgehoben.»

«Das kannst du dem Richter erzählen.» Der Marktmeister band ihr die Handgelenke auf dem Rücken zusammen. Dabei wandte er sich an den Krämer: «Ich nehm sie gleich mit ins Oberamt Waldsee. Dort wird sie schon ihre gerechte Strafe bekommen.»

24
Heilig-Geist-Spital Ravensburg, Sommer 1848

Auf der Fahrt von Waldsee nach Ravensburg blieb Theres vollkommen ruhig. Aufmerksam betrachtete sie die Landschaft, die vor dem Fenster vorüberglitt. Das Grün der Bäume verblasste bereits, die Felder trugen ihr Korn fast erntereif. Nach etwa vier Stunden Fahrt grüßte linker Hand, im goldgelben Schein der Nachmittagssonne, die ehemalige Klosterkirche von Weingarten wie eine alte Bekannte, und Theres grüßte zurück. Streckte den Arm zum Fenster hinaus und winkte und lachte dabei.

«Man merkt, dass du in deine Heimat kommst.»

Amtsarzt Lingg, der ihr unmittelbar gegenübersaß, lächelte ihr freundlich zu. Die beiden anderen Mediziner starrten mit schweißbedeckter Stirn vor sich hin. Die Luft in der engen Kutsche war heiß und stickig, zu stickig für anregende Fachgespräche.

Zu Beginn der Reise hatte Theres gefragt, ob sie denn so sterbenskrank sei, dass gleich drei Ärzte sie begleiteten. Der Neue im Bunde, jener Doktor Hofer aus Biberach, hatte schallend gelacht.

«Das nicht gerade. Aber ein höchst interessantes Exemplum bist du schon.»

Zu fragen, was ein Exemplum sei, hatte sie nicht gewagt, befürchtete aber, dass dies jene Art von Wesen war, die man in den Abnormitätenkabinetten der Jahrmärkte bestaunen konnte.

Jetzt zog sie die beiden Holzpferdchen aus ihrer Schürzentasche, die sie als einzige Besitztümer stets bei sich hatte, und hielt sie hinaus.

«Ein Gruß an den Urle!», rief sie in Richtung Sankt Martin, bevor der mächtige Kirchenbau aus ihrem Blickfeld verschwand.

«Sie scheint mir doch sehr, sehr kindlich», flüsterte Medizinalrat Hofer und zupfte sich an seinem schwarzgefärbten Spitzbart.

Stiegele schüttelte den Kopf. «Auch das gehört mit zu ihrem Spiel, glauben Sie mir.»

«Vielleicht aber», warf Lingg vorsichtig ein, «liegt es ja auch an dem Beruhigungselixier, das wir ihr zuvor verabreicht haben.»

Theres ärgerte sich einen kurzen Moment lang, dass man über sie sprach, als sei sie nicht vorhanden, dann wandte sie ihre Aufmerksamkeit wieder den Bildern vor dem Fenster zu: Weingärten, in denen bald schon die kleinen roten Burgunderbeeren reifen würden, wechselten sich ab mit Spalieren von hohen Stangen, an denen der Hopfen rankte, dazwischen Obstbäume, die sich unter der Last ihrer Früchte verrenkten. Winzig kleine Menschen stapften in der Ferne über einen Feldweg. Da tauchte auch schon der turmreiche Umriss Ravensburgs auf.

Theres beugte sich vor zu Doktor Lingg und berührte scheu seine Hand: «Sie werden im Spital wirklich nach meiner Johanne fragen?»

«Ja doch, das hab ich versprochen. Aber du weißt auch, dass du kein Recht auf sie als Mutter hast.»

«Sofern diese ganze Geschichte überhaupt der Wahrheit entspricht», knurrte der andere aus Waldsee.

Sie seufzte tief auf und lehnte sich wieder zurück. Wäre sie diese gelehrten und blasierten Herren nur recht bald wieder los. Bis auf den jungen Lingg – der hatte etwas, das ihr Vertrauen gab.

«Lassen Sie mich los! Loslassen!»

Theres schlug und kratzte und biss, während mehrere kräftige Männerarme sie zurück aufs Bett drückten.

«Festgurten», hörte sie den Ravensburger Oberamtsarzt, der sich Reiffsteck nennen ließ, im Kasernenton befehligen. Kühles Leder drückte auf ihre nackte Haut und presste sich so fest gegen ihre gespannten Muskeln, dass es schmerzte. Jemand öffnete mit seinen Fingern gewaltsam ihre Lippen, eine bittersüße Flüssigkeit rann ihr die Kehle hinab und aus ihren Mundwinkeln. Sie schlug den Kopf hin und her, begann zu husten.

«Ich will zu ihr», stammelte sie. «Ich will sie sehen.»

«Aber sie ist längst unter der Erde, Theres.» Das war die sanfte Stimme des jungen Lingg. «Gott hat sie zu sich genommen, deine kleine Johanne.»

Er flößte ihr noch einen letzten Rest der Flüssigkeit ein.

«Alles wird gut. Jetzt schlaf erst mal.»

Als Theres wieder erwachte, tauchte über ihr aus milchigem Dunst das spitzbärtige Gesicht von Doktor Hofer auf. Es grinste.

«Da sind wir doch zum rechten Augenblick vom Mittagstisch zurück. Sie wird wach.»

Jemand fühlte ihren Puls. «Schwach und unregelmäßig.»

Sie schloss die Augen und kehrte zurück auf ihre sommerwarme Wiese, wo sie eben noch mit ihrer kleinen Tochter Blumen gepflückt hatte. Doch jetzt konnte sie Johanne nirgends mehr entdecken. Stattdessen tauchten am Horizont vier schwarzgekleidete Gestalten mit hohen Zylinderhüten auf und näherten sich ihr eiligen Schrittes. Sie wollte davonlaufen, aber ihre Füße staken fest in einem sumpfigen Loch. Sie begann zu zappeln und zu rudern, um freizukommen. Schrie, bis ihr schließlich eine flache Hand rechts und links gegen die Wangen klatschte.

«Mach die Augen auf. Los!»

Jetzt beugten sich zwei Gesichter über sie: das des Ravensburgers und das von Hofer.

«Gut so. Sieh mich an.»

Ihr Blick flackerte zwischen den beiden hin und her. Jemand band ihre Handgelenke los.

«Und jetzt berühre mit dem Zeigefinger meine Nase.»

Sie hätte nicht sagen können, wer von den zweien gesprochen hatte. Mit einem Ruck hob sie die Arme und ballte ihre Hände zur Faust.

«An welcher Krankheit ist sie gestorben?», rief sie verzweifelt.

«Sehen Sie, werte Herren Kollegen?» Oberamtsarzt Reiffsteck wandte den Kopf zur Seite, als habe er Theres' Frage nicht gehört. «Ein eindeutiger Fall von Ataxie.»

Doktor Hofer nickte. «In der Tat bemerkenswert. Haben sich die dissoziativen Bewegungsstörungen und Krampfanfälle bereits in Waldsee gezeigt? In diesem Fall würde ich meinerseits mit Magnetisierung arbeiten. Das beruhigt den Organismus ungemein.»

«Nun …» Die Stimme von Oberamtsarzt Stiegele kam vom Fußende des Bettes her. «Ich würde nach wie vor behaupten, dass dieses Weib …»

«Johanne!» Theres hämmerte mit den Fäusten auf das Bettlaken. «Warum ist sie tot?»

Lingg trat in ihr Blickfeld. Sein Blick war voller Mitleid.

«Das Kind hatte die Schwindsucht.»

Theres begann leise zu schluchzen.

«Vielleicht sollten wir Visite und Diagnose an diesem Punkt unterbrechen», hörte sie Lingg sagen und sah, wie er zu dem schwarzen Büchlein griff, das auf der Fensterbank lag. «Das arme Fräulein braucht jetzt vor allem Trost und Beistand.»

Der junge Arzt blätterte in den Seiten.

«Ganz ruhig, Theres Ludwig, ganz ruhig», murmelte er und hielt mit der freien Hand ein kleines Kruzifix in die Höhe. Dann sagte er mit erhobener Stimme: «Hör zu, was unser Herr Jesus Christus spricht: *Die Starken bedürfen des Arztes nicht, sondern die Kranken. Ich bin gekommen, die Sünder zu rufen und nicht die Gerechten ...*»

«Hören Sie auf!», unterbrach Theres ihn mit schriller Stimme, und ihr Körper bäumte sich gegen die Leibgurte. «Zur Hölle mit diesem Jesus Christus! Zur Hölle mit der Jungfrau Maria und allen verdammten Heiligen!»

Blitzschnell presste ihr Reiffsteck die Hand auf den Mund, sodass nurmehr ein Röcheln entquoll. Die Konturen der Gesichter um sie herum verschwammen, die fleckigen Wände der Krankenstube bogen und beugten sich zu ihr herab.

«Bitte, Herr Medizinalrat», flehte Lingg nun. «Schicken Sie nach einem Pfarrer. Nach einem katholischen, wenn möglich.»

Doch als kurz darauf der Ravensburger Dekan und Stadtpfarrer Johann Evangelist Erath erschien, wurde alles nur noch schlimmer. In Theres' Brust tobte ein Sturm der unterschiedlichsten Empfindungen – Schmerz und Angst, Verzweiflung und unbändige Wut. Als Erath sein Weihwasser versprengte, schrie sie auf, als schleudere er sengende Flammen in ihre Richtung; als er ihr sein Gebetbuch vor Augen führte, schnappte sie verzweifelt nach Luft und keuchte: «Weg damit! Gott lügt! Gott ist ein Betrüger!»

Medizinalrat Reiffsteck schlug ihr ins Gesicht, und Theres begann leise zu schluchzen.

Offensichtlich ratlos fragte der Pfarrer: «Sie sagen, sie hatte bereits solcherlei Anfälle in Waldsee und im Rottenburger Arbeitshaus?»

«Ja», antwortete ihm Lingg. «Wenn auch nicht von dieser Heftigkeit. Und in Rottenburg waren es wohl Gesichte, Erscheinungen. Meist des Nachts. Und dann diese Sache auf dem Kirchhof, wo ihr der Böse in persona ...»

«Ach was», unterbrach ihn sein Kollege Stiegele. «Das erfindet die doch alles nur! Die weiß genau, wie das gemeine, wundergläubige Volk auf so etwas reagiert. Macht sich wichtig damit. Außerdem: Landstreicherinnen wie sie tun doch alles, um sich vor rechtschaffener Arbeit zu drücken. Ein wenig Hysterie und Gemütskrankheit zur Schau gestellt, und schon gibt's ein warmes Plätzchen im Spital.»

Er marschierte vor dem Krankenbett auf und ab, während Theres ihn stumm und mit schreckgeweiteten Augen beobachtete. «Fassen wir zusammen: Jene Anfälle äußern sich in Krämpfen, Convulsionen, in den heftigsten Bewegungen unter Schreien und Brüllen sowie in empörenden Lästerungen gegen Gott, Jesus Christus und die Mutter des Herrn. Da diese fraglichen Erscheinungen allem Anschein nach in der Hauptsache vor Publikum auftreten, kann meiner Ansicht nach keineswegs von einer dämonischen Einwirkung die Rede sein. Die günstigste Annahme ist die, dass eine krankhafte Anlage vorliegt, die indessen mit willkürlicher Verstellung verbunden ist und von der Patientin künstlich gesteigert werden kann.»

Niemand widersprach. Da Theres nun so ruhig darniederlag, unternahm Dekan Erath einen weiteren Versuch, ihrer Seele näher zu kommen. Er ergriff ihre Hände, die als einzige Gliedmaßen nicht festgezurrt waren, und legte sie ineinander.

«Lass uns gemeinsam beten.»

Theres' Hände zuckten und zappelten, bis sie endlich den fleischigen Fingern des Pfarrers entglitten waren. Sofort ballte sie sie wieder zu Fäusten und versteckte sie unter dem Betttuch.

«Nein, nein, nein!» Alles drehte sich in ihrem Kopf, zugleich war ihr, als drücke ihr jemand die Schläfen mit einer Eisenklammer zusammen. «Gehen Sie, Herr Pfarrer. Es hat alles keinen Sinn. Der Böse kommt mich holen. Am Tage Maria Namen kommt er mich holen!»

«Still jetzt!», herrschte der Pfarrer sie an. «Gib deine Hände her und bete!»

«Nein!» Sie drehte den Kopf in Richtung Lingg. «Helfen Sie mir! Tun Sie den Pfaffen weg! Er soll mich nicht anfassen.»

Amtsarzt Lingg sah sie nur hilflos an, während der Dekan weiterhin ihre Hände zu fassen suchte. Theres begann nun zu kreischen: «Zum Teufel mit dem Pfaffen», trommelte dabei mit den Fäusten auf ihn ein, warf den Kopf hin und her, bäumte sich gegen die Leibriemen, dass das ganze Bettgestell wackelte und wimmerte und schrie im Wechsel. Währenddessen brüllte der Ravensburger Oberamtsarzt im Flur nach dem Krankenwärter. Ein breitschultriger Riese stürzte herein und beugte sich über Theres' Bett. Seine Pranken umklammerten ihre Arme so fest, dass sie aufschrie vor Schmerz.

«Fixieren, Herr Medizinalrat?»

«Jawoll, aber flugs!»

Keine drei Atemzüge später waren ihre Handgelenke wieder an den Bettrahmen gegurtet. Sie gab auf.

«Die Maske mit dem Chloroform!»

Eine Art metallener Trichter wurde ihr über Mund und Nase gestülpt, ein süßlicher Geruch breitete sich aus, danach war nichts mehr.

25
Pfarrgemeinde Weissenau, Herbst 1848

Theres blinzelte, schloss die Augen, öffnete sie erneut. Sie konnte nicht glauben, wer da auf dem Schemel neben ihrem Bett saß und sie aufmerksam betrachtete.

«Nun sehen wir uns also wieder.» Patriz Seibold lächelte. «Geht es Ihnen besser, Fräulein Theres?»

Sie nickte.

«Das ist gut.»

Pfarrer Seibold löste nach und nach alle Gurte. Theres war wieder frei.

«Können Sie aufstehen? Ich möchte ein paar Schritte mit Ihnen gehen.»

Ganz allmählich begriff sie, dass der Pfarrer der einzige Besucher im Raum war. «Sind die anderen fort?»

Seibold nickte und half ihr, sich aufzurichten. Nach wenigen unsicheren Schritten durch die Krankenstube schwankte sie und sank gegen Seibolds Schulter.

«Es ist immer noch in mir drin», flüsterte sie.

Seibold hielt sie fest im Arm. «Was?»

«Das Böse. Ganz tief drinnen. Es macht mir Angst.»

Sie sprach sehr leise, weil sie nicht wollte, dass irgendjemand außer Seibold sie hörte.

«Ich werde dir helfen. Ich nehme dich mit zu mir.»

Seibold war zum Du übergegangen, und Theres spürte, wie gut ihr das tat.

«Wohin?»

«Ins Pfarrhaus von Weissenau, drei Viertelstunden von hier. Ich werde eine Kutsche rufen lassen.»

«Darf ich so einfach weg von hier?»

«Aber ja. Der Stadtrat hat heute zugestimmt, dass du auf ein

Vierteljahr zu mir ins Pfarrhaus kommst. Auch mit den Ärzten und mit Dekan Erath ist alles besprochen.»

«Sie kennen diese Männer?»

Als er jetzt lachte, wirkte sein Gesicht ganz jung. «Ich hatte die letzten Tage ausreichend Gelegenheit, die Herrschaften kennenzulernen. Und Dekan Erath ist mein Vorgesetzter. Ich war zufällig bei ihm, als er zu dir gerufen wurde. Als ich erfuhr, wie schlecht es dir ging, bat ich ihn, mitkommen zu dürfen.»

Sie dachte angestrengt nach, doch es gelang ihr nicht, Klarheit in ihrem Kopf zu schaffen.

«Dann waren Sie also hier bei mir, ohne dass ich es bemerkt habe. – Hab ich viele böse Dinge gesagt?»

«Ja, Theres.» Sein Gesicht wurde ernst.

«Auch gegen meine Mutter?» Daran erinnerte sie sich plötzlich ganz vage.

«Auch gegen deine Mutter. Aber es war der Dämon, der aus dir gesprochen hat, nicht du. Jetzt setz dich aufs Bett und ruh dich noch ein wenig aus. Ich lass die Kutsche rufen.»

Als sie bald darauf in einem leichten, offenen Einspänner die Stadt verließen, erwachte sie einen Augenblick aus ihrer dumpfen Betäubtheit und hob den Kopf. Alles hier hatte sich verändert. Vom alten Kästlinstor war nichts mehr zu sehen, Torturm samt Vortor mit Brücke waren abgetragen, der Graben verfüllt. Dafür war an der Straße zum Bodensee eine neue Vorstadt entstanden, mit großen, neumodischen Wohnhäusern.

«Da staunst du, was? Ja, hier hat sich ungeheuer viel getan. Die Reichen machen es sich bequem, und auf dem Lande hungern die Menschen.»

«Ich weiß nicht, was Sie meinen», erwiderte sie nur.

«Siehst du das?»

Er deutete auf eine Gruppe von Gebäuden und Schuppen schräg hinter ihnen, etwas abseits der Stadt.

«Der Bahnhof. Den kennst du gewiss noch nicht. Mit der Südbahn kommst du jetzt in nur vierzig Minuten zum See. Bald ist die Strecke bis Ulm fertiggestellt, und irgendwann werden die Menschen in Windeseile durch ganz Deutschland reisen können und werden dann noch entwurzelter sein, als sie es jetzt schon sind.»

In diesem Moment durchbrach ein greller, langgezogener Pfiff das gleichmäßige Hufgeklapper ihres Kutschpferdes. Ein scharfer Ruck fuhr durch Theres' Körper, sie schrie auf und klammerte sich in ihrem Entsetzen an den Pfarrer. Auch das Pferd scheute, bäumte sich in der Deichsel, raste dann ein ganzes Stück weit im Galopp über die holprige Straße, bis der Kutscher es endlich wieder in der Gewalt hatte. Nicht weit von ihnen war aus einer Baumgruppe ein metallisch glänzendes Ungeheuer aufgetaucht, das aus einer Art Schornstein dichten Rauch ausspie und dessen Räder auf unbegreifliche Weise von Eisenstangen bewegt wurden. Selbstredend kannte Theres solche Lokomotiven von Bildern her – aber was sie hier in natura sah und vor allem hörte, überstieg alle Phantasien. Ihr Herz schlug in wilden Sprüngen, ihr Magen hob und senkte sich, und sie befürchtete, spucken zu müssen. Ein Gedanke schoss ihr durch den Kopf: In einem solchen Gefährt konnte nur einer durch die Welt rasen – der Böse selber, der Leibhaftige! Sie begann vor Schreck zu weinen.

«Du Armes.» Patriz Seibold hielt sie fest im Arm. «Vertrau mir nur. Ich werde alles tun, um dich zu heilen. Der Dämon wird bald keine Macht mehr über dich haben.»

Dann erklärte er ihr, was er vorhatte, um das Böse aus ihr zu vertreiben und ihre Seele der ewigen Verdammnis zu entreißen.

«Hast du etwas dagegen, wenn die Menschen aus meiner Pfarrgemeinde dabei sind? Es sind alles ehrliche, rechtschaffene Leute vom Land, und ihr fester Glauben wird uns unterstützen.»

Sie nickte. Ihr war nun völlig gleichgültig, wohin sie fuhr, was mit ihr geschah, ob sie leben oder sterben würde. Sie fühlte sich über alle Maßen erschöpft. Selbst das Atmen wurde ihr zur Last. Und doch spürte sie, dass ihr im Moment nichts Besseres geschehen konnte, als neben Pfarrer Seibold in der Kutsche zu sitzen. Alles andere würde sich zeigen.

Sie fuhren unter dem kühlen Bogen eines mächtigen Torhauses hindurch. Unter halbgeöffneten Lidern sah sie, wie dichte Menschentrauben ihnen entgegendrängten, mit Armen, die sich in die Luft streckten, mit Worten, die an ihr Ohr drangen: «Da kommen sie! Da kommen sie!»

Von allen Seiten strömten sie herbei, und bald war ihre kleine Kutsche umringt von einer wogenden Menge, über der sich wie ein Fingerzeig Gottes der helle Doppelturm einer Kirche erhob.

Drei Tage lang kämpfte Patriz Seibold mit dem Satan einen erbitterten Kampf. Man hatte Theres in die Pfarrstube gebracht. Alle Kreuze mussten daraus entfernt werden, da Theres allein bei ihrem Anblick zu schreien begann, dass ihr die Augäpfel hervortraten, ja selbst das Kreuzzeichen, das als Mittel zur Austreibung von Dämonen ausdrücklich empfohlen war, durfte in ihrer Gegenwart nicht erfolgen. Mit Weihwasser und Räucherwerk aus Weihrauch und Myrrhe, mit Reliquien und geweihtem Öl kämpfte der Pfarrer gegen den Beherrscher der finsteren Welt, der die Menschen an der Erlangung des ewigen Heils zu hindern suchte, kämpfte mit Handauflegen, Anblasen, Ausspucken, mit dem Entzünden von Kerzen und dem Läuten von Glocken, vor allem aber mit Worten. Tag und Nacht, allein oder gemeinsam mit den Menschen seiner Gemeinde, betete er Glaubensbekenntnis und Vaterunser, rief immer wieder beschwörend den Namen Jesu Christi, den jedweder Dämon als Sohn Gottes kannte und fürchtete.

Bei jedem Fluch, bei jedem unflätigen Wort, das von Theres' Lippen kam, rief Seibold lautstark und mit erhobenen Armen: «Verstumme und fahre aus von ihr! Verstumme und fahre aus von ihr!» Dann zerrte der Geist sie hin und her, wälzte und schüttelte sie, dass eine Schar von Menschen sie halten mussten.

Am vierten Tag, am Tage Maria Namen, verließ der Dämon Theres unter lautem Gebrüll. Danach lag sie eine Weile wie tot, und eine junge Frau am Kopfende ihres Bettes, das man in die Stube gestellt hatte, begann haltlos zu weinen. Patriz Seibold strich Theres über die Stirn, und sie richtete sich auf.

«Wer sind all die Menschen hier? Wo bin ich?»

«Im Pfarrhaus zu Weissenau.»

Theres blickte sich verwundert um. In einem blütenweißen Hemd lag sie inmitten einer fremden Stube, umringt von fremden Menschen, die dichtgedrängt den ganzen Raum ausfüllten und sie teils neugierig, teils ergriffen anstarrten. Dennoch hatte das so gar nichts Beängstigendes, im Gegenteil. Alles hier war warm und licht. Vielleicht aber träumte sie ja nur?

«Lasst uns beten.» Seibold betrachtete Theres mit einem Blick voller Freude, als sie die Hände faltete. *«Ehre sei dem Vater und dem Sohn und dem Heiligen Geist, wie im Anfang, so auch jetzt und alle Zeit und in Ewigkeit. Amen.»*

Nach dem gemeinsamen Vaterunser nahm er ihre Hand, auf seinem Gesicht lag ein warmherziges Lächeln: «Wir haben es geschafft, Theres. Es ist vorbei.»

Eine runzlige Alte in der Tracht einer Haushälterin verzog den Mund. «Das ist es wohl. Aber dafür hat der Herr Dekan eine schriftliche Rüge verfasst, weil Sie ohne Billigung des Bischofs den großen Exorzismus vorgenommen haben.»

«Wenn's nur das ist, Käthe, wenn's nur das ist! Jetzt muss Theres erst mal zu Kräften kommen. Da verlass ich mich ganz auf dich und deine gute Hausmannskost. – Und ihr andern: Geht nach Hause. Heute Abend sehen wir uns in der Kirche zum Lobpreis.»

Da erst erkannte Theres die zierliche, auffallend blasse junge Frau, die sie mit tränennassem Gesicht anstarrte und sich auch jetzt, nach Seibolds Aufforderung, nicht von der Stelle rührte. Sie traute ihren Augen nicht.

«Pauline?»

Die junge Frau nickte und sank auf die Knie.

«Theres! Dass ich das erleben durfte! Ich hab's immer gewusst – ich hab's immer gewusst», begann sie zu stammeln.

«Was meinst du damit?»

«Dass du etwas Besonderes bist. Alsdann – Gott schütze dich.» Mit diesen Worten huschte Pauline hinaus.

Theres sah ihr nach. Die kleine Pauline aus Weingarten, die immer ihre Freundschaft gesucht hatte – sie hatte sich kaum verändert. Theres wusste nicht, ob sie sich über dieses Wiedersehen freuen sollte oder nicht.

«Ihr beide kennt euch aus dem Waisenhaus, nicht wahr?»

«Ja, Herr Pfarrer. Aber – wie kommt sie hierher?»

«Sie ist Magd im Dorf und eine meiner eifrigsten Kirchgängerinnen von Anfang an.»

«Und all die anderen?»

«Alles Schäfchen meiner Gemeinde. Sie waren mit dir, bei deinem schweren Kampf.»

Die Alte, die Käthe hieß, schüttelte den Kopf. «Ich frag mich, ob das gut ist. Diese Pauline hätt's nicht überall rumposaunen sollen. Zu Hunderten sind die Leut hergekommen, von sonst woher, grad als ob unser Pfarrdorf ein wahrer Gnadenort wär. Das war ja kaum auszuhalten.»

«Ach, Käthe, wie kannst du an einem solchen Jubeltag so ärgerliche Gedanken haben?»

«Ich mein ja nur – so viel Aufsehen in unserer kleinen Gemeinde, das kann einem fast schon bange machen. Manchmal kann aus einem warmen Herdfeuer ungewollt eine tödliche Feuersbrunst entstehen.»

Der Pfarrort Weissenau, südlich der Stadt in schönster Lage mitten im Schussental gelegen, war ganz und gar kein herkömmliches Bauerndorf. Eine geschlossene, vierflügelige Klosteranlage, in deren nördlichen Trakt eine prächtige, doppeltürmige Kirche eingefügt war, beherrschte das Bild. Allerdings war die einstige Reichsabtei längst aufgehoben, und die zahlreichen, noch aus alten Zeiten stammenden Wirtschaftsgebäude beherbergten nun eine Hammerschmiede, eine Ziegelei, drei Mühlen, in deren einer seit kurzem eine Nudelfabrik untergebracht war, eine Schildwirtschaft sowie das königliche Revierforstamt.

Die größten Gebäude allerdings sowie der gesamte Süd- und Ostflügel des Konventsgebäudes wurden von der Bleich- und Appreturanstalt des Schweizer Unternehmers Eduard Erpf eingenommen, einer höchst modernen Fabrikationsanlage mit Dampfkesseln, hydraulischer Presse, einer Walke mit sechs Stampfen und Dutzenden mechanischer Webstühle. Die weite Rasenfläche nach Süden hin diente zum Bleichen der Leinen- und Baumwollwaren und glich an sonnigen Tagen einem gleißenden Schneefeld. Schornsteine stießen unablässig Rauchwolken in die Luft, und wenn das Glöckchen zum Feierabend läutete, bevölkerten zahllose Männer mit der kehligen Mundart der Schweizer das Areal. Auch diese Ausländer lebten hier im ehemaligen Kloster.

Im Westflügel neben dem Kirchenportal schließlich befanden sich der Schulsaal der Elementarschule, die der Aufsicht von Patriz Seibold unterstand, im Stockwerk darüber Seibolds geräumige Wohnung sowie die etwas kleinere des Lehrers, der zugleich Mesner und Organist war. Die übrigen Häuser des Dorfes befanden sich vor dem Torhaus jenseits der Anlage, die von einer geraden Straße mit einem ebenso geraden Mühlkanal durchzogen war. All diesen Menschen hier sowie den Bauern der Umgebung diente die ehemalige Klosterkirche Sankt Peter und Paul nun als Pfarrkirche.

In den ersten Tagen wagte Theres nicht, die schützende Pfarrstube zu verlassen, so rast- und ruhelos erschien ihr das Treiben rundum. Manchmal zwang sie sich, sich aus dem geöffneten Fenster zu lehnen und hinunterzuschauen, um wenigstens in geringstem Maße teilzuhaben am täglichen Leben draußen. Fuhrwerke rumpelten die Straße auf und ab, Erpfs Arbeiter hasteten zwischen den Gebäuden hin und her oder wuselten drüben auf der Bleiche wie Ameisen. Man wusste gar nicht, wohin schauen, nirgendwo bot sich dem Auge ein ruhiges Fleckchen, dazu dieser Lärm vom Gestampfe der Walke, vom Ächzen des Wasserrads, dem Geknatter der Tücher im Wind. So hielt es Theres nie länger als ein leise gemurmeltes Vaterunser aus, um dann wieder erschöpft das Fenster zu schließen. Einmal hatte sie sich mit aller Gewalt am Sims festhalten müssen, damit ihr Oberkörper nicht nach draußen in die Tiefe kippte.

Aber immerhin vermochte sie wieder zu beten, auch wenn sie nicht spürte, wer ihre Worte entgegennahm. Und nach einer Woche schon begleitete sie Seibolds Haushälterin zum täglichen Rosenkranzbeten. Das Gehen fiel ihr anfangs noch schwer, und sie musste sich das kurze Wegstück hinüber zur Kirche an Käthes Arm festklammern. Mehr und mehr Gläubige, zumeist Frauen, fanden sich dort mit ihr zum täglichen Gebet ein und knieten vor der uralten Madonnenfigur über dem Muttergottesaltar nieder, um zu Maria, zu den Engeln und den Heiligen zu beten. Schulter an Schulter knieten sie, Pauline stets dicht neben Theres, und Theres war, als wüchse diese Gemeinschaft zu einem einzigen Wesen zusammen, dessen Mittelpunkt und Haupt zu ihrem Erstaunen sie selbst war, die doch zu den Elendsten und Ärmsten zählte. Das hätte ein befreiendes Gefühl sein können, wäre da nicht hoch über ihr dieses mächtige Gewölbe gewesen. Seine bunten Deckenbilder zum freudenreichen Rosenkranz, diese leuchtenden, kräftigen Farben lasteten so unhaltbar schwer auf ihren Schultern, dass sie schon beim ersten Mal, gleich nach dem Glaubensbekenntnis, vornüber zu Boden sank. Es dauerte keine drei Tage, da taten es die anderen ihr nach.

Sie wusste nicht, was sie davon halten sollte. Ohnehin hätte sie sich in diesen ersten Tagen am liebsten irgendwo verkrochen, um allein zu sein und sich nicht rühren und mit irgendwem sprechen zu müssen. Doch sie beruhigte sich damit, dass sich das Aufheben um ihre Person bald legen würde. Gewiss hatte es mit dem Herrn Pfarrer zu tun, der in den Augen der Leute hier ein kleines Wunder bewirkt hatte. Gleichwohl erfüllte sie eine große Dankbarkeit gegenüber Pfarrer Seibold und den anderen Menschen dieser Gemeinde, die sich alle so liebevoll um sie sorgten. Die Tür der Pfarrstube stand jederzeit offen, man kam und ging zu jeglicher Tages- und Nachtzeit, um an ihrer Genesung teilzuhaben, ein Gebet mit ihr zu sprechen oder ihr eine Kleinigkeit zu schenken. Sogar Fabrikant Erpf, ein Duzfreund und offenbar enger Vertrauter des Pfarrers, suchte sie einmal auf und brachte ihr ein Kleid samt blütenweißer Schürze, und erst nach Seibolds energischem Drängen hatte sie es gewagt, das kostbare Geschenk anzunehmen.

«Wie im Taubenschlag geht's hier wieder mal zu», schimpfte die Haushälterin. «Und jetzt, wo du da bist, noch ärger!»

«Es tut mir leid», entschuldigte sich Theres. Zu Käthes größtem Missfallen schneite fast jeden Tag irgendwann Pauline herein, die ganz in der Nähe als Magd in Stellung war.

«Hat die denn gar nix zu tun bei sich auf dem Hof?», maulte Käthe dann.

«Lass sie doch, Käthe. Sie stört ja niemanden.» Doch insgeheim wunderte sich Theres, dass ihre einstige Gefährtin in der Gemeinde genau dieselbe Rolle einzunehmen schien wie damals im Vagantenheim.

«Ich mag sie aber nicht leiden. An ihr ist was Bigottisches. Er ist nicht echt, ihr Glaube!»

Theres verteidigte sie: «Sie hat's ganz schwer gehabt, als kleines Kind. Vor ihren Augen ist ihre Mutter zu Tode gestürzt, und ihre Schwester ist seither stumm.»

Bald wurde es selbst Theres zu viel mit ihrer Freundin aus Kindertagen. Wie ehedem heftete sich Pauline an ihre Fersen, las ihr jeden Wunsch von den Lippen ab, beschwor sie ständig, mit ihr zu beten. Einmal hauchte sie: «Gott hat dich auserwählt, uns auf den richtigen Weg zu führen», um hernach in Ohnmacht zu fallen.

Nachdem Theres sich gerade ein wenig gefangen hatte, des Nachts wieder schlafen und bei den Mahlzeiten wieder mitessen konnte und während der Sonntagsmesse beim Klang der Orgel sogar vor Freude und Glück zu weinen begann – da kehrte es ganz plötzlich zurück, das Dunkle, Schwere, Schmerzvolle. Zum ersten Mal morgens beim Rosenkranzgebet, etwa zwei Wochen nach ihrer Ankunft: Bislang hatte sie nach dem Salve Regina stets die Augen geschlossen, um sich ins Gebet zu versenken, doch diesmal trieb etwas sie an, auf das Gesicht der heiligen Mutter Gottes zu starren, und tatsächlich: Es bewegte sich. In den Mundwinkeln hatte es gezuckt, auch rund um die

Augen, und plötzlich hatte das sanftmütige Gesicht einen bösen Ausdruck angenommen.

Von diesem Moment an ergriff eine Unruhe von ihr Besitz, die sich steigerte, bis sie keine Handreichung mehr verrichten konnte, ohne aufzustehen und umherzulaufen. Dabei erschrak sie über das kleinste Geräusch, über jeden Hahnenschrei, jedes Türenknallen zu Tode, vermochte nachts nicht länger als ein, zwei Stunden am Stück zu schlafen. Doch statt Erholung brachte der Schlaf ihr Traumbilder, die sie schweißnass erwachen ließen: ihr Bruder mit seinem abgehackten Fuß, ihre Mutter mit aufgelöstem Haar in eine Zwangsjacke gebunden, ihre kleine Johanne, die weinend die Arme nach ihr ausstreckte.

Sie alle redeten auf sie ein, in einem Schwall unverständlicher Worte, und bald schon hörte sie die Stimmen auch tagsüber, sie mischten sich unter die Gespräche und Gebete ihrer Besucher, bis sie sich irgendwann die Ohren zuhielt. Da endlich ergriff Pfarrer Seibold strenge Maßnahmen: Bis auf weiteres durfte niemand mehr seinen Schützling aufsuchen.

«Wie ergeht es dir?», fragte er voller Sorge.

«Ich weiß es nicht. Es ist alles so ein Durcheinander in mir.»

«Kannst du mir sagen, was dich quält?»

Sie schüttelte den Kopf. Plötzlich wünschte sie sich nur noch eines: zu sterben. Ihr war, als stünde sie vor einem tiefschwarzen Abgrund, in den hineinzustürzen sie es fast drängte.

Auch Pfarrer Seibolds Krankensalbung, als Sakrament der Stärkung und Aufrichtung, half nicht. Fortan ließen er und Käthe sie nicht mehr aus den Augen. Nachts musste Theres in der Kammer der Haushälterin schlafen, tagsüber lag sie stumm und ohne sich zu rühren auf ihrem Bett in der Stube. In die Kirche ging sie nicht mehr, denn allein der Gedanke an die Madonna dort ließ sie vor Angst zittern. So spendete ihr Seibold die Kommunion in der Stube.

Dann kam der Tag des großen Oberschwäbischen Turnfestes drüben in Ravensburg. Im ganzen Umland hatten Alt und Jung freibekommen, um an den Festlichkeiten teilzunehmen. Allein in Weissenau wagte keiner, sich auf den Weg zu machen. Pfarrer Seibold nämlich hatte angekündigt, einen weiteren Exorzismus vorzunehmen, und dieses neuerliche Glaubensereignis wollte niemand versäumen. Es war der erste Tag im Oktober, eine warme Sonne schien vom wolkenlosen Himmel. Theres hatte Seibold gebeten, die beiden Fenster der Stube kurz zu öffnen. Die frische Luft tat ihr gut, und sie wurde ruhiger. Von unten hörte sie das Gemurmel der Gemeindemitglieder, ganz deutlich irgendwann die Stimme von Pauline: «Wir alle sind bei dir, Theres.»

Seibold rückte einen Stuhl neben ihr Bett und nahm ihre Hand.

«Heute Nachmittag, Theres», sagte er leise und lächelte ihr aufmunternd zu.

Sie schloss die Augen. Das Stimmengewirr vor dem Haus schwoll an, wieder hörte sie Pauline rufen: »Ich bin bei dir», mehrfach und immer lauter, dann aber wurde die Stimme tiefer und dumpfer, sie klang wie aus einem blechernen Eimer. Plötzlich schob sich ein fahles Gesicht mit glühenden Augen über ihr Bett, genau wie jenes damals auf dem Gottesacker, und eine behaarte Hand streckte sich ihr entgegen.

«Komm mit. Das Fenster ist weit offen. Spring hinaus.»

«Das darf ich nicht», presste sie hervor.

«Spring! Dann hat alles ein Ende.»

In diesem Augenblick öffnete sich die Stubentür, und die Mutter Gottes trat ein, im langen, hellblauen Gewand. Lautlos schwebte sie zum Kopfende ihres Bettes, legte ihr die Hand auf die Schulter, die sich durch den Stoff ihres Nachthemdes angenehm warm anfühlte, und sagte freundlich: «Mein liebes Kind – was hast du vor?»

«Ich soll springen, sagt er.»

Da erhob die Mutter Gottes beide Arme und rief gegen die dunkle Gestalt: «Fort mit dir! Es soll dir schwer werden, gegen das Wort Gottes zu handeln.» Und der Böse verschwand mitten durch die holzgetäfelte Zimmerdecke.

Als Theres wieder zu sich kam, umstanden Käthe, Pauline und Pfarrer Seibold das Bett.

«Er ist weg», flüsterte Theres. «Die Mutter Gottes war bei mir. Sie hat ihn vertrieben.»

Sichtlich ergriffen nahm Seibold ihre Hand, und Pauline fiel auf die Knie.

«Gegrüßet seist du, Maria, voll der Gnade», begann sie zu schluchzen, und die beiden anderen fielen in ihr Gebet ein. Nachdem der Pfarrer Theres' Hände und Stirn mit Krankenöl gesalbt hatte, fiel sie in unruhigen Schlaf. Da erschien ihr die Heilige Maria erneut und offenbarte ihr in klaren Worten, was sie zu tun habe, damit in ihre Seele endlich Frieden einziehen könne.

Zwei Tage später, am Tag des Rosenkranzfestes, verkündete Patriz Seibold seiner Gemeinde in der Sonntagsmesse von der besonderen Gnade, die Theres zuteil geworden war: Zweimal hintereinander sei ihr die Mutter Gottes erschienen. Beim ersten Mal habe sie Theres dem Dämon entrissen, beim zweiten Mal ihr einen bedeutsamen Auftrag erteilt.

Das Kirchenschiff konnte die vielen Besucher kaum fassen. Aus allen Weilern und Dörfern der Umgebung waren die Menschen herbeigeströmt, selbst die Schweizer Arbeiter aus Erpfs Fabrik. Dank Paulines Schwatzhaftigkeit hatten sie alle gehört von Theres' wundersamen Marienerscheinungen und wollten nun Genaueres erfahren.

«So wissen wir nun endlich», der Blick des Pfarrers ruhte auf Theres, «was mit Theres Ludwig, deren Schicksalsweg den unseren gekreuzt hat, geschehen ist: Theres wurde offenbart, dass sich ihr eigener Vater dereinst, um zu Geld zu kommen, dem Teufel verschrieben und hierfür das Bildnis des Gekreuzigten und der seligsten Jungfrau alle Freitage mit einer Rute gegeißelt hatte. Diese solchermaßen geschändeten Gegenstände liegen nun auf der Heide zu Eglingen in der Erde vergraben und müssen, so von der Jungfrau Maria geoffenbart, geborgen und ins Kloster Einsiedeln gebracht werden. Nur so kann dieser Frevel ungeschehen gemacht werden. Gleich morgen wollen wir uns auf den Weg nach Eglingen machen. Wer von euch uns begleiten möchte, ist hierzu von Herzen eingeladen.»

Aus Seibolds Mund klang dies alles ganz fremd und seltsam, und Theres fragte sich zum wiederholten Male, ob ihr die Heilige Jungfrau tatsächlich erschienen war oder ob sie das nur geträumt hatte. Eines allerdings wusste sie mit Sicherheit: Welche Macht auch immer sie damals zu jener Freveltat, die sie über viele Jahre aus ihrem Gedächtnis verbannt hatte, angestiftet hatte: Sie musste es wiedergutmachen. Zugleich machte sich Furcht in ihr breit, wenn sie an den morgigen Tag dachte. Würde sie die Stelle überhaupt wiederfinden? Und wenn ja, was würde mit ihr geschehen? Würde sie womöglich dann von Gott ihre gerechte Strafe empfangen?

Ihr wäre es um so vieles lieber gewesen, allein mit Patriz Seibold loszuziehen, für den sie ein fast kindliches Vertrauen empfand. Als jedoch nach dem Segen und der Entlassung die Kirchgänger sie umringten und jeder sie berühren wollte und sie schließlich nur mit Käthes und Paulines Hilfe der Menschenmenge entkam, da ahnte sie, dass ihre Wanderung auf die Alb einer Prozession gleichkommen würde. Hin und her gerissen fühlte sie sich zwischen dem Verlangen nach Alleinsein und tiefer Freude über die Anteilnahme all dieser Menschen hier.

26
Wallfahrt und Weissenau, Herbst 1848

Theres blieb stehen und wandte sich ein letztes Mal um. Die Wälder rundum hatten bereits ihre goldene Herbstfärbung angenommen. Am anderen Ufer des Sees, unter der scharfzackigen Silhouette des Gebirges, wo die ersten Schneefelder glänzten, schimmerten die Türme und Klostermauern von Maria Einsiedeln in der Morgensonne. Auch dieses wichtige Ereignis lan nun hinter ihr, und sie spürte in sich wieder diese Leichtigkeit, die sie am Vortag bei ihrer Begegnung mit der Schwarzen Madonna ergriffen hatte. Das geheimnisvolle, dunkle Gesicht nämlich hatte gelächelt, als Theres ihr Kruzifix und Marienbild als Votivgabe dargebracht hatte, und der rechte Arm unter dem prachtvoll bestickten Brokatbehang hatte sich bewegt, als wollte er Theres segnen. Auch das schwarze Jesuskind in ihrem anderen Arm hatte still gelächelt.

Da hatte Theres sich niedergeworfen vor der Gnadenkapelle aus schwarzem Marmor und stundenlang den Rosenkranz gebetet, und ihr war tatsächlich, als fielen nach und nach alles Schwere, Düstere und Böse von ihr ab. Hernach hatte sie drei Kerzen entzündet, für ihre Mutter, für Urle und für ihre kleine Johanne, von der sie nicht einmal wusste, wo sie begraben lag. Anschließend hatte sie erst der feierlichen Vesper, dann der Eucharistiefeier beigewohnt, um am Ende die Kommunion zu empfangen.

«Du siehst fast glücklich aus», sagte Patriz Seibold in diesem

Augenblick und berührte flüchtig ihre Hand. «Wie ein anderer Mensch.»

«Ja.» Sie nickte. «Ich glaube, jetzt ist einiges im Reinen.»

Schweigend gingen sie weiter, Seite an Seite. Theres hatte sich daran gewöhnt, dass um sie und Patriz Seibold herum stets eine ganze Pilgerschar marschierte, dass sie keine Sekunde lang auf dieser Wallfahrt allein gewesen war. Sogar das Bett nachts in den Herbergen hatte sie mit Käthe oder Pauline geteilt, und wenn sie dann einmal erwachte, knieten jedes Mal zwei, drei Weissenauer an ihrem Bettrand und beteten.

Die Woche zuvor, bei ihrer Wanderung auf die Alb, waren es noch viel mehr Menschen gewesen. Jedes Mal, wenn Theres daran zurückdachte, schüttelte sie innerlich verwundert den Kopf. Hunderte von Gläubigen hatten sich an jenem Morgen bei Sonnenaufgang vor Sankt Peter und Paul versammelt. Unter den Klängen der Weissenauer Musikkapelle war die Prozession losgezogen, und bis sie das Schussental hinter sich gelassen hatten, war der Strom auf weit über tausend Menschen angewachsen! Was dann in jener verlassenen Heidelandschaft geschehen war, würde sie erst recht nie wieder vergessen. Auf Anhieb hatte sie die Stelle wiedergefunden, hätte es selbst mit geschlossenen Augen vermocht, und hatte mit bloßen Händen zu graben begonnen. Da war alles um sie herum mäuschenstill geworden, und sie hatte innegehalten.

«Warum zögerst du?», hatte der Pfarrer sie leise gefragt und sich neben sie niedergekniet.

«Ich habe Angst vor Gott. Nach allem, was ich getan hab.»

«Das ist gut so. Da du Gott fürchtest, hast du ihn wiedergefunden. Und da du ihn gefunden hast, brauchst du ihn nicht mehr zu fürchten. Unser Gott ist ein gütiger Gott, du kannst ihm vertrauen wie ein Kind seinem Vater.»

Im selben Moment hatten ihre Hände im sandigen Erdreich

auch schon Kruzifix und Marienbildnis ertastet, mitsamt dem in zwei Teile gebrochenen Stöckchen. Weder schickte Gott einen Blitz vom Himmel, noch Satan einen seiner Dämonen. Stattdessen begann eine Amsel zu flöten, als sei eben der Frühling ausgebrochen. Theres wagte kaum, Christusfigur und Jungfrau Maria zu betrachten, denn sie erinnerte sich plötzlich an jede Einzelheit ihrer wahnsinnigen Freveltat, auch daran, wie sie alles besudelt, beschmutzt und malträtiert hatte. Doch da waren kein Fleckchen Schmutz auf dem bemalten Holz, kein Riss und keine Schrunde. Nur das kleine Stück am linken Fuß fehlte nach wie vor. Ganz offenbar war hier ein Wunder geschehen.

Mit scheuem Lächeln hob Theres die Fundstücke in die Luft, damit die Umstehenden sie sehen konnten. Die fielen sich jubelnd in die Arme darüber, dass die Prophezeiung sich erfüllt hatte, begannen zu tanzen und zu beten und zu singen, bis Patriz Seibold sie schließlich ermunterte, unter freiem Himmel, inmitten der Ödnis dieses einsamen Landstrichs, einen Dankgottesdienst zu zelebrieren.

Zwei Tage später waren sie unter Glockengeläut in Weissenau eingezogen. Vor viertausend staunenden Augenpaaren hatte Pfarrer Seibold anschließend von den wunderbaren Ereignissen berichtet und Kruzifix wie Bildnis herumgezeigt, draußen vor dem Kirchenportal, denn im Inneren von Peter und Paul wäre gar nicht ausreichend Platz gewesen. Da war Theres schon nicht mehr dabei, denn sie war bei ihrer Ankunft so erschöpft gewesen, dass sie zwei Tage im Bett verbringen musste, unter der Obhut von Pauline. Sie sollte zu Kräften kommen, denn es war ja noch die mühevolle Wallfahrt nach Maria Einsiedeln im finstern Wald zu meistern, weit weg im Schweizer Land.

Ihrer geschwächten Konstitution wegen hatten sie ab Friedrichshafen das Dampfboot *Kronprinz Wilhelm von Württemberg* bestiegen, das sie hinüber ans schweizerische Ufer bringen sollte. Ein Großteil der Bauern und Taglöhner hatte sich hier verabschiedet, da der halbe Gulden Fahrpreis für sie unerschwinglich war. Oder auch aus Furcht vor obrigkeitlicher Strafe, denn Wallfahrten ins Ausland waren neuerdings verboten.

Zwischen Frachtseglern und Ruderbooten schaufelte sich der Raddampfer voran über die dunkelblaue Wasserfläche. Seibold winkte den Zurückbleibenden zu, bis sie nur noch als dunkle Punkte am Kai zu sehen waren, während sich Theres mit beiden Händen an der Rehling festklammerte.

«Wenn das Boot nun untergeht, mitten auf dem See? Ich kann nicht schwimmen.»

Seibold lächelte. «Ich auch nicht. Aber ich denk mir einfach, dass die *Kronprinz* jeden Tag hier hin- und herfährt. Und jeden Tag sicher wieder anlegt. Das Boot kann nämlich im Gegensatz zu uns hervorragend schwimmen.»

Sein Gesicht wurde ernst.

«Wenn wir zurück sind von Einsiedeln – wirst du dann Weissenau verlassen?»

Da geschah etwas Überraschendes: Während sich ihre Blicke trafen, sah Theres in Patriz Seibold ganz plötzlich nicht mehr den Seelsorger und Beschützer, der er ihr bislang immer gewesen war, sondern den Mann – einen äußerst gutaussehenden obendrein. Ein Gefühl, das sie erschauern ließ, wogte in ihr auf.

«Ich weiß es noch nicht», hatte sie verwirrt geantwortet.

An diesem Abend des 20. Oktober, als sie auf dem Rückweg von Einsiedeln zu ihrer ersten Übernachtung einkehrten, fragte Patriz Seibold sie erneut. Er hatte sie zu einem kurzen Abendspaziergang zwischen den Obstwiesen überredet, während die anderen Weissenauer Pilger bereits hungrig und durstig in der Schankstube saßen.

Theres sah zu Boden. «Ich möchte Ihnen und Ihrer Gemeinde nicht länger zur Last fallen. – Sie haben schon so viel für mich getan.»

«Ach, Theres – das genaue Gegenteil ist richtig. Gott hat dich zu uns geführt, um uns etwas zu lehren. Als ein Geschenk. Weißt du, dass die Menschen dich die Prophetin von Weissenau nennen?»

«Das ist es ja eben.» Ihre Stimme wurde brüchig. «Ich kann das alles gar nicht verstehen. Was kann ich all diesen Leuten schon geben? Noch ärmlicher als sie bin ich, hab wahrscheinlich noch mehr gesündigt als die meisten von ihnen und bin darüber fast krank im Geist geworden. Und wer weiß, wann mich der nächste Rückfall heimsucht und ich die nächste Sünde begehen werde? Wann das nächste Unheil über mich hereinbrechen wird? Mein bisheriges Leben war so trüb, so unvollkommen. Was also sollte an mir sein, dass jetzt alle zu mir aufschauen?»

«Sie sehen in dir ein Beispiel für die Macht des Glaubens, das ist es, Theres.»

Sie schluckte. Da war noch etwas. Etwas, das schon so lange in ihr nagte und das sie gegenüber Seibold, bei ihrer ausführlichen Beichte gestern früh in Einsiedeln, unerwähnt gelassen hatte.

«Es war nicht so, wie alle glauben.»

Seibold betrachtete sie gespannt. «Du meinst, die Erscheinung Mariens?»

Sie schüttelte den Kopf. «Nein. Sie war da. Ob nun im Traum oder leibhaftig, das weiß ich nicht. Und sie hat mir auch den Auftrag gegeben, nach Eglingen zu gehen. Nur ...» Sie stockte.

Aufmunternd nickte der Pfarrer ihr zu. «Sag es mir ruhig.»

«Ich selbst habe diese Dinge vergraben. Vor vielen Jahren, als ich Gott verflucht hatte. Ich hatte das alles nur aus meinem Gedächtnis verloren.»

Wieder nickte Seibold. «Belass es dabei, Theres. Das Wunderbare wird deshalb nicht geringer. Nur würden es die Menschen nicht verstehen. – Also, was ist? Wirst du bei uns bleiben?»

«Ja.» Ein Gefühl der Wärme durchflutete sie. «Sehr gern.»

Als Theres und Seibold mit ihrer Pilgerschar zurückkehrten nach Weissenau, kam ihnen mitten in dem begeisterten Empfang durch die Daheimgebliebenen eine vollkommen aufgelöste Käthe entgegen und fasste sie beide an den Händen.

«Kommen Sie rasch mit, Herr Pfarrer. Du auch, Theres.»

Beinah gewaltsam bahnte sich die alte Haushälterin ihren Weg durch die enttäuschte Menschenmenge, die nun vergeblich auf einen ersten Bericht von der Wallfahrt gewartet hatte. Als sie die Pfarrstube betraten, verriegelte Käthe die Tür hinter sich.

«Ein Gerichtsdiener vom Oberamtsgericht Waldsee war hier.» Sie reichte dem Pfarrer zwei zusammengerollte Papiere. Ihre Hand zitterte. «Ein Haftbefehl gegen Theres. Wegen eines beträchtlichen Diebstahls, hat der Gerichtsdiener gesagt. Das andre Schreiben ist aus Rottenburg, vom Bischof.»

Theres ließ sich auf die Bank sinken. Vor ihren Augen begann alles zu verschwimmen.

Seibold brach die Siegel. Er wirkte gefasst, als er sagte: «Es geht noch immer um dieses Taschentuch in Aulendorf.»

Dann entrollte er das andere Blatt. Seine Augen wurden zu schmalen Schlitzen.

«Bischof Lipp droht mir mit Enthebung von meinem Amt als Pfarrer, sollte ich Theres nicht sofort aus dem Pfarrhaus fortschicken oder sie weiterhin in meinen Predigten erwähnen.» Er sah auf. «Weiß jemand von diesen Schreiben außer dir?»

«Nein.» Käthe schüttelte den Kopf. In ihren Augen standen Wut und Verzweiflung.

«Dann soll das auch so bleiben. Noch heute Abend werde ich dem Bischof schreiben. Dass ich mich genötigt sehe, meinen Ungehorsam gegen das Ordinariat schriftlich zu erklären, selbst wenn das meine Entlassung bedeutet.» Dann tat er etwas Überraschendes: Er setzte sich zu Theres auf die Bank und legte den Arm auf ihre Schultern. Sie spürte, wie die Wärme seines Körpers auf sie überging.

«Hab keine Angst, Theres. Ich werde nicht zulassen, dass man dich ins Gefängnis steckt.»

Die folgenden zehn Tage geschah zunächst gar nichts. Theres ging Käthe bei der Haus- und Küchenarbeit zur Hand, versorgte Seibolds Hühner, brachte die Wäsche hinüber ins Waschhaus draußen vor dem Tor und kümmerte sich um Feuerholz und frisches Wasser vom Brunnen. Hierüber vor allem war Käthe sehr dankbar, da sie in ihrem hohen Alter von Gicht und Rheuma geplagt war und keine schweren Eimer und Körbe voller Wäsche mehr schleppen konnte.

Verschwunden war mit einem Mal Theres' Teilnahmslosigkeit, ihre stumpfe Gleichgültigkeit gegenüber anderen Menschen, verschwunden auch ihre Angst und innere Unruhe. Nachts schlief sie tief und traumlos in einer eigenen Kammer unterm Dach, und sie empfand wieder Freude an den kleinen Dingen des Alltags. Bei ihrer täglichen Arbeit traf sie auf zahllose Menschen, mit jedem fand sich die Zeit für einen Schwatz. Wie erstaunt war sie anfangs gewesen, dass hier in dieser Gemeinde kein Unterschied gemacht wurde, ob einer gebrechlich oder gesund war, arm oder reich, hier geboren oder aus dem

Ausland zugewandert, wie so viele der Arbeiter in der Bleich- und Appreturanstalt. Selbst Fabrikant Erpf, ein schmaler, aufrechter Mann mit fliehendem Kinn, Backenbart und durchdringendem Blick, hatte für jeden ein freundliches Wort und nahm, wann immer es seine Zeit erlaubte, teil am gemeinsamen Beten und Singen. Gerade Letzteres liebte Theres. Die Kraft, die von den alten Kirchenliedern und Chorälen ausging, empfand sie mit jeder Faser ihres Körpers, und sie merkte erst jetzt, wie einsam sie die letzten Jahre gewesen war.

Nur dass sie etwas Besonderes sein sollte in den Augen der anderen, dass jeder ihre Nähe suchte, das Gespräch mit ihr – daran gewöhnte sie sich bis zuletzt nicht.

Zu ihrem heimlichen Bedauern bekam sie Patriz Seibold in diesen Tagen außerhalb der Gottesdienste kaum zu Gesicht, obwohl sie unter einem Dach wohnten. Dass er so unendlich viel Zeit für Theres aufgewandt hatte, musste eine große Ausnahme gewesen sein, denn er war ein vielbeschäftigter Mann. Neben seinem Amt als Pfarrer unterrichtete er gemeinsam mit dem jungen Lehrer Baptist Probst die über hundert Schüler seiner Elementarschule, hinzu kamen seine regelmäßigen Hausbesuche in den entfernteren Weilern der Pfarrgemeinde und die Sonntagsschule, die keiner der jungen Leute, ganz anders als damals bei Pfarrer Konzet, versäumen wollte. Gewissenhaft hielt er die täglichen fünf Stundengebete ein, spätabends dann stand er bei Kerzenschein an seinem Schreibpult und verfasste Artikel für den «Friedensboten», ein Sonntagsblatt für das katholische Volk, das er seit einigen Jahren herausgab und in dem auch Käthe und Theres immer wieder lasen. In einfachen, klaren Worten wurden darin die Legenden der Heiligen und Märtyrer erzählt und die Riten der einfallenden Feste erklärt. Theres' Bewunderung für diesen Mann wurde immer größer, sie verstand nur zu gut, warum ihn alle hier liebten und verehrten.

Auch wenn sein Arbeitszimmer vollgestopft war mit Büchern und er in Theres' Augen ungeheuer klug und gebildet war, redete er in der Sprache des Volkes mit den Menschen. Einmal, als sie ihm das Abendbrot in sein Studierzimmer gebracht hatte, war sie fasziniert vor den vielen Reihen mit Buchrücken gestanden. Fast noch mehr Bände standen hier als damals bei Pfarrer Konzet, auch entdeckte sie neue, unbekannte Namen wie Kant und Humboldt, Schiller und Büchner. Ob wohl alle Pfarrer so gelehrt waren?

«Haben Sie all das gelesen?» hatte sie ihn gefragt, und Patriz Seibold hatte leise gelacht.

«Das hab ich wohl – nur, ob es mich klüger gemacht hat, bezweifle ich. Weißt du», er war aufgestanden und hatte sich dicht neben sie gestellt, «zu viel Wissen kann einen Menschen auch leer machen. Mir erging es so, als ich sehr jung war. Je mehr ich gelesen hatte, desto unglücklicher fühlte ich mich. Weil nichts zwischen diesen Buchdeckeln meine Frage beantworten konnte, was hinter dem Sichtbaren steckt, was das Wesen unseres Daseins ist. Dann habe ich den Glauben entdeckt und bin Pfarrer geworden. Der Glaube ist das einzige Mittel gegen die Zerrissenheit und Ängste unserer Zeit. Ohne Religion und Kulte verharrt der Mensch im Elend, in einem unsäglichen Nichts. Und so versuche ich nun, den Menschen hier meinerseits Halt zu geben im Glauben.»

Dabei war Pfarrer Seibold keineswegs ein Mann der Kanzel. Am liebsten betete und predigte er mitten unter den Menschen, auf Augenhöhe. Und wenn er sie auf ihren Höfen oder in ihren Häusern und Werkstätten aufsuchte, krempelte er nicht selten die Ärmel hoch und half tatkräftig mit, bevor er auf den eigentlichen Grund seines Besuches zu sprechen kam.

Einmal war Theres selbst Zeuge geworden von seiner praktischen, zupackenden Art. Er war auf einen kleinen Hof gerufen worden, um eine hochträchtige Kuh zu segnen, deren Kalb nicht kommen wollte. Es war die einzige Kuh dieser Bauern, und ihr Tod hätte eine Katastrophe bedeutet. Zu Theres' großer Freude hatte Seibold sie gebeten, sie zu begleiten. Als sie den Bretterverschlag betraten, lag die Kuh auf der Seite im feuchten Stroh, ihr Atem flatterte. Seibold zog seine Jacke aus und hängte sie an einen Haken.

«Das Kalb müsst längst da sein.» Der Bauer nestelte nervös an dem Strick in seiner Faust, während sich Seibold neben dem Kopf des Tieres niederkniete. Besänftigend strich er ihm über die Stirn, dann über den aufgewölbten Bauch. Dabei sprach er leise auf es ein. Schließlich kreiste seine Hand über die eingefallenen Flanken in Richtung Hinterteil. Was dann geschah, mochte Theres kaum glauben: Seine Hand glitt in die geschwollene Spalte, bis zum Ellbogen verschwand sein Arm darin. Wie der erfahrenste Viehzüchter führte er seine Untersuchung durch, hochkonzentriert und mit geschlossenen Augen! Als er fertig war, nickte er und wandte sich mit einem strahlenden Gesicht an Theres.

«Lass dir von der Bäuerin frisches Stroh geben. Ich glaube, sie schafft es.»

Als Theres mit ihrer Karre Stroh zurückkehrte, ragte zwischen den Schamspalten der Kuh tatsächlich eine glänzende Blase heraus, in dem deutlich die Vorderbeine des Kalbes zu sehen waren. Von da an ging alles ganz rasch. Der Bauer band seinen Strick um die Hufe, und mit vereinten Kräften zogen die Männer das Kalb so weit heraus, bis es mit einem flutschenden Geräusch der Länge nach ins saubere Stroh glitt.

«Ein Stier!», rief der Bauer. «Und a mordsmäßiger Kerle dazu!»

Zu schwach war das Muttertier noch, um aufzustehen und sich um sein Junges zu kümmern, und so knieten Theres und der Pfarrer nieder, um das Kalb mit Stroh zu säubern und zu massieren. Dabei berührten sie sich immer wieder wie zufällig, weshalb Theres kaum aufzublicken wagte.

Nachdem Seibold beide Tiere gesegnet hatte und sie sich von den Leuten verabschiedeten, war Theres mindestens so verlegen wie der Bauer jetzt:

«Net mal ein Krügle Roten hab ich, um mich zu bedanken», murmelte der Mann bekümmert. «Net mal ein Ei, weil's Huhn nimmer legt.»

«Lass gut sein, Fritz!» Seibold klopfte ihm auf die Schulter. «Da hilfst mir halt mal wieder in der Kirche aus.»

Es war nicht das erste Mal, dass Theres mit eigenen Augen sah, wie arm auch in der Weissenauer Gemeinde viele Menschen waren und wie sehr sie unter der allgemeinen Teuerung und Not litten.

Aber man half einander und fand Halt im Glauben, während es in der nahen Stadt zunehmend brodelte. Bereits im Frühjahr war es dort auf der Kuppelnau zu einer großen Volksversammlung gekommen, bei der die verbotene schwarz-rot-goldene Fahne gehisst worden war. Seither ertönten bei jedem Turn- und Schützenfest die hitzigsten Reden über die Abschaffung von Grundlasten und Abgaben, die lautstarken Rufe nach gleichen Rechten für alle, nach einer einheitlichen deutschen Republik, nach Demokratie und Volksbewaffnung. Zum ersten Mal hörte Theres in jenen Wochen vom Gespenst des Kommunismus, das angeblich unter den Taglöhnern und Eisenbahnarbeitern umginge, und in Ravensburg wie anderswo setzte der bürgerliche Stadtrat die Bildung einer bewaffneten Sicherheitswache durch, da man Gewalt auch mit Gewalt vertreiben müsse.

Von solcherlei Unruhen war hier auf dem Land allerdings wenig zu spüren. Mit den reichen Hansen und Staatsbeamten in der Stadt, die obendrein fast alle evangelisch waren, hatte man nie viel zu tun gehabt, und Theres hatte den Eindruck, dass sich die Weissenauer nun über jeden Akt des Ungehorsams gegen die städtische Obrigkeit klammheimlich freuten.

Überhaupt schien diese Pfarrgemeinde eine eigene kleine Welt zu sein, in der andere Gesetze galten. Hier wurde nicht, wie sonst in den Kirchen des Landes, der Gottesdienst mit Gebet und Gesang für den König abgeschlossen. Dafür fanden weitaus häufiger als anderswo Vespern, Andachten und Eucharistiefeiern statt, wobei die Liturgie durchweg auf Deutsch abgehalten wurde, und auch außerhalb dieser festen Zeiten traf sich, wer Zeit hatte, zum Rosenkranzbeten. Beim Bischof forderte die Gemeinde seit geraumer Zeit eine Wiederbelebung des Weissenauer Blutritts, wenn auch bisher erfolglos. Pauline hatte ihr voller Stolz erzählt, dass in ihrer Weissenauer Kirche, genau wie in Weingarten, ein Tropfen Blut des Herrn Jesu aufbewahrt würde.

«Ist es nicht eine Fügung Gottes, dass wir beide uns wiedergefunden haben an einem Ort, an dem wie in unserer Kindheit ein Blutstropfen Jesu Christi ruht?»

Von Maria Magdalena selbst sei dieser heilige Schatz geborgen worden. Versenkt in einem großen Kristallgefäß in Goldfassung, werde er nun hier im Heiligblutaltar unter dem hohen Kreuz aufbewahrt.

All das hatte ihr Pauline mit glühenden Wangen erklärt. Zugleich konnte sie geifern wie ein Rohrspatz über das wüste Treiben in der Stadt, einem wahren Sodom und Gomorrha. Statt in die Kirchen würden Arm und Reich, Frauen wie Männer in die zahllosen Schenken und Wirtshäuser rennen und sich um ihren Verstand saufen, und diese ganzen fremdländischen Lumpenproleten, die mit dem Bau der Eisenbahn gekommen seien, hätten die schändlichste Hurenwirtschaft ins Land gebracht. Auf den Straßen sei man seines Lebens nicht mehr sicher, bei jedem Streit flögen Steine oder würden Messer gezückt, und blutjunge Mädchen böten ihren Körper gegen ein paar Pfennige dar.

Pauline wich ihr inzwischen nicht mehr von der Seite, und je heftiger sich das Mädchen ereiferte über die Unmoral der Welt, desto wortkarger wurde Theres. Bis es irgendwann einmal aus ihr herausplatzte: «Sei endlich still, Pauline. Auch ich habe mich schwer versündigt. Mehr als einmal.»

«Aber du bist errettet worden», flüsterte Pauline und schlug die Augen nieder.

Am Morgen von Allerseelen stampfte ein Mann die Treppe herauf und stürmte in die Küche, ohne anzuklopfen. Der Kleidung nach war der Fremde ein Polizeidiener.

«Wer von euch beiden ist die Theres Ludwig?»

Theres ließ vor Schreck den Milchkrug fallen, den sie eben abgetrocknet hatte, als sich die alte Küchenmagd auch schon schützend vor sie stellte.

«Raus hier, oder ich schreie das ganze Dorf zusammen!»

Der Mann, der nicht eben der Größte und Kräftigste war, schob Käthe zur Seite und packte Theres beim Oberarm. Da begann Käthe zu brüllen: «Zu Hilfe! Zu Hilfe!» Theres gelang es eben, sich dem Griff des Polizeidieners zu entwinden, als erneut die Tür aufflog und Patriz Seibold hereinstürzte, barfuß und in Hemdsärmeln.

«Was soll das?»

«Ich hab Befehl, die berüchtigte Weibsperson Theres Ludwig abzuführen. Nach Ravensburg.»

«Niemand wird das Mädchen abführen. Nicht, solange ich hier Pfarrer bin.»

Der Mann zog einen Brief aus der Rocktasche. «Sie sind aber nicht mehr Pfarrer von Weissenau. Unser Dekan hat Sie vorläufig vom Pfarrdienst befreit, unter Billigung des Bischofs von Rottenburg. Wegen offenkundigen Ungehorsams.»

Jetzt grinste der Uniformierte breit.

«Wenn das so ist ...»

Mit einem Satz war Seibold bei ihm und drehte ihm den Arm auf den Rücken.

«Und jetzt raus hier. Da ich nicht mehr Pfarrer bin, brauch ich mich auch nicht so benehmen. Dann kann ich Ihnen ebenso gut den Arm auskugeln.»

Er schleppte den Mann nach draußen in den Flur, wo man ein Gepolter hörte, als würde jemand die Treppe hinuntergestoßen. Kurz darauf erschien Seibold wieder im Türrahmen und glättete sich das zerzauste Haar.

«Was machen wir nun?», fragte Käthe mit dünner Stimme.

«Was soll schon sein? In einer Stunde möchte ich mit der Gräbersegnung beginnen, also richtet euch.»

Während des Gottesdienstes in der Mariathaler Friedhofskapelle hatte Patriz Seibold alle Mühe, seine Gemeindemitglieder bei der Sache zu halten. Wie ein Lauffeuer war herumgegangen, dass ein Ravensburger Polizeidiener ins Pfarrhaus eingedrungen sei, um Theres zu verhaften, und dass der Pfarrer ihn gewaltsam vor die Tür gesetzt habe.

Nachdem Seibold über den frischgeschmückten Gräbern, auf denen zahllose Lichter brannten, seine Segensformel gesprochen und das Weihwasser versprengt hatte, schüttelte Bauer Metzler vom Voglerhof seine kräftige Faust gen Himmel und rief mit dröhnender Stimme: «Die Obrigkeit soll nur kommen! Wer von euch für Theres einstehen will, mit Hab und Gut, mit Leib und Leben – der soll die Hand heben!»

In einer einzigen Bewegung schnellten die Arme in die Luft. Theres, die dicht bei Patriz Seibold stand, sah Tränen der Rührung in dessen Augen, und auch sie selbst musste schlucken.

Nein, sie hatte keine Angst mehr. Hier, bei diesen Menschen, die so bedingungslos zu ihr standen, konnte ihr niemand was anhaben.

Keine halbe Stunde später stellten sich ihnen am Ende der Mariathaler Allee zwei Landjäger in den Weg, breitbeinig und diesmal bewaffnet mit Säbel und Pistole.

«Gebt die Ludwig heraus», brüllte der eine.

Noch ehe Theres einen klaren Gedanken fassen konnte, hatte Seibold sie an sich gezogen, während die Knaben und Männer von hinten nach vorne drängten und einen schützenden Wall um sie bildeten. Sehen konnte sie nichts mehr, aber hören: «Haut ab!» – «Lasst die Theres in Ruh, die gehört zu uns!» – »Schad nur, dass wir vom Friedhof kommen und net aus dem Stall.» Das war Bauer Metzlers Stimme. «Sonst täten wir euch nämlich unsre Mistgabeln in den Ranzen rammen.»

Das Gebrüll rundum wurde lauter, und Theres presste sich an Patriz Seibolds Brust. Durch den Stoff seiner Soutane spürte sie, wie auch sein Herz schneller schlug. Da gellte ein Schuss durch die Luft, dann ein zweiter, ein dritter. Für einen Moment wurde es totenstill.

«Erschießt uns nur allesamt», hörte sie Metzler rufen. «Aber die Theres kriegt ihr net, ihr liedrige Lombaseggl!»

«Genau», rief eine Frauenstimme, «euch sollt ma d' Füß abschlage, dass ihr auf de Schdomba hoimquaddla müesset!»

Ganz eng hatte sich der Ring um Theres geschlossen, und als jetzt erneut ein Schuss fiel, unterdrückte sie mit Mühe einen Aufschrei. Der Tumult vorne wurde heftiger, wütendes Brüllen war zu hören, dann das höhnische Lachen von Metzler: »Nehmt mich nur mit, ihr Deppen! Ihr werdet scho sehn!«

Der Menschenhaufen lockerte sich mit einem Mal, und fast so etwas wie Ruhe kehrte ein.

«Bleib hier stehen und rühr dich nicht.» Seibold ließ sie los und schob sich durch die Menge. Sie hörte ihn rufen: «Morgen sind die drei wieder freie Männer unter Gottes Himmel, das schwör ich euch! Die Obrigkeit hat sich bei uns schon gar nicht einzumischen, richtet das euren Herren Stadträten und Staatsbeamten aus.»

Jetzt sah es auch Theres: Der eine Landjäger hielt Bauer Metzler fest im Griff, die Pistole an dessen Schläfe, der andere stieß zwei junge Knechte in eisernen Handschellen vor sich her. Alle fünf kletterten sie auf einen Wagen, der vor dem Forsthaus gewartet hatte, dann knallte eine Peitsche, und die beiden Pferde preschten im Galopp davon.

Theres hätte erwartet, dass alle in großes Wehklagen ausbrechen würden, stattdessen wartete jeder ruhig ab, was der Pfarrer ihnen zu sagen hatte.

«Morgen früh ziehen wir Männer gemeinsam vor Gericht. Gebt allen Nachbarn, Freunden und Verwandten Bescheid.»

Um nicht zu riskieren, dass Theres doch noch gefangengesetzt würde, musste diese den ganzen nächsten Tag in der Pfarrstube bleiben, unter Bewachung der alten Käthe und zweier kräftiger Arbeiter, die Eduard Erpf hierfür eigens freigestellt hatte. Was sie dann am Abend erfuhr, mochte sie kaum glauben: An der Spitze von rund hundert kampfbereiten Weissenauern war Patriz Seibold vor das Ravensburger Oberamtsgericht gezogen, hatte die unverzügliche Freilassung der drei Gefangenen gefordert und erklärt, jeglicher Gewalt mit Gegengewalt zu begegnen.

Immer mehr Menschen waren vom Viehmarkt her in die Herrengasse geströmt und hatten zusammen mit den Weissenauern das Gerichtsgebäude belagert. Einige, die in vorderster Reihe standen, hatten unter wüstem Geschrei schließlich das

Gericht gestürmt und mit ihren Knüppeln mehrere Amtspersonen bedroht, die lautstark verkündeten, Theres Ludwig sei nichts als ein Scharlatan, eine selbsternannte Bettelprophetin, die arme Leute mit niederer Bildung zum Narren halte. Oberamtsarzt Stiegele und ein Gerichtsbeisitzer namens Heupel hätten sich schließlich vor ihren wütenden Angreifern nur noch mit einem Sprung durchs Fenster retten können. Um Zeit zu schinden, hatte der Richter endlich die Freilassung der Gefangenen für den Nachmittag angekündigt, unter dem Vorbehalt, dass die Menge sich auflöse. Wenn nicht, würden Bürgerwehr und Militär eingreifen. Indessen ließ sich kein einziger Uniformierter blicken, während die Anzahl der Aufständischen am Nachmittag bedrohlich angewachsen war. Am Ende kamen die Inhaftierten auf freien Fuß, der Tumult löste sich auf, und im Siegestaumel war man nach Weissenau zurückgekehrt.

Schon von weitem hatte Theres ihren Jubelgesang hören können und war ans Fenster gestürzt. Etliche Ravensburger hatten sich dem Zug angeschlossen, vorneweg marschierten der Pfarrer und Bauer Metzler, und sie alle wurden von den Frauen und Kindern mit Hochrufen und unter Glockengeläut empfangen. Als Patriz Seibold Theres am Fenster entdeckte, lächelte er und winkte ihr zu, bevor er mit der Menschenmenge in der Kirche verschwand.

«Komm!» Käthe nahm Theres bei der Hand. «Gehen wir hinunter zur Dankandacht.»

In der Kirche dann erfuhren Theres und die anderen Daheimgebliebenen von den Ereignissen in Ravensburg, und sie dankte Gott und allen Heiligen, dass Patriz Seibold nichts geschehen war. Denn um ihn hatte sie am meisten gezittert, auch wenn sie das nicht einmal sich selbst eingestanden hätte.

Nach der Lesung wandte sich der Pfarrer noch einmal mit ernster Miene an seine Zuhörer: Bevor sie alle nun, in verständlicher Freude, ihren Sieg drüben im Sternenwirtshaus feiern würden, müsse er ihnen noch etwas enthüllen: Von offizieller Seite sei er nicht mehr ihr Pfarrer.

«Ich bitt euch – bleibt doch ruhig!» Er hatte alle Mühe, sich unter der aufbrausenden Empörung Gehör zu verschaffen. «Wenn ihr alle zu mir steht, so, wie ihr dieser Tage auch zu Theres Ludwig gestanden habt, dann kann uns nichts geschehen. Denn Gott ist auf unserer Seite, und ich bin ihm von Herzen dankbar, dass er mir eine solch treue Herde anheimgestellt hat.»

Er machte eine kleine Pause. «In Zeiten, wo die Regierung den Armen mit Knüppeln begegnet und unsere Kirchenoberen dieser Regierung liebedienerisch zur Seite stehen – gerade da müssen wir uns wieder auf unsere urchristlichen Wurzeln besinnen. Lassen wir uns unseren Glauben nicht von der Stuttgarter Staatskanzlei diktieren, und auch nicht von den Kirchenoberen, die unter Bücklingen alles nach unten weitergeben, nur weil sie ihr Amt dem württembergischen Staat verdanken. Man will uns vorschreiben, wie wir zu Gott zu beten haben, man will uns die uralten Bräuche und Rituale der Wallfahrten, der Prozessionen, der Marien- und Heiligenverehrung verbieten, weil es angeblich dem Arbeitsfleiß und der Sittlichkeit des Volkes schade.»

Seine Stimme wurde leiser. Doch man hätte ohnehin eine Nadel fallen hören können.

«In Wirklichkeit macht ihnen Angst, dass unser Glauben hierdurch gestärkt wird! Unsere ungeheuchelte Frömmigkeit, in Gemeinschaft mit allen, ob arm oder reich – ein solcher Glaube passt Männern wie dem Dekan Erath oder dem Bischof in Rottenburg natürlich nicht. Aber das soll uns nicht kümmern: Unser Blick geht nach Rom und nicht nach Stuttgart. Unser Ohr hört auf den Heiligen Vater und nicht auf König

Wilhelm. Das war es, was ich euch noch sagen wollte. Nun aber geht mit Gott und seid fröhlich und dankbar für diesen guten, siegreichen Tag.»

Er wirkte erschöpft, als er jetzt seinen Blick über die Männer, Frauen und Kinder schweifen ließ und kurz bei Theres verharrte. Er nickte ihr zu, lächelte, wandte sich dann um und verschwand in der Sakristei. Für den Rest des Abends bekam ihn niemand mehr zu Gesicht, und selbst sein Gedeck beim Abendbrottisch blieb unberührt.

Theres war enttäuscht. Sie hätte gern mit ihm geredet, noch mehr Einzelheiten aus seinem Mund zu den unerhörten Ereignissen in Ravensburg gehört. Vor allem aber wollte sie wissen, warum sein Lächeln in der Kirche so traurig gewirkt hatte.

27
Pfarrgemeinde Weissenau, Herbst bis Winter 1848

Die Gedanken, die Patriz Seibold in seinen Predigten oder auch bei Tisch äußerte, wurden in den folgenden Tagen immer kampfeslustiger.

«Sie reden sich noch um Kopf und Kragen», schimpfte Käthe eines Abends mit ihm. «Wissen Sie denn nicht, dass in den Kirchenbänken Spitzel sitzen und alles brühwarm weitergeben?»

«Und wenn schon. Ich bin nicht der Einzige, der schlecht über die Obrigkeit denkt. Wer jetzt noch behauptet, die Armut sei das selbstverschuldete Los der niederen Klasse, der braucht sich nicht wundern, wenn auf den Straßen bald Blut fließt. Sollen die Herren in ihren Amtsstuben doch das große Zittern kriegen.»

Im Dezember dann war der Pfarrer häufig im Oberland unterwegs, bis an den Nordrand der Alb, um ein Netz aus Verbündeten zu schaffen. Er suchte Männer der Kirche und der Politik auf, die wie er gegen Polizeistaat und staatskirchliche Allianz zu kämpfen bereit waren und für die Bürgerrechte auch der Ärmsten einstanden. Da er sehr wohl wusste, dass man in Ravensburg nur auf einen geeigneten Moment wartete, um Theres doch noch gefangen zu nehmen, hatte er entschieden, sie zu Bauer Metzler auf den Voglerhof zu bringen. Fürs Erste sollte sie dessen Einödhof nicht verlassen.

«Hier im Pfarrhaus, allein mit unserer guten Käthe, bist du nicht mehr sicher, wenn ich unterwegs bin», sagte er ihr zum Abschied. Er, Käthe und Theres saßen bei ihrem letzten gemeinsamen Morgenessen in der Küche, gleich würde einer der Metzlersöhne sie abholen kommen.

«Aber keine Sorge: Ich habe viele Freunde im Land, und gemeinsam werden wir Druck machen, bis dieser elende Haftbefehl aus Waldsee endgültig vom Tisch ist. Wisst ihr übrigens, wie übel es unserem Ravensburger Dekan Erath inzwischen ergeht?»

Er zog einen Zeitungsschnipsel aus der Rocktasche. «Es stand sogar im Ravensburger Intelligenzblatt! Der Pöbel hat ihm das Haus demoliert und gedroht, ihn totzuschlagen, wenn er meine Suspension nicht zurücknimmt. Es gehen die Gerüchte, dass der Teufel bei ihm als schwarzer Pudel aus und ein gehe und ihn nicht mehr die Messe lesen lasse. Der Dekan soll mittlerweile vor Angst stumm geworden sein.» – Seibold sah auf und lächelte sein jungenhaftes Lächeln. Theres durchfuhr ein warmer Schauer. Es faszinierte sie immer wieder, was für unterschiedliche Gesichter der Pfarrer hatte. Mal war er der kluge Prediger, mal der entschlossene Kämpfer, dann wiederum wirkte er wie ein vergnügter Bub.

Als von draußen jemand seinen Namen rief, wurde sie aus ihren Gedanken gerissen. Patriz Seibold erhob sich und trat zum Fenster, an das die ersten Schneeflocken dieses Winters schwebten. «Der Metzlermathis ist da. Hast du alles gepackt?»

«Es ist ja nicht viel.» Theres ergriff den kleinen Lederkoffer, den der Pfarrer ihr geschenkt hatte.

«Warte.» Seibold nahm ihr das Gepäckstück ab. «Ich bring dich hinunter.»

«Alsdann.» Käthe zog Theres in die Arme. «Behüt dich Gott. Ich werd dich vermissen.»

«Aber – du wirst mich doch besuchen kommen? Zum Voglerhof hinauf ist's doch nur eine halbe Wegstunde.»

«Aber ja. Und nun geh.»

Drunten wartete im Schneetreiben Matthis bei Pferd und Wagen. Der Pfarrer reichte ihm einen dicken Papierumschlag. «Gib das deinem Vater und grüß ihn von mir.»

Dann half er Theres auf den Wagen.

«Ich habe eine große Bitte: Halte du die Betstunden aufrecht, solange ich fort bin. Mit Bauer Metzler hab ich das abgesprochen.»

«Aber das kann ich doch gar nicht. Ich bin nur eine Magd.»

«Doch, du kannst das. Es geht um mehr als das Hersagen des Glaubensbekenntnisses und der Psalmen, es geht um innere Frömmigkeit und Hingabe. Das könnt ihr Frauen viel besser als wir Männer.»

Er sah ihr fest in die Augen, einen Moment zu lang, nahm dann ihre Hand. «Versprich mir, dass du auf dich achtgibst. Jetzt aber schnell», er nickte dem Jungbauern zu, «bevor der Schnee die Wege vollends aufweicht.»

Der Voglerhof lag auf halber Höhe in den Hügeln über dem Schussental. Das Anwesen war recht groß, wenn auch ein wenig heruntergekommen. Zumindest wirkte es jetzt so, im Schneematsch, unter dem schmutziggrauen Himmel, mit den feuchten Flecken auf den Gemäuern. An der Tür zum Wohnhaus erwartete sie bereits Alfons Metzler. Sein breites Kreuz füllte den gesamten Türrahmen aus. Dieser vierschrötige, bärenstarke Kerl, vor dem jeder hier in der Gegend Respekt hatte, begrüßte Theres nun fast ehrfürchtig.

«Willkommen auf dem Voglerhof! Bei uns bist sicher, Theres Ludwig. Hier wagt keiner der Büttel, seine Nas reinzustecken.» Kopfschüttelnd nahm er den Umschlag entgegen. «Ich hab dem Pfarrer doch gesagt, ich will kein Kostgeld net für die Theres.»

Sein Sohn zuckte die Schultern, dann führte er Pferd und Karren weg.

«Jetzet komm. Die andern warten schon und wollen dich begrüßen.»

Die meisten der Bewohner kannte Theres bereits vom Sehen her. Da war diese Frau unbestimmbaren Alters, die, wenn sie nicht zusammenhanglos vor sich hin brabbelte, beseligt lächelte; das bildhübsche Mädchen, das beim Anblick jedes Mannsbildes sofort die Lippen schürzte und die Hüfte hin und her schwang; der hagere Alte, der noch nach dem zehnten Schoppen Roten aufrecht daherkam wie eine Zaunlatte; der kleine Bub, der vor jedem Bildstock, jedem Wegkreuz auf die Knie fiel; oder jene freundliche dicke Rothaarige, die an beiden Händen einen Finger zu viel besaß und den Ruf hatte, die flinkste Strickerin im ganzen Oberland zu sein.

Doch selbst Tage nach ihrer Ankunft hätte Theres nicht sagen können, wer von dieser Schar zur Familie gehörte, wer zum Gesinde. Auf dem Voglerhof nämlich wurden alle gleich behandelt. Alle saßen sie am selben klobigen Holztisch, nahmen die Mahlzeiten ein, arbeiteten, beteten und sangen gemeinsam. Nur einer war gleicher als die anderen: Bauer Metzler als oberster Patriarch. Er hatte das letzte Wort, er konnte auch derb und ausfallend werden, wenn's sein musste, und wer sich ihm in den Weg stellte, wurde niedergewalzt. Alfons Metzler war ein Urvieh, doch wenn er sich ins Gebet versenkte, wurden seine Züge weich wie die eines Kindes.

Sein Ältester, der wortkarge Matthis, würde bald den Hof übernehmen, für den sich der alte Bauer nur noch wenig interessierte, seitdem er vor Jahren den Glauben wiederentdeckt hatte und für seinen letzten Spargroschen bei der Hofeinfahrt ein Heiligenhäuschen hatte errichten lassen. Theres wusste inzwischen, dass der Voglerhof schon bessere Zeiten gesehen und einstmals zu den reichsten Einödhöfen der Gegend gezählt hatte. Vor dreißig Jahren, nach der ersten großen Hungersnot im Lande, hatte der Metzler ihn von seinem Vater übernommen, als freier Bauer, da die Leibeigenschaft nach König Wilhelms Regierungsantritt aufgehoben worden war. Leider hatte sein Vater ihm nichts als Schulden überlassen, nachdem er in jenen Hungerjahren auf einen windigen Getreidegroßhändler hereingefallen war. Die hohen Ablösesummen, die Metzler wie alle Bauern in Raten abstottern musste, um in Besitz seines Grund und Bodens zu kommen, taten ein Übriges. Die Hofwirtschaft war nie wieder so recht auf die Beine gekommen, und man hielt sich seither, vom Kind bis zu den Alten, mit zusätzlicher Heimarbeit über Wasser.

So bibelfest der alte Metzler inzwischen war, so trinkfest war er nach wie vor, und so erlebte Theres gleich am ersten Abend, was sie bereits als Gerücht gehört hatte: dass nach der abendlichen Gebetsstunde nicht nur geistliches Liedgut gesungen wurde, sondern häufig auch getanzt und ordentlich gebechert. Die Einzige, die sich hierin zurückhielt, war die Metzlerin. Sie war das genaue Gegenstück zu ihrem Mann. Zartgliedrig, fast schwächlich für eine Bauersfrau wirkte sie, und manchmal hatte Theres den Eindruck, sie fürchte sich vor ihrem Mann.

Wenn der in donnerndem Bass seine Anweisungen gab, zuckte sie jedes Mal zusammen, und niemand hatte sie jemals Widerworte geben hören.

In jungen Jahren war Else Metzler ganz gewiss eine Schönheit gewesen. Jetzt indessen hatte die Sonne ihr Gesicht faltig gegerbt, im dunklen Haar schimmerten graue Strähnen, und sie ging krumm von der Arbeit und ihren zahlreichen Geburten. Es gab das Gerücht, Alfons Metzler habe sie einstmals in Ulm aus einem heimlichen Hurenhaus freigekauft, aber Theres mochte das nicht glauben. Schon allein, weil Lustdirnen in der Regel ein freches Mundwerk hatten. Bei diesem Gedanken war ihr unweigerlich Sophie in den Sinn gekommen, ihre Sophie, die nie ein Blatt vor den Mund nahm. Wie es ihr wohl mit ihrem Friedemann in Stuttgart ging?

Auch von den Leuten am Voglerhof wurde Theres bedrängt, die Gebetsstunden zu halten. Sie traute ihren Augen nicht, als sie am ersten Abend in der Stube neben Kruzifix und Marienbildnis das Bild der heiligen Theresa von Ávila entdeckte!

«Hab ich letzte Woche erst erstanden.» Der Metzlerbauer grinste breit. «Net schlecht gemalt, deine Namenspatronin, sieht dir fast gleich, gell? Sie soll dir Kraft geben.»

Nach und nach versammelten sich an die dreißig Menschen in der geräumigen Wohnstube mit den vielen kleinen Fenstern, entzündeten die Kerzen auf der Anrichte und stimmten das Eröffnungslied an. Da aller Blicke auf sie gerichtet waren, überwand Theres ihre anfängliche Scheu und sprach das Gebet, um anschließend die heilige Theresa um ihre Fürsprache bei Gott zu bitten. Als sie am Ende alle zusammen das Abendlied *In dieser Nacht sei du mir Schirm und Wacht* sangen, sah Theres hinter ihren geschlossenen Augenlidern deutlich das zufriedene Gesicht von Patriz Seibold.

Sie gewöhnte sich daran, die häuslichen Abendandachten zu

leiten, und ihr gefiel dabei, wie viel und wie inbrünstig gesungen wurde. Mitunter entwickelten sich die Betstunden auch zu regelrechten Gesprächsrunden, wenn die anderen sie drängten, aus ihrem Leben zu erzählen, von den guten und den schweren Stunden darin oder auch von ihren Begegnungen mit Patriz Seibold. Es gab Tage, da fand sie Spaß daran. Dann schmückte sie ihre Erlebnisse mit lebhaften Gesten und phantasievollen Einzelheiten aus, und der Bauer sagte ihr einmal voller Bewunderung, an ihr sei eine Dichterin verlorengegangen. An anderen Tagen wiederum wehrte Theres ab und bat stattdessen den Hausherrn, einen Psalm zu lesen.

Zu ihrer Erleichterung war sie hier draußen ein wenig aus dem Dunstkreis von Pauline entschwunden. Aber womit Theres nicht gerechnet hatte: Viele Menschen kamen nun auf den Voglerhof, anstatt den Gottesdienst in Sankt Peter und Paul zu besuchen – zunächst nur sonntags, dann auch wochentags. In Weissenau nämlich hatte das Dekanat einen einstweiligen Pfarrverweser eingesetzt namens Nesensohn, der hetzte wie ein Berserker gegen den Kreis um den Voglerhof. Seine Häme richtete sich in der Hauptsache gegen Theres und die Metzlersfamilie. Gleich bei seiner ersten Christenlehre hatte er die Metzlerskinder vor allen anderen so verhöhnt, dass diese sich fortan weigerten, seine Stunden zu besuchen. Ein andermal verlas er vor der Heiligen Messe einen Hirtenbrief des Bischofs, in dem der Rottenburger gegen Aberglauben und Lügengewebe wetterte und das Volk zur Umkehr zur reinen katholischen Lehre und zu den von der Kirche gesendeten Hirten aufrief. Denn nur von hier komme Gottes Wort, nicht aber von dieser gotteslästerlichen Weibsperson, die fast wie eine Heilige gepriesen werde, und auch nicht von jenem eitlen, verwirrten Pfarrherrn, der nun endgültig seines Amtes enthoben sei.

Ganz offensichtlich wollte man einen Keil in die Gemeinde

treiben, doch das brachte zunächst einmal nur noch mehr Menschen in den Kreis am Voglerhof, und Bauer Metzler war drauf und dran, eine Meute Getreuer zu bewaffnen und Nesensohn aus dem Weissenauer Pfarrhof zu jagen. Nur ein Brief von Patriz Seibold hatte ihn in letzter Minute daran gehindert. Darin empfahl er ihnen allen, sich vorerst still zu verhalten. Sobald als möglich werde er auf den Voglerhof kommen.

Theres hatte nie wirklich verstanden, worum es bei diesen erbitterten Auseinandersetzungen im Einzelnen ging. Noch weniger allerdings verstand sie, warum ihrer Person eine solche Bedeutung beigemessen wurde, was die Menschen hier in ihr sahen. Oder sehen wollten.

Einmal, auf der Heimreise damals von Eglingen, hatte sie den Pfarrer danach gefragt: «Warum nur tun Sie das alles für mich?» Tränen der Rührung standen in ihren Augen. Sie sei doch im Grunde nichts als eine hergelaufene Landstreicherin, die sich obendrein fast zur Hure gemacht habe. «Hast du vergessen, auf wessen Seite Jesus Christus stand?», war seine Gegenfrage gewesen, und seine hellblauen, sonst so sanften Augen hatten gefunkelt. «Nicht mit Pharisäern und Schriftgelehrten hat er sich umgeben, sondern mit Kranken und Schwachen, mit Zöllnern und Dirnen.»

Als sich die erste Schneedecke über das Schussental breitete, legte sich die Aufregung um die sogenannte «Weissenauer Sache» erst einmal, und es wurde ruhiger auf dem Einödhof. Der tägliche Weg hier herauf war den meisten wohl zu beschwerlich bei diesem Wetter. Theres war das gerade recht. Sie war zwar froh, ihrer langen Zeit der Einsamkeit entkommen zu sein, aber große Menschenansammlungen machten ihr eher Angst, zumal unter diesen Umständen, wo jeder nur auf sie, Theres Ludwig, zu achten schien. Dabei mochte sie diesen knorrigen

Menschenschlag hier in der Gegend. Klein und gedrungen waren die meisten und dunkelhaarig, wie man es von den Italienern sagte. Ein wenig absonderlich wirkten sie manchmal, auch derb und rebellisch, konnten aber sehr herzlich sein. Ihre tiefe Gläubigkeit stand ihrer Genussfreudigkeit nicht im Wege: Jeder Anlass zum Tanz, zum gemeinsamen Umtrunk oder Singen wurde wahrgenommen, und man teilte dabei das Wenige, das man hatte.

Der Alltag hatte sich bald eingespielt mit seinem Wechsel aus Arbeit, Gesang und Gebet und den kleinen Gelegenheiten, wo man sich zum Schoppen Wein zusammensetzte. Jetzt im Winter war draußen nicht viel zu tun, und so half Theres meistens in der Küche oder bei der Heimarbeit mit. Bauer Metzler hatte zwar protestiert, sie sei nicht zum Arbeiten hier, vielmehr habe er die Ehre, sie gegen die Ravensburger Obrigkeit zu schützen, und schließlich habe der Pfarrer ja auch ein üppiges Kostgeld für sie gelassen. Aber Theres setzte sich hierüber einfach hinweg, denn es wäre ihr zuwider gewesen, anderen bei der Arbeit zuzusehen wie eine Herrentochter. Wahrscheinlich hätte Metzler sie am liebsten unter eine Glasglocke gesetzt, so, wie er sich um sie sorgte!

Doch obwohl sie sich mit offenen Armen aufgenommen fühlte, beschlich sie mitunter eine heimliche Sehnsucht nach dem Weissenauer Pfarrhof, nach Käthe und vor allem nach Patriz Seibold, dessen Ankunft sie entgegenfieberte, ohne es sich einzugestehen.

Er erschien am Abend ihrer ersten Adventsandacht. Pauline hatte Theres gedrängt, die alte Tradition aufzugreifen und bis zum Weihnachtstag jeden Abend eine Andacht mit der Anrufung Jesu Christi durchzuführen. Hierzu hatten sie die Wohnstube festlich ausgeschmückt, mit Kränzen und Lichtern und violetten Bändern. Natürlich war es wiederum Paulines

Schwatzhaftigkeit zu verdanken, dass so viel mehr Menschen kamen als sonst, bis schließlich kaum noch ein Schemel in den Raum gepasst hätte.

Theres hatte sehr wohl die kurzzeitige Unruhe mitten während der Andacht wahrgenommen, ahnte auch die Ursache hierfür, aber sie zwang sich zur Konzentration. Am Ende jedoch, als sie gemeinsam den *Engel des Herrn* beteten, spürte sie so deutlich diesen vertrauten Blick auf sich ruhen, als wäre es eine Berührung.

Fast zeitgleich mit dem *Amen* umringte auch schon eine dichte Menschentraube den Neuankömmling. Jeder wollte Patriz Seibold die Hand schütteln und erfahren, wie es ihm ergangen sei in den letzten Wochen. Andere drängten ihn, die Kommunion zu spenden, die sie schon so lange hatten entbehren müssen.

«Morgen, morgen früh», vertröstete er sie lachend. «Lasst mich doch erst einmal ankommen. – Theres! Warte! Wo willst du hin?»

Sie hatte versucht, sich unbemerkt zur Tür hinauszuschleichen.

«Muss in die Küche – mithelfen. Jetzt, wo so viele …» Vor lauter Verlegenheit stammelte sie wie ein kleines Mädchen, das dem Schulmeister vorgeführt wurde.

Patriz Seibold warf einen fragenden Blick auf den Metzlerbauern. Der zuckte mit den Schultern.

«Da isch Hopfa und Malz verlore. Sie will unbedingt mitschaffe, wie alle andern hier.»

«Dann sehen wir uns beim Abendbrot?»

Theres nickte. «Sehr gern.»

Als Theres und die Köchin eine Stunde später heiße Erdäpfel und einen Krug Roten zu Tisch brachten, waren die Auswärtigen bereits alle aufgebrochen, und Patriz Seibold saß in

Hemdsärmeln, mit strahlendem Gesicht, inmitten der Voglersippe.

«Setz dich zu mir, Theres», bat er sie.

Sie ließ sich auf der Fensterbank nieder und nahm den Becher Wein entgegen, den Patriz Seibold ihr reichte. Wie ein glühender Funke durchfuhr sie dabei die kurze Berührung seiner Hand. «Du weißt gar nicht, wie glücklich mich das macht, Theres. Dass du hier deinen Platz gefunden hast. Und wie wunderbar du die Andachten leitest.»

Der alte Metzler lächelte ihr wohlwollend zu, während seine Frau Else neben ihm die Lippen zusammenkniff.

«Wie ich sehe, bin ich also durchaus ersetzbar. Auch das macht mich froh.»

«Aber – Sie kommen doch bald wieder zurück zu uns?»

«Sicher. Ich hab schon etliche wichtige Männer auf meiner Seite.»

«Ja, hoffentlich!», polterte Metzler. «Dieser Rotzaff von Nesensohn soll bloß wieder verschwinden.»

Der Pfarrer nickte: «Es ist nur eine Frage der Zeit, bis sich auch die Rottenburger Geistlichen gegen den Dekan und den Bischof aussprechen. Dann werden die beiden meine Suspension zurücknehmen müssen. Übrigens – kommt mein Freund Eduard gar nicht herauf zu euren Andachten?»

Tatsächlich flog in diesem Augenblick mit einem Schwall kalter Luft die Stubentür auf, und Fabrikant Eduard Erpf sowie sein Geschäftspartner, ein älterer Schweizer Kaufmann namens Valier, der mit einer Ravensburgerin verheiratet war, stolperten herein. In ihrer Mitte hielten sie im festen Griff einen Polizeidiener. Theres schrak zusammen: Es war ebenjener Mann, der sie an Allerseelen hatte festnehmen wollen.

«Den haben wir eben gerade an der Haustür aufgegriffen, wie er sich das Ohr daran plattgedrückt hat.»

«Loslassen, sonst landen Sie vor Gericht!»

«Nimm das Maul net so voll», Metzler baute sich vor ihm auf, «sonst landest du in der Güllegrube! Was hast überhaupt an meiner Tür zu lauschen?»

Der Mann schob trotzig das Kinn vor. «Die da drüben», er warf einen verächtlichen Blick auf Theres, «hat sich nicht ordnungsgemäß abgemeldet aus dem Weissenauer Pfarrhaus. Das geht so nicht, dass die einfach so mir nichts dir nichts einzieht, wo sie grad will. Das Weib steht unter Beobachtung, das wisst ihr genau. Ihre Arrestierung ist noch nicht vom Tisch.»

Da erst bemerkte er Patriz Seibold.

«Und was tun Sie hier? Ich warn Sie, Seibold – die Sakramentspendung ist Ihnen von oberster Stelle verboten.»

«In meinem Haus kann der Herr Pfarrer tun und lassen, was er will.» Metzler schob den Eindringling grob in Richtung Tür. «Und jetzt raus hier, aber schnurstracks!»

«Fass mich nicht an!» Der Polizeidiener wollte ihn zurückstoßen, doch Metzler hatte ihm schon den Arm auf den Rücken gedreht und ihn durch die offene Tür gezerrt. Man hörte noch, wie sie sich im Flur anblafften: «Das wird Folgen haben, Metzler, das schwör ich dir!» – «Du willst uns drohen? Du elendes Arschbaggagsicht willst uns drohen?» Dann krachte die Haustür ins Schloss, und es wurde still.

Metzler rieb sich die Hände, als er wieder eintrat.

«Den Quadratseggl semma los. Und jetzet feiern wir unser Wiedersehen!» Er schenkte Wein nach. «Wie steht's im Psalm 104? *Auf dass der Wein erfreue des Menschen Herz.*»

28
Voglerhof, im Jahr 1849

Zum Jahresanfang überschlugen sich die Ereignisse. Nur ein einziges Mal noch war Patriz Seibold auf dem Einödhof erschienen, für eine Nacht. Er hatte gehetzt gewirkt, als er sich am nächsten Morgen bei klirrender Kälte auf den Weg gemacht hatte. Zu Theres' Freude hatte er sie gebeten, ihn bis zur Landstraße zu begleiten.

Im Augenblick des Abschieds nahm sie ihren ganzen Mut zusammen und fragte: «Wann endlich können wir zurück ins Pfarrhaus?»

«Wir? Du meinst, du und ich?» Seine Augen hatten die Farbe des pastellfarbenen Winterhimmels angenommen.

Mit dünner Stimme erwiderte sie: «Ja.»

«Ich weiß es nicht, Theres. Aber es klingt schön, wie du das sagst.»

Er zog ein silbernes Halskettchen aus der Tasche mit einem Fisch daran. Der Anhänger blitzte in der Morgensonne, die sich eben über die Hügel schob. Behutsam schob Seibold ihr die Kapuze aus dem Gesicht und legte ihr das Kettchen um den Hals. Seine Hände waren warm.

«Weißt du, warum der Fisch ein Symbol der Christenheit ist?»

Theres schüttelte den Kopf. Sie war sprachlos vor Überraschung.

«Das griechische Wort für Fisch ist *ichthys*. Die Anfangsbuchstaben lassen sich als Bekenntnis zu Jesus Christus lesen: Jesus Christus, Gottes Sohn und Erlöser.» Er zog ihr wieder die Kapuze übers Haar. «Die Urchristen benutzten den Fisch als Erkennungs- und Geheimzeichen.» Jetzt wurde seine Stimme fast ein wenig rau. «Ich möchte dir die Kette schenken als Symbol für unsere Verbundenheit. Damit du mich nicht vergisst, Theres, was auch geschieht.»

Das klang nach einem Abschied auf immer und zugleich – ihr lief ein Schauer über den Rücken – fast wie eine Liebeserklärung. Sie wollte ihn fragen, was das alles zu bedeuten habe, ob er denn nicht zurückkehre. Stattdessen brachte sie nur ein ungelenkes «Danke» heraus.

Dann reichte sie ihm die Hand.

Er zog Theres an sich – ganz so, wie ein Pfarrer seinen Schützling umarmen durfte. Nur einen Augenblick zu lang, einen wunderbaren Augenblick zu lang.

Es wurde noch ruhiger um den Voglerhof in diesen Neujahrstagen. Die Weissenauer unten im Tal schienen der Hetzpropaganda des Pfarrverwesers einer nach dem andern zu erliegen. Bis auf Käthe und eine Handvoll Frauen kam nämlich keiner mehr herauf zu ihnen. Außerdem hatten zum Jahreswechsel, das erfuhren sie jetzt erst, siebenundvierzig Weissenauer Gemeindebürger dem Bischof eine Bittschrift um Aufhebung von Seibolds Suspension geschickt. Ihr Pfarrer sei «ein Hirt, der seine Herde nur auf gute Weide führe. Er habe immer eine gute Absicht gehabt, auch wenn er im Eifer vielleicht zu weit gegangen sein möge.»

Metzler und seine Leute hatten sich über diesen letzten Satz weitaus mehr empört als Theres selbst.

«Hosescheißer!» – «Ärschlesschlupfer!» – «Mit ‹zu weit gegangen› meine die unsre Theres; die verleumden die Theres!»

«Bitte, hört auf damit», unterbrach sie Theres. «Wir wollen doch alle, dass Pfarrer Seibold zurückkommt. Ist es da nicht ganz gleich, mit welchen Worten die Bittschrift ausgesprochen wird? Wenn's Erfolg hat, umso besser.»

Leider zeitigte das Gesuch keinesfalls Erfolg. Im Gegenzug

machten in den nächsten Tagen die erschreckendsten Gerüchte die Runde: Patriz Seibold sei unwiederbringlich in Ungnade gefallen, und wenn er nochmals in Weissenau auftauche, müsse er nicht nur um seine Zukunft, sondern auch um sein Leben fürchten. Etliche Weissenauer Pfarrkinder schimpften bereits öffentlich, niemand andres als die Ludwig sei schuld an diesem Unglück. Theres selbst lag nachts schlaflos im Bett, ihre Finger um den silbernen Fisch geschlossen, und schickte verzweifelte Gebete an ihren Herrgott.

Zur selben Zeit tauchten zwei Polizeidiener bei Metzler auf – allein wagten sie sich offensichtlich nicht mehr her – und überbrachten ein amtliches Schreiben: Die Diebin, Betrügerin und übelst beleumdete, weil wiederholt sittenlose Theres Ludwig sei mit sofortiger Wirkung unter Hausarrest gestellt und dürfe das Gehöft bis auf weiteres nicht verlassen. Alfons Metzler persönlich hafte hierfür, gegen Polizeihausstrafe bei Zuwiderhandlung. Des Weiteren dürften die Kontrollen seitens der Polizeidiener nicht mehr behindert werden.

Die nächste Hiobsbotschaft traf Ende Januar ein: Man habe Patriz Seibold auf Befehl des Bischofs ins Correctionshaus Rottenburg eingeliefert, in ebenjene Anstalt, in der auch Theres eingesessen hatte. Bauer Metzler tobte und brüllte vor Wut, als sie davon erfuhren, und schmetterte schließlich seinen Bierkrug gegen die Wand, während Theres in ihre Kammer lief und in Tränen ausbrach vor Angst und Entsetzen.

Eines Sonntags dann erschien vornehmer Besuch zur Abendandacht. Neben Fabrikant Erpf waren dies der Weissenauer Geschäftsmann von Arnold mit Gattin, ein weiteres Ehepaar aus Ravensburg namens Herb sowie Kaufmann Valier. Auch der hatte diesmal seine Gattin mitgebracht, eine aufgeputzte, wichtigtuerische Gans, wie Theres gleich nach den ersten Minuten befand. Im kleineren Kreis wollte man nach der Gebetsstunde besprechen, wie man der Seibold'schen Sache wieder aufhelfen könne.

«Ich werde mich höchstpersönlich an Bischof Lipp wenden», flötete Madame Valier, wie sie sich selbst nannte, mit ihrer hohen Stimme. «Schließlich kennt er mich seit meiner Erstkommunion. Er wird mich anhören. Und ich werde ihm mitteilen, dass mein Ehemann sogar zum Katholizismus konvertiert, wenn wieder Ordnung in die Sache Seibold kommt.»

Valier nickte zustimmend. «Und wenn das alles nichts nutzt, geh ich zum Bischof von Augsburg. Den kenn ich gut.»

«Des Weiteren sollten wir», fuhr Frau Valier fort, «so oft es geht hier zusammenkommen und gemeinsam für unseren Herrn Pfarrer beten. Das wird ihm Trost und Kraft spenden. Nicht wahr, Theres?»

Sie hätte ihr am liebsten geantwortet, dass sie ohnehin jede Nacht für Patriz Seibold bete und auf ihre großspurige Unterstützung gerne verzichten könne. Aber sie antwortete nur: «Ja, so soll es sein.»

«Die Weissenauer», ergriff nun Herb das Wort, «mag der Nesensohn vielleicht weichgeklopft haben, aber bei uns in Ravensburg ist der Kessel am Dampfen. Der Hafner Kurz und der Wagner Spauninger wollen sogar nach Stuttgart, um beim König Seibolds Freilassung zu erwirken.»

«Und leider Gottes schmeißt der Pöbel mit Steinen um sich», tadelte seine Gattin, eine blasse, dürre Frau. «Pfarrer Sattler hat ein Loch im Kopf und ist beinah verblutet. Da hat man den Rädelsführern gedroht, sie von den heiligen Sakramenten auszuschließen. Und was haben die gemacht? Sind in die Beichtstühle und haben die Geistlichen erst recht wüst beschimpft. Das ist nicht recht!»

«Ist das wahr?» Theres war entsetzt. Sie hatte davon gehört, dass sich unter Seibolds Anhängern auch viele Republikaner und andere sogenannte Liberale sammelten, aber dass es zu Gewalttaten kam, verstörte sie.

«Ach was! Das geschieht den Pfaffen in Ravensburg doch grad recht», polterte Metzler. Er füllte rundum die Becher auf. «Denen und dem Nesensohn in Weissenau gehört das Maul gestopft.»

«Ich finde», sagte Valier, «wir sollten die Empörung in Ravensburg nutzen und in geregelte Bahnen lenken. Machen wir doch eine Unterschriftensammlung und überbringen sie dem Bischof nach Rottenburg.»

«Wunderbar!» Alle nickten beifällig, auch Theres. Zum ersten Mal in diesen Wochen fühlte sie wieder Zuversicht aufkommen, dass schon bald alles wieder beim Alten sein könnte.

Fabrikant Erpf hob die Hand. «Wir sollten uns dabei aber nicht nur um unseren lieben Freund und Pfarrer bemühen, sondern auch um Theres. Es darf nicht angehen, dass die wichtigste Person in dieser Angelegenheit von der Justiz verunglimpft und bedroht wird. Dieser lächerliche alte Haftbefehl ebenso wie der Hausarrest müssen vom Tisch. Und zwar endgültig!»

Wieder gab es allgemeinen Beifall, als Metzler sich räusperte. Zu Theres' Erstaunen wirkte er fast verlegen.

«Genau dazu will ich was sagen. Ich hab lang nachgedacht, wie wir die Theres noch besser schützen können gegen die Obrigkeit. Sie hat hier bei uns ja keinerlei Rechte. Also hab ich mir gedacht: Metzler, hab ich mir gedacht – wir adoptieren die Theres einfach. Was sagt ihr jetzt?»

Keiner sagte etwas. Alle starrten sie Metzler an, als hätte er Französisch rückwärts gesprochen. Das Gesicht des Bauern lief noch röter an, als es schon war. Dann lächelte er breit in Richtung seiner Frau: «Ich weiß, ich hätt's dir schon lang sagen sollen, was ich so sinniert hab. Also, was meinst? Bist einverstanden?»

Die Metzlerin sah erst ihren Mann, dann Theres an. Ihr Blick wurde eisig. Dann antwortete sie mit einem Wort, das sie ihrem Mann gegenüber gewiss selten benutzt hatte: «Nein.»

Theres fiel es immer schwerer, sich auf ihre Arbeit und auf die Betstunden zu besinnen. Zwar hielt Kaufmann Valier über mancherlei Beziehungen eine geheime Korrespondenz mit Patriz Seibold aufrecht, erbat und empfing auf diesem Weg weitere Weisungen, wie sich der Kreis um den Voglerhof zu verhalten habe – vor allem jetzt, wo sich Polizeidiener und Landjäger die Nase draußen an den Festerscheiben plattdrückten, um sie zu beobachten. Aber das Schicksal des Pfarrers blieb deshalb nicht weniger ungewiss. Unablässig kreisten in diesen nasskalten Wintertagen Theres' Gedanken um ihn, wenn sie nach der Arbeit in der behaglich geheizten Stube saß und ihn sich bei der Zwangsarbeit draußen im Forst oder in den eiskalten, zugigen Werkstätten vorstellte. Sie sah seine schlanken Hände, mit denen er immer so lebhaft seine Worte unterstrich, von der harten Arbeit rissig und wund werden, sah sein junggebliebenes Gesicht mit der kleinen gezackten Narbe über der Braue, wie es immer schmaler und blasser wurde und nicht mehr lächeln konnte.

Hinzu kam, dass böse Zungen neue Gerüchte in die Welt setzten: so etwa, dass nur deshalb so viele Ravensburger Bürgersmänner den Voglerhof aufsuchten, weil die Ludwig einen unerhört offenen Umgang mit Männern pflege. Dem Metzlerbauern stehe sie schon seit längerem zu Willen, vor den Augen von dessen armem Weib, und selbst dem Pfarrer habe sie von Anfang an den Kopf verdreht, bis der sich mit ihr eingelassen habe. Regelrecht hörig sei der dem Mädchen, nur so ließen sich seine Verblendung und seine Sturheit gegenüber den Kirchenoberen erklären. Dass er die Verpflichtung zum Zölibat nicht ernst nehme, wisse man ja spätestens seit damals, als er vor den Toren der Stadt mit seiner früheren Haushälterin Arm in Arm gesehen worden war. Vor allem dies hatte Theres einen mehr als schmerzhaften Stich versetzt.

Im Frühjahr schließlich übergab sie die Leitung der Andachten an Klementine Herb, die neben Madame Valier eine der eifrigsten Anhängerinnen ihres Kreises geworden war. Allzu häufig ertappte Theres sich inzwischen dabei, wie sie sich nicht aufs Gebet konzentrierte, sondern sich die wenigen Augenblicke, die sie allein mit Patriz Seibold verbracht hatte, ins Gedächtnis zurückrief. Vor allem den einen, an den zu denken sie sich bislang mit Erfolg verboten hatte.

Es war am letzten Abend auf ihrer Rückreise von Einsiedeln gewesen. Sie hatten am Schweizer Ufer des Sees gesessen und über den dunkler werdenden Wasserspiegel geblickt.

«Es ist schön, dass du wieder gesund bist», hatte er nach langem Schweigen gesagt.

«Dafür bin ich auch dankbar.»

Er hatte ein flaches Steinchen über das glatte Wasser hüpfen lassen. Theres hatte mitgezählt: Siebenmal sprang es über die Fläche, bis es unterging. Dann wandte er ihr sein Gesicht zu. Es wirkte ungewohnt ernst.

«Auch ich bin dankbar. Dass Gott, bei alldem, was du erlebt hast, immer schützend seine Hand über dich gehalten hat.»

Sie wich seinem Blick aus.

«Aber – aber warum hat er nur mich beschützt?» Sie stockte. «Warum nicht meine Tochter, die nicht einmal drei Jahre alt werden durfte? Warum nicht den armen Urle, der nie so was wie Glück erfahren durfte? Warum macht Gott diese Unterschiede? Warum lässt er Kriege und Seuchen zu und lässt so viele qualvoll sterben, die gar nicht sterben wollen?»

«So darfst du es nicht sehen. Auch Urle hatte Glück erfahren, indem er dich getroffen hat. Und vergiss nicht: Urle und dein Kind haben ihre Ruhe an Gottes Seite gefunden, in der Herrlichkeit seines Himmelreichs.»

Sie zog sich ihren Umhang fester um die Schultern. So etwas wie Trotz stieg in ihr auf.

«Ist es nicht eher so, dass der Mensch es sich zurechtlegt, wie er es grad braucht? Bleibt einer am Leben, ist man dankbar für Gottes schützende Hand, stirbt einer, soll man dankbar sein für den Eingang ins Himmelreich.»

«Beides hat seine Berechtigung. Und was dich betrifft: Vielleicht hattest du ja noch eine Aufgabe zu erfüllen. Nämlich dein Kind zu bekommen, noch einmal deiner Mutter zu begegnen, all diesen armen Menschen hier in unserm Dorf Hoffnung zu geben. Oder auch nur –» Er zögerte, seine Stimme war leiser geworden. «Oder auch nur, mir zu begegnen.»

Dabei hatte er den Arm um ihre Schultern gelegt und sie an sich gezogen, und als ihr, ganz gegen ihren Willen, die Tränen kamen, hatte er sie ihr zärtlich von der Wange gestrichen. Bevor er im nächsten Augenblick aufsprang, hatte sie noch gesehen, dass auch er Tränen in den Augen gehabt hatte.

Diese zarte Berührung brannte jetzt, fast ein halbes Jahr später, bei jedem Erinnern noch heftiger auf ihren Wangen, bis sie die Erkenntnis traf wie ein Blitzschlag: Sie hatte sich verliebt. Sie liebte einen Pfarrer, dem die Kirche verbot, auch nur an Frauen und an die Liebe zu denken!

Im Juni wurde plötzlich das Königreich Württemberg zum Schauplatz der revolutionären Ereignisse – oder dem, was davon noch übrig war. Die Reste der Nationalversammlung, dieses ersten freigewählten Bürgerparlaments, wurden von Frankfurt nach Stuttgart verlegt. Dort stellte man eine fünfköpfige provisorische Regentschaft für ganz Deutschland auf, rief zu

Steuerverweigerung und bewaffnetem Widerstand gegen die Staaten auf, die die neue Reichsverfassung nicht anerkannten, und provozierte damit den württembergischen König zum Angriff: Wilhelm befahl den selbsternannten Regenten, Stuttgart zu verlassen. Als die sich weigerten, schlugen seine Soldaten die Einrichtung des Sitzungssaals kurz und klein und trieben die Abgeordneten auf die Straße, wo die Stimmung hochzukochen drohte. Erst eine Reiterstaffel mit ihren Bajonetten vermochte den Tumult zu beenden.

Als Theres hiervon hörte, konnte sie nur an eines denken: wie es wohl Sophie im fernen Stuttgart ging. Sie hatte die dumpfe Ahnung, dass sich ihrer beider Lebenswege für immer getrennt hatten. Dies machte ihr weitaus mehr zu schaffen als die Nachricht wenig später, dass mit dem Sieg über die badischen Freischärler die deutsche Revolution endgültig gescheitert war. In ihrer Verbannung auf dem Einödhof bekam sie wenig davon mit, wie Zensur und Versammlungsverbot, körperliche Züchtigung und Todesstrafe wieder eingeführt wurden und dabei halfen, überall in Deutschland Friedhofsruhe zu verbreiten.

Der Kreis um Theres und den Voglerhof erfuhr zu diesem Zeitpunkt einen ungeahnten Aufschwung. Obwohl Patriz Seibold aus dem fernen Rottenburg weiterhin riet, sich ruhig zu verhalten und die Betstunden und Andachten auf den Hof zu beschränken, allein schon Theres wegen, strömten im Sommer immer mehr Menschen zu ihnen. Getragen wurde dieser Umschwung zu einem Gutteil durch die Eheleute Herb und Madame Valier, die mit einem Häufchen Getreuer durch die Gegend zogen und um Anhänger warben.

Bald blieb es nicht bei den häuslichen Gebeten. Die Herbs hielten Rosenkränze unter freiem Himmel ab, unternahmen

Bittprozessionen und Wallfahrten nach Weingarten oder zur Guten Beth nach Reute. Immer häufiger wurden sie in die Dörfer rundum eingeladen, um dort in Privathäusern für die Freilassung und Rückkehr Seibolds zu beten. Längst hatte die Gruppe ihren Namen weg. Theresianer wurden sie genannt und waren den Gemeinderäten und Kirchendienern mehr als ein Dorn im Auge.

Vor allem Klementine Herb in ihrem Eifer und Madame Valier mit ihrer hohen Stimme brachten die Gläubigen dazu, so voller Inbrunst zu singen und zu beten, dass mehr als einmal aufgebrachte Nachbarn in die Häuser drangen, um für Ruhe zu sorgen. Das allerdings wusste Theres nur vom Hörensagen, denn nach wie vor hütete sie sich, die Gemarkung des Einödhofes zu verlassen. Einmal im Hochsommer, in einem Dorf nach Wangen zu, hatten die Frauen den dritten Abend in Folge ihre Andacht abgehalten, als ein gutes Dutzend Männer das Haus stürmte, darunter Gemeinderäte und vornehme Bürgersleute, und sie mit Maulschellen und Stockhieben attackierte. Als schließlich der Schultes erschien, sperrte er die Theresianer über Nacht in eine Kammer seines Amtshauses, um sie, wie er versicherte, vor Schlimmerem zu schützen.

Von da an hielt Theres sich mehr und mehr zurück. Sie spürte, wie etwas in ihrer Anhängerschaft, die sich um den Voglerhof scharte, aber auch in ihr selbst aus dem Gleichgewicht geriet. All das hatte nichts mehr mit ihr oder Pfarrer Seibold zu tun. Der Glauben gab den Menschen nicht etwa Halt, sondern das Gegenteil war der Fall. Wie in einem Rausch zelebrierten sie ihre religiösen Riten, und jede Äußerung von Theres, jedes Gespräch mit ihr saugten sie auf, als sei sie eine Erleuchtete. Sie begann den Andachten fernzubleiben und verrichtete ihre Gebete stattdessen in einer einsamen Feldkapelle. Doch je mehr sich Theres zurücknahm, desto mehr Anziehungskraft schien sie auszuüben. Pauline hatte sogar ihre Stellung in Weissenau aufgegeben und arbeitete nun bei Metzler als Viehmagd – nur um ihr näher zu sein! Dabei hätte Theres sich am liebsten ganz an einen stillen Ort zurückgezogen, um auf Seibolds Rückkehr zu warten, den sie jeden Tag noch schmerzlicher vermisste.

Einmal hatte sie ihm sogar geschrieben, hatte dem Kaufmann Valier ein Briefchen mitgegeben und darin um Rat gebeten. Aber es war niemals eine Antwort gekommen, und sie hatte inzwischen den Verdacht, dass der Kaufmann ihr Schreiben gelesen und anschließend vernichtet hatte.

So ging es ihr in diesen Wochen zunehmend schlecht. Nachts kehrten ihre Albträume zurück, tags versank sie in Grübeleien oder schreckte auf, weil sie plötzlich Patriz Seibold vor sich sah, krank und mutlos, und sie wurde schier verrückt vor Sorge um ihn. Einmal war dieses Bild ganz deutlich gewesen, und sie hatte den Fehler begangen, Pauline davon zu erzählen.

«Was ist mit dir? Warum bist du so leichenblass?», hatte sie Theres gefragt.

«Ich weiß auch nicht – ich hab Angst um Pfarrer Seibold. Ich glaube, er ist krank.»

Als dann einige Zeit später über Kaufmann Valier bekannt wurde, dass Patriz Seibold eine heftige Attacke von Nervenfieber gerade eben noch überstanden habe, da hatte Pauline nichts anderes zu tun, als Theres' Ahnung aller Welt als eine visionäre Erscheinung zu verkünden. Im September dann zog nach tagelanger bleischwerer Schwüle ein Gewittersturm über das Hinterland des Sees, der Hagelkörner groß wie Walnüsse übers Land schleuderte. Laub und Früchte wurden von den Bäumen geschlagen und fast der gesamte Wein zerstört, der schon in prallen Trauben in den Rebstöcken gereift hatte. Für die Bauern bedeutete dieser Hagel eine neuerliche Katastrophe – nur die Obst- und Weingärten in Seibolds Pfarrgemeinde waren wie durch eine geheimnisvolle Fügung vom Unwetter verschont geblieben. Aufgeklärte Köpfe nannten es Zufall, andere, tiefgläubige Menschen das «Wunder von Weissenau», das allein der jungen Theres Ludwig und ihrem Kreis zuzuschreiben sei.

Von nun an konnte die Stube des Voglerhofes die Menschenmenge nicht mehr fassen, und Matthis und sein Vater mussten die alte Scheuer herrichten für die Andachten und Betstunden. Die beiden Bürgersfrauen Herb und Valier überboten sich in ihrem Eifer, neue Anhänger zu gewinnen, und stießen dabei auf nicht wenige, die vorgaben, ebenfalls mit Visionen und Gesichten gesegnet zu sein, und dabei unermüdlich vor Kriegen, Hungersnöten und Seuchen warnten. Sogar eine Somnambule war darunter, die von jetzt auf nachher in Tiefschlaf fallen konnte und dabei zu Begegnungen mit Heiligen fand. Pauline hingegen war fortan besessen von dem Gedanken, den Weissenauer Blutritt wieder ins Leben zu rufen, Kerzen und Öl mit dem Heiligen Blut zu weihen und das Bildnis der Reliquie auf Türschlösser und Kuhglocken, auf Medaillen, Anstecker und Bildchen aufzutragen, um die heilbringende Kraft des Blutes zu jedem Gläubigen zu bringen.

Als die kirchliche und weltliche Obrigkeit im Herbst des Jahres 1849 zum endgültigen Gegenangriff gegen die Theresianer bliesen, hatte der Kreis eine tausendköpfige Anhängerschaft im ganzen Schussental, bis hinunter zum See.

Was Theres anfangs manchmal durchaus genossen hatte, nämlich im Mittelpunkt zu stehen, wurde ihr mehr und mehr zuwider. Wer sie wirklich war, wie es in ihrem Inneren aussah, interessierte niemanden hier, sie war zu einer Figur geworden, zu einem Abbild, auf das alle ihre Wünsche hefteten. Sie ertrug es kaum noch, wie die andern an ihren Lippen hingen, als sei sie vom Heiligen Geist beseelt, wie sie sie unablässig bedrängten, von ihren Marienerscheinungen und den Versuchungen durch den leibhaftigen Satan zu berichten. Vor allem Pauline, die nun ihrerseits von dämonischen Anwandlungen besessen schien.

Dazu kam, dass die Metzlerin ihr das Leben schwermachte. Bösen Blicken folgten bald abfällige Bemerkungen, bis es dann Anfang Oktober zum Eklat kam. Sie hatten die Apfelernte eingebracht, und Theres stand mit der Altbäuerin im Schuppen, um Most- und Lageräpfel zu sortieren.

«Wahrscheinlich hat der Bischof recht.» Mit erstaunlicher Kraft wuchtete die hagere Frau einen Korb rotwangiger Äpfel auf den Leiterwagen. «Hast das mit deinen Visionen alles erfunden, um dich hier vor den Leuten als Prophetin aufzuspielen.»

Theres sah sie erstaunt an. «Was willst du damit sagen?»

«Das weißt ganz genau.» Sie nahm einen leeren Korb vom Stapel.

«Du magst mich nicht, Else, gell? Ist es das?»

«Weißt, was ich glaub?» Else Metzlers Stimme wurde schrill. «Dass du eine Heuchlerin bist, eine Gotteslästerin. Dass du mit dem Leibhaftigen im Bunde bist. Weil nämlich – du hast meinen Alten verhext und den armen Pfarrer dazu. Was für eine Schand!»

Sie schleuderte Theres den Korb vor die Füße und begann zu schreien: «Wenn ich könnt, würd ich dich mit den Hunden vom Hof jagen! Für allezeit!»

Fassungslos starrte Theres sie an. Dann drehte sie sich um und verließ ohne ein weiteres Wort den Schuppen.

Am selben Abend stürzte Fabrikant Erpf in die Stube, außer sich und mit hochrotem Kopf.

«Was für eine bodenlose Impertinenz!» Er fuchtelte mit einem amtlich aussehenden Schreiben in der Luft herum. «Das hier ging an die Presse im ganzen Land. Die Untersuchung der sogenannten Weissenauer Teufelsgeschichte seitens Staat und

Kirche ist jetzt hochoffiziell abgeschlossen. Die Besessenheit von Theres wie auch alle Erscheinungen und Offenbarungen Mariens – alles nur vorgetäuscht, wissentlich gedeckt von unserem Pfarrer! Und leider seien wir Oberländer Katholiken allzu roh und einfältig im Glauben, um diese Täuschung zu durchschauen. Dieser saubere Bischof hat in einem Hirtenbrief die Dinge offiziell als Lug und Trug verurteilt. Patriz Seibold ist nun unwiderruflich entlassen und sein Nachfolger ins Weissenauer Amt bestellt.»

Er ließ sich auf die Eckbank sinken.

«Wir haben verloren. Ich fürchte, Theres, als Nächstes bist du dran.»

29
Ravensburg und Voglerhof, Winter 1849/1850

«Mädle, so iss doch! Sonst hältst das hier net durch.»

Theres starrte erst auf die graugrüne Erbsensuppe vor ihr, in der ein paar Speckstückchen schwammen, dann auf das alte Weib gegenüber.

«Vielleicht will ich's ja gar nicht.»

Sie schob ihren Napf von sich und lehnte sich zurück. Ihr schwindelte leicht. Seit zwei Wochen hatte sie nichts als Wasser und Brot zu sich genommen, hatte alles andere verweigert. Inzwischen vermochte sie in der Strickstube kaum noch die Nadeln zu halten.

«Vielleicht will ich gar nicht durchhalten», wiederholte sie leise.

Kopfschüttelnd fuhr die Alte fort, ihre Suppe zu schlürfen.

«Krieg ich dann wieder deinen Napf?», fragte das Mädchen neben Theres.

«Nimm nur.»

Sie schob der Kleinen ihren Napf hin.

«Danke. Bist doch so was wie eine Heilige. Egal, was sonst so geschwätzt wird.»

«Hör auf damit!», zischte Theres. «Sag das nie wieder.»

«Ruhe dahinten!» Die Aufseherin hob ihr Stöckchen, mit dem sie hin und wieder Tatzen verteilte, wenn es ihr im Speisesaal zu laut wurde.

Nach dem Dankgebet erhob sich Theres mühsam und folgte den anderen Frauen in die Strickstube. Morgen sollte sie zur Zwangsarbeit ins Bruderhaus eingewiesen werden, aber auch das war ihr gleichgültig. Alles war ihr mehr oder weniger gleichgültig, seit jenem Morgen Ende Oktober, als die schier unglaubliche Nachricht sie erreicht hatte: Patriz Seibold war frei! Auch wenn er nicht mehr ihr Pfarrer sein durfte – er war frei, durfte sich bewegen, wie er wollte, und vor allem: Am nächsten Tag schon sollte er auf dem Voglerhof eintreffen. Alle waren sie außer sich vor Freude gewesen, hatten sich in den Armen gelegen, gesungen, getanzt, gebetet, und Theres hatte sich irgendwann ins Dunkel des Kuhstalls zurückgezogen und vor Glück geweint. Danach hatte sie sich, wie alle anderen, an die Arbeit gemacht. Metzler hatte befohlen, ein paar Hühner zu schlachten und Brot und Kuchen zu backen, da man den Pfarrer gewiss erst mal ordentlich aufpäppeln müsse. Gegen Abend dann hatte Else Metzler sie gebeten, ihr einen Eimer Wasser zu holen, weil ihr die Hex ins Kreuz gefahren sei.

Da war Theres in die neblige Dunkelheit hinaus, leise vor sich hin singend, und hatte die Männer nicht einmal gesehen, die hinter dem Brunnen auf sie gewartet hatten. Zu viert waren sie gewesen und bewaffnet, als müssten sie eine Horde Straßenräuber überwältigen. Theres wollte schreien, doch da patschte schon eine kräftige Hand auf ihren Mund, sie wurde geknebelt und gefesselt und auf einen Maultierkarren verfrachtet, der im vollen Galopp mit ihr in der Nacht verschwand.

Zwei Dinge waren ihr in den ersten Tagen im Ravensburger Spital nach und nach klar geworden: dass man ganz offensichtlich verhindern wollte, dass sie und Patriz Seibold zusammentrafen. Und dass Else Metzler sie in einen Hinterhalt gelockt hatte. Sie musste gewusst haben, wer da im Nebel am Brunnen auf sie gewartet hatte. Aber sie konnte der Frau nicht einmal böse sein. Weitaus mehr beschäftigte sie der Gedanke, was mit Patriz Seibold war, wo er nun wohnte, was er tat. Vor allem, ob er manchmal an sie dachte. Im Weissenauer Pfarrhaus war inzwischen sein Amtsnachfolger Quirinius Fink eingezogen. Das war aber auch schon das Einzige, was sie in Erfahrung hatte bringen können. Sowohl Spitalvater als auch sämtliche Aufseher schwiegen hartnäckig, wenn Theres sie nach dem Pfarrer oder den Leuten vom Voglerhof fragte.

Als sie nun an diesem Sonntagabend durch die Gassen der Unterstadt ins Bruderhaus geführt wurde, wie eine Zuchthäuslerin in Handfesseln und mit heruntergezogener Kapuze, konnte sie sich denken, warum dies bei Dunkelheit geschah: Man wollte Aufsehen vermeiden. Kaum war nämlich bekannt geworden, dass Theres Ludwig mit Gewalt vom Voglerhof entführt worden war, hatte es überall lautstarke Proteste gegeben, auch hier in der Stadt. Die Sprechchöre draußen vor dem Spitalstor jeden Tag nach Feierabend, das Getöse mit Kochlöffeln auf Töpfen und Deckeln waren zwar leiser geworden, aber offenbar wollte man auf Nummer sicher gehen. Das Bruderhaus war weitaus besser zu bewachen als das Spital, in dem jeder aus und ein ging, wie er wollte.

Entmutigt stolperte sie zwischen ihren beiden stummen Bewachern, zwei großen, kräftigen Männern, durch die feuchtkalte Nacht. Auch ihnen war offenbar verboten, mit ihr zu sprechen. Aber sie wusste ohnehin, was sie erwartete. In den Trakt der Zwangseingewiesenen würde man sie stecken, zu den Obdachlosen und Gaunern und käuflichen Dirnen. Man würde sie Tag und Nacht unter polizeiliche Aufsicht stellen und sie ohne jeglichen Lohn die niedersten, schmutzigsten Arbeiten verrichten lassen.

«Himmelsakra, jetzt heb schon deine Füß», fluchte der eine, der Jüngere. «Glaubst, wir tragen dich?»

Auf ein Klopfzeichen hin öffnete sich kurze Zeit später eine Nebenpforte des Bruderhauses.

«Vorwärts!» Der Jüngere stieß sie hinein in einen dunklen Flur, nahm eine Lampe vom Wandhaken und zündete sie an.

«Lass nur, Franz. Ich bring sie rüber», sagte der andere, der wesentlich älter wirkte. «Kannst zu Bett gehen.»

Theres stutzte. Woher nur kannte sie diese Stimme? Nachdem der Jüngere im schwachen Schein der Lampe hinter einer der Türen verschwunden war, ließ ihr Bewacher sie los und hob das Licht zwischen sie. Sie erstarrte: Der Mann betrachtete sie in einer Mischung aus Neugier und Ehrfurcht – mit einem einzigen Auge! Anstelle des andern Auges war nichts als ein schwarzer Fleck.

«Urban?» Es war der alte Knecht aus dem Vagantenkinderinstitut.

«Pst!» Er legte einen Finger an seine Lippen. «Es braucht niemand zu wissen, dass wir uns kennen. Hab keine Angst, Theres. Der Metzlerbauer wird dich hier rausholen, in ein, zwei Wochen schon. Und jetzt komm.»

Ende November war es so weit. Urban hatte ihr beim Mittagessen mit der Hand ein Zeichen gegeben. Sie verstand, dass sie sich bereithalten sollte. An diesem Nachmittag war sie zusammen mit einer Gruppe von Frauen abkommandiert zu Pflasterarbeiten in der neuen Seevorstadt. Der Zeitpunkt war gut gewählt: Urban führte die Aufsicht über die Frauen, und draußen herrschte dicker Nebel, der sich an solchen Tagen über das ganze Schussental legte wie ein zäher, hellgrauer Brei.

Jede Faser ihres Körpers war gespannt, während sie wenig später die Steine auf den vorbereiteten Grund platzierte. Bei den Arbeitseinsätzen durfte nicht gesprochen werden, und so fiel es Theres leicht, auf die Geräusche in den Nebelschwaden rundum zu achten. Lange Zeit hörte man nichts als das Scharren der Pflastersteine auf dem sandigen Untergrund, nur hin und wieder unterdrücktes Stöhnen, wenn eine der Frauen sich aufrichtete und vorsichtig den Rücken geradebog. Als einmal die Karre mit den Steinen unter lautem Gepolter umstürzte, schrak Theres so heftig zusammen, dass sie aufschrie und Urban ihr mit seinem einen Auge einen vorwurfsvollen Blick zuwarf.

Fast schon hatte sie alle Hoffnung fahren lassen, als aus Richtung des Gasthofs *Kronprinz* Hufgetrappel herüberklang, gefolgt von einem kurzen Pfiff. Dann bemerkte sie so etwas wie einen Schatten hinter dem abgestellten Fuhrwerk des Straßenbauamts. Sie sah hinüber zu Urban, der nickte fast unmerklich.

Keine Viertelstunde später klatschte er laut in die Hände. «Die letzten Steine gesetzt und aufräumen!»

Bedächtig verarbeitete Theres das Häufchen Steine neben sich, richtete sich auf und griff nach ihrem leeren Korb. Ganz unwillkürlich machte sie sehr langsam, warf als letzte der Frauen ihren Korb auf die Ladefläche. Die Gestalt hinter dem Wagen war vom Nebel verschluckt.

«In einer Reihe aufstellen!», befahl Urban, während er gleichzeitig Theres zurückhielt. «Los, hinter den Wagen», flüsterte er, «Von da rüber zur Remise vom *Kronprinz*.»

«Danke!», gab sie ebenso leise zurück. Dann tauchte sie ein in den Nebel. Hinter sich hörte sie Urban rufen: «Abzählen!», und bald danach losbrüllen: «Ja Kruzifix! Wo ist die Ludwig? Wer hat die Ludwig gesehen?»

Aber da hatte sie schon jemand beim Arm in einen kleinen Hof gezogen. Es war Matthis, der Jungbauer. Sein Vater saß bereits hoch zu Ross. Er reichte Theres die Hand und hievte sie mit Matthis' Hilfe hinter sich in den Sattel. Dann sprang auch der Jungbauer auf sein Pferd.

«Los geht's!»

Sie stießen ihren Pferden die Hacken in die Seite und preschten aus dem Hof, die Straße hinunter und hinaus aus der Stadt.

Theres konnte sich kaum auf dem schwankenden Pferderücken halten und klammerte sich verzweifelt an Metzlers breites Kreuz. Unwillkürlich dachte sie an ihren falschen Rittmeister, wie der sie damals um ihr Glück betrogen hatte. Wie kreuzdumm sie gewesen war!

Sie verließen die Straße zum freien Feld hin, auf dem der Hufschlag kaum zu hören war, und Theres fragte sich, wie die Tiere bei diesem Nebel und dieser rasenden Geschwindigkeit ihren Weg fanden.

«Hoimwärts finde die alleweil», rief Metzler nach hinten, als hätte er ihre Gedanken gelesen. Erst als es spürbar bergauf ging, wurden die Tiere langsamer. Da tauchten bald schon wie aus dem Nichts erst der alte Walnussbaum, dann die Dächer des Gehöfts auf. Sie hatten es geschafft.

Metzler zügelte sein dampfendes Ross. Von allen Seiten strömten sie herbei, die Kinder, Pauline und die alte Käthe vorweg, jeder wollte sie berühren und umarmen. Wer fehlte, war Else Metzler. Und Patriz Seibold.

«Sie werden sich denken, wo ich bin», murmelte Theres.

«Na und?» Metzler wischte sich den Bierschaum von den Lippen. «Fünf Mann bewachen den Hof, Tag und Nacht. Bewaffnet! Die werden's net wagen, vorerst jedenfalls.»

Sie hatten eine Dankandacht gehalten drüben in der Scheune, denn nur die hatte die vielen Menschen fassen können. Jetzt saßen sie im kleinen Kreis in der Stube bei Bier und einem Laib Brot, um das Weitere zu besprechen. Else Metzler lag in ihrer Kammer, ihr sei nicht wohl, seit einigen Tagen schon.

Theres gab sich einen Ruck. «Wo ist der Herr Pfarrer?»

«Wieder unterwegs.» Metzler schenkte ihr nach. «Glaub mir, er hat g'macht und versucht, was er konnt, um dich zurückzuholen. War sogar beim Oberjustizrat Wiest und dem seinen Bruder, dem Justizprokurator, die beide fest auf unsrer Seite stehn. War aber umsonst. Da hat er sich dacht: Dann halt gleich in die Höhle des Löwen, und ist auf nach Rottenburg. Er sagt, dort sind net alle Geistlichen auf der Seite des Bischofs, es würd also noch Hoffnung geben für unsre Sach!»

«Hat er – hat er eine Nachricht für mich gelassen?»

Metzler schüttelte den Kopf. «Noi! Nur dass wir dich aus der Schusslinie bringe sollet.»

Theres fühlte die Enttäuschung wie einen Klumpen im Magen. Patriz Seibold sah sie also nur als seinen Schützling an, nichts weiter. Wie hatte sie sich bloß etwas andres zusammenspinnen können!

«Unser Plan ist», fuhr der Bauer fort, «dass dich erholst für eine paar Tage. Bist ja dürr g'worden wie ein Bohnenstecken! Dann ziehst von einem Hof zum andern. Hochoffiziell weiß keiner, wo du bist, aber alle sind eing'weiht. Derweil versuch ich, für dich das Bürgerrecht von Thaldorf zu kriegen.»

Theres nickte. «Danke! Danke für alles.»

Die letzte Frage, nämlich ob er vom Verrat seiner Frau wisse, wagte sie nicht zu stellen.

In der Woche darauf erhielt Bauer Metzler ein Schreiben des Oberamtsgerichts: Falls er Theres nicht binnen acht Tagen herausgebe, würde man ihn vor Gericht laden. Ihm drohe verschärfter Arrest und der Delinquentin Theres Ludwig das Zuchthaus.

Metzler lachte darüber nur.

«Diese Bettenbronzer! Würden die's ernst meinen, wären sie längst hier g'wesen.»

Vorsichtshalber aber beschloss man, dass Theres noch vor Weihnachten untertauchen sollte. Inzwischen hatte auch der Gemeinderat von Thaldorf, zu dem die Parzelle Voglerhof gehörte, sich hinter Theres gestellt und ihr das Bürgerrecht verliehen. Damit war sie eine der ihren, und noch die ängstlichste Seele unter den Bauern der Umgebung war nun bereit, Theres aufzunehmen, wann immer es nottat.

Fast war sie froh, vom Voglerhof wegzukommen, selbst wenn nun Tage oder Wochen der Ungewissheit auf sie warteten. Zum einen, weil es mit Else Metzler unter einem Dach unerträglich war. Die Frau sprach nur das Nötigste mit ihr, bedachte sie dabei mit eisigen Blicken, und einmal, in einem unbeobachteten Moment, zischte sie: «Scher dich endlich zum Teufel. Sonst tu ich's nochmal! – Und wenn du's dem Metzler sagst, bring ich dich um!»

Der blanke Hass sprach aus dem verhärmten Gesicht, und Theres zweifelte keinen Moment, dass diese Frau es ernst meinte. Trotzdem tat Else ihr noch immer eher leid, als dass sie Angst vor ihr empfunden hätte.

Das andere war Pauline. Die bedrängte sie täglich heftiger, wieder die Andachten zu leiten, zu denen nach wie vor Hunderte von Menschen strömten. Am Ende war Theres fast grob geworden.

«Ihr braucht mich nicht! Ihr braucht keine – keine Prophetin, keine Heilige!» Sie schob Pauline von sich weg. «Seid ihr nicht selber fest genug im Glauben? Lass mich gehen.»

Als dann die Nachricht eintraf, im Dekanat Rottenburg habe man dem Pfarrer zwar Gehör geschenkt, sich aber geweigert, ihn öffentlich zu verteidigen, da wurde klar: Theres musste ihr Bündel packen. Am nächsten Morgen schon sollte sie los, auf einen kleinen Hof nach Eschach zu.

«Ich will mit dir kommen!»

Ohne anzuklopfen, war Pauline in ihre Kammer gestürzt und vor ihr auf die Knie gefallen.

«Das geht nicht, und das weißt du auch.»

«Bitte!», flehte sie. Ihr ohnehin blasses Gesicht war jetzt kreideweiß, unter den Augen zeichneten sich dunkle Ringe ab. Regelrecht gespenstisch sah das aus.

«Bitte, Theres! Du darfst mich nicht verlassen. Gott tät das nicht wollen! Sonst hätte er dich nicht hierhergeführt nach so vielen Jahren. Er war es doch, der uns wieder zusammengebracht hat.»

«Steh auf, Pauline.»

Stattdessen rutschte das Mädchen auf den Knien zu Theres und hielt deren Beine umklammert.

«Pauline! Lass mich los!»

«Ich kann nicht. Ohne dich bin ich verloren. Siehst du denn nicht, dass der Böse mich unablässig in Versuchung führt? Ich kann ihm nicht standhalten ohne dich.»

«Was redest du da? Nicht ich kann dich vor dem Bösen bewahren, sondern allein Gott. Und jetzt steh endlich auf. Wer bin ich, dass du vor mir niederkniest?»

Mit aller Kraft löste sie Paulines Arme von ihren Beinen und zerrte sie in die Höhe. Dabei entdeckte sie ein zusammengefaltetes Papier. Es musste Pauline aus der Schürzentasche gefallen sein. Sie bückte sich und hob es auf.

«Du hast was verloren», murmelte sie. Dann stutzte sie – ihr Name stand mit schwungvollen Buchstaben auf das Papier geschrieben, der rote Siegellack war erbrochen.

«Was ist das für ein Brief?», fragte Theres ungläubig. Sie hatte in Patriz Seibolds Studierstube genügend Notizen und Predigtentwürfe von ihm gesehen, um auf Anhieb seine Handschrift zu erkennen.

Pauline brach in Tränen aus.

«Wo hast du das her?» Theres packte sie bei den Schultern. «Los, gib Antwort!»

«Das ist – das ist vom Pfarrer. Er hat's mir gegeben, bevor er nach Rottenburg ist. Ich sollt es dir überbringen, sobald du wieder freikommst.»

«Warum hast du's dann nicht getan?»

«Weil ich ...» Sie schluchzte laut auf. «Verzeih mir, Theres, bitte verzeih mir! Ich hatte solche Angst, dass du uns dann gleich verlässt – mich verlässt! Weil doch der Pfarrer und du ... weil doch ihr beide ...»

«Was?»

«Ich bin doch net blind. Ich seh doch, dass du ihn liebst. Und dass auch er ...» Sie verstummte. Dann wandte sie sich um und rannte aus der Kammer.

Theres ließ sich auf die Kante ihres Bettes sinken. Ihre Finger zitterten so sehr, dass sie kaum das Blatt Papier aufzufalten vermochte.

Liebe Theres, las sie. *Auch diese Zeit der Prüfung werden wir durchstehen. Ich weiß, dass du stark bist. Ich werde es ebenfalls sein.*

Ich bin nun auf dem Weg ins Dekanat Rottenburg, um dort Verbündete zu finden. Es wird nicht leicht sein, denn ich stehe mit meinen Ansichten ziemlich allein da.
Wie gern hätte ich bis zu deiner Rückkehr auf den Voglerhof gewartet, aber die Zeit drängt. Ich bin sicher, der brave Metzler wird dich mit Gottes Hilfe rausholen aus deinem Gefängnis im Bruderhaus.
Jetzt, wo du diese Zeilen liest, bist du frei. Frei auch, um zu entscheiden, ob du bei den Leuten vom Voglerhof bleibst oder fortgehst an einen Ort, wo du nicht mehr verfolgt wirst. Hattest du nicht von einer guten Freundin erzählt, die in der Hauptstadt lebt?
Mein Verstand sagt mir: Gehe dorthin, um in Sicherheit zu sein. Mein Herz sagt mir: Bleibe im Oberland und warte auf mich. Dazwischen springt ein böses Teufelchen hin und her, zieht und zerrt, lässt mich kaum noch einen klaren Gedanken fassen. Einzig meine Hoffnung, dass sich alles zum Guten wendet, kann dieser Schelm mir nicht nehmen. Und vielleicht gibt es ja bald schon einen Ausweg, den ich bloß noch nicht zu erkennen vermag.
Gott schütze dich auf all deinen Wegen. Dass er uns bald ein Wiedersehen schenkt, das wünscht sich von ganzem Herzen – dein Patriz Seibold.

Wieder und wieder, jeden Tag aufs Neue, las sie diese Zeilen, während sie unterwegs war von einem Unterschlupf zum nächsten. Mal kam sie bei reichen Einödbauern unter, mal bei Kleinbauern mit wenig Land und einer großen Zahl von hungrigen Mäulern, die zu stopfen waren; mal bei Handwerkern, mal bei einem Müller oder Kaufmann. Immer nur zwei, drei Tage blieb sie, danach ging es weiter zum nächsten Obdach. Jeder nahm sie mit offenen Armen auf und, wie ihr schien, auch voller Stolz, um alles, was man hatte, mit ihr zu teilen. Einige Male gelangte sie auch in die Hütten bettelarmer Häusler ohne Acker und Arbeit, deren Kinder die Krätze hatten und bellenden Husten und deren Brotreste und einziges Bett sie nicht annehmen wollte und schließlich doch musste.

Wie in einem Spinnennetz fühlte sie sich, musste von Knoten zu Knoten krabbeln, ohne zu wissen, wie das Netz im Ganzen aussah. Das Einzige, was sich jeden Tag gleich blieb, war dieser Brief, dessen Worte sie inzwischen auswendig kannte bis in die Züge der einzelnen Buchstaben und den sie doch jeden Tag wieder herauszog und vor Augen hielt. Trotzdem dauerte es lange, bis sie erkannte: Da sprach kein Pfarrer zu seinem Gemeindemitglied, kein Hirte zu seinem Schützling, da war nicht von Psalmen und Gebeten und Gleichnissen die Rede. Nein, das hier war der Brief eines Mannes an eine Frau. Mehr noch – und hatte es Pauline nicht selbst ausgesprochen? – glaubte sie darin die Worte eines Liebenden an die Geliebte zu entdecken.

Zu Beginn des neuen Jahres kam sie in ein Dorf oben in den Hügeln, zur Familie eines Forstwarts. Das Wetter hatte umgeschlagen, ein blauer Himmel spannte sich über die frostig weiße Landschaft, unten im Tal lag dichter Nebel. Bis jetzt hatte der Arm der Obrigkeit sie nicht zu fassen bekommen, doch ihre Unruhe wuchs: Wie lange noch sollte das so weitergehen? Oft erwachte sie mitten in der Nacht und wusste nicht, wo sie war.

Am Nachmittag stand sie mit der Hausfrau am Herd, um das Abendessen zuzubereiten. Draußen, vor dem Küchenfenster, schickte die untergehende Sonne ihre letzten Strahlen über den mit einem Hauch von Schnee bestäubten Obstgarten. Die

Jüngsten der sechs Kinder tobten über die Wiese und spielten Fangen. Plötzlich hielten sie inne, winkten und lachten, verschwanden dann aus dem Viereck des Küchenfensters.

Auch Margrit, die Frau des Forstwarts, hatte den Kopf gehoben und lauschte nun. Ihre Schultern waren gespannt.

«Da kommt wer», murmelte sie.

«Wohin?», fragte Theres. Sie hatte diese Prozedur in den letzten zwei Wochen nun schon einige Male mitgemacht. Jeder Fremde, der vorbeikam, konnte ein Polizeidiener oder Büttel sein, jeder Bekannte ein Spitzel. Oftmals hatten ihre Gastgeber vor Theres' Entdeckung noch mehr Angst als sie selbst, und schon allein aus diesem Grund war ihnen nicht zuzumuten, sie länger als ein, zwei Tage zu verstecken.

«In die Vorratskammer!»

Kaum hatte Theres die Tür hinter sich zugezogen, als das Stimmengewirr vor dem Haus lauter wurde, von fröhlichem Lachen durchsetzt.

«Theres, kannst rauskommen!», hörte sie den Hausvater rufen. «Rasch, komm heraus.»

Draußen auf dem Hof, umringt von der Familie des Forstwarts, stand Patriz Seibold. Theres verharrte fast erschrocken im Türrahmen.

«Theres!»

Er trat auf sie zu und breitete die Arme aus. Ohne einen Augenblick nachzudenken, wie das auf die Umstehenden wirken könnte, warf sie sich an seine Brust, spürte den kalten Stoff seines Wollmantels an der Wange und musste an sich halten, nicht zu weinen. Er zog sie fest an sich.

«Entschuldigen Sie!» Theres machte sich los und wischte sich über die Augen. «Das ist nur – weil ich mich so freue!»

«Ich auch, Theres, ich auch! Es war übrigens gar nicht so einfach, dich zu finden.»

«So soll's auch sein», erwiderte der Forstwart zufrieden.

«Kommet Se, Herr Pfarrer.» Margrit schob ihn ins Haus. «Schnell nei ins Warme.»

In der Stube dann bemerkte Theres, wie dünn er geworden war, auch hatten sein Rock, seine Schuhe und Hosen schon mal bessere Zeiten gesehen. Und in seinem dunklen Haar schimmerten die ersten grauen Strähnen. Aber sein Lächeln hatte noch immer dieses Jungenhafte, seine hellen Augen strahlten wie eh und je.

«Geht es dir gut, Theres?»

Er betrachtete sie aufmerksam.

«Ja, Herr Pfarrer. Dank all dieser Menschen hier. Sie geben so viel und haben doch oft selbst fast nichts.» Sie griff sich an den Hals und spürte das kühle Silber zwischen den Fingerspitzen. «Und Ihre Kette mit dem kleinen Fisch – sie hat mich immer beschützt!»

Margrit bat den Gast, in ihrem Haus zu übernachten, aber Seibold lehnte ab. Er habe sich bereits in einem nahen Gasthof drüben in Waldburg eingemietet.

«Aber dann bleiben Sie wenigstens zum Essen.»

Er blieb bis spät in die Nacht. Erst musste Theres erzählen, wie es ihr ergangen war seit ihrer Gefangennahme durch die Ravensburger, dann berichtete er selbst von seiner Rundreise durchs ganze Oberland. Wenig Hoffnungsvolles war dabei herausgekommen, aber das schien ihn keineswegs zu entmutigen.

Am Ende fragte Theres ihn: «War es sehr schlimm für Sie, die lange Zeit im Correctionshaus?»

Seibold winkte ab. «Ich hab's als eine Zeit der Besinnung genommen. Übrigens soll ich dich schön grüßen, von Dekan Forthuber, dem Rottenburger Anstaltsleiter. Du hattest damals für ziemliche Aufregung gesorgt, mit deiner Flucht. Nun ja, jedenfalls hofft er, dich nie mehr wiederzusehen, und ich hab ihm versichert», sein Blick wurde weich, «dass ich dafür schon sorgen werde.»

Sie erwiderte seinen Blick. Heiß und kalt zugleich wurde ihr im Inneren. Der Würzwein, den Margrit zur Feier des Tages bereitet hatte, musste ihr zu Kopf gestiegen sein, und sie dachte ununterbrochen daran, wie gerne sie jetzt mit dem Pfarrer allein wäre. Mit Patriz – denn so nannte sie ihn in Gedanken schon seit langem.

«Es wird höchste Zeit.» Seibold erhob sich und schüttelte dem Forstwart und dessen Frau die Hand. «Danke für das gute Essen, und vergelt's Gott.»

Er sah zu Theres, die ebenfalls aufgestanden war. «Wenn du nichts dagegen hast, komm ich morgen früh und begleit dich in dein nächstes Quartier, zur Sägmühle.»

«Das würden Sie tun?»

Er nickte. «Sogar sehr gern. Von dort aber muss ich schleunigst weiter. Mein Bruder ist krank geworden, du weißt doch, der, der auch Pfarrer ist, nicht weit von Ulm. Ich will nach ihm sehen.»

Noch vor dem ersten Hahnenschrei war Theres bereits hellwach, obwohl sie alle so spät zu Bett gegangen waren. Sie räumte ihre Strohmatte beiseite, auf der sie mitten in der Stube geschlafen hatte, und machte sich ans Einfeuern.

«Du bist schon auf?» Margrit stand in der Tür, in Hemd und Nachthaube.

«Ich konnt einfach nicht mehr schlafen.» Theres lächelte verlegen. «Ist es denn weit, zu meiner nächsten Unterkunft?»

«Zwei, drei Wegstunden nur. Eine Mühle auf Tettnang zu.»

Schade, dachte Theres. Wegen ihr hätte es ein ganzer Tagesmarsch sein können. Margrit schien ihre Gedanken gelesen zu haben.

«Ihr seid euch sehr verbunden, du und der Pfarrer, gell?»

«Ja», erwiderte Theres nur. Sie hatte Margrit von der ersten Sekunde an gemocht, doch was sollte sie ihr hierzu sagen?

«Ach, Theres, ich wünsch mir so, dass alles wieder ins Lot kommt. Der Pfarrer ist so ein guter Mensch. Noch so was wie neun Monate im Arbeitshaus hält der net durch.» Sie seufzte. «Was sind das nur für Zeiten! Alles geht drunter und drüber, die Armen werden immer ärmer, die Reichen reicher, und unserer Hände Arbeit wird nimmer gebraucht, weil's bald überall Maschinen dafür gibt.»

«Aber einen Forstwart wird's immer brauchen.»

«Ja, da hast recht.» Margrit lachte. «Weißt, was ich gestern Abend gedacht hab? Ihr zwei, du und der Pfarrer, ihr solltet aufeinander achtgeben. Wärst du ein Kerl, würd ich sagen: Bleib bei ihm. Aber so?» Sie schüttelte den Kopf. «Eigentlich ist's nicht recht, dass ein gestandenes Mannsbild wie der Seibold sein Lebtag ohne Frau bleiben soll. Bei den Evangelischen geht's doch auch.»

Theres spürte, wie sie rot anlief.

«Ich geh schon mal in die Küche und mach Feuer im Herd», sagte sie mit gesenktem Blick.

Stunden später, als die Sonne schon recht hoch am Himmel stand, traf Patriz Seibold ein, und Theres verabschiedete sich herzlich von ihrer Gastfamilie. Den ersten Teil ihrer Wegstrecke, den Hügel hinauf bis zur ersten Kreuzung, stapfte sie wortlos neben dem Pfarrer her. Auch Seibold schien in Gedanken versunken. Nur das Knirschen der vereisten Schneedecke unter ihren Sohlen war zu hören.

Oben auf der Kuppe blieb er stehen.

«Sieh mal, der See!»

Zwischen der winterlichen Hügellandschaft lag der Bodensee unter einer dünnen weißen Nebelschicht. Dahinter ragten schroff die Gipfel der Alpen mit ihren Felsen und Gletschern in den tiefblauen Himmel, so nahe, dass man sie hätte berühren mögen.

«Ist Gottes Schöpfung nicht wunderschön?»

«Ja, das ist sie», erwiderte Theres leise.

Sie sahen sich an, und Theres fürchtete, in seinem hellen Blick zu ertrinken. Rasch wandte sie den Kopf zur Seite.

«Übrigens», Seibold räusperte sich, «es ist mir ernst, das Versprechen an den Inspektor vom Correctionshaus. Ich möchte dich außer Gefahr bringen, nach Stuttgart zu deiner Freundin. Ich selbst könnt mich dort um eine Audienz beim König bemühen. Wilhelm gilt als sehr liberal in Glaubensdingen. Er ist der Einzige, der noch bewirken kann, dass ich wieder zu meiner Gemeinde zurückkehren darf.»

«Zum König», wiederholte sie ungläubig.

«Warum nicht? Ein Versuch wäre es wert. Gerade, weil er nichts mit der katholischen Kirche zu tun hat.»

«Haben Sie denn überhaupt noch Hoffnung, nach allem, was geschehen ist?»

«Ich habe Hoffnung, solange ich lebe. Auch wenn die Zweifel stärker werden.» Er biss sich auf die Lippen. «Weißt du, manchmal sehne ich mich nach früher zurück. In die Zeit, als ich noch ein junger Mann war und zum Priester geweiht wurde. Da gab es diese ganzen Kirchenstreitigkeiten noch nicht. Da halfen sich die Evangelischen und Katholischen gegenseitig im Kirchenchor mit den Sängern aus, in den Trinkstuben und Zunfthäusern hockte man bunt durchmischt beieinander, und in Notzeiten hat man sogar Kirchenräume und Glockengeläut miteinander geteilt. Wie soll das Volk Kraft aus dem Glauben schöpfen, wenn sich die Geistlichen gegenseitig schier zerfleischen in ihren Streitereien?»

Er schlug den breiteren der beiden Wege ein, der auf der

Höhe blieb und immer neue, herrliche Ausblicke eröffnete. Doch Patriz Seibold schien plötzlich kein Auge mehr dafür zu haben.

«Ihre Zweifel ...», begann Theres. «Haben Sie auch Zweifel daran, dass *wir* das Richtige tun? Ich meine damit: Sie und ich und die Leute um den Voglerhof.»

«Du meinst die Theresianer, sprich's nur aus. Du darfst dir ruhig zugestehen, dass du berühmt geworden bist.» Er blieb stehen und nahm ihre Hand. «Hast *du* denn Zweifel?»

«Manchmal. Wenn Pauline nur noch von ihren Dämonen spricht oder die Lisette sich ganz willentlich in ihren Dämmerzustand versetzt und darin den Heiligen begegnet. Da frag ich mich, ob der Glaube bei einigen nicht zu Einbildungen, zu überhitzten Phantastereien führt und damit weg vom Eigentlichen.»

Er nickte. «Vielleicht ist das ja die Reaktion auf die ständigen Verbote von oben. Auch ich leide darunter. Unter dem Deckmantel der reinen katholischen Lehre sollen wir Pfarrer kein Wirtshaus mehr besuchen dürfen, keine Tanz- und Theatervergnügungen, keinen Bürgerball und kein Billardspiel. Grad als ob wir ja nicht mehr mit den Menschen in Berührung kommen sollten. Selbst in den eigenen vier Wänden sollen wir statt in Hemdsärmeln in klerikaler Kleidung gehen, und bestimmte Bücher sollen wir aus unseren Bibliotheken entfernen.»

Theres mochte es, wenn er sich so ernsthaft mit ihr unterhielt. Bei ihm hatte sie stets das Gefühl, angenommen zu werden, so, wie sie war. Nur – für dieses Mal vermochte sie seinen Gedanken kaum zu folgen, denn er stand noch immer da und hielt ihre Hand. Mit seinen beiden warmen, festen Händen.

«Sollen wir weitergehen?», fragte sie.

«Ja.» Zu ihrer Überraschung ließ er sie selbst beim Gehen

nicht los, als sei es das Selbstverständlichste der Welt, wenn ein Pfarrer mit einer jungen Frau Hand in Hand spazieren ging.

«Unsere katholische Kirche ist erstarrt in ihren Dogmen und vergisst dabei das Wichtigste: ihre Herde, das Volk. Hat etwa unsere Kirche in den letzten Jahren auch nur ein winziges Stück des allgegenwärtigen Elends von der Erde tilgen können? Oder eine andere Sache: Warum lässt sie keine Frauen als Priester, warum keine Heirat unter Geistlichen zu? Weißt du, Theres, da imponieren mir die freien Kirchen in Amerika. Dort ist so vieles in Bewegung.»

«Aber die Ehelosigkeit der Priester ist doch ein Gebot Gottes», warf Theres erstaunt ein.

Er schüttelte heftig den Kopf. «Nirgendwo in der Bibel steht diese Forderung geschrieben. Die Apostel Jesu und die Lehrmeister der Urchristen waren verheiratet. Erst im Mittelalter wurde das Zölibat zur Pflicht – die Orthodoxen und später die Evangelischen haben es für ihre Pfarrer nie übernommen.»

Er schwieg für eine Weile, und Theres fragte sich, ob sie ihre Hand wegziehen sollte. Vielleicht war Patriz Seibold so in Gedanken versunken, dass er es gar nicht bemerken würde?

«Manchmal frag ich mich», sagte er unvermittelt, «ob es nicht besser wäre, auszuwandern. Nach Amerika, wo das Denken freiheitlicher ist, auch in Kirchendingen.»

«Auswandern?», fragte sie erschrocken. «Sie würden wirklich weggehen nach Amerika?»

«Ich weiß nicht – ich denke immer häufiger daran. Vielleicht wäre es wirklich das Beste, für den Fall, dass der König mich nicht anhört.»

Mit einem Ruck entriss sie ihm die Hand und lief los. So eilig, dass sie auf dem eisigen Weg, der jetzt auf der Schattenseite des Hügels bergab führte, beinahe ausgerutscht wäre. Ihm lag also überhaupt nichts an ihr! Er hatte sie nur benutzt!

Benutzt, um noch mehr treue Schäfchen um sich zu sammeln. Und jetzt, wo ihm das Wasser bis zum Hals stand, wollte er auswandern.

«Theres! So warte doch! Was ist mit dir?»

Sie hörte seine Schritte, wurde noch schneller. Da bekam er sie bei der Schulter zu fassen, ihre Füße schlitterten übers Eis, sie geriet aus dem Gleichgewicht, er mit ihr, und zusammen rutschten sie ein Stück weit hangabwärts bis in eine Schneewehe.

«Hast du dich verletzt?»

«Nein.»

Er hielt sie im Arm fest. «Ich hatte nicht fertig gesprochen. Ich ... ich würde nicht ohne dich gehen wollen.»

Sein Gesicht stand jetzt so dicht vor ihr, dass sie die Hitze seiner Wangen spüren konnte. Ganz deutlich sah sie die gezackte Narbe über seiner Braue, die silbernen Strähnen an seinen Schläfen, das helle Blau seiner Augen und in deren Mitte das große dunkle Rund, in dem sie sich selbst erkannte.

Dann strich er ihr das nasse Haar aus der Stirn, flüsterte: «Bleib bei mir, für immer», küsste sie auf die Stirn, auf die Wangen, auf den Hals und endlich, zart und vorsichtig, auf die Lippen.

Sie unterdrückte ein Seufzen, als sie ihn sagen hörte: «Ich liebe dich doch, Theres!», öffnete ihre Lippen mit einem nie zuvor verspürten Schauer am ganzen Körper und ließ ihn ein zu einem Kuss voller Zärtlichkeit und Leidenschaft zugleich.

30
Die letzte Reise, Frühjahr/Sommer 1850

Geliebte Theres!
Ich hoffe, dieser Brief erreicht dich bald. Ich schicke ihn dem Metzlerbauern, er weiß am ehesten, wo du dich aufhältst. Und ihm kann ich trauen.
Mit Gottes Hilfe werden wir uns bald schon wiedersehen. Geh nach Ringschnait zu Pfarrer Konzet, er ist eingeweiht. Sicherheitshalber verrate niemandem etwas von unseren Plänen und suche dir ab sofort deine Unterkünfte selbst – am Voglerhof scheint es eine undichte Stelle zu geben! Aus verlässlicher Quelle habe ich erfahren, dass man dich wieder ins Correctionshaus nach Rottenburg bringen will, sei also äußerst vorsichtig. Auch mir stellt man wohl wieder nach.
Meinem Bruder geht es inzwischen bedeutend besser, und ich werde in den nächsten Tagen ebenfalls zu Konzet aufbrechen. Von dort reisen wir dann gemeinsam nach Stuttgart, wo du erst einmal in Sicherheit bist.
Falls es deiner Freundin Sophie und ihrem Mann nicht gelegen kommt, können wir auch bei der deutsch-katholischen Gemeinde unterkommen, zu der ich mittlerweile Kontakt aufgenommen habe.
Liebe Theres – trotz meiner vielen Zwiegespräche mit Gott weiß ich noch immer nicht, was er davon hält, dass ich Priester und Liebender zugleich bin. Andrerseits: Gott wird nicht ohne Grund uns Menschen in zweierlei Gestalt geschaffen haben, als Mann und als Frau.
Ich denke jedenfalls Tag und Nacht an dich und kann unser Wiedersehen kaum erwarten. In inniger und dankbarer Liebe, dein Patriz.

Theres legte den Brief an ihre Wange und schloss die Augen. Zwei Monate war es nun schon her, dass sie sich bei jener Sägmühle zum letzten Mal gesehen hatten – zwei Monate mit fast täglichen Ortswechseln und dieser wachsenden Unruhe, die ihr nachts den Schlaf raubte. Dabei war es am Ende weniger die Angst, geschnappt und eingesperrt zu werden, als vielmehr, immer so weiterleben zu müssen. Doch die Liebe, die Patriz ihr so freimütig offenbart hatte, gab ihr jeden Morgen frische Kraft und ließ sie bei ihren Wanderungen weder Hunger noch Eisregen noch die schmerzenden Beine spüren.

Außer Sichtweite der Müllersleute hatten sie sich damals verabschiedet und ein letztes Mal in die Arme genommen, ein wenig verlegen zunächst wegen jenes leidenschaftlichen Kusses im Schnee. Dann aber hatten sie einander gehalten wie zwei Ertrinkende, in fast schon verzweifelter Umklammerung.

«Sobald es meinem Bruder bessergeht, lass ich es dich wissen», hatte er ihr versprochen.

Allein der Gedanke, ihn bald wiederzusehen, ließ ihr Herz jetzt heftig schlagen. Sie faltete das Papier zusammen und überlegte, wie sie von hier aus, einem Weiler nahe dem Altdorfer Wald, am besten zu Konzet gelangen würde. Nach ihrer Schätzung befand sie sich eine Wegstunde östlich von Ravensburg. Am bequemsten und schnellsten wäre es, drunten im Schussental die Handelsstraße nach Norden zu nehmen, mit ihren vielen Fuhrwerken als Mitfahrmöglichkeit. Allerdings war das auch der sicherste Weg, einer Landjägerpatrouille in die Arme zu laufen. Nein, sie würde hier oben in den Hügeln bleiben, auf Feldwegen und Nebenstraßen, auch wenn sie dann die ganze Strecke zu Fuß gehen musste und dafür wohl zwei volle Tage brauchen würde. Durch das Tauwetter nämlich, das inzwischen eingesetzt hatte, waren die zumeist unbefestigten Sträßchen für Pferd und Wagen fast unpassierbar.

«Was schreibt er denn, der Herr Pfarrer?»

Theres fuhr herum. Die Bäuerin stand im Tor zum Heuschober und sah sie neugierig an.

«Von seinem kranken Bruder. Und dass er bald wieder heraufkommt zu uns ins Oberland.»

«Das ist gut.» Die Frau nickte. «Übrigens, Theres: Morgen geht's zu meinem Vetter rüber nach Grünkraut. Und morgen ist Sonntag.»

Sie strahlte.

«Mein Vetter hat alle zum Gottesdienst in seine große Scheune geladen! Die Weissenauer, die Eschacher, die Tettnanger und natürlich den Metzler und seine Leut. Alle werden sie kommen, und dann erscheinst *du* mit uns, zur großen Überraschung! Weil – es weiß ja kaum einer, wo du steckst. Ist das nicht wundervoll?»

Theres nickte nur. Sofort war ihr Patriz' Warnung in den Sinn gekommen: Am Voglerhof gebe es eine undichte Stelle. Am besten war es wohl, gleich morgen, noch vor Sonnenaufgang, von hier zu verschwinden, und zwar ohne die Bauersfrau in ihren Reiseplan einzuweihen. Womöglich würde sie es an falscher Stelle weiterplaudern. Wenigstens hatte sie ihr Nachtquartier hier im Heuschober und nicht drüben in dem winzigen Häuschen, sodass sie sich unbemerkt davonschleichen konnte. Nur: Was würde man morgen früh beim Gottesdienst denken, wenn es hieß, Theres Ludwig sei spurlos verschwunden?

Sie seufzte. Die braven Bauersleute hier taten ihr jetzt schon leid. Vielleicht sollte sie ihnen eine Nachricht hinterlassen, dass sie mit dem Pfarrer auf dem Weg zum König war, in der Hoffnung um Beistand.

«Willst net doch lieber bei uns im Haus schlafen?»

«Das ist lieb von dir. Aber es ist eng bei euch, und hier hab ich's weich und warm von den Kühen untendran. Ihr habt schon genug für mich getan.»

«Dann also gute Nacht. Und schlaf wohl.»

«Schlaf wohl. Und behüt euch Gott.»

Sie hatte nur wenig geschlafen, aus Furcht, zu spät zu erwachen. Kein Mond, kein einziger Stern stand am Himmel, alles war stockdunkle Nacht, als sie sich hinausschlich. So hatte sie Mühe, überhaupt ihren Weg zum Hof hinauszufinden, ohne gegen Dreschflegel, Handkarren oder sonstige Gerätschaften zu stoßen. Oben auf der Hügelkuppe sah sie zu ihrer Erleichterung, wie sich der Himmel hinter dem Wäldchen aufhellte. Jetzt wusste sie wenigstens, welche Richtung sie einschlagen musste, und konnte losmarschieren. Bevor ihre Gastgeber sie vermissten, wollte sie schon ein gutes Stück weg sein vom Hof.

Bei Sonnenaufgang hatte sie bereits das nächste Dorf erreicht. Im letzten Moment erst wurde ihr klar, dass sie sich besser von jeglichen Ansiedlungen fernhielt, da sie hier in der Gegend um Ravensburg und Altdorf natürlich bekannt war wie ein bunter Hund. So schlug sie den Pfad weg vom Dorf ein, der auf den Altdorfer Forst zu führte, und kam sich vor wie eine Verbrecherin auf der Flucht. Im schlimmsten Fall, wenn einer der Bauersleute sie erkannte, würde sie lügen müssen: dass sie auf dem Weg zu ihrem nächsten Obdach sei, ihr Ziel aber nicht verraten dürfe. Wenigstens versprach es ein sonniger Tag zu werden. Das würde es ihr sehr erleichtern, die nördliche Himmelsrichtung einzuhalten.

Sie kam bis an einen malerisch gelegenen Waldsee, den sie erst auf den zweiten Blick als den Truchsessenweiher erkannte, jenen Weiher ihrer Kindheit im Vagantenkinderinstitut. Dort drüben ging der Pfad ins Unterholz, wo sie, Sophie und Pauline einst ihren Lehrer mit der Magd beim heimlichen Stelldichein ertappt hatten. Und den Hauptweg ein Stückchen weiter lag die Gartenwirtschaft, wo Urle ihr von seinem Plan erzählt hatte, eines Tages auszuwandern, mit einem großen Schiff übers Meer zu segeln bis nach Amerika und sich dort als Kolonist niederzulassen.

Sie spürte, wie bei dem Gedanken an ihre Kindheit und an Urle ihre Augen feucht wurden. Rasch wandte sie den Blick ab von dem stillen Idyll und stapfte mit gesenktem Kopf zurück auf das Sträßchen, das in Richtung ihrer einstigen Heimat führte, nach Altdorf und dem Weingartner Waisenhaus. Noch einmal sah sie zurück – da prallte sie gegen etwas Weiches und schrie auf vor Schreck.

Es war die Brust eines kräftigen jungen Burschen, der jetzt von einem Ohr zum andern zu grinsen begann. Hinter ihm weidete ein struppiges Pferd den Wegrain ab.

«Dass mich der Blitz erschlag! Wenn du nicht die Theres Luwig bist!»

Theres wollte losrennen und fiel stattdessen der Länge nach hin, mitten in den Matsch der Straße. Der Mann hatte ihr ein Bein gestellt! Jetzt half er ihr auf, wobei er ihr – ruck, zuck! – die Hände auf dem Rücken gefesselt hatte.

«Was soll das? Lassen Sie mich los.»

«Da wär ich schön blöd! Das Oberamtsgericht hat eine Belohnung auf deinen Kopf gesetzt. Zwanzig Gulden krieg ich, wenn ich dich abliefere. Und weißt, was das Beste ist?» Er rieb sich die Hände. «Bin grad auf dem Weg nach Grünkraut. Jemand hat nämlich dem Gericht zugesteckt, dass du heut dort anzutreffen wärest, beim Gottesdienst mit diesen ganzen andern Verrückten. Ein halbes Landjägercorps lauert dir dort auf, und mir läufst hier im Wald gradwegs in die Arme, wo ich absteig und pinkeln will! Das ist wie ein Lotteriegewinn.»

Er stieß sie vorwärts in Richtung Pferd, wo er das andere Ende des Stricks an den Sattelknauf band.

«Ab jetzt, nach Altdorf. Dort wird man schön glotzen!»

Eine Stunde später erreichten sie das einstige Kloster, hinter dessen Mauern sie so viele Jahre verbracht hatte. Fast als ob sich der Kreis jetzt schließen würde, schoss es ihr durch den Kopf, als sie neben dem Pferd her die steile Straße hinunter nach Altdorf stolperte. Und tatsächlich stand in der Tür des Rathauses derselbe griesgrämige Mann wie damals bei ihrer Ankunft, nur war er jetzt zwanzig Jahre älter und hatte schlohweißes Haar.

«Ich bring euch die Theres Ludwig.» Mit stolzer Brust stieß ihr Begleiter sie über die Schwelle. Dann streckte er die Hand aus. «Meine zwanzig Gulden.»

«Von mir kriegst gar nix, Kerl.» Der Amtsbote nahm ihm den Strick aus der Hand. «Komm morgen wieder, wenn der Bürgermeister da ist.»

Er wandte sich Theres zu, mit ungläubigem Kopfschütteln. «Dass ich dir nochmal begegne, hätt ich nicht gedacht. Bist ja eine wahre Berühmtheit geworden.»

«Machen Sie mich sofort los. Sie dürfen mich gar nicht festhalten. Ich bin Bürgerin von Thaldorf.»

Der Amtsbote lachte verächtlich. «Das interessiert kein Schwein. Gegen dich liegt ein Haftbefehl vor, weil du nämlich ins Zuchthaus sollst. Und jetzt verbringst erst mal eine Nacht in unserem netten kleinen Arrestzimmer.»

Das mit dem Zuchthaus war gelogen, wie sich am nächsten Tag herausstellte. Man werde sie ins Arbeitshaus nach Rottenburg überbringen, auf Geheiß des Ravensburger Oberamtsgerichts, verkündete ihr der Bürgermeister. Doch ob Zuchthaus oder

Arbeitshaus war für Theres einerlei. Nie wieder würde sie sich hinter Mauern einsperren lassen!

Mit dem Bürgermeister war ein Amtsarzt namens Walther erschienen – derselbe Mann, der bei schweren Fällen auch bei ihnen im Vagantenkinderinstitut nach dem Rechten gesehen hatte. Wieder war es Theres, als sei die Zeit stehengeblieben.

«Das also ist unser Fräulein Ludwig, die selbsternannte Prophetin von Weissenau.»

Sie stand mitten im Raum. Der schmächtige Medicus betrachtete sie durch seine dicke Brille von allen Seiten wie ein merkwürdiges Insekt.

«Warum haben Sie meinem Freund Urle damals gesagt, dass er nicht mehr lang leben würde?», fragte sie ihn ohne Umschweife.

«Was redest du da? Was für ein Urle?»

«Er hatte sich vom Dach gestürzt. Im Waisenhaus.»

«Ach herrje, der Zwerg! Ich erinnere mich. Der beste Beweis für meine These, dass in einem kranken Körper ein kranker Geist steckt.» Er lächelte. «Nun, du hingegen siehst mir ganz gesund aus, wenngleich ziemlich mager. Aber untersuchen muss ich dich von Amts wegen dennoch. Ob du nämlich zwei Jahre Arbeitshaus durchhältst – geistig wie körperlich.»

«Zwei Jahre?»

Theres hielt den Atem an.

«Ganz recht. Zwei Jahre.»

Wie hinter einer Glasscheibe sah sie, dass er dem Bürgermeister einen Wink gab, woraufhin der die Zelle verließ. Sah, wie der Doktor eine schwarze Ledertasche öffnete, verschiedene Instrumente herauszog und auf ein Tuch legte. Hörte ihn von weit her sagen: «Los geht's. Setz dich hier auf den Schemel und sperr den Mund auf.»

Da begann es hinter ihren Schläfen zu tosen.

«Ich will nicht», stieß sie hervor.

«Was soll das? Setz dich endlich hin.»

«Ich geh nicht ins Arbeitshaus.» Der Schwindel und das Rauschen wurden heftiger. Sie ließ sich zu Boden fallen.

«Herr im Himmel – was für ein Affentanz!»

Der Amtsarzt packte sie beim Arm, um sie in die Höhe zu zerren, aber Theres schlug so wild um sich, dass er sie nicht zu fassen bekam.

«Weg!», schrie sie. «Verschwinden Sie! Weg, weg!»

Sie riss sich die Holzpantinen von den Füßen und warf sie nach ihm.

«Zu Hilfe!» Der Mann stürzte zur Tür, die sich im selben Moment öffnete. Bürgermeister, Amtsbote und Polizeidiener drängten so schnell herein, wie der alte Amtsarzt draußen war.

Doch Hilfe war gar nicht mehr nötig. Ganz ruhig lehnte Theres an der Wand, der Blick aus ihren dunklen Augen wirkte sanft.

«Wenn Sie mich nach Rottenburg bringen», sagte sie leise, «mach ich's wie der Urle. Ich stürz mich vom Dach in den Tod.»

Zwei Polizeidiener brachten sie in einem strammen dreistündigen Fußmarsch nach Norden, wo die Gemarkung von Waldsee begann. Noch einen Tag und eine Nacht hatte sie in der Arrestzelle verbringen müssen und dabei ein Gespräch belauscht zwischen Bürgermeister, Amtsarzt und einigen fremden Stimmen, die offenbar zu wichtigen Männern aus dem Oberamt Ravensburg gehörten. «In der augenblicklichen Lage wäre es höchst kontraproduktiv, eine Selbsttötung der Ludwig zu riskieren. Man stelle sich nur vor: Da erst recht hätte das Volk seine Heilige, seine Märtyrerin.» – «Sie haben recht. Das Beste wäre es, die Ludwig auf immer wegzuschaffen, genau wie den

Pfaffen. Dann schläft dieses ganze Weissenauer Kaschperltheater mit Sicherheit bald ein.»

Am frühen Morgen hatte man sie in die Amtsstube geholt. Man sei übereingekommen, ihr als Zeichen der Milde das Arbeitshaus zu erlassen und sie stattdessen auf Lebenszeit aus dem Oberamt Ravensburg zu verweisen. Allerdings sei ihr gegen Zuchthausstrafe verboten, Kontakt mit Patriz Seibold sowie zu den Theresianern aufzunehmen.

«Und jetzt verschwind, wie es dir aufgetragen ist», herrschte der ältere der beiden Polizeidiener sie an, als sie bei dem Grenzstein innehielten. Er löste ihre Fesseln. Dabei flüsterte er ihr ins Ohr: «Behüt dich Gott, Theres Ludwig. Meine Familie und ich beten für dich!»

«Danke», gab sie leise zurück. Sie sah den beiden nach, wie sie hügelaufwärts im Grau dieses Apriltages verschwanden. Dann überquerte sie die Straße bis zu einem Wegkreuz. Sie schob die Kapuze ihres Umhangs in den Nacken, hielt die Stirn in den Nieselregen und wiederholte ihr «Danke!», kniete nieder und betete mit gesenktem Kopf den Rosenkranz. Sie spürte, wie jemand sie betrachtete, und als sie nach dem Gebet aufsah, erkannte sie: Es war der Heiland unter dem verwitterten Holzdach, der aus halbgeöffneten Augen den Blick genau auf sie gerichtet hielt. Auf seinen Lippen lag der Anflug eines Lächelns. Dasselbe milde Lächeln, wie es der in hellem Holz geschnitzte Jesus Christus in der Weissenauer Pfarrstube zeigte.

Sie dachte daran, wie Patriz ihr einmal mit verlegenem Lachen gestanden hatte, dass er sich in schwierigen Lebenslagen mit seinem Jesus Christus besprach, mit halblauter Stimme und wie von Mann zu Mann. Das war nach ihrem innigen Kuss gewesen, jenem einzigen Moment der Leidenschaft zwischen ihnen, der Jahre her zu sein schien und doch so nah, dass er in ihr noch immer loderte. Sie hatten einander erst losgelassen, als in der Nähe Menschenstimmen zu hören waren. Patriz hatte ihr aufgeholfen und die Eiskristalle von ihrem Umhang geklopft, und sie hatten sich wieder auf den Weg zur Mühle gemacht. Wortlos und auch ein wenig befangen waren sie nebeneinander hermarschiert, bis er ihr von jenem Kruzifix in der Pfarrstube, von seinem Jesus Christus, erzählt hatte. Dass er sogar, wenn er sich nur genug öffne, dessen Antworten hören könne. «Manches Mal hat er mich auch gerügt und getadelt oder zur Umkehr bewegt.»

«Hast du ...» – das Du war Theres jetzt, wo sie sich nicht mehr berührten, schwergefallen –, «hast du ihm von mir erzählt?»

«Ja.» Patriz lachte leise. «Beim ersten Mal hat er einfach geschwiegen, und das hat mich fast wütend gemacht. Heute weiß ich, dass ich mir damals meiner Liebe noch nicht sicher war.» Er tastete im Gehen nach ihrer Hand und hielt sie fest. «Beim nächsten Mal fragte ich ihn, wie der erste Korintherbrief zu verstehen sei: *Nun aber bleiben Glaube, Hoffnung, Liebe, diese drei; doch am größten unter ihnen ist die Liebe.* ‹Die Bibel ist von Menschenhand geschrieben›», fuhr er fort, «‹und von Menschen wird sie ausgelegt. Kann da nicht jede Form von Liebe gemeint sein, auch die zwischen Mann und Frau?› Eben das hatte ich ihn gefragt. Und er hat mir geantwortet: ‹Jede Liebe ist gemeint, auch die zwischen dir und Theres, wenn sie ohne Bedingung und Vorbehalt ist.› Da habe ich fast geweint vor Glück.»

Bei den letzten Worten war Patriz stehengeblieben, und sie hatten sich ein letztes Mal umarmt, da das Dach der Sägmühle schon zwischen den Bäumen zu erkennen war.

Das Gesicht der Christusfigur vor ihr begann nun wirklich zu lächeln. Theres erhob sich aus dem nassen Gras, bekreuzigte sich noch einmal und setzte ihren Weg in Richtung Norden fort. Sie war ohne Zuhause und ohne einen Heller im Beutel, besaß nichts als das, was sie auf dem Leib trug, in der Schürzentasche die Perlenschnur ihres Rosenkranzes und die beiden Holzfiguren ihrer Kindheit sowie ein amtliches Schreiben darüber, dass ihr Heimatrecht für das Oberamt Ravensburg verwirkt sei. Aber sie hatte ein Ziel und fühlte sich dabei leicht und frei wie ein Vogel.

«Theres?» Der kleine, dicke Mann blinzelte zwei-, dreimal durch den Türspalt, dann riss er die Tür weit auf und nahm sie unbeholfen in die Arme. Er schien sich aufrichtig zu freuen, sie zu sehen.

«Beinah hätt ich dich nicht erkannt. Schnell herein, du bist bestimmt ganz durchgefroren.»

Auch Theres hätte Peter Konzet, wäre sie ihm auf der Straße begegnet, nicht erkannt. Er besaß kein einziges Haar mehr auf dem glänzenden Schädel, dafür bedeckte ein hellgrauer Bart den Großteil seines runden Gesichts. Seine Stimme war noch leiser, als sie sie in Erinnerung hatte.

Dafür schien sich in seinem Haus nichts verändert zu haben. Als er sie in die beheizte Stube führte, mit gebeugtem Rücken und schlurfigen Schritten, hatte Theres den Eindruck, den Pfarrhof gestern erst verlassen zu haben. Selbst die alte Gartenbank draußen unter dem Nussbaum gab es noch, wenngleich sie noch wackliger wirkte.

Konzet rief nach der Magd, einer älteren Frau mit offenem, freundlichem Gesicht, und bat sie, die Suppe vom Mittag noch einmal aufzuwärmen. Dabei hatte Theres kein bisschen Hunger. Alles in ihr verlangte nur danach, Patriz wiederzusehen.

«Nein, nein, das braucht es doch nicht», wehrte sie ab und blickte der Magd nach. «Ist Elisabetha nicht mehr im Haus?»

«Schon lange nicht mehr. Vor gut fünf Jahren ist sie gestorben, Gott sei ihrer Seele gnädig. Ohne zu leiden. Ist einfach eingeschlafen, ohne aufzuwachen.» Er hörte nicht auf, Theres zu mustern. «Kind, wie sehr du dich verändert hast. Richtig erwachsen geworden bist du.»

Sie lächelte. Auf dem letzten Stück Wegs hierher hatte sie nachgerechnet, wie lange ihre Zeit bei Pfarrer Konzet zurücklag. Dabei war sie auf zwölf Jahre gekommen, wenn sie richtig gezählt hatte. Ihr einstiger Dienstherr war auffallend gealtert, aber er wirkte auch milder, nach all den Jahren. Ob er wohl von der Liebe wusste zwischen ihr und Patriz?

So sachlich als möglich, wenngleich mit unsicherer Stimme, fragte sie: «Hat Pfarrer Seibold Ihnen gesagt, dass ich kommen werde? Dass wir weiter wollen nach Stuttgart, zum König?»

«Ja, ja, das hat er.»

Sein linkes Augenlid begann zu flattern.

«Nun ...» Sie wurde noch unsicherer. «Ist Pfarrer Seibold noch gar nicht hier?»

Er seufzte so tief, dass Theres bis ins Mark erschrak.

«Er war hier. Bis vorgestern. Dann haben sie ihn, hier bei mir, verhaftet und nach Rottenburg gebracht.»

Im ersten Moment glaubte sie ihm kein Wort. Er verleugnete seinen Freund und Kollegen vor ihr, weil er als katholischer Pfarrer und Priester nicht gutheißen konnte, was er ganz gewiss ahnte. Sie war unfähig, überhaupt ein Wort zu sagen, bis Konzet schließlich aufstand und aus der Schublade der Kommode ein Stück Papier zog.

«Das hat er für dich aufgeschrieben, für alle Fälle. Name, Aussehen und Adresse eines jungen Vikars in Rottenburg, Paul Matthes, dem du voll und ganz vertrauen kannst. Seibold ahnte wohl, dass er verfolgt wird.»

Da erst begriff Theres wirklich, was geschehen war. Als sie nach dem Papier greifen wollte, wurde ihr schwarz vor Augen.

Dieses Mal wehrte sie sich dagegen, sie wollte nicht ohnmächtig werden, dieses Mal nicht – aber es war zu spät. Mit einem leisen Seufzer kippte sie von der Bank.

Als sie erwachte, fand sie sich mit verbundenem Kopf auf dem Bett ihrer alten Kammer liegend. Konzets Magd hockte auf einem Schemel daneben, durch das Dachfenster schickte die Morgensonne die ersten Strahlen.

«Was ist mit mir? Hab ich geschlafen?»

«Sie sind umgefallen und haben sich dabei den Kopf am Stuhlbein gehörig blutig geschlagen. Nachdem der Arzt da war, sind Sie eingeschlafen.»

Jetzt erinnerte sie sich wieder an alles. Man hatte Patriz gefangen genommen! Mit einem Satz war sie aus dem Bett.

«Wo sind meine Kleider?» Ihr Blick irrte durch den Raum.

«Aber Sie können jetzt nicht aufstehen. Der Arzt hat Ihnen Bettruhe verschrieben.»

«Bitte helfen Sie mir.» Von hinten pochte es heftig gegen ihren Schädel. «Ich hab keine Zeit zu verlieren.»

«Ach, Kindchen.» Die alte Magd stützte sie am Arm ab, als Theres zu schwanken begann. «Es ist die Liebe, nicht wahr? Auch bei dem andern Herrn Pfarrer hab ich sie in den Augen gesehen. Setze Sie sich, ich hol die Kleider. Der Umhang hängt unten in der Diele zum Trocknen.»

Als Theres die Stiege herunterkam, erwartete sie bereits Pfarrer Konzet bei der Haustür.

«Ich hab gehört, dass du auf bist. Wo willst du hin?»

«Nach Rottenburg, zu diesem Vikar. Ich muss herausfinden, was mit Patriz ist.»

Konzet schüttelte entschieden den Kopf. «So kannst du nicht hinaus. Du musst warten, bis der Arzt nach dir gesehen hat. Außerdem ist es viel zu gefährlich.»

«Ich muss.» Sie zerrte an ihrem Kopfverband, bis sie ihn gelöst hatte. Ihre Finger ertasteten das dickgepolsterte Pflaster an ihrem Hinterkopf, und sofort durchzuckte sie ein scharfer Schmerz. Als sie die Hand zurückzog, waren ihre Finger blutrot.

«Hör zu, Theres.» Mit sanfter Gewalt zog Peter Konzet sie in die Stube. «Du wartest, bis die Wunde einigermaßen verheilt ist. Ich kann deine Sorge um Pfarrer Seibold verstehen. Aber wenn du versprichst, vernünftig zu sein, bring ich dich in den nächsten Tagen nach Biberach und bezahl dir eine Kutsche nach Rottenburg.»

Es war der erste warme Maientag, als Theres auf dem sonnenbeschienenen Marktplatz der Bischofsstadt aus der Kutsche stieg. Dieser Vikar wohnte auf der anderen Seite des Neckars, in einer Wohnung der Pfarrei Sankt Moriz, und so machte sie sich, ohne nach rechts und links zu sehen, auf den Weg.

Vergeblich hatte Konzet in letzter Minute noch einmal versucht, sie davon abzubringen, auf eigene Faust Erkundigungen in Rottenburg einzuziehen. Zu gefährlich sei es, mitten hinein in die Höhle des Löwen zu marschieren, wo ihre und Seibolds erbittertsten Gegner saßen. Was, wenn man sie von der Stelle weg verhaften würde – erst recht, weil sie damals aus dem Arbeitshaus geflohen war?

«Ich hab keine Angst, glauben Sie mir», hatte sie ihn beruhigt und im Stillen hinzugefügt: Selbst wenn man mich einsperrt, so bin ich dann wenigstens in Patriz' Nähe. «Haben Sie Dank für alles, Herr Pfarrer. Auch für damals, für die Zeit bei Ihnen als Magd. Es war eine wichtige und gute Zeit für mich.»

Da hatte er ihr die Hand aufgelegt, mit Tränen in den Augen: «Gott segne und behüte dich, mein Kind!»

Als sie sich jetzt zur Pfarrkirche Sankt Moriz durchfragte,

war ihr doch reichlich mulmig zumute. Fast rechnete sie damit, dass einer der Büttel oder Aufseher um die Ecke kommen könnte und sie erkennen. Oder womöglich gar eine Kolonne von Züchtlingen bei ihrer Erholungspromenade. Warum nur hatte man Patriz wieder eingesperrt, gerade jetzt, wo sie zueinandergefunden hätten?

Zur Sicherheit hatte sie sich, trotz des freundlichen Wetters, die Kapuze ihres Umhangs tief ins Gesicht gezogen. Außerdem war ihr kalt vor Aufregung. Aber sie kam unbehelligt bis zur Neckarbrücke, von wo aus man den schlanken Turm von Sankt Moriz durch das üppige, frische Grün der Bäume ragen sah.

Es war Samstag, im Kircheninnern hatte man sich zur Vorabendmesse versammelt. Theres beschloss, im Schatten einer Linde nahe dem Chor zu warten, und betete ein stilles Gebet. Ihre Anspannung legte sich. Über ihr im Geäst flötete ein Amselpaar, die Blätter raschelten leise im Wind. Keine halbe Stunde später strömten die Kirchgänger heraus, um sich in losen Gruppen zu sammeln und zu plaudern. Niemand sah in ihre Richtung oder schien sie zu bemerken. Da öffnete sich nicht weit von ihr die schmale Pforte zur Sakristei, eine schwarzgewandete Gestalt trat heraus und blickte genau in ihre Richtung.

Theres hielt den Atem an: Dekan Forthuber! Warum nur hatte sie vergessen, dass der Anstaltsleiter des Arbeitshauses zugleich Dekan und Pfarrer war, und zwar ganz augenscheinlich von Sankt Moriz? Sie wich einen Schritt zurück, woraufhin ein Zweig unnatürlich laut unter ihren Schuhen knackste.

«Hallo, gute Frau! Was machen Sie da?», rief der Dekan ihr zu. Jetzt blieb nur noch die Flucht nach vorn. Sie schob sich ihre Kapuze noch tiefer in die Stirn und trat unter dem Baum hervor, gerade eben so weit, dass sie nicht mehr ganz im Schatten, aber auch nicht allzu nah bei ihrem ehemaligen Anstaltsleiter stand.

«Eine leichte Unpässlichkeit – aber es geht schon wieder. Grüß Sie Gott, Herr Dekan.»

Sie wollte sich abwenden in Richtung Kirchplatz.

«Nein, warte! Das gibt's doch nicht!»

Hinter Forthubers Rücken stürzte ein junger Geistlicher aus der Sakristei, dünn und schlaksig, mit auffallend weißblondem Haar. Das konnte nur Vikar Paul Matthes sein.

«Meine liebe Cousine Eugenia aus Stuttgart! Dass ich dich nach all den Jahren endlich wiedertreffe! Du bist es doch, Eugenia?»

Theres zögerte nur kurz.

«Aber ja, lieber Paul.»

Der Vikar wandte sich an Forthuber. «Mögen Sie schon einmal vorgehen? Ich habe meine Cousine seit der Jugend nicht mehr gesehen.»

Forthuber runzelte die Stirn. «Aber nur auf eine Stunde. Schlag acht erwarte sich Sie im Dekanat!»

Damit verschwand er um den nächsten Pfeiler des Chors.

Paul Matthes wischte sich über die Stirn und lächelte. «Das ging ja grad nochmal gut. Ich denk nicht, dass Forthuber Sie erkannt hat.» Er schien sich keinerlei Sorgen zu machen, wie sein Herrgott diese kleine Lüge aufnahm.

«Woher wissen Sie ...?»

«Wer Sie sind? Nun, Patriz hat mir gesagt, dass Sie kommen würden, und wie Sie da so verloren unter dem Baum standen, dachte ich mir: Das kann nur Theres Ludwig sein.» Er gab ihr die Hand. «Ich bin Vikar Paul Matthes. Aber das wissen Sie ja, sonst hätten Sie mich nicht Paul genannt. Was ganz schön geistesgegenwärtig von Ihnen war.» Er nickte anerkennend. «Gehen wir ein Stück den Neckar entlang?»

Theres nickte. «Dann wissen Sie auch, dass ich einstmals Zögling im Correctionshaus war?»

«Sicher. Insofern war es ein Wagnis, Sie ausgerechnet hierher zu bestellen, zur Pfarrei Sankt Moriz, wo Dekan Forthuber ein und aus geht.»

«Ja, ich hatte selber vergessen, dass er auch Stadtpfarrer ist.»

Sie betrachtete den Neckar, der ruhig vor dem Hintergrund der Stadt vorüberglitt, und fühlte sich mit einem Mal beklommen. Irgendwas stimmte nicht, das spürte sie. Der junge Vikar wirkte eine Spur zu fröhlich. So kostete es sie große Überwindung, die entscheidende Frage auszusprechen.

«Wie geht es Patriz Seibold?»

«Ich weiß es nicht. Bis vor kurzem ging es ihm recht gut.»

«Was soll das heißen?» Theres war stehengeblieben. Ihr Magen krampfte sich zusammen.

«Nun ja – man hat ihn außer Landes geschafft. Vor drei Tagen.»

«Das – das ist nicht wahr!» Sie hatte Mühe, den Sinn dieser Nachricht zu begreifen. »Dann ist er jetzt ganz gewiss bei Pfarrer Konzet, in Ringschnait. – Ich muss sofort zurück.»

Der Vikar schüttelte den Kopf. «Das Ganze ist etwas komplizierter. Kommen Sie. Ich bring Sie in einen kleinen Gasthof, in der Nähe des Pfarrhofs, und erklär Ihnen alles.»

«Bitte – nein – lassen Sie mich. Ich muss sofort zurück zu Konzet.»

Sie wehrte seinen Arm ab und beschleunigte den Schritt. Da stellte sich der Vikar ihr kurzerhand in den Weg.

«So hören Sie mir doch zu! Patriz ist fort – sie haben ihn zur Auswanderung gezwungen. Nach Amerika.»

«Amerika? Amerika?» Sie bekam kaum Luft. Was erzählte ihr dieser Mann da? Was waren das für Schauergeschichten? Der Fluss vor ihr türmte sich plötzlich haushoch auf und drohte in einer gewaltigen Flutwelle auf sie zu zu stürzen.

Der Vikar hielt sie am Arm fest, mit der freien Hand klopfte er gegen ihre Wangen.

«Versuchen Sie, tief durchzuatmen. Sie sind ja aschgrau im Gesicht! Kommen Sie, Schritt für Schritt. Ja, so ist es gut. Sehen Sie? Dort drüben ist schon der *Rappen*. Dort erholen Sie sich ein wenig, und ich hol Ihnen den Umschlag, den Patriz mir gegeben hat.»

Keine halbe Stunde später betrat der junge Vikar mit einem dicken braunen Umschlag in der Hand die Schankstube und setzte sich zu Theres an den Tisch.

«Jetzt sehen Sie schon viel besser aus. Ich hatte mir ernste Sorgen gemacht.»

Theres nippte an ihrem Glas Wasser. Vielleicht sah sie besser aus. Aber innen drin fühlte sie sich vollkommen taub und leer. «Wieso ist er ohne mich weg?», sagte sie leise, mehr zu sich selbst. «Wieso ist er fort, ohne mich noch einmal zu sehen?»

«Glauben Sie mir, Fräulein Ludwig, er hatte keine Wahl. Er hatte den Bischof auf Knien angefleht, die Ausweisung zurückzunehmen – ich war selbst dabei. Aber der Bischof ist hart geblieben: entweder auswandern nach Amerika, und zwar sofort und ohne Umwege. Oder aber zwei Jahre Haft.»

«Zwei Jahre sind lang», murmelte sie. «Aber sie gehen vorüber.»

«Als einziges Zugeständnis hat man ihm am Ende einen Tag Zeit gewährt, hier in Rottenburg seine Angelegenheit zu regeln und mich mit allem Weiteren zu beauftragen. So kam ich zu diesem Umschlag. Er selbst wurde unter strengster Bewachung mit der Postkutsche nach Nürnberg gebracht und dort in die Eisenbahn nach Hamburg gesetzt.» Er lächelte bitter.

Theres zögerte. Was konnte dieser Umschlag anderes enthalten als ein kleines Abschiedsgeschenk und schale Worte der

Rechtfertigung? Schließlich bat sie den Vikar, das Siegel zu erbrechen.

Der Umschlag enthielt einen ledernen Geldbeutel und einen Brief. Der Vikar pfiff durch die Zähne, als er den Beutel auf Theres' Bitte hin öffnete. Er enthielt eine Kassenanweisung an die Württembergische Spar-Kasse in Stuttgart, im Wert von hundertzwanzig Gulden, sowie dreißig Gulden in Münzen.

«Das hätt ich nicht gedacht», sagte er. «Er meint es tatsächlich ernst.»

«Was?», fragte Theres verwirrt. Nie zuvor in ihrem Leben hatte sie so viel Geld auf einmal gesehen.

«Dass Sie ihm nachfolgen sollen. Das Geld ist für Ihre Auswanderung nach Amerika gedacht.»

«Das – das kann nicht sein. Woher soll er so viel Geld haben, als Dorfpfarrer – und dabei noch so lange Zeit eingesperrt und ohne Amt ...» Sie geriet ins Stottern.

«Patriz hat schon immer Mittel und Wege gefunden, wenn ihm etwas wichtig war. Aber keine Angst, Sie können es ruhig annehmen, es ist nicht gestohlen. Seine eigene Auswanderung begleicht im Übrigen die Diözese, so heilfroh sind die, ihn endlich loszuwerden. Wissen Sie was? Ich hole uns zwei Krüge Bier von der Theke, und Sie lesen solange den Brief. Der enthält gewiss nähere Anweisungen.»

«Sie werden zu spät zu ihrer Verabredung kommen.»

«Das macht nichts. Forthuber ist einer dieser bellenden Hunde, die nur höchst selten beißen.»

Theres holte tief Luft, dann faltete sie den Brief auseinander.

Meine geliebte Theres!
Nun also ist unser Weg klarer vorgezeichnet, als ich es je gedacht hätte – unser gemeinsamer Weg, denn ich hoffe bei Gott

und unserem Herrn Jesus Christus, dass du auch weiterhin an meiner Seite bleiben willst.
Wenn du diese Zeilen empfängst, bin ich bereits auf dem Weg zum Hamburger Überseehafen. Ich glaube fest daran, dass du mir nachfolgen wirst. Hierzu habe ich alles, was mir möglich war, in die Wege geleitet: Vikar Matthes wird dich, des vielen Geldes wegen, nach Stuttgart begleiten. Suche dort den Kaufmann Carl Mercy auf, er ist ebenso wie Vikar Matthes ein Mann, der mein volles Vertrauen hat und dem auch du blind vertrauen kannst. Mit seiner Hilfe kannst du das Kassenbillett bei der Spar-Kasse in Kurantmünzen umtauschen, die Summe reicht für eine Zwischendeck-Passage von Hamburg nach Neuyork. Für das übrige Geld kaufe dir neue Lederschuhe, Kleid, Mantel und Wäsche und was du sonst noch brauchst für die Reise, außerdem musst du den Agenten und die Pässe hiervon begleichen. Ich hoffe, es bleibt dir noch ein wenig Zehrgeld für die Reise nach Hamburg.
Carl Mercy wird dir bei allem weiterhelfen. Er weiß, wie man Reise- und Auswandererpass beantragt, und wird dich ins Stuttgarter Bureau zur Erledigung der Formalitäten begleiten. Auch kennt er Agenten, die deine Reise bis nach Hamburg organisieren.
Es kann einige Zeit dauern, bis die Behörden dir die Auswandererlaubnis erteilen, aber ich denke fast, sie werden es bei dir wie bereits bei mir mit einiger Genugtuung tun. Denn um auszuwandern, musst du schriftlich auf deine Rechte als Württembergischer Untertan verzichten und wirst aus unserem Königreich auf immer entlassen.
Im Geldbeutel befindet sich auch ein kleines Medaillon mit einem Zettelchen darin. Darauf steht die Adresse eines entfernten Vetters von mir in Neuyork. Ihn suche nach deiner Ankunft auf, er wird wissen, wo ich mich aufhalte.

Ich bete jeden Tag für dich, dass Gott dich schützen und alsbald zu mir bringen möge. Ich weiß, du wirst kommen, und meine Hand zittert jetzt schon vor Glück bei dem Gedanken, dass eine gemeinsame Zukunft vor uns liegt, ein neues Leben im freien Amerika!
Es umarmt dich in großer, inniger Liebe – dein Patriz

«Ist alles in Ordnung?»

Theres nickte und wischte sich verstohlen über die Augenwinkel. «Morgen früh werde ich mich auf den Weg nach Stuttgart machen.»

«Wir. Wir beide. Ich habe es Patriz versprochen.»

«Aber ich möchte nicht, dass Sie Ärger bekommen.»

«Und wenn schon. Das ist noch der geringste Gefallen, den ich meinem alten Freund erweisen kann.»

Theres zögerte. «Wären Sie denn bereit, einen Umweg zu machen?»

«Wenn es nicht grad eine Weltreise ist – gern!»

Die Sommersonne brannte auf das Deck der Dreimastbark «Marie». In sanften Wellenbewegungen schob sie sich durch die ruhige, tiefblaue See der Deutschen Bucht. Diejenigen Passagiere, die nicht jetzt schon an Seekrankheit litten, standen achtern an der Reling und warfen einen letzten Blick zurück auf die schwächer werdenden Umrisse ihrer Heimat, die sie wahrscheinlich nie wiedersehen würden.

Theres lehnte am vorderen Deckshaus und hielt ihr Gesicht in den kühlenden Fahrtwind. Sie brauchte nicht zurückzuschauen, ihr gefiel es vielmehr, zu beobachten, wie sich der Bugspriet der Bark über dem Wasser hob und wieder senkte und damit jedes Mal ihrem Ziel ein Stückchen näher kam.

Lange genug hatte es gedauert, schier endlose Wochen der

Vorbereitung, des Wartens, der Abschiede, bis sie endlich, am 13. August, an Bord gehen durfte, zusammen mit rund zweihundert Auswanderern, die ihr Glück in der Neuen Welt suchten.

Vikar Matthes hatte sie wohlbehalten nach Stuttgart gebracht und dabei ohne Murren den Umweg über Zwiefalten und Münsingen in Kauf genommen. In einer der Nächte bei Pfarrer Konzet hatte sie nämlich geträumt, dass ihre Mutter gestorben war, friedlich, ruhig und vollkommen klar im Geiste. Theres war im Traum dabei gewesen, hatte ihr bei ihren letzten Atemzügen die Hand gehalten, während ihre Mutter zu ihr sagte: «Du warst immer mein Kind, mein kleines Mädchen. Ich habe nie aufgehört, dich zu lieben.» Danach hatte sie die Augen geschlossen, und im nächsten Augenblick schon konnte Theres sehen, wie sie im Schatten der Zwiefalter Kirchtürme bestattet wurde.

Tatsächlich hatte sie dort dann das Grab ihrer Mutter gefunden, mit frischer Erde noch. In einem langen, stummen Zwiegespräch hatte sie sich mit ihr versöhnt, während der junge Vikar geduldig auf einer Bank saß und wartete. Auch von ihrem Bruder Hannes hatte sie sich verabschiedet. Er sah besser aus denn je, gesund und glücklich, und als sie ihn überreden wollte, mit ihr zu kommen, eröffnete er ihr mit strahlendem Gesicht, dass er verlobt sei. Er habe doch tatsächlich ein Mädchen gefunden, das um alles in der Welt mit ihm zusammen sein wollte, obwohl ihr die halbe Münsinger Männerwelt hinterherscharwenzelte, so schön sei sie. Dann war sein Blick wehmütig geworden: «Ich würde dich so gern als Trauzeugin dabeihaben. Aber ich weiß: Du tust das Richtige. Ich wünsche dir alles Glück der Welt.»

Von Hannes hatte sie auch erfahren, dass ihre Mutter im April verstorben sei. Man hatte ihn so rechtzeitig holen lassen, dass er in der Sterbestunde bei ihr sein konnte.

«Sie hat mich erkannt. Wir hatten noch zusammen gebetet, dann wurde ihre Stimme zu schwach. Und sie hat deinen Namen genannt, etwas zu dir gesagt, aber ich konnte es nicht verstehen.»

«Ich glaube, ich weiß, was sie gesagt hat.»

Nachdem sie sich mehrmals und unter vielen Tränen umarmt hatten, brachte der Vikar sie nach Stuttgart, ihrer letzten Station in diesem Land, dass sie bald verlassen sollte.

Fast drei Monate sollten es am Ende sein, bis sie alle Papiere und Dokumente für Reise und Überfahrt beisammen hatte und aus der Württembergischen Staatsbürgerschaft entlassen war. Drei Monate, die sie an der Seite einer glücklichen Sophie hatte verbringen dürfen, im Wohlstand eines überaus vornehmen Bürgerhaushalts mit Stubenmagd und Köchin und einer Hausherrin, die nichts lieber tat, als ihren Gast aufs großzügigste zu verwöhnen. Sophie war es auch, die das Ruder in die Hand nahm beim Einkauf der Reiseutensilien, wobei sie es sich nicht nehmen ließ, immer wieder etwas aus eigener Tasche zu bezahlen. So kam Theres nicht nur in den Besitz einer hübschen Reisetruhe, sondern von mindestens doppelt so viel Kleidungsstücken wie vorgesehen.

Über fünf Jahre war es her, dass sie sich in Ulm das letzte Mal gesehen hatten, und nun hing ein vierjähriges Mädchen mit blonden Engelslocken an Sophies Rockzipfel, ein zweites Kind lag in der Stubenwiege, und das dritte kündigte sich mit Sophies gewölbtem Bauch bereits an. Die Rolle als Mutter und als Gattin eines gutbetuchten Kaufmannes hatte ihrem unverblümten Mundwerk allerdings keinen Abbruch getan.

«Es geht mir so gut! Friedemann ist der beste Gatte, den eine Frau sich wünschen kann. Er achtet mich, er verwöhnt mich und lässt mir gänzlich freie Hand im Haushalt. Im Bett ist er halt nicht grad der Stier, aber sehr lieb, und außerdem ist er nicht allzu oft daheim, was unschätzbare Vorteile hat. Was meinst, wie viel Spaß ich hier manchmal mit meinen Freundinnen hab.»

Friedemanns Konfektionshaus am Marktplatz florierte. In Stuttgart musste es demnach genügend Reiche geben, die sich solch erlesene Ware leisten konnten. Zu seinen Stammkunden zählte auch der von Patriz erwähnte Kaufmann Carl Mercy, ein Freidenker und bekennender Deutsch-Katholik und fast schon ein Freund des Hauses. In väterlicher Zuneigung kümmerte er sich um Theres' Belange, ohne ihn hätte alles wohl noch viel mehr Zeit in Anspruch genommen.

So sehr Theres die Wochen bei ihrer Freundin genoss, so sehr fieberte sie doch dem Zeitpunkt ihrer Abreise entgegen. Mitte Juli war es so weit: Mercy selbst brachte sie in seinem Wagen nach Nürnberg, wo er in geschäftlichen Dingen zu tun hatte. Von dort dann war sie weitergereist auf Flussschiffen und Frachtfuhrwerken, immer in Gesellschaft, wie es ihr Mercy und Friedemann dringend angeraten hatten. Ohnehin verstanden die beiden nicht, warum sich Theres weigerte, die schnellere Eisenbahn zu nehmen. «Das teure Geld spar ich mir lieber», hatte sie geantwortet. In Wirklichkeit aber hätten sie keine zehn Pferde in ein solches Monstrum gebracht.

In Hamburg angekommen, hatte der unbehaglichste Part ihrer Reise begonnen. Von der berühmten Hanse- und Hafenstadt bekam sie kaum etwas zu Gesicht, da sie, nachdem sie den Anspruch auf eine Schiffspassage angemeldet hatte, das Gelände um das Auswandererhaus nicht mehr verlassen durfte. Zusammengepfercht wie die Heringe im Fass, hauste sie mit anderen Wartenden in einem der Pavillons auf der Veddel, vor den Toren der Stadt, musste sich mit streitsüchtigen Bettnachbarn arrangieren und mit Argusaugen über ihre Besitztümer wachen – was für sie, die nie etwas besessen hatte, eine neuartige und anstrengende Erfahrung war.

Dafür wurde ihr ein Platz auf einem Segler mit dem verheißungsvollen Namen «Marie» gebucht – Marie wie ihre Mutter, Marie wie der Name der Mutter Gottes. Eine Marie also würde sie in ihr neues Leben bringen!

«Sie reisen ganz allein und lächeln doch so glücklich!»

Neben ihr war der Kapitän aufgetaucht, ein sympathischer, vollbärtiger Mann, dessen norddeutsche Mundart Theres leider nur mit Mühe verstand. Sie nickte und strahlte nur noch mehr.

«Wartet denn in Amerika jemand auf Sie?»

«Ja. Der wichtigste Mensch meines Lebens. Was meinen Sie, Herr Kapitän: Wann werden wir in Neuyork ankommen?»

«Bei günstigem Wind dauert's etwa fünfzig Tage, sonst auch einiges länger. Ich hoffe, Sie werden die Reise trotzdem genießen können, junge Frau. Im Übrigen: Einem Mann hat es noch nie geschadet, wenn er auf seine Deern mal warten muss.»

Er nickte ihr noch einmal freundlich zu und trat einige Schritte vor an die Reling. Wie eine Gallionsfigur stand er im Wind und schien dem Meer zu lauschen.

Dass Patriz auf sie wartete auf der anderen Seite dieses riesigen Ozeans und dass sie sich finden würden, das wusste sie ebenso sicher, wie sie um den Tod ihrer Mutter gewusst hatte. Wenn sie die Augen schloss, konnte sie ihr erstes Zusammentreffen sogar sehen. Und doch war es keine Vision. Mochten manche Menschen in Weissenau auch immer noch glauben, sie sei eine Auserwählte, eine, die Gott als Sprachrohr ausersehen hatte, so wusste sie es besser. Sie war keine Prophetin. Sie hatte nur gelernt, auf ihre innere Stimme zu hören. Und führte nicht letzten Endes alles zum Guten? Wenn nicht im Kleinen, so doch im großen Ganzen – alles hatte irgendwie einen Sinn.

Sie beobachtete die Möwen, die wie weiße Kronen auf den

Wellenkämmen schwebten. Plötzlich fiel ihr Urle ein, der einst vom Auswandern geträumt hatte. Statt ihm war sie nun selbst auf dem Weg in die Neue Welt.

«Weißt du, was ich manchmal denk, Urle?», sagte sie so laut, dass sich der Kapitän vor ihr umdrehte. «Dass du zu früh aufgegeben hast. Das Leben kann unsagbar schön sein. Aber ich werd dir alles berichten von diesem Land Amerika, von diesem Land der Freiheit.»

Hintergründe zum Roman

*I*m Revolutionsjahr 1848/49 sorgt im schwäbischen Oberland, das im damaligen Flickenteppich aus 38 deutschen Staaten ganz am südlichen Rand liegt, eine junge Magd aus einfachsten Verhältnissen für Gesprächsstoff, ja sogar für Schlagzeilen in Zeitungen und Gazetten. Therese Ludwig, die uneheliche Tochter einer Landstreicherin, aufgewachsen bei Pflegeeltern und im Waisenhaus zu Weingarten, schart in einem katholischen Dorf südlich von Ravensburg die Menschenmassen um sich, nachdem sie, psychisch und körperlich schwer erkrankt, vom dortigen Pfarrer durch den Akt eines großen Exorzismus geheilt wird und anschließend Erscheinungen und Offenbarungen der Mutter Gottes erfährt. Bald schon wird sie als «Prophetin von Weissenau» bezeichnet, der Kreis ihrer Anhänger als «Ludwigianer» oder «Theresianer».

In einem seit Jahrhunderten zutiefst katholisch geprägten Landstrich, einer Gegend, die trotz der überall einsetzenden Industrialisierung ländlich-konservativ bleibt, scheint dies auf den ersten Blick so außergewöhnlich nicht – wären da nicht die historischen Umstände: Es ist eine Zeit der politischen und wirtschaftlichen Umbrüche, in der die Kirche, die katholische zumal, nach Jahrhunderten der Macht auch über den Alltag der Menschen ihre Autorität fast ganz verloren hat; wo seit der Säkularisation von 1803 (Enteignung von Kirchengütern und Auflösung von geistlichen Territorien) in die aufgelassenen Klöster Schulen und Waisenhäuser, Irrenanstalten und Gefängnisse einziehen; wo quer durch die Konfessionen hitzige Religionsstreitigkeiten entbrennen; wo der Mensch entweder gänzlich den Glauben verliert oder sein Heil in Erweckungsbewegungen und Brüdergemeinen sucht.

Halt und Hilfe scheinen mehr denn je nötig, denn nach Missernten und Hungersnöten bleiben Massen an Armen und Allerärmsten auf der Strecke. Zumal im Zeitalter der Dampfmaschinen und Eisenbahnen, der neuen Fabriken und der Flucht in immer unwirtlicher werdende Städte ein neuer Gott zu herrschen scheint: der Gott Mammon, gestützt von einer Obrigkeit, die mehr und mehr zum Polizeistaat mutiert – ob nun in Bayern, Preußen oder in Württemberg, das seit 1806 Königreich ist.

Kirchliche Riten und Feste, Prozessionen, Wallfahrten und uralte Gebetsrituale wie das Rosenkranzbeten finden in diesem neuen Zeitalter der Industrialisierung keinen Platz mehr und erst recht keine Zeit, denn der Alltag wird getaktet durch Arbeitsteilung und Mechanisierung, ist diktiert von der Jagd nach Gewinn und Erträgen zugunsten einiger weniger.

Unter diesem Aspekt erhält das Tun dieser kleinen Gemeinde tiefgläubiger Katholiken, die auf der Suche sind nach einem ursprünglichen, volkstümlichen, gemeinschaftlichen Glauben, etwas durch und durch Aufrührerisches. Viele Monate lang halten die Menschen um Pfarrer Seibold die oberschwäbische Obrigkeit in Atem, mit ihrem offenen Ungehorsam gegen Kirchenleitung und Staatsbeamte. Man akzeptiert nicht die Suspendierung des Pfarrers, man stellt sich schützend vor Therese Ludwig, die wegen Betruges und notorischer Unsittlichkeit ins Arbeitshaus soll, am Ende kommt es zu einem regelrechten Volksaufstand mit Gefangenenbefreiung und Erstürmung des Ravensburger Oberamtsgerichtes.

In dieser Verbindung von Revolution und Volksfrömmigkeit,

in diesem Kampf gegen Monarchie, Polizeistaat und Staatskirche, findet sich unter den «Ludwigianern» eine höchst bunte Mischung aus Akteuren: katholische Bauersleute und Taglöhner, erfolgreiche Fabrikanten, teils katholische, teils evangelische Geschäftsmänner mitsamt ihren Ehegattinnen, dazu eine Handvoll Republikaner und Liberale – und allen voran ein widerspenstiger, volkstümlicher Pfarrer, der charismatische Patriz Seibold, der sich von seinen blutleeren, dem protestantischen Stuttgart ergebenen Kirchenoberen keine Vorschriften mehr machen lässt.

Dass es, fernab der industriellen Zentren und großen Städte, zu dieser teils politisch, teils religiös motivierten kleinen «Revolution» kommen konnte, hat nicht zuletzt mit der Mentalität der Oberschwaben zu tun, die sich zwangseingegliedert sahen in das ungeliebte, pietistisch-protestantische Alt-Württemberg. Im Fall der Therese Ludwig werden ihre tiefgläubige Volksfrömmigkeit und ihr rebellischer Eigensinn, der mitunter skurrile Züge annehmen kann, zu einer explosiven Mischung.

Weder Kirchenleitung noch weltliche Obrigkeit können hinnehmen, dass diese anfangs kleine Dorfgemeinde nach und nach Tausende von Menschen anzieht, die ihre Gottesdienste, ihre Lebensform nach eigenem Gutdünken gestalten wollen. So wird Therese Ludwig schließlich offiziell als Betrügerin und Scharlatanin verurteilt, werden ihre Marienerscheinungen ebenso wie ihre angebliche Besessenheit als arglistige Täuschung denunziert. Und Pfarrer Seibold, von der jungen Frau angeblich fehlgeleitet und verführt, wird endgültig aus seinem Amt entlassen.

Für den heutigen Leser sei gesagt: Es gab damals keineswegs Zweifel an der Existenz von Teufeln oder Marienerscheinungen. Damals wie heute wurden und werden Marienerscheinungen von der katholischen Kirche auf ihre Authentizität überprüft, auch wenn inzwischen jedem Gläubigen freigestellt wird, an die Echtheit einer solchen Erscheinung oder an einen leibhaftigen Satan zu glauben. Auch die Teufelsaustreibung ist im Übrigen noch heute offizieller Bestandteil katholischer Lehre und Liturgie. Nach dem Katechismus der Katholischen Kirche (KKK) dient der Große Exorzismus dazu, «Dämonen auszutreiben oder vom Einfluss von Dämonen zu befreien, und zwar kraft der geistigen Autorität, die Jesus seiner Kirche anvertraut hat». Unter Papst Johannes Paul II. wurden allein in Italien im Jahr 2003 hierzu rund 200 Priester ausgebildet, Papst Benedikt XVI. hat die Absicht geäußert, 3000 neue Exorzisten ausbilden zu lassen.

Ob nun die historische Therese Ludwig eine Betrügerin war oder eine Kranke, eine Besessene oder Verrückte (der Begriff der weiblichen Hysterie wurde in jener Zeit unter den Medizinern sehr populär!) oder womöglich doch eine Visionärin und Prophetin – dies wird sich heute, nach über 150 Jahren, nicht mehr klären lassen.

Ich bin darum den Weg der Phantasie gegangen, habe mir das Recht der Schriftstellerei genommen, aus trockenen Fakten und mit dem Blick auf die Alltagsgeschichte jener Zeit Charaktere und Schicksale zu formen. Und in Therese Ludwig habe ich eine sensible junge Frau gefunden, die, vom Schicksal und den Lebensumständen traumatisiert, am Ende zu sich selbst gefunden hat.

Astrid Fritz

Glossar

Abnormitätenkabinett – veraltet: Jahrmarktschau, öffentl. Zurschaustellen wundersamer Menschen und Tiere
achter, achtern – Seemannssprache: hinten, hinterer Teil
ad 1 – (von lat.: ad acta) zu Punkt 1
Ärschlesschlupfer – schwäb. Schimpfwort: Arschkriecher
altgläubig – katholisch
Anglaise – vornehmes Kleidungsstück
Appreturanstalt – (Bleich- und Appreturanstalt): Fabrik zum Veredeln und Bleichen von Stoffen und Textilien
Armenkollegium – Ausschuss der Armenfürsorge im alten Württemberg
Arschbaggagsicht – schwäb. Schimpfwort
Ataxie – Bewegungsstörung
aufwarten – veraltet: bedienen
bache – schwäb.: gebacken. Bist net ganz bache? – Bist du noch bei Trost?
Bagasch – schwäb.: Gesindel, auch Verwandtschaft (von frz. bagage)
Bark – Segelschiffstyp mit drei bis fünf Masten
bedienen, sich von jemandem bedienen lassen – veraltete Umschreibung für Geschlechtsverkehr
Bernerwägelchen – süddt.: leichter Einspänner
Bettenbronzer – schwäb. Schimpfwort: Weichei, Angsthase (jemand, der ins Bett macht)
bigottisch – schwäb.: bigott (scheinheilig)

Blage – unartiges, lästiges Kind

Bouteille – im 19. Jahrhundert für Weinflasche

bresthaft – veraltet: gebrechlich, krank

bruddeln – süddt.: nörgeln, meckern, schimpfen

Brüdergemeinde – freikirchliche Gemeinde, siehe auch *Pietisten*

Bruderhaus – ursprünglich mittelalterliche Stiftung für verarmte Ravensburger Bürger. Im 19. Jahrhundert dann Auffangeinrichtung für Arme, Kranke und Geisteskranke, aber auch für soziale Randgruppen wie Obdachlose, «liederliche Dirnen» oder «arbeitsscheue Mannsbilder», die zur Zwangsarbeit verpflichtet wurden. Heute Haus der Altenhilfe

brunzen – süddt. (derb): pinkeln

Brunzkachel – süddt.: Nachttopf. Auch böses Schimpfwort für (alte) Frauen

Bühne – süddt.: Dachboden

Büttel – Gemeindediener, Hilfspolizist

Bugspriet – über den Bug von Segelschiffen hinausragendes Rundholz

Canisius – bedeutender Kirchenlehrer und Schriftsteller des 16. Jahrhunderts, erster deutscher Jesuit. Auf ihn gehen die ersten katholischen Katechismen zurück

Chaise – leichte, zweisitzige Kutsche

Deern – plattdt.: Mädchen

Deez – süddt.: Kopf

Detailgeschäft – Gemischtwarenladen

Deutschkatholizismus – religiös-politische Oppositionsbewegung im Vormärz (Zeit vor der Märzrevolution von 1848/1849); geprägt von den Idealen eines sozialen Liberalismus, der die Gründung eines gesamtdeutschen Nationalstaates anstrebte

Diözese – Bischofssitz, Bistum

dissoziative Bewegungsstörung – mediz.: Kontrollverlust über Bewegungsabläufe

Dreimastbark – siehe *Bark*

Dresche – süddt.: Prügelei, Tracht Prügel

Dubbel – süddt.: Trottel

eh (nicht) – süddt.: sowieso (nicht)

Erdäpfel – süddt.: Kartoffel. Auch: Bodenbirnen

Eucharistiefeier – zentrales Element der katholischen und orthodoxen Messe (im evangelischen Gottesdienst: Abendmahl). Erinnert an das letzte Mahl mit Jesu Christi, der in den Gaben von Brot und Wein gegenwärtig wird

examinieren – prüfen, abhören

Farinzucker – feiner, brauner Zucker

feil – veraltet: käuflich, verkäuflich

Flecken – süddt.: Ortschaft, Dorf, Weiler

Franzosenkrankheit – Syphilis

Fröbel, Friedrich – dt. Pädagoge (1782–1852), Schüler Pestalozzis. Gründer des ersten deutschen Kindergartens

gallichtes Faulfieber – Gallenblasenvereiterung

gar – süddt.: sogar

gebrauchen lassen – veraltete Umschreibung für Geschlechtsverkehr

Gerichtsaktuar – Gerichtsschreiber

gescheit, g'scheit – klug. Als Adverb aber auch: richtig, korrekt

Gevatter(in) – Pate, Verwandter, Nachbar. Oft als Anrede gebraucht

Glombadsch – schwäb.: minderwertiges Zeug, Kram

Gosch, Goschen – süddt.: Maul, Mund (halt dei Gosch!)

grätig – süddt.: missmutig

großjährig – süddt.: volljährig

großkopfet – süddt.: sozial höher gestellt, auch: hochnäsig

Güllegrube – süddt.: Jauchegrube

Gumpen – schwäb.: Wasserloch, Tümpel
Hadern – süddt.: Lumpen, Lappen
Häusler – Dorfbewohner, die nur ein kleines Haus und kein oder wenig eigenes Land besaßen, sowie wenig oder gar kein Vieh. Arbeiteten meist als Hirten oder Taglöhner
Hafen – süddt.: Topf, Tiegel
Haimerami – Sankt Emmeran, 22. September
halt – süddt.: eben (Adverb)
Heidenei! – schwäb.: Ausruf des Unwillens oder Erstaunens
höpfelig – schwäb.: geil, weibstoll
Hoffnung – Umschreibung für: schwanger
hoim – schwäb.: heim, nach Hause
hoimquaddle – schwäb.: heimwatscheln
Holderbusch – Holunderstrauch
Hospitalit(inn)en – Bewohner eines Spitals, Armenhauses
Ingenieurkorps – auch: Geniecorps, Pioniere. Truppeneinheit für militärisches Ingenieurswesen (z. B. Festungs- und Schanzenbau)
Jacquard-Webstuhl – durch Lochkarten gesteuerter mechanischer Webstuhl
Jemine! – süddt.: für: Jesu domine! (Herr, Jesu!)
Karbatsche – Peitsche, aus Lederriemen oder Hanfseilen geflochten
karessieren – liebkosen; damals aber eher im Sinne von: knutschen (franz.: caresser)
Kassenanweisung, Kassenbillet – Bezeichnungen von «staatlichen» Banknoten deutscher Länder vor 1874. Papiergeld in unserem heutigen Sinne gab es noch nicht
Katechismus – Handbuch zur Unterweisung in den Grundfragen des christlichen Glaubens. Jede Konfession hat ihre eigenen Katechismen
Kehricht – zusammengekehrter Unrat, Abfall

Kernerlied – «Preisend mit viel schönen Reden» ist die Anfangszeile der berühmten Ballade «Der reichste Fürst» des schwäbischen Dichters Justinus Kerner (1786–1862). Die Vertonung dieses Gedichts gilt als inoffizielle württembergische Nationalhymne

Kirchenkonvent – Institution in altwürttembergischen Gemeinden, bestand aus Ortsgeistlichen, Mitgliedern der örtlichen Stiftungen und Stadträten; ursprünglich als Sittengericht, ab 19. Jahrhundert zuständig für Schulaufsicht und Armenfürsorge

Klingler – Einsammler der wöchentlichen, je nach Vermögen genau festgelegten Bürgeralmosen

König – gemeint ist der württ. König Wilhelm I. (1781–1864), zweiter König von Württemberg. Sein Vater Friedrich wurde durch ein Bündnis mit Napoleon vom Herzog zum König erhoben. Im Gegensatz zu seinem despotischen Vater galt Wilhelm eher als nachgiebig. Förderer der Landwirtschaft und der einsetzenden Industrialisierung. Begründer der Wilhelma und des Canstatter Volksfestes. Verheiratet mit der Zarentochter Katharina, der großen Wohltäterin Württembergs

Koppel – Leibriemen, Wehrgehenk bei Soldaten

krempeln – auch: kämmen, kardätschen. Vor dem Verspinnen zu feinerem Garn müssen die losen Textilfasern des Wollvlieses entwirrt und parallel ausgerichtet werden

Kreuzerwecken – ursprünglich einfacher Wasserwecken (Brötchen) zu einem Kreuzer

Kudderschaufel – schwäb.: Kehrblech, Kehrschaufel

Kurantmünzen – gültiges Bargeld

Laffe – Schnösel, hochnäsiger Mensch

Landauer – viersitzige Reisekutsche und Statussymbol der begüterten Kreise

Laudes – siehe *Stundengebet*
Leibhaftiger – Satan
Lichtmess – 2. Februar
liedrig – liederlich
Liturgie – Sammelbegriff für jede Art von Gottesdienst; ferner auch für die spezielle Gestaltung eines Gottesdienstes
Lombaseggl – schwäb. Schimpfwort für gemeinen, hinterhältigen Menschen (Lumpenseckel)
Lorenzi – Sankt Laurenztag am 10. 8.
Malör – schwäb.: kleines Unglück (aus frz. malheur)
Mammasuggele – schwäb.: Schmähwort für unselbständigen Menschen
Mandel – hier: Mengenmaß für 16 Stück
Maria Namen – am Tage Maria Namen: der 12. September
Marktverdingerin – Arbeitsvermittlerin auf den Gesindemärkten
Martini – Martinstag am 11. November, wie *Lichtmess* traditionelles Datum für die Gesindemärkte
Mehlsack – runder, weißverputzter Wachturm am höchsten Punkt der Altstadt von Ravensburg; heute Wahrzeichen der Stadt
Messner – süddt. für Küster (Kirchendiener)
minder – schwäb.: weniger, geringer
mir – schwäb.: wir
Museum – hier: einstige Museumsgesellschaft der Ravensburger Bildungsbürger («Museum» = Pflege der Musen), mit Bibliothek und Lesezimmer
Nachtgrabb – Nacht-Rabe (unheimlicher Vogel, mit dem man Kinder schreckte), allg. auch: Nachtgespenst
Nachthafen – Nachttopf (Hafen: schwäbisch für Topf)
Oberland – siehe *Oberschwaben*
Oberschwaben / schwäbisches Oberland – bis 1803 gehörte das Gebiet zwischen Donau und Bodensee teils zu Vorderöster-

reich, teils zu geistlichen Territorien und war damit durchweg katholisch geprägt. Kam erst im Zuge der Säkularisation (Auflösung der Klöster) von 1803 und der Neuordnung Deutschlands durch den Wiener Kongress zum traditionell evangelisch-pietistisch geprägten, altwürttembergischen Unterland um Stuttgart, dem sich die eigenwilligen Oberländer bis heute wenig verbunden fühlen

Ordinariat – zentrale Behörde in der katholischen Kirche, die im Auftrag des Bischofs das Bistum verwaltet

Pfarrverweser – siehe: *Verweser*

Pharisäer – theologische Richtung im antiken Judentum; im Neuen Testament werden Vertreter der Pharisäer als Heuchler herabgewürdigt

Pietisten – im 17. Jahrhundert entstandene Erneuerungsbewegung (Laienbewegung) innerhalb der evangelischen Kirche, vor allem in Württemberg (pietistische Brüdergemeinen in Korntal und Wilhelmsdorf). Betonung der persönlichen Frömmigkeit und der Nächstenliebe. Im Volk auch «stille Leute» genannt

Pionier – siehe: *Ingenieurkorps*

Präparandenanstalt – hier: 5. Klasse für auserwählte Zöglinge, zur Vorbereitung auf den Lehrerberuf

Proklamation – offizielle Verkündung der Heiratsabsicht in der Kirche

quaddle – schwäb.: watscheln

Quadratseggl – schwäb. Schimpfwort

Rauhe Alb – Teil der Schwäbischen Alb

Reiseschein – hier: Reiselegitimation. Für Aufenthalt/Wanderung außerhalb der Heimatgemeinde musste man Passier- oder Heimatschein vorweisen, für jede längere Reise sogar einen Pass, verbunden mit fester Marschroute, Personenbeschreibung etc. Jede Station war von der örtlichen Obrigkeit abzuzeichnen. Oft musste man sogar Reisegeld vorweisen können, um nicht als Landstreicher zu gelten

Ried – süddt.: Moor

Rosenkranz – Perlenschnur, die als Zählkette für das vielgliedrige Rosenkranzgebet dient. Das Gebet hat die Reihenfolge: Glaubensbekenntnis, Vaterunser, drei Ave Maria, Ehre sei dem Vater, fünf Gesätze mit je einem Vaterunser, zehn Ave Maria und einem Ehre sei dem Vater

Rossbollen – Pferdeäpfel

Rotlauf(entzündung) – Hautinfektion, meist in Gesicht, an Armen und Beinen. Kann zu hochfieberhaftem Infekt führen

Rückenkraxe – Tragekorb für den Rücken

Sabberlodd! – schwäbischer Ausruf der Verwunderung

Saubangerd – schwäbisches Schimpfwort für freches Kind (von Bankert: uneheliches Kind)

schaffig – schwäb.: fleißig

Schafseggl, Schoofseggl – Obertrottel

schalu! – verrückt, durcheinander (von frz.: jaloux)

Schdomba – schwäb.: Stumpen, Stummel

schellen – schwäb.: läuten, klingeln

Schemel – Hocker

schenant – genierlich, schüchtern (von frz.: gênant)

Scheuer – Scheune

Schleimfieber – schwerer Katarrh, Lungentuberkulose

Schopf – hier: süddt. für Schuppen, Abstellraum

Schranne – süddt.: Getreidemarkt, auch das Gebäude (Speicher)

Schute – hutartige Haube, mit breiten Bändern, unterm Kinn zur Schleife gebunden

Schwarze Madonna – die Einsiedler-Madonna (auch das Jesuskind ist schwarz) gehört zur Reihe der berühmten schwarzen

Madonnen Europas (schwarze Bemalung oder durch Verwendung von schwarzem Holz oder Stein)
Schwarzer Brei – typisches Arme-Leute-Essen auf der Schwäb. Alb: Brei aus geröstetem Mehl, Wasser, Milch, Fett
Seichhafen – schwäb.: Nachttopf (seichen = pinkeln)
Semestralzensuren – Halbjahreszensuren, -zeugnis
semma – schwäb.: sind wir
Somnambuler – Nachtwandler, Mondsüchtiger
Sonntagsschule – sonntägliche Glaubenslehre für Kinder und Jugendliche; früher Pflicht
Sparhafen – Sparbüchse
Spezereikram – Gewürzwaren
Stecken – süddt.: Stock
Stundengebet – christliche Ordensgemeinschaften und Priester gliedern den Tag in feste Gebetszeiten: Vigil oder Matutin (vor Tagesanbruch), Laudes (morgens), Tageshoren (mittags), Vesper (nach Arbeitsende), Komplet (Nachtgebet)
Suspension – (zeitweilige) Amtsentlassung
Te Deum – Anfang eines lateinischen Lobgesangs («Großer Gott, wir loben dich»)
Trakehner – edle Pferderasse aus Trakehnen (Ostpreußen), als Sport- und Militärpferde gezüchtet
Tschako – zylindrische militärische Kopfbedeckung, meist schwarz
unbotmäßig – widerspenstig, störrisch
Vagantenkinderanstalt – Einrichtung für herrenlose Kinder, Kinder von Landstreichern
vagieren – heimatlos umherstreifen
Vakanztage – hier: schulfreie Tage
Vasall – Gefolgsmann, Knecht
Veddel – Hamburger Stadtteil, Insel im Stromgebiet der Elbe
Verspruch – hier: offizielles Eheversprechen

verunglücken (jemanden) – hier: schwängern
Verweser – Verwalter, (vorläufiger) Stellvertreter
Vesper – süddt.: Brotzeit, kleine Mahlzeit. Zum andern siehe *Stundengebet*
Viertelsbüttel – Gemeindediener, Hilfspolizist, der in einem Stadtteil für Ordnung sorgt
Visitator – kirchlicher oder gerichtlicher Aufsichtsbefugter
Wecken – süddt.: Brötchen
Winkelbordell – heimliches Freudenhaus
Zibebe – süddt.: Rosine
Zitz – buntbedruckter Kattunstoff feinster Qualität
Züchtling – veraltet: Zuchthausinsasse
Zumpt – latein.: Schulgrammatik

Philippa Gregory

Die Königin der Weißen Rose

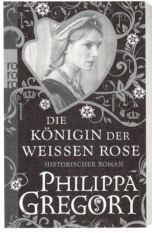

rororo 25484

Ihre Majestät, die Königin!

England, 1464: Die Adelshäuser York und Lancaster kämpfen erbittert um den Thron. Als König Edward, der Erbe der Weißen Rose, der schönen jungen Witwe Elizabeth Woodville begegnet, ist es um beide geschehen. Doch Elizabeth weigert sich, Edwards Mätresse zu werden. Da heiratet der König sie entgegen allen Standesschranken – ein ungeheurer Skandal! Und keine Frau im Königreich hatte je so viele Feinde wie die neue Königin. Neid, Missgunst und Intrigen bringen Elizabeth und ihre Familie in große Gefahr ...

**Marina Fiorato
Die Glasbläserin von Murano**

Venezianisches Glas: kostbar wie Gold. Um sein Geheimnis zu wahren, wurden die Glasbläser auf die Insel Murano verbannt. Fast vierhundert Jahre später stößt die junge Leonora Manin auf das Erbe ihrer Familie. Sie ahnt nicht, wie eng die Vergangenheit mit ihrer eigenen Zukunft verknüpft ist ...
rororo 24400

Historische Romane
Jahrhunderte der Liebe und Romantik

**Cornelia Kempf
Die Gladiatorin**

Die germanische Sklavin Anea wird zur Gladiatorin ausbildet und muss in der Arena gegen Männer und Löwen kämpfen. Sie überrascht alle durch ihre Stärke und Unerschrockenheit – doch sie ahnt nicht, dass der härteste Kampf ihr noch bevorsteht ...
rororo 24470

**Susannah Kells
Die dunklen Engel**

England im 18. Jahrhundert: Der Geheimbund der «Dunklen Engel» strebt nach Revolution. Toby Lazenders französische Frau wurde bereits ermordet. Er selbst befindet sich auf dem Kontinent, um sie zu rächen. Zurück bleibt Schwester Campion. Ihr Tod ist beschlossene Sache. Dann taucht ein Zigeuner auf, in den sie sich verliebt ... rororo 24669

Weitere Informationen in der Rowohlt Revue *oder unter* www.rororo.de

**Ines Thorn
Die Pelzhändlerin**
Historischer Roman
Frankfurt, 1462: Als der Kürschner Wöhler erfährt, dass seine Tochter Sibylla fern der Heimat gestorben ist, erleidet er einen Herzinfarkt. Einzige Zeugin ist die Wäscherin Martha. Sie verheimlicht den Tod Sibyllas und gibt ihre Tochter Luisa für diese aus.
rororo 23762

Historische Romane bei rororo
Die Zeiten ändern sich,
und wir ändern uns in ihnen.

**Petra Schier
Tod im Beginenhaus**
Historischer Roman
Köln, 1394. In einem Spital der Beginen stirbt ein verwirrter alter Mann. Und das war nur der erste Tote. Eine Seuche? Adelina, die Tochter des Apothekers, glaubt nicht daran ...
rororo 23947

**Edith Beleites
Das verschwundene Kind**
*Die Hebamme von Glückstadt
Historischer Roman*
1636: Hebamme Clara entbindet bei einer dramatischen Geburt im Glückstädter Schloss eine junge Adelige von einem gesunden Jungen. Am nächsten Tag ist die Frau samt Säugling verschwunden ...
rororo 23859

Weitere Informationen in der Rowohlt Revue *oder unter* www.rororo.de

Das für dieses Buch verwendete FSC®-zertifizierte Papier
Lux Cream liefert Stora Enso, Finnland.